第二十八届

上海新闻奖

获奖作品选

上海新闻奖评委会办公室◎编

上海三联书店

目　录

CONTENTS

特别奖（2件）

·文字评论·

·文字通讯·

一等奖（20件）

·文字通讯·

·文字通讯·

·文字通讯·

新闻名专栏（相当于一等奖）（5 件）

二等奖（39 件）

三等奖(60件)

上海新闻奖获奖作品选

第二十八届·2018 年度作品

特别奖(2 件)

文字评论

共赴合作共赢的"东方之约"

作者：集体（李泓冰、马小宁、郝洪、谢卫群、姜泓冰、田泓）

编辑：集体（卢新宁、吕岩松、方江山、赵嘉鸣、许正中、刘士安）

这是一个广受赞誉的开放举措：首届中国国际进口博览会将于 11 月 5 日至 10 日在上海举行。

这是一个引人注目的消息发布：中国国家主席习近平将出席开幕式、发表主旨演讲，并举行相关活动。

这是一个规模宏大的贸易盛会：约 150 个国家和地区的政要、工商界人士及有关国际组织负责人将应邀与会，来自 130 多个国家的 3000 多家企业签约参展。

上海城西，俯瞰宛如一枚银色"四叶草"的巨型建筑——国家会展中心（上海），铺满整整一平方公里土地。这里，一个展示各国国家形象、开展国际贸易的开放型合作平台已搭建完毕。

宾朋会聚，万商云集，共赴一次合作共赢的"东方之约"，共享一席开放融通的贸易盛宴，共谱一曲活力澎湃的恢宏乐章。

（一）2017 年初夏的北京，在"一带一路"国际合作高峰论坛上，习近平主席宣布，中国将从 2018 年起举办中国国际进口博览会。这是世界上第一个以进口为主题的大型国家级展会。

2018 年仲春的博鳌，主动扩大进口，是习近平主席向世界宣布的中国扩大开放四项重大举措之一。"这不是一般性的会展，而是我们主动开放市场的重大政策宣示和行动。"

习近平主席对国际进口博览会的高度重视，向世界彰显了中国坚持扩大开放的决心；而世界各国积极参与，也昭示着中国维护自由贸易、推进经济全球化、发展开放型世界经济的举措被广泛认可。

对世界来说，中国举办国际进口博览会无疑是“不一般”的利好。当今世界，经济全球化面临一系列新挑战。单边主义、保护主义抬头，让世界经济的大海退回到一个一个孤立的小湖泊、小河流，只会给全球经济发展带来更多不确定性、不稳定性。

砥柱中流，方显本色。面对复杂局面，中国主动作为，与世界各国共享中国市场发展机遇，支持各国搭乘中国发展的“快车”“便车”，显示了一个负责任大国的担当。新时代的中国，不仅将迎来中华民族的伟大复兴，也将与世界共享繁荣发展，为推动构建人类命运共同体作出中国贡献。

主动扩大开放，也是立足于改革开放40年成就和经验的必然选择。中国，正站上新的发展起点。更加坚定的信心，更加有力的措施，预示着中国将在高水平对外开放中实现经济高质量发展，创造让世界刮目相看的新的更大奇迹。

（二）首届中国国际进口博览会的举办，恰逢中国改革开放40周年。这并非偶然。

1978年底，以中共十一届三中全会为标志，中国开启了改革开放历史征程。“这是人类历史上气势恢宏、绝无仅有的一个壮举！”次年1月出版的美国《时代》周刊如是评价这一打开中国大门的政策。

当时的中国，在世人眼里，不仅有封闭带来的神秘，也有贫困和低效。按世界银行标准，中国156美元的人均国内生产总值不及撒哈拉沙漠以南非洲国家平均水平490美元的1/3。美国哥伦比亚广播公司晚间新闻曾这样描述当时中美两国的差距：“中国和美国在工业上的鸿沟可以用两个数字表示，在这个工厂（福特公司），每个工人平均每年生产50辆车，而中国汽车工人每年生产1辆车。”

40年，开放春风激荡山河，带来翻天覆地的变化。从深圳“001号”引资协议，迈出中国寻求加入全球产业链的第一步，到开发浦东，沿海、沿江、内陆、沿边开发开放；从加入世界贸易组织，全面融入世界经济，到设立上海自由贸易试验区，支持海南逐步探索、稳步推进中国特色自由贸易港建设，从“引进来”到“走出去”，推动共建“一带一路”……40年，对外开放的破晓之光，照亮中国探索现代化进程的独特道路。

40年，中国在世界经济中的地位发生历史性变化。全球第二大经济体、第一大货物贸易国、第一大外汇储备国……以美元计算，中国对外贸易额年均增长约 14.5%；7 亿多人成功脱贫，占同期全球减贫人口总数的 70%以上。中国人民生活从短缺走向充裕、从贫困走向小康。

中国抓住经济全球化机遇，不断展现大国担当，连续多年对世界经济增长贡献率超过 30%。越是在世界经济面临困难时刻，中国作为世界经济增长主要稳定器和动力源的作用就愈发突出。

党的十八大以来，中国开放型经济新体制逐步健全，“一带一路”建设稳步推进，形成我国东西南北中各区域与亚、非、欧、拉美等广袤区域的国家联动发展的新局面。中国经济的正面溢出效应和对世界经济的辐射作用越来越强。

（三）天行有常，应之以治则吉。一个国家、一个民族要振兴，就必须在历史前进的逻辑中前进、在时代发展的潮流中发展。

对一个国家而言，开放如同破茧化蝶，虽会经历一时阵痛，但将换来新生。这一规律不仅仅适用于中国。美国在 20 世纪不断走强，一个重要原因就是在一战、二战后的大多数时间里，坚持推动贸易自由化和经济全球化，才催生了经济繁荣与技术飞跃，而选择以邻为壑，将国际贸易视为零和博弈，则往往带来经济萧条和收缩。20 世纪 30 年代那场因关税壁垒的短视之举而加剧的美国和全球经济大萧条，至今仍是美国国内有识之士经常提醒政府不要诉诸贸易保护的经典案例。

正如荷兰首相吕特在博鳌亚洲论坛 2018 年年会上所言，保护主义在历史上曾多次出现，但历史告诉我们，贸易壁垒阻碍的不仅是市场，还有人员和思想，保护主义只会阻碍进步。

的确，当小到牙膏、牙刷，大到汽车、飞机都离不开生产的社会化和国际分工协作；当科学技术的突飞猛进离不开人才交流、国际合作；当世界从分工协作、互惠共赢中获得前所未有的利益和繁荣；当全球必须携手应对疾病、环境以及未知世界的挑战时，在开放中发展，已成为世界经济发展的内在逻辑和内生需求。

人类已经成为你中有我、我中有你的命运共同体，利益高度融合，彼此相互依存。每个国家都应该在更加广阔的层面考虑自身利益，不能以损害其他国家利益为代价。“搞保护主义如同把自己关进黑屋子，看似躲过了风吹雨打，但也隔绝了阳光和空气。打贸易战的结果只能是两败俱伤。”习近平主席形象的比喻，道出中国反对保护主义的鲜明态度。

（四）40年融入世界，改变的不仅是中国的经济面貌，还有人们的思维模式。以开放促改革，已成为普遍的社会共识。

主动参与和推动经济全球化进程，加快构建开放型经济新体制，以对外开放的主动赢得经济发展的主动、赢得国际竞争的主动。这是以习近平同志为核心的党中央适应经济全球化新趋势、准确判断国际形势新变化、深刻把握国内改革发展新要求作出的重大战略部署。全世界都听到了中共十九大会场传来的声音："推动形成全面开放新格局"。

举办中国国际进口博览会，既服务于中国自身发展的需求，又为全球贸易发展搭建公共平台，助力经济全球化走出困局，可谓"一子解双征"。

走上高质量发展之路的中国需要扩大进口。40年，中国货物贸易进出口增长在变化中日趋平衡。

1978年，中国进出口总额206.4亿美元，进出口额仅占全球的0.77%，几乎可以忽略不计。在广州举办的"中国出口商品交易会"，是中国对外经贸交流、观察世界发展变化的一扇"孤窗"。40年后，中国正成为主要的消费产品进口国，对亚洲其他国家的经济重要性达到40年来的最高。今天的中国，已成为70多个国家和地区的最大出口市场。

从"出口"一枝独秀，到"进口""出口"并驾齐驱，是中国从经贸小国到经贸大国迈进的必然。这一变化，孕育于中国深度融入世界的进程中：全方位参与全球资源高效配置，促进生产要素有序流动，推动世界市场深度融合，实现国内更优化的供给体系，与其他国家形成良性互动，让中国更多从全球贸易中获益。

新西兰牛奶、阿根廷红虾、智利水果……越来越多国外特色商品进入中国市场。中国国际进口博览会为满足人民美好生活需要拓宽渠道。在国内"买全球"，让消费者和企业不出国门就能体验到全球优质产品，充分享受经济全球化带来的福利，既支持消费升级需求，也推动我国经济高质量发展。只有在开放的环境中，中国企业的创新精神和竞争能力才能充分激活，为转型升级提供全新动力。

回望来路，中国经济已深度融入世界，关上门等于挡住了自己的路。展望未来，中国开放的力度将更大，融入世界的程度会更深。这是中国的承诺，更是中国的底气。

（五）一个国家的开放，带来的绝不只是、也不应是单纯的"利我"。让不同国家、不同地区、不同阶层、不同人群共享经济全球化的好处，是不同区域人民的共同期待。

贸易是经济增长的重要引擎。但自2008年国际金融危机以来，全球贸易增速明显放缓，且长期低于全球国内生产总值增速。在全球经济仍复苏乏力、仍在爬坡过坎的关键阶段，一些国家政策内顾倾向抬头，贸易摩擦和投资保护加剧。世界贸易组织的一份报告显示，二十国集团国家在去年10月中旬至今年5月中旬，推出39项新贸易限制举措，是前一时期的两倍。

世界经济是在“逆全球化”中固步自封，还是在开放中做大蛋糕，让更多人分享机会和利益？开放还是封闭，前进还是后退，人类面临新的重大抉择。

面对时代之问，中国发出的开放强音掷地有声，接连出台的扩大开放措施自信坚定：“我刚才宣布的这些对外开放重大举措，我们尽快使之落地，宜早不宜迟，宜快不宜慢。”在博鳌亚洲论坛2018年年会上，世界贸易组织首席经济学家库普曼聆听习近平主席的演讲后感慨，中国举措“温暖人心”。

中国是经济全球化的受益者，也是全球经济持续发展的贡献者。

美国缅因州的“龙虾传奇”，可以折射中国市场对世界经济的贡献。2012年，缅因州龙虾大丰收，渔民们却很郁闷，市场需求跟不上，价格跌到谷底。然而，中国人的口味改变了这一切。2010年，中国市场在美国龙虾出口总量中占比不到1%，而2016年，美国对华出口龙虾价值1.36亿美元，占总量的14%。因为龙虾，越来越多中国人到缅因州旅游，带动当地零售、餐饮、酒店、休闲娱乐等众多产业的发展。

40年间，如果说劳动力优势曾助力中国商品行销全球，今天，13亿多中国民众对美好生活的向往，正催生出一个日新月异、不断扩张的庞大市场。事实证明，一个坚定不移奉行互利共赢开放战略的中国是世界的机遇，将为世界经济增长创造新需求、注入新动力。

以进口博览会为契机，未来15年，中国预计将进口24万亿美元商品。对世界来说，如此广袤的市场，又将书写多少新传奇？

（六）首届中国国际进口博览会顺应大势，切合需求，一呼百应，为深化各国经贸合作创造了条件。

日企展出面积总计1.5万平方米；德企拥有3.1万多平方米的展区；69家法国企业抢下5000多平方米空间；来自美国互联网科技、汽车、家用电器、制造业和农业等多个领域的近180家企业踊跃参展……全球3000多家企业纷至沓来，其中包括200多家世界500强企业和行业龙头企业，甚至有20家企业抢签了2019年进口博览会“入场券”。中国还免除最不发达国家参展费用，帮助他们参与并融入全球价值链，共享经济全球化红利。

“博览会将为各国商品进入中国市场打开更加宽广的大门”“非常看好中国市场和中国发展”。这是参展商的共同心声。中国投入巨大人力、物力、财力举办国际进口博览会，广邀天下客商，就是要让世界互通有无，融通发展。

规模空前的中国国际进口博览会不同于一般展会。它释放的，是中国反对保护主义、建设和维护开放型世界经济的明确信号；它表明的，是中国支持多边贸易体制、发展自由贸易的一贯立场；它驱散的，是以贸易保护主义为特征的“逆全球化”阴霾。

加入世界贸易组织前，中国社会对经济全球化也有过疑虑，不少中国企业面对竞争加剧也有“狼来了”的不安。但中国相信融入世界经济是历史大方向，从而勇敢迈向了世界市场。在这个过程中，中国呛过水，遇到过漩涡，遇到过风浪，但更在大海中学会了游泳。从关税减让、市场开放到实行市场准入负面清单制度，大幅放宽外资进入金融业及重点制造业比例限制，中国企业在开放竞争中日益走强。

万物并育而不相害，道并行而不悖，是智者之举。世界经济的可持续发展离不开以世界贸易组织为核心的多边贸易体制和多边贸易规则这一基石。世贸组织总干事阿泽维多日前发出警告，如果多边贸易体制遭到破坏，世界经济将遭受重创，全球经济增长率将下降2.4％，60％的全球贸易会消失。

世界范围内，维护多边贸易体制的声音正越来越响亮。欧盟委员会主席容克在欧洲议会指出，欧盟不是也不会做世界的“孤岛”；东盟发现，“支持多边贸易体制从未如此重要”，新加坡总理李显龙在第50届东盟经贸部长会议致辞中称，东盟必须支持开放包容的多边体系，与理念相近伙伴共同努力深化合作……

“无法想象，若没有中国的积极参与，当今世界的多边合作会怎样。”这是瑞士常驻世贸组织代表团大使狄迪尔·查博维的肺腑之言。

国际社会的积极反应，源自对全球化的深刻认同，源自对思想交流、平等对话、贸易互信的强烈渴求，源自对人类多元发展道路的深切关注，也源于对改革开放中国的信任和期待。

（七）20 世纪至今，是人类文明有史以来举办各种博览会频率最高、规模最大的时代，而举办水平，在一定程度上，也彰显着一个国家或区域经济兴盛繁荣的起伏轨迹。

当大英帝国执世界制造业牛耳之际，600 多万人次参观、留下一座“水晶宫”的首届世界博览会，成为维多利亚时代经济繁盛的象征。

在经济大萧条的尾声，美国芝加哥世博会，将汽车生产线搬到展厅现场，丰富的“奇葩”展品昭示着科技进步和现代工业的力量。观众一天喝光 1000 桶啤酒、吃掉 20 万个三明治，消费奇迹犹如一道强光，穿透阴云，带来信心与希望。

在手指轻点就遍览全球信息的时代，中国上海世博会再次诠释了博览会的魅力。7300 多万人次观众走进 2010 年上海世博会，其“成功、精彩、难忘”远超预期。

而首届中国国际进口博览会，则以面对面交流建立起信用、信任和信心。推进国际贸易，不仅需要一组组精准科学的标准、数据，也需要诚恳直面，零距离互动。双手相握的温度，依然是人类互信的重要元素。

首届中国国际进口博览会给出“6 + 365”的承诺，这意味着 6 天“面对面”的相聚，还将成为通往 365 天畅达的网络高速路的便捷入口，网上的进口博览会今后将全年无休。

（八）中国一次次向世界敞开大门，为各国提供展示和交流的便利，也让国人更多了解世界丰富多彩的文化。今天，在中国国际进口博览会上，人类命运共同体理念将滋养催生更加开放的世界情怀。

像 8 年前世博会一样，上海正热情尽展东道之谊。“海淘时代，进口博览会能买到哪些好东西”，已成为上海乃至长三角百姓持续“猜猜猜”的热议。热情与热议，体现了中华民族的包容和胸襟，体现了上海面对新机遇的兴奋，更体现了中国民众对美好生活的向往。

喧然名都会，众星竞争光。8 年前的世博会，让上海城市格局为之一新，打通“任督二脉”，奠定海纳百川、打造全球城市的底气和雄心。从今年开始，一年一度的中国国际进口博览会，对上海、长三角区域以及中国和世界发展进步的拉动作用也将持久体现。

“大道之行也，天下为公”。今天的世界比任何时候都需要携手努力、共同担当、同舟共济。我们期待并相信，中国国际进口博览会必将为推动经济全球化注入强大正能量。

（《人民日报》2018 年 11 月 4 日）

申报资料实录

作品简介：

对以上海为主场的进博会，上海分社举全社采编之力，提前数月策划评论主题，主创人员多次在高校等地召开座谈会并反复学习、讨论写出初稿。之后，总社数位领导及相关部门领导反复精心修改、打磨，最终成文。评论回顾了中国改革开放、对外贸易的历程以及进博会的意义和影响，彰显了中国进一步改革开放的决心，对贸易保护主义进行了有理有力的抨击。文章立意高远，材料翔实，但又深入浅出，活泼生动。

社会效果：

国纪平是人民日报有关国际问题的重要评论专栏，一直是国际社会了解中国对外政策的重要窗口。评论在进博会开幕前一天的头版刊出，同时推出融媒体“大江东”版本：《“不一般”，党报“国纪平”详解“东方之约”》，受到广泛关注并被主要境内外媒体转载。

推荐理由：

文章立意高远、有历史跨度与现实针对性，内容实、语言活，代表国家宣示中国扩大改革开放的诚意与决心，影响巨大。

文字通讯

勇担新使命　奋楫再出发

作者：朱珉连　王志彦　谈　燕
编辑：傅贤伟

2018 年金秋，上海即将迎来一个特殊的日子。

就在明天，首届中国国际进口博览会将在上海拉开大幕。国家主席习近平将亲临上海，在这场由他本人亲自谋划、亲自提出、亲自部署推动的盛会上，再一次宣示中国坚定不移推进改革开放的决心。

一年前的金秋，上海也曾有过特别的一天。

2017 年 10 月 31 日，党的十九大刚刚闭幕一周，习近平总书记率全体中央政治局常委来到上海兴业路 76 号——中共一大会址，在这个中国共产党人梦开始的地方，回顾建党历史、重温入党誓词，宣誓中国共产党人不忘初心、牢记使命、永远奋斗的坚定信念。

在那之后，无数人涌向上海，涌向这座小小的石库门建筑。人们试图从风雨如磐的起点开始，探寻一个百年大党不断成功的奥秘；也希望借由一次次地回望初心、重温使命，来为更新更远的征程积蓄动力。

在那之后，对于上海来说，记着总书记的话语，不忘初心和使命，责任更显不同寻常。

这里是中国共产党的诞生地，是具有光荣革命传统的城市；这里是中国改革开放的前沿阵地，是中国最大的经济中心城市。这是承载着厚重历史期许的地方，是党中央和习近平总书记一次次交予重托的地方，是人民赋予殷殷期待的地方，是为全国乃至全球亿万目光瞩目的地方。历史在这里留下过浓墨重彩的印记，新时代的新起点，期待这里的全新作为。

上海要当好全国改革开放排头兵、创新发展先行者——这是习近平总书记连续五年向上海提出的要求。党的十九大闭幕一年来，深入学习贯彻习近平新时代中国特色社会主义思想和党的十九大精神，始终被上海视作首要政治任务。

这一年间，这座城市“始终以习近平新时代中国特色社会主义思想为指引，时刻不忘初心，矢志永远奋斗。”中共中央政治局委员、上海市委书记李强反复强调，上海要面向全球、面向未来，以“改革开放再出发”的决心和意志，努力实现高质量发展、创造高品质生活，在新时代坐标中坚定追求卓越的发展取向，勇担新使命，实现新作为。

【目标与使命】

一个时代赋予的新坐标

今年6月20日，中共上海市委发布了决定召开十一届市委四次全会的消息。简短的文字中，许多人捕捉到一种特殊的讯号。

这次年中例行要召开的市委全会，开法有所创新，明确围绕一个专门主题来进行研究和部署。全会主要议程，就是审议并通过《中共上海市委关于面向全球面向未来提升上海城市能级和核心竞争力的意见》。文件在市委全会上正式通过，“提升城市能级和核心竞争力”，成为上海的关键命题。

要跻身卓越城市之列，就必须提升能级、增强核心竞争力，这是世界城市发展史上的规律。而此时的上海，考虑的并不只是自身短长。更深的追问是，身为中国最大经济中心城市，何以体现“中心城市”的担当？业已跻身全球城市行列，如何扮演“高端节点”的角色？

这是一座需要始终把自己放在全国大局、全球视野下思考的城市。2007年，时任上海市委书记的习近平曾经明确指出，上海的发展“绝不可能独善其身，也绝不可以独惠其身”。10多年后，上海人反复品味这句话的深意。

在大大小小的场合，市委书记李强多次强调，上海从来不是靠“自娱自乐”发展的，关起门来“自己跟自己玩”，“玩”不出竞争力、“玩”不出大格局。在新时代，上海愈加需要考虑各项工作的“坐标”——在时空上，要面向全球、面向未来，力求在更大范围内集聚调配资源、向更大空间提供服务辐射；在内质上，要主动对标国际最高标准、最好水平，用更高站位倒逼自我提升。

这是身为“排头兵、先行者”的自觉担当，亦是一座中心城市的使命所在。

就在关于城市能级和核心竞争力的文件公布前一个月，6月1日，上海同相邻的江苏、浙江、安徽三省，敲定了一桩大事——精心筹备了半年的长三角地区主要领导座谈会当天召开，会上拿出了一份《长三角一体化发展三年行动计划》，明确一系列目标任务，宣告长三角“更高质量一体化”进入快车道。

此前，三省一市联合成立的长三角区域合作办公室，已经在上海的一幢小楼里开始运转。解放日报记者探访这个办公室时曾发现，这里“不像传统的政府办公室，倒像一家准备 IPO、热火朝天的创业公司”，工作人员常常忘了自己来自不同地方——他们自称是“新时代的长三角人”。

一座小楼里的热闹，折射的是一片大区域的热潮。

早些时候，习近平总书记专门对长三角一体化发展作出重要指示，明确提出实现更高质量一体化发展这一引领目标，并要求上海发挥“龙头带动作用”、苏浙皖“各扬其长”，更好引领长江经济带发展，更好服务国家发展大局。

“要多算综合账、长远账、国家账，在推动合作共赢中尽到上海义务”。6 月的座谈会上，作为东道主的上海表态，“最重要的还是要做好‘服务’这两个字的文章。”

半年多前，“长三角”一词在上海不断走热时，这座城市就已明白，在一体化有关事项上积极带头、主动作为，是身为“龙头”责无旁贷之事。同时，上海的方方面面也要主动寻找对接点、着力点，在积极参与和支持长三角更高质量一体化发展中拓展空间，赢得机遇。

“服务”二字，是使命，是职责，更是提升城市能级和核心竞争力的关键所在。由此再来理解上海提出的“四大品牌”，就更能读懂其间的内在逻辑。

去年底，上海市委明确提出，要在新时代坐标中坚定追求卓越的发展取向，着力构筑上海发展的战略优势，打响“上海服务”“上海制造”“上海购物”“上海文化”四大品牌。随后几个月，“四大品牌”的内涵和框架，在不断细化研究中逐渐清晰和深化。

这绝非一些琐碎事务的集成，也绝不是为日常工作戴一顶“帽子”，而是将国家战略具体化的抓手、将构筑战略优势的构想落地的梯子。而其中，打头的“上海服务”尤其耐人寻味。

今年 4 月，上海市委、市政府针对“四大品牌”专门出台一个《实施意见》和四个《行动计划》，其中就明确，“上海服务”在其间居于“统领地位”，它不仅包括服务经济，更涵盖多领域全方位的服务，是中心城市的基础功能；它的主要目标，也是提高上海作为中心城市的“辐射度”。

显然，上海需要始终将自己置身全国乃至全球的大格局中去考虑问题，这是时代定下的基本坐标。

基于这样的坐标，上海的很多举措，都要体现不一样的担当。

【开放与改革】

一场没有“中场休息”接力赛

金秋时节，一批重大外资项目正在上海加紧“播种”。仅仅10月19日一天，上海大众新能源汽车工厂和西门子医疗实验室诊断工厂两个“大手笔”工程就同时宣布开工，总投资额超过200亿元。

在单边主义、贸易保护主义抬头，全球经济面临诸多不确定因素的今天，来自世界各地的外国投资者们依然对中国、对上海保持巨大热情，依然对中国改革开放前景抱有充分信心。

今年国庆前夕，陆家嘴金融城完成了新一轮景观灯光改造。入夜，这里灯似霓虹江似弓，仿佛一幅画卷徐徐展开。

40年前，这里的不少地方还是阡陌纵横、芦苇摇曳的农田。28年前，随着开发开放一声号角，浦东成为中国改革开放的新地标。5年前，中国首个自贸试验区又在这片热土诞生……

因改革开放而生、因改革开放而兴的浦东明白，面对前人筚路蓝缕、艰辛求索而开创的大好局面，决不能坐享其成、贻误机遇，唯有以更大勇气、智慧和担当，推进改革、扩大开放，以开创新局面的实际行动提振信心、鼓舞士气、凝聚力量。

这不仅是一个区的意识，更是一座城的共识。

党的十九大刚闭幕时，习近平总书记就郑重宣告：中国将总结经验、乘势而上，继续推进国家治理体系和治理能力现代化，坚定不移深化各方面改革，坚定不移地扩大开放，使改革和开放相互促进、相得益彰。

身处改革开放前沿阵地，上海对此的理解尤为直观——这是“吃改革饭，走开放路，打创新牌”成长起来的城市。继续往前走，靠的仍是“吃改革饭，走开放路，打创新牌”。

今年7月，上海出台《贯彻落实国家进一步扩大开放重大举措加快建立开放型经济新体制行动方案》。在外部环境发生明显变化之时，上海以“管用见效”为原则，推出 100 条务实行动，贯彻落实习近平主席在博鳌亚洲论坛上宣布的扩大开放重大举措。

上海市政府相关部门曾收到了一封来自伦敦的邮件，伦敦金融城政策与资源委员会主席孟珂琳在信中称赞“100 条”说，“这些行动表明，上海走在市场开放的最前沿”。这正印合了“100 条”期望释放的强烈信号——“时代在变，环境在变，机遇和挑战在变，但是，开放的立场不能变，开放的优势不能丢”。

而在特地为此召开的进一步扩大开放推进大会上，市委主要领导明确表示，上海立志要拿出“海纳百川的胸怀、纵观全球的视野、洞察大势的敏锐”，努力打造成为全国新一轮全面开放的新高地、服务“一带一路”的桥头堡、配置全球资源的亚太门户和我国走近世界舞台中央的战略支撑。

这当然不是轻而易举的事，它需要襟怀，需要勇气，需要智慧，也必然伴随着更多刀刃向内、自我革命的改革。在改革开放 40 周年的特殊时点上，继续推进改革开放，是一场“没有‘中场休息’的接力赛”。

上海的各级政府官员，如今乐于给自己贴上一个新标签：“服务企业的‘店小二’”。从去年年底开始流行的这个词，让许多人重新思考同企业——尤其是民营企业——打交道的方式。

民营企业是上海经济社会发展不可或缺的重要力量，是上海城市经济活力的重要体现。当外部环境复杂多变，一些企业发展面临不同程度的瓶颈和困难时，拿什么让他们心无旁骛、安心发展，成为各级政府部门和官员反复思量的问题。

这一年来，许多企业家在家门口频频迎来政府官员的造访，后者请他们敞开心扉，直言困难，甚至向政府部门“吐槽”。就在最近，习近平总书记密集回应社会关切、多次明确表达支持民企发展的坚定决心；上海市领导也特地组织民营企业家座谈会，并专程走访多家民企，坚定表明了营造公平市场竞争环境、消除各种显性隐性门槛、做到各类企业一视同仁公平竞争的态度，明确传递了全力支持民营企业心无旁骛蓬勃发展的信号。

当“店小二”，还有特别的学问。上海干部们如今对 8 个字深有体会：“有求必应、无事不扰”——政府对企业，服务要到位，却绝不能越位。这很考验政府的自身定位，而其后，有一场近乎革命性的观念再造、流程再造。

习近平总书记曾多次强调，要营造稳定公平透明、可预期的营商环境，加快建设开放型经济新体制，推动我国经济持续健康发展。他还曾点名要求，北京、上海、广州、深圳等特大城市要率先加大营商环境改革力度。去年12月，上海高规格召开的“优化营商环境推进大会”上，就出台了一份详实的《着力优化营商环境、加快构建开放型经济新体制行动方案》。

不少媒体称上海“优化营商环境放大招”，而“大招”源自这座城市向自身的发问：10年、20年后，上海拿什么参与全球合作和竞争？答案之一，便是通过充足高效的制度供给和刀刃向内的政府改革，切实降低制度性交易成本，打造国际一流的营商环境。

一年来，上海市委、市政府反复强调，“该放的权要放得更彻底，该管的要管得更科学、更到位、更高效，服务要更精准、更贴心”。以此为导向，上海在2018年春天正式提出，要在年内实现全市政务服务“一网通办”；市级层面旋即组建成立上海大数据中心，整合全市政务数据，打破部门壁垒、消灭“信息烟囱”；曾经困扰不少企业和公众的一些行政审批繁文缛节，亦被要求大刀阔斧地压缩、削减。

这是软实力，更是核心竞争力，真正做到则需要勇气和魄力。不到一年时间，上海“一网通办”总门户就正式上线，全市1008项事项实现网上办理，97%以上的审批及服务事项实现只跑一次、一次办成……几天前，世界银行最新公布的《2019年营商环境报告》中，中国的全球排名从去年的第78位上升至第46位，跻身全球前50。而这个世所公认的指标体系，在中国选取京沪两座城市为样板，上海在其中的权重占到55%。

“成绩单”可谓喜人，但上海明白，改革并没有完成时。就在“一网通办”总门户上线当日，市领导仍叮嘱有关方面，要以流程优化再造为着力点，不断加大简政放权力度，加快推动数据整合共享。“应接入的审批和服务事项要加快做到全部接入”——进一步的自我加压、自我革命，已然箭在弦上。

【创新与发展】

一轮转型带来的新“英雄观”

“一滴水从天而降，落入平静的水面，泛起层层涟漪。”这是上海浦东南汇新城城市肌理的规划创意，也是沪上著名景点——滴水湖的名称由来。

如今，滴水成湖，又有了新的内涵。就在几天前，首届世界顶尖科学家论坛在浦东新区滴水湖成功举办。37位获得诺贝尔奖及沃尔夫奖、拉斯克奖、图灵奖、麦克阿瑟天才奖等国际知名学术奖项的世界顶尖科学家，和 17 位中国两院院士、18 位中外杰出青年科学家一起，共赴这场全球顶尖的原创科学思想和科研成果的智慧盛宴，一起向人类科技未来这个共同命题发问。

过去五年，习近平总书记每次参加全国人代会上海代表团审议，必谈科技创新。4 年前，习近平总书记在上海考察时，提出上海要加快建设具有全球影响力的科技创新中心。科创中心，首先要立足科技前沿、形成创新高地。云集全球的顶尖科学家，力争为基础科研的“最先一公里”以及产业落地的“最后一公里”创造最优环境，正是题中之义。

上海市委副书记、市长应勇就明确告诉中外科学家，上海将进一步夯实基础支撑、加强创新布局、强化开放创新，主动“引才”，积极“引智”。“我们张开双臂，热忱欢迎世界各地的科学家来上海讲学交流、开展科研活动，共同攻克事关人类前途命运、事关人民生活福祉的科技难题，推动更多科研成果转化为现实生产力。”

而在许多领域，上海都有打造“高地”的雄心。一个多月前，借举办 2018 世界人工智能大会之机，上海正式提出，将依托科教资源、应用场景、海量数据、基础设施等优势，以面向全球、面向未来的视野，聚焦创新策源、应用示范、制度供给和人才集聚，加快建设人工智能发展的“上海高地”。

这场世界人工智能领域的“群英会”，收到了习近平主席专门发来的贺信。上海干部群众反复学习贺信，更深地领悟着这门技术之于未来的意义：人工智能已经在深刻改变世界，上海需要抓住这个“战略突破口”，主动求变应变，坚定信心决心，使之为发展全面赋能。

“未来已来!”的口号，一时间传遍申城。上海期待这样的论坛、展会能够汇聚“世界智慧”、贡献“上海方案”；更深一层的期待是，当中国经济由高速增长阶段转向高质量发展阶段，上海应当找到高质量发展的突破口，并在全国带头探路闯关。

这也是提升城市能级与核心竞争力的要义之一。城市兴起，在于核心竞争力的形成；城市衰落，在于核心竞争力的丧失；城市持久繁荣，在于能级与核心竞争力的持续提升。而没有一定的经济体量作支撑，城市的能级和核心竞争力就是空话。

党的十九大闭幕不久，上海市委就明确提出，上海绝不是不要 GDP，而是不唯 GDP,要追求“更高质量的 GDP”。上海各级领导干部被反复告知,中心城市的第一特征就是城市经济总量必须足够大,“发展仍是第一要务,经济发展仍要始终放在心上”。

而“更高质量”的 GDP,需要开掘新动能,更需要树立新观念。在要素成本优势减弱、自然资源禀赋并不突出、土地等资源更已遭遇“天花板”的时候,“破旧立新”就显得更为紧要。

2018 年 10 月 19 日,上海市委常委会会议,少见地围绕同一主题连续通过四个文件。这个主题,正是“高质量”发展。市委书记李强表示,通过这些文件,要“向社会释放明确的信号”——推动高质量发展,需要贯彻新发展理念,并在产业规划、土地政策、财政政策等方方面面体现具体而明确的导向,倒逼各区、产业部门和企业转变发展方式。

此时的上海,已经熟悉一种新的“英雄观”:产业发展要以亩产论英雄、以效益论英雄、以能耗论英雄、以环境论英雄。就寸土寸金的土地而言,提升经济密度、提升土地利用质量,是重中之重。例如传统的工业重镇宝山,就在新一轮转型中坚决调整转移高能耗、高污染、低产出的低端产能,仅去年一年就盘活近 2000 亩低效工业用地。

空出的土地做什么,当然也大有讲究。上海各区、部门如今深谙一点:不是所有的优势都是核心竞争力,上海不可能什么都发展,各区更要杜绝同质化竞争——认准产业链、价值链高端,瞄准最前沿、最尖端的颠覆性技术,瞄准对产业具有控制力的核心环节,瞄准那些带动面广的“源创新”,才是应当着力的地方。

而越是国家急需、容易被人“卡脖子”的、体现国家竞争力的领域,上海越是需要率先谋划、着力攻坚。

不久前,经过 22 个月的艰苦奋战,上海最大的集成电路产业投资项目——华力二期 12 英寸先进生产线建成投片。华虹集团的集成电路制造能力将覆盖 0.5 微米—14 纳米各工艺技术平台,制造规模进入全球前五位,工艺技术进入全球第一梯队。近年来,上海先后启动了华力二期、中芯南方、中国电子特色工艺等一批集成电路重大项目建设,2017 年上海集成电路产业规模达 1200 亿元,约占全国的 20%。上海已经成为国内集成电路产业链最完整、产业集中度最高和综合技术能力最强的标杆区域。

这是要“主攻”的。还有要“牢守”的——今年 4 月,习近平总书记主持召开深入推动长江经济带发展座谈会并发表重要讲话后，上海旋即起草形成实施方案，主动投入引领长江经济带发展，并牢守生态环境红线。6 月，长江入海口处的崇明区，就在当地渔民自愿的基础上，对全域 179 条长江捕捞渔船进行拆解，让“长江捕捞”在此成为历史。

过去，这片淡水与咸水交汇之地，曾是最适合捕鱼的“黄金水域”。但与舍弃许多老旧产能一样，即便阵痛，该“断腕”时也毅然要壮士断腕——上海明白，“高质量发展”的自觉与担当，就在这样的“有所为、有所不为”中。

【精细与品质】

一座超大城市的“诗与远方”

摄影爱好者老姚，从上世纪 90 年代初坚持同一角度拍摄陆家嘴，见证了浦东的脱胎换骨。

“吃了一惊，居然这么漂亮！吹着江风，看着美景，不要太舒服！”老姚看着照片感慨。

去年底，黄浦江两岸 45 公里公共空间彻底贯通开放。过去灰扑扑的“工业锈带”亮了，老码头、旧仓库纷纷变身创意空间，不同颜色区分出骑行道、跑步道、步行道、绿化带，如五彩丝带飘飞江畔。

还江于民，让上海人心里很暖。而这只是起点——贯通之后，黄浦江两岸的景观、灯光、公共空间设计，正在进一步优化提升；而另一条母亲河苏州河，也力争在 2020 年前实现公共空间贯通开放，真正“还河于民”。

“一江一河”之于这座城市，是标识、是客厅，也是品质的象征。这一年，创造“高品质生活”，被上海频频提及，与高质量发展相提并论。当党的十九大报告将“人民日益增长的美好生活需要”浓墨重彩提出后，打造品质之城，就是要顺应需求、通向美好。

创造品质，离不开细枝末节，少不了“绣花功夫”。2017 年，习近平总书记在参加十二届全国人大五次会议上海代表团审议时特别提到，上海这样的超大城市，城市管理要像绣花一样精细。

以绣花般的耐心、细心、卓越心推进城市精细化管理工作，正是上海发展到现在这个阶段必须面对的一道城市治理新考题。“抠细节”，由此成为许多城市治理者的日常习惯。

出自建筑大师邬达克之手的武康大楼，是上海近现代建筑中最具代表性的杰作之一。但多年来，想要在这幢优秀历史建筑外找到一面不被电线杆、架空线“干扰”的原生态墙面，为大楼拍一张典雅的“素颜”照片，却几乎是不可能完成的任务。

如今，包围武康大楼多时的“黑污染”正在逐步去除——得益于上海加强城市管理精细化“三年行动计划”，今年上海将完成100公里架空线入地和合杆工作。司空见惯的架空线，要落地却牵动方方面面，这件事的顺利推进，正得益于各方的通力协作、精工细作。而与架空线一样，“计划”明确13项重点任务和42个实施项目，覆盖到城市的角角落落、各个领域、所有人群。

而在“绣花心”之外，手握一根“绣花针”，则意味着需要以法治化、社会化、智能化、标准化的手段，促使城市管理精准有效。

今年年初，上海遭遇十年一遇的大雪。一夜过后，一早行走在这座城市的人们，发现了堪称罕见的动人“奇观”：身边雪景仍在，依然可以赏心悦目，脚下却已然无碍，路面恢复如常。到了盛夏，一个月内4个台风接踵而至，其中3个正面登陆，创下了历史纪录。结果，整座城市同样经受住了考验。

无论大雪还是台风，城市最终安然无恙，甚至让人有闲暇赏景，折射的正是精细化管理的成效。从临战时的预案设计、应急响应、社会动员，到平日里的规划布局、建设投入、监测管理，一整套的系统设计，保障了城市的正常运行。

同样地，日常场景下，一座城市的服务管理品质，也不看“多造了几栋楼”，而是看它有没有在人们最习以为常的、甚至忽视的日常场景里下功夫。

在淮海中路，为了保护沿线密布的历史建筑和古树名木，地下“看不见”的工程设计堪比一台精密手术。在虹口春阳里，“20易其稿”的风貌保护街坊更新改造，最终实现了风貌保护和民生实惠间的“两全”。在黄浦、静安，完成400户手拎马桶改造背后，是从挖化粪池、二次供水改造到设置增压泵、翻新马路管线等等一系列的绞尽脑汁……全城正在努力推行的生活垃圾分类，不同地区、不同社区，更在源源不断创造管用的办法。

这一切，为的是让所有工作生活在上海的人，都能体会到获得感、幸福感、安全感。而随着城市更新的不断推进，这座城市的建筑、街区、公共空间，或“修旧如旧”，或“更新更潮”，并渐渐讲出各自的故事——许多“老弄堂里石库门、梧桐树下老洋房”，修缮之余纷纷贴出二维码，并打开深藏的大门，让人得以一窥究竟、纵览古今；长宁高架桥下的“城市灰空间”、杨浦老小区里差点被遗忘的楼梯转角、奉贤小菜场一侧的微型绿地公园……各式空间，也纷纷借鉴国际高标准的规划理念，以不断更新诠释温度和卓越。

上海市领导常常援引一句歌词：“生活不止眼前的苟且，还有诗和远方的田野”——城市里的细节，细节中的故事，故事中的温情，往往就是一座超大城市的“诗和远方”。

【激情、创造与担当】

一群奋斗者应有的“精气神”

今年七一前夕，习近平总书记专门给83岁的新党员牛犇写信，勉励他发挥好党员先锋模范作用，带动更多文艺工作者做有信仰、有情怀、有担当的人。

也是在建党97周年之际，矢志做“一颗扎根大地的种子”的钟扬，被党中央追授为“全国优秀共产党员”，那句“不是杰出者才做梦，而是善梦者才杰出”成为他拼搏追梦的人生写照。

追求信仰不分早晚，坚定理想需要终身践行，在上海这座蕴含深厚红色基因、拥有200多万共产党员的城市，一位耄耋之年的“新党员”、一位正当壮年的“老党员”，穷其一生所执着的，是各自对永葆共产党人初心和本色的孜孜以求。

而在这个奋斗的时代，千千万万的奋斗者努力用各自的姿态和精神，续写一座光荣之城的奋斗荣光。

2017年10月30日，李强出任上海市委书记后的第一次公开调研，就是到黄浦区五里桥街道调研基层党建、推动学习宣传贯彻党的十九大精神。黄浦区是中共一大会址所在地，而五里桥街道是沪上基层党建领域知名的“老典型”，这样安排，信号意义颇为明显。

“上海作为党的诞生地，既要在改革发展上走在全国前列，更要在党的建设上走在全国前列。”这样的观念，此后被反复强调。上海全市上下特别各级党员干部，从一开始就领受了这样的期望：要持续深入学习贯彻习近平新时代中国特色社会主义思想和党的十九大精神，并始终贯穿于各项工作之中，使之不折不扣在全市落地生根；要按照习近平总书记对上海工作的指示要求，持续深化城市基层党建工作，持续推动各领域基层党组织全面进步、全面过硬，努力走出符合超大城市特点和规律的基层党建新路。

而一切的一切，关键在人。

一座城市的卓越，从来不是嘴上说说就能轻松实现的。上海迈向卓越的进程，要激发内在动力、注入新的活力、保持蓬勃生机，就比以往任何时候都更要聚人气、引人才、凝人心。

在全国各地求贤若渴、甚至打起愈演愈烈的“人才大战”之时，今年3月，上海以一场并不多见的全市性大会，亮明了对人才的态度：盖有非常之功、必待非常之人，上海要聚天下英才而用之。

人才“20条”、“30条”基础上，人才高峰工程行动方案重磅出台，量身定制、一人一策，形成对全球高峰人才的“磁吸效应”，全力打造“人才梦之队”。包括诺奖得主在内的一批顶尖高端人才纷至沓来，助力上海面向未来的发展。

寻觅人才要求贤若渴，错失人才要有切肤之痛。这样的紧迫感、危机感，不仅仅在人才工作。

自去年底在全市启动的“大调研”，把触角延伸到各个方面、各个角落。全覆盖问计问需，深入了解企业经营中的难点、痛点、堵点和群众最盼、最急、最忧、最怨的问题，切实掌握平时视野之外的企业和群众的需求困难，真正把发现问题、解决问题作为重中之重。

不少村居民有切身感受，“偶遇”各级领导已经成为常态，很多干部不仅“沉到一线”，事先也“不打招呼”，直插基层、直面问题。有区长给每一位调研对象留下手机号，有些调研对象当面不方便提问题，可以通过短信向他反映，这也成了他掌握基层群众所思所想的重要通道。有区委书记在调研手记里写道，“调研的效果好不好，不能往纸上看，也不能往墙上看，而要往群众的脸上看，往企业的效益上看”。还有“一把手”自我剖析：“跳出‘舒适圈’，才能更精准地为居民群众排忧解难。”……

用“辛苦指数”换来群众的“幸福指数”、以“本领高强”换来群众的“生活高质”，这也是对新时代上海干部应该具备怎样的特质的一次作答。

“充满激情、富于创造、勇于担当！”今年8月，市委书记李强在全市组织工作会议上这样概括。

这场旨在“贯彻落实全国组织工作会议特别是习近平总书记重要讲话精神，进一步发挥党的组织优势，激发党员干部的奋斗精神，为新时代上海各项事业发展提供坚强组织保证”的会上，上海的干部们再一次明确了新时代应有的精气神：要有舍我其谁、当仁不让的气概，不能上推下卸、推诿扯皮；要有动真碰硬、克难攻坚的劲头，不能圆滑世故、明哲保身；要有任劳任怨、尽心竭力的情怀，不能偷奸耍滑、敷衍了事……

做到这些，某种意义上也回应了习近平总书记曾经提出的要求——要保持锐意创新的勇气、敢为人先的锐气、蓬勃向上的朝气。在首届中国国际进口博览会筹办的日子里，在打响“四大品牌”的工作中，在推进“一网通办”的过程中，在干事创业的各个方面，各级干部负起该负的责任，做好该做的事情，勇于挑最重的担子、啃最硬的骨头，奋力开创上海更加美好的明天。

（《解放日报》2018 年 11 月 4 日）

申报资料实录：

作品简介：

习近平总书记亲临上海出席首届进博会并考察上海工作之际，解放日报精心策划撰写长篇通讯，全景展现上海在党的十九大闭幕一年来始终以习近平新时代中国特色社会主义思想为指引，时刻不忘初心，矢志永远奋斗，诠释中心城市使命担当的历程。报道从习近平总书记率政治局常委瞻仰一大会址的场景切入，从目标使命、改革开放、创新发展、精细化管理与城市品质提升、干部群众精神状态等五个方面展开，用大量细节和论述穿插，透彻梳理了上海一年来的重点、亮点、兴奋点，并深入剖析出其中蕴含的发展之道、治理之道、奋斗之道。作品立意高远，布局精巧，阐释深入，表达精致，富有思想性和现实针对性。

社会效果：

报道刊发引发热烈反响。文汇报头版头条全文转载，上海广播电视台重要新闻栏目摘播，上海各大主流媒体新媒体平台，和人民网、新华网等中央主流媒体新媒体平台，以及凤凰网、今日头条、百度等重要商业网站和平台，均全文转载推荐。解放日报·上观新闻平台除全文刊发稿件外，还将其改写成 10 余篇短小精悍、适合互联网传播的作品陆续刊出，多篇收获逾 10 万点击量。

推荐理由：

在重要时点策划长篇综述，体现党报特殊的政治站位和思想深度。本文充分继承了党报重大综述的优良传统,同时锐意创新,从谋篇布局到细节表达,着力体现新时代的新气息。全文思想厚实,表达灵动,为外界读解上海一年提供了权威读本,也在特别的时间节点上彰显了党报的担当和作为。

一等奖(20 件)

文字通讯

莫让“海归”标签“逼”走优秀博士生

作者：许琦敏

编辑：王　勇　任　荃

昨天凌晨刚在英国《自然》杂志发表领先世界的合成生物学成果，中国科学院分子植物科学卓越创新中心植物生理生态研究所合成生物学重点实验室覃重军研究员就在媒体面前流露出内心焦虑：论文的第一作者、掌握了自己学术思想和实验关键技术的博士生邵洋洋正在申请海外博士后，其中就包括此次与他们同时发表类似论文的美国同行实验室。

“为了学生的前途考虑，我希望她出国，但为国家考虑，我真希望能留住她。”覃重军无奈地说，按照国内学术圈现行的“游戏规则”，年轻人若在国外实验室做出好的工作再回国，获得的待遇会好很多。能否根据真实学术水平和实际科研贡献，给予海内外青年人才同等待遇？这个近来被诸多讨论的话题，再次摆在我们面前。

国内不乏孕育重大产出的优秀“学术土壤”

将酿酒酵母中16条天然染色体，通过基因编辑的方法合成一条，覃重军研究团队在“合并染色体”的国际竞争中拔得头筹。连他最强劲的竞争对手——美国科学院院士、纽约朗格尼医学中心的杰夫·博伊克，都忍不住来问他，究竟是怎么会想到要这么做，又是怎样完成染色体“十六合一”的？因为博伊克的实验室用了相同的技术路线，但只融合到两条染色体。

“这是只有外行才敢想的念头，一开始没多少人觉得我能做出来。”覃重军非常感谢植生所给了他宽松的氛围，支撑他度过了最艰难的时光，“整整五年，我没有发表一篇与酵母相关的论文，换在别的单位，或许早就让卷铺盖走人了。”

覃重军说，这次成功的关键是他在初期作了大量思考，清晰界定了实验的原则，同时实验室也在进行系统的技术积累。中国科学院上海植物生理生态研究所所长、中国科学院院士韩斌告诉记者，尽管覃重军没有出论文，但研究所更看重人才的长期发展，在国际评估中，他的研究方向一直得到认可，“需要五到十年才能出的重大成果，我们就该耐心等待。”为了让科学家安心做科研，植生所为各研究组长提供稳定的年薪，而非根据各研究组的科研经费多少来核算。

维持研究团队运转的人头费一直是件头疼事。多年来，覃重军研究组的“赤字”超过 300 万元。“有些单位的研究组账面少于 50 万元，就可能被要求关闭，更不可能赤字运行。”为此，他感到十分幸运，“现在无论哪里要我去，我都不会离开植生所这片宽容的学术土壤。”更何况，这里每年都会冒出两三项引发学术界关注的重大成果，已初具国外著名实验室的创新氛围。

优质“小环境”还需“大环境”扶持滋养

宽松而有活力的“学术土壤”在国内尽管还不多，但越来越多的“星星之火”已经出现。不必远寻，就在生命科学领域，上海就有多个研究所具备了专注学术、宽容失败、奋力创新科研氛围，而且具备了国际一流的研究实力。

照理说，这样的研究所对优秀博士毕业生应该具有相当吸引力。但邵洋洋斟酌再三，还是决定申请海外博士后。的确，以此次单染色体人工酵母的工作，她可以申请到全球合成生物学领域任何一个顶尖实验室，去那些实验室接受训练和熏陶，这是每个年轻博士所向往的。然而，更吸引人的，是去一个优秀海外实验室学习上两三年，做出杰出工作再回国，就能比不出国的青年科学家获得更多科研经费支持和房贴，申请人才计划、科研项目都更有优势。

“可我又有什么理由阻止她出国做博士后呢？尽管我的研究组人手十分紧张，她走之后，很多后续工作可能难以开展。”尽管植生所的“小环境”不错，但从整个科研大环境来看，“海归”标签依然在科研经费获取、人才评价等方面起着重要作用。这让覃重军如鲠在喉。

不久之前，中国科学院神经科学研究所博士后刘真受聘为研究组长，他也曾为是否出国做博士后而纠结过。尽管他留在国内并做出了世界首批克隆猴这样的杰出工作，但在科研启动期所获得的资助仍比不上“海归”们。

“一个优秀博士生的流失，不仅意味着一段黄金创造力的流失，也可能将国内实验室的创新科研思路带给竞争对手。”痛心之余，覃重军疾呼，能否更公平地对待不同路径成长起来的人才，适时转变人才评价方式，让优秀博士生不必为了“海归”标签而出国。

（《文汇报》2018 年 8 月 3 日）

申报资料实录

作品简介：

海归与本土人才待遇上的不平等，是一个长期被关注的话题。而且，随着国内科研水平的不断提升，这一矛盾越来越突出。在 2018 年 8 月 2 日单染色体酵母科技成果的新闻发布会上，记者听到多位与会专家提到论文第一作者选择申请海外博士后，由此对国内人才评价看“海归”标签，导致大量优秀青年人才外流表示十分痛惜。记者当场抓住这个新闻点，密集采访了学生本人、导师、研究所所长、该所科研负责人，以及其他与这一话题相关的人员，当天就赶出了这篇通讯。

社会效果：

作品在报纸刊发后，又在文汇网、文汇 APP、文汇教育微信公众号上进行了融媒体传播。该作品被诸多网站、微信公众号转载，中国科协网站等多家媒体跟进报道。

8 月 6 日，中国科学院院士、中国科学院院长白春礼对稿件做出长篇批示，认为这集中反映了当前人才评价和激励政策过度看重“经历”和“出身”，忽略了科研水平和科研贡献这个本质，要求在中科院系统率先试行破除“四唯”的新评价制度。此后，他又在多个场合提到此事。这篇稿件对我国人才评价改革工作，起到了一定推动作用。

推荐理由：

这篇报道观点鲜明、文字精炼，通过新闻事件抓住了大众关心的人才评价问题。报道刊发后，在社会上引起了强烈反响，不少传统媒体和新媒体跟进报道，并得到了中国科学院院长白春礼的长篇批示，对我国人才评价改革工作，起到了一定推动作用。

文字通讯

不负时代使命　勇当开路先锋

——习近平总书记考察上海回访记

作者：集体（姜微、姚玉洁、何欣荣、贾远琨、郑钧天、王琳琳、郭敬丹、王默玲）
编辑：陆斌

登第一高楼、看“两新”党建、访城市治理、察科学创新……11月6日至7日，习近平总书记考察上海，对改革开放排头兵、创新发展先行者上海，寄予了新的历史使命和时代嘱托。

勇于挑最重的担子、啃最难啃的骨头；上海在党和国家工作全局中具有十分重要的地位……殷殷嘱托满含着习近平总书记对上海这座城市和上海人民的感情和牵挂，更传递了总书记对改革开放再出发的宣示和指引。

连日来，新华社记者循着习近平总书记考察的足迹一路回访，深深感受到上海干部群众备受鼓舞，改革开放再出发的豪情奔涌在浦江两岸，干事创业争一流的激情流淌在大街小巷。上海，肩负更好为全国改革发展大局服务的使命，振奋前行。

改革开放绘就壮美长卷

11月6日上午，习近平来到中国第一高楼上海中心，在119层观光厅，俯瞰上海城市风貌。

在552米的观光厅高空远眺，整座城市尽收眼底，静静流淌的黄浦江像一条玉带蜿蜒向东，杨浦大桥、世博园区如珠玉点缀。身侧，东方明珠广播电视塔、金茂大厦、环球金融中心各展风姿。

上海中心是习近平在上海工作期间，亲自研究规划、亲自审定方案、亲自关心推动的项目。观光大厅内，一幅幅照片今昔对比，生动展示上海百年沧桑巨变。

上海中心大厦建设发展有限公司总经理顾建平指着展板上的一幅照片回忆说："这是习近平同志2007年8月18日专程听取上海中心建筑设计方案汇报时的场景，当时有19个方案21个模型，他一个一个地看。这次，总书记又询问了上海中心开工、运行的情况，以及社会各方面的评价等。"

"我们不只是盖一座建筑，而是打造一座绿色、智慧、人文的'垂直城市'，以人为本，有可持续发展的能力，这与总书记对我们的指导也是相吻合的。"顾建平说。

浦江两岸，百年外滩和摩天大楼见证了中国翻天覆地的变化；长江入海口，洋山深水港犹如一面征帆，远洋货轮在这里整装待发奔赴全球……连续8年蝉联全球集装箱第一大港、成为国际航线网络重要的启运和中转枢纽的上海港，正在综合物流、智能系统和信息化管理等方面进行积极探索。

习近平一直关心洋山港建设和发展。6日下午，在上海浦东新区城市运行综合管理中心，习近平通过视频连线洋山港四期自动化码头，听取码头建设和运营情况介绍。

"总书记对洋山港建设提出殷切期望，嘱咐我们把洋山港建设好、管理好、发展好，不断提高港口运营管理能力、综合服务能力。"上海国际港务（集团）股份有限公司党委书记、董事长陈戌源说。

洋山港四期是全球最大的自动化集装箱码头，与传统码头相比，装卸作业效率提高了30％，用工节约了70％，能源消耗大大降低。

上海港28％的货量来自于长江支线运输，国际贸易集装箱吞吐量中，"一带一路"国家占据35％。在陈戌源看来，上海港的发展得益于国家战略的推进。"我们要更好地服务全国、服务长江经济带、服务长三角更高质量一体化发展。"

把科技创新摆到更加重要位置

6日下午，习近平总书记在张江科学城展示厅考察。张江综合性国家科学中心建设，是上海建设全球科创中心的一着重棋。从阡陌农田，到高科技园区，再迈向"产城融合"的科学城，上海张江一路发展变迁，诠释了一个道理：创新，是实现高质量发展的强大动能。

大科学设施为科学家开展前沿基础研究搭建了平台。中国科学院院士、张江实验室主任王曦印象最深的是，习近平总书记非常关心我国大科学装置在世界上处于什么水平。“按照总书记的要求，下一步张江实验室将打造成国家科技体制改革的试验田，同步提升硬件和软件水平，建设一个富有生命力的创新体系。”

中科院上海分院院长王建宇向总书记介绍了暗物质粒子探测卫星（悟空号）的运行情况。“总书记把科技创新摆到非常重要的位置。现在是我国科技创新的战略机遇期，也是所有科研人员的黄金发展期。我们将通过对高尖端设备的成功研制，推动中国从航天大国走向航天强国。”

以上海为中心的长三角地区，正在打造国内集成电路产业的高地。华虹集团董事长张素心向习近平总书记介绍了上海集成电路产业的产业链布局以及各个环节所取得的成绩。“总书记勉励我们提升原始创新能力。集成电路产业的发展任重而道远，我们要在芯片领域百尺竿头，更进一步。”

生物医药的创新发展关乎百姓健康，也是上海的优势产业。中科院上海药物研究所党委书记耿美玉研究员向总书记汇报了药物所在抗阿尔茨海默症新药（GV－971）研发方面的最新突破。“未来，我们希望能够申请药物科学的国家实验室，多做老百姓吃得起的好药，为‘健康中国’战略贡献力量。”耿美玉说。

“绣”出城市品质品牌　心系民生大事小情

一流城市要有一流治理。6日上午和下午，习近平先后来到虹口区市民驿站嘉兴路街道第一分站和浦东新区城市运行综合管理中心，考察上海在社会治理创新和城市精细化管理方面的“绣花功夫”。

在嘉兴路街道托老所，86岁的独居老人王永年告诉记者：“总书记关心我们的生活状况，还问我们在这里生活是否愉快。托老所文娱活动十分丰富，闷了还有工作人员陪我们到附近的公园里走走，总书记听了很高兴。”

垃圾分类，是习近平总书记关心的六件民生“小事”之一，也是今年上海抓的一项重要工作。嘉兴路街道党建服务站的志愿者陈鹏翔说：“青年是推广垃圾分类的中坚力量。总书记说，‘垃圾分类工作就是新时尚’，激励我们把推广垃圾分类工作进一步落实落细。”

“总书记的关心，是对社区工作的极大鼓舞。我们会将其转化为未来工作的动力。”嘉兴路街道党工委书记白爱军说，“未来要建好老百姓家门口的服务站，深化每一个细节，让老百姓的生活更加便利。”

社区服务要用心用情，城市管理要注重科学化、精细化、智能化。浦东新区城市运行综合管理中心是浦东着力建设的“城市大脑”。在这里，一块巨大的屏幕上实时跳动着各种数据，其中就包括接警数、实有人口、地铁故障等25个城市管理核心要素。

“因为我是当天城运中心的总指挥，总书记称我是浦东当天的值班主任。”浦东新区副区长姚凯说，“过去遇到难解的问题，政府各个部门之间容易互相推诿，其实各级领导干部都应成为‘值班主任’，必须具备守土有责的思想意识，拧成一股绳，一同为城市管理贡献力量。”

“总书记肯定了我们对城市管理的探索，大家备受鼓舞。”浦东新区环保市容局信访应急处副调研员王沛说，“未来我们将把条线内的管理资源、力量更好地整合进‘城市大脑’之中，从更智能、更共享的角度去实现城市管理的精细化。”

作为“城市大脑”的建设者之一，浦东新区城运中心智能化提升专项组负责人徐惠丽说：“我们将遵照总书记的指示，把更多的基层管理智慧与社会力量凝结到城运中心的平台上，为市民创造出一个更有序、更安全、更干净的城市环境。”

党建引领春风化雨　基层“难点”化为“亮点”

6日上午，习近平来到上海中心大厦22层的陆家嘴金融城党建服务中心。

陆家嘴金融城95%的企业是“两新”组织，50余万白领中近70%为硕士及以上学历，面对这一特色主体，陆家嘴金融城创新基层党建，引来企业和党员不断点赞。

“当听到寸土寸金的上海中心‘零租金’拿出黄金楼面来做党建服务中心时，总书记很感兴趣，同时对我们共建共享的工作机制表示赞许。”上海自贸试验区陆家嘴管理局党组书记、局长张宇祥说。

在旗帜引领下，陆家嘴金融城探索形成了特色鲜明的“楼宇党建”体系，250多幢商办楼宇里星罗棋布地分布了10个片区和30个党建站点，管理服务区域内284个“两新”基层党组织和9100名党员，实现了全覆盖。

当天在陆家嘴金融城党建服务中心，有3个党支部正举行联合主题党日活动。渣打银行(中国)有限公司党总支书记、运营风险总监兼上海分行副行长董述演说："作为一个基层普通党员，感到总书记对'两新'组织的党建工作非常重视、非常关心。我在实际工作中感到，新兴领域的党组织领导是坚强有力的。身边的党员都很优秀，大家自然就会对这个组织心生向往。"

当天参加主题党日活动的国华人寿保险股份有限公司党委书记、副总裁张文杰现场感受到了习近平总书记对民营企业的真挚关怀和牵挂。

"总书记和我们交流党建工作、交流年轻人的想法，字字句句都体现着对民营企业的关心和重视。"张文杰说，"公司11年的发展历程中，我们深切体会到党建能带动业务，党员工作作风过硬，遇事迎难而上。通过党建，公司吸纳了一批年轻人，让队伍更有凝聚力战斗力。"

为新时代上海发展指明前进方向

7日下午，在听取上海市委和市政府工作汇报时，习近平对上海新时代发展指明了前进方向，明确了目标定位，赋予了重大使命。

此前，在首届中国国际进口博览会开幕式上，习近平对上海提出了三项新的重大任务——增设上海自贸试验区新片区、设立科创板并试点注册制、将长三角区域一体化发展上升为国家战略。

习近平总书记的重要讲话引发上海干部群众热烈反响，点燃了上海各界新一轮干事创业的激情。

率先体验医疗器械注册人制度的上海逸思医疗创始人聂红林说："自贸区改革探索给创新型企业带来前所未有的机遇。期待自贸区增设新片区后，更多'国内第一'的首创项目从这里出发，更多制度创新'良种'向全国播撒，让企业分享更多红利。"

"在上交所设立科创板是落实创新驱动和科技强国战略、推动高质量发展、支持上海国际金融中心和科技创新中心建设的重大改革举措。众多创新企业将迎来春天。"上海市金融办主任郑杨说。

"新时期中央明确将长三角更高质量一体化发展上升为国家战略，有利于发挥其在中国新一轮改革开放中的龙头带动作用，也有利于让长三角在世界级城市群建设中提升国际竞争力，体现中国进一步推进改革开放的决心。"上海财经大学城市与区域科学学院副院长张学良说。

一滴水能反映出太阳的光辉，一个城市可以体现一个国家的风貌。

“总书记部署的这些重大举措，一定会大大推动上海的发展，使上海更好地服务长三角，服务全国，服务全世界。”复旦大学中国研究院院长张维为说。

上海市委常委会表示，增设上海自贸试验区新片区，是制度创新的布局；在上海证交所设立科创板并试点注册制，是要素市场的布局；实施长江三角洲区域一体化发展国家战略，是发展空间的布局。上海将紧紧围绕落实这三项重大任务和用好进口博览会这一开放平台，举全市之力、集各方智慧，高起点、高标准、高水平地办好这几件大事，不辜负习近平总书记对上海的信任和重托。

（新华社上海分社 2018 年 11 月 8 日）

申报资料实录

作品简介：

首届进博会期间，习近平总书记考察上海，登第一高楼、看“两新”党建、访城市治理、察科学创新，“勇于挑最重的担子、啃最难啃的骨头”“上海在党和国家工作全局中具有十分重要的地位”，前所未有的高度肯定，意味着中央对上海不同寻常的期待。新华社上海分社敏锐地捕捉到这一重要意义，派出 5 路记者第一时间回访总书记考察足迹，感受上海干部群众干事创业的激情。稿件采访细腻扎实，独家披露了很多珍贵的细节，引发广大受众共鸣。

社会效果：

《习近平总书记考察上海回访记》立意高远，通过生动的细节传递了总书记对上海这座城市和上海人民的感情和牵挂，展现了上海干部群众的精神风貌。除了回访总书记走过的路线，稿件进一步深化了对上海历史新方位、发展新方向的内容，首次在新华社回访稿中出现了上海市委常委会的表态，提升了稿件深度和内涵。稿件被 282 家媒体转载，引发强烈反响。

推荐理由：

主题宏大，落笔自然。在生动的走访和讲述中，体现了中央寄予上海新的历史使命和时代嘱托；在清新流畅的字里行间，寄托了总书记对上海和上海人民的殷殷深情，对改革开放再出发的宣示和指引。

没有什么难题,能难倒改革者

——献给改革开放 40 周年(上)

作者: 朱珉迕　谈　燕
编辑: 缪毅容

一

今天习惯了地铁出行的上海人,很难想象当年建第一条地铁有多难。

2018 年,上海有了 17 条轨交线路,总里程 673 公里,车站 395 座,路网规模世界第一;6 条线路周末延时运营到零点,最长运营服务时段近 20 小时,日均客流超过 1000 万人次。

做到这些,只花了 20 来年。而从起始酝酿到造出第一条地铁,却经历了快 40 年。

没有人在软土层中建过地铁,这是技术之难;工程耗资 50 多亿人民币,这在当年堪比天文数字,这是资金之难。

筹钱势必要接触外国资本,引进技术也要同外国人打交道,这在很长时间里都是中国社会的禁忌。在那个年代,要冲破的,更是观念之难。

但上海这座城市,常常是向难而生的。

二

1980 年,一篇题为《十个第一和五个倒数第一说明了什么?》的长文登上《解放日报》头版头条,震动舆论。

此时,改革开放的号角已经吹响,一度被称为“共和国长子”的上海却有些着急。连续多年，上海的工业总产值、劳动生产率、上缴国家税利等至少十个方面均列全国第一，但城市建设却截然相反——人均道路面积倒数第一、人均居住面积倒数第一、三废污染处理倒数第一……

因为常年缺乏投入，这座城市的基础设施欠账实在太多了。作者忧心忡忡地表示，上海的发展“极不正常，已形成‘畸形状态’”。

这个观点引发了一些争议，但更引起了不小的共鸣。而在1980年代开始实施价格双轨制后，上海的压力就更大。

据亲历者回忆，到上世纪80年代末期，上海一年财政收入是46亿元，能够用于市政建设和维护的却只有6个亿。那时市中心的排水设施大多还是20年代建的，老旧不堪，一下大雨，容易“水漫金山”；有一年南京东路外滩附近接连发生两次火灾，一场是南京东路的惠罗公司，一场是四川路沿街商业用房二楼的居民住宅，原因都是电线老化……

当时的上海，是共和国的“后卫”。在强调“摸着石头过河”的改革开放初期，局部试验带来的未知数开始增多，上海作为全国的“工业母机”和计划经济体制最完善的地方，需要用自己的贡献，来确保大局的稳定。

但担当“后卫”，不等于没有“向前”的冲动。这既是形势所迫，也是上海人骨子里的基因。上海人明白，只有顺应了改革开放这个大势，上海才能更好地服务大局。

而在用了几十年下水道、上百年的电线和拥挤不堪的住房、公交车面前，人们迫切追求的，就是“改革”。

三

上海人梦寐以求的地铁，就是靠改革建起来的。

1986年，经国务院94号文件批准，上海率先向国外借债32亿美元，投资工业和市政建设，并确立了一批“‘九四’专项”工程。其中的重点项目，就包括地铁一号线。

新中国成立后，从没有地方政府利用外资搞过基建。开这个政府投融资体制的先河，不仅需要思想解放，一度也要顶着压力。差不多同时着手研究的“土地批租”同样要力排众议——让国有土地从“无偿、无年限、无流通”变成“有偿、有年限、有流通”，这对传统观念和操作手法的冲击，堪称石破天惊。

但对当时的上海来说，要应答“钱从哪里来”的追问，要解决那些最为现实、最为迫切的问题，除了改革，别无选择。

矛盾交织，积重难返，欲理还乱。那个年代，不少上海人有一句口头禅，“上海搞不好的”。但人们心里知道，路是闯出来的，也是创出来的。没有路，就闯出一条血路、创出一条新路。这是改革的真谛。

也是因此，即便在“最困难的时期”，上海仍然创下了多个“第一”。新中国的首个股份制公司出现在上海，首家民营金融机构出现在上海，第一个证券营业部出现在上海，第一次集体所有制企业向私人拍卖财产，发生在上海……

在改革开放跨过第一个十年之后，上海已经无惧艰难。而当邓小平连续七年在上海过年，决意要打出上海这一张“王牌”的时候，当昔日遍布农田的浦东，终于迎来开发开放历史机遇的时候，上海从“后卫”转向“前锋”，显得水到渠成。

四

在改革开放40周年之际，重温改革开放之初的艰辛，我们想做的并不只是回忆。

事实上，40年来的上海，从当初的“后卫”，到后来的“前锋”；从长三角和长江流域的“龙头”，到全国的“改革开放排头兵、创新发展先行者”，无论身处怎样的方位、承载何种期待，有些认识是始终如一的：改革从不容片刻停步，改革也从不会轻轻松松。

改革需要付出代价，但改革的代价不会白付。一位在一线全程见证上海改革开放40年的学者就说，“改革”最特别的含义，就在于往往没有预设的抽象目标，更没有一条铺满鲜花的道路。“改革都是被现实逼出来的。尽管没有美丽的词藻，没有惊天动地、激动人心的场面，但它是实实在在解决问题的。”

这是他所理解的“中国改革的基本要义”，当然也是上海改革的基本要义。而只要走上了没有鲜花的改革之路，改革者要做的，就是一次又一次地探索未知、披荆斩棘。

40年里，上海有过厚积薄发，有过势如破竹，更有过壮士断腕。上海的改革，需要着眼于最具体的事——比如能不能为建地铁筹措足够的钱，能不能尽快消灭“马桶”、让居者有其屋；同时也要处理最宏大的命题——比如能否彻底跳脱

"姓社姓资"的纷争,如何处理好政府与市场的关系,如何去对接国际通行的规则制度,并从中走出自己的路。

40年里,这座城市的人,感知过基础设施薄弱的苦楚,也体验过产业结构转型的阵痛。很多人永远忘不了上世纪90年代的"两个100万"——100万人动迁,100万人下岗转岗。人们真正切切地体会到了什么叫"难",什么是"痛"。

但正是这样的风雨洗礼中,这座城市不断向前,向前,再向前。

五

1990年3月3日,从上海回到北京后,邓小平说了这样一段话:"上海是我们的王牌,把上海搞起来是一条捷径。"

历史就这么翻开了全新的一页。人们至今记得邓小平对这座城市的嘱托和鼓励。"什么事情总要有人试第一个,才能开拓新路。试第一个就要准备失败,失败也不要紧。"他说,"思想更解放一点,胆子更大一点,步子更快一点。"

2018年11月5日,习近平在上海,出席首届中国国际进口博览会。开幕式上,他以国家主席的身份,向全世界推介这座自己曾经主政的城市。

"开放、创新、包容已成为上海最鲜明的品格。这种品格是新时代中国发展进步的生动写照。"几分钟后,上海接到了三件"大礼包"——自贸试验区增设新片区,上交所设立科创板并试点注册制,长三角一体化上升为国家战略。

确切地说,这是给予上海的三项新的重大任务。放到改革开放40周年的特殊时点下,更能读出它们的特殊意义——每一项都呼唤更高起点、更高水平、更大力度的改革开放。有的需要在高原上向上攀登,有的要在白纸上重新作画。每一项都蕴含着巨大的想象空间,每一项都意味着巨大的挑战和考验。

40周年,"不惑"之年,"再出发"之年。上海又一次走到了历史的新起点。人们不知道,接下来会有多少新的问题需要破解,有多少具体的难关需要闯过。

但人们确信,难题和挑战,只会催促这座城市把改革的步子迈得更快,把开放的大门开得更大,把创造的激情点得更"燃"。

就像改革开放之初那样,没有什么难题能够难倒改革者——只要一心向前。

(《解放日报》2018年12月16日)

申报资料实录

作品简介：

庆祝改革开放40周年之际，解放日报策划推出“献给改革开放40周年”系列报道，回望国家和上海40年来的壮阔历程，深度剖析蕴藏其中的历史经验。本文作为开篇，从普通市民切身感知的“地铁”这一细节切入，重温40年来上海多次面对的困难、挑战和未知，阐释这座城市历来不畏难题、克难奋进、富于创造的改革精神；并以历史观照当下，结合上海领受的三项新的重大任务等新时代新使命，深刻指出面对新问题、迎接新挑战、谋求改革开放再出发时，最需要的仍是把改革的步子迈得更快，把开放的大门开得更大，把创造的激情点得更“燃”。作品立意高远，史论结合，叙事精到，表达富有文采，具有历史纵深感，并具有强烈的现实针对性。

社会效果：

本文刊发后受到多方好评，引发热烈反响。光明网等中央重点新闻网站，东方网等本市主要新闻网站，今日头条、搜狐、腾讯等商业网站平台均全文转载；解放日报·上观新闻同时全文刊发此文，在本平台内得到数万阅读量。

推荐理由：

庆祝改革开放40周年，是党报重大主题宣传任务。本文从策划到采写，却没有简单将其视作任务，而是视为党报献给历史、献给当下的一份特殊答卷。作品用大量生动事例勾勒改革的历史厚重感，激起人们对改革的认同；同时针对当下的时代背景，特别是社会上存在疑惑和畏难情绪，直面现实，果断发声，诠释了“改革开放再出发”的精气神，充分体现了党报记录历史、记录时代、引领价值的作用。

“公交都市，温情夜宵车如何更智慧更高效”系列报道

作者：张家琳
编辑：徐锦江　王玲英　褚觉美

（限于篇幅，本书仅选录系列报道中的三篇代表作。）

代表作一

公交都市，温情夜宵车如何开得更智慧更高效

“很多公交夜宵车上几乎没有乘客！”最近，有市民向本报反映，上海部分夜宵线上，乘客寥寥无几。几圈下来，空荡荡的车厢内，常常只有司机孤独的背影……

所谓夜宵线路，是指首班车 23 时、末班车次日 5 时之间的公交线。数字夜宵线间隔不超过 40 分钟，文字夜宵线不超过 1 小时。来自市城市交通运输管理处的信息，全市除往来两大机场的 1 条守航夜宵线外，还有 39 条夜宵线，其中 20 条由上海火车站、上海南站等大型客运枢纽周边始发。这些夜宵公交车客流情况如何？线路站点设置、班次间隔是否合理？记者连续 3 天凌晨乘坐夜宵车进行体验。

开往儿科医院的夜宵线很冷清

4 月 16 日，上海南站夜宵车枢纽

记者发现，以上海南站为起点的夜宵线有 301 路、303 路、315 路、341 路等。

4 月 16 日凌晨 0 时 50 分，55 岁的曹师傅已将 1 时发车的 315 路停到上海南站南广场站台。他说，往来于上海火车站与上海南站的 315 路，营运时间是 23 时

至次日4时30分，12个班次，间隔时间为半小时。除了23时30分两班车和末班车有少部分火车乘客乘坐外，其余时段没啥乘客。记者问他一路上有无乘车熟客？他说印象中，2时多在漕河泾站会上来一名坐到终点站的邮局员工；还有上海体育馆站会上来一名退休老人，到常熟路华山路站下，估计是去华山医院排队看病。

1时10分，记者来到上海南站北广场。341路、301路、303路等站台处灯光黯淡，个别站牌上的发车时间等无法看清，周边异常冷清……

1时30分，记者在303路上看到仅有一名乘客，对方自称来自天津，准备乘坐K526火车（过路车，上海南站4时14分发车）前往苏州，由于"闲得慌"，就坐303路到终点站南浦大桥兜一个来回，他自称"不虚此行"。司机说，为打发等候火车时间，坐夜宵车兜风的外地乘客并不少见。

10年前开通营运、往来于上海南站北广场和复旦大学附属儿科医院之间的341路，据业内人士说是上海最年轻的夜宵线，设置的本意是为深夜求诊的孩子、家长提供便利。1时40分，一辆341路缓缓驶离站台，全程7站，车厢内始终只有司机王师傅和记者两人。1时59分，车辆抵达5公里外的终点站儿科医院。记者下车后看到，医院正门紧闭，"急诊通道"大门距341路终点站至少三四百米。当记者问"急诊通道"口一名女工作人员，深夜有没有家长带孩子坐公交车来看急诊时，她指着门口停的10多辆出租车，一脸不解地反问：看急诊的家长会有耐心，笃悠悠等几十分钟才来一趟的公交车吗？

2时20分，车辆返程。2分钟后车停靠莲花路顾戴路站，一位自称来自河南郑州的男乘客上车，他说夜行迷路了，正好看到有车过来，就先上再说。2时40分，记者和该乘客回到上海南站北广场。司机王师傅说，他的上班时间是23时至次日5时，一个晚上开6圈即12个单程，除1至3时的间隔时间为40分钟外，其余都是半小时一班。"一晚上的乘客还不到10人。"他说，341路有两辆车对开，司机经常一个人开着空荡荡的车来回跑。

因便宜有座代驾员选择夜宵车

4月17日，上海火车站夜宵车枢纽

17日凌晨，记者又来到夜宵车始发集中的上海火车站。

0时，在上海站南广场东侧，前往宝山密山路友谊支路的322路首班车准时发车。记者数了数，车厢内有22名乘客，其中3名是携带折叠车的代驾人员。

322路沿共和新路一路北行，中山北路站上来两名乘客；闸北公园站上来4名，其中两人满嘴酒气；江场路站又上来手提电动踏板车的2名代驾员。公交车驶离共和新路，朝东进入长江西路的第一站是长江西路通河路站，该站是全程25站中的第10站，周边集中泗塘、通河等诸多新村小区，车厢内一大半乘客下了车。在距终点站还有5站的同济路水产路站，所有代驾员都下了车，只剩两名乘客。当车进入友谊路时，乘客只剩记者1人了。

记者到终点站后马上又上了一辆1时出发的返程车。宝山巴士站上有3名乘客，全是提折叠车的代驾员。3人戴着头盔、身穿反光马甲，脖子上缠着橘红色的工号牌，说说笑笑。当车重回共和新路时，车厢内已有5名代驾员，互相招呼，彼此交流当日收入等信息。有的则紧盯手机，一旦有活，随时下车。

记者问代驾员为何选择夜宵线出行？“便宜啊！”一名代驾员脱口而出，“从宝山到火车站，才2元钱，还确保有座！”其他代驾员都笑了起来。近中兴路站时，记者看到前面有一辆正在载客营运的312路夜宵车。对照公交线路图发现，322路、312路在共和新路上有近10个站点完全一致。“两线重复，再加上有的发车时段还前后脚，本来就不多的客流被再次分流。”司机葛师傅说。1时58分，记者返回火车站，整个25公里行程，只有8名乘客。

酒店员工乘夜宵车回集体宿舍

4月18日，外滩附近夜宵线枢纽

起(终)点站设在曾经热闹的码头、轮渡口等处，为其配套的夜宵线路，如今客流有无变化？

18日0时5分，记者来到外滩新开河站公交枢纽。曾为十六铺码头配套的317路，车型已改为申沃油电混合动力。0时10分，317路首班车准时发车，10.5米长的车厢内，只有1名乘客。第一站中山东一路广东路站，一下涌上来17名年轻人。司机鲍师傅说，乘客都是外滩附近酒店、宾馆的服务员，这个点正赶上他们下班，他们的宿舍在隆昌路站附近，所以集中赶这一班车。记者坐在前门边座位上。此后6站，除中山东一路南京东路站上了4名乘客外，其余上客数至多2人。唐山路新建路站上车的刘先生是个麻将迷，之所以在这里上车，是因为附近麻将馆里玩友都是动迁前的老邻居。

317路从大连路往东拐后，就一直在平凉路上行驶直至终点。记者看到，此后10多个站点几乎没有乘客上车。当晚平凉路正在修筑路面，事前也没通告，317路只能绕行景星路、榆林路、汾州路、扬州路、许昌路，再兜回平凉路，跳过了“平凉路通北路站”。“通北路站一带以前还是有乘客的，不过现在都动迁了。”借助路灯，记者看到沿途大多砌起一人多高的围墙，墙内一片瓦砾；有的门面房仅剩黑洞洞的窗框。车至平凉路隆昌路站，外滩上车的10多位年轻人果然集体下车。车厢内只剩下鲍师傅、记者和另一名乘客。在经过近12公里、22站后，317路于0时50分到达终点站平凉路军工路站。鲍师傅马上拨打手机，汇报修路情形，随即驾车返程。宁武路站上来一个小伙，是名代驾员，准备到外滩后再换车前往浦东接活。此后，平凉路眉州路又上来3名按摩女工。夜宵车驾龄已超过10年的鲍师傅，做6天休1天，工作时间是23时至次日5时。他说，10年来客流一直很少，尤其是凌晨2时至4时。平凉路、唐山路等沿线动迁后，客流就更少了。1时30分，记者返回新开河站，一个单程全部乘客只有7人。

1时50分，记者来到南浦大桥公交枢纽站。枢纽周边是303路、305路、306路、324路、327路共5条夜宵线路的起(终)点站。

2时05分是303路发车时间，55岁的赵师傅自称是303路最年轻的司机，已开了10年。“一直都没啥人乘的。”记者看到，2时10分发车的324路车厢内，只有司机一人孤独的背影。2时15分发车的305路司机陈师傅，也55岁了，但同样是该路最年轻的司机，夜宵车驾龄已超过6年。陈师傅啃着冷大饼说，自己已跑的3个单程内，乘客一共不超过7人。“即便春运期间，夜宵车乘客也不多。他们宁愿等到天明坐地铁。”陈师傅说，路上还在跑的另外2辆305路车，客流同样寥寥无几。

（《解放日报》2018年4月26日）

代表作二

夜宵线力争年内逐步优化调整到位

4月26日以来，解放日报陆续刊发了《公交都市，温情夜宵车如何开得更智慧更高效》《夜宵线辟建撤并能否向日行线看齐》，以及《冷暖夜宵车》等系列报道，全面分析了本市公交夜宵线在线网规划、营运管理、服务等方面存在的短板，呼吁有关部门及时加以完善。

市交通委回应：需求导向提升效率优化资源

报道刊出后，市交通委积极回应，拟按照下列工作原则，力争今年内将本市公交夜宵线路逐步优化调整到位。

（一）需求导向。公交夜宵线以覆盖市区主要客流通道为主，兼顾中心城边缘地区客流需求，重点保障大型客运枢纽客流集散地和重要商业区、公共活动区与住宅区域间的连接。加强大型枢纽、繁华商业中心区和医院的线路覆盖，加强外环附近大型居住社区等存在夜间公交需求地区的线路覆盖。增设部分夜宵线，实现与轨道末班车的换乘衔接，承担部分轨道交通配套功能。结合夜间交通出行情况和中心城外围夜间出行量较高而缺少夜间公共交通线路的部分区域，考虑增设若干服务郊区地区的夜宵线路，加强夜宵线覆盖。

（二）提升效率。对现有客流较少或走向重合较多的线路进行调整。部分线路结合实际需要，调整线路发车时刻和发车频率，缩短首班车至 2：00 间发车间隔，适当延长 2：00—4：00 间发车间隔。

（三）资源优化。研究开放部分公交企业员工通勤车为市民提供夜间交通服务。

专家建言：科学评估，健全优化调整机制

上海政法学院章友德教授表示，随着本市成为全国首批"国家公交都市建设示范城市"，在全市交通综合体系中，对公交夜宵车的存在、作用、发展要给予定位。这其中，有关部门要对夜宵线的客流群体做出整体调查，从而做好公共资源的有效、合理配置。线路有新建，自然就有撤并。对于新建，老百姓总是热烈欢迎，有的并不在意成本支出，可撤并呢？值得注意的是，一些老百姓对公交包括夜宵线的要求，既要价格便宜，又要如地铁那样的快速，还要有出租车"点对点"直达家门口的便利。这种公共服务和个人利益之间失衡的观念应予消除。

其次，还需健全本市夜宵线路优化调整机制，尤其要建立夜宵线路的科学评估办法。夜宵线网撤并、调整，绝非冷冰冰的一纸通告，而是要连同调研数据、科学分析、预期效果等，一并透明告之与线路调整切实攸关、确实依靠公交车出行的那部分乘客，并通过客流、线路的改善等跟踪评估，增强夜宵线路优化调整的合理性和说服力。

章教授建议有关部门根据客流变化，及时调整合适的夜宵公交车型，并妥善制定弹性票价体系。公交夜宵车的线网动态调整，离不了铁路等交通部门的积极配合，"打破信息壁垒很重要"，章教授为此呼吁。

网友声音：公交夜宵车必须保留

网友@车轮滚滚：城市的夜晚总要为有些人点一盏灯，这不是社会资源的浪费，而是体现深夜城市的温度。公交夜宵线体现着一个成熟城市的便利之处和人情关怀，哪怕是"一个人的公交"，也应该开下去。

@Lǐwéichéng：一座国际化大都市，永远要为极少数那批人着想。

@麦芽猫橙：夜宵线的存在带来一种安全感，上海火车站有直达学校的332路夜班车，不管我坐多晚的车到上海站，都有车回去，心里很踏实。

@申杰：哪怕只有一个人乘也要保留。光算经济账怎么体现公交车的公益性？

深入调研，完善线路布局

@手机用户63123130：夜宵线要开，但有关部门应该深入调研，让公共资源产生更大效应。现在不少夜宵线线路规划还停留在上世纪，周边布局早已调整，路线却一直不变，30—60分钟一班的夜宵线，走向不合理。

@往事如枫：大上海晚上下班上班的很多，关键是线路优化一下，还有班车时间和站点设立。现有的夜宵线覆盖区域存在一定盲区。大多线路至多延伸到中环，到了后半夜，中环到外环及以外的地方，既没有普通公交衔接，更没有夜宵车。

@CJN：黄浦江上的轮渡线既然已经全部取消通宵夜航，相应配套的陆南线就可以取消，转型补充为横跨浦东浦西的路线。

@工人先锋号：夜宵线的线路布局不合理，导致晚上大空车的事情发生。比如312每晚都很挤，乘客大多都到长江西路下，然后去杨行、顾村，因为没有夜宵车，只好叫黑车回去。如果合理调整线路，通到新的居住小区了，自然就有人会坐。

建议归并、优化、动态联网

@Bing 大人：上海火车站每晚 23：30 有一班复兴号抵达，保守估计至少有 200 名旅客去浦东，这时隧道夜宵线第一班 23：50 开出，0：10 左右开到浦东南路东昌路。如果运气好的话，往后跑 20 米能赶上 0：10 从东昌路口开出来的 339 路，这个车沿着张杨路走，能覆盖浦东大部分地区。但乘客往往来不及赶上，要等待下一班 0：50 发车的夜宵车，等不及的只好打车回家。

@陆：对夜宵车要重新布局：机场到机场必须保留。三大火车站也需要保留。医院线路可以取消。科学合理的安排路线才是上策。

@陈先生：为了提高效率，公交部门应当在晚间乘客少时段，换开小型的公共汽车，在规定时段同样可以运送乘客，且节省油费同时速度不慢。作为长期考虑，如此操作经济效益是合算的。对此提议，相关部门应当予以采纳。

@Xzl：如果可能，尝试做 APP 和网站，让老百姓能随时查询等候时间，实现乘客端与公交司机端的双向联络，提前拼车规划，提高行车的目的性、有效性。

（《解放日标》2018 年 5 月 1 日）

代表作三

申城新辟调整 4 条夜宵线

7 月 26 日 22 时 30 分，公交 343 路徐徐驶离 S32 高速公路下方瑞和苑小区东侧的公交站，沿周东南路一路北行。时隔 10 年后，上海重新开辟的公交夜宵线终于正式上路了。

当天，市城市交通运输管理处在其官方网站首页发布了《方便乘客夜间出行 7 月 26 日晚起新辟夜宵线 343 路、345 路，调整 338 路、326 路》公告。

据了解，新辟的 343 路纵贯周浦、康桥、北蔡等区域的多个大居、小区。345 路则东西连接起了宝山外环高速以北的顾村、刘行、杨行以及吴淞等多个大型住房保障基地。为方便三林大居10万居民的夜间出行，浦东上南公交338路夜宵线延伸至芦恒路枢纽站，配车也从原来的1辆增至2辆。据悉，上海2018年度公交线网发展计划中共涉及9条夜宵线路新辟、优化。

首批新辟、调整的夜宵线路的基本信息，可参阅市城市交通运输管理处官方网站。

（《解放日报》2018年7月29日）

申报资料实录

作品简介：

10年来，上海城区不断扩展，但全市39条公交夜宵线的线路、走向等都未作任何改变。2018年是上海公交诞生110周年、夜宵车开通营运60周年。记者连续三个深夜凌晨，实地乘坐本市近10条夜宵线路，从客流普遍稀少这一直观感受出发，结合沿线人口布局、产业变迁，以及对公交企业、专家等采访和问卷调查后，深入分析，发现本市夜宵车线路在规划、服务、精细化管理等方面存在多重短板，并对其如何与时俱进，提出了既有针对性又有可操作性的建议，得到了市交通委的积极回应和快速整改。

社会效果：

市委宣传部新闻阅评组《新闻评点》称："该系列报道形成了一个完整的从解释细节入手，分析城市管理如何精细化的新闻主题"，"'小细节'与'大道理'结合得很好"。报道刊登后，在业内引发重大反响。全国和本市主流媒体、新媒体大量转载。

报道刊登3个月后，本市夜宵车线路在时隔10年后新辟2条、调整2条。截至当年底，还有7条线路处于意见征询阶段。报道取得了显著的舆论监督效果。

推荐理由：

这组报道遵循批评性报道要事实准确、分析客观的原则，忠实履行"走转改"要求，不怕辛苦，深入现场。在上海公交夜宵线开通60周年之际提出了一个全市层面而又被人们忽视的问题，问题重大，角度新，结构完整，细节突出，且加入新媒体视频，呈现方式更加生动真实。充分体现了党报主流媒体始终关注民生、服务民生的宗旨，彰显了党报主流媒体在开展舆论监督方面所秉持的责任、担当和勇气，切实提高了党报主流媒体的传播力、引导力、影响力、公信力。

文字系列报道

自媒体黑幕系列报道

作者：集体（金姬、王煜、吴雪、陈冰、应琛、孔冰欣、刘朝晖、黄祺、周洁、姜浩峰）

编辑：集体（刘琳、杨江、钱亦蕉、陈冰）

（限于篇幅，本书仅选录系列报道中的三篇代表作。）

代表作一

自媒体的金钱江湖

即便身处江湖，金钱，也不该是唯一的信仰，这是对自媒体最诚恳的告诫。

有利益的地方，就有江湖。

信息爆炸的时代，你有没有思考过，每天获取的信息从何而来？是的，他们来自于成百上千个公众号、APP以及视频、直播，背后的生产者呢？你是否有那么一丝察觉，有些信息，并非自己真正感兴趣，而是披着流量外衣精心设计过的表象？谁在操纵？

微信公众号10万+的阅读量，快手、虎牙直播间的百万打赏，知乎Live喜马拉雅的付费课程人数，无时无刻不在主宰着自媒体人"跌宕起伏"的命运。"流量就是金钱"的商业信条，不断在大V、网红、名人身上得以验证。"咪蒙"头条广告报价75万元/条，网红游戏主播"PDD"签约费高达5年3个亿，张凯律师一篇推文光打赏就140万……

应该清楚，不管是平台媒体、机构媒体还是个人媒体，在这个日趋成熟的庞大产业中，社交、内容、电商等自媒体矩阵的崛起，一年300万自媒体从业者的“趋之若鹜”，看重的已然不是新闻的原始使命，而是妄想借助流量，不费吹灰之力，在“一夜成名”“三天暴富”后捞到点什么。

而这逐利求名的路途中，必然夹杂着无以言说的“秘密”。

平台补贴:“野蛮扩张”的幌子

从前，马克思书写《资本论》、徐静蕾写博客、无数个人站长，是自媒体。今天，一个人原创、复制转载、若干人组建公司，也是自媒体。十三年前，曾创下8000万点击量的“老徐的博客”，应该是人们最早认知自媒体的切口，那个时代，流量被几个有限的平台把持着，创作者只要离开平台，影响力就会跌到谷底，平台对此有恃无恐。

而在21世纪的第二个十年，世界风向似乎变了，从微博、微信占据自媒体高地开始，市场不再是某一类自媒体“独霸天下”：头条、一点、网易、知乎、uc、喜马拉雅、优酷等，全部一拥而上，就这样，曾经弱势的内容创作者，突然拿到了“选择权”，大平台就不得不用资本说话了。

今日头条宣布10亿补贴作者，企鹅号宣布12亿补贴作者，大鱼号宣布要拿20亿来补贴作者，百度则宣布会有百亿分润。“平台为什么比拼补贴，本质上还是拼人气、拼内容。”复旦大学新闻学院杨鹏教授分析，平台补贴模式，看起来新潮，实质与传统“以发行量、收视率”衡量的广告经营模式相差无几，以创作奖金、广告分成两种形式对平台订阅号、短视频予以扶持，总体人数不设上限，谁拉来的流量多，谁的内容好，谁就有高提成。

按理说，“多劳多得”的良性机制，可以鼓励作者产出更多优质内容，可以促进自媒体矩阵在机构化、联盟化、产业化上日趋繁荣。比如，今日头条就借着2亿元内容创业投资基金，四处撬动优质作者，估值从5亿美元飙至120亿美元，一时风光无两。

但随着越来越多的平台入局内容分发大战，巨额平台补贴的意义，不再纯粹，彻底沦为“招揽作者”的噱头。今日头条千人万元计划被坊间诟病，被指没有兑现；百度所说的“百亿分润”，大多数作者拿到的却是“杯水车薪”；嘴上说着鼓励从0起量，所有机构、个人不设限，到头来却分了“三六九等”。

杭州直播网红“小语嫣”透露，收到的粉丝打赏，平台抽成60%—70%，经纪公司抽成剩余金额的50%。也就是说，100块的打赏，主播实际只能拿到15元，甚至许多平台还有“综合底薪公司再与主播六四分成”的规定。

层层盘剥的薪水，对于众多内容创作者而言，却是他们全部的“饭碗”。他们期盼借着黄金时代的红利，稳赚不赔。但往往在“真金白银”旋涡中，迷失了自己。一位中小V内容创业者这样描述自己：想要生存，宁愿违规也要多入驻平台，同样内容发布五六家，靠签约补贴和流量收益变现。

而那些巨额的补贴，跑到了谁的口袋？有自媒体人表示，其实很多平台的补贴奖励，大都流向了巨大流量的大V和持续生产优质内容的网红手里，也就是“头部流量”。何仙姑夫就是这样的“头部自媒体”，它在2010年以做搞笑、影视穿帮视频起家，凭借《麦兜找穿帮》系列短视频带来高流量，最高时一个月拿到10多万元分成。这个数字即便在今天，仍不是小数目。

而当巨额补贴无法起到“公平以待”的效用时，平台就酝酿了另一种特殊的补贴方式——承担高昂的违约金。虎牙两年内挖走斗鱼多达15个流量主播，除了要花高达千万年薪挖来韦神等主播外，还先后承担了“云彩上的翅膀、虎神、炉石主播不二”高达千万的违约金，免去主播跳槽的后顾之忧。

“挖墙脚”的代价，没有人去质疑“值不值”。毕竟，于主播而言，哪个平台不重要，谁给的钱多跟谁走，于平台而言，一个头部主播的价值，远不止千万级那么简单。“粉丝一般会跟着主播转换平台，挖主播就是挖用户。”北京经营主播经纪培训业务经理胡云说，一个主播的去留可能会带来300万至400万的下载量或者卸载量，与之相匹配的上百万元甚至上千万元签约费，平台也就出得心甘情愿了。

然而，不公平的竞争，带来的隐患又不得不重视，为其买单的不是平台，很可能是那些“捧为明星”的内容创作者们，近日，原触手主播“入江闪闪”，因违约跳槽被拘留，并支付违约金2272019元及承担执行费25120元。去年11月，极限爬楼党吴咏宁，为了流量变现不惜铤而走险，付出了年仅26岁的生命。他们，在逐利的迷雾中丢掉了自己，代价无疑是巨大的。

如果不能扭转恶性竞争带来的“痛楚”，转为深耕内容、主攻创新的良性争锋，也许，在这场“烧钱大战”中，平台或创作者，终将无法全身而退。

内容电商：谋利的“白莲花”

平台补贴模式，显然无法满足大多数自媒体人的生存现状，一部分人开始转战“内容 + 电商”。对于这种模式的解释，中山大学传播与设计学院院长张志安认为，一种类型是通过内容实现低成本引流，建立电商社群变现；另一种是单纯做爆款文章，通过平台投放广告来赚钱。然而，在流量和变现的诱惑之下，灰色低俗内容的泛滥、抄袭洗稿的屡禁不止，“高质量、原创性、不可替代的内容生产将成为行业发展的桎梏。”

桎梏在于，粗放式野蛮生长的大环境，没有人再为新闻导向“摇旗呐喊”，迎合读者，成为唯一标准；桎梏还在于，竞争白热化的“争奇斗艳”，许多写手为一个10 万 + 、百万人气，殚精竭虑，不惜踩踏红线。必须看到，桎梏中突围的自媒体大号，以“低俗”为纸，“抄袭”为笔，化身为一朵朵谋利的“白莲花”，上演了一出出同情心包裹下的“金钱把戏”。

“别再吃了，有毒”“注意安全，地铁站被淹”“权威专家披露，超过 140 多种疾病与全身性湿气有关”……你是否被老一辈频繁安利过“关怀式谣言”，是否惊讶于他们对“胡编乱造”的深信不疑？自媒体时代，“谣言止于智者”似乎不再是金科玉律，以谣博名、以谣博利已成为少数自媒体繁荣的手段。

内部人士透露，一些影响力的医疗大号，看似菩萨心肠，实则是利用读者的善良和关切牟利。假借科普教育的幌子，以研究文章、患者自述等形式炮制发布，骗取点击量，赚取动辄几十万的广告费。“这些服务性的文章，除了通过广告费盈利，目的还是让你参加线下销售活动，把粉丝转为客户。”

甚至，谣言传播环节也有明码标价，有 APP 对注册用户转发文章带来的阅读量按照每次 0.1 元的价格进行分销性质的“奖励”，读者不经意的转发，其实是在为谣言制造者免费“打工”。

杨鹏教授认为，“碎片化时代，愿意思考的人越来越少，所以有图有真相、故事性更强的谣言，更有说服力。如果谣言中再夹杂些阴谋论，或者击中了网民的某些痛点，蛊惑民众，也就不在话下了。”

而比编造更可恨的是剽窃，《2016 自媒体行业版权报告》调查显示，近六成原创自媒体曾遭遇过内容侵权，微信公众号上侵权文章达 859405 篇次，手机百度 44094 篇次等。“张猫要练嘴皮子”是一名微博视频原创，提起营销号气愤而无奈:“营销号并不生产内容,而是在平台上四处盗取搬运,这种流程化操作速度快、数量大,原创生产力明显赶不上剽窃的速度。”

当然,还有更高级别的剽窃,比的不是速度,而是抄袭的功力——洗稿,本质上与“洗钱”差不多,实质就是变相抄袭。套路是把别人的创意、构思、标题等搬了去,从头到尾涂抹、改写一遍,乍看不同,但其实核心观点雷同,很多时候抄袭爆款的“洗稿文”打上“原创”标签,摇身一变又是一篇“10 万 + ”。

比如,自媒体作家毛利,指控“胖少女晚托班”在自己原创稿件上“薅羊毛”,再比如,六神磊磊怒怼另外一位同行周冲,长期洗原创稿,而且还是个惯犯。

正因原创难,持续原创更难。抄框架抄思想的洗稿,才被认证为性价比最高的商业模式。试想一下,一年 365 天,按照日更 2000 字/篇计算,一年要写 73 万字的密集工作量,这将迅速掏空一个普通人三十年的知识经验。

更何况,对于他们来说,写字不是信仰,赚钱才是。“多篇 10 万 + 一出,人就红了,自然有公司接盘。”毛利说,“胖少女晚托班”洗稿文中,有 13 个广告,每条报价 3 万,粗略算下,已经赚了几十万了。更戏剧的是,如今她一个头条广告报价 8 万,远高于毛利,这显然不是一个人的力量。

据媒体爆料,在“速度与流量”的挤压之下,自媒体自有一套“洗稿产业链”,通过网上招募兼职人员,利用伪原创软件,一键复制粘贴修改,十分钟就产出一篇爆文,而且成本相当低廉,千字 10 到 30 元。

“自媒体达人”黄昆,就以“搬运”文字为生,每个号稳定一天收益 200—400 元,月赚 3 万。这让许多老实做内容的自媒体人很苦恼,“花了三四天写的深度稿,被二三十个账号洗稿,我的阅读量 120 万,洗稿的反而 500 万。”毛皓说,抄稿子,实质上是分走了原本属于我的 80%流量及广告收益。

新瓶装旧酒,原创者得不到维护,造谣、洗稿者却名利双收。近年来,多数平台虽然加强了“版权保护”,但仍难以揪住它们的“小辫子”,目前看来,法律上的难以界定,维权也大多停留在道德谴责,有利可图、门槛低、法外之地……谴责之后呢,仍然挡不住有人想迈进这片灰色地带,分一杯羹。

当洗稿者、抄袭者、造谣者都能以法律怒怼原创者时,是非对错已然颠倒。

知识付费:名不副实的“二手买卖”

人们对于自媒体的要求越来越高了,碎片化的内容已然无法满足受众,2016

年，分答、知乎 live、得到等平台大爆发，知识付费便伴随着现代人的知识焦虑而走红，谁都希望花更少时间，快速获取更多知识。

“知识付费”的本质是内容付费，它存在的意义，在于改变以往互联网内容以免费为主的“刻板印象”，强调个体户的知识价值及商业价值。在复旦大学新闻学院杨鹏教授看来，如果不是这一点的话，那么以往时代买书、交学费、给专业人士支付咨询费，在庙会花钱看手相算命，也都是“知识付费”了。知识付费作为一种经营手段，只不过是扭转自媒体“不赚钱”的工具罢了。

这一说法，在知乎 Live 上一条略带讽刺的提问，得到了印证——你在知乎上听过哪些坑爹的 Live？提问一经发出，迅速引来 100 多万的浏览量，千条评论的吐槽：“挂羊头卖狗肉，内容与主题严重不符”“都是从网上找来些段子，只是想赚快钱”……

“唯利是图”一直是众矢之的，有网友吐槽，自己在某平台购买了美妆和美体课程，看上去比较正规，点进去才发现，没说两句，就开始了化妆品和健身用品的广告推销，“真感觉这个钱白花了，但又没有申诉的地方”。

而内容同质化，不仅出现在平台与平台间，也有分享者间的自我重复，信息重合率高达 40%的付费课程，冠以两种不同名称，意图最大程度地敛财。某“网红”外科医生前段时间突然回答了大量妇产科、皮肤科等专业问题，“跨界”研究无可厚非，可很快有网友发现他涉嫌抄袭别人的回答。

为了更快更多地“圈钱”，知识付费还出现了新的玩法——分销机制。比如当用户在朋友圈分享该课程链接，朋友在该链接处购买，用户本人便可获得收益。一级分销 60%收益，二级分销 30%收益，并且无论本人是否购买该课程都能够参与分销。

2017 年，千聊就因分销机制被微信封杀，不仅设置一二级分销 10—30 元奖励，还有裂变组队 PK 赛，奖金最高达 2 万元。而在朋友圈刷屏的“新世相营销课”，也因二维码分享、发展下线、获取佣金的病毒式营销，硬生生把 9.9 元的课程，炒到了 54.9 元，购买人数达 96696 人次。

不管是行业大 V 还是专业权威人士，当所有人都想来插一脚，知识付费便只剩下“付费”，难言“知识”。网上复制粘贴点内容做个 ppt 就可以叫价值百万课程，开个直播跟用户闲聊，也叫问答直播。陷入式营销推广，美其名曰：“xx 速成课，学成后月入过万不是梦”。

据了解，知识付费已然形成了盗版产业链，有人花 0.88 元买知乎 live556 期的内容，35 元就买到了 1700G 的付费课程，一些价值上千元的付费内容，盗版仅售 20 元。其中包括教育、心理学、营销、英语等多个类目。维权骑士创始人陈敛说，目前，专门以“盗版维生”并已成气候的团队超过两三百个，而个体运作的则不计其数。

在知识付费热度日渐消退的背景下，这只是一个缩影，却恰恰说明了自媒体乱象的演变路径。当知识产品刺激越来越多的“二道贩子”涌出，内容生产者的角色正由知识服务商变为知识中间商。

即使是大 V，也难逃外界对“碎片化、娱乐化、收割粉丝”模式的诟病，比如罗振宇，虽然其一直自诩为知识服务商，但所传播内容更多的是二手知识；比如 Papi 酱作为生产娱乐的大 V，咪蒙作为一个团体的发声领袖，站在权威人士的制高点，贩卖并非“干货”的知识，总归显得不那么专业。

变现模式：丢失的伦理底线

即便诸多乱象，也挡不住如今的自媒体，有着“万众瞩目”光环加持，其对大众认知思维的“渗透性”“领导性”，从中国青年报社社会调查中心一组问卷中，得以验证。在 2003 名受访样本中，59.6%的受访者坦言，在争议性事件上的认知，受自媒体影响最大。

冠以“意见领袖”的角色担当，引领舆论“翻云覆雨”的帮衬，自媒体高度商业化便有了出处。嗅觉灵敏的资本一方，主动出击，向自媒体频频抛出“橄榄枝”，意图建立“赚得了钱”且行之有效的“商业模式”。

知名育儿自媒体“年糕妈妈”获 6000 万 B 轮融资，主打内容 + 电商；“一条”获京东、东博资本领投 C+ 轮融资，估值 5 亿美元，以电商 + 短视频出击；动漫自媒体“快看漫画”获 1.77 亿美元 D 轮融资，融合了内容电商、知识付费和 IP 衍生开发。模式千变万化，但形成一以贯之的“商业模式”，似乎还未有定数。“如果非要寻求一致‘模式’的话，往往是传统盈利模式移植到互联网经济领域，专注于经营手段的变化，即‘变现模式’”。杨鹏认为。

变现模式也好，未有定数也罢，都意味着游走在灰色地带的乱象，短时间内将得不到解决，比如侵权难以界定，维权成本很高，法律不够健全，平台措施滞后，甚至伦理道德层面的缺失。

近两年，践踏商业伦理的事件仍频频爆出，去年双11，天猫与京东“互黑”，9700篇网帖，500多个账号，同一时间发出。幕后操控者是掌握着“北京美芙”“上海尧趣”等四家公司的“黑文”头目陈战峰，通过自建写手队伍、购买外部大V、在各网络平台注册上千新媒体账号、并组织数万水军账号，制造并迅速扩散黑文，达到操控网络舆论的目的。

“写黑稿，可比一般的广告‘来钱快’，一个上百万，一个几万块，你选哪个。”公众号运营者王星边码字边分享盈利模式，一面炮制真假掺半的稿件，以宣传合作费谋利，另一面以对方要求撤稿删稿为要挟，赚取利益。“只要钱到位，保证黑文满天飞。”这是许多个“陈战峰”开张揽生意的宗旨，换句话说，受害者，下一秒可能就是“下黑手”的一方。

更有，吃人血馒头的自媒体做派，理应人共诛之。有消费死者的，“二更食堂”利用“空姐遇害”编纂色情幻想，微信公号“格姐”运营者，群发欢庆“遇害空姐阅读量已超百万”的。有蹭热点捞金的，张凯律师利用疫苗热点虚假陈述，频频更换二维码敛财140万的；有挑拨情绪的，“江歌案”中将自己置于审判者地位的“咪蒙”，用“杀气腾腾”一词描述刘鑫之举，疾呼“以命偿命”。洞穿底线，摒弃人性，难道这是一个流量大V该树立的“道德标杆”吗？

是他们不清楚操作有风险，会挨骂、会封号吗？不是，但比起流量，这显然算不了什么。流量代表金钱，数据代表富裕，在多数自媒体的认知里，没人关注是比挨骂更悲惨的事，为此，他们甘愿冒风险。

而冒风险的口子，被撕得越来越大，几近令人发指。“涉黄赌毒”教唆青少年反对“民粹主义”，无一落下。7月31日，斗鱼主播陈一发曾在直播中，公然调侃南京大屠杀、东三省沦陷，更戏称游戏人物在“参拜靖国神社”。

去年12月，北京警方夜查多家卖淫嫖娼违法“俱乐部”，自媒体公号便出现了包括多位网红、投资人在内的“涉黄名单”。甚至，就在一星期前，百家号刚刚清理了21个借“滴滴奸杀女乘客一案”恶意炒作的账号，违规内容4153篇，标题更以“私照流出”博眼球。

可见，在没有编辑，没有标准，没有伦理道德，只有“唯钱至上”的思维胁迫下，与这些“屡教不改者”讲“伦理自律”是多么奢侈的一件事。“人人皆记者”的时代，纵然网络原生内容再繁荣，作为传统媒体从业者，在这点上，万万不敢苟同。

“自律不能指望太多，不能预期太高，毕竟资本‘恶’的力量很难仰仗道德力量去扭转。”杨鹏教授告诉《新民周刊》，社会管理者已经认识到了严重性，法律法规对平台、媒体、用户的责任也越发鲜明，从近年来一些传播机构被约谈，一些个人用户被行政处罚，都在指向一个趋势：谁盈利，谁享有权益，谁就应该承担与之匹配的社会责任。

当然，还有更高的要求，自媒体传播行为能够符合社会主流价值标准，形成全社会的良性互动。而这个愿望的达成，必将建立在“商业模式”的规范之上，建立在社会人人自律的基础之上。至少，传统媒体一直秉承的职业伦理不该抛诸脑后，探求事实真相、关注公共事务、秉持人文情怀；拥有一审二审三审的严于律己，才能时刻保有理性、客观、公正的“清醒自持”。

即便身处江湖，金钱也不该是唯一的信仰，这是对自媒体最诚恳的告诫。

（《新民周刊》2018 年 9 月 10 日）

代表作二：

地产自媒体敲诈勒索触目惊心：有公号年入千万

令人担心的是，现在的自媒体号不仅是竞争关系，还可能组团敲诈、配合勒索。有时企业给了一个自媒体封口费，这家还会放出消息，余下的自媒体如鲨鱼闻到了血腥味蜂拥而至。

当下做自媒体，怎样最赚钱？炮制 10 万 + 吸粉后卖广告、卖产品还是写软文，或者线下办活动？错，这些来钱都太慢了！

《新民周刊》经过调查发现，由于监管如同达摩克利斯之剑悬在头上，很多自知成不了大 V 的自媒体在不确定何时会被关掉的“鞭策”下，纷纷干起了敲诈勒索企业的营生——他们如同网络黑社会，不仅定期收“保护费”，还隔三差五“组团”精准打击某家企业，甚至和正规记者或公关公司里应外合，尽量在短期内尽可能地榨取企业的媒体投放费。

这样的方法，让不少自媒体人打着为粉丝维权的旗号，在扮演某一领域“王海”“方舟子”的同时，收入也高得令人咋舌。而更让人气愤的是，这种违法成本太低，让他们更加有恃无恐。

谁在被勒索?

在今年9月底,北戴河阿卡小镇聚集了全国100多家房地产自媒体人,他们不仅像当年黄宏宋丹丹小品中提到的“洗海澡,晒太阳;吃螃蟹,住楼房”,还扬帆出海、参观牧场、沙滩足球、在丛林中进行真人CS大作战……当然,少不了丰盛的晚宴,其间还穿插着歌舞及魔术表演,以及雨露均沾的抽奖环节。

据悉,这场名为“中国房地产新媒体品牌峰会暨地产自媒联盟5周年老友记”的活动费用由一家在深交所上市的河北房企买单。虽然这些自媒体人都没有记者证,但这个自称拥有600万粉丝的联盟在中国地产界有不可小觑的能量。而对于赞助商而言,至少短时间内,这100多家自媒体不会写他家的负面报道了。

可以说,这家房企通过赞助活动交了一笔不小的“保护费”。而在自媒体界,房地产是最容易进行敲诈的行业之一。因为房地产项目的货值高,营销费用也比一般企业充足,所以民营房企就成了自媒体人眼中的“肥肉”。

为什么只是民营房企?在房企工作的几位媒体负责人对《新民周刊》表示,国企有政府撑腰,谁去写负面报道自然风险不小。正常的新闻报道,包括利益各方的采访及观点呈现,而现在自媒体的负面,一般只有一方观点,以点带面,依托于移动互联网,披上负面的外衣,传播速度极快,民企尤其是已上市或拟上市的民营房企,对于这样的负面报道是脆弱的,所以哪里有负面就要去哪里灭火。如此循环下,近年来大家对于自媒体的投放有大半因素是出于“交保护费”,花钱消灾就是最快的处理方式。

以房地产为例,目前上海几个自媒体大号的创办人由前媒体人及业内人士组成,还有几个由原先的电视栏目转型而来。他们熟悉市场和购房者,了解楼盘运营流程及敏感点,也因此一度成为企业连接准客户的有效传播渠道。而随着市场的变化,这些曾经帮助项目找寻客户的自媒体渐渐撕去了友善的伪装。

身正不怕影子斜。如果愿意花钱删稿,是否就说明这家企业的确有问题呢?也不尽然。在房企负责品牌工作的仇先生给《新民周刊》举了一些例子。

在某家上市房企公布财报之后,自媒体可以盯着里面的数字大做文章。“高负债”是媒体经常报道房企的一个字眼,其实房地产的预售即销售收入也算作负债,只有交房后才能转为收入,因此报表显示负债水平相对较高。房企预售越多,负债越高,反映在财务报表中负债水平相对较高。实际上这类预收款是无息的,无需现金偿还,且最终一定会转为销售收入。当全国自媒体都在盯着碧桂园2017年度总负债9330.57亿元这个数字时,却很少有报道指出其有息负债仅为2148亿元。不专业的报道铺天盖地,企业自白无人问津。

除了对财报上的数字进行“危言耸听”的解读,房企正常的人事变动也在自媒体的表述中成了“高层地震”“管理层换血”等。这就让房企很被动,传统媒体报道时还会向企业核实情况,但自媒体几乎就是“闭门造车”——不采访,直接材料整合,再加上道听途说的内容,配上一些不明来源的微信截图,一篇所谓的“独家”爆款就此产生!“现在很多自媒体财经报道充其量只能算得上是演绎,根本不是新闻,更多是添油加醋的八卦,细节都经不起推敲。”仇先生感慨,“但读者就是喜欢这类文章,给了自媒体妄加揣测和评论的底气。”

举例来说,上海某地块集中了几个新楼盘前后脚取证开盘,某自媒体号找到其中一家开发商明说,其他几家已经投了我,如果我们不合作,在后期的区位竞品对比中,有些话我就不得不说了。言外之意就是,如果你不投我,我就写你不好。最后这家开发商只得也投了这家自媒体。

如此手段,在另一家由业内人士转行开办的公众号“××上海”上无不用尽其极。这个自媒体有大号和小号做配合,小号写负面,大号收钱发广告,一边如此赚钱,一边还四处吹嘘自己的效果如何之好。在取证、开盘等关键节点前,他们会直接找到项目负责人质问合作可能,没有得到投放的回复,第二天就推送负面,并且在文章最后提醒楼盘关注者扫二维码入群。从楼盘信息到购房注意事项,这些自媒体号瞄准购房者最感兴趣的信息,通过微信、搜索等入口网络了大批购房者及某楼盘的意向客户,这成为了他们可以如此有底气去和开发商谈价钱。经过半年的运营,他们手里的购房者群可以到上百个,每篇文章出来,群里一放,消息会迅速传播开来,除了快速散布不合作楼盘的负面信息,他们还会将合作项目的信息投放到这些群里,去稀释、溶解这些客户。

然后,这些自媒体转手威胁相关地块的开发商,表示我手头已有成百上千个有意向的客户,如果我写一篇黑稿砸群,你看着办吧……这一方法屡试不爽,开发商大多会以合作方式投放。毕竟任何项目只要找,总能找出不足(户型、电厂距离、风向、对口学区、交通等),而把某个不足无限放大,就可能是一场灾难。前一阵子,“××上海”就以这个手法拉上其他一个号在上海普陀区某个楼盘拿到了 30 万“封口费”。“据说这家自媒体现在已经年收入上千万了，运营方也从一个人扩张到五六个人的小团队。”他们的头条文章开价也从最初的几千到现在的 10 万元，并且价格还每月调整，调价前签订的合同一律按调价后执行，态度极其嚣张。几家开发商提到这家自媒体号都表示“几乎这两年在上海有开盘的房企，都受到过这家的威胁。”

为什么房企要受一家自媒体的气，而不是选择法律武器保护自己呢？房企工作人员无奈地表示，一方面是自媒体敲诈手法很隐蔽，取证很难；另一方面，如果你不就范，对方的黑稿影响力很大，哪怕是失实文章，正常程序申诉也要 5 个工作日以上，而这早就过了黄金传播的 48 小时。

上海市互联网违法和不良信息举报中心主任陆雷对《新民周刊》表示，虽然查实文章是谣言诽谤就能删稿，但由于平台的属地管理原则，如果一篇文章全国好多平台都有，删稿需要中央网信办去协调各地网信办，也要几天时间。这也间接验证了房企工作人员的说法。

而且，如果自媒体文章只是有一定的倾向性（如不建议大家买这一楼盘），而不是纯粹的造谣诽谤，删稿就不可能了。但这样的文章对于某个楼盘的杀伤力是巨大的，尤其在楼市不景气的时候。

仇先生透露，北京有个自媒体“××大哥”，写负面报道更加专业。2016 年，“××大哥”连写了三篇旭辉的负面文章，让后者痛不欲生，导致旭辉高层不得不去北京公关。而在今年 8 月，“××大哥”又推出一篇《棉衣和子弹——旭辉融资术》，又把旭辉捧上了天。“这样太没节操了，一张嘴巴两张皮，同一件事随他怎么说了。”仇先生说。

除了房企，餐饮企业也容易被勒索，因为食品安全问题很容易吸引眼球。例如，上海有很多吃喝玩乐的号，个别自媒体号也喜欢通过写负面新闻来收“封口费”，因为这样比正面推广来钱快多了。但这一套路在 2017 年大白于天下——去年 8 月 1 日，“上海好白相”微信公众号发文，有网友称其和朋友在上海吴江路的“喜来稀肉”聚餐，在烤肉里吃出了疑似寄生虫的东西。

为此，“喜来稀肉”微信公众号 8 月 2 日发文称，那不是寄生虫，而是猪血管。并称公司已经和上述微信公众号沟通，接洽的“徐先生”提出要 10 万元封口费，下午六点前到账，否则将再次发送推文。事后查明，“喜来稀肉”猪肉没问题，而公司也向“上海好白相”提出 8 万元的索赔。

而在今年 P2P 频频爆雷的大环境下，一些运营正常的互联网金融公司也受到了个别自媒体的“敲打”——直接来问是否有合作意向，否则可能写文章引发用户恐慌，提前挤兑。而在这时，企业为鱼肉，自媒体为刀俎，后者可以随意开价。“喜来稀肉”的前车之鉴，也让自媒体人在敲诈时更加谨慎，不会留下白纸黑字的把柄给企业，一切都是当面或者电话谈，而此时的录音是很难作为呈堂证供的。

谁在收“保护费”?

天下熙熙，皆为利来；天下攘攘，皆为利往。如果你以为敲诈企业的自媒体人都是乌合之众，那就错了。仇先生透露，现在这一队伍中混入了正牌记者、业内人士、公关公司和第三方评价机构，自媒体的水就更浑了。

据仇先生观察，在自媒体界，其实有不少在职财经记者，或者家属是财经记者。例如擅长于挖掘地产公司内部人事变动的某个公众号，创始人为前媒体人，而他的现任妻子是知名财经杂志的在职记者，也有自己的号。夫妻俩一搭一唱，在地产自媒体界叱咤风云。

“很多财经媒体的记者自己开个自媒体号，通过记者身份采访拿料，一虾两吃，发到纸媒上的都是通稿或者温和内容，而自己的号写的都是猛料，为了引流。如果这一条线比较‘肥’，一些不跑这条线的记者也开始自己开号写负面，吸引相关企业来维护。毕竟新闻发布会给记者车马费也就 500—1000 元，但维护自媒体的文章收费是以万为单位的。”

仇先生担心，记者或者记者家属开的自媒体号，变相成为一种索贿通道。“例如，传统媒体也会有监督报道，如果一家企业找到专门写负面的记者，投这个记者或者其家属的公号，价格可能比投传统媒体的经营费用要便宜，何乐而不为？尤其是上市企业遇到发债评级，抑或是 IPO 初期，如果是一年 20 万合作，5 万给记者所在的媒体，而 15 万就打到这一记者指定的账号。企业还会觉得这样一投记者就有把柄在自己手上了，后者不敢写负面了。而这些记者开价很随意。公众号合作的所谓内容也是层出不穷，有原创，也有转发统发稿，反正就是企业求太平罢了。”

记者因为怕饭碗丢了或者吊销记者证，可能还有所顾忌。而对于那些纯粹的自媒体人而言，就更没底线了。上海有个“真叫××”的自媒体号，运营人是从金丰易居出来的。此号运营人曾在公开场合透露，如果有些合作企业账期太长，到账不了就写黑稿，以此督促对方尽快打钱。

还有些自媒体人还会开个小号，和大号配合来敲诈。因为有时候合作企业是和大号签的合同，为了要更多的钱或者让对方尽快付账，小号有时也会发一些负面，让合作企业很头疼。

除了记者，地产自媒体还有不少业内人士在做。房企工作人员透露，“××上海”就是某知名房企出来的，对行业比较了解。

上海还有一个有名的号“××卖房”，运营人也曾是房地产从业人员。和其他自媒体号不同，“××卖房”不接受公关和投放，因此这个号的文章看似特别客观中立，这也让粉丝特别相信它。其实，此号运营人因为以前做中介而手上积累了一批客户，所以他的赚钱模式是做房企项目的分销，赚佣金。今年，“××卖房”发了一篇抨击某个上海楼盘业主房屋质量的投诉文章，运营人将一个业主碰到的问题扩大到了整个楼盘的质量，就等着开发商找他合作。但因这家开发商不接受分销，销售团队都是自己的，所以没有行动。“第二天一模一样的文章又发了一遍，就是为了恶心你。”

值得注意的是，现在一些无良的公关公司也和自媒体人勾结在一起对付企业。例如某家企业用了一家公关公司，后者知道这家企业的媒体投放预算，告知某个自媒体写黑稿，然后再去假装“灭火”，提出更多的预算，公关公司和自媒体背后分钱。还有的时候，一家企业要撤换一家公关公司，公关公司就会去找自媒体大V朋友帮忙报负面，后者扬言只有某家公关公司搞得定，让企业不敢轻易撤换。

仇先生透露，现在有些第三方评价机构也在自媒体号上变相敲诈。这些评论看似客观，但从什么角度以什么条件来评，都有门道。而一些企业也开始投放这些所谓的第三方机构。

自媒体的迅速崛起是这两三年的事，行业门槛低，管理相对松散，未来的前景尚不明朗，已经在这个领域分到杯羹的人就想在不确定的发展时间里尽可能多的赚到最多钱，敲诈成为最有效的赚钱手段。

令人担心的是，现在的自媒体号不仅是竞争关系，还可能组团敲诈、配合勒索。有时企业给了一个自媒体封口费，这家还会放出消息，余下的自媒体如鲨鱼闻到了血腥味蜂拥而至。他们会短期联手，相约一同挖掘负面，约定好发布时间持续打击；而他们的敲诈名单，也往往是对方公号的投放合作商，看到谁家在别的号投放了，他们就会主动联系开发商，表示要合作，开口都是“你们跟谁谁合作了，为什么不投我们”，他们彼此熟悉各自投放价格和套餐，一旦开发商没有“一碗水端平”，也会招致他们持续的负面攻击。也有自媒体写了篇黑稿，在自媒体人群里发红包让大家广为传播，大家互相抬轿子，把黑稿的传播效应发挥到极致。

黄色新闻今又来

仇先生总结说，现在很多自媒体起名字很“官方”，如“××在线”“××商业评论”或是“××观察”，点进去一看不是个人号，就是文化传播公司或者网络科技公司，没有一个拥有新闻采编资质，却生产着“新闻”和“独家”。

在仇先生看来，当下的自媒体和19世纪末美国的“黄色新闻时代”有些类似——当时，美国现代报业的奠基人普利策在他的《世界报》上办了一个漫画专栏，主人公是画家奥特考尔特画的一个发型稀疏、没有门牙、穿着肥大黄色睡衣的男孩。专栏借“黄孩子”之口讲述纽约近期发生的新闻事件，漫画图文并茂，滑稽可笑，因此受到读者的欢迎。而后来以“黄色新闻”专指有关色情、自杀、灾祸、暴力、犯罪等刺激性内容的报道。

“黄色新闻”有七大典型特征：使用大字号煽动性标题；对不甚重要的新闻加以渲染、夸张；捏造访谈记录和新闻报道，采用易于引起歧义的标题和版式；大量采用未经授权或真实性可疑的图片；报道内容流于肤浅；标榜同情“受压迫者”，煽动社会运动；专挑耸人听闻的事件进行报道，甚至假造骇人的新闻——这似乎就是当下自媒体文章的真实写照。

可悲的是，现在人人都能当自媒体，而上海自媒体联盟只监管粉丝数10万以上的大号。如果一个人开个小号去敲诈企业，写篇文章再花钱买点击量，由此炮制十万+，通过砸群等形式，像病毒一样恶意传播，这样不就能躺着也把钱赚了？

房企工作人员感慨，当年自媒体刚出现的时候，很受企业欢迎，因为他们比传统媒体更了解企业的传播规律，而且对企业投放有带客量等指标回馈。谁知这只是浪漫的假象。毕竟，没有约束的行业是没有道德可言的。

（《新民周刊》2018年10月29日）

代表作三

如何“管出”自媒体的百花齐放?

一方面要给予自媒体发展空间,尽可能提供言论能够自由流通的平台;另一方面要对其进行合理规制。这对政府、主管部门提出的挑战是很大的,“但政府在整合社会资源方面大有可为,也是新媒体时代政府探索公共管理新模式的契机”。

论21世纪什么武器最厉害,莫过于“舆论”。

而数哪里的舆论传播最快,自媒体首当其冲。

作为当今舆论传播的途径之一,自媒体虽起步较晚,却依靠传播快、范围广等优势迅速发展,逐渐形成趋势。

曾经,自媒体的出现给了大众发声的自由,所造成的影响力和威信力也不逊色于主流媒体。但随着其高速发展,如今迎来了一个自媒体乱象频仍的时期,为社会增加了许多不和谐的声音与困扰。

“我们必须科学认识网络传播规律,提高用网治网水平,使互联网这个最大变量变成事业发展的最大增量。”习近平总书记在全国宣传思想工作会议上的讲话已为自媒体治理指出了基本的路径。

对于自媒体的监管,势在必行。

保护舆论生态

2018年10月20日,某微信公众号一篇题为《估值175亿的旅游独角兽,是一座僵尸和水军构成的鬼城?》的文章引爆网络和媒体圈。文章直指“马蜂窝旅行网”涉嫌评论抄袭和造假。

10月21日,马蜂窝旅游网发布紧急声明称:对全站游记、攻略、嗡嗡(旅行故事)、问答、点评等数据进行了核查,并对涉嫌虚假的信息展开查处。点评内容在马蜂窝整体数据量中仅占比2.91%,涉嫌虚假点评的账号数量在整体用户中的占比更是微乎其微,马蜂窝已对这部分账号进行清理。自媒体文章所述的马蜂窝用户数量,与事实和第三方机构数据都严重不符。

马蜂窝还表示，该自媒体将不法商家的违规行为归结于马蜂窝，与事实严重不符。马蜂窝将正视运营过程中存在的审查漏洞并采取积极改进措施，但不容许任何个人或机构将每位热情且真诚的马蜂窝用户称为“僵尸”和“水军”，将千万用户共同构建的社区描述为一座“鬼城”，并企图摧毁它。针对该文中歪曲事实的言论，和已被查证的有组织攻击行为，马蜂窝已采取法律手段维护自身权益。

当晚，该公众号便发布了题为《马蜂窝开始毁灭证据了，但这水平真的哈哈哈哈哈哈哈哈》的文章拉开了双方第二轮的交锋。文章对马蜂窝删除数据的行为提出质疑。第二天，该公众号又推送《我承认，我们是有组织攻击马蜂窝的》一文，面对马蜂窝的起诉，摆出要与之抗衡到底的架势。

如今从该公众号点开推送的前两篇文章，微信平台都会提示“以下内容存在争议”，但仍然可以继续阅读。

至此，“马蜂窝事件”尚未有最终定论。

但一个不争的事实是，近年来，自媒体洗稿抄袭及利用互联网等信息传播平台涉嫌网络诽谤、损害商业信誉的事件屡屡发生，而这也只是这些年来自媒体乱象中的冰山一角。

华东政法大学中国法治战略研究中心副主任、社会舆情风险评估实验室主任阙天舒在接受《新民周刊》采访时表示，在自媒体时代，信息的传播没有终端，每个人都可以是信息的制造者、传播者和接受者。因此，自媒体在发展的过程中出现了一系列的问题，“自媒体带来话语权，无形中放大了一部分人的存在感和控制欲，一些不满的情绪很容易被点燃，不断发酵升级，导致私人问题最后变成了社会公共问题。此外，如今的自媒体上存在大量错误、虚假的信息，不但掩盖了事实的真相，误导民众，扭曲价值观，加剧人际交往中的不信任，还会造成潜在的社会风险。”

曾经，自媒体的出现确实给中国社会带来一种新鲜的声音和不一样的平台。“围观改变中国”这是2010年“微博元年”打出的最振奋人心的一个标语。

上海外国语大学新闻传播学院教授、中国国际舆情研究中心副主任吴瑛清楚地记得，当时很多事件大家都是通过微博得知的，“很多人就觉得，自媒体（微博）提供了一个很好的参与公共决策，倾听民声的渠道。这一点是不可否认的。”

但是网络空间看似虚拟，实则与真实空间并无二致，甚至比现实空间更为复杂。所有的媒体、人群、生活方式，以及价值观都可以在网络空间，尤其是自媒体空间中运行。“这时人性丰富、复杂的层面会全部暴露出来，甚至在不同环境下，还能够扮演不同角色。”吴瑛强调，在这么一个复杂的场域中，“当然是要对它进行监管了，但监管也是在尊重新媒体传播规律基础上的。”

事实上，言论自由在任何国家都不是一个抽象的、绝对的、高于一切的概念，而是与其历史、文化和传统，以及法律和社会伦理道德密切相关的。像美国虽然在宪法第一修正案中明确了言论自由，但在很多其他的法律规定中都会涉及一些相应的管理规定。“包括奥巴马政府也成立过关于社交媒体的监控中心。还有英国和西亚、北非的一些国家也都设立过类似的机构。”吴瑛告诉记者。

而任何一个业态的良性发展也绝不等于任其自由发展，野蛮生长。《2018自媒体行业白皮书》指出，2017 年新媒体运营行业从业人数达到 300 万，各类机构对内容创业者的投资金额超过 50 亿元人民币，仅微博一家头部自媒体账号平均阅读量就超过 2.3 亿人次。值得注意的是，自媒体流量由聚集趋向分散，多平台共生发展。除最主流的自媒体平台微信、微博、今日头条外，短视频霸主快手拥有超 7 亿的用户，问答社区平台知乎月活跃用户超过 3 亿，社交平台陌陌即将突破亿级数量。

在阙天舒看来，正因为自媒体时代，人人都拥有发声的权利，更能够借助自媒体平台发表自身的看法与判断，就更需要合理有效的监管。

将监管落地

梳理历年来有关互联网的相关法律法规，《新民周刊》记者发现，规定愈加明晰，监管举措逐层加码，有关部门对自媒体的管控力度在不断加强。

2013 年 9 月，最高人民法院、最高人民检察院出台《关于办理利用信息网络实施诽谤等刑事案件适用法律若干问题的解释》。其中明确规定：以在信息网络上发布、删除等方式处理网络信息为由，威胁、要挟他人，索取公私财物，数额较大，或者多次实施上述行为的，以敲诈勒索罪定罪处罚；违反国家规定，以营利为目的，通过信息网络有偿提供删除信息服务，或明知是虚假信息，通过信息网络有偿提供发布信息等服务，扰乱市场秩序，情节严重的，以非法经营罪定罪处罚。这意味着网络敲诈、有偿删帖被纳入刑责，对相关违法行为的惩治力度强化。

2014 年 8 月，国家网信办发布《即时通信工具公众信息服务发展管理暂行规定》，标志着对自媒体规范管理迈出重要一步。业界也将其称为“微信十条”。针对种种乱象，该规定明确了发布转载时政类新闻的公众账号资质，并明确提出：即时通信工具服务使用者应当承诺遵守法律法规、社会主义制度、国家利益、公民合法权益、公共秩序、社会道德风尚和信息真实性等“七条底线”。

2015 年，网信办还陆续发布《互联网用户账号名称管理规定》（即“账号十条”）、《互联网新闻信息服务单位约谈工作规定》（即“约谈十条”），确保自媒体账号、头像、简介等严守底线，并加大了对互联网平台的监管。

2017 年 6 月 1 日起，我国最新的《互联网新闻信息服务管理规定》施行。规定明确指出，通过互联网站、应用程序、论坛、博客、微博客、公众账号、即时通信工具、网络直播等形式向社会公众提供互联网新闻信息服务，应当取得互联网新闻信息服务许可，禁止未经许可或超越许可范围开展互联网新闻信息服务活动。

今年 7 月 16 日，国家版权局、国家互联网信息办公室、工业和信息化部、公安部联合召开新闻通气会，宣布启动为期四个月的打击网络侵权盗版“剑网 2018”专项行动，整治的重点是自媒体“洗稿”和短视频平台。

“事实上，我们从来不缺少法律，缺的是法律的执行。”在阙天舒看来，真正涉及违法犯罪的行为，有关部门早就处理了，“现在难的就是对于那些还够不上量刑，处在灰色地带的自媒体的监管。”

阙天舒表示，现在通常的做法就是事后监管，“约谈、罚款、封号”，“那是否能做到事前监管？一方面，在登记注册的时候，利用身份证号的独特性，采取实名制，并和个人信用挂钩，纳入诚信体系监管。另一方面，可以做一些监管上的‘负面清单’，事先规定好哪些是不可以做的。”

同时，监管亟待跟上自媒体发展的步伐。阙天舒表示，要利用强大的技术保障来提升规范自媒体网络平台的能力，“如完善‘词频库’，算法的定制等”；还可以利用动态监测等方式来预判，从而高效遏制自媒体平台可能会出现的各种违法行为。

鉴于自媒体种类繁多，传播的功能取向不一，阙天舒的建议是，应该本着分类管理的思路对自媒体进行监管。

“切忌一刀切。国家制定总的法律，由地方或行业协会作出一些细则并明确各项责任主体，针对不同的公众号，分领域、分层级地进一步细化，逐步做到全覆盖。”阙天舒进一步说明，可以根据账号的身份和资质，做好分类备案，为不同类型的账号贴上不同标识，采取不同的管理办法。如以发布新闻资讯为主的社交类自媒体，实质上从事的是信息的创作和生产，既然办的是新闻媒体，理所当然应该具备新闻从业者的资质条件。

此外，对自媒体还可以进行等级评定。“比方说被评为一类等级的自媒体，对其发布的条数、粉丝的阅读量可以不作限制，但二类自媒体在各方面就要有所限定。二类自媒体可以通过自身的努力获得晋级资格，等级由主管部门来评定，各平台执行。”阙天舒补充道，这样的方法同样适用于一个主体拥有多个账号，或者被封号后换个名称重新注册的情况，“只有开的第一个账号可以被评为一类。”

不过，吴瑛提醒道，不管是自媒体企业，还是自媒体运营平台，都是资本和利益驱动的，当然要给予其利润的空间。“这中间就可能要在公权力和私权利之间寻求平衡。公权力，就如习主席讲的，我们需要一个清朗的网络空间。而在私权利上，如果不鼓励企业去营利，那整个业态就无法迎接信息化时代的到来。”

所以，一方面要给予自媒体发展空间，尽可能提供言论能够自由流通的平台；另一方面要对其进行合理规制。吴瑛说，这对政府、主管部门提出的挑战是很大的，“但政府在整合社会资源方面大有可为，也是新媒体时代政府探索公共管理新模式的契机。”

不要被“初心”打脸

在语不惊人死不休的自媒体时代，如今一些流量大号的名声不算甚好。

还记得咪蒙从传统媒体转战新媒体之前，在韩寒《独唱团》的创刊号上发表过一篇至今仍被大家津津乐道、赞叹不已的文章——《好疼的金圣叹》。当时，很多人被其文笔深深折服，也是很多人第一次认识咪蒙这个人。

时过境迁，自媒体百花齐放，当初那个古典文学毕业的文学硕士，擅长解构名人、颠覆常识的文学大拿，却变成文章中充斥着“贱人，low，loser，婊子，滚”等词汇的自媒体人。

炮制出一篇10万+令多少自媒体人日思夜想，如何把自己培养成一个“标题党”是新媒体小编的必修课，各大新媒体招聘的岗位描述中，甚至还明文要求“要写过10万+的文章”。

10万+数字的背后，多少人放弃了自己的初心——只要学会如何取一个足够爆炸的标题，内容的质量不重要；挑选一个足够激起民众情绪的选题，传播戾气聚集看客；更加不惜搬弄是非颠倒黑白，玩弄大众智商。

二更的创始人此前在道歉信里说，作为一个传统媒体出身的创业人，初心是做一家对社会有价值、有贡献、有责任的企业。但现在说起二更食堂，人们更多想起的是它为了蹭热点无所不用其极。

"初心"二字不应当只是被当做犯错之后的一句说辞，它应该是每天悬在头上的一把刀，时刻谨记。"初心"更应该是作为自媒体从业人员所应坚守的网络伦理操守和自律。

因此，在处理无底线的自媒体时，不能"对号不对人"。既要"对号"，即处理自媒体号，该限号的要限号，该封号的要封号；也要"对人"，即建立行业黑名单，对于严重突破底线的，要限制和剥夺其进入行业的资格。

"不管法律有多健全，法律都只是公民行为的底线，法律不能解决所有的社会问题。很多时候要通过行业协会，通过社会第三方机构等多方面的约束与引导，组织一些媒介素养的培训，对各种权利义务进行普及，多管齐下一起来做好自媒体的监管工作。"吴瑛表示，"现在的新闻教育当然是要加强每个人的媒介素养，在人人都有麦克风的时代，更别说是新闻专业的学生了。在学校，新闻专业会有新闻伦理课，还有新闻法规课。但网络空间媒介素养这门课，以后其实可以变成一个全校的公选课，因为每个人都需要这方面的素养。"

除了惩罚措施，吴瑛建议，有关方面还可以组织一些活动或评选，对行业内做得比较好的自媒体进行宣传和肯定，并给予相应的扶持，"尽可能地去树立一些优秀典型，弘扬优秀事例，从而慢慢形成一种社会共识，努力营造清朗健康的网络空间。"

（《新民周刊》2018年10月29日）

申报资料实录

作品简介：

近年来，自媒体发展成一个庞大的产业，丰富多样的信息资讯也让网民有了更多的选择，但是另一方面，各类虚假、低俗、庸俗甚至侵权乃至涉嫌违法犯罪的信息也在污染着我们的网络空间。由于自媒体从业规则不成熟，一些从业者缺乏自律、一些平台缺乏社会责任，加之有些监管措施尚未到位，一些自媒体为了“流量”“利益”，丧失了基本底线，为所欲为。

互联网不是法外之地，为营造一个风清气正的网络空间，《新民周刊》于2018年9月率先在全国打响了针对自媒体乱象的第一枪，在9月10日出版的《新民周刊》封面报道《自媒体黑幕》一组稿件中，用六篇深度报道明确揭示了当下自媒体的两块短板——道德底线与法制监管。一个月后，《新民周刊》再次推出封面报道《再揭自媒体黑幕》，该组报道以八篇深度报道，系统深入地曝光了自媒体传谣、洗稿、黑公关等问题。

这八篇文章分别为：1.《自媒体黑幕背后的“连锁反应”远不是你想得那么简单》；2.《起底“自媒体政治谣言”：如何叫醒装睡的人？》；3.《独家调查|地产自媒体敲诈勒索触目惊心：有公号年入千万》；4.《从8岁坑到80岁，不良自媒体如何侵蚀你的生活》；5.《追踪：举报信挤爆后台，自媒体敲诈勒索三大领域最严重》；6.《拜金、色情……能放任自媒体误导甚至毒害青少年吗？》；7.《“洗稿”成本这么低，原创维权成本却那么高，我们该怎么治他？》；8.《如何“管出”自媒体的百花齐放？》。

在《再揭自媒体黑幕》的这组封面报道中，新民周刊还着重探讨了如何管出自媒体的“百花齐放”，显然，自媒体与互联网的健康发展离不开强有力的监管，一方面要给予包括自媒体在内的信息载体发展的空间与支持，另一方面也要通过行之有效的监管措施规避其诟病。

社会效果：

《新民周刊》的这两组深度报道在全国引发了巨大的反响，报道在全国范围被广泛转载，新华社、人民日报、中央电视台等主流媒体纷纷跟进，对自媒体乱象展开进一步的曝光与批评。人民日报根据新民周刊提供的材料撰写了送中央领导同志的内参，习近平总书记作出了重要批示，王沪宁、黄坤明等同志也进行了批示。

11月20日，中央网信办表示，将创新管理思路，探索用新方法管理新业态解决新问题，对自媒体实行分级分类管理、属地管理和全流程管理；开展自媒体专项整治活动，坚决遏制自媒体乱象。此后，对自媒体乱象的集中清理整治在全国范围有序开展，11月12日，国家网信办发布消息称，已依法依规全网处置

9800多个自媒体账号。与此同时，国家网信办还依法约谈腾讯微信、新浪微博等自媒体平台，提出严重警告。12月8日，来自公安部的消息，公安部门成功侦破自媒体“网络水军”团伙犯罪案件28起，抓获犯罪嫌疑人67名，关闭涉案网站31家，关闭各类网络大V账号1100余个，涉及被敲诈勒索的企事业单位80余家。目前，全国范围对自媒体乱象专项整顿仍在进展中。

针对新民周刊的这两组报道，2018年9月20日，中宣部新闻局下发题为《新民周刊调查揭露自媒体乱象有力度很必要》的新闻阅评，认为新民周刊社“主动设置议题，进行这种调查报道，是自觉肩负起新形势下宣传思想工作的使命任务的具体体现”“新民周刊主动进入网络主阵地、主战场展开调研，发现问题，解析案例，提出建议，此举对净化网络空间具有积极作用。主流媒体都应在这方面下功夫”。

2018年11月16日，中宣部新闻局再次下发题为《主流媒体系统揭批自媒体乱象推动整治》的新闻阅评，高度肯定新民周刊打响揭露自媒体黑幕的第一枪，认为“新民周刊就自媒体黑幕现象连续刊发调查专稿，从提纲挈领点名自媒体黑幕背后不简单到一个个案例剖析，揭批散布政治谣言、地产自媒体敲诈勒索、非主流意识形态传播的温床等乱象，这些调查监督报道披露了大量资料证据，且多点名道姓落到实处，详实确凿、触目惊心，让人们充分认识到加强自媒体监管势在必行。”

推荐理由：

新民周刊主动设置议题，进入网络主阵地、主战场展开调研，发挥新闻调查的优势，自觉肩负新形势下宣传思想工作的使命。正如中宣部新闻局阅评认为“报道认识到位、策划精心、调查细致、阐述准确、表达理性，体现很高的工作质量和水平，有效呼应了集中清理整治行动，促进网络环境净化”“主流媒体主动发声、协同作战，是舆论监督战役的一次实际操练，也是新形势下宣传思想工作不断强起来的一个具体体现。”

文字通讯

城市更新的路径有了更多可能

作者：顾一琼
编辑：王　勇　钮　怿

百姓安居，这是一片区域乃至一座城市最动人的风貌与气质。对正在推进城市更新的上海而言，那些代表着上海文脉、体现着独特城市肌理的石库门旧里、新里及花园老宅，如何承载起新时代人们对于生活的美好向往，是一个现实而充满想象的课题。

岁月的磨砺，让那些独特的建筑形态和生活状态黯然失色，墙体松动、构件老化，公共空间设施逼仄昏暗，内里的生活更无法与“风貌”二字应有的联想所关联。作为旁观者或路人，你也许希望老宅和那里的生活“原汁原味”地留下去；而身处其中的居民，却不甘心停留在黏糊糊的旧时光里，想尽一切可能要与舒适便捷的现代生活接驳。

上海在实践中不断用更多的打开方式推进城市更新——坚持“留改拆”并举，特别对于涉及风貌保护的旧改地块，坚持成片保护不动摇，留住城市文脉和城市肌理；因地制宜，鼓励创新，探索不同的保留、保护改造方式。

载起城市的气脉和灵魂，守着人们内心的安宁与舒适，城市更新的故事正徐徐打开。

艺术“回忆杀”推进老宅内里修缮

城市更新，你以为更迭的是老宅内的物理空间。其实，更需要修补弥合的是居民的心理空间——那些老宅原住居民，在乎生活空间与设施的更新，却也挂怀曾经老宅生活的荣光。

位于徐汇区永嘉路乌鲁木齐路的永嘉新村，是衡复历史风貌保护区内最大规模的成片保护住宅。在城市更新中，这里有了一个大胆之举——去年底，在启动老宅内部修缮改造之前，相关部门取缔破墙开店，还原小区门头位置的老建筑原貌，给居民腾挪出一个身边的公共艺术空间。老居民们取相册、翻箱底，在这里办起一场关于社区历史的“回忆展”。

永嘉新村建于上世纪四十年代，原为交通银行职工宿舍，属现代式花园公寓里弄住宅，被列入上海市第二批优秀历史建筑名单。小区23幢房屋产权权属不一，外观和内部结构设施也不尽相同，当年居住于此的是以银行职员、医生、律师等为代表的中产家庭。如今，小区内的原住民仍近半数，对他们来说，撇去眼前逼仄的生活，当年的那些故事在回忆中不断闪光。

抓住这一点，新辟出的这个家门口艺术空间，成了增进居民对社区文化认同、价值认同和情感联结的纽带。居民们日前筹办了一场“新村的老故事——永嘉新村特展”，很多原住居民以老照片、口述实录方式修复当年的集体荣光。有老阿姨翻出数十年前的旧照片与旧套装，与老伴儿站在同样的楼道口、摆着同样的姿势合了影。新旧对比照上：除了主角两鬓斑白，一切都美好如初。

伴随着一场场展览而稳步推进的，是小区的旧改进程。外部修缮方案、内部改造方案，居民意见的征询过程也异常平顺。

工程方每做一个项目，除了方案得到居民认可外，还会专门做一个实例样板供居民“挑挑拣拣”：墙面小拉毛、清水砖墙的平勾缝、四坡红瓦屋顶、窗外漂亮的铁艺、山墙花……

这些承载着老居民情感的“回忆杀”，令小区内部修缮的推进异常顺利：比如瓦屋面翻修、木屋架排查、外立面和门窗修缮、木楼梯和厨卫等公共部位整修以及白蚁防治等等，更有居民带头帮助维护修缮期间的小区日常管理。

配合修缮，房管部门引入衡复历史风貌保护区历史建筑巡查队伍，每日定点巡视，加强制度化、规范化历史建筑监督管理。

重塑街区空间　让风雅气度自然浮现

乌鲁木齐南路近永嘉路转角有一排二层石库门建筑，近来，底楼沿街修旧如故的房屋内陆续入驻了多家颇有文艺格调的安静小店铺，升级了街区业态。经过改造的二层空间，将成为更舒适的居住空间。未来，这里还将嵌入“邻里汇”等公共服务功能。

梧桐掩映下的老宅与生活，本就应该有“风貌”二字所蕴含的文化格调。近年来的旧改，在重塑居住及街区空间、完善生活功能的基础上，更注重品质二字，在改造中嵌入文化元素，让原本属于老宅生活的风雅气度自然浮现。

比如，复兴中路上，年近九旬的法式老宅院落克莱门公寓，配合旧改工作，这里拆去了很多违法搭建，释放出的新空间嵌入绿化、以及公共文化活动空间，并与一墙之隔的黑石公寓、马路对面的上海交响乐团进行高雅音乐赏析活动的互联互通。居民们感叹：当年的优雅生活回来了！

岳阳路永嘉路口有一排建于上世纪六十年代的小梁薄板简易公房，因建筑标准低，原多户人家合用厨房，无卫生设施，不久前这里实施了整体置换。经过房屋主体修缮、优化空间布局，如今这里将成为位于风貌保护区内有品质的公租房，底楼嵌入日常休闲、社交等文化场所；在沿马路一侧，还将布置墙面垂直绿化和文化展演空间、戏剧试验新空间等，气质满满。

“抽户”抽走逼仄　释放浓浓邻里情

做居民区旧改，工作人员常会遇上这样的尴尬：你和居民谈“密度”，他们嘴边却叨叨着“邻里情”。如何在旧改中留存这份情谊，考验着城市更新中最本质的人文关怀。

上个月，黄浦区承兴里小区的“抽户”签约基本完成，30 多户居民签下抽户协议书，这为近百岁的承兴里旧改释放出新的空间。

位于黄河路 281 弄的承兴里，是建于上世纪二三十年代的砖木与混合结构的新旧里弄式石库门建筑群，小区整体肌理完整有序，属于历史风貌保护街坊。然而，那些能从自家窗口望见闹市区商业街的居民们，依旧过着合用煤卫，甚至全屋“暗室”的生活。

这里，人口密度极高，房屋结构和设施因常年过度使用而残破不堪。单纯依靠修修补补，已无法从根本上满足现代生活所需。要改善居住条件，只能想尽办法释放出部分空间。去年起，承兴里成为全市首个试点，通过“抽户”释放空间从而推进社区旧改。

流连、缱绻于承兴里的居民，多数舍不得市中心就医、购物、交通等各种便利，以及浓得化不开的邻里亲情。石库门抽户改造，此前没有先例，怎么抽、如何设定原则与标准以及如何平衡各方利益，都是摆在面前的难题。

经过挨家挨户走访，与居民进行充分沟通，相关部门设立了抽户原则：优先考虑处于原始公共部位的居民，优先考虑居住密度特别高的住户，优先考虑面积特别小的家庭进行“抽户”。

整个改造过程秉持“走的”和“留的”同等受益，得到了居民积极配合。抽户之后，工作小组要与留下的100多户居民就每家每户的具体改造方案进行沟通，尽量利用好空间、优化房型设计改造方案。

与此同时，承兴里改造中还尽可能嵌入公共生活空间，比如公共洗衣房、社区微客厅等，为石库门里弄左邻右舍相互守望的珍贵场景提供更多现实载体。

（《文汇报》2018年8月14日）

申报资料实录

作品简介：

记者多次深入一线蹲点采访，从更广视角、更宽维度深刻剖析并报道了上海在实践中不断探索用充满人文关怀的方式来推进城市更新——坚持“留改拆”并举，对于涉及风貌保护的旧改地块，坚持成片保护不动摇，留住城市文脉和城市肌理；因地制宜，鼓励创新，探索更多元的保留保护改造方式。

比如，衡复风貌区最大规模的成片保护住宅永嘉新村内，启动内部修缮改造前，相关部门取缔破墙开店，还原小区门头位置的老建筑原貌，给居民腾挪出一个公共艺术空间，以一场关于社区历史的“回忆展”来凝聚人心，推动更新工作展开；也报道了全市唯一试点“拔户”的百年里弄承兴里，在改造中兼顾“走的”“留的”利益，尽可能嵌入公共生活空间，为石库门里弄左邻右舍相互守望的珍贵场景提供更多现实载体等等。

社会效果：

由于采访深入，视角独特，挖掘出的案例十分鲜活生动，该报道一经刊出，得到社会各方广泛关注及好评。多家媒体追随跟进报道。

该报道刊出后，得到中宣部阅评。

此外，蹲点采访中挖掘出百年里弄内无数动人小故事：百岁老人向善向美的生活哲学、延续半个多世纪的邻里亲情、最早“自给自足”的里弄幼儿园等等，也与纸质媒体同步，被制作成一批新媒体作品，得到了很好的点击量，被广泛转载。

推荐理由：

诚如中宣部阅评中指出：许多共性的问题，从人文角度去做可谓独特。记者深入现场用人文视角进行观察，着重表现上海新一轮旧区改造中加大历史风貌保护力度、传承文脉、留住城市记忆、走城市有机更新的新路子，强化了全国人文大报的特色与辨识度，也与别的媒体及报道拉开了“距离”。

电视纪录片

巡逻现场实录 2018——非常时刻

主创人员：集体（李韵华、张金汇、李佳林、金喻、陈雨、苏杭、赵越、戴贻冰、邵英藜、金嬿、王君芳、徐蔚珏、陈莉莉、彭菁菁、唐春源、张翼）
编　　辑：集体（蔡征、陈亮、晋亚玲、方婷）

（限于篇幅，文字稿略，获奖作品请看光盘。）

（上海广播电视台东方卫视 2018 年 12 月 22 日 22：00）

申报资料实录

作品简介：

习近平总书记指出：城市管理应该像绣花一样精细。治安管理，更是特大型城市管理的重中之重。《巡逻现场实录 2018》是全国首档全景式警务纪录片，拍摄历时四个多月，摄制组扎实记录了上海 36 个基层派出所、近 200 位民警处置的 748 个巡逻案例，素材量达 1800 小时。《非常时刻》是《巡逻现场实录 2018》的第六集，涉及城市转型过程中，社会生活的热点、痛点，以及老百姓不经意间会遭遇到的和法律相关的各种生活琐事。每个警情对于百姓来说，都是“非常时刻”。而每一个民警的出警处置，都贯穿着把可能的恶性事件化解在萌芽中的精细城市管理理念。节目敏锐捕捉了这些“非常时刻”作为“普法时刻”的积极意义，弥补因误解或信息不对称造成的社会裂痕，打开了警方、媒体、民众三方的对话窗口。

社会效果：

国家广电总局向全国卫视推介并邀请节目主创分享经验。上海市委宣传部阅评表扬。上海公安领导高度赞扬节目“将公安巡逻工作中的鲜活素材和波澜壮阔的新时代紧密结合，用媒体人的脑力、眼力、脚力和笔力，彰显了人民警察维护城市安全绣花般的细心、耐心和卓越心。”专家评价节目“展现人文精神，记录社会进程”。省级卫视同时段收视排名第3，专题类第1。节目拆条短视频在网络平台广泛传播。

推荐理由：

《巡逻现场实录2018》用生动事例、真实细节、真情实感，让观众真切感受到公安民警为民服务的情怀，展现出上海警方落实“对党忠诚、服务人民、执法公正、纪律严明”总要求和“全心全意为人民服务”宗旨的执法日常。

电视直播

新时代，共享未来

——首届中国国际进口博览会直播特别报道

主创人员：集体（周炜、蔡理、赵慧佚、李鹏、王申、杨龙跃、崔信淑、张庆、李丹、金梅、赵歆、赖岚、钱凯、奚卓佳、张磊、姜苏南、孙百雄、王泰沣、郭浩、吕秀）

编　　辑：集体（鲁珺、周缇、张蕴昆、毕俊杰、董亚欢、李瑶）

（限于篇幅，文字稿略，获奖作品请看光盘。）

（上海广播电视台直播特别版面 2018 年 11 月 6 日 8 时 30 分）

申报资料实录

作品简介：

该直播报道规模空前，信息容量巨大。直播中，多路记者深入进博会七大展区，引领观众近距离体验各类新奇特展品及丰富的配套活动。九路海外记者从世界多地发回现场报道，带领观众从进博会展台走向世界。多条新闻背景片制作精良。虚拟前景、虚拟成片的应用，提升了直播颜值。设于国家会展中心内的现场演播室成为一个高规格的“会客厅”，多个参展国的企业高管、业界大咖前来“做客”。主演播室内，主持人与重量级嘉宾实时互动，聚焦“中国如何成为全球贸易新中枢”“中国的改革开放对世界的影响”等话题。直播报道中，多路外来信号频繁转换却忙而不乱，显示了出色的直播调度能力。

社会效果：

直播报道不仅在东方卫视和上视新闻综合频道播出，还在看看新闻大屏和网端同步直播；并同步分发至今日头条、百度百家号、新浪新闻、网易新闻、一点资讯、爱奇艺、Bilibili、Youtube、Facebook 等海内外 9 个平台，截至 11 月 6 日 18 时全网总浏览量超过 500 万。

推荐理由：

该直播报道创下上海广播电视台新闻直播史上，单天直播连线次数最多，海外拍摄成片量最大，外籍访谈嘉宾、外籍受访对象人数最多的纪录。直播报道以“见证中国进一步高水平扩大开放的坚定步伐、彰显中国推动建设开放型世界经济的责任担当”为主题，在海内外共派出 21 路记者，通过前后方演播室对接、50 多次直播连线、权威专家访谈、虚拟短片演绎等多种报道形式，高规格、大体量、全景式呈现了首届进博会的盛况。直播报道主旨立意鲜明、现场连线丰富、解读内容深刻，体现了较高的制播水准。

给 90 后讲讲马克思

主创人员：杨叶超　陈　敏　向晓薇　邬佳力　陈　丽　范嘉春
编　　辑：集体（金煜纯、轩召强、王文娟、严远、孙向彤）

（限于篇幅，文字稿略，获奖作品请听光盘。）

（上海新闻广播调频 FM93.4/东广新闻台调频 90.9 2018 年 4 月 17 日—5 月 5 日）

申报资料实录

作品简介：

2018 年是马克思诞辰 200 周年，东方广播中心针对年轻人群，推出更符合新媒体收听和传播特点的短音频新闻专题《给 90 后讲讲马克思》。特邀中共上海市委党校的 8 位 80 后青年教师，以时尚而接地气的方式讲述马克思一生中有意义的、重要的、有趣的故事，还原一个真实的、有血有肉的马克思。为了使短音频更有针对性，项目组走访了本市多所大中学校，和年轻人反复讨论，创新使用 RAP 制作片头和宣传片，让讲述方式、聆听方式进一步向年轻人靠近。制作过程中还邀请专业人士进行"角色演绎"，不同的声音表达呈现出一个成长中的马克思，使得听觉更为生动。为适应广播节目新媒体传播，项目组还邀请专业人士为每期文稿配图插画，以生动又"萌"的方式在新媒体平台展现。

从前期策划、到节目制作乃至新媒体平台传播，作品从目标受众角度出发，用他们喜欢的方式，最终给 90 后呈现出了一个时尚的、"潮"的马克思。

社会效果：

《给 90 后讲讲马克思》吸引了全国 26 家省市电台共同联播，据不完全统计，截至节目播出结束的2018年5月5日，系列短音频全国累计收听量超过3亿人次。

新媒体呈现得到中央网信办全网推送，72家主流网络媒体每天转载，圈粉大量90后年轻群体。仅在阿基米德相关社区中，收听量就达到3000多万人次，获得网友、尤其是年轻网友热烈反响。网友“四叶草青青”评论说：“听了这次党课，(马克思)在我脑海里的形象立体鲜活多了。也给我人生的指引——不能苟且，要为更高理想而奋斗。”网友“小超超”留言说：“当个‘奋斗青年’比‘佛系青年’更靠谱、更可贵。”

人民网5月4日刊发报道评价：“80后高学历教师团队，遵循新媒体和互联网传播特点，用90后话语体系，妙句频出、‘冷知识’不断，很不一样！”

5月6日，新华社刊发文章指出：“一个个小故事娓娓道来，首尾相连环环相扣，吸引90后不断‘追剧’”。

节目播出后，吸引了全国范围内大量基层党组织将其作为音频党课的材料，获得极好反响。在海外，英国BBC及新加坡《联合早报》也关注到中国的90后群体通过这个音频党课重新学习马克思的潮流。

《给90后讲讲马克思》节目在策划创意、制作、传播等环节上的创新实践也受到广电总局的高度肯定，第一时间邀请节目主创人员在全国广电系统电视电话例会上向广电同行交流经验。

推荐理由：

《给90后讲讲马克思》系列短音频专题，以鲜明的导向、巧妙的结构、丰富的声音、匠心的制作，帮助新时代的年轻人更好地了解马克思的人生历程以及他的重要思想成果对现当代中国的意义。

节目摒弃空洞说教，通过贯穿马克思一生的19个小故事，从全新角度阐释马克思的理论精髓。在《指点江山论中国》《唯物史观讲了啥》等内容中，结合人民政治生活中的实际情况，运用马克思主义中国化的最新成果，启迪思想、指导实践。

同时，节目以生活化的方式、讲故事的形式，将真实的、有血有肉的马克思具象地呈现在年轻人面前，讲述了马克思在专业选择、学业攻读、就业辛酸等经历中的曲折和不挠，足以为今天的80后、90后提供可贵的启迪。

《给90后讲讲马克思》也是广播在新时代里进行媒体融合、跨界拓展的一次勇敢尝试。无论从内容、包装还是传播等方面，节目体现了“精心策划、精良制作、精准实施、精品呈现”的方针，先后得到中宣部《新闻阅评》第 166 期，广电总局《收听收看日报（第 90 期）》专题表扬以及中央网信办的表扬，评价称：节目“走出了一条让主旋律内容直抵年轻人内心的新路”，在全国范围内产生巨大影响。

“上海的地沟油去哪儿了?”

主创人员：胡旻珏　孟诚洁　代　灵　孙　萍
编　　辑：陈　霞

（限于篇幅，文字稿略，获奖作品请听光盘。）

（上海新闻广播 FM93.4 990 早新闻 2018 年 8 月 22 日 7 时 4 分 10 秒）

申报资料实录

作品简介：

2011 年上海广播对地沟油去向的追问，推动了上海地沟油监管“23 条”的出台。七年来，多位记者跟踪这一选题，持续采访餐饮单位、运输单位、处置单位、科研部门和交通运输企业，以及食药监、绿化市容等监管部门，记录了各个环节不断完善，最终形成闭合链条的全过程。

整篇稿件突出新闻性，以中石化在上海启用“B5 生物柴油调和设施项目”为切入点，用详尽的事实介绍“人防”“物防”“技防”紧密结合的最新进展，以及既充分尊重市场规律，又有政策兜底解决后顾之忧的完备考虑。在持续几年的追踪过程中，记者采访了十几家单位几十个人，从中拎出关键节点和重要环节，体现了过硬的脚力、眼力、脑力和笔力。

社会效果：

这篇稿件播出后，在多个方面都收获了良好的传播效果：首先传递出一个信息，上海的地沟油收集处置后给车用，不会再上人们的餐桌，让市民充分放心；其次通过介绍闭环链条的打造，向受众解释了真正管好地沟油为何如此之难；第三，上海监管地沟油所采取的路径及其背后的思维方式，展现了创新社会治理的诸多理念，给人以启发。这篇报道引起了市领导的关注，市委宣传部领导批示："广播新闻中心做过一个非常好的报道，供各媒体学习"。随后，全市主要媒体都根据稿件中的线索，进行了跟进报道。

推荐理由：

"餐厨废弃油脂实现闭环管理"在2019年被写进了上海市的《政府工作报告》，而实现这一目标，有效解决地沟油处置、监管这道关乎食品安全的难题，从2011年出台"史上最严"的地沟油监管"23条"算起，上海用了整整7年时间。

为什么需要7年？这篇报道真切地告诉人们，发现漏洞并出台管理规定只是第一步，要落细落实，需要监管环节技术上的进步，需要应用环节信任感的建立，需要推广环节商业模式的完善，还需要政策配套来应对可能出现的价格倒挂。面对这样一个系统性工程，上海咬定青山不放松，多管齐下形成合力，最终形成了涵盖地沟油"收、运、处、调、用"全过程的闭环管理模式。这篇评论突出了新闻性，体现了纵深感，详细介绍了上海的创新做法，展现了"政府部门解决难题破釜沉舟的决心，久久为功的恒心，还有绣花一般的卓越匠心"。社会治理的"绣花"功夫，正是如此造就的！

流行音乐为什么不流行了

作者：李　皖
编辑：周　毅　舒　明　谢　娟

刚刚过去的台湾金曲奖颁奖，过去得无声无息。除了个别音乐研究者，普通大众甚至包括铁杆的台湾歌迷，已经失去了解其“获奖全名单”的兴趣。其他各类音乐奖颁奖，大概也是如此：或者无利可图只好悄悄关张，或者勉力为之但支撑一场像样晚会的力量都聚不起。

已经有好几年，评委会、专家或者媒体评出的“年度歌曲”“年度十大”，基本上没多少人听过；见到榜单，人们也再不像从前那样，听过的高看两眼，没听过的想方设法寻来一听。催爆大众热情的《我是歌手》等电视演唱节目，一时会点燃起一些歌手、一些歌曲的知名度，但是绝大多数歌曲都是往年的流行歌曲，被拿到真人秀的现场再翻唱、再改编、再鼓噪一回，等煽完了旧情，也便曲终人散。

流行音乐不流行。大众流行歌曲不复存在。今天，最大的流行歌手、最大的流行歌曲，无论多大，也不过只在小部分歌迷中流行，顶多算是小众流行歌曲。这样的状况，也已经有好几年。

流行音乐为什么不流行了？这个现象背后，有着时代的某些变化。变化的绝不仅是流行音乐，也不只是各类艺术作品的失焦、失势、失去大众性，变化的是人，是我们的人生以及精神生活的状态。

我们是慢慢走到这一步的。首先是价值多元化后，焦点的崩散。

这个影响非常深远。不同领域、各行各业，都感受到这一巨变，这巨变笼罩下无所不在的支配、瓦解、再造力量。不同领域用不同的名字去称呼它，有时跟它强相关，有时跟它弱相关，有时跟它看似不相关却还是相关，实质内核却只有一个：分众市场、分众传播、自媒体、定制服务、小而美、去中心、独立制作、自我发行、微信公号、代沟、“70后”“80后”“90后”“00后”、部落格、朋友圈、网格、群……这些不同名称、不同称谓的现象内部，是价值、审美、趣味、道德、生活方式、消费生活的分化。整体不复存在，个性不断膨胀，共性不断摊薄，聚合越来越难。

互联网成为一种载体，唯一的载体，最后整个人类都被其载乘。本来人类被天地、被时空、被城乡载乘，但随着互联网越来越深的演变——门户网、搜索引擎、客户端、数字化、地理信息系统、天眼……整个人类，整个人类所处的时空，变成了无所不在、无所不包的巨大镜像，映射一切，载乘一切。

值得往深里看一看，往广处看一看，看一看这互联网的本性，才有可能真正知道，发生了什么。

所有的信息，消失了实体。所有的实体，转化成了信息。衣食、客店、交通、路况、山水、博物馆、人工智能……你的脸、你的行踪……信息化一方面提供各种生活便利，另一方面也使虚拟现实、虚拟生活，越来越具有真实现实、现实生活的品质——人其实不是在现实中，而是在信息中获得了生活的感觉和实质，网络游戏、VR、AI机器人，都不断地在这个方向上提供着新的例证、新的体验、新的感悟。

好像扯远了。不远。我们撤回来，继续说流行音乐。撤回来看这些东西与流行音乐的关联，与创作与艺术与艺术生活的关联，将有助于让你醒悟：以上我们说的这些变化，跟一切的变化或都有关系，而且是至关重要的关系。

失去实体带来的变化，有很多。其中一个变化很关键，就是边界的消失。书、专辑，都是一种边界阅读。边界阅读是有限的、容易聚拢心神的阅读。

实体转化为信息带来的变化，也有很多。其中一个变化也很关键，就是稀缺性的消失。拿流行音乐打个比方，过去你要守着电台、等着电视，去持守某个热爱，否则你就会错过。现在，你要听、你要看的，都留存为一个地址，你随时可以去访问，去“宠幸”，你有一种无限拥有、尽在掌握、不在话下的幻觉。

互联网带来了无边界、无门槛、无差别、无中心的传播，虽然这中间有种种社会、商业、人为力量干预，可以降低、消减、阻断这无边界、无门槛、无差别、无中心的传播，但无边界、无门槛、无差别、无中心的传播，是互联网本身所具有的本性，深蕴着传播及其背面——获知和欣赏，加速向着“四无”方向发展。由此带来了以下这些广泛而深刻的演变：

——发表门槛降低后，人人都可发声，人人都是作者，创作的高贵性崩散，作者成了真正意义上的几十亿分之一。

——进一步的，作者的重要性，作品的重要性，艺术品的神圣性，崩散。

——互联网广泛的共享、免费欣赏，导致珍贵感的降低，珍贵感的消散。

——海量导致芜杂，成就了多样性、丰富性；但海量也驱逐精品，使精品的信号减弱，作用力降低。这导致卓越的人、物及其关注度的削弱、离散。

——整个信息环境的变化，大众性的崩散，导致持有为大众歌唱信念、为人类写作志向的艺术家，不复存在。

我们回过头去，放眼去看，流行音乐旧有唱片体系的瓦解，客观上彻底阻断了大流行、大歌手创作路向的那种变化，不过是这天网恢恢、疏而不漏的巨变中的一个小小幻影。惟因如此，它也不可能再一时恢复。而回到作品的基本单元——创作、发表、艺术选择权——去观察：前网络时代，是一个艺术的权威体系，选择权由专业渠道筛选，最后选出凤毛麟角进入大众管道；网络时代，是艺术的草野体系，选择权由每个人做出，导致了选择分散、标准丧失、时间浪费、赝品横行，优秀的、卓越的、高迈的、超拔的，凝聚着普遍、崇高、美与智慧的东西，反而被淹没其中，难以得到普遍的、一致的肯定。

流行音乐不流行，优秀作品失去大众，卓越创作不再有无上荣光……以及这背后的无边界、无门槛、无差别、无中心的方向，这种状况并非中国独有，全世界、整个人类，都在面对相同的问题。

如今这种现象、形势，并非完全负面，当然也绝非完全正面，还会持续相当长的时间，但它不是永恒的。永恒的还是我们所熟知的那个常情。历史确实深蕴着来回摆动、自我反动、自我修正的力量。原因无他，只因为那些根本的东西从不改变：人生是有限的，现实感、真实感是健康存在的基本品质，社会虽然不断发展但人性有恒，世界万物与人心中共有着那确实不虚的真、善和美，卓越性是优秀艺术最重要的品质，这才是艺术世界、人类历史为什么变动不居却又如此稳固，像一条从古至今滔滔不断的大河。今天的似乎颠覆了我们的这巨变，无论多巨大，无论多天翻地覆，确实，只会是一个小插曲。

（《文汇报》2018 年 7 月 26 日）

申报资料实录

作品简介：

作者以他多年来对流行音乐的持续关注和深刻了解，敏锐地提出并分析、解答了这个问题：为什么流行音乐不像以前那么流行了——变的是音乐，更是时代和人。但是我们也无须庸人自扰：对真善美的追求依然是永恒的艺术品质，当下的所谓巨变，其实也只是一个插曲。

推荐理由：

有思想、有专业知识和深度的好文章，通过聚焦一个文化现象，深刻揭示了互联网社会的艺术与传播的重要特质。不仅被多家媒体相继转载，许多新闻同行还做了相关的追踪采访。“李皖之问”也成为去年的一大文化新闻。

巫青和她的少年合唱团

作者：彭瑞高　项　玮
编辑：杨晓晖

巫老师一直忙得没有时间接受采访，也许在她看来，她所做的一切是理所当然的。在锲而不舍的努力中，今天，我们终于读到了她和吴泾中学合唱团的故事。巫老师给予孩子们的，何止是音乐。或者说，当音乐撬开了人的灵魂之时，奇迹会发生。

巫青家乡在重庆璧山，那才真是开门见山：龙隐山、缙云山、金剑山、插旗山……她开课第一句话——“同学们，我也是大山里来的。”——不是矫情，而是实情。

身在大上海，巫青为啥要说这话？

因为她的学生，十有八九也是山里来、农村来的。她要他们知道：只要好好学，长大后也能像老师这么棒。

她就是孩子们的偶像：台上一站，身姿那般挺拔；一开嗓，声音就跟歌唱家一样。这样的漂亮歌手，孩子们只在电视里见过。

其实她的专业是钢琴。在上海教钢琴，时价已达几百元。可巫青明白，钢琴不是孩子们的菜，他们连普通乐器都买不起。她能给孩子们提供的，只能是“零门槛”的音乐。合唱就是“零门槛”：只要有健康的嗓子，你就可以跟我唱。

不过，健康的嗓子变成唱歌的嗓子，还有长长的路要走。巫青带着孩子们走的，就是这样一条路。

1 “有老师在呢”

喝水的看重水源，教书的看重生源。

巫青的少年合唱团，生源真的不怎么样。最多那阵子，她的学生84%都是外地农民工的孩子。

那次她带他们去邻校交流。请来的一位教授，第一件事就是发歌谱，让孩子们做“视唱练习”，顺便摸摸底。邻校的少年合唱团十分钟后登台，已经能把歌子唱得像模像样；可巫青的孩子们，连歌谱都没看懂，上台后简直不知所措！

这天活动结束后，孩子们脸都黑了。巫青却说：“没事，有老师在呢。”

“有老师在呢”，这是她的口头禅。她要孩子们把心放下，快快乐乐跟她唱歌。她常对孩子们说：“有我在，你们就有优势在。人家孩子要花钱学艺术，你们不需要。你们将来会有两条腿：一条是课堂上学的文化，还有一条，是巫老师教你们的艺术。”

其实这天交流后，巫青自己也觉得丢脸：学生基础太差了。音乐需要灵性，他们没有；音质、音准，他们也没有。但孩子们就是这么个基础，怨，又有什么用呢？

从这天起，巫青就开始琢磨：怎样在一张白纸上，带孩子们画出最新最美的图画。

她去上海音乐学院学习“柯达伊教学法”“奥尔夫教学法”，寻找提高少年音准度的钥匙，以及合唱团节奏、律动的关键。她还拿一些有趣的比喻，来启发孩子的学唱灵感，用“小狗喘气”来教一种换气方法；用“打哈欠”来比照高音发声的姿势……

这年节庆，吴泾中学合唱团登台演唱。虽然歌声还很幼稚，奖项也一般，但巫青已经看到曙光。

2 递铁架的男孩

跟这些孩子在一起，巫青的感情变得很脆弱。她无法想象，大上海还有这样一群少年。

离开演出没几天了，那次排练很关键。可小D没来。巫青想，怎么了？小D一直很积极啊，他喜欢唱，嗓音也可以，平时连迟到都没有。这次是怎么了？

第二天，小D被叫到办公室，一见巫老师，就显得局促不安。

巫青问：“昨天你怎么没来排练？”小D低下头，避开老师的视线。“是不是身体不好？”巫青追问。

小D轻声说："不，我在递铁架子。"巫青问："递什么铁架子？"孩子说："递空调机的铁架子。我爸是装空调的。"巫青说："你个子这么小，哪来力气递铁架子？"小D说："我有力气！每个双休日，我都要跟爸去装空调机，我在底下给他递铁架子。昨天，爸接的活儿特别多……"

巫青拉过孩子的手。看着他低矮的个子，细细的胳膊，手掌灰黑，隐隐还有一股铁腥味，她视线一下子模糊了，说："以后有事要请假。还有，帮爸爸干活要当心……"

这样的孩子，合唱团里还不少。有一次演完节目，时间很晚了，巫青亲自开车，把孩子们一一送回家。她发现，孩子们住得都很远，住房也很差。有个女生，甚至跟父母一起住在种植蔬菜的塑料大棚里！有的孩子外出演出时，还得带着弟弟妹妹一起去。他们在台上唱歌，弟弟妹妹就坐在台下；分点心时，一个面包，还要掰一半给弟弟妹妹……

这样的少年，巫青尤其不肯放弃。她喜欢他们。生活再艰苦，他们也迷恋着唱歌。她知道，如果合唱团把他们抛弃了，他们今后也许不会再有机会跟艺术走得这么近；而要是他们爱上唱歌，进而掌握一门艺术，那么未来，他们的人生就可能不一样。

孩子们在巫青这里，于是就会学到许多比唱歌更重要的东西。他们一上台，就会"抬起头""挺起胸膛""笑着注视远方"；他们就会在心中默念："我们是王者，我们是最棒的！"

吴泾中学少年合唱团，慢慢的，翅膀就丰满起来了；一种效应，也渐渐产生了——在全区学生合唱节里，许多带队老师会祈祷，上台顺序抽签，最好不要抽在吴泾中学之后。因为，一旦排在"吴泾"之后上台，那落差就太明显了；跟那帮孩子相比，那眼神、那气质、那歌声……都不在一个水平上！

3 "四川的请举手！"

合唱团每次排练只有40分钟，时间当然金贵。因为巫青很忙，孩子们读书也很忙。

但每次排练，巫青都要抽出5到10分钟时间，跟孩子们说说家乡的事。

有一次，她突然大声提问："家乡在四川的同学有没有？请举手！"好几只小手举了起来。"家在安徽的有没有？"又举起了好几只手。"福建的有没有？""江西的！”“江苏的！”……

一圈问下来，合唱团学生来自的省份，占去大半个中国。

巫青说：“请四川来的同学，唱唱你们的家乡民歌。”

孩子们站成一排，放声歌唱《太阳出来喜洋洋》。

巫青说：“欢迎安徽来的同学，唱一首安徽民歌。”

一个女生站起来，脸红红地问：“黄梅戏可以吗？”

巫青说：“可以啊！”

她当代表，唱了一段《到底人间欢乐多》。

福建民歌《采茶扑蝶》、江西民歌《十送红军》、江苏民歌《茉莉花》……也有些孩子唱不了家乡的民歌，巫青就会给他们补上。孩子们问：“巫老师你怎么哪里的民歌都会唱啊？”巫青笑而不言，说：“今天，我要教大家唱的是，贵州民歌《摘菜调》。”……

后来，他们唱着这首民歌，拿到了银奖，拿到了金奖。

民歌是巫青跟孩子们会心的桥梁。她要孩子们唱着家乡民歌，记住乡愁；她更希望他们唱着家乡民歌，用快乐战胜自卑。

他们确实有些自卑。初中一毕业，他们就得离开上海，回乡去读高中。这时，正是他们的歌声最出彩的时候，遽尔离开，不免心生埋怨。

巫青也舍不得他们离开。每到这个当口，她就会举办一场特别的音乐会，用音乐来帮孩子们渡过难关。

他们会唱：“长亭外，古道边，芳草碧连天。晚风拂柳笛声残，夕阳山外山。”

他们也会唱：“你的心情，现在好吗？你的脸上，还有微笑吗？人生自古，就有许多愁和苦，请你多一些开心，少一些烦恼。”

有不舍的拥抱，也有励志的击掌；有低声的哭泣，也有爽朗的欢笑……

4 “边路传中”

每个孩子都是一块璞玉；琢玉成器，音乐可以有所作为。

这是巫青带团25年的结论。你看，即使那样差的生源，她不也带着孩子们拿下无数奖项吗——上海市“布谷鸟”音乐节银奖、上海市学生合唱节二等奖、上海市古诗词吟唱大赛金奖第一名，还有一个突出的奖项：闵行区含金量最高、参与面最广的赛事——全区学生合唱节，每年参加这个赛事的中小学有一百多所，吴泾中学合唱团，竟连续 8 届获得一等奖！

这支少年合唱团，也成了远近最光鲜的一支团队。许多孩子从这里脱颖而出，告诉人们：艺术确实会占去你一点时间，但它会使你变得更优秀。

小 F 上了初三，按理说，她可以不参加合唱团活动了。但她不。她一直在合唱团里唱到毕业。后来她考进了北大。小 F 说："在合唱团这些年，我已经离不开它了。跟着巫老师，亮起嗓子唱歌，挺起胸膛做人，学习成绩也噌噌噌上去了。"她还说："你们知道吗，唱着歌踏进北大校门，那感觉有多好；那一刻我脑子里想的，就是她——巫老师！"

小 Q 也是这样。她在合唱团当了 3 年团长，气质越来越好，歌声越来越亮，成绩也越来越出众。2017 年，她考进上海一所重点大学新闻系。那天母校请她回来，跟学弟学妹说说心里话。她说着说着，就站起来，向巫老师深深鞠了一躬！

还有的孩子，在合唱团里打下扎实基础，从此走上艺术道路。小 H 毕业后，考上北京舞蹈学校现代舞专业，能歌善舞的她，现在成了某机构的音乐舞蹈教师。还有小 Z，当年各方面条件都很差，在合唱团熏陶数年后，发奋进修，现在每年都评为"十佳歌手"……

巫青常拿这些学哥学姐做榜样，给小团员们讲故事。她说："如果把大学门比作足球场大门，那么，你们用课堂文化知识参加高考，就是'中路进攻'；而合唱团教给你们的本领，就可以用来'边路传中'。好多哥哥姐姐，都是'边路传中'加上'临门一脚'，最后把球打进大门的！"

5　没有钱，但我们很富有

巫青的少年合唱团出了名，许多国内外同行都来请他们比赛。可惜他们去不了：没有钱。

2013 年，他们被推荐去维也纳参加一次世界少年合唱团比赛，每人需交 3 万元。巫青召开全团会议，问：哪些同学想去？结果，只有 3 个孩子举手。

今年，他们又被推荐去广州参加一次全国少年合唱比赛，每人需交 2000 元，最后也没去成。

这样的费用，就属于"巨款"了，学校肯定花不起，家长更拿不出。

某次歌咏大赛结束后，又一次斩获金奖的合唱团少年，在夜色中凯旋。巫青笑着问孩子们："你们现在最想要什么礼物？老师满足你们。"孩子们"哇"地欢呼起来。最后的回答是："巫老师，带我们去吃一次肯德基吧。"

就在吴泾镇步行街上的肯德基小店，合唱团少年每人要了一份炸鸡套餐。看他们吃得那样开心，巫青却想流泪。

她想说，委屈你们了，孩子！每次出去演出，往返几十里路，学校能提供的，就是每人一瓶水、一只面包。即使是那种最便宜的面包，你们也吃得津津有味；有的孩子还嫌不够，问老师"能不能再给一只"……多淳朴的少年啊。

这些少年，其实知道自己的合唱已达到何种水平。输送出去7个同学，他们所在的男童合唱团，已经走出中国、走向世界；而巫青带领的孩子，在与维也纳最著名的童声合唱指挥同台演唱《音乐万岁》后，也得到了最高的赞赏……

"我们没有钱，但我们很富有。"巫青和她的孩子们，有时就会迸出这样一句话。

（《新民晚报》2018年9月9日）

申报资料实录

作品简介：

巫青老师数十年如一日，带领吴泾中学合唱团的孩子们，在本市与国内外的合唱比赛中唱出名气，获得奖项。合唱团成员大多是外来务工人员的孩子，在音乐上是零起步。巫老师教歌也育人，孩子们在排练、演出的过程中，变得自信昂扬，艺术的潜质得以发挥，他们的人生离不开音乐，音乐使他们的心灵与前途都产生了奇妙的变化。——作者等待了半年，才深入采访到了巫青老师与她学生们的感人故事。作品刊登，微信推送，获得很大的社会影响力。一些专家建议可将故事改编为音乐剧。这是中国的"妈妈咪呀"。去年年底，在美国的周小燕女儿张文看到这篇纪实文章后，马上联系上海的朋友，决定要让这些爱艺术的孩子们得到更好的艺术滋养和指导。"祥燕基金"于是策划了"华音堂艺术团"在吴泾中学的有关中国古诗词的公益演出。这就有了今年1月18号新民晚报文体新闻版上的报道：《让爱的音符飘进每一片窗台——本报"夜光杯"一篇报道促成了一场校园公益演出》。巫老师合唱团的感人力量与效应继续在生发……

推荐理由：

这篇纪实作品从少年合唱团成立之初的困境写起，转折，提升，辉煌乍现。

起伏的情节引人入胜，叙述朴实，细节饱满，人物生动。巫青老师与孩子们的交流、给孩子们的激励，用对话、用场景来表现，极具感染力。各地民歌的运用与孩子们纯真的内心巧妙地结合起来。作品语言简洁而洗练、感情内蕴而深沉。“艺术能够创造奇迹”——这个外来务工子弟合唱团成功的故事有着多元的思考价值：巫老师那爱的教育给人的启迪。歌声何以能令生命焕然一新？自信又会滋生怎样的潜能？孩子们没有钱去出国参赛，但他们说自己很富有。合唱团输送出去的孩子在各自的跑道中展现未来好的前景。这个故事的光芒与正能量是 2018 年的一个传奇。

严肃新闻领域互联网爆款的黄金法则

作者：刘永钢　夏正玉　姜丽钧
编辑：郭潇颖

澎湃新闻牢牢抓住热点意识、受众思维、社交驱动、团队协作四大黄金法则——热点意识：紧紧围绕时政热点话题提前布局创新策划；受众思维：凸显多媒体性，主动迎合互联网受众需求；社交驱动：体现互动性，新闻传播方式由单向转为双向；团队协作：多部门合作、协同推进成为常态，外部合作渐起。

严肃的时政新闻和主旋律报道只要做得出彩，同样可以分分钟成为互联网爆款传播案例。近四年来，澎湃新闻抓住自身“专注时政与思想”的品牌定位，在严肃新闻领域推出了不少传播广、点击量高、口碑好的融媒体爆款，持续放大着主流舆论的“音量”。而在这些成功的新闻产品背后，澎湃新闻牢牢抓住了热点意识、受众思维、社交驱动、团队协作四大黄金法则。

热点意识：紧紧围绕时政热点话题提前布局，创新策划

主旋律时政报道的设计新颖，重大主题宣传爆款产品众多且类型丰富多样，是澎湃新闻时政报道的一个鲜明特色。而澎湃新闻每一个优质融媒体产品的诞生，都离不开前期从内容到形式的精心策划。在时政新闻的报道中，澎湃新闻尤其注意抓住关键性时间节点，与时政热点事件相结合，同步推出融媒体新闻产品。

目前，在澎湃新闻内部已经形成了固定的工作流程，在重大时政事件发生前后，由负责该事件主要报道工作的新闻中心牵头，布局策划，迅速落实启动。对于常态化的时政热点事件，提前一两个月启动报道方案和制作形式的酝酿，开动“头脑风暴”。

党的十九大召开前，澎湃新闻就全员动员，创新表达方式，以高规格、大体量的报道实现十九大内容全覆盖。澎湃新闻在2017年10月17日联合求是网特别制作推出的RAP歌曲《砥砺奋进的中国精神》，提前一个月运作，围绕党的十八大以来，习近平总书记公开讲话和批示中提倡弘扬的中国精神，以年轻读者喜闻乐见的表现形式致敬砥砺奋进的五年，致敬这个时代。上线后广受好评，在澎湃各平台24小时的总播放量达到3200万。

澎湃新闻要求，各新闻中心要保持对时政新闻热点敏锐的洞察力，对于时效性要求高的新闻产品形成快速联动机制，快速策划并制作，充分保证澎湃新闻的行动力。

3月20日，在全国两会闭幕会上，习近平总书记发表了重要讲话，强调“要幸福就要奋斗”。澎湃新闻在当天17：30推出了《为祖国打CALL，要幸福就要奋斗》H5产品。这是国内首个在习近平总书记讲话后上线的融媒体产品。产品发布后仅两个小时，就吸引了300多万网友参与其中。

受众思维：凸显多媒体性，主动迎合互联网受众需求

传播生态的改变，带来了传播方式、传播内容的转变，澎湃新闻要求采编团队必须掌握互联网思维，尤其是移动互联网思维。

进入移动互联网时代，受众往往是以碎片化的阅读时间面对海量信息。对于传统时政报道来说，要摒弃公文化、程式化的刻板面孔，就媒体公众关心的热点进行挖掘、延展，提供更为个性化的内容，呈现更亲民、更轻松的风格。

2017年9月，《辉煌中国》纪录片在央视财经频道热播，每一集播完，澎湃新闻便根据其中的故事，迅速剪成5～6条小短片，总共有40多条。澎湃新闻的这一举措，正是利用社交媒体及移动端传播特点，通过短视频的形式，方便读者使用碎片化时间进行观看和阅读。

2017年6月26日，中国标准动车组“复兴号”首次在京沪高铁上运行，澎湃新闻进行了全程6小时的直播，分别采访了铁路局方面官方人士、“复兴号”动车组工作人员、乘客和火车迷。在直播过程中，记者用事实说话，设置了一些独家小实验。比如通过竖立在窗台上的硬币和装满水的水杯测试复兴号的平稳性，用分贝仪来测车厢内的噪音等等，既证明了新型动车组的平稳、低噪等优点，也增加了直播的趣味性，收获了很多好评。

对于新媒体来说，必须打破单媒体传播的旧格局，凸显多媒体性，增强新闻产品的可视性、直观性，融合文字、图片、音频、视频、FLASH 动画、H5 等多种报道手段，全面刺激受众的感官。

2017 年 6 月，澎湃新闻推出的《焦裕禄 2.0：廖俊波的 48 年“樵夫”人生》先进典型人物主题宣传系列报道，在这一 H5 作品中，既有被采访者的声音，又有场景图片、文字以及动态视频。在作品呈现上，直接使用通俗的群众语言，变抽象为具体，呈现给读者的是人物现场讲述和看得见、摸得着的真实图景，强化了报道的情感张力和现场感受。同时，为了更加立体地宣传廖俊波精神，还推出了短片《在路上》。无论是内容创新，还是传播形式，均获得了良好的社会反响。

2016 年 11 月，澎湃新闻网刊发《视频|让百万网友泪崩的急救录音：我好怕，能不能不要挂电话》，首次运用了花式字幕这一全新的视频新闻报道形式。根据一段 26 分钟生死营救的录音制作的视频，发布后迅速收获了上亿的点击和评论。

拥有一支融媒体团队是澎湃众多爆款产品的基石。澎湃新闻视觉中心培养了一批具有制作能力的专业人员，包括前端工程师、UI 设计师、动画设计师、漫画师、平画设计师、3D 设计师等，奠定了扎实的技术基础。

除此之外，每个新闻中心都配有专职视频小组，同时要求采编人员学习掌握全媒体技能。对澎湃新闻而言，融媒体团队不是一个中心一个部门，而是整个澎湃团队从传统媒体向互联网媒体转型，从思维到行动、技能的一次脱胎换骨。

社交驱动：体现互动性，新闻传播方式由单向转为双向

作为国内传统媒体融合转型的标志性产品，澎湃新闻实现了网页版、WAP 版、客户端、微博、微信的全覆盖，并且在各个渠道的传播力、影响力都位于国内新媒体第一阵营。在此基础上，澎湃新闻一直遵循融媒体的传播规律，搭建多样化媒体矩阵，适应分众化、差异化的传播需求。

“复兴号”首发直播，澎湃新闻不仅在自己的平台上发布，还积极向今日头条、新浪微博、腾讯视频等全平台分发直播推流地址，做到各平台与澎湃新闻客户端同步直播。据数据统计，该直播单在今日头条客户端收获点赞就超过 500 万次，评论超 18 万条。

《辉煌中国》纪录片开播后，澎湃新闻全程参与，在报道形态上力求“线上线

下”共振，在报道模式上探索央地合作跨媒体融合“大屏小屏”联动，在报道思路上自觉主动生产更多产品，扩大传播链，形成全方位立体宣传。在此次专题报道中，澎湃新闻不但活用包括开机屏、弹窗推送、原创 H5 动画、视频直播等在内的多种新媒体手段，而且精心组织策划了一系列原创评论及跟踪落地报道，在“两微一端”全方位推送传播，总点击量、转发量、阅读量过亿，传播效果显著。

传统媒体的传播方式是单向、线性的，而新媒体的传播方式是双向互动的。对于信息的发布者和受众来说，一方面，互动的趣味性可以推动受众进行二次传播；另一方面，受众可以通过互动表达诉求，推动发布新闻更加贴近其真实需求。

在“复兴号”首发的直播过程中，后方编辑及时与读者留言互动，并将读者留言评论内容反馈给前方记者，让记者在直播时就读者关心的内容及时采访铁路方面相关工作人员；《辉煌中国》纪录片播出的第二天，澎湃新闻便主动走上街头，刊发街采视频《辉煌中国，听听他们讲这五年的获得感》，实时互动取得了良好的传播效果。

要催生受众主动传播，就要注意发掘产品与一般新闻报道的区别，大处着眼、小处落笔，在确保新闻严肃性的同时，贴近受众需求，以小见大，增强产品的趣味性。

澎湃新闻 2017 年国庆系列策划“直播黄金周”于 10 月 1 日正式启动。启动当天，澎湃新闻推出了 4 个 H5 产品，《书写中国》《青春中国》《祝福中国》和《点亮中国》，其中的《书写中国》是一个互动产品，网友用手指轻轻一点，写下“中国”两个字，一幅展现 5 年来巨大成就的水墨画卷就会自动生成。上线仅仅 12 个小时，该 H5 共上传图片数量 464 万张，峰值时每秒点击量为 24000，最高同时在线 60 万人，参与人数约 280 万，人均书写约 1.7 次。

团队协作：多部门合作、协同推进成为常态，外部合作渐起

澎湃新闻几乎 90%的融媒体产品，都是由多个新闻中心通过分工协作的方式完成。因此，每一个互联网爆款新闻产品的推出，都离不开幕后的团队协作。

2016 年 9 月，澎湃新闻典型人物宣传早期报道《致敬|好人耀仔：一位宁德村支书的 45 岁人生》，就是多部门合作的代表之作。时事新闻中心团队、视觉中心影像团队、设计团队深入全面合作，漫画设计师和采编记者一起深入福建宁德采访，感受原汁原味的田间地头。该作品创新运用了插画的表现手法，并大胆采

用了最受年轻人喜爱的动漫风构图，将形式与内容完美结合，非常具有感染力。作品获得了世界新闻视觉设计协会(SND)的2016年度新闻视觉设计大奖。这说明，这一重要主题宣传报道获得了西方主流新闻界的认可。该报道点击量达2000多万。

类似的案例还有很多。2017年4月，澎湃推出4篇关于贵州省遵义市一位村支书黄大发的原创报道，也是多部门合作的结晶。要闻中心连续两天推出UI设计团队设计的开机屏海报，《天渠——一位村支书的三十六年修渠记》。海报无论形式还是内涵均气势磅礴，背景用动画的形式展现村民带着劳动工具行走于悬崖之上水渠的画面，渠旁就是千米绝壁，场景震撼，山水鸟鸣之声空灵，颇有“大片”的气质，为即将推出的典型报道开了一个好头。这也是H5设计师特别设计的作品。其后又刊发H5产品《长幅互动连环画|天渠：遵义老村支书黄大发36年引水修渠记》，沿用大气磅礴的海报封面，细节真实震撼，形式创新丰富，为后续的深度文字报道进行了充分的铺垫，也为典型人物报道树立了新的标杆。

同样，两会经典作品《为祖国打CALL，要幸福就要奋斗！》，按照常规操作手法，制作周期需要一到两周，由澎湃要闻中心和影像编辑部组建联合产品小分队，各派出一名总监带队，集中力量攻关。同时延请了专业制图机构为合作方，大型网站为产品提供技术团队的支援。

为迎接十九大制作的RAP歌曲《砥砺奋进的中国精神》，时事新闻中心在采编团队前期策划和文案完成后，邀请专业的音乐制作公司进行谱曲和录音制作，最终完成了这一高传播率的创新作品。

在一系列互联网爆款的背后，澎湃新闻也形成了乐于奉献、爱岗敬业的企业文化氛围，为了制作一款优秀的融媒体产品，团队成员加班加点，甚至直接在单位支起了行军床，而作品取得的成绩也是对这份辛劳最好的回报。

《为祖国打CALL，要幸福就要奋斗》H5产品案例解析

2018年的全国两会，是近年来会期最长的一次全国两会，也是党的十九大后召开的第一次全国两会。澎湃新闻在两会召开前，就如何及时、创新做好两会报道进行了深入研究。“要立意高远、充满正能量”“符合新媒体传播规律”——这是澎湃对报道团队和技术团队提出的要求。在讨论和思索中，我们决定制作

一款让受众广泛参与到传播互动环节的新媒体产品，并逐渐形成了“奋斗照”的思路。

产品构思：以小见大、以点带面、化繁就简

根据以往的经验，全国两会闭幕前后，媒体和受众的关注焦点都在党和国家领导人的讲话以及记者招待会的内容上。这是两会期间传达重要信息的一个关键节点。用创新的形式去传播讲话内容，既处在一个有利的时间点，又能从传统的报道形式上脱颖而出，让受众印象深刻，获得良好的传播效果。

在研究了互动性新媒体产品的特性之后，我们认为，想让两会与受众产生有效、广泛的互动，产品需要注意三个问题：

以小见大。在确保新闻严肃性的同时，贴近受众需求、增强产品的趣味性。

以点带面。我们希望完美捕捉到年轻受众的点，这个群体喜爱时尚，愿意展现自己积极向上、美丽帅气、个性阳光的一面，同时不喜欢千篇一律，希望在时代的大背景下依然保持自我的个性。

化繁就简。增强产品的便利性，避免因过分追求复杂、华丽，让用户产生“华而不实”之感，从而降低产品体验。

综合考虑以上三个问题，澎湃新闻的内容和技术团队最终选择 H5 作为产品呈现的主要方式。

技术实现：大胆采用新技术，做一回“吃螃蟹的人”

当总体思路确定后，首先要解决的就是技术问题。澎湃新闻自上线以来，已经培养出相对成熟的技术团队，也有专门负责开发融媒体产品的技术小组。但是新闻报道的时效性最为紧迫，时间，也是融媒体报道最先需要考虑的问题。

不同于图文、视频报道，H5 需要预留充分的技术开发时间。按照以往经验，这一周期应保证在一至两周。我们寻求了合作网站的支持，其立即组建了技术团队。

沟通期间，“人脸 3D 彩绘技术”进入了我们的视野，这是在人脸识别和纹理合成技术的基础上推出的最新技术，能够自动识别人脸角度和五官位置，并根据照片纹理、光照等特征自动调整。市面上还没有同类产品出现过。经过几次讨论和分析，我们决定当一回“吃螃蟹的人”。

确定好思路和技术,紧锣密鼓的开发工作也随即开始。如何让创新形式和重要内容相统一?这是团队成员在开发过程中时刻都要面对的问题。

按照议程,习近平总书记将在十三届全国人大一次会议闭幕会上发表重要讲话。但是讲话的内容我们事先无从得知,导致这一产品的形态即使到了开发基本完成时,都带有很大的不确定性。整个团队面临着考验,任何制定完成的方案都有可能被推倒重来。但时间不等人,需要在两会闭幕式之前,由合作方的技术团队完成后端开发、测试,同时由前端的设计人员在十三届全国人大一次会议闭幕式当天时刻准备,待习近平总书记讲话结束后,能够把讲话内容迅速加入产品,用最短的时间完成产品的最终形态。

传播效果:数百万网友转发,成两会报道亮点

3月20日上午,习近平总书记发表了重要讲话,强调“要幸福就要奋斗”。我们立刻察觉到这一重要讲话精神跟我们的产品契合度非常高。大家一致认为,在改革开放40周年这个特殊重要的年份,在十三届全国人大一次会议闭幕会这个特殊重要的节点,习近平总书记强调“奋斗”,令人振奋,催人奋进。

前端开发人员立刻开始工作,澎湃新闻和合作网站的主创团队于20日下午完成了所有的制作工作,并于当日17:30在澎湃新闻客户端正式上线了《为祖国打CALL,要幸福就要奋斗》。这也是国内首个在习近平总书记讲话后上线的融媒体产品。

网友只要上传自己的照片,一秒内就能生成个人专属的“奋斗照”,并在朋友圈分享。操作简单易行,既符合奋斗的主题,又带有强烈的新闻传播特征,极大地激发了受众的参与热情。发布后仅两个小时,就吸引了300多万网友参与其中。

在内容分发途径上,除了澎湃新闻客户端第一时间上线外,当天晚上8点,澎湃新闻在微信公众号进行了再次推广,并于次日早晨发布了微博。同时,澎湃新闻的合作方APP上也发布产品链接。多渠道的推广非常成功,一时间实现了全网转发,国内多家媒体的“两微一端”也纷纷跟进,点击量、参与数持续飙升。

从网友参与度及业内反馈来看,这个产品的传播效果非常好,不仅数据可观,更重要的是将习近平总书记的重要讲话内容传递给了更多的受众,既生动有趣,又印象深刻,可以说完全达到了团队当初开发产品的目的。通过这次开发,澎湃新闻团队不仅收获了经验，也提升了创新能力和应变水平，成为 2018 年两会报道中的一大亮点。

(《新闻战线》2018 年 5 月上)

申报资料实录

作品简介：

在严肃新闻领域，怎么做才能打造互联网爆款，论文展示了澎湃的成功经验：要有热点意识，紧紧围绕时政热点话题提前布局创新策划；要有受众思维，凸显多媒体性，主动迎合互联网受众需求；以社交驱动为抓手，体现互动性，新闻传播方式由单向转为双向；要有团队协作，多部门合作、协同推进成为常态。该论文对澎湃新闻近年来的优秀重大主题宣传进行了提炼总结，结合近 10 个案例，总结出四大黄金法则，被人民网、搜狐网等重要网站转载，并获得 2018 年全国党报网站“媒体深度融合的探索与突破”优秀论文奖一等奖。

社会效果：

该论文结合澎湃新闻的实践经验，以经典案例的分析解读，归纳总结出如何让严肃的主流新闻更接地气，如何充分运用移动互联网思维，创新表达方式，做大做强正面宣传，持续做好主旋律报道创新。在媒体融合转型的大环境，提供了互联网新型主流媒体如何打造成功传播模式的样本，也为传统媒体向新媒体彻底转型提供可复制可推广的经验。

推荐理由：

澎湃作为首个彻底转型的新媒体产品，从实战角度对近年来在重大时政报道领域域的创新探索进行了全面总结，内容丰满，角度多元，且实操性强。

网络作品

当习近平主席为上海送上“大利好”，上海该做什么

作者：朱珉迕
编辑：缪毅容

（http://www.shobserver.com/news/detail?id=114478）

摘　要：上海最要做的，就是更加守护好这份特殊品格，更为开放、更求创新、更讲包容。

上海无疑是被寄予厚望的城市。一直如此。

今天上午，习近平主席在首届中国国际进口博览会开幕式上发表的主旨演讲，再度确认了这座城市特殊的品格，也送上至为殷切的期许。

“一座城市有一座城市的品格。上海背靠长江水，面向太平洋，长期领中国开放风气之先。上海之所以发展得这么好，同其开放品格、开放优势、开放作为紧密相连。”

“我曾经在上海工作过，切身感受到开放之于上海、上海开放之于中国的重要性。开放、创新、包容已成为上海最鲜明的品格。这种品格是新时代中国发展进步的生动写照。”

开放、创新、包容——这是百多年来的历史为上海塑造的品格，是深深印刻在城市血脉之中的特质，更是国家和人民对这座城市不变的期待。

2007年，时任上海市委书记习近平曾为上海概括16个字的城市精神：海纳百川、追求卓越、开明睿智、大气谦和。这是上海的底色，也是上海从昔日的小地方变身今天的国际大都市，并努力向卓越全球城市迈进所具有的胸襟。

6个字的城市品格，16个字城市精神，无疑是一脉相承的。它们所道出的，

是上海的特殊方位——这是一座需要始终把自己放在全国大局、全球视野下思考的城市。全球瞩目，全国期待，上海没有理由不奋进。

很多人眼里，上海是，也应该是一座独具魅力的城市。这种魅力来自过往，更指向未来。

年轻人爱说上海是“魔都”。魔都最大的“魔力”，其实就在开放、创新、包容——因开放而能够海纳百川，因创新而得以追求卓越，因包容而显开明睿智、大气谦和。这些品格，为城市的发展带来了无穷的可能性，也为每一个人在其中的价值实现与美好生活，提供了丰厚的土壤。

历史上，上海因为这些品格书写过精彩。而在今天，新时代的坐标下，当中国改革开放走到新起点，全球经济治理体系改革面临新挑战，构建人类命运共同体的目标有待不懈奋进之时，上海最要做的，就是更加守护好这份特殊品格，更为开放、更求创新、更讲包容。

上海有这个责任，也有这个条件。就在今天，习近平主席的演讲，还带来了好消息——

“为了更好发挥上海等地区在对外开放中的重要作用，我们决定，

一是将增设中国上海自由贸易试验区的新片区，鼓励和支持上海在推进投资和贸易自由化便利化方面大胆创新探索，为全国积累更多可复制可推广经验。

二是将在上海证券交易所设立科创板并试点注册制，支持上海国际金融中心和科技创新中心建设，不断完善资本市场基础制度。

三是将支持长江三角洲区域一体化发展并上升为国家战略，着力落实新发展理念，构建现代化经济体系，推进更高起点的深化改革和更高层次的对外开放，同‘一带一路’建设、京津冀协同发展、长江经济带发展、粤港澳大湾区建设相互配合，完善中国改革开放空间布局。”

舆论在第一时间的广泛热议，并称之为“大利好”，已从一个侧面印证了三条政策措施的含金量。如果做一个简单归类的话，不难发现，三条新政，恰好对应着三种品格——

自贸区扩围，意味着开放力度更大。

五年前上海首吃“螃蟹”，为全国积累创造大量可复制可推广的经验。五年后，上海自贸区需要站在更高的起点，以更实的举措、更深的改革，建成全方位扩大开放的新高地、高质量发展的新高地、推动长三角一体化发展的新高地、服务

国家“一带一路”建设的新高地。

设立科创板并试点注册制，意在让创新动力更足。

作为习近平总书记点名的科技创新中心，上海需要占领最前沿、最顶级的“头部”尖端、也要打造最有活力、最具创造力的“底部”土壤。而无论做“头部”还是做“底部”，都需要一个坚定不移的发展方向，以及灵活管用的政策措施、制度环境。

长三角一体化上升为国家战略，更考验上海的大气与包容。

习近平总书记曾明确要求，推动长三角更高质量一体化，上海要发挥“龙头带动”作用。当“龙头”，就要多算“大账”，尤其是综合账、长远账、国家账，在推动合作共赢中尽到上海义务，在做强服务能级中实现上海发展。

还是那句话：上海是全国的上海。这是作为中国最大的经济中心和改革开放前沿应有的气度与担当。

同时，上海也是全球的上海。始终将自己置身全国乃至全球的大格局中去考虑问题，去对标世界最高标准、最好水平，以自身不断追求卓越，来代表国家参与全球合作与竞争，这是作为全球城市应有的站位与胸怀。

“大利好”，需要转化成务实行动。上海从未停歇过奋进的脚步，而从此刻起，步伐更不能放慢，必须快马加鞭。

“吃改革饭，走开放路，打创新牌”。这座城市的成功之道，需要更加坚定地坚持和发扬。

（上观新闻 2018 年 11 月 5 日）

申报资料实录

作品简介：

习近平主席出席首届中国国际进口博览会开幕式并发表主旨演讲，为上海提炼“开放、创新、包容”的城市品格，并提出三项新的重大开放举措。解放日报·上观新闻在开幕式结束第一时间即着手撰写深度评论，仅 3 小时即上线发布。评论对习主席所提炼的城市品格进行呼应和阐释，鲜明提出上海时下最要做的正是守护好这份城市品格，并对三项重要任务进行了精炼解读。这是国内媒体对习主席进博会开幕式主旨演讲的首家深度解读，发布后迅速得到广泛传播，当日在本平台内浏览量即逼近20万，还获今日头条等多家平台媒体和自媒体转载。

推荐理由：

评论立意高，论述精到，文风生动亲切，且时效性强，具有互联网特色。作为进博会东道主的市委机关报新媒体，评论的即时刊发，充分体现了党报新媒体对重大时政议题的反应速度、解读深度、诠释力度，体现了重大主场外交活动中东道主媒体的主动作为，也凸显了党报的政治站位。从传播效果看，在舆论场上特别是广大干部队伍中，也充分体现了传播力、引导力、影响力。

没见过核潜艇的他，如何设计出中国第一代核潜艇？独家动画、H5带你揭秘！

主创人员：王　蔚　蒋竹云　徐晓斌　郑　蔚
编　　辑：缪克构　王欣之　叶志明

见 https://mp.weixin.qq.com/s/XC4VB5hbkiKCzmwpdxLpPw
H5：http://t.cn/Ex0ng6Y

（文汇 APP、文汇报官方微信、微博、文汇网 2018 年 4 月 20 日）

申报资料实录

作品简介：

中宣部点名要求文汇报采写我国第一代核潜艇总设计师黄旭华，从 2018 年 2 月起，文汇报社新媒体中心与国内报道中心共同开展黄旭华典型人物融合报道创作，经过精心策划、制作，于 4 月 20 日推出了包含微动画的互动创意 H5 作品《揭秘！中国第一代核潜艇如何诞生》，并在全平台发布融合报道。

该原创独家创意互动作品，运用 H5、微动画以及版画风格图文等，将长达 2.5 万字的报告文学转化成一款适合移动端阅读、具有新媒体特色和感染力的互动作品。H5 以时间为轴，通过改名“旭华”、两首赋诗等 11 个图文并茂的精彩故事，树立起黄旭华立体饱满的人物形象，勾勒出黄旭华为中国核潜艇事业默默奉献的崇高精神。

为了生动揭示核潜艇设计过程中的深奥原理，团队经过细致研究、反复打磨，策划创作了一部2分钟微动画，并分为3段动画短视频嵌入H5中，以二维动画结合三维效果的画面，将中国第一代核潜艇外形采用什么线型、核潜艇设计的难点、核潜艇如何发射弹道导弹等3个复杂的内容，直观地演绎出来，生动可看，浅显易懂。

在艺术设计上，该作品将原有的常规照片与图片素材统一制作成一幅幅精美的“木刻版画”，并以大海海浪的水波纹作为承上启下的间隔，形成了硬朗、大气、浓烈的鲜明作品风格，令人甫一打开眼前为之一亮。作品底部还设计了“为他点赞”的小环节，激发受众形成共鸣。

推荐理由：

该报道是一部可观赏的立体作品，主题重大，创意独特，设计新颖，技术先进，交互性强，体现了新闻性、互动性、技术性的高度统一。2018年4月20日市委宣传部新闻阅评，5月4日新媒体阅评先后2次表扬该作品，认为“是对报告文学进行网络传播的一次成功尝试”“立意高远、人物立体、故事鲜活、设计新颖，形成了新媒体端与报纸端同步发声的态势，取得良好传播效果”。

报道在文汇客户端、网站、微信、微博全平台发布后，引起热烈反响。一周内全网阅读量超过10万，H5点击量2.5万，获得超过2万点赞，动画播放量超过5万。上海交通大学、观察者网、青年报等微信公众号和媒体转发了此文。

上海，不夜的精彩

主创人员：燕晓英　高　扬　孙　博　朱　磊　范飞璐　郭淑均
编　　辑：燕晓英

见 http://www.kankanews.com/a/2018-11-04/0038644166.shtml

（看看新闻网、看看新闻 APP2018 年 11 月 4 日 15 时 56 分）

申报资料实录

作品简介：

2018 年 11 月 5 日，首届进博会在上海开幕。本就具有高知名度的外滩夜景也在此时完成景观升级，盛装迎接全球宾客。升级工程一直延续到 11 月初，本片拍摄也一直同步，力求呈现最新视觉效果。11 月 4 日下午，看看新闻压轴推出短视频《上海，不夜的精彩》，在新媒体和电视屏幕上同步刊发；第一时间让全国乃至全球观众一览焕然一新的外滩夜景，极具新闻性和时效性。本片产生轰动性影响，并于首届进博会开幕当天，在开幕式主会场内播放，让全球贵宾共赏上海之美，领略这座国际大都市的迷人魅力。

《上海，不夜的精彩》拍摄过程中，摄制组跟随施工团队在深夜的外滩一起工作，一起爬上浦东双辉大厦 220 米的高空，一起登上卢浦大桥的桥拱……从而透彻掌握这次景观灯整体升级的情况，深入了解可供拍摄的细节。拍摄过程中穷尽视觉手段，从空中、地面、江面，多角度多层次拍摄，全景、细节，一一呈现；将外滩的典雅华贵，陆家嘴的摩登现代，一览无余。同时，通过镜头语言凸显城市的温度、人与自然的和谐，将上海这座璀璨之城的美丽刻画得淋漓尽致。

推荐理由：

该作品在看看新闻网和看看新闻 APP 首发之后，于 11 日 4 日晚形成了全网刷屏；不仅在今日头条、Facebook、YouTube、B 站、百度百家号、腾讯新闻、网易新闻、新浪新闻这样的商业平台上占据头条位置，也被《人民日报》、央视网、中央人民广播电台、中新网等传统权威新闻单位的新媒体产品转载，48 小时全网共计浏览量突破 5000 万，一周突破 1 亿 5 千万。这条大片也刷爆了朋友圈，在各个领域、行业热传。

海拔四千米之上

主创人员：集体（刘霁、温潇潇、唐筱岚、孙鹏程、郭诗悦、张新燕、史含伟、张成杰、王辰、宋蒋萱、柳婧文、陈兴王、崔彩云、赵丽颖、郁斐、江勇）

编　　辑：集体（季国亮、黄杨、李云芳、张泽红、许海峰、龙景）

（专题二维码）　　（H5 二维码）

见 https://www.thepaper.cn/newsDetail_forward_58811

（澎湃新闻 2018 年 11 月 19 日 10 时 46 分）

申报资料实录

作品简介：

2018 年 7 月中旬开始至 10 月中下旬，澎湃新闻陆续派出直播、视频、文字三类记者，累计 25 人次，分别在澜沧江源园区的昂赛大峡谷、长江源园区的玉珠峰和治多县索加乡、格尔木市的唐古拉山镇，及黄河源的玛多县、玛沁县、达日县、甘德县等地进行了采访、拍摄工作。

期间，记者登上过雪山，踏进过峡谷，深入到公园的核心区。此外，还约请了中科院西北生态环境资源研究院研究员蒲健辰等专业人士，抵达雪山现场讲解。

三江源国家公园地域广大，交通不便，有时为了采访牧民的一个邻居，就需驱车数小时才能抵达；为了登高拍摄一个镜头，需花四小时才能爬到山顶。记者经常感叹，“播出一小时，采访一个月”。

为了抵达某处废弃的采矿地，记录草原被破坏及修复情况，记者需要越过通天河支流冬布里曲河。但因河水冲垮了必经之路上的桥梁，记者不得不先开车一段，然后涉水过河后再骑着摩托车赶往现场。

为了记录采访牧民的真实生存状态，记者在牧民帐篷旁边也扎了帐篷，跟随牧民的生活节奏。澎湃新闻记者还深入到黄河源园区的核心地带——最大的两个湖泊扎陵湖、鄂陵湖及星星海等湖边，进行了现场拍摄。

采拍结束后，澎湃新闻又组织了十几人次的力量，对大量素材进行遴选、剪辑、设计、制作和程序开发。该产品从头到尾的生产制作全部由澎湃新闻的员工自己完成。

最终呈现在读者面前的，是一个全媒体、多互动的产品：《海拔四千米之上|极致体验·三江源国家公园重磅实景互动 H5》。

该产品内容极为丰富，包含了 4 段精美的视频、9 个 360 全景视频、9 个小环境展示视频，让人能够身临其境地感受三江源国家公园的每一个角落、每一处细节。

从大量的视频素材中，澎湃新闻还精心剪辑制作了四部微纪录片，每部的时长在 4 至 6 分钟左右。此外，还生产出三篇深度文字报道和四场大型直播。

这一系列作品，提示了人与自然在寻求和谐共生的过程中产生的一系列矛盾、感动、思考和希冀。

社会效果：

因着丰富多样的呈现形式、直面问题探寻建议的深度视角，项目受到了舆论和官方的一致好评。

国家林草局相关人士、三江源国家公园管理局主要负责人高度肯定该专题，两单位的微博微信还多次转发专题作品。

专题作品在朋友圈、微博等社交平台刷屏，在各大网站广泛转载传播。网友在澎湃新闻客户端下评论：“精品，很赞的作品！”“可以去开摄影展”。

其中，专项项目中最重磅的产品《海拔四千米之上|极致体验·三江源国家公园重磅实景互动 H5》，使用了视频（普通拍摄 + 航拍 + 延时拍摄）、360 全景图

片、定点 VR 视频、漫游 VR 视频、互动热点、延时拍摄等方式，移动端封面采用了随机打开可变技术，最终实现了多种技术和表现形式的大融合。

H5 产品因着 360 度可见的细节和可互动的贴近性，获得了广泛的关注、体验，点击量最终达 1896 万次。

这些作品，让千万读者“触摸”到了位于青藏高原腹地的三江源国家公园的原真之美，感知到国家公园体制试点探索工作的筚路蓝缕。

推荐理由：

选题关切国家的重大议题——国家公园体制试点是党中央确定的全面深化生态文明制度改革的一项重大战略举措。

三江源国家公园试点是中国首个国家公园体制试点，也是目前十个试点中走得最快、探索最深入的一个，有望为中国的国家公园体制闯出一条路来。

记者深入到三江源国家公园的多处核心区采拍，制作人员发动脑力实现了多种表现方式、多种新技术的融合集成。通过创新报道方式，见证和记录了国家公园体制在三江源的探索、落地过程。

在宏大专题的背后，是澎湃新闻组成了约 40 人的前后方团队，一线采访人员先后克服了高原反应、紫外线灼伤、耳朵失聪等艰苦状况，历时 3 个多月在“海拔四千米之上”的青藏高原跋涉约万里，写下一部新闻“走转改”和践行“四力”的鲜活范本，也是对“守正创新”这一理念的实践贯彻。

报纸版面

2018年12月19日《解放日报》1、4版

作者：倪　佳　王　晨　朱爱军

编辑：徐蓓蓓

解放日报

伟大复兴三大里程碑

建立中国共产党、成立中华人民共和国、推进改革开放和中国特色社会主义事业，是五四运动以来我国发生的三大历史性事件，是近代以来实现中华民族伟大复兴的三大里程碑

习近平：40年来取得的成就不是天上掉下来的，更不是别人恩赐施舍的，而是全党全国各族人民用勤劳、智慧、勇气干出来的

40年奋斗感天动地气壮山河　在中国人民手中不可能成为了可能

庆祝改革开放40周年大会在京隆重举行　100名改革先锋和10名国际友人受表彰　习近平发表重要讲话　李克强主持　栗战书汪洋赵乐际韩正王岐山出席　王沪宁宣读表彰决定

改革开放

致敬！100名改革先锋10名国际友人

40年积累宝贵经验是弥足珍贵的精神财富

积极应变，主动求变，与时代同行

书写新的辉煌历史　创造新的更大奇迹

1978-2018

（《解放日报》2018年12月19日）

申报资料实录

作品简介：

版面策划不走寻常路，一张看似平常的集体合影照做了异乎寻常的通栏处理，并用“致敬100名改革先锋、10名国际友人”点睛，用总书记重要讲话精神提

炼的“40 年奋斗感天动地气壮山河 在中国人民手里不可能成为了可能”为大标题，彰显改革开放 40 年历程、成就和“主人公”，见报后获读者和业界普遍赞誉。

推荐理由：

纪念改革开放 40 周年的恢宏之作。从策划到落实都体现了“富于创造”的要求。版面设计大气现代，格局大、结构巧、细节精，体现了主流媒体的价值观和编辑良好的版面驾驭能力，体现了对新闻版面孜孜不倦、追求卓越的精神。

新闻摄影

“我们要对得起这个好时代”

作者：蒋迪雯
编辑：徐蓓蓓　张陌

6 月 6 日，“不忘初心牢记使命”——2018 我的电影党课在上海影城启动。新近入党的电影表演艺术家牛犇举起右手宣誓。

（《解放日报》2018 年 6 月 27 日）

申报资料实录

作品简介：

照片再现了著名表演艺术家牛犇同志在加入中国共产党不久以后，于“不忘初心牢记使命”——2018 我的电影党课活动中带领年轻党员共同宣誓的动人场景。传播效果可谓入眼、入脑、入心。

推荐理由：

作品系独家发布，画面具有很强的张力，很好地捕捉到了多位人物的表情，让读者对他们忠贞的共产主义信念有了更深的体会和了解。

新闻漫画

学历造假：文凭注水，脑袋进水

作者：郑辛遥

编辑：王瑜明

（《新民晚报》2018 年 7 月 22 日）

申报资料实录

作品简介：

用漫画的夸张、荒诞手法来揭露某些人的学历造假行为，错误的行为如“进水”的脑袋，骗取的是一张带水份的文凭。

推荐理由：

是一幅切中时弊，表现手法幽默有趣的漫画。

新闻名专栏
（相当于一等奖）（5件）

新闻名专栏

《东广早新闻》专栏

主创人员：集体（毛维静、余天寅、何卓莹　李博芸、赵路露、邵燕婷、李龙强、林思含、李虹剑、施美琳、陈凯、窦晖、邢燕、江冉）

编　　辑：毛维静

申报资料实录

专栏简介：

《东广早新闻》是上海东广新闻台旗下以1小时为单位、每天6点到9点播出的大板块新闻节目，可在东方广播中心的新闻客户端“阿基米德APP”社区直播和回听。

每天180分钟的直播，汇集上海本地和国内外新闻。节目设置的“东广聚焦”“东广微话题”“财经早餐会”“新闻地球村”等热点解读、话题讨论类栏目，在确保重要政策传达、深度解读新闻、弘扬社会正能量等方面有所作为；“东广快讯”“天气资讯”“交通连线”等资讯信息类栏目，则从信息“供给”方面满足了听众需求。

上海广播电视台东方广播中心策划、采访、编辑各部门密切配合，努力打造有特色、有个性的新闻栏目，显示节目的“标识度”。一是在内容的选择上除重大要闻外，拉开与其它新闻栏目的适度差距；二是在版面的编排上，充分发挥编辑手段，以小栏目的形式，形成区隔；三是充分运用广播新闻特征，在新闻的表现手法上优化内容的新闻性，包括创新新闻形式、注重现场感等，努力使栏目的影响力在遵循新闻规律中呈现。

社会效果：

2018年《东广早新闻》收听率为2.18%；市场份额达23.67%，创近年新高。

在2018年《东广早新闻》收听率上扬的延续和带动下，到2019年第三周，东广新闻台收听率和市场份额再创近两年新高。其中，市场份额排名首次跻身上海本地前三位。

节目得到了诸多奖项肯定：2016年11月17日播出的《东广早新闻》在2017年中国新闻奖评选中荣获节目编排一等奖；栏目“东广聚焦”荣获中国广播影视大奖“名专栏”奖项；栏目“东广微话题”入选广电总局公布的十大“广播电视创新创优节目”。

推荐理由：

《东广早新闻》随新闻大环境变化不断改革创新，节目导向鲜明、形式多样、充满活力。经长期积累，具有及时性、权威性、贴近性、高密度、快节奏的特点。节目中诞生了一批优秀栏目，培养起稳定的广播听众群。

《匠心》专栏

主创人员：顾一琼　李　静　史博臻　王　翔　徐晶卉　唐玮婕　张晓鸣
编　　辑：王　勇　戎　兵　钮　怿

申报资料实录

专栏简介：

上海，走在中国改革开放、创新发展最前列的城市，触摸着最先锋的科技，感受着最时尚的潮流，也是精益求精、追求卓越这股精神最执著的坚守者。在这里，一榫一卯的锤炼、一饮一食的执著，悄然延续着；在这里，向着巅峰的攀登、突破极限的尝试，从未停止过。这种为了把事情做好做精而不停歇的劲头，大约就是这座城市的匠心。

文汇报推出的“匠心”专栏，致力于把城市中这些朴素而倔强的人们，这股敬业、严格、执著的精神发掘出来，记录一座追求卓越品质的大国大城的成长与发展。

推荐理由：

文汇报从2017年初推出“匠心”专栏，至2018年底，已刊发数十篇稿件，记录了这个城市中一些朴素而倔强的人们，以及他们身上所代表的敬业、严格、执著精神，记录了一座追求卓越品质的大国大城的成长与发展。专栏立意高、构思巧、采访深、写作精，推出后受到各方好评。

《港澳台》专栏

主创人员：洪俊杰

编　　辑：傅贤伟

申报资料实录

专栏简介：

本栏目重点关注中央对港澳台政策、三地政治经济新闻及港澳台同胞在上海生活发展等内容，通过消息、分析、评论、专访、图示图表等传统与新媒体传播形式，宣传中央方针政策，分析解读热点新闻，向读者传递出同胞心灵契合融合发展、"港澳台发展系于祖国发展"等观点。

本栏目2018年发稿261篇，其中98%以上为原创内容，文章平均点击量排名上观新闻APP前列，其中多篇点击量过百万，10%以上文章点击量"10万+"。栏目部分稿件被人民网、新华网、新浪网、中新网、中国台湾网等主流媒体，及台湾《中国时报》《联合报》《旺报》、香港凤凰网等媒体转载。

推荐理由：

作为本市媒体中较少专注于港澳台时政新闻的原创平台，本栏目认真学习贯彻中央精神，在牢牢守住政治底线的同时，积极寻求在新媒体环境下的报道创新，努力将敏感的港澳台新闻"脱敏"，发表了一批内容独家、表达方式新颖、有深度有思考、有较好传播力的新媒体作品，并在港澳台地区有一定的传播力与影响力。

中宣部港澳台新闻局、国务院台办新闻局、上海市台办、上海市港澳办、上海台联等单位听过本栏目汇报并予以肯定，并通过栏目刊发文章，传递上级机关的声音。

《国际观察》专栏

主创人员：朱国顺　卫　蔚
编　　辑：齐　旭　吴宇桢

申报资料实录

专栏简介：

《国际观察》是新民晚报创立的国际新闻评论类专栏，旨在深度分析解读国际大事，带给读者中国视角，对外传播中国声音。同时立足上海，致力于打造具有海派特色、"新民"辨识度的国际时评。专栏具有新闻性，发表文章主题皆紧扣国际时政热点；观点鲜明，敢于亮出"以我为主"的声音；从标题到内容，行文编排具有极强原创性和可读性。值得一提的是，该专栏是沪上唯一一个主要依托于大报头版的国际新闻评论类专栏，体现了对上海社会主义国际大都市定位的理解和把握，亦是从新闻角度融入全球化视角的战略尝试。自推出以来，广受读者和专业人士好评，在新媒体渠道的传播更是屡出精品。

推荐理由：

沪上首创在报纸头版推出相对固定的国际新闻分析解读专栏，特色鲜明、形式新颖，体现了"海派"特色。

内容原创，观点鲜明、可读性强，采编呈现别具一格。彰显新民晚报"亲民"的特色，同时帮助普通读者正确深度理解正在发生的国际热点事件，具有积极的社会影响。更加难得的是，多数文章紧跟新闻事件，往往是新闻发生几小时内"国际观察"就已经出炉，做到速度和质量的平衡。

新闻名专栏

《马上评》专栏

主创人员：夏正玉　陈　才　沈彬　程仕才　甘琼芳
编　　辑：夏正玉　陈　才

申报资料实录

专栏简介：

建强网评主阵地，品牌建设是关键。澎湃新闻评论频道开通以来，先后开设"马上评""深观察""有一说"等不同专栏，在时效性、篇幅、写作风格上形成了差异化的评论产品格局。

"马上评"主打网络新闻短评，是对新闻事件的及时分析评论，第一时间针砭时弊、激浊扬清，以快见长，也能够及时引导舆论。"马上评"的文章短小精干，语言热辣，观点犀利，为读者拨云见日，直指问题核心，启发思考，体现主流媒体的价值和责任担当。

针对社会关注的热点、重大话题，"马上评"总是第一时间发声，在观点多于事实、各种声音打架的网络空间第一时间抢占舆论高地。"马上评"之快，不仅在于事件发生之初介入发声，更在于在事件动态演变的每一个节点，有针对性地辨真伪、明是非、定喧嚣，有效打通线上线下两个舆论场，发挥舆论引导和价值引领的作用。

2018 年全年，"马上评"栏目刊发原创评论 700 余篇。《"消费降级"不过是渲染焦虑的话术》《村委会贴骂人标语，骂不出工作实效》等作品受到中宣部阅评表扬；《在"高地"上建"高峰"，上海人才政策的全球雄心》《小学生"怒怼"环保局，请耐心倾听那些小民声》等作品受到上海市委宣传部表扬；在鸿茅药酒、长生疫苗、公交坠江等社会热点事件中，“马上评”连续推出集束式评论，积极发挥舆论监督作用。

以长生疫苗事件为例，事件曝光当天，“马上评”第一时间推出3篇快评，围绕舆情、法律、监管、资本等角度深入剖析，受到各方高度关注；在国家领导人批示、初步调查结果公布等关键时点，“马上评”均第一时间作出反应，有力促进了案件公正处置和行业监管加强。

再比如说，针对重庆公交坠江事件，“马上评”迅速推出《坠江教训：公德要彰，规范司机应对也是当务之急》等四篇评论，总结事故教训，提出改进之策；针对高铁霸座话题，推出《治老赖有公示，治“高铁占座”的无赖呢?》等四篇评论，抨击不文明现象，提供治理思路。在“鲁山强奸案”“昆山反杀案”等重大社会话题中，“马上评”也总是第一时间发声……

经过近两年来的精心打造，“马上评”已经成为国内网评领域的特色栏目和知名度较高的新媒体品牌栏目，平均点击量位列澎湃各栏目前列，点赞率和转载率遥遥领先，在读者和业界均受到关注和好评。

推荐理由：

“马上评”作为澎湃新闻评论中体例最大、对热点事件和话题反应最迅速的栏目，一经推出就在舆论场收获了巨大的影响力和良好的口碑，并且在学界和业界得到了充分肯定，在评论圈占据了重要的席位。每个月“马上评”栏目都能出现阅读量10万+，点赞数、评论量几千甚至上万的爆款文章，“三观正”“良心文章”等经典留言数不胜数，“出了事先看澎湃马上评怎么说”已经成为众多读者下意识的举动。澎湃新闻也将以此为激励，继续不懈努力，以高度的使命感和专业精神，让主流媒体的好声音传得更远。

二等奖(39件)

“三问申城垃圾分类”系列报道

作者：裘正义　沈敏岚　曹　刚　金旻矣
编辑：王文佳　谢继瑾

（限于篇幅，本书仅选录系列报道中的三篇代表作。）

代表作一

小区试点垃圾分类，为啥推广难？

上海，日产垃圾2万吨，12天就能堆出一座东方明珠。老港基地承担全市70%生活垃圾处置任务，处置能力接近极限。若“处理”跑不赢“产生”，垃圾问题必将成为生态之城建设的明显短板。

垃圾分类的目的，是为了更合理有效地处置。2011年起，“生活垃圾分类减量”连续8年成为市政府实事项目，今年更将打响生活垃圾全程分类攻坚战。3月16日，市政府发布了《关于建立完善本市生活垃圾全程分类体系的实施方案》，明确要建立分类投放、分类收集、分类运输、分类处理的全程分类体系。

上海绿化市容部门统计显示，从7年前的100个示范小区试点起步，垃圾分类现已覆盖500多万户家庭。你养成分类的好习惯了吗？随手扔一张纸，会“对号入座”吗？小区垃圾分类有没有遭遇“七年之痒”？复旦大学一项调查指出，上海居民主动参与垃圾分类的不到四分之一。记者近日走访多个实施垃圾分类的小区，发现高质量、长时间坚持的，确实很少——小区试点垃圾分类，为啥推广难？

分类设施缺失

打虎山路某小区居民:"家里分好垃圾,楼道垃圾桶却没有分类标识,刚调动积极性又受打击"

推行垃圾分类以来,不少小区在进出口旁贴出了醒目宣传语,分类垃圾桶却常缺失——要么设置不到位,要么损坏、遗失后没及时补上。有些居民在家里认真分好,下楼发现小区只有一种垃圾桶,非常沮丧,刚调动起来的积极性又受打击。

杨浦区打虎山路上的一个小区内,垃圾箱房锈迹斑斑,破损的房门上贴着"其他垃圾(干垃圾)投放点"标识,及可回收物、玻璃、有害垃圾、其他垃圾等宣传单。箱房外,还贴着"百万家庭低碳行,垃圾分类要先行"的绿色账户宣传牌。然而,一旁的绿色、咖啡色垃圾桶上,并没有分类标识,桶里什么垃圾都有——可回收的塑料瓶、应放在湿垃圾桶中的厨余垃圾、有毒有害的干电池,全部混在一起。在每一层的楼道中,并排摆放着两只垃圾桶,也没有贴分类标识,居民根本不分干湿,垃圾扔哪个桶很随意。

而普陀区水泉路一个小区,最近大门新装门禁系统,贴上了垃圾分类宣传海报。但在小区里走一圈,却怎么也找不到分类垃圾桶。虹口区凉城路一小区,只有1号楼下才有分类垃圾桶,隔壁2号楼旁却没有,导致楼前垃圾混装的很多。

分类标准缺稳

市人大代表厉明:上海先后用过5种分类标准,"数次改变让人无所适从"

市人大代表、上海四维乐马律师事务所主任厉明调查发现,1999年至今,上海用过五次分类标准:有机垃圾、无机垃圾和有毒有害垃圾;干垃圾、湿垃圾和有害垃圾;废玻璃、有害垃圾、可燃垃圾、可堆肥垃圾和其它垃圾;有害垃圾、玻璃、废旧衣物、厨余果皮和其它垃圾;可回收垃圾、有害垃圾、湿垃圾、干垃圾。不同时期的垃圾桶上,分类标识也不同。即使有心想分,也会无所适从。

绿化市容部门解释,分类标准只是随时间推移或概念变革而微调名称,并无根本性改变。比如,有机/无机、干/湿、可堆肥/不可堆肥,三组概念基本类似。又如废电池,随工艺演变,学界对其危害性和处理方式也有争论。从大方向看,始终遵循着"干湿分类投放、有害和可回收分类收集处置"的思路。

随机采访中,“垃圾分类标准不能太复杂,要易懂易记”是许多市民的共识。有人建议:“为啥不先分成‘能卖的’和‘不能卖的’,再把‘不能卖的’分成‘会烂的’和‘不会烂的’?”

有人认为,相较日本、台湾动辄十几类的分法,上海已算简单,部分市民还是懒得记。“退休老人和幼儿园小孩都能搞清楚,为啥中青年上班族记不住?”

目前,上海已确定,本市生活垃圾实行“有害垃圾、可回收物、湿垃圾和干垃圾”的四分类标准,鼓励各单位和居住小区根据区域内再生资源体系发展程度,细化分类可回收物。标准已经确立,但深入人心并变为自觉行动,依然任重道远。

配套宣传缺乏

凉城路某小区保洁员:10 人扔垃圾只有 1 人分类,“小区两幢楼两天才分出一桶湿垃圾”

凉城路一小区中,1 号楼下的垃圾箱房被分成干、湿两部分。湿垃圾桶内,一层菜叶果皮浅浅铺底,混着一整袋垃圾。15 分钟内,9 个居民走近,却只有一位老人“干湿分离”——拎两包垃圾,一包投入干垃圾桶,另一包拆袋倒入湿垃圾桶,再将空袋扔进干垃圾桶。

小区绿色账户积分员说,去年底推行垃圾分类以来,两幢楼每两天才能分出一桶湿垃圾,多数居民仍混乱投放。“上班族都不太分。来为绿色账户积分的,主要是老人。”住 2 号楼的裘女士回忆,收到过绿色账户卡,“听说小区在推垃圾分类,但怎么积分、换礼品,不清楚。”

一些小区实行分类新政后,配套宣传简单模糊,持续时间不长,大都只是“一阵风”。反观 2011 年开始垃圾分类的宝山路街道扬波小区,提前做了大量准备和培训。小区没物业,由业主自治,业委会挨家挨户征询业主分类意愿,支持率达 90%。业委会并未松懈,仍邀请第三方公益组织开讲座培训,并举办隆重的启动仪式,增强仪式感。“从征询到推行,花了整整半年‘培养感情’,就是要让大家知道小区推新政的决心。”业委会主任郑忠芳说。

“带头大哥”缺席

控江路某小区王阿姨:垃圾分类“热闹了几个月,没人带头,后来就偃旗息鼓”了

扬波小区推垃圾分类 7 年来,仍有业委会成员和志愿者反复宣传监督,尤其

针对钟点工、租房客和二手房业主等人群，更是在垃圾桶边现场指导。综观分类效果好的小区，往往有一些积极行动的“带头大哥”当表率。缺少热心居民引导，垃圾分类很难持久。

控江路上一个居民区几年前开始垃圾分类。每层楼道现有两个垃圾桶，黑桶上歪歪扭扭写着“干垃圾”，蓝桶上没写字，楼下还有一只孤零零的厨余果皮垃圾桶。几个桶里的垃圾都是五花八门——废纸、果皮、塑料瓶、牛奶盒……

“前几年居委会上门发过一个垃圾桶，我送给女儿了。”居民王兰芳听说过垃圾分类，但坦言邻居们都没分。“保洁员每晚到各楼层收垃圾，用大黑袋混装运走。”她说，“如果人家分，我当然也会分，不拖后腿。但别人都不分，我为啥要出这个头?”

有人曾做过实验：连续一周将空矿泉水瓶集中放在楼道的垃圾桶旁，同楼层的邻居们也“看样学样”，把空瓶收集起来放在垃圾桶边。在基层治理中，如有积极行动者带头，很多工作就能顺利开展，垃圾分类同样如此。

小区物业缺位

环保志愿者郝利琼：在推广中屡屡碰壁，“最终失败的小区，物业往往没热情”

在推广垃圾分类的实际操作中，小区物业是重要一环。然而上海的现状是，低档和高档小区的物业都有缺位现象。前者利润薄，分类“无利可图”，没积极性；而后者常提供“管家式服务”，不敢对业主提要求。

上海爱芬环保科技咨询服务中心项目总监郝利琼接触过一家物业费 13 元/平方米的小区，“业主认为‘我交那么多物业费，垃圾分类当然归你们做’，物业就不响了。”有的物业会聘请二次分拣员，但事实上，垃圾分类必须从每家每户做起，光靠二次分拣，成本高、效率低，非长久之计。

她曾去上海火车站附近一个小区推广，居委会一听要撤走楼道垃圾桶，连连摇头——频繁下楼扔垃圾，老旧电梯承受不了，太危险，项目就此搁置。第二年迎来转机，静安区开展“美丽家园”改造，老电梯统一更新，垃圾桶暂时搬走。三个月后，新电梯装好，居委会挨家挨户上门宣传，大家觉得楼道没垃圾桶确实干净，下楼扔也不麻烦，自此顺利推起了分类。

“哪些小区推广不了，一眼就能看出来。”郝利琼说，“最终失败的小区，物业或业委会往往没热情，有明显抵触情绪。”她认为，各小区的硬件条件和居民构成不同，强压任务，可能只会换来敷衍。“放几个桶、贴几张标语，就算分类了，没啥效果。要全身心陪伴小区，尊重、理解、支持他们。”

（《新民晚报》2018 年 3 月 22 日）

代表作二

社会协同推进，障碍在哪里？

2011 年起，“生活垃圾分类减量”连续 8 年都是上海市政府实事项目。全市推动的“重点工程”，效果为何一直不如人意？继第一篇聚焦“小区垃圾分类推广难”后，本报系列民生调查《三问申城垃圾分类》今天推出第二篇，走出小区，进入更广阔的空间———调查发现，上海的垃圾分类收运、后续处置等综合利用体系尚需健全，公共管理、跨区合作、监督引导等协同保障有待提升……社会协同推进垃圾分类，障碍在哪里？

生活垃圾分类，好比一场永不停歇的接力赛，必须各方尽力配合。政府、企业、社区、个人，各司其职。首先是居民的事，每个人应承担起责任；其次，社区和物业要不断宣传、教育和监督，培养居民的分类意识；再次，街道、区、市要持续输入各种资源，提供资金和政策支持，并配套建立约束机制，社会协同就能运转起来。反之，新鲜劲一过，可能又退回原点。

分类收运　从互相指责到互相监督

“干湿垃圾分好后，看到保洁人员混在一起收走了。”

“居民总是随手乱倒，怎么分开收运？”

在垃圾分类试点小区常可看到扔垃圾的和收垃圾的相互指责的现象。垃圾分类从源头投放到收集、转运，再到末端处置，有数十公里“物理距离”；涉及居委、环卫、交通、环保等多部门。建立全程分类处置体系，还有很长的路要走。

上海已明确分类后的各类生活垃圾，必须实行分类收运。有害垃圾、可回收物、干垃圾和湿垃圾分别交由专门的收运企业和车辆负责。

市废弃物管理处负责人告诉记者，分类收运，意味着本来一车能运走的垃圾，要分多次运。全市垃圾物流运输系统需“重配”，高效分类收运是全社会协同的系统工程。

做好全程分类，关键是各环节做好自己的事。

即便在分得较好的扬波小区，前几年也出现过“前功尽弃”的状况——干、湿垃圾分好后被混装运走。居民不干了，向各级部门反映，查清是清运人员偷懒，想少跑一趟。严格规范后，“混运”绝迹。一位从事垃圾分类推广工作多年的业内人士说，如果更多人像扬波居民那样顶真，既自觉做好分类，又时时监督收运，分类工作将从互相指责走向互相监督。

后续处置　新变化带来连串新考验

回收利用湿垃圾，是垃圾减量的有效途径。上海目前每天产生约7000吨湿垃圾，但处置能力远远不够，急需新建处置基地。建在哪？怎么建？湿垃圾制成的有机肥出路又在哪？都要靠社会协同来解决。

目前，“建在哪”已有初步解决方案，上海将重点推进老港基地、浦东、闵行、普陀、宝山、嘉定、金山、松江等一批湿垃圾集中处理设施建设。同时，结合农村生活垃圾分类，大力推进乡镇（村）就地就近利用湿垃圾。这些设施的建成投运仍需各方共同努力，加快推进。

近年来，一些小区尝试引进小型生物处理机，湿垃圾经处理可“变身”肥皂和有机肥，不出小区就得到妥善处置。思路不错，但推广有困难，一些小区装好机器后迟迟没用——机器噪声和异味扰民，如何解决？额外电费如何分担？还有市民建议推广厨房垃圾粉碎机，可大幅减少家庭湿垃圾量，但打碎的湿垃圾是否影响污水排放指标，仍有待评估。

而可回收物的资源化利用，也遇到不少问题——废品回收体系薄弱，回收网点落地难，缺乏相应政策和标准。此外，近年来大宗商品价格走低，市场自发回收系统严重萎缩，市民直观感受是“家门口的废品站不见了”。纸板、玻璃瓶、旧家具等低价值的可回收物，加上近年增加的建筑垃圾残渣，都无奈加入“垃圾大军”，造成上海的末端处置系统压力陡增。

公共管理　垃圾分类标识尚未统一

公共场所的垃圾种类相对较少，多为废纸、食品袋、包装盒等，分类本应不难，实际并不乐观。

和平公园3号门外的一个垃圾桶上，正面贴“干垃圾”，反面却是“其它垃圾”，让人无所适从。走进园内，垃圾桶很多，但左右标识经常换来换去，外加字小、图案相似，不细看很难分辨。大华行知公园内，分类标识模糊，且半数已脱落。“形同虚设”的分类，连“形”也没保住。

“公园游客以老人孩子居多，老的看不清，小的不识字，区别必须更鲜明。”业内人士建议，公共场所的分类垃圾桶应明显漆成不同颜色，方便识别，而不是用贴纸来区分。

申城每天有近千万人次坐轨交出行，各条线路的分类垃圾桶设置有些随意——10号线新天地站，左右桶颜色图案区分清晰可辨；3号线曹杨路站，垃圾桶只有两种无字黑色图案：树形和带有循环箭头的圆形，扔垃圾前先考识图；11号线上海西站，垃圾袋边缘下翻较多，将分类标识统统盖住；而8号线部分站点索性没分类，一个粗壮圆桶“吃”下了所有垃圾。

在大华虎城，绿色字体垃圾箱放“可回收物”，红色放“其它垃圾”；不远处的大华一路真华路口，字体颜色变了——蓝色为“可回收物”，黄色为“其它垃圾”。刚记住“红绿分”，才走几步又要改为“黄蓝分”。

城市管理体现在细节，如果在分类设置和标识等公共管理上想得再细致一点，垃圾分类有望向前迈一大步。

跨区合作　曾经各自为政有些“任性”

上周，记者经过威海路茂名北路，想扔手中的香蕉皮，有些伤脑筋。威海路靠北的垃圾桶上，左边贴着“可回收物”，右边贴着“干垃圾”。香蕉皮属于“湿垃圾”，没法扔。仅仅几步之遥的马路对面，却发现一个垃圾桶，“干垃圾”的标识摇身一变，成了“其它垃圾”，能接纳香蕉皮。

同一个区、同一条马路，垃圾桶出现“两幅面孔”，一些地跨两区的道路又会如何？

茂名路连接静安、黄浦两区。在静安段，分类标志字样较大，绿色图标代表“可回收物”，黑色图标代表“干垃圾”或“其它垃圾”。两桶之间有灭烟缸和专门回收电池的圆形投入口。到黄浦段，不仅字样明显缩小，颜色区分也不同，用红色图标代表“其它垃圾”，电池回收投入口也没了。两个区的相似之处是，行人扔垃圾都“随心所欲”，不看标识。

真金路横跨宝山、普陀两区。华灵路至富水路的宝山段，标识贴在半圆形桶侧面，右边为“可回收物”，左边是“干垃圾”，字体较大。到了富水路以南的普陀段，垃圾桶变成方形，时而“干垃圾”在右，时而“可回收物”在右。分类图标和文字都很小，通过手机拍照取景框的放大功能，才能看清楚。

随着分类标准的明确，上海马路上的垃圾桶，正在逐步换上统一的标识——“可回收物”和“其它”垃圾。普陀、静安、杨浦等区的部分垃圾桶，几乎是一夜换新装，不过，这些标识的颜色区分仍不太醒目。

指导监督　“九龙治废”难以形成合力

在垃圾分类的指导监督方面，上海存在有待改进之处：一个垃圾箱房有三个部门管。根据《上海市促进生活垃圾分类减量办法》第四条的规定，干、湿垃圾归绿化市容局管，有害垃圾归环保局管，可回收物归商务委管。为了管好同一个垃圾箱房，各部门之间容易发生冲突和博弈，难以形成合力，最终可能导致谁也管不好。

比如，以前推广生活垃圾分类时，有些小区分出来的有害垃圾最后又混到了干垃圾中。扬波小区还曾发生过附近药店搬迁后，过期药品没法处置，最终又回流到干垃圾里的尴尬情况。直到去年，静安区专门购置了车辆，轮流在街道收运有害垃圾，情况才有所改善。

可回收物的资源利用，属商务委管辖，但商务委一般不进社区，主要职责是审核管理企业的资质。现状是，大部分小区的可回收物中，可用塑料、衣物、报纸、纸板箱等价值较高的可回收物，都靠保洁员收运再卖给相应的回收商。低值可回收物，比如玻璃、废塑料、利乐包等物品，回收商普遍不收，又都回流到干垃圾中。

对此，有业内人士呼吁，能否建立一个超越不同部门的全市废旧物资管理中心，尽快改变“九龙治废”的现状，把垃圾分类的监督管理职责落实到位。

（《新民晚报》2018 年 3 月 23 日）

代表作三

对标垃圾分类先进，上海差在哪？

垃圾分类，是城市垃圾减量化、资源化、无害化的有效手段，也是提升城市发展水平的重要环节。我国早在2000年就启动垃圾分类工作，并在北京、上海、广州等城市率先试点，实行17年来，效果并不理想。

垃圾治理，是个全球性难题。日本用了27年，形成全民参与氛围，德国把垃圾分类当一项系统工程，大约40年才见效果。其他国家和地区有哪些奖惩措施？推行过程中遇到过什么困难？又是如何解决的？本报系列民生调查《三问申城垃圾分类》今天推出第三篇，对标垃圾分类先进国家和地区的破解之道，上海推进垃圾分类，有何差距？能收获哪些启示？

对标之一：垃圾桶去哪了

街头难寻，回家细分 VS 随处可见，标识混乱

曾饱受垃圾问题困扰的台北，1996年起实施"垃圾不落地"——街头不再设置垃圾桶，改由垃圾车定时定点回收。媒体人徐迅雷在国家级环保期刊《绿色视野》撰文回忆，台北街道较清洁，除旅游点和交通枢纽，基本不摆垃圾桶，平常要把垃圾带回家先分类。180条垃圾回收专线，每天定时开行。市民等车到来，再分类投放。乱丢垃圾，最高将被罚新台币6000元（约合人民币1200元）。

在日本街头，想找垃圾桶也很难。"这和日本人的分类意识较强有关，另外，很多便利店有垃圾桶，有部分替代作用。"旅居日本多年的谈震认为，街头不设桶，一举多得：店员负责清理，政府省开支；顾客扔垃圾时，可能顺便进店消费；城市更整洁。为防止随地乱扔，日本《废弃物处理法》规定：胡乱丢弃废弃物，最高可判5年有期徒刑，并罚1000万日元（约合人民币60万元）。

反观上海，在街头、公园、商场和地铁站内，分类垃圾桶随处可见，但设置不统一：分类标识不清晰，颜色区分不明显，左右桶类别不固定……对推广垃圾分类没有实质帮助。

全面实行"垃圾不落地"，需法律法规及时配套和全民分类意识跟进，上海目前撤走街头垃圾桶未必合适，但相关设置有必要改进。在统一标准、设置合理的同时，不妨因地制宜地调整。比如，在小吃街或美食广场，湿垃圾量比较多；公园和商场的干垃圾更多；而在居民小区，还应增设废电池、荧光灯管等有害垃圾收集桶。

对标之二：定时定点回收

严格遵守，一丝不苟 VS 流于形式，责任不清

与“垃圾不落地”政策相关的重要环节，是“定时定点回收”。

日本各地垃圾基本都细分到 10 种以上。知晓每天回收哪一类，是民众的必修课。个人和单位都按时分好类，放到门口指定地点，由垃圾车定时定点运走，错过就要等下一次。德国也推行类似制度，每户门外有 4 个不同颜色的垃圾桶，清运机构按日期清运不同垃圾。分类不合格，会被拒收。

台北刚推出“定时定点回收”时，居民们也觉得不方便。徐迅雷介绍，在大湖公园家小区，居民每晚 8 时到垃圾收集车前排队。“有时要冒雨丢垃圾；万一错过，垃圾可能在家发臭。”2010 年，社区管委会征集业主意见，在地下车库改造了一间垃圾收集室，花数万元贴瓷砖、装除臭机，买来冰柜储存厨余垃圾，避免异味滋生。其他可回收垃圾分门别类装进十几个密封桶。室内还加装摄像头，监督住户按规定扔垃圾。

上海也有部分小区试行“定时定点”。凉城路一个小区内的垃圾箱房被一分为二，右侧干垃圾投放口敞开，左侧投放口紧闭，且注明“湿垃圾投放时间 6：30—8：00、18：00—19：30”。可让人费解的是，棕色湿垃圾桶却放在箱房外，“定时扔”变成了“随时扔”。

不少上班族反映“定时定点”有难度，但业界普遍认为，对标成功经验，此举必不可少。和上班时间冲突怎么办？“可拜托邻居扔，或暂存家里，周末再扔。台北某些经验值得借鉴——用冰柜冷冻湿垃圾，再择机统一扔。”上海爱芬环保科技咨询服务中心项目总监郝利琼说，当务之急，是落实社区、物业和居民的责任，让“定时定点”真正发挥作用。

对标之三：“胡萝卜加大棒”

少扔少付，按量计费 VS 绿色账户，激励有限

纵观各国和地区的成功案例，除了靠民众素质，还离不开严格的激励约束机制。

台北 2000 年起实施“垃圾费随袋征收”，一般垃圾必须投入专用付费垃圾袋，厨余垃圾和可回收垃圾则免费投放。到 2010 年，台北日均垃圾量减少三分

之二，实现“零掩埋”。民建上海经济工委会员吴小龙和陈兵撰文分析，这得益于“胡萝卜加大棒”政策。专人抽查扔垃圾，违者将遭上千元重罚；制造、贩卖假冒收费垃圾袋，还可能入狱1至7年。

从事垃圾资源化研究多年的王政认为，按量计费是台北的关键经验。2000年前，台北随水费收垃圾费，缴费额与垃圾投放量无关。“随袋征收”后，分得越细，缴费越低。民众意识到“少扔垃圾少付费”，分类积极性大增。德国也实行“污染者付费”，居民按垃圾桶大小缴纳垃圾处理费。工作人员清运时会抽检，并有权开罚单。

2017年3月，国务院办公厅发布《生活垃圾分类制度实施方案》，规定“按照污染者付费原则，完善垃圾处理收费制度”。上海能否借鉴台北经验，对不可回收垃圾，推行“污染者付费”？

申城近几年力推绿色账户，但激励效果有限。一名推广人员透露，积极参与者以老人居多，大都为积分而积分，分类意识并不强。申领、积分和兑换起初限制较多，催生不少“僵尸卡”。好在，相关通道已拓宽，个人可在支付宝注册绿色账户，自助扫描积分，兑换超市优惠券、共享单车月卡等产品，对年轻群体的吸引力有所增加，但宣传力度依然不够。

推广垃圾分类，市民应得实惠，还要有制约性措施，“如果违规者无‘痛感’，那么垃圾强制分类很难实现。”市绿化市容局研究室的周海霞感叹说。

对标之四：课堂里学分类

各类学校，都有课程 VS 素质教育，有所提及

台北市民的垃圾分类意识近些年明显提高。吴小龙和陈兵研究发现，宣传教育功不可没——制作各种宣传资料，详细解释分类意义；政府官员随身携带垃圾袋，随时宣传；成立资源回收及专用垃圾袋推动小组，通过海报、折页、街头标语、现场说明会等方式宣讲。

学校是另一个重要的宣传阵地。台北几乎所有学校都开设资源回收再利用课程，小学生个个都是垃圾分类高手，堪称家庭资源回收教育的“种子部队”。

日本有些地区的垃圾手册列出500多项条款，民众都会自觉遵守，与他们在学校和家庭长期接受环保教育有关。日本很早就对学生开展环境教育，把垃圾分类纳入课本。“父母也重视训练孩子从小养成分类习惯。”谈震说，很多小朋友

喝完饮料，会自觉撕下瓶身包装，放到不可燃垃圾里，饮料瓶归可回收物，瓶盖另行处理。

2011年，上海向市民广发《垃圾分类指导手册》，计划每年办500场次宣传教育培训班；积极招募培训志愿者，协助宣传、指导和巡视；每月第二个周六定为“社区资源回收日”。这一系列宣传活动中，坚持至今且成效显著的并不多。

市教委2015年曾推出“常青树”老年教育项目，教绿色账户积分兑换。学习能力更强、家庭影响力更大的中小学生，却缺少类似课程。在去年的一次专题研讨会上，市政协常委黄鸣指出，浙江很重视垃圾分类宣传教育，比如杭州就有一套基础教育教材，从幼儿园开始，相关内容不但进了教材，还纳入了教学计划。她建议，上海教育部门尽快让垃圾分类进教材、进课堂，成为学生必要的实践内容，而不是仅在素质教育中有所提及。

目前上海已明确将垃圾分类知识和要求纳入本市学前及义务教育课程体系。去年，上海生活垃圾科普展示馆开馆，上海市废弃物管理处全年组织204批次、9541人次参加“垃圾去哪儿了”公众体验活动，130场爱心暑托班也加入了垃圾分类宣讲内容……宣传垃圾分类“从娃娃抓起”，深入推动全民宣传，贵在坚持。

（《新民晚报》2018年3月24日）

申报资料实录

作品简介：

上海推行多年垃圾分类，效果不尽如人意——居民参与率低，分类减量不明显，一些地方“热闹走过场”，市民没养成分类习惯。如何破解难题，推进这项实事工程，新民晚报推出系列民生调查，也是全市所有主流媒体中最早关注这个选题的系列深度报道，垃圾分类如今已成为全社会的新时尚。

一问试点小区为啥推广难？记者走访多个实施垃圾分类的小区，发现难以长时间、高质量坚持的主要原因有：分类设施缺失、分类标准缺稳、配套宣传缺乏、“带头大哥”缺席、小区物业缺位等。二问社会协同推进障碍在哪？记者调查发现，上海垃圾分类收运后续处置等综合利用体系尚需健全，公共管理、跨区合作、监督引导等协同保障有待提升。三问：对标垃圾分类先进差距在哪？垃圾治理是全球性难题,对标日本、德国等垃圾分类先进国家和地区的破解之道,上海收获不少启示。

社会效果:

新民晚报作为全市最早用系列深度报道持续关注垃圾分类的主流媒体,连续3天刊登3篇报道,迅速被新浪网、东方网、新民网、扬子晚报新媒体等平台转载,产生了强烈而广泛的社会影响,在广大读者中引发了关于垃圾分类话题的热烈讨论。新民晚报官方微信平台也连续3天重点推荐,阅读量过万,每篇报道都收获了数百名网友和读者的点评;同时,3篇报道也在头条号、企鹅号、百家号等新媒体平台上得到了重点推荐和更为广泛的传播。

推荐理由:

上海日产垃圾2万吨,12天就能堆出一座东方明珠,70%的生活垃圾由老港基地处置,能力接近极限,"垃圾问题"关乎着每个上海人,关乎着上海生态之城建设。这组系列报道通过全面、扎实、深入的采访,指出了上海推行垃圾分类遇到的主要问题,并分析了背后原因,在此基础上给出相应的对策建议,为突破垃圾分类的瓶颈以及上海全面打响垃圾分类攻坚战提供了有益借鉴。尤为值得一提的是,在这组深度报道的刊发时间上,新民晚报也走在了全市所有主流媒体的最前列。

文字消息

卫计委主任“转岗”社区家庭医生

作者：左　妍
编辑：姚阿民　顾　玥

卸任浦东新区卫生计生委主任岗位后，国内全科医学奠基人之一的孙晓明重新穿上白大褂，在三甲医院及社区开了全科医学工作室，还成了居民的家庭医生。上周末，工作室迎来第1000位挂号病人。

“尽管没做‘广告’，预约的病人还是慢慢增多了。”下沉社区的孙晓明最近明显感觉到，作为居民健康“守门人”的全科医生越来越吃香，不仅可以解决患者80%以上的健康问题，更成为分级诊疗的“引路人”。

74岁的老张无法走路，到某三级医院看病，一堆检查做下来仍未找到原因。为此，儿子为他订了一台电动轮椅。偶然间，他来到浦东潍坊社区卫生服务中心的“孙晓明教授全科医学工作室”。和孙晓明交流的时间够长，老张一次小小的咳嗽都被捕捉到，总算找到症结：发烧了，肺部还有感染。“老年人对发烧、疼痛不敏感，耽误了治疗。”孙晓明说。两周后，轮椅还没发货，老张就已痊愈，行走自如，还叮嘱儿子把轮椅退了。如今，只要亲戚朋友生病，老张就鼓励大家去看社区全科医生。

孙晓明说，在专科，精细化的学科发展让医生处理病人往往从病症入手，更对“症”；在全科，更强调对“人”，通过仔细询问、检查，把患者的整体情况摸透。因此，全科医生有一个重要特点：善于跟病人沟通。这就是基层全科医生和大医院专科医生的差别。

上海是我国最早引入社区卫生服务理念、发展社区卫生服务的地区之一：1997年起，通过连续13年市政府实事项目，社区卫生服务机构网络遍及城乡；2006年，在全国率先实施全科医生规范化培养；2011年起，推进家庭医生制度构建;2015 年,启动新一轮社区卫生服务综合改革。目前,上海有注册全科医师 7000 余名。到 2020 年,上海有望达到每万居民拥有 4 名全科医生。

孙晓明早年赴英国留学,主攻全科医学;回国工作后又赴美从事博士后研究,最终形成在上海全面推进全科医生家庭责任制的一整套想法。但他认为,现阶段全科医生靠培养还不够,需要专家入驻社区坐诊及带教。于是,他作出示范,从政策制定者变成践行者。

去年 9 月,他选择了浦东潍坊和上钢两个社区卫生服务中心开设工作室,诊室隔壁就是教学室,碰到疑难杂症,随时跟年轻医生探讨,帮助他们成长。之前,他已在东方医院开设全科工作室。“社区患者如果需要转诊,东方医院全科精准对接专科,这样的‘全科 + 专科’才是老百姓最期待的服务模式。”孙晓明说。

(《新民晚报》2018 年 2 月 12 日)

申报资料实录

作品简介:

近年来,国家卫健委以及各地卫生行政部门出台各项政策,鼓励专家下基层看门诊、带教,快速提升社区医疗服务能级。本报道源自记者下基层采访所获得的一手消息,通过蹲点采访,全市范围内独家首发(配合新媒体更详细的图片及文字报道),讲述了一名原先的医疗行政部门管理人员如何转型成为一名社区居民的“健康守门人”。

社会效果:

这篇报道被搜狐、新浪、东方网等网站转载,多家媒体跟进重点报道。半年后,上海市卫计委(现卫健委)也连续发文,调控公立医院特需服务规模,力推医学专家看普通门诊、普通专家门诊。鼓励大专家下基层看门诊、带教社区医生,符合新医改的要求和方向。

推荐理由:

新医改的核心内容之一是强基层,上海的社区综改如火如荼,在全国起到表率作用,而如何提升社区医疗机构的医疗质量和服务水平,决定着分级诊疗推行的效果。本报道具有前瞻性和引导意义,是家庭医生 2.0 版签约实行以来,如何强基层的一大有效举措,在医改中具有示范意义。

文字评论

改革再出发，青春何以安放？

作者：刘晶晶　李清川　王　东
编辑：鲍华麟

今天是2018年2月22日。此时，或许你还在异国他乡不停地刷着朋友圈，也或许你正在离乡返程的高铁上，又或许你已经坐在办公室里感叹长假怎么这么快就结束了……在这样一个普通的日子里，不知你有没有想起，在40年前那个清冽的早春，一场改变当代中国命运的伟大变革正徐徐拉开帷幕。

从那个春天开始，中国的年轻人——和我们一样年轻的父辈，被一股积蓄已久的力量推动着，站到了大时代交替的弯弓之上，义无反顾地承担起改革开放的历史重任，为了个人、家庭乃至国家的美好未来砥砺前行。

40年后，当“改革再出发”成为时代的最强音，又一轮变革喷薄欲出之时，今天的年轻人又该以怎样的青春态度写下属于我们的人生故事和家国篇章？

历史无疑是最好的镜鉴。2018年2月22日，改革开放40年后农历新年的第一个工作日，让我们以纪念的名义，集体来一次回望！当年和我们同样年轻的父辈们，到底经历了什么样的青春芳华？他们到底做了些什么？又做对了些什么？才留给我们今天这样一个伟大的时代？

他们，心有家国，情怀始终。1978年的春天追索改变。那一年，小岗村18位农民立下“生死状”，在包产到户的秘密契约上按下了鲜红手印；那一年，南京大学青年讲师胡福明反复修改他的论文，继而发出了《实践是检验真理的唯一标准》的震撼先声。那一年，中国最基层的农民和知识分子都在实践和理论两端无所畏惧，极力探求“中国向何处去”的宏大命题。从那一年开始，虽然物质和精神生活都极度匮乏，但奋力挣脱精神桎梏、为家国蓄势待发的年轻人何止万千？让自己过得更好、让家人过得更好、让国家变得更好成为最朴素、也最强大的青春动力。当改革开放的号角吹响，并最终成为时代强音时，我们看到一批批年轻人心怀理想，全然献出，将家国在心的一腔热忱化作投身改革的坚定脚步。40年后满头华发的胡福明平静说出“我没有扯时代的后腿”，恰恰是这一代青年心路的最好诠释。

他们，求知若渴，虚心若愚。历史的选择从来不存在偶然，在曾经那个“读书无用论”“知识越多越反动”的年代，他们始终坚守自己的理想王国，抓住一切机会孜孜不倦地学习。那些年里，无论条件多么艰苦，梁家河的土窑里总有青年习近平挑灯夜读的画面，黄土高坡上至今还流传着他步行30里路借书的故事。那些年里，一批又一批的知识青年，在中国广袤的农村大地上，边扛锄头边学习。既向经典和课本学习，更向人民大众学习。正是凭着这种对学习的坚守，铢积寸累，当“科学的春天”来临之际，他们才可以一跃而起，将机遇和未来牢牢拽在自己的手里。这中间，有无数如雷贯耳的名字，他们用自己的传奇告诉后面的年轻人，“知识改变命运”。

他们，时不我待，敢闯敢试。1979年的春天，有一位老人在中国的南海边画了一个圈，自此，成千上万的内地青年背着简单的行囊和厚重的梦想南下闯荡，从无到有，开创事业。他们纵情挥洒青春的张扬，一点点铸造出城市的模样。是何种激情，何等果敢，让他们喊出“时间就是金钱，效率就是生命”的口号，成为当年冲破思想禁锢，解放思潮的时代标杆。那些年里，温州人、潮汕人……把闯荡的脚步迈到世界的各个角落，他们都知道，生活不会眷顾因循守旧、满足现状者，只有一次次地勇于接受挑战，才有了度尽劫波后的一次次新生。在时代的洪流中，选择平庸尽管稳妥，但绝无色彩。

他们，吃苦耐劳，隐忍坚韧。“青年时代，选择吃苦也就选择了收获，选择奉献也就选择了高尚”。当40多年前青年习近平在陕北的山川沟壑中挥洒青春时，千千万万和他一样的年轻人在祖国需要的地方扎根落户，以人民儿子的青春赤诚，以无畏困苦的青春态度，走进人民大众、体验世情国情，他们在实践中锤炼意志，身处困顿时总怀有希望，面对苦难时决不退缩。当多年以后他们结束“上山下乡”生活，在各条战线上开启新的人生竞逐时，曾经历过的苦难磨练都成了“世上无难事，只要肯登攀”的态度，“可上九天揽月，可下五洋捉鳖”的豪迈，“试玉要烧三日满，辨材须待七年期”的收获。他们说，支撑起他们这份收获的精神力量，正源自于他们选择过这样的青春。

噢，在那些令人敬仰的青春芳华里，最鲜活最厚重的原来是家国情怀、求知若渴、敢闯敢试、吃苦耐劳。正是这样的青春，化作源源不断的动力，进而推动了那场世界上最壮阔、最持久也最伟大的转型。

纪念是为了对照，从而更好地出发！

今天，又一位伟人吹响“强起来”的号角，历史的接力棒已经传递到我们的手里，我们以及我们所培育的下一代，终将成为“强起来”和两个百年奋斗目标的主力军和生力军。我们能不能和父辈们一样，不负所托、不负时代、不负青春？

诚然，作为中国历史上从未有过的新一代，我们一直被怀疑着，也曾自我怀疑着。我们是独生子女一代，或许对于责任和分享缺乏天然的理解；我们看着日本的动漫和迪斯尼的动画片长大，娱乐化多元化从小就伴随着我们左右。都说我们是温室里培养的花朵，但我们自认自己才是“史上最难”的一代，我们缴费上学、自主择业、自己买房。我们看似“集万千宠爱于一身”，却总是被生活压得喘不过气。以至于越来越多的我们不再喜欢忧国忧民，只渴望着“小确幸”，做一个简单而平淡的小人物，“佛系”得很安逸。

然而，没有哪个伟大的时代不是由千千万万的“小人物”共同推动，如同每一滴水珠奔涌向前，最终汇成潮水的方向。关键是每一滴水珠能否方向一致。

中华民族伟大复兴的中国梦终将在一代代青年的接续奋斗中实现！总书记的铿锵之言，让我们心潮澎湃！这条无限广阔而坚实的光明大道正在向你发出邀请，不管有惊涛骇浪，还是有无限风光，我们都要勇敢地踏上。

这就是我们这一代年轻人的青春使命！

我们意识到了吗？

我们准备好了吗？

我们担得起吗？

时代在等着我们的回答。

（《青年报》2018 年 2 月 22 日）

申报资料实录

作品简介：

改革开放已迎来四十周年。当“改革再出发”成为时代的最强音时，今天的年轻人又该以怎样的青春态度谱写人生故事、奏响实现中国梦的华章？针对这一话题，青年报选取了时评的方式，于农历新春首日（2月22日）在头版头条刊发了青年时评《改革再出发，青春何以安放?》。文章点出，回望当年年轻的父辈，他们，心有家国，情怀始终。他们，求知若渴，虚心若愚。他们，时不我待，敢闯敢试。他们，吃苦耐劳，隐忍坚韧。这些纪念是为了对照，从而更好地出发！时评最后向青年提了三个问题：我们意识到了吗？我们准备好了吗？我们担得起吗？这也引起各界青年的“再思考”。

社会效果：

时评刊发次日，知名财经主持人、评论员、上海市青联委员马红漫撰写评论，他提到，“意识到了吗?”是最关键也最难突破，对于每一个青年个体而言，能否更早地“意识到”这一点，对于自己本人未来的人生道路安排将会产生重大影响。

在随后的几天时间里，武警上海总队执勤三支队排长黄准撰写的《矢志强军，不负青春使命》，上海社会科学院法学所助理研究员、法学博士何源撰写的《时代呼唤80后快速成长》，华东师范大学中国特色社会主义研究中心研究员、哲学系博士生导师孙亮撰写的《在改革的时代洪流中恪守价值弘扬风尚》、上海航天局第八设计部主任孙刚撰写的《不负韶华，勇做航天强国的奋进者与担当者》等一系列文章，分别刊登在青年报重要版面。这些来自不同领域的一线青年站在不同视角，破解“改革再出发”的时代命题，发出当下青年一代独特的声音、反映其独特的思考。

推荐理由：

时评点明了青年的青春使命：中华民族伟大复兴的中国梦终将在一代代青年的接续奋斗中实现！总书记的铿锵之言，让我们心潮澎湃！这条无限广阔而坚实的光明大道正在向你发出邀请，不管有惊涛骇浪，还是有无限风光，我们都要勇敢地踏上，为年轻一代指明了奋斗的方向。此外，报纸与新媒体线上线下同步推送，立体联动，覆盖到了更多的青少年群体，使得“改革再出发”这一主题得到了有效传播，为营造广大青年积极投身实现中国梦、参与新时代的改革，形成了良好的舆论氛围。

“更高质量的种子”，从“长三办”萌芽

作者：徐　蒙　杨书源
编辑：鲍华麟

“来到这里4个月了，感到自己既是江苏人，又是上海人，如果一定要贴一个身份标签，应该叫‘长三角人’。”

来自江苏省交通厅的孙华强，今年春节前夕就被借调到了上海。4个月里，孙华强和十多位来自江苏、浙江、安徽、上海政府部门的同事一起入驻“长三角区域合作办公室”的小楼，大家吃“长三角的饭”，忙“长三角的事”……

因此，最近记者走进这家全新机构采访时，孙华强的一句“长三角人”，一下子引起大伙的共鸣。

今年1月底，由上海牵头，三省一市共同组建，长三角区域合作办公室在上海正式设立，成为长三角一体化进程中第一个跨行政区划的官方常设机构。目前，长三角三省一市已抽调16位各级政府人员，组成团队，由他们讨论谋划最基层、最基础的合作意向，提出各省市的需求。新一轮长三角区域合作的基础骨架，就从小小办公室里开始搭建。

合作机制不一样了，效果才会不一样

小楼在幽静的武康路上，其貌不扬，低调神秘。只有身处其中，才能感受到这里的“沸点”。

记者第一次走进小楼探究其间的工作状态，看到进门处一间可以容纳十几人开放式办公的大办公间，电话铃声此起彼伏，众人三五成群聚在一块儿讨论问题、传递各种文件，来回走动声把老旧的地板踩得噼啪作响。记者在这间办公室门口站立了大约5分钟以后，才被屋内忙碌的人在偶一抬头之间发现。

这里不像传统的政府办公室，倒像一家准备IPO、热火朝天的创业公司。

事实上，4个多月来，长三角区域合作办公室所承担的工作，要比企业IPO复杂得多、艰巨得多。办公室主要职责是负责研究拟订长三角协同发展的战略规划，以及体制机制和重大政策建议，协调推进区域合作中的重要事项和重大项目，统筹管理合作基金……每一项内容，都是长三角区域合作中的首创和突破。

内容上的突破，不是凭空得来。长三角区域合作办公室这种组织形式本身，就是一种突破。“合作机制不一样了，拿出的规划、未来合作推进的效果才会不一样。”长三角区域一体化研究专家表示。

长三角区域合作办公室负责人介绍，各省市根据区域合作的实际需求，精心选派入驻人员。除了各省市发改委工作人员作为基本构成，江苏省重视交通互联互通，特地选派了省交通厅的同志；浙江省的宁波市、嘉兴市高度关注接轨上海，两市便派专人前来……

到岗之后，各地代表们不再分地域，全部打散，按照交通、科创、环保、金融、食安、信用等长三角合作的重点领域，柔性组合，每个人一般身兼两个领域的跨界工作。如此一来，行政区划的隔阂自然淡化，大家思考问题、研究战略，跳出了一省、一市的框架，“长三角人”真正拥有了“长三角的视野”。

“各省市政府不一、标准有差异，过去时常觉得合作起来有很多客观困难，现在视野宽阔了，出发点不同了，自然能发现突破困难的路径。”来自安徽省发改委的赵瑞表示。

在长三办中，来自浙江省发改委的华毛是一位经验丰富的“长三角人”。他多年来参与长三角联席会议的相关工作，对长三角合作机制有着长期的观察。

“长三办的机制是一次突破，虽然办公室设在上海，但这个平台是大家共同搭建的，合作不再有‘宾主之分’。”华毛表示，4个多月来，三省一市工作人员汇聚在这栋小楼里，推动的是自己的事，同时又是大家的事。

“各地的差异，是推动合作有利条件”

办公室里有“沸点”，另一个表现是“争吵声”。

每一位来到办公室的工作人员，都有着双重身份，承担着两份责任。一方面，他们带着各地的诉求而来，在推动合作时，要充分提出。另一方面，大家又同舟共济，为了长三角一体化的共同目标，必须谋求“大利益”。

华毛告诉记者，4 个多月里，三省一市的工作人员一共带来了各地的 195 项诉求，最终 180 多项纳入了即将发布的《长三角一体化发展三年行动计划》。

“几乎每一项诉求提出来，就伴随着争议，面对面争得面红耳赤，政府机关里不常见，但我们这儿是常态。”华毛坦然告知。

但办公室里所有人一致认同，“吵吵架”不伤和气，反而是充分讨论的过程。“以前谈合作是‘隔岸观火’，只知道自己的诉求，却不知道对方的难处。”

断头路最具代表性。打通省界上的众多断头路，这是存在已久的问题。如今大家坐在一起，把各自诉求和困难充分讨论，大规模打通断头路的工程将全面启动。

“我们很高兴地看到，这次上海主动提出打通一系列断头路，这不仅仅表达合作的姿态，更提出解决问题的办法和标准。”华毛介绍说。

当大家把各地诉求汇总到一起，摊开来商谈、碰撞，吵架争论之后，得到的是解决问题的切实办法：容易合作的事项，快马加鞭，尽早落地；有分歧的合作项目，大家互相让步、平衡利益，尽量达成一致；一时解决不了的分歧，搁置争议，储备起来……

“以前长三角谈合作，我们习惯‘求大同’‘存小异’；现在大家明白了，要‘求大同’，也可以‘存大异’。”孙华强说。

虽然长三角地区发展水平整体较高，但各省之间、城市之间还是存在“不平衡”，各地的经济结构、增长速度、发展潜力都有所差别。

为了求同，过去长三角谈合作时，经常注重减少分歧，有时回避差异，但真正合作推进时，却会让这些“小异”卡住脖子。而当差异被正视，摊开来谈时，谈合作的过程艰难了，效果却将事半功倍。

“各地之间的差异，反而是推动合作的有利条件。”安徽省发改委外资处的黄宇皎谈到，吸引外资方面，同质化的条件和政策会带来低水平的恶性竞争；通过这次合作，大家认识到上海综合功能强、江苏制造业强、浙江经济活跃度高、安徽科技实力正在快速提升，充分利用各地差异，便可以共建共享服务体系，引导跨国公司在长三角更高质量布局。

“这 4 个多月，我们明白了长三角合作光有共识不够，必须要通过充分协调、利益平衡，在‘求同存异’过程中，久久为功，切实推动一项项合作落地。”来自江苏省发改委的罗伟光表示。

从各地的政府工作人员，到跨越行政隶属关系的“长三角人”，4个多月来，长三角区域合作办公室里，人们正以焕然一新的方式“合作探路”。从理念到方式，新时代的“长三角人”以钉钉子的精神，贯彻落实着习近平总书记对长三角更高质量一体化发展的要求。“更高质量的种子”，从这栋小楼开始，悄悄萌芽。

（《解放日报》2018年5月28日）

申报资料实录

作品简介：

这篇报道采写于2018年长三角地区领导人峰会举行前夕，首次独家报道了“长三角区域合作办公室”这一后来成为长三角一体化一大亮点的区域合作创新机制。

报道反映苏浙沪皖三省一市在习近平总书记关于推动长三角地区更高质量一体化发展的要求下，实实在在的改革创新举措和只争朝夕的干事创业精神。

记者通过在长三角区域合作办公室蹲点采访，与各地挂职人员深入交流，发现生动的细节和鲜明的变化，以一个办公室的“小切口”，反映长三角一体化的大格局和大行动，具有很强的感染力。

社会效果：

报道在解放日报头版头条刊发，并在上观新闻发布，引起广泛关注，被新华网、中国上海、搜狐等门户网站转载。

2018年长三角地区领导人峰会上，上海市委主要领导在大会发言中肯定并引用了这篇报道，以报道中的片段鼓励长三角更高质量一体化发展。

在近一年长三角新一轮一体化进程中，这篇报道影响显著。报道中一些如“自称长三角人”“不像传统政府机关，倒像一家准备IPO、生机勃勃的创业公司”等话语表述，成为长三角合作中成为流行的“金句”，报道让长三角区域合作的新机制得到各界更广泛的关注，也为长三角一体化参与者带来激励和鼓舞。

推荐理由：

1. 报道新闻性强，时效性强，在长三角更高质量一体化报道中兼具“独特性”和“先发效应”。

2. 报道主题鲜明，紧紧围绕习近平总书记关于推动长三角地区更高质量一体化发展的要求，反映三省一市改革创新的新突破。

3. 报道采放深入，内容真实，语言文字生动，感染力强，社会效果好。

“社区事务中心缘何将市民拒之门外”系列报道

作者：包璐影
编辑：蔡敏敏　陈　烺　胡玉荣

（限于篇幅，本书仅选录系列报道中的三篇代表作。）

代表作一

社区事务中心缘何将市民拒之门外

双休日业务受理时间明明是8：30—11：30，可市民10点20分来到办理大厅被告之“今天不再发放预约排队号了”。市民朱女士致电劳动报新闻热线13671686848，讲述了周六当天在浦东新区沪东新村街道社区事务受理服务中心遇到的情况。根据朱女士的说法，工作人员的解释是“前面还有30多人在排队，再受理当天上午就没法按时结束工作了”，这样的答复让市民无法接受。

提前1小时已停办业务？

朱女士告诉记者，上午10点20分，她来到浦东新区沪东新村街道社区事务受理服务中心，办理残疾人证明。然而当她打算在自动取号机上领取排号等候单时却被保安拦下，并告知“今天已经不能领号了”。

对此，朱女士十分不理解。根据该事务受理服务中心门口对外张贴的服务时间显示，双休日和国定节假日为：上午8：30—11：30。自己明明是在规定时间内前来办理业务的，为何不能正常取号等候？

对于拒绝受理的原因，朱女士称，一名工作人员给出的解释是“因为前面还有30多位领号的市民正在等候，如果当天再继续开放领号服务，那么上午11点30分之前就无法准时完成这些受理工作”。这让朱女士不能理解，难道对外公布的服务时间是以当天工作量受理的多少为标准？

市民称此情况绝非个例

朱女士告诉记者，遭遇这种情况绝非她一个人。就在朱女士与工作人员进一步交流时，一旁几位前来办理业务的市民纷纷抱怨起来，他们甚至比朱女士来得还要早一些，同样被告知当天不能领号进行业务办理。有些市民已因为这样的情况来回跑了三次，其中不乏一些平时工作日无法请假特意赶在双休日前来的。“试想如果是一些身体行动特别不方便的市民，难道也要这样来回数次吗？”朱女士说。

“现在政府机构出台了很多便利措施，都是为了方便群众。可没想到自己竟然会遇到这样的情况，作为对外服务窗口实在不应该。”朱女士直言：“现在的医院、银行等服务类窗口也都是采用排队领号方式，只要是在正常服务时间内领到的号码，就会全部办理完毕。”

周末业务量较为集中

昨天上午，针对朱女士反应的情况，记者拨打了浦东新区沪东新村街道社区事务受理服务中心的咨询电话进行了解。

据工作人员介绍，之所以产生“无法继续领号”的原因是遇到了“特殊情况”。主要是因为当天业务量已经积累到了一定数量，而一名受理者办理业务的时间需要5分钟至10分钟，若继续发放等候号码，受理数量势必超出实际可办理量的数倍，仅靠现有几名值班工作人员是无法完成的。

不过，其补充称，“如果市民坚持愿意长时间等候，中心也还是会发放号码的”。

据介绍，受理中心双休日业务量一直都比较多，周六的情况更为突出一些。一些社保卡、居住证的办理者平时因为工作原因无法前来，此类业务量确实会集中在周末。据悉，该中心双休日社保卡、居住证专窗办理值班人员仅2人，半天需要办理的业务量为70—80个。此外，综合业务专窗仅有2个值班人员。在平时工作日，相关专窗工作人员数量一般可达7至8人。

“这样的情况确实产生过很多次了。”工作人员坦言:“受理中心针对这一问题进行过值班人数调整,尝试过其他一些办法,效果不理想。”

如何让周末办理不“卡壳”

采访中,不少市民对于这样的“周末卡壳”情况深有感触。有市民提出,诸如街道事务受理中心这样的综合服务窗口,双休日办公半天其实存在不合理性。“办理受众大多是普通市民,为何不能根据他们的节奏来进行设置呢?若周一或周二设置为休息,而在双休日中尽量安排一个整日受理业务,是否更合理一些?”有市民就此建议。

服务窗口堪称一座城市的名片,而随着服务理念不断提升,越来越多上海的政府窗口提倡让市民办理业务“只跑一次”。我们希望,这样的“只跑一次”能够真正落到实处,落到基层。

(《劳动报》2018 年 11 月 26 日)

代表作二

如何让市民办理业务真正“只跑一次”

昨天,劳动报 3 版刊发的《社区事务受理中心缘何将市民拒之门外》一文引起热议。不少市民纷纷来电讲述了自己类似的遭遇,并提出中肯建议。同时,也有部分一线服务窗口的工作人员袒露心声,诉说种种辛苦。

看似普通的窗口事务受理为何引起如此广泛的关注?究竟如何才能让市民在办理业务时真正“只跑一次”?劳动报记者对此展开了进一步采访。

一线服务人员:百项业务办理熟练至少半年

随着区级各项业务全面“下沉”,承办医保、社保、劳动、民政、住房备案、住房保障等百余项业务的社区事务中心业务受理量与日俱增,尤其双休日,市民群众基本会在这两天进行集中办理,而受到人员值班少、业务量大的因素影响,长时间排队等候情况数不胜数。一名就职于社区事务受理中心的工作人员告诉记者,现在中心有 170 项业务,要做到对每一项业务都熟练办理,至少需要半年培训和磨炼。

采访中，市民建议在业务繁忙的办理点增设一些工作人员，却发现存在困难。网友“Zdn”留言指出：“社区中心社工体制不允许自主招人，要各区统一安排，很多中心的工作人员远远不够，但人员配置不合理。”

市民群众出招：辛苦可以理解问题有待解决

不少市民表示，自己曾遇到过相同的“卡壳”遭遇，“不少服务窗口对外公布的咨询电话不是占线，就是没人接听。”甚至有市民直言：“有些办事机构的服务窗口，只有领导来检查的时候才会全部打开。”

对于窗口工作人员的辛苦，绝大多数市民表示理解，但这并不等于就能为办理“卡壳”找理由。市民的一席话颇具有代表性：“不是要指责谁，而是应该看到普遍存在的这个问题，既然提出来了，作为政府和社区的领导，就该想想怎么解决。”

针对报道中提出的“将周一或周二设置为休息日，而在双休日中安排一天作为业务受理日”，不少市民建议“能否安排轮休制”。此外，有网友提出了一些真知灼见，例如能否学习出入境窗口，进行网上预约；信息社会应以信息引导办事，可网上办事，窗口核对取件，节省时间；对所需办理业务提前通过网络细分，提前预判，根据大数据分析合理安排值班人数等等。

问题引出思考：精细化管理需用“绣花针”

“问题到底出在哪里？”这是记者在针对此事采访中听到最多的一句话。周末业务量爆棚，背后原因是什么？一线窗口配置跟不上，如何解决？面对“卡壳”，是否有改善建议？如今申城相关部门都在开展“大调研”，目的就是以人为本，不断提升城市精细化管理。市委书记李强也多次强调，要用绣花针的精神来管理城市。或许，市民前往窗口办理业务只是一件小事，但政府部门、服务机构如果连这些“小事”都得不到有效解决，老百姓获得感又从何谈起呢？

网友留下的这句评论或许能代表市民心声：“心中有百姓，万事都可行！”

（《劳动报》2018 年 11 月 27 日）

代表作三

周六起，社区事务中心增派窗口人员

“感谢劳动报对我们日常工作的监督，我们在服务方面还有提升空间。”连续两天的报道之后，浦东新区沪东新村街道社区事务受理服务中心相关负责人及街道负责人昨天对记者表示，将以此次市民投诉为契机改善工作。同时，针对周末业务量大办理“卡壳”的情况，该服务中心从本周起，在每个周六的业务受理时间段内增派值班人员，确保综合窗口工作人员达到 4 人。

10 个窗口办理不同业务

昨天上午，记者来到浦东新区沪东新村街道社区事务受理服务中心时，约有 10 多位市民在等候区等叫号。

刘阿姨目前居住在浦西，她说，因为办理的业务当初登记在浦东，此次坐了一个半小时的“轨交 + 公交”前来办理。几位住在附近的居民告诉记者，周一到周五的工作日，上午来社区事务中心办业务的人相对多一些，可能需要等上一会儿，不过到了下午基本能随到随办。在劳动报记者现场观察的 3 个小时里，中心基本有 10 个左右窗口接受不同业务的办理。

在各类业务之中，最近几天办理比较集中的是医保缴费，且基本都是老年居民。前一天，中心仅该业务就受理了 30 余批次。“考虑到近期这类业务办理量比较大，我们为此开设了 2 个专窗受理。”社区事务中心主任喻磊告诉记者。

周六起增派值班人员

针对市民投诉“周六前来办理业务时遇到‘卡壳’”的问题，沪东新村街道办事处昨天给出了回应，并公布最新的整改措施。

沪东新村街道办事处副主任翁杰峰介绍，劳动报对于这一问题的监督报道是客观的，内容也是属实的，“连续两篇报道引起了我们的重视。”翁杰峰说：“很感谢劳动报，及时将这个问题反映出来，帮助我们了解不足，改善服务。”

作为分管该项工作的负责人，翁杰峰表示，整改措施已经拟好，本周将落实到位。据介绍，从本周六起，在原先综合窗口值班人员基础上再增加一档，确保有4名一线窗口工作人员值班。同时，对于社保卡、居住证等“卡办”业务，另外安排2名人员值班。周日则维持原先的值班人数，暂不做调整。“对于值班人员，我们将在平时安排轮休。”翁杰峰说。

据统计，沪东新村街道社区事务受理服务中心周六的综合业务办理量基本占到当天办理量的80%。翁杰峰表示，此次通过人员增配，尽可能缩短市民办理等候的时间，加大办理量，最大程度让市民实现“只跑一次”。

加强总服务台引导功能

目前，该社区事务中心共有11名工作人员可办理综合业务，在增强“兵力”的同时，翁杰峰表示，加强窗口一线人员培训也将作为另一项举措，以此提升业务办理熟练度。

此外，社区事务中心还计划加强和发挥总服务台功能。“如果市民能在排队前就有一些材料上的预检，或疑问解答，也会起到引导和疏导作用。”翁杰峰说，目前全市有220个社区事务受理中心，随着“全市通办”举措推出，若市民愿意，也可在工作人员指引下，前往排队人数较少的受理中心进行办理。

据介绍，沪东新村街道社区事务受理服务中心近期将新招一批社工，“第二批人员一共6名，马上要到位了”，翁杰峰告诉记者，届时将抓紧培训，争取早日增强窗口力量。

即知即改，让人看到了沪东新村街道社区事务受理服务中心优化工作方式的态度。正如市民所说：心中有百姓，万事都可行！政府部门、服务窗口，就应该这样把方便老百姓放在首位。

（《劳动报》2018年11月29日）

申报资料实录

作品简介：

报道源自一个读者的热线投诉。市民在社区事务受理窗口办理业务时，发现应该11点半关门的社区事务受理中心在10点20分已经停办业务，理由是“值班人员少，业务量大，办不了”，而且这种情况绝非个例。在全市正大力推进“一网通办”工作的前提下，李强书记、应勇市长等市领导一再强调要让企业和群众办事能像“网购”一样便捷，发生这样将市民拒之门外的情况实在匪夷所思，劳动报。

记者在调查求证后接连采写了《社区事务中心缘何将市民拒之门外》《如何让市民办理业务真正“只跑一次”》《周六起，社区事务中心增派窗口人员》三篇报道。最终，在本报持续关注和舆论监督下，这起发生在社区事务受理中心的“小事”引起了街道办事处的重视。街道方面即知即改，迅速出台了整改措施。

社会效果：

这一系列报道引起广泛关注，包括新浪、新民、东方、网易、今日头条等网站和新闻客户端第一时间进行了二次传播。同时，通过劳动报微信推送增强了与读者的互动，大量留言都是对该事件的看法和建议，既有市民群众对窗口单位的意见建议，也有一线窗口员工对日常工作吐露心声。这一系列报道因贴近市民生活，反映问题具有代表性，荣获了 2018 年度上海走转改优秀作品二等奖。

推荐理由：

民生小事往往能折射社会现象。记者从一件民生小事入手，随着采访深入发现这样的情况绝非个例。“小事情”背后折射出的是“大问题”，正是基于这样的出发点，劳动报才顶住压力、深入调查追问，通过客观报道将问题摊开，也引起了各方重视。

在采写过程中，记者及所在部门遇到了不同程度阻碍，但探寻真相的脚步并未停止。问题究竟出在哪里？如何有效解决？三篇报道层层递进，有理有据客观反映了服务窗口日常的工作状态，以及各方对于这些一线窗口的建议。正是因为媒体和新闻工作者的责任和担当，将百姓事放在心中，锲而不舍追问，才促使问题最终解决。

上海：办事创业 一网通办

作者：谢卫群 励 漪 沈文敏
编辑：刘士安 李泓冰

到政府办事可不可以像网购一样，点按钮下单就能完成？在上海，这个想法正在变成现实。

今年初，上海市委、市政府在深入调研的基础上，力推“一网通办”政务服务，推动实现政府治理能力现代化。“营商环境没有最好，只有更好，要把‘一网通办’作为重要抓手，让群众和企业有更多的获得感。”上海市委主要领导强调，要把“一网通办”真正做实，该减的环节减，可调的流程调，串联可改并联的改，切实提升审批效率。

“一网通办”的要求和标准正在上海形成，并逐步成为各部门各区的工作模式：一网受理，只跑一次，一次办成。

一窗受理，变逐个“找部门”为直接“找政府”

“幸福来得太突然！”上海经纬聚商企业服务有限公司总经理张磊感叹，“以前办新公司，手续至少 20 多天，现在 5 天就够。”

今年 3 月 31 日前，在上海开办企业有 7 个环节，涉及 5 个政府部门，至少 22 天。其中，企业名称预先核准 1 天，向工商局申请营业执照 7 天，向公安局申请制作公章许可 1 天，制作企业公章 1 天，申领税务发票 10 天，用工登记 1 天，社保新进人员登记 1 天。而且流程是递进的，完成了前一项才能进下一项，办事群众和企业需往返多次，奔波于各个办事部门或窗口。

“环节能不能再简化，时间能不能再缩短？”市工商局局长陈学军说，这是大调研中听到最多、最集中的企业呼声。对此，市工商局主动对标国际先进标准，学习国内外先进做法，着力进行流程再造，于3月31日上线上海开办企业“一窗通”服务平台。

“通过统一政务受理的入口，让企业和群众从逐个‘找部门’，变为直接‘找政府’，一网受理，只跑一次，一次办成。”市政府办公厅有关负责同志表示。

改革后，内部审核流程大大缩短，开办企业必须环节减到3个：办工商营业执照、刻企业公章、申领税务发票。工商环节二合一，8天减为3天，制公章并为1天，申领税务发票从10天减到1天，一共只要5天。“看上去少了十几天时间，实质是提高了政府服务意识和能力，结果是大大便利了我们企业。”张磊感慨。

一窗受理、一网通办，正走进上海各部门、各区。

徐帅是浦东新区金桥临港综合区开发有限公司项目经办人。“过去，工程每个环节都得报批，光复印材料就一大堆，前面递交过的材料，后面申报还得再交。”今年1月，临港实施的“一码通”解决了他的烦恼。“提交材料时拿到一个编码，可随时查询审批进展情况，不用再重复提交。”

目前，浦东新区企业市场准入区级审批事项中，74个事项实现“网上全程办理”，30个事项实现“网上办理，窗口只跑一次”。

重点在“通”，让数据多跑路群众少跑腿

“一网通办”的核心和难点是“通”，只有各部门间数据打通了，流程再造才能实现。

以上海市工商局为例。注册企业只需在一个窗口递交材料，众多部门的壁垒全被打破，连通规土部门和不动产登记信息库，连通国家人口资源库，实现了工商企业登记信息、公安公章备案信息、银行开户信息共享。

信息通了，还需要协调各部门的办理时间和工作流程。“每个部门都有自己的办事流程。流程再造、系统重建，需要一个部门一个部门地谈，半天半天地抠。”陈学军说，就这样，最终从22天“抠”到5天。

上海还在努力打破行业内部、不同企业间的信息壁垒。以上海国际贸易“单一窗口”为信息共享平台，上海海关“企业注册登记系统”与工商“企业法人共享与应用系统”等部门的登记备案信息系统实现了互联互通，建立了企业注册信息自动推送功能，相同信息只需一次采集即可跨部门共享。

上海港口的集装箱过去靠纸质单证交接，上海口岸全年单证印制、打单和寄送成本费用在4亿元以上，从单证签发到转交至集卡司机需6至8小时。现在，上港集团打通各相关方数据，实行电子单证和APP办理，“货物抵港到企业申请提箱”由平均4.5天压缩到半天至1天，各项成本显著降低。

在浦东新区，36个街镇事务受理中心、32个分中心以及1287个村居服务站遍布群众家门口，服务居民就近“一网通办”。在金融、税务、房产公司等相关单位数据联通后，不动产交易登记再次提速，市民只需5个自然日就可领证。

目前，上海市大数据中心已经成立，今年将建成“一网通办”总门户，全面推进“一网通办”政务服务，实现市区两级企业审批和服务事项90%以上全程网上办理或“最多跑一次”。

鼓励“提意见”，为的是发现和解决问题

“都在网上办事不见面，那干部做得好不好谁来监督，谁来评判？有意见该找谁？”面对群众担忧，上海各部门、各区正在积极探索。

不见面也得有监督，而且要监督得更有效。今年1月，浦东新区推出政务服务意见征询机制，实行线下线上两种方式受理，既可以在行政服务中心专门辟出的“找茬窗口”反映，也可以在网上“意见征询”栏目留言，在“一网通办”过程中有任何意见，都可以“吐槽”“找茬”。

依托“12345”市民热线问题分办处置机制，浦东新区对群众意见建议实行限时办理、及时反馈，其中，简明清晰的事项在5个工作日内办结反馈。截至7月11日，共计处理问题意见672条，其中用户办事体验度占53%，专业化咨询占37%，投诉建议占5%，办事流程优化占2%。

鼓励“提意见”，为的是发现和解决问题。针对涉及企业办事流程优化、多个条线协同共享的问题，浦东新区重点打造以用户为中心的主题套餐服务，在“单窗通办”事项范围内，认真梳理并逐步推出如开办餐馆、开办学校、开设建筑企业等90多个“一件事”主题套餐，列出每件事的要求，所需环节、材料，以进一步优化材料收件、流转、受理等，让企业和群众更清晰、更便捷、更满意。

（《人民日报》2018年8月2日）

申报资料实录

作品简介：

2018年初，上海市委市政府在深入调研的基础上，力推“一网通办”政务服务改革，探索实现政府治理能力现代化。对这一制度创新、具有可复制可推广意义的举措，人民日报社上海分社及时组织力量重点关注，进行多角度多层级采访调研。稿件从企业营商环境到百姓切身感受，写出了“一网通办”对优化营商环境的积极改善、政府服务意识的不断强化，以及企业和群众获得感、满意度的明显提高。

社会效果：

稿件在人民日报一版头条刊出后，引起社会广泛关注，对上海“一网通办”经验做法推向全国产生了一定的促进作用。稿件得到上海市委、市政府主要领导的肯定和好评。在刚刚结束的2019年全国两会上，“一网通办”被写进政府工作报告，上海探索获得了中央决策层的认可。

推荐理由：

报道主题清晰，站位较高，从中央全面深化改革开放的战略布署和地方党委政府勇于担当局部突破的角度，报道上海市委市政府的中心工作。报道通过故事讲述重大题材，可读性强，将重点报道写出了生动性和画面感。

文字通讯

“店小二”加“智慧大脑”，到政府办事像网购

作者：姜　微　何欣荣　翟　翔
编辑：雷　敏

当你点开一个电商平台，只要“一键下单”，交易、支付和物流统统搞定。甚至你的购买偏好，未来可以成为指导供给方生产的依据……这样的网购体验，已成为“互联网＋”的日常场景。

到政府办事何时能像网购一样方便？这是很多人的期盼，也是上海正在开展的探索。上海市委市政府近期提出，加快智慧政府建设，全力打响“一网通办”政务服务品牌。让政府的“店小二”式服务，不仅有真诚的态度，更有过硬的功夫。

一个深刻转变：从“找部门”到“找政府”

尽管这些年，各级政府在简政放权上做了很多努力，但百姓的满意度仍不够。

建设卓越的全球城市，需要与之相匹配的政务服务。上海市委市政府提出，2018年加快建成上海政务“一网通办”总门户，将面向企业和群众的所有线上线下服务事项，逐步做到一网受理、只跑一次、一次办成。

“通俗地说，就是通过统一政务受理的入口，让企业和群众从逐个‘找部门’，变为直接‘找政府’。这不仅需要理念的转变，更需要流程的再造。”参与具体设计的上海市政府办公厅副主任沈权说。

打出“一网通办”的政务服务品牌，上海有基础。过去十来年间，上海在电子政务方面已经开展了多样的实践，积累了丰厚的数据。

长期关注信息化工作的致公党上海市委专职副主委邵志清说，上海的优势在于开展电子政务早，各委办局的技术底子相当好。比如，今年1月底开始，上

海的不动产登记从原来的41个自然日缩至5个工作日，这背后是高水平的信息化系统。

但与此同时，由各部门牵头建设的政务信息系统，彼此之间缺乏协同，没有形成“整体政府”的概念。导致百姓办事情，还得从一个部门跑到另一个部门开证明、弄材料，而不能做到“进一扇门”就能解决问题。

上海市委负责人说，通过打响“一网通办”品牌，将倒逼全市各级政府线上线下政务服务流程再造、数据共享、业务协同，实现政务服务减环节、减证明、减时间、减跑动次数，真正做到从“群众跑路”到“数据跑路”。

一次自我革命：有“公共食堂”就不开“小包间”

推进“一网通办”，上海首先在统一入口上下功夫。无论线上的网上政务大厅，还是线下的一窗受理、一号响应，都给企业、群众带来了实实在在的便利。

“一”的问题逐步解决，“通”的问题随之而来。“前台的全通，必然需要后台的打通。这对政府数据的整合和共享提出了高要求。”沈权说。

上海市政府提出，智慧政府的基础是组建上海市大数据中心，对包括政务信息在内的各类信息数据汇集互联、共享应用，推动以政府部门为中心的管理模式向以用户为中心的管理模式转变。

数据的整合和共享，是技术问题，更是理念问题。上海浦东新区从2016年开始率先开展CIO（首席信息官）试点，从组织保障上破解跨部门的信息共享难题。浦东科经委副主任张爱平说，在摸索的过程中，浦东推动各部门在一个平台上，“主动共享”各自的数据。“这就好比有了‘公共自助食堂’，就要尽量少开‘小包间’。”

沈权说，让各部门把政务数据归集到一个功能性平台，深层次上是一次自我革命。“抽掉了数据上的‘隔板’，减少各部门的自由裁量权，让权力运行更加透明，也倒逼他们加快从事前审批转向事中事后监管。”

推进数据整合共享，本质上是“人人为我，我为人人”。部分区域在此方面已尝到甜头。

上海市徐汇区政府2017年入选全国“互联网+政务服务”示范工程。徐汇区行政服务中心主任宋开成说，跨部门的数据“物理集中”后，部门间开始产生“化学反应”。企业群众办事，凡电子证照库或业务系统可查询的证照，不需提供原件或复印件。凡办事提交过的材料，经认证后存入个人空间的，今后不需重复提供，做到“一次输入、终生受用”……

一大关键支撑：助力“高质量发展、高品质生活”

改善营商环境、为企业和群众办事带来更多便利，只是“一网通办”的阶段性目标。长远来看，“一网通办”和智慧政府建设，将为上海实现“高质量发展”、创造“高品质生活”，提供关键的支撑系。

在经济发展层面，随着城市数据从碎片化走向集成化，政府的决策将更加科学而不是“拍脑袋”，对企业的服务也会更加精准有效。

“比如，政府通过对全市企业的大数据扫描，可以看到一部分企业的共性需求，从而做到‘先知先觉’，精准提供制度供给，实现送政策上门。”上海数据交易中心首席执行官汤奇峰说。

记者采访了解到，在上海市规划建设的政务数据资源池中，除了原有的人口库、法人库和空间信息库，还有信用信息库、电子证照库和宏观经济库。数据越精准，高质量发展的路标越清晰。

在民生服务层面，运用大数据分析，政府可以给不同群体、不同需求的市民推送个性化的服务清单，就像电商平台做的那样。

“试想一下，随着你家孩子的年龄增长，未来家长可以接收到政府发来的不同信息，提示你如何为孩子接种疫苗、办理社保和报名入学……”上海交通大学教授樊博如此描绘。

蓝图已绘就，奋进正当时。“到2020年，形成整体协同、高效运行、精准服务、科学管理的智慧政府基本框架。”上海明确了这样的总体目标。

诸多专家分析，随着“一网通办”的推进，上海的政务服务将在“店小二”精神之外，装上“智慧大脑”。一个“有求必应、无事不扰”的智慧政府，将为上海迈向“卓越的全球城市”提供坚强支撑。

（《新华每日电讯》2018年4月15日）

申报资料实录

作品简介：

这是新华社上海分社围绕上海“一网通办”改革，精心采写的一篇深度稿件，也是中央媒体最早刊发的“一网通办”通讯稿件。经过前期深入采访和后期反复打磨，稿件从标题到内容，都令人眼前一亮，言简意赅，很好地阐释了上海在全国率先推进“一网通办”政务服务的改革导向和深远意义，以及对方便企业和群众办事创业带来的获得感。

社会效果：

报道旗帜鲜明地独家提出“到政府办事像网购一样方便”的概念，这个概念后来写进国务院文件，向全国复制推广，成为“一网通办”改革最醒目的标签。报道播发后，先后被《新华每日电讯》《中国改革报》《北京晚报》等100多家主流媒体采用，并被中国政府网、中央网信办官网等300多家网络转载，推动“一网通办”的品牌走出上海，逐步在全国产生巨大影响力。

推荐理由：

新闻是历史的底稿。“一网通办”后来得到党中央国务院的肯定，在全国复制推广，成为我国新一轮“放管服”改革的标志性举措。新华社记者以高度的新闻敏感，高超的“翻译”技巧，提炼出“到政府办事像网购一样方便”的概念，让“一网通办”改革理念深入人心，也让上海作为改革首创者的事实在新华社稿件中得到了忠实记录。

文字通讯

大豆船纷纷驶向中国

作者：邵海鹏
编辑：谢　涓　杨小刚

2013年，巴西超越美国成为中国第一大大豆进口来源国。此后，巴西以逐年持续增长的大豆产量及价格优势，不断挤占美国大豆在中国的市场

盛夏7月，载着美国大豆的散货船“飞马峰”号(Peak Pegasus)成为“网红”：为了与中国海关加征25%进口关税的反制措施赛跑，“飞马峰”在中国黄海上演了一出“生死时速”。三个多月后的10月18日，满载着千吨大豆的“龙推603号”粮食专用驳船从俄罗斯远东地区抵达黑龙江省抚远港，这是中国企业在俄罗斯种植的非转基因大豆首次通过水路大批量回运国内。

同样都是运抵中国的大豆船，缘何有此不同的命运？

当中美在贸易领域过招之时，寻常的大豆成为了撬动巨大经济利益的主角。这背后正折射出世界上最大的大豆生产国和出口国——美国，与世界上最大的大豆进口国——中国之间贸易摩擦升级，同时也反映出中国一直以来寻求大豆进口渠道多元化的努力。大豆贸易态势若照此继续发展，将由此拉开全球大豆贸易格局重塑的序幕。

中国对大豆需求不断增长

作为大豆的原产地国家，中国曾经是最大的大豆出口国。

据统计，1994/95年度之前，中国为大豆净出口国。进入2000年以后，旺盛需求促使中国大豆进口量逐年飙升。1999/00年度，中国进口大豆刚突破1000万吨。到了2009/10年度，中国大豆进口量飙升到5034万吨，2017/18年度甚至飙升到9350万吨。

毫无疑问，中国也就稳坐世界大豆进口国的头把交椅。

短短25年左右的时间，中国完成了由大豆出口国向世界上最大的大豆进口国角色的转变，进口量占全球大豆贸易量的60％。

布瑞克农信集团研究总监林国发对第一财经记者解释称，这背后的原因是中国经济的快速增长，带动居民消费水平提升，居民人均日蛋白摄取量持续提高，而且居民营养膳食中蛋白结构也从之前的植物源蛋白为主向动物源蛋白转变。动物源蛋白需求增加，刺激了我国养殖行业快速增长。

值得关注的是，在中国俨然已经形成了大豆占主导地位的粮食进口格局，而且大豆的对外依存度也屡创新高。据统计，2017年，中国大豆进口量占全年粮食进口总量的73.1％，对外依存度达到86.2％，且进口的大豆绝大部分为来自美洲的转基因大豆。

目前，巴西、美国、阿根廷是中国三大主要进口来源国，其进口量占大豆进口总量的95％左右。

2017年，中国从巴西进口大豆达到了5093万吨，从美国进口量为3285万吨。分别约占中国进口总量的53.3％和34.4％。自从2013年巴西超越美国，成为中国第一大大豆进口来源国以后，巴西逐年持续增长的大豆产量及价格优势，不断挤占美国大豆在中国的市场。因为大豆出口政策及国内土地、气象、资源等因素，阿根廷大豆产量波动较大，每年向中国出口大豆500万～1000万吨。

需要说明的是，中国是美国大豆的第一大出口市场，美国约有62％的大豆销往中国。中美大豆贸易相互依存度均较高。两国贸易摩擦升级后，大豆将成为最受影响的双边贸易货种之一。

大豆贸易格局显著变化

加速向中国市场奔跑的"飞马峰"号，在中国对美国大豆加征25％关税的背景下，由于缺乏竞争优势，今后将会调转航向运往其他市场。

天津市畜牧兽医研究所所长、天津市奶牛产业技术体系首席专家王文杰认为，对从美国进口的大豆加征关税后，大豆市场价格可能有较大幅度上涨，预计每吨上涨600元左右或更多。这势必会波及养殖业，造成成本上涨、畜产品价格波动等现象的发生。如果进口美国大豆由3200元/吨涨至3838元/吨，这已超过了巴西大豆，也高于东北大豆的市场价格，美国大豆在中国市场的价格优势也将不复存在了。

王文杰称，中国养殖业的出路在于开源节流。

他解释称，开源就是开发新的大豆来源、新的蛋白质饲料，要进口非美国大豆，进口其他蛋白质饲料。同时，提升我国国产大豆的种植，扩大其种植面积，提高其产量。节流就是要应用新技术，节省或减少蛋白质饲料的利用，包括应用低蛋白日粮技术，提高饲料利用率技术。同时，挖掘新的蛋白质饲料资源，或者是替代蛋白质饲料的资源。

中国进口渠道的多元化，将在未来彻底改变全球大豆贸易格局。从中国大豆进口情况来看，在今年头 8 个月，中国大豆进口量同比减少 2.1%，至 6200 万吨。其中，美国大豆占到 780 万吨，明显低于去年同期的 1140 万吨。进口巴西的数量提高到 5060 万吨，高于去年同期的 4420 万吨。

林国发预计称，未来 5 年，中国从巴西进口大豆有望达到每年 7500 万～8000 万吨，远高于 2017 年的 5093 万吨；从阿根廷、乌拉圭进口的大豆数量也有望增加。

此外，中国在减少从美国进口大豆的市场在逐步被南美消化的同时，还加大了对南美大豆投资。比如，中粮集团收购国际粮商荷兰尼德拉和来宝农业，部分企业到巴西及南美其他国家投资种植大豆等。

贸易视野需要扩大到全球，中国也将会多渠道拓宽大豆进口来源。比如，从俄罗斯、乌克兰、非洲等国家或地区进口大豆。

正如文章开头所述，抢抓俄豆回运机遇，抚远将打造黑龙江省对俄进出口俄罗斯非转基因大豆集散加工中心，项目落成后，将在 5 年时间达到回运大豆百万吨，实现产值 100 亿元。

此外在今年 9 月初，中国与埃塞俄比亚签署大豆输华植物检疫要求议定书，标志着埃塞俄比亚输华大豆可以正式向中国出口。

埃塞俄比亚是非洲农业大国，近年来种植业发展很快，是新兴大豆输出国。开放该国大豆进口，外界将之解读为一个丰富我国大豆进口来源市场的政策风向。

不是饲料“降级”是科技进步

除了拓展大豆进口来源，寻找替代品，中国也在积极引导饲料企业合理配方，降低动物饲料中的蛋白用量。

近来，中国饲料工业协会已经在组织部分专家和大型饲料企业起草《仔猪、生长育肥猪配合饲料》和《蛋鸡、肉鸡配合饲料》2 项中国饲料工业协会团体标准。公开征求意见阶段已于 10 月 15 日结束。

“为推动饲料行业科技进步，减少饲料原料消耗，降低养殖业对环境造成的污染，”两项团标均提议，降低饲料中粗蛋白质水平的下限值，并增设上限值。

豆粕是饲料蛋白质的主要来源。根据测算，若将中国生猪饲料中的大豆含量降低至国际水平，相当于每年减少 2700 万吨大豆需求，这一数量约为 2017 年中国从美国进口大豆总量的 82%。

尽管有声音调侃称，生猪等养殖行业将面临消费“降级”，但需要看到的是，长期以来，中国养殖企业所提供的饲料中豆粕含量均高于生猪的正常所需量。在中国，这一比例为 20%，而国际水平为 12%。

林国发告诉第一财经记者，高饲料蛋白虽然可以提高畜牧养殖日增重，缩短出栏天数，但过高的饲料蛋白容易导致场舍氨气浓度偏高，不利于畜禽的健康。另外，过高的粗蛋白，导致饲料中的蛋白转化率偏低，排泄物氮含量偏高，污染环境。

当前，中国猪肉消费已经达到较高水平，禽蛋和禽肉消费也处于较高水平，消费增速放缓。如何提升畜牧产品质量将是行业的新的发展方向。2016 年农业农村部制定的大力发展食草养殖有望迎来新发展机会，牧草种植也迎来大发展，其中紫花苜蓿和青储玉米发展潜力巨大。

（《第一财经日报》2018 年 10 月 24 日）

申报资料实录

作品简介：

2018 年，中美贸易摩擦是贯穿全年的大事件。面对此大事件，第一财经日报作为主流财经媒体，围绕两国贸易摩擦出现的阶段性情况，进行了专业的分析报道。作者一直以来都在关注三农领域的报道，正因为有持续的研究和积累，能够在一些细碎的消息中看到事件将来影响的端倪。结合本次中美贸易摩擦，从 3 月份开始，几次交锋，每逢节点，都写过稿件，形成了一个中美贸易摩擦对农业影响的系列稿件，其本人也是希望从行业的角度来分析这次贸易摩擦对双方造成的影响。

众所周知，这是世界两个最大的经济体之间的矛盾，也将直接影响到全球的贸易格局，就本次稿件而言，美国大豆船飞奔运抵中国成为网红，读者本就关注，而且过程也极具戏剧化色彩，再加上这次从俄罗斯运抵中国东北的大豆船(编辑提供线索)，两相对比下来就非常有趣，不论是业内还是普通观众一看都可以明白中国跟这两个国家之间在大豆贸易中的亲疏远近，正是从此小切口着手，再加上之前的观察和积累，开始着手写稿。先写中国当前的大豆贸易格局，如何形成，以及现状如何，之后再来写面对贸易战中国的应对举措，其实这也是中国一直在做的事情，只是在贸易战的背景下，对出现的问题才开始有所警醒，并进行改革。

最后，回到农业这个领域，作者认为中国是有韧性来面对贸易摩擦的，而且全球的相应格局也将随之改变，这种变化好还是不好，没人能够预知，但事情既然已经发生了，正如潘多拉魔盒被打开一样，是不会轻易关上的。

文章内容专业，从小视角切入，有数据有观点，呈现的内容丰富，折射出贸易摩擦背景下中国经济的韧性和政策制定者的果敢。

社会效果：

稿件在本网站流量处于较高水平。在门户网站、今日头条等平台，不但有转载，更是引起热议。同时，稿件还得到过市委宣传部的正面阅评。阅评认为，第一财经日报《大豆船纷纷驶向中国》的深度报道，精确选择了我国此段时间以来大豆进口格局之变化为案例，剖析了变局的深层次因素；对于专业读者、贸易机构、外贸主力企业和决策层是个鲜明的参照系。

推荐理由：

记者通过一个小切角，引出宏观背景下的大国贸易摩擦，有数据有观点，有历史有展望，内容丰富，文字洗练，让人印象深刻，也引起外界热议，见证了中美对于国际贸易原则“两条道路”的比对。对于在中美贸易摩擦中坚决捍卫中方合法权益提出的切实有效的应对措施，很有启示性。不论是从新闻文本，还是从服务于国家经济大局，都是一篇很好的作品。

明星什么时候起“不能批评”了？

作者：黄启哲
编辑：邢晓芳　王　磊

某人气偶像几天前出的一首新歌火了。倒不是因为旋律好听、歌词深刻，而是因为歌曲通篇都在“控诉”，把网友的批评调侃说成无端恶意攻击，引发不少人反感——明星什么时候起禁不起批评了？

这得从网络热转的一系列“无修干音”视频说起。所谓“无修干音”就是掐掉歌手现场演唱视频中的伴奏只留人声，以此检验比较歌手的唱功，玛利亚・凯丽、陈奕迅等歌手都有相关视频。而这位偶像脱离了录音室修音和复杂的编曲“包装”之后，气息不稳、多处走音的问题暴露无遗，被网友调侃为“车祸现场”。好巧不巧，偶像在最近一档网络综艺担任评委时，却对选手的现场演唱多有挑剔，有些难以服众。于是网友把他给别人的“批评”与他自己的现场表现一一对照，没有一项是达标的，这着实引发不少网友议论并纷纷转发。

面对网友的质疑，这位偶像的第一反应不是反思自己的业务能力，而是“又动了谁的奶酪”，认为但凡批评他的都是“竞争对手派来的”，讽刺网友“到处都有红眼病有色眼镜，想要热度想靠骂我红到爆”，但凡不是夸赞自己歌好人红的，一概定义为“水军”，甚至是“傀儡”“魔鬼”。一首歌似乎还意犹未尽，他还借用某社交平台官方力量，一条条搜寻批评自己的内容，透过平台管理员发出私信声称对方“侵犯了自己的名誉权”，警告对方删除，但这些网友的评论内容，不过是希望青年艺人能够谦虚，不要把自己看得过高。

在这些流量明星这里，艺人与大众的关系正在颠倒。空有颜值，没有过硬技能作品的他们，凭借公司包装快速走红，享受粉丝经济带来的流量红利。长期沉溺在宣传通稿的溢美之词和粉丝的“顶礼膜拜”之中，久而久之，唱歌走音、演戏面瘫这些统统被“选择性忽视”，迅速膨胀，容不下一点点不同的声音。节目里镜头给少了，要发声明警告节目组；观众对其表现不满意，轻则微博“挂人”发动粉丝对其人身攻击，重则举报封号。

一旦批评舆论形成声势，这些流量明星首先想到的不是从自己身上找问题，提升唱功演技，而是声称自己是“弱势群体”，把大众的关切批评当作是网络暴力，甚至“亲自下场”煽动粉丝对批评自己的人发动言论攻击，不惜动用公众平台制造寒蝉效应。这样的明星，不必说专业水准不足，更有失艺德。

恐怕，他们早已忘记了满足大众的需求，才是文艺安身立命之本。

（《文汇报》2018 年 8 月 9 日）

申报资料实录

作品简介：

某位偶像因为歌技不佳被网友热议。他在第一时间不是虚心接受，而是用新歌歌词傲慢回应网友的批评，避专业能力之轻，偷换概念将负面舆论理解为“动了谁的奶酪”。其粉丝随之就加入与普通网友的骂战，理性批评演变成无序谩骂，甚至出现粉丝以海量同质内容“刷屏”炮制舆论声势。

这一新闻事件不是孤例，网络平台时常被这样充满戾气、毫无意义的粉丝骂战占据。作为主流媒体，文汇报首先注意到这一事件，提出“明星什么时候起不能批评了”这一问题。围绕这一现象，报道理性深入分析，指出频频引发骂战、网络暴力的根本，是没有过硬技能作品的明星偶像与大众的关系正在颠倒。他们长期沉溺在宣传通稿的溢美之词和粉丝的“顶礼膜拜”之中迅速膨胀，容不下一点点不同的声音。评论盘点一段时期以来诸多流量明星出现后的种种怪现象：节目里镜头给少了，要发声明警告节目组；观众对其表现不满意，轻则微博“挂人”发动粉丝对其人身攻击，重则举报封号。

最后评论指出，这样的事件长期累积，令普通网友对演艺界恶感陡升，影响恶劣。其背后也暴露出这些明星偶像不仅专业水准不足，更有失艺德修养。提出对文艺工作者来说，满足大众需求、服务人民才是安身立命之本。

社会效果：

评论仅用两天时间，依靠主流平台转载、网友自发转发点赞、网络媒体跟进报道，不断扩大传播，让"明星什么时候起不能批评了"成为全民话题。

8月9日刊发当天获得人民网、光明网等十多家主流媒体，以及腾讯、搜狐、新浪、凤凰等十多家门户网站转载。而转载报道随机在虎扑、微博、豆瓣、百度贴吧等网站引发网友发帖热议，其中最早一篇讨论贴阅读量当晚即达到165万，评论超过2000条。8月10日舆论大面积发酵，仅在微博，文章标题"明星什么时候起不能批评了"被网友设置为微博话题冲上微博热搜榜第14名。仅带有这一话题标签的内容阅读量达到3274.9万，讨论数达到5834条。此外据不完全统计，带有评论截图、链接的微博达数百条，其中一条微博点赞超过6万次，评论1.1万次。在问答网站知乎还出现多条就此评论与舆论反馈的分析文章，认为尽管粉丝试图依靠大量评论试图淹没网友真正的声音，试图扭曲事实、扭转舆论，但绝大多数网友对文中所论述现象深感共鸣，这一现象已经成为网络平台的"恶疾"。

公众为主流媒体及时、响亮的"发声"点赞，使话题本身成为新闻热点，被其他媒体二度报道。直至2019年2月，相关讨论仍在持续。评论所指的一系列怪现象也引发主流媒体的跟进报道，有关明星通过粉丝大量转发"控评"、堆砌流量、制造热搜的不良现象在此后得到进一步关注和批评。

推荐理由：

关于流量明星空有颜值缺乏作品、追逐流量忽略自身修养等话题此前已有一些报道。而本篇评论及时监控到网络最新热点事件，作为主流媒体率先"发声"，从偶像对待大众文艺批评态度越发傲慢这一角度入手，在梳理事件同时，历数此前网络舆论种种怪现象，犀利抛出"明星什么时候起不能批评了"这一问题，坚守主流价值，用事实说话，精准戳中大众"痛点"，令网友感慨"说出了想说而不敢说的心里话"。

因而，不足千字的评论能够在短短两天里，在线上线下引发全国性广泛共鸣。超过百余家自媒体与普通网友自发地转发、点赞、评论，甚至主动带上评论标题，以此在微博"对抗"大量流量明星无意义的热搜话题，最终变成网友实实在在讨论、有思想交锋、有价值引领的全民话题。而在传播过程中，很多网友与自媒体还特别附上《文汇报》的简介，普及报史与其历史地位意义，无形中擦亮了《文汇报》这张有着81年历史的报纸品牌，提升了主流媒体在年轻一代网络群体中的认知度与美誉度。

评论做到了主流媒体为广大人民群众及时发声。作为“主力军”,真正在“主战场”实现有效的媒体监督,并赢得网络受众对主流媒体的普遍认可,为营造风清气正的网络空间起到一定积极作用,也是习近平总书记强调提高新闻舆论传播力、引导力、影响力、公信力的一次成功实践。

牛犇入党

作者：沈轶伦　陈抒怡
编辑：林　环

窗帘还没泛白。

一整晚，每过一会儿，牛犇就要起身看一眼窗。他自己也没有想到，入上影厂 67 年，入演员行 73 年，从未在大戏开拍的前夜紧张过，但这个晚上，83 岁的他睡不着。

这是 2018 年 5 月 31 日的凌晨。几个小时后，中共上海电影集团有限公司演员剧团支部党员大会将召开，讨论牛犇的入党问题。牛犇等待这一刻的到来。10 时整，在虹桥路广播大厦 18 楼，上影演员剧团的会议室里，支部成员已围坐一桌。这是人们熟悉的面孔：演员严永瑄、王志华、崔杰、吴竞、陈鸿梅等都赶来了。上影演员剧团团长佟瑞欣受邀列席。牛犇穿着红色的格子衬衫坐在椭圆桌子的中央，忐忑不安地交叉双手，不时整理头发、拉拉衣领。所有来的人，都是与他共事过的老朋友，交情少则十几年，多则几十年。过去剧团例会，每次业务会议结束、支部生活开始前，党员们会对群众说“接下去是我们支部开会”。

今天，牛犇能不能成为“我们”？

他紧张了。

“从今后，你有饱饭吃”

牛犇不怯场。10 岁第一次站在大导演面前，他丝毫不紧张。

那是 1945 年，演员谢添带着牛犇去导演沈浮处面试。到了中电三厂（北影厂前身）厂办办公室，牛犇进门，一蹦坐在沙发扶手上。谢添一愣，沈浮导演也一愣。但正是因为这样，导演一下子就喜欢上了放得开、有表现欲的牛犇。

牛犇一直把谢添视为师父，是将自己带入电影圈的引路人。很快，牛犇就在沈浮导演的《圣城记》中演出，之后在《满庭芳》《甦凤记》《天桥》《十三号凶宅》里接到角色，成了片约不断的小童星。

但很少有人知道，童星在来到电影厂前，究竟经历过什么。

牛犇出生在天津，父母都是城市贫民，生活匮乏到他只知道自己属狗，连出生的具体年份也不清楚。在他 9 岁那年，父亲感染白喉，无钱医治，回家后不久病死，众人瞒着因为流产血崩而卧床休养的母亲，孰料母亲像是冥冥中知道了什么，也咽了气。同一天里，父母双亡。破旧的院子里，一里一外停着两具棺材，环顾一圈，四壁皆空，牛犇没了家。

哥哥在北京的中电三厂找到司机工作，将牛犇和妹妹接去。当时日本人刚刚投降，城里一片混乱。白天黑夜，哥哥开车接送演员化妆拍戏，牛犇就和妹妹住在厂里的前院。哥哥劳苦一天，带回家一块饼，牛犇吃一口，还要留一口给妹妹。正在长身体的牛犇老觉得饿，但不敢说。他就想知道一回："吃饱"到底是一种怎样的感觉。

当时电影厂的很多演员也住在厂里大院，牛犇就帮大家跑腿、送东西；晚上演员上剧组演戏，他帮着在大院里看小孩子。演员谢添也住这儿，牛犇常常帮谢添自行车打气。谢添留意到这个和大家打成一片的男孩——因为营养不良而显得矮小、头大，但眼神里透露着聪明、要强。所以当得知《圣城记》正缺一个村童角色时，谢添想到了牛犇。

《圣城记》里，齐衡扮演的游击队员在教堂后院擦枪，忽然日军要来搜查教堂。牛犇扮演的村童小牛子赶来通风报信，让游击队员及时撤离。日本鬼子走进教堂时，发现地上有一个烟头，小牛子见状，立即机灵地捡起烟头叼在嘴上。饰演日本鬼子的韩涛也住在大院里，平时是很和善的人，牛犇在片场看着他总想笑，怎么也演不出畏惧感。导演试拍了几条都没通过，大家都急了，一旁的谢添直接冲上现场对着牛犇一巴掌，牛犇难过地垂下头，这场戏顺利通过。事后，谢添上前抱住牛犇，牛犇委屈地哭了。谢添对他说："你看看这么多人在等你，拍不好戏，将来怎么当大明星？"

但实话说，牛犇不是冲着做明星来的。他做演员，为的是吃饭，为活命。

1947 年，张骏祥导演受邀去香港永华电影公司拍摄《火葬》，主演白杨推荐牛犇出演她的"小丈夫"，牛犇跟着剧组到了香港。当时，牛犇住在长城影业公司，每天都从宿舍出门去看《清宫秘史》的拍摄，最后把慈禧和李莲英的台词全记住了。他表演给大家看，众人都被逗乐，夸他是“神童”。其实“神童”在进入电影厂之前只粗略读过3年书，剧组才是他真正的课堂，演员就是他朝夕相处的老师。张骏祥、吴祖光、陶金、白杨、吕恩、李丽华都把牛犇当成自己的子弟一样。

大哥哥大姐姐们教他拍戏的诀窍，教他学会认识衣服不同的料子，教他学会观察人、观察生活，把日常当成训练演技的课堂。当时演员们住在庙街，街坊多是香港本地的贫苦人家。看到中国人民受到英国殖民者压迫的情景，许多青年演员都忿忿不平。有几位进步的年轻演员，在宿舍里偷偷开会学习，嘱咐牛犇到楼下站岗。

要防备什么人？要通知哪些人？年幼的牛犇一概不知，他警惕地站在楼下，模模糊糊靠着直觉明白：大哥哥大姐姐们关起门来开的会，很神秘；他要讲义气，保护他们。

1949年10月1日，北京的喜讯传来，正在香港拍戏的演员们按捺不住。演员刘琼和好几位青年兴奋地一路跑到大屿山，以每个人的身体作为一根线条，手拉手在山上拼出五角星。牛犇也好想成为五角星里的一根线，但他太小了，够不着。他问大哥哥大姐姐们：“为什么要支持共产党？”

大哥哥大姐姐们告诉他：“中国人民解放了，共产党是太阳，照到哪里哪里亮，是共产党解救了我们大家，给了我们新生活。”

见他不解。大哥哥大姐姐们拍着他的脑袋说，“从今后，你有饱饭吃”。

“跟着党一辈子不回头”

1952年，牛犇跟着大光明影业公司从香港回到上海加入长江影业公司，又应邀去北京参加电影《龙须沟》的拍摄。拍完《龙须沟》回到上海，他成了上影演员剧团的演员。

拍《龙须沟》时有人告诉牛犇，拍进步的戏就是干革命。牛犇才知道，自己是干了革命，拍电影是为人民。到上海时，牛犇17岁，还是个没有选举权的孩子，但他知道，“共产党救了中国，我认准了跟共产党干革命的道理。我加入上海电影制片厂，是上影的小青年，必须要求进步。我儿时失去父母，到上海又远离亲人，靠的就是组织”。

那几年里，回到上海的还有已蜚声影坛的演员刘琼。这位主演《大路》《生离死别》《国魂》的影帝级演员，当时在香港永华影片公司，在广州解放后随香港电影界赴穗观光团来到广州，亲眼目睹人民解放军纪律严明、共产党言行一致。回到香港，他奋笔投书《大公报》发表赴穗观感，热情赞扬中国共产党。不久，刘琼和其他进步青年由于发动公司同仁罢工，在1952年被港英当局驱逐出境。演员白杨也离开香港，毅然回到北京，1949年11月到上海电影制片厂成为演员，翌年拍摄了《团结起来到明天》。同期从香港回到内地的还有舒绣文等。

1950年，在上海首届文学艺术工作者代表大会上，演员黄宗英作为剧影工作者发言。她说："我这一年来工作有些成绩，自己有微少的进步的话……我就想：假如我是一个青年团员，假如我是一个共产党员。这么一想，我就勇气百倍，并且有了力量战胜自己，战胜困难，完成任务。"

哥哥姐姐们一致的选择，潜移默化影响了牛犇。而让牛犇进一步认识共产党的，还有他最崇敬的演员赵丹。

1952年，牛犇到上影厂后，转租一位老演员在建国西路的房子。住处沿马路，离厂也近。很多演员上下班骑车经过，都能看见牛犇的窗。同事们记得，赵丹下班经过牛犇门前就在底下叫："小牛子在家吗?"牛犇一听这叫声就在窗口应："在呢，上来吧!"牛犇的小屋成了这群演员聚会的地方。赵丹懂戏、爱戏，常常来这儿琢磨戏，也谈他的信仰。

赵丹尚在南通念中学时，就与朋友组织了"小小剧社"，共产党一开始就关注了这个剧团，并派同志影响这个剧团。有一年暑假，剧社在南通公演洪深创作的反对反动统治的话剧《五奎桥》，门票早已卖出，观众也来了，可当晚从后台传来禁演、抓人的消息，赵丹一行不得不星夜雇了小船赴上海。在上海，他主演了让他成名的《马路天使》《十字街头》；也是在上海，他主演《乌鸦与麻雀》庆祝国民党统治的覆灭。亲历旧社会种种不公的演员们无不欢欣鼓舞，一个新的时代开始了。

1952年，赵丹作为中国人民第二届赴朝慰问团成员，到前线和"最可爱的人"生活了两个月。"当你谈起敌人时，他们像头猛虎；当你谈到他们的功绩，又腼腆得像个姑娘。他们的心真是透明的。在那么多巨大的身影面前，我才感到自己的渺小，才感到过去对于人民、对英雄的认识太陌生了。"回国后，赵丹递上入党申请书。1957年，赵丹入党。那几年间，著名演员黄宗英、王文娟、白杨纷纷入党。1954年和1958年，刘琼也两次申请入党。1941年就参加革命的秦怡，也在1959年加入中国共产党。多年之后，秦怡向人解释那等待18年的郑重其事：她听说战争时期一名女党员，敌人当其面把她的孩子顶在刺刀上逼问，孩子哭声震耳，女党员心疼地昏厥，但还是选择守住了党的秘密。之后多次接到动员的秦怡一直在自问："我那么爱孩子，如果换我，我能保守党的秘密吗？都说共产党员是用特殊材料做成的，我是吗？"直至不再有这般残酷考验的和平年代，秦怡才渐渐解开心结。但她依然在不断自问：是不是和平年代，就没有考验了？

老演员们把入党当一件神圣的事，当成心灵的考验来面对。牛犇自忖：我怎么比得上他们呢？他退缩了。

但他暗下决心："一定要跟共产党干革命，一辈子绝不回头，严格地要求进步，以共产党员的标准来衡量自己，努力为党为人民做工作，党指到哪里，我就到哪里。"

从沈浮开始，牛犇和几代导演都有合作。他是《红色娘子军》里的通讯员，是《泉水叮咚》的大刘。小牛犇长成了影坛常青树，虽然一生出演的多是配角，却个个令人津津乐道。1983年，牛犇获第三届中国电影金鸡奖最佳男配角奖、第六届百花奖最佳男配角奖。2017年，牛犇获得第三十一届中国电影金鸡奖终身成就奖和第十六届中国电影表演艺术学会终身成就奖。

"把有限的生命活得更有意义"

牛犇一度想，这样就够了。

跨不跨入这扇门，他都会尽力做一个好人，当一位好演员。

他拍谢飞导演的一部电影时，主动把温驯的驴子让给同行骑，自己去骑一匹倔驴子。拍"抢婚"时，驴子受惊把牛犇摔到地上，他当场休克。医生把牛犇抢救过来。他断了两根肋骨，颈椎骨裂，胸骨错位，但苏醒后看到导演，他的第一句话是"给您添麻烦了"。为了不拖累拍摄进度，他强忍剧痛，拜托医生打了麻药，由救护车一路送到拍摄现场。有一段戏，牛犇要自扇耳光。一下、二下，边上的医生上前劝阻，说"如果再受伤，会落下终身残疾"。

牛犇想，这样也挺好。有没有党员这个身份，他都会兢兢业业对待每一项工作。

2002年，刘琼去世。到追悼会上，牛犇才知道，老朋友早已在1983年实现夙愿加入中国共产党。2007年，孙道临去世，乔奇去世；2008年，谢晋去世。牛犇送别老友们。他们都是电影史上熠熠生光的名字，也都是中国共产党党员。

牛犇想入党，但又犹豫了。时过境迁，入党已经不像解放初期那么艰难，甚至有时有些松懈。那些年，牛犇听到、看到圈内圈外许多不那么合格的共产党员。他觉得自己不该和他们为伍。

一晃到了2016年，上影集团拍摄影片《邹碧华》。佟瑞欣演主角。牛犇从北京赶回上海加入剧组，演一位来法院上访的老人，戏份不多，但剧情借由他折射出邹碧华法官的亲民和负责。剧组设立了临时党支部，有的青年演员一边演戏一边就递交了入党申请书。

在收集材料时，大家看到邹碧华生前这样说过——“我们生活的世界本来不完美，但正因为它的不完美才需要我们去努力，去奋斗，我们的存在才有价值。”

牛犇听了这话，竟然红了眼眶。剧组庆祝杀青之际，他正式递交入党申请书。这成了上影演员剧团的大事。牛犇被确立为入党积极分子，和入行不久的年轻人一起参加上影集团的入党积极分子培训。

经过考察期后，2018年5月31日10时30分，牛犇在上影演员剧团的会议室里，很慢、很郑重地向老朋友、老同事介绍自己的前半生：“我是在旧中国受苦受难下成长的城市贫民，家里很穷，可以说是没有吃过饱饭，从小便死了父母，随着哥哥流浪到北京……在北京，我和许多贫民一样，在水深火热中。儿时，又去了香港，在英国殖民地统治下的中国人民依然是受苦受难……”

短短一百来字，牛犇哽咽了两次。他抬起头，求助一般看着大家，说：“我眼睛里都是水，看不清。”演员陈鸿梅从包里取出自己的老花眼镜递过去。牛犇道谢接过，拿着眼镜，却没有戴上，而是低下头，久久用手按压着双眼，平复情绪。

牛犇的入党介绍人、上影集团董事长任仲伦在意见中这样写道：“牛犇同志在思想上、行动上始终与党中央保持一致，坚持四项基本原则，执行党的路线、方针、政策，有为共产主义理想奋斗终身的坚定信念。多年来，自觉以党员标准要求自我，为人正派、甘于奉献，该同志从事表演事业多年，不忘初心，坚持为人民创作，参演过多部精品力作，为党的事业和社会主义文艺繁荣做出了重要贡献。我认为他具备了共产党员的条件，我愿意介绍牛犇同志加入中国共产党。”

另一位入党介绍人是秦怡。病中的她，在华东医院写了字条，托上影演员剧团支部书记带来她的意见：“牛犇是个好同志，是个好同志。我愿意是他的入党介绍人，我相信他也会做得很好。”

见惯大场面的牛犇，在只有十个人的会议室里，微微颤抖。他说：“我的年龄已经80多岁，为党工作就算不睡觉也不会太长，我一定要珍惜。只有跟着共产党，才能把自己有限的生命活得更有意义。我也深知，自己虽然年纪不小，但对党的认识很少，我愿加入中国共产党，决心不改，努力成为党员的目标不变，请党接纳我，请党考验我。在我有生之年，愿为党的电影事业，也为共产党努力地工作，最终成为为共产主义事业奋斗终身的人。”

最后，牛犇念出了他的名字。一直在眼眶里打转的泪，顺着脸颊落下。

2018年5月31日11时20分，中共上海电影集团有限公司演员剧团支部党员大会经过充分讨论，认为牛犇已经具备共产党员的条件，同意吸收其为预备党员。经无记名投票，一致同意吸收牛犇为预备党员。支部里最年轻的党员走上前，将一枚党徽别在牛犇胸前。

佟瑞欣拉着牛犇的手，向在座者透露了一个秘密：就在《邹碧华》杀青之际，上影集团开了表彰会。会后，牛犇叫住佟瑞欣，递给他一张纸条，然后默默坐下。佟瑞欣有点惊讶，因为老爷子向来笑呵呵的，为何这天如此凝重。带着疑惑，佟瑞欣打开折叠整齐的纸条，只一瞥，“唰”地眼泪就下来了。

纸条上，牛犇写道：“我们一块从今天起考虑塑造自己成为一个合格的中国共产党党员吧。”

（《解放日报》2018年06月07日）

申报资料实录

作品简介：

2018年5月，解放日报记者独家获悉，83岁的电影表演艺术家牛犇正申请入党，旋即跟进关注采访。5月31日，记者独家全程见证了讨论牛犇入党申请的党支部大会，并采访相关表演艺术家，撰写人物特写。报道从见惯世面的牛犇忐忑失眠的场景切入，从他少失怙恃，偶入片场，到因接触文艺界进步人士和党员同行前辈后，开始有意识向组织靠拢，直至几十年里不断自我比照、慎重以待、到耄耋之年参演《邹碧华》后递交入党申请书的精神历程逐一呈现。用大量细节和故事，展现了一位老艺术家令人动容的心灵之旅，折射上海几代文艺界党员群像。作品布局精美，令人耳目一新，表达新颖，富有思想性、文学性和现实针对性。于6月7日见报，并在6月6日(05：26：42)率先全网首发。

社会效果：

该报道一经刊发，引起热烈反响，在6月6日上午微信朋友圈“刷屏”。同城媒体和中央媒体纷纷跟进。人民网全文转载，阅读量近68万，留言逾500条。6月25日，习近平总书记给牛犇写信，祝贺他在耄耋之年入党。

推荐理由：

能从一次普通党支部会议中捕捉到新闻线索，体现了党报记者的新闻敏感。短时间内完成大量深入采访，体现了党报记者的脚力、眼力、脑力、笔力。将容易落入窠臼的典型报道，通过动人故事和细腻笔触娓娓道来，不落俗套，避免说教，发人深省，激发共鸣，体现新时代党报的创新追求。作品不仅折射牛犇个人精神追求，也展现了上海作为党的诞生地的独特气质。记录下这个特殊的历史瞬间，体现党报的政治站位和历史责任。

文字组合报道

上海奋楫高质量发展

作者：集　体（姜　微　季　明　许晓青　潘　清　周　蕊　贾远坤
周　琳　何欣荣　有之炘　仇　逸　黄安琪　郭敬丹）
编辑：姜　微　季　明

（限于篇幅，本书仅选录系列报道中的三篇代表作。）

代表作一

上海奋楫高质量发展

“只有不忘初心、牢记使命、永远奋斗，才能让中国共产党永远年轻。”2017年10月31日，党的十九大刚刚闭幕一周，习近平总书记带领新一届中共中央政治局常委，集体瞻仰上海中共一大会址和浙江嘉兴南湖红船，追寻党的根脉，重温入党誓词，向全党发出不忘初心再出发的动员令。

这次意义非凡的宣誓，让党的诞生地上海在深入学习宣传贯彻十九大精神方面，肩负起更为重要的使命与担当。

时代是出卷人。站上新起点的上海，历史性机遇与挑战并存——她既是国内首个GDP超过3万亿元的经济中心，又面临着率先破题高质量发展的重任；她既有浦东开发开放28年和上海自贸区建设5年的积淀，又承担着为全面深化改革攻坚破冰的使命；她因为精细化管理而闻名中外，但还要向着“像绣花针一样精细”的更高目标继续努力……

最为艰难的是，要在已无太多成功经验可循、发展空间和政策红利有限的前提下，走出一条社会主义现代化国际大都市的成功之路。

石以砥焉，化钝为利。面对新时代沉甸甸的新考卷，上海全市上下统一思想，凝聚共识，把工作重心聚焦到深入贯彻落实十九大精神上来，结合上海工作实际，强化对标意识，在新的时代坐标中坚定追求卓越的发展取向，勇担新使命，实现新作为，迈上新征程。

这份新考卷，上海答得有章法。经济高位运行、改革高点突破、社会高端发展如何破题，上海在调查研究中寻找答案。“坐在办公室里都是问题，走下去就都是办法。”今年1月，上海在全市开展“不忘初心，牢记使命，勇当新时代排头兵、先行者”大调研活动，1464个各级调研主体通过走访10多万家调研对象不仅收集到数万个问题，更在基层一线找到了工作差距、百姓痛点和解决方法。

这份新考卷，上海答得有智慧。选择“牵一发而动全身”的关键问题作为突破口，是全面深化改革的成功经验，也是上海贯彻落实十九大精神的重要抓手。这轮选择的突破口，是打响“上海服务”“上海制造”“上海购物”“上海文化”四大品牌，通过“四大品牌”三年行动计划，一个辐射带动能力更加突出、制造实力品质更加凸显、购物层次环境更加优化、文化软实力更加彰显的上海，将形成城市发展战略新优势。

这份新考卷，上海答得有高度。观世界大势，看自身发展，新时代上海把城市能级和核心竞争力作为发展关键，一幅蓝图呼之欲出：通过近5年的努力，上海的城市能级和核心竞争力大幅提升。在此基础上，再用5年左右，使得上海在全球城市网络中具有较大影响力。到2035年，成为与我国综合国力和国际地位相匹配的卓越全球城市。

这份新考卷，上海答得有担当。要把长三角建设成为具有全球竞争力的世界级城市群，上海要发挥关键的龙头带动作用。“龙头城市主要看能级。有能量才能辐射，有能力才能带动。”上海正在发挥高端要素市场相对齐全发达的优势，全力带动区域经济发展，进而服务长江经济带和全国发展。

图难于其易，为大于其细。

在刚刚过去的台风“安比”大考中，新中国成立以来第三次正面遭遇台风登陆的上海交出了“零伤亡”的完美答卷。风雨过后，一道美丽的霓虹悬于空中，昭示着这座城市的美好未来。以舍我其谁的决心、只争朝夕的状态，将蓝图变为现实，上海正踌躇满志、奋楫争先。

（《瞭望》新闻周刊2018年32期）

代表作二

按下长三角一体化快进键

未来三年，与美国东北部、欧洲西北部等并列的长三角世界级城市群框架，将在太平洋西岸基本成型

每天清晨5时40分，上海轨道交通11号线花桥站的首班列车准时驶出站台。7时过后，花桥站迎来早高峰，站台上人头攒动，上海白领孙宽宇就在其中。

花桥镇位于江苏省昆山市郊。住在这里的孙宽宇目前在上海市长宁区做销售工作，“花桥的房价比上海便宜，生活节奏也较慢，不少同事都选择这种双城生活模式。”

借助发达的轨道交通和高铁网络，有一群人每天乘着列车往返于上海及周边城市。在他们眼里，城市的边界正在变得模糊。而他们的身份，也超出了具体地域的限制，“长三角人”是最贴切的称呼。

位于中国东部地区的长三角，拥有全国最多的万亿GDP城市（5个）、最密的高铁网络、最雄厚的制造业基础……根据习近平总书记关于推动长三角更高质量一体化发展的重要指示，6月初，沪苏浙皖三省一市主要领导在沪举行座谈会，共同按下一体化“快进键”。

顺民心合大势

作为国内第一条跨省地铁线路，2013年，上海轨道交通11号线从上海嘉定区的安亭镇一直延伸到江苏昆山的花桥镇，实现了真正意义上的沪苏互通。目前，11号线有3座车站位于昆山境内，花桥是起点站。

在安亭站二号口，站长秦立群正在巡逻。2010年，秦立群到安亭站工作，之前几年他在花桥站轮岗。通过共享客流信息、人员交流培训等，上海地铁向昆山这个县级市输出轨道交通的管理和服务模式。

秦立群告诉《瞭望》新闻周刊记者，目前安亭站的客流量为平均每天30万至40万人次。“安亭站附近的商业设施比较齐全，不少住在江苏的居民周末会来这里休闲购物。”

轨道交通11号线是长三角一体化的缩影。“长三角一体化发展，顺乎民心，

因为民众早就开始一体化了。”上海社科院研究员沈玉良教授对《瞭望》新闻周刊记者说。无论是年轻人的双城生活，还是老年人的异地养老，长三角内部的来往互动呈现越来越频繁的趋势。

人们工作生活如此，经济发展更是如此。当前，建立在区域一体化基础上的城市群，已经成为世界经济重心转移的主要承载体。“统计显示，世界上最大的40个巨型城市区域，只覆盖了地球的小部分面积和不到18%的世界人口，却承担了66%的全球经济活动和85%的科技创新。”长三角一体化发展决策咨询专家、上海经济学会会长周振华说。

依托城市群发展，市场主体反应积极。新能源与工业电气企业正泰电气，就沿着G60高速公路在长三角开启“三城”模式。正泰电气总裁陈成剑说，正泰在上海松江建设启迪智能港，在浙江嘉兴布局智慧能源与电气产业基地，在合肥设立智能电力制造设备基地。“通过三地布局，实现了产业链、价值链的最优配置。”

长三角更高质量一体化发展，需要市场主体积极参与、发挥更大作用。以新能源汽车产业布局为例，上汽、蔚来和威马是国内新能源汽车竞争主要选手。虽然风格、打法不一，但三家公司都把总部和研发中心设在上海，并且围绕长三角展开生产布局。

例如，几乎在每一个关键节点上，上汽与长三角都有“同频共振”效应：2015年与杭州阿里巴巴合资，率先推出全球首款量产互联网SUV；2017年在常州与宁德时代合资生产锂离子动力电池；2018年在无锡与英飞凌开展半导体器件IGBT合资合作……

蔚来方面，两年前就与安徽的江淮汽车进行深度合作，双方签订了市值约100亿元的战略合作协议。威马方面，今年3月底位于浙江温州瓯江口的新能源汽车智能产业园竣工投产，首款量产车试装下线。

除了汽车，在铁路等基础设施领域，市场主体也在进行新的尝试和探索。

今年6月初，浙江省发改委对杭绍台铁路全线初步设计进行了批复。杭绍台铁路由复星集团牵头的民营企业联合体投资，是中国首个民营控股的高铁项目。

复星基础设施产业发展集团董事长温晓东说，以杭绍台铁路为契机，复星正在整合国企、民企、高校等各方面的优势资源，推动长三角城市群的轨道交通一体化建设。“根据计划，杭绍台铁路预计于 2021 年底前建成。届时将向北辐射长三角，向南直达珠三角与港澳地区，助力区域经济的发展腾飞。”

打通有形和无形的“断头路”

上海青浦区西部的盈淀路与江苏昆山市的新乐路之间，被一条石浦港河隔开，仅靠一座 5 米宽的小桥相连，车辆无法通行。今年 5 月底，“盈淀路改建工程”实现结构贯通，计划 9 月实现通车。

打通“断头路”、推进基础设施互联互通，是《长三角一体化发展三年行动计划》的重要内容。目前，三省一市已落实打通省际“断头路”第一批 17 个项目，今明两年全面开工。

负责编制《长三角一体化发展三年行动计划》的长三角区域合作办公室，是今年 1 月在上海组建的新机构。合作办从三省一市抽调了 17 名工作人员，他们有的来自省级发改委和交通部门，有的来自地市和县市政府。

作为我国最具经济活力的区域之一，长三角之前已形成“三级运作”的区域合作机制：决策层是“三省一市主要领导座谈会”，协调层是“长三角地区合作与发展联席会议”，执行层是各种专题合作组。

在上海市政府副秘书长、发改委主任、长三角区域合作办公室主任马春雷看来，合作办的组建，是长三角在创新做实“三级运作”机制上迈出的新步伐。“一体化发展要面对面，不能背靠背。通过合作办这个平台，区域合作中的难点、诉求，都可以摊开来、说清楚。”

除了打通有形“断头路”、建设区域联通“一张网”，长三角还力求打通各种无形的“断头路”，让制度体系对接起来。

中国国际经济交流中心上海分中心秘书长、长三角规划专家郁鸿胜说，长三角的发展已经逐渐从硬件相通阶段走向制度对接阶段。要实现人的安居乐业，最重要的是在城市群内部加强医疗、教育和社保等制度的对接，以实现公共服务的便利化、均等化。

以制度体系对接为抓手，下一阶段的长三角一体化发展呈现出清晰路径：

打造“一个库”。三省一市将抓紧推动基础数据库的建设，把各自的政务数据、行业数据、社会数据统一按标准进库。加强信用信息共享，形成跨区域的信用惩戒模式，联合建立“红黑名单”，提升各类主体的信用感受度。

编制“一张图”。通过摸清家底，编制好长三角产业和创新资源的标识图。既防止重复投入、资源浪费，又推进产业联动、资源共享。比如，把创新资源标识出来，在更大范围内推动开放共享，共同开展重大科技攻关。

共认“一个章”。实施统一的市场准入负面清单，帮助市场主体降低制度性成本。加快长三角国际贸易“单一窗口”建设，努力实现“一次申报、一次查验、一次放行”。

办好“一张卡”。长三角地区往来密切，群众对“一卡联通”“一卡结算”的需求很突出，尤其是在交通、医保、养老等领域。办好一张卡，既让老百姓有获得感，也能够增进对一体化的认同感。

奏响区域发展最强音

以主要领导座谈会为标志，长三角一体化正在掀起新的高潮。三省一市如何分工合作、形成合力，对我国经济高质量发展意义重大。

中共中央政治局委员、上海市委书记李强表示，根据中央的指示，上海在长三角一体化中要进一步发挥龙头带动作用，这是中央赋予上海的重要使命和责任，也是对上海的期望和鞭策。

“上海历来就是为全国服务的。新的时代背景下，尽管情况发生了很大变化，但上海服务全国、服务长三角的使命没有改变，只是服务的内涵、形式、层面与过去不一样了，重点要发挥好经济中心城市和改革开放排头兵的作用，不断增强城市的带动辐射作用，为各地参与全球资源配置提供便利。”李强说。

江苏省委书记娄勤俭说，在长三角一体化的过程中，苏浙皖要各扬所长。就江苏而言，首先要扬实体经济之长，加快建设自主可控的现代产业体系。“比如，上海科教资源丰富，是基础研究和原始创新的‘最大策源地’，江苏产业体系完整，是科技成果转化的‘最佳试验场’。两者对接合作，就一定能诞生更多的具有全球竞争力的‘国之重器’。”

浙江省委书记车俊说，发挥区位优势，主动接轨上海，是浙江省“八八战略”的题中之义。一方面，浙江将借上海科技创新龙头带动之势，积极参与构建区域协同创新体系，合作打造重大科创平台，共同培育数字经济等世界级产业集群。另一方面，将携手江苏谋划建设“一圈两带一廊”（环太湖生态文化旅游圈、宁杭生态经济带和大运河文化带、G60 科创走廊），与安徽合力做好新安江流域生态保护、完善生态补偿机制，共同打响区域旅游品牌。

作为长三角的重要方面军，安徽在区位、科技、产业、生态、能源资源等方面具有独特优势。安徽省委书记李锦斌说，安徽将当好长三角的科技创新策源地、生态绿色后花园、产业发展生力军、对接“一带一路”西大门和能源供给大通道。比如在产业发展方面，打造长三角有机安全的“大粮仓”“大菜园”“大厨房”。在能源供给方面，强化“皖煤东运”“皖电东送”“西气东输”，提升区域互济互保能力。

（《瞭望》新闻周刊 2018 年 32 期）

代表作三

精细治理传递城市温度

在党建引领下，通过专业力量调节和平衡不同需求，在治理中渗透对文化的敬畏和对生活的关怀，让基层治理充满“温度”。

这是一座快节奏的国际都市，从朝阳初升到夜色沉沉，从轨道交通的人头攒动到商务楼宇的鳞次栉比，这里跳动着中国经济中心快速发展的强劲脉搏。

这是一座爱生活的时尚之都，从人生初始到耄耋之年，从河流道路的整洁畅通到社区居民的和谐相处，这里充满着城市精细化治理的丰富智慧和生动实践。

2018 年上海市“大调研”序幕拉开以来，各级党政机关深入基层开展大调研，真抓实干、以问题为导向的调查研究之风吹进了“郊区的河道、居民的房子、农村的公路”。

“街道干部不用再想着怎么招商引资，而是把精力切实落实到服务老百姓上，眼睛从向外看变为向内看。”上海杨浦区控江路街道办事处主任刘鹏对《瞭望》新闻周刊记者说。

在一线声音中破解治理难题

一系列在调研中发现的问题已经或者正在得到妥善解决。

在上海市青浦区，首届中国国际进口博览会正在紧张筹备中。这里与江苏省昆山市、苏州市吴江区、浙江省嘉兴市嘉善县接壤，51 条段交界河湖是上海市水生植物防控的第一道防线。

近年来，上海水域水生植物污染“易发、多发、早发”，暴露出省际区域间信息不畅、联动不足、打捞效率低等问题。为此，上海市水务局先后赴太湖流域管理局及上游水生植物拦截治理压力集中的金山区、青浦区调研，研究省际边界地区水生植物联防联控机制。

目前，青浦区太浦河、淀浦河等8条段河湖已纳入太湖流域水生植物防控协作重点区域。省际边界各区也主动与临界行政区加强沟通，借助太湖流域管理局平台，形成定期通气协作机制，共创“流域共治”。

农村公路是上海的“毛细血管”。然而，上海市路政局在实地调研中发现，曾经的富民路已经成了农民的“急忧怨”。

原来，伴随农村经济发展，农民生活水平日渐提高，农民自建房大量使用钢筋混凝土，再加上周边进行的大规模河道水利工程建设，重载土方车、搅拌车进出频繁，原有农村水泥公路不堪重负。同时，农民购车普及化，道路宽幅、夜间照明等问题也日益凸显。

“这些来自行业一线的原生态声音，是坐在办公室里掌握不到的一手资料，成为了我们解决问题的助推力。”上海市路政局局长刘斌说。

位于陆家嘴金融城附近的仁恒滨江园，是浦东最早建成的涉外高档小区之一。由于年限较久，小区公共设施设备开始破损，维修基金却入不敷出。调研发现，一些业主在房产更名、过户、继承时并未缴纳基金，一些业主对物业服务有怨气拖欠基金，催缴难又造成物业服务质量下降。

仁恒滨江园党总支书记唐佳引导居委向居民广泛征询意见和建议，并把居民反映的提升物业管理品质和催缴维修基金作为突出问题立项，召集居民代表以及业委会、物业公司和业主代表进行“头脑风暴”。

经过将近两个月动之以情、晓之以理的说服，欠费的业主缴纳了电梯、水管的维修费用。工作小组还会同业委会一起约谈物业公司，对物业服务进行考评，监督提升服务水平。

做好服务群众“店小二”

上海市委“创新社会治理、加强基层建设”的“一号课题”实施以来，全市取消了103个街道的招商引资职能，街道经费由财政全额保障。各街道统一设置6

个机构和两个“个性化”部门，不再简单对应上级条线部门，从“向上对口”“对上负责”改为“向下对应”“对下负责”，切实把对老百姓的服务沉下去。

徐汇区康健街道寿昌坊小区有一处“邻里汇”，“80后”的居民区党总支书记乔鏖担任理事长，带着大家一起实践“如何更好服务老百姓”。在街道党工委的协调下，这座原先的社区“老人院”向社区打开大门，将一楼空间改造成具备养老、助餐、“遛娃”等多种功能的“邻里汇”。这一模式正在徐汇区试点和推广。

2017年3月，中共上海市委办公厅和上海市人民政府办公厅印发《上海市社会治理“十三五”规划》。这份上海第一个社会治理五年专项规划明确了“基层社会治理更加有活力、社会组织发展更加健康、社会治安综合治理体系更加完善、城市运行体系更加安全、社会工作人才成长环境更加优化”的发展目标。

为贯彻落实发展目标，浦东新区做实“三会”机制，即决策前的听证会、推进中的协调会、完成后的评议会，但凡进入“家门口”服务站的项目，都必须经过“三会”。

潍坊新村街道潍坊一村“微公园”项目，通过听证会，居民决定把小区违章搭建改造成休憩凉亭；通过协调会，居民共同打造了彩绘墙、悬挂绿植，扮靓微公园；通过评议会，居民监督了凉亭工程验收，评议了工程质量。

居民许先生说：“哪些服务能进社区由老百姓商量着来，实施的过程我们可以全程参与，最终的效果也由大家评判，社区的归属感更强了。”

遇到民生难题怎么办？浦东新区还建立了约请制度，村居可及时约请街镇和区职能部门在“家门口”服务站现场办公，推动难题快速高效解决。

金桥镇张桥、永业、新城等7个居民区，针对社区百姓希望享受幼儿0至3岁托管服务的强烈需求，4次通过镇党委约请分管副区长和区教育局、区妇联等部门现场办公、调研商议。最终，有关部门确定在金桥幼儿园试点推进社区幼托一体化工作，只要是符合条件的幼儿，每周一至周五都能在“家门口”服务站享受到质优价廉的公立幼托服务，受到群众广泛欢迎。

党建“主线”串起大格局

基层社会治理千头万绪，党建引领是拉紧各方的“主线”——聚集资源、搭建平台，为社区多元共治注入新动力。

社区党建总指挥、群众工作有居委、业主大会我出钱、物业公司你出力——

这是闵行区推广的社区治理“田园模式”。目前，全区 80%的小区成为了平安小区协调治理达标小区，社区治安环境明显改善。

其中，“超大社区”康城的“健康大变身”，就是一个典型。这个生活了三四万人的“巨无霸”社区，曾是全市治安的“老大难”——盗案频发、群租成疾，居民公共安全利益难以得到保障。

2016 年起，针对现有 4 个居委会及相关职能部门“各自为政”的问题，莘庄镇党委、政府挂牌成立了康城社区党委、康城社区委员会和康城社区中心，召集居委会、警务站、物业公司、业委会、社区单位等定期开会，解决小区实际问题。当年，康城接报入室盗窃案数量下降了一半，2017 年又下降八成。有居民表示：“现在你让我搬家我都不搬。”

为打造共建共治共享的社会治理格局，上海在基层社会治理中，注重群众的感受度、获得感，让居民亲身参与家园建设，让社区服务不断向前迈进。

浦兴路街道作为浦东新区“家门口”服务体系建设的首批试点街镇之一，用 40 个居民区“家门口”服务站，实现服务“就近办”。

“原来居委会办公都在二楼，现在我们把一楼的空间扩大，设置问询台，让居民走进来就能得到服务。”浦兴路街道党工委书记周秀华介绍，不仅服务“下楼”，还展开党群、政务、生活等七大类 97 项共性服务，社工实行“全岗通”。

治理过程可以慢一点，但全程都要有群众参与。西子湾是一个大型人口导入型社区，本科以上学历居民占 70%，多是早出晚归的“两江青年”(指居住在松江、上班在张江高科园区的年轻人)，对社区活动原本并不“感冒”。

社区书记郑丽娟组建“共建美丽西子湾”微信群，群主实名“亮身份”，对居民的建议、疑问每条必回。渐渐地，居民们习惯了这个“永远在线”的居委会。郑丽娟又调整社区活动模式，组织“亲子乐园”“闲置物品跳蚤市场”等，每次社区活动不再都是“老面孔”，活动名额常常被“秒杀”，社区变得越来越温暖。

让市民看到新鲜落叶

智能化让城市基层治理更高效。2017 年全年，宝山区报警类案件接警数同比下降 30.2%。今年 1～2 月，接警数又同比下降 26.9%，偷盗类接警数下降 42%。市民安全感、满意度明显上升。

取得这样的成果，智能系统功不可没。在上海宝山区综治信息中心主控室里,《瞭望》新闻周刊记者看到,工作人员除了能实时看到车辆、行人和险情外,还能第一时间通过大数据比对分析生成专用信息,为各相关部门快速反应、科学处置问题提供依据。

柔性和弹性的治理手段让城市生活充满温情。处于虹口区的四川北路街道存在大量违法建筑和无证无照食品经营户等历史遗留问题,解决难度大。街道经认真讨论分析后,没有选择强硬的“一拆了之”方式,而是选择用好“组合拳”。

一方面集中力量啃下“硬骨头”,坚决拆除违法建筑,形成示范效应;另一方面,通过召开民情咨询会,了解到绝大部分居民赞成拆除13间违法搭建。有了“底气”后,工作人员逐户上门宣传,与户主面对面耐心讲政策。户主逐渐由不理解到认同,存在了25年之久的违法建筑终于被拆除。

就城市治理,上海市市长应勇说,精治共治法治,提升城市精细化管理;用心用情用力,使更多群众在家门口、于细微处感受到城市的温度。

例如,自2013年起,上海市绿化市容管理部门实行“落叶不扫”措施。这一措施不是任凭落叶堆积,而是要求做到更细致的保洁工作。为了不影响交通安全,保洁员尽量只让人行道及下街沿的部分覆盖落叶;每天,他们仔细清除落叶中的垃圾和枯叶,到晚上则全部扫掉,让市民第二天看到的是“新鲜”的落叶。

在上海,城市治理通过专业力量对不同需求进行调节和平衡,治理过程中渗透进对文化的敬畏和对生活的关怀,让基层治理充满“温度”。

(《瞭望》新闻周刊2018年32期)

申报资料实录

作品简介:

这是在改革开放40周年之际,新华社上海分社精心谋划的一组反映上海高质量发展的系列报道。报道由分社主要领导牵头采写,历时近1个月,从率先扩大开放、打响四大品牌、推进长三角一体化、绣花式精细治理四个层面,铺开了一幅上海高质量发展的恢弘画卷。

社会效果:

这组报道在新华社旗舰时政刊物《瞭望》上以封面报道的形式刊发后,被澎湃、上观、腾讯、网易等百余家媒体转载。报道以鲜明的主题,饱满的架构,生动活泼的故事案例，全景展示了上海在高质量发展方面的主动作为，彰显了上海的改革开放排头兵和创新发展先行者地位。

推荐理由：

这组报道在特殊的时点(改革开放 40 周年)，以封面报道的形式，发出了上海高质量发展的强音，在全国引发广泛关注，体现了新华社作为国家通讯社的影响力和引导力。

圆明园路拍照收费系列报道

作者：叶松丽
编辑：黄　琼　杨伟中　杜　琛

代表作一

圆明园路拍照收费达2万元/小时?

市民拍婚纱照遭阻拦　外滩源物业管理处：收的是服务费，普通市民、游客不收费

“我穿着婚纱，两个人帮我抬着下摆。我想在圆明园路、南苏州路交叉口拍个照，保安马上就来赶我走，说这里拍婚纱照，需要办证。”准新娘李小姐情绪颇为激动地说：“我在街上拍个照，凭什么要收我的钱呢?”

保安说，在整条圆明园路上拍婚纱等商业图片，都得去上海外滩源发展有限公司外滩源物业管理处“办证”：婚纱摄影或者淘宝商家拍摄商品广告等商业摄影，收费标准为两小时300元；如果是拍平面广告等，收费标准则为20000元/小时！

外滩源物业管理处相关负责人证实，普通市民、游客在圆明园路拍照是不收费的，收费只针对商业摄影，收取的是“服务费”。可收费标准是如何制定的，有没有明码标价？是否经过相关部门核准？收的钱又去哪儿了？截至记者发稿时，外滩源物业管理处都没有给出回复。

市民：

大街上拍个婚纱照被赶走

5月8日下午2点，李小姐穿着婚纱，在新郎和摄影师等7个人的簇拥下，从南苏州路进入圆明园路。

两个女孩子替她抬着婚纱的下摆，行动很不方便。他们在原新天安堂南侧选点站定，两名摄影师正端着相机在找角度。这时候，原来站在圆明园路路边的保安跑过来，阻拦摄影师，不让拍照。

“要拍婚纱照，必须到物业公司去办证！”保安不由分说，督促摄影师们收拾器材，离开圆明园路。

李小姐问保安，大街上为什么不可以拍照？保安还算客气地告诉她，这里是外滩源物业管理处的管理范围：“婚纱等商业摄影，都要办证。你们不要为难我，我只是按照上面的要求办事。”

李小姐很无奈，一行人只好来到南苏州路的北侧，站在路边拍摄。记者问保安，他们现在在拍，你为什么没去制止？保安说，那里不是外滩源物业管理处的管理范围，随便拍。

摄影师告诉记者，午后阳光偏西，教堂西南侧光线最好。到南苏州路上来拍，就有点逆光，效果不是最佳：“我们以前也来拍过，有时候趁保安不注意拍两张。他们一直收钱的。说实话，就拍几张照片，要收两三百块钱，成本有点高。”

虽然拍了教堂的背景，李小姐依然不开心。“真是纳闷，大街上拍照，还要收钱，哪来的道理！”李小姐认为这是保安有意让她“触霉头”。

路人：

刚支三脚架就被告知要办证

保安解释说，如果是游客拿个手机，随便拍拍，是不收钱的，但是所有商业摄影都要收钱，这是公司的规定。

记者问保安，怎么样才能判断人家是在进行“商业摄影”？保安说，一般带着道具或者穿着婚纱的，都是商业摄影：“站在这里时间长了，我们看一看，凭感觉就知道对方是不是商业摄影。”

就在记者跟保安站在路口讨论怎样辨别商业摄影与非商业摄影时，一个背着摄影包的人走到教堂附近，打开包，支起三脚架，正在换镜头时，保安连忙走过去询问劝阻。

保安并没有向这位路人询问是否系商业摄影，而是告诉他，这里不能拍照，要拍就得去物业公司办证。

摄影师有点惊讶地说，这里是大街，为什么不可以拍照。保安语气坚定地说，这是他们公司的规定。摄影师无可奈何，收拾收拾，走了。

圆明园路是一条南北走向的道路，南起滇池路，北至南苏州路，全长约 462 米。据介绍，整条圆明园路都是外滩源物业管理处的管理范围，商业摄影不能随便拍照。

但是，记者在整条圆明园路走了一圈，没有看到任何关于不许拍照或者拍照收费的告示。

拍摄公司：

驻点拍摄 300 元/2 小时

5 月 8 日，午后的阳光照耀着原新天安堂南侧的广场，在广场的边缘，一侧的架子上挂着很多衣服，乍一看，以为是摆地摊的。在另一侧地上堆着一些货物，旁边立着一个黑色的换衣帐篷。记者了解到，这是两家购物网站的商家正在拍商品展示广告，内容包括衣服、鞋、包和自行车。

记者在圆明园路协进大楼对面的街道上看到，两名摄影师和一名女助手，正带着一名外国女模特在拍摄。模特走来走去，摄影师趴在地上取景。拍完一个镜头，他们就在路边靠着密匝的绿化带，由两名男摄影师拉起一块蓝布，让女模特换衣服。

摄影师告诉记者，他们是办了证的。记者问花了多少钱，摄影师说他不知道，证是公司的人来办的，他们只负责现场拍摄。

在广场边看守晾衣架的女子说，他们是专业摄影公司的，购物网站把拍摄任务和商品交给他们，由他们来拍摄制作。由于拍摄内容比较多，公司对图片的要求非常严格，所以，他们两个小时肯定拍不完，有时候需要拍一整天。

至于是否严格按照两小时 300 元来收费？该女子说：“这个不一定，有时候进展慢，就多出一两个小时，他们也不会立马要我们走或者催促我们去补交钱；有时候做得快，我们提早走，也不会找他们退钱。”

记者暗访

圆明园路本系外滩源内街

设收费门槛是怕商户投诉

晨报记者随后以办“拍摄证”为由，在保安的指点下，从车库出入口径直走向位于地下三层的物业管理处。

一名女子问记者拍摄什么内容？记者自称是一家杂志的，要拍平面广告。该女子说，平面广告需到地下二层去洽谈。她这里只办拍淘宝（指淘宝商家的商品广告）和婚纱摄影的“证”。

记者问，淘宝和婚纱拍摄怎么收费？该女子说，两小时 300 元。记者问，拍平面广告跟拍淘宝、拍婚纱不一样吗？该女子称收费不一样，由楼上的人负责。

记者上到地下二层，在前台女招待的介绍下，见到了负责这项工作的严女士。严女士让记者耐心等一下，她正在跟一名需要第二天使用“场地”的女客户谈“业务”，然后亲自带该女客户去楼下对接。

大约 10 分钟后，严女士上来，风风火火，将记者带进一间会议室。刚坐下，就发问：

严女士：拍什么？在哪拍？

记者：杂志图片。

严女士：圆明园路上？拍什么内容啊？

记者：我们拍杂志广告。杂志社拍照不要收费的吧？

严女士：杂志就跟别人不一样吗？

记者：好吧，怎么收呢？

严女士：贵嘞，很贵！

记者：有多贵？

严女士：所以我要问你们拍什么？拍多久？你们要评估一下有没有必要。

记者：最多两个小时。

严女士：拍平面，两小时？我们是按小时收费，很贵的，我这里说你肯定接受不了。我们外面接的广告片、商业片啦，XX（知名演员）也在这里拍呢，我们一般都是两万元一小时。

（记者做惊讶状。）

严女士：你先别眼睛瞪那么圆，嘴巴张那么大。我们这个外滩源是个商业街区，圆明园路是我们商业街区里面的一条内街，不是外面的市政交通道路。市政道路呢，你在那里拍，交警要来管理，怕影响交通。我们这里呢不影响交通，是个绝佳选择。

这就是跟你讲，为什么要收费，（因为）我们是企业，要自负盈亏，也有营业指标对不对？其实，以前我们不对外（收费）接拍的。后来呢，因为沿街招商，拍的人太多，商户一直投诉我们没管好。所以，我们就设了这个门槛，你明白我的意思吧？

记者：你们把门槛定这么高？

严女士：租户其实是我们收入的最大一块，（所以要）给他们创造一个好的商业环境。以前，我们不收费，很多人来拍，这里拍那里拍，秩序很混乱。后来我们就要对拍照进行统一管理了。你们今天就来拍吗？

记者：对，今天光线好。能不能便宜一点？一定要两万元一小时吗？

严女士：对！

记者：你们这个收费标准是怎么定的？是谁定的？

严女士：你们到五星级宾馆去住一晚上，人家收你 5000 块钱，你为什么不问人家怎么定的标准？

记者：但是人家五星级酒店提供五星级的服务呀，你们提供什么？

严女士：你不能这样说啊，这样说咱们就没有谈下去的基础了。

外滩源回应

对商家收钱是因为要服务

当记者表明身份后，严女士解释说："购物网站的商家来拍摄之所以要收钱，是因为他们拍的时间长，道具多，人也比较多，有时候就坐在路边的灯具上，饭盒到处扔，我们要做保洁。模特在街边拉个帘子就换衣服，很不雅观，而且沿街商铺也有意见。现在统一管理起来，比如说安排一个地方堆放器材，指定地点停车，其实收的是服务费。但普通市民、游客拿个相机拍拍，是不收费的。"

记者：那些拍婚纱的人，没有道具，也没有开车，服务体现在哪里？

严女士：这个可以不收费的，是保安没有解释清楚。

记者：什么情况下要收费，什么情况下不收费，你们是不是可以做一个公示？清清楚楚写明，明明白白收费，你们是否有这样的告知？严女士：你的建议非常好。

随后，记者询问，具体的收费标准究竟是如何制定的？收费依据又是什么，是否经过核准，以及收取的资金去向等问题，严女士表示，其实他们是有管理细则的，这些问题在细则里都有。

不过，截至发稿时，外滩源物业管理处都没有找到这份细则。

（《新闻晨报》2018 年 5 月 14 日）

代表作二

市政道路为何要收费　收费项目是否获批准　此前收的钱如何处置 外滩源：今起凡不需要提供服务的拍摄活动，都不收费

昨天，晨报刊登了《圆明园路拍照收费达 2 万元/小时?》一文，报道了在圆明园路上拍婚纱等商业图片，都得去上海外滩源发展有限公司（以下简称“外滩源”）外滩源物业管理处“办证”一事：婚纱摄影或者淘宝商家拍摄商品广告等商业摄影，收费标准为两小时 300 元；如果是拍平面广告等，收费标准则为 2 万元/小时！

外滩源相关负责人在解释收费原因时曾表示，外滩源是一个商业街区，圆明园路是商业街区里的一条内街，不是外面的市政道路。然而，黄浦区市政工程管理署路政科相关人士昨天强调，只要有正规路牌的道路，都是市政道路。

对此，外滩源方面改口称，圆明园路是市政道路，“但是已经委托给外滩源公司管理”。

既然是市政道路，为什么还要收费?

昨天，外滩源方面表示，从即日起，不但普通市民、游客在圆明园路拍照不收费，婚纱拍摄这样的商业摄影，只要不需外滩源提供服务，外滩源也将不再收费。

外滩源相关负责人表示，对于《圆明园路拍照收费达 2 万元/小时?》一文中提出的问题，是相关工作人员没有解释清楚：2 万元/小时只是他们公司对外公布的“刊例（价）”，实际上是按照他们提供的服务与对方协商后收费的。

那么，接下来，外滩源在向摄影单位收取“服务费”时，如何做到合法合规，公开透明呢?

外滩源方面表示，要跟上级公司商量后，再给答复。至于此前因“员工教育不到位”而收取的费用该如何处置，外滩源尚未正面回答。

新闻晨报：外滩源在圆明园路向拍摄单位和个人收费的依据是什么?

外滩源：圆明园路（北京东路—南苏州路）是外滩源项目总体规划开发中的

一条景观街，建成后由外滩源公司负责日常管理与维护，并承担相关费用。近年来，随着网络电商的兴起，以圆明园路为背景拍摄服饰商品的商家越来越多，也曾因争夺拍摄点位而发生冲突。为此，我公司采取增配保安人员等措施，加强了对街道秩序和整体环境的管理，以保证市民游客的正常观光、购物消费活动和沿街商务楼宇的正常工作秩序。

新闻晨报：收费项目是否向有关部门申请并获得批准？

外滩源方面没有回答这个问题。

新闻晨报：2 万元/小时的收费标准是如何制定的？依据是什么？

外滩源：对以盈利为目的的商业拍摄活动，需提供配套服务的，由本公司根据服务内容、服务量等经成本核算后确定相关费用，并事先明示，服务内容包括停车、盥洗室、化妆间、充电、电力、水力、道具车、演职人员休息室、增派保安保洁人员维护道路秩序和事后清理等。服务费统一入账，用于贴补圆明园路日常的保安、保洁、道路养护、垃圾清运、绿化养护等管理费用。

2 万元/小时是外滩源公司对外公布的“刊例（价）”，实际操作中，是双方根据具体的服务内容，进行协商收费。

晨报记者在外滩源对外公布的一份书面情况说明中也发现了对这一收费标准的解释：“媒体所提及的每小时 2 万元服务费，系某影视公司在此拍摄商业大片。我公司根据其提出的服务内容和要求，经双方协商并确认后所收取的费用。”

新闻晨报：能否参观一下贵公司为演职人员提供的休息室？

外滩源：就是这样的会议室（指记者采访外滩源相关负责人时使用的会议室）。

新闻晨报：市民对外滩源在市政道路上收取拍摄费多有质疑，外滩源方面如何回应市民关切？

外滩源：对市民、游客在圆明园路的拍摄行为，外滩源未曾收取过任何费用。

新闻晨报：在采访过程中了解到，很多穿着婚纱的新娘新郎，并没有让外滩源提供任何服务，但是都被保安赶走了。只有那些按照保安的要求，去找外滩源办了“证”的，才能继续拍摄下去，外滩源的服务究竟体现在哪里？

外滩源：今天起，凡是不需要外滩源提供服务的拍摄活动，外滩源都不收费。

新闻晨报：是否包括婚纱摄影？

外滩源：包括。

新闻晨报：所谓服务，是否包括外滩源日常提供的包括道路维护、保洁等服务？是否会在实际操作中，再把这些日常工作，作为已经提供了“服务”向拍摄者收取费用？

外滩源：不会。

新闻晨报：对需要提供服务的拍摄活动的收费，外滩源接下来打算如何做到合法合规，公开透明？

外滩源：这个需要跟集团公司讨论，有了方案之后，再跟新闻晨报沟通。

（《新闻晨报》2018 年 5 月 15 日）

代表作三

收费是公司自己的经营行为

外滩源收费标准未经批准，承诺 3 天内公布收费细则

14 日，晨报刊登了《圆明园路拍照收费达 2 万元/小时？》一文，报道了在圆明园路上拍婚纱等商业图片，都得去上海外滩源发展有限公司（以下简称“外滩源”）外滩源物业管理处“办证”一事。

既然是市政道路，为何要收费？收费项目是否获批准？此前收的费用又该如何处置？

针对广大市民所关心的问题，“外滩源”方面昨天再次接受晨报记者采访，就上述问题一一解答。

该公司法定代表人严晟伟承诺，3 天内，相关拍摄服务的收费细则，将张贴在该区域显眼位置，让收费做到公开透明。同时，也会向相关主管部门报备收费事项，让收费行为合法合规。外滩源透露，去年圆明园路上“服务性”拍照收费约 50 万元，用于补充该条道路的管理维护开支。

“提供服务才收费”

新闻晨报：市政部门为什么要把圆明园路委托给你们管理？道路委托管理

的边界又在哪里？

外滩源：以前的圆明园路很狭窄，路况也很不好，是我们公司把这条道路修缮拓宽的。此后，市政部门就把这条路委托给我们进行养护，包括绿化、路面设施设备的养护巡视等。市政部门把道路委托给我们，肯定不会说市民和游客在这条路上拍照，你们可以收费。这个我们其实很清楚。我们是提供服务才收费的。收费是我们企业提供服务后的行为，这个是非常清晰的。

新闻晨报：该项收费项目，是否获得相关部门审批许可？

外滩源：这是我们公司自己的经营行为。

新闻晨报：该经营行为，包括提供“停车、盥洗室、化妆间、充电、电力、水力、道具车、演职人员休息室、增派保安保洁人员维护道路秩序和事后清理等”服务，是否超出了外滩源公司的经营范围？

外滩源：（翻出营业执照关于经营范围的记载）“物业管理”和“停车库经营管理”是符合（经营范围）的。

“收费标准没经批准”

新闻晨报：2万元/小时的拍摄收费标准，具体包括哪些服务内容？审批单位是谁？

外滩源：300元每两小时或者2万元/小时，这个价格都是根据我们公司运营成本核算出来的，并没有经过哪个部门批准。2万元/小时只是我们的一个刊例（价），在实际沟通过程中，我们会根据不同的情况进行协商，比如晚上拍摄等（情况），收费都不一样。

新闻晨报：你们收人家2万元/小时，到底是一口价还是服务项目累加收费？

外滩源：我们针对不同的服务要求，会有不同的服务收费。如果对方不需要我们服务，就不收费。这个是通过双方协商的。

“去年收费约50万元”

新闻晨报：拍照费也好，服务费也罢，这些年，外滩源在这一项目上到底收了多少钱？舆论普遍希望你们能公开一下。

外滩源：我们的财务都要通过有关部门的审计，每一分钱，我们都会入账，并开具服务性收费发票。即使人家不要发票，我们也会开出来留存。

今年，总共收了一万多元。一月一分钱都没有收到，二月收了两笔，(因为)这两个月天气冷。2017年全年，婚纱(拍摄)和淘宝等网店(商业拍摄)的拍摄，收了大约20万元，婚纱(拍摄)和淘宝(等网店商业拍摄)的收入比大约是1∶4的样子；其他商业和影视剧拍摄，收了30多万元。全年大约是50万元。

这点收入其实并不够我们的支出。最近几天，你们一直曝光，我们一些同事抱怨说，收这点钱，担这么大的舆论压力，不合算。但是，我们服务性收费还是要收，不能因噎废食，否则真的不好管。(当然)我们也知道收费不是唯一的管理途径。

“收费细则三天内公布”

新闻晨报：哪些情况下拍照要收费，哪些情况下拍照不收费？具体收费多少？如果要做到公开透明，目前有哪些困难？

外滩源：通过这次舆论监督，我们也认识到明明白白收费的重要性。三天之内，我们会把收费服务细则在显要的位置公开，让大家一目了然。

新闻晨报：为了让服务收费合法合规，接下来你们公司会不会到市场监管部门和物价部门去走程序？

外滩源：这个我们要到相关部门去请教。即使我们的收费项目不需要到有关部门申请或者登记备案，我们也会向相关部门报备。

“保安改口‘去登记’”

新闻晨报：昨天下午，我们还看到保安要求拍摄婚纱照的新人到物业“登记”。虽然保安不再驱赶没有登记的新人，但是你们现在的“登记”是否包括收费内容？

外滩源：我们的登记是为了预约场地，有效管理。如果不需要我们提供服务，我们就不会收费。至于保安驱赶拍照新人，我们只要发现了，一定会严惩的。

黄浦区新闻办：正在协调处理相关问题

关于上海外滩源发展有限公司在圆明园路上向“商业目的”的拍摄个人和单

位收费问题，黄浦区人民政府新闻办相关负责人对记者表示，由于这件事涉及的部门比较多，新闻办正在协调并会向相关部门反映，一有结果会及时告知。

（《新闻晨报》2018 年 5 月 17 日）

申报资料实录

作品简介：

在市政管的圆明园路拍个婚纱照，竟然要收钱，如果不给钱，就会被保安赶来赶去，很扫兴，网络上对这件事的情绪很负面。记者本着维护上海形象，为普通市民鼓与呼的目的，前往圆明园路暗访明访，四次跟外滩源公司相关负责人对话，让这个不合理的收费曝光。

随着报道的深入推进，外滩源作出让步，第一次答应普通市民和婚纱摄影不收费；第二次答应公开收费标准收费细则，并公开张贴。舆论监督起到了应该起到的效果。

社会效果：

有网友在文章后面留言说："市民的道路终于还给了市民"，市民的诉求得到了回应，文章以正确的舆论引导市民和读者，对收费部门进行有效的监督，被监督对象及时纠正了错误。

推荐理由：

这三篇报道聚焦一个民生热点，以步步推进的节奏，将监督对象逼出"水面"，作为舆论监督，是一个成功范例。整个报道在采访、写作和报纸呈现上既中规中矩，也有所突破，而报道产生的社会反响很正面。

39个卫生间的故事

主创人员：周　导　俞　倩
编　　辑：江小青

（限于篇幅，文字稿略，获奖作品请听光盘。）

（上海新闻广播FM93.4 990早新闻2018年12月28日7时17分）

申报资料实录

作品简介：

在静安区静安寺街道辖区内的老旧里弄，百姓几十年的如厕难是街道几十年的“痛”。愚园路大部分属于历史风貌保护区，是上海“留改拆”中留的部分，房屋不能拆，但居住条件要改善。记者了解到，去年静安区立下后墙不倒的目标，要彻底消灭手拎马桶，整改经费很快到位，但整改过程异常艰难。通过这个线索，记者深入基层，与街道干部反复沟通，挖掘出了《39个卫生间》建造背后的故事。报道将着力点放于静安寺街道为改善愚园路470弄居民居住条件，实地调研给出的多套方案，因为现实原因和居民的具体诉求而无法快速的落实和推进的曲折过程上。记者来到实地探访，采访街道干部、居民、第三方房屋所属单位等人员，了解到其中的不易。最终静安寺街道采取了在教育系统用房内，搭出39个统一标准的卫生间，满足百姓期盼了多年卫生间独用的心愿。报道将过程完整记录下来，并从中提炼出工作思路和方式，为旧改提供了可行性操作方案。

社会效果：

报道播出后，受到了社会广泛关注，对于旧改的创新模式给予了肯定。为民办事实，做好事，基层党员干部奋进工作的动力。在新媒体端口——“话匣子”公众微信号刊发后，阅读量高，转载率高。上海热线、新浪房产、网易房产等网站转载以及跟进报道。

推荐理由：

该报道小切口、大主题，通过丰富的现场音响和生动的细节表述，展现上海在推进旧改的过程中，政府有智慧，百姓得实惠。39个卫生间修建在一个大平房中，在上海绝无仅有，恐怕在全国也属罕见，记者敏锐地“嗅”到了这一新闻并加强深挖。报道从更深层次剖析了修建39个卫生间过程中的困难和不易，报道最后的点评：“对于许多上海市民来说早已是很平常的了，但对于居住在老旧房屋居民而言，则是一种盼望已久的幸福，而在这一平米幸福的背后，体现了政府的担当和智慧，很好地深化了主题。”该报道层次清晰，立意高，是一篇接地气，有情怀的“走基层”报道。

电视连续报道

长期护理保险为何迟迟批不下来?

主创人员:李　怡　陈慧莹　邱旭黎　刘其伟　顾克军　孙　明
编　　辑:顾怡玫　虞之青

(限于篇幅,文字稿略,获奖作品请看光盘。)

(上海广播电视台新闻综合频道《新闻透视》《新闻报道》
2018 年 7 月 13 日至 11 月 13 日)

申报资料实录

作品简介:

该系列来源于市民反映,长期护理保险 2018 年 1 月 1 日起在上海全覆盖试点,原本一个月左右就可以领取的长护险,却仍有不少老人递交申请半年仍未拿到批复,也没获得补贴,经过调查,问题卡在了 2018 年前就入住养老院的存量老人信息需要从民政系统平移至医保系统,而由于过程"一直不顺畅",数据平移半年多还没完成。记者前期通过调查展示新政策遇到的"堵点",后期持续追踪直至推动该政策常态化运作。

社会效果:

首条新闻播出后立刻引起重视,次日市人社局相关负责人就对长护险为何发放时间那么长作出回应,并向老人表示歉意,承诺补发。后续几个月中,全市近 5 万名存量老人陆续完成了补发。半年后,报道中提到的一位老人去世,家属特意给记者送来锦旗表达感谢,感谢媒体的报道,让老人在生命的最后时刻享受到了政府的好政策。一则由观众反映引发的调查报道得到了良好的社会效果,积极的舆论监督直接推动了政府部门的工作。尤其难能可贵的是,后续报道中职能部门直接面对镜头道歉，并积极回应百姓呼声，加速推进工作进展，树立了积极的政府形象。

推荐理由：

该系列是媒体承担百姓与政府“沟通桥梁”角色的典型表现，通过媒体，将百姓的困惑如实反映，而政府部门也没有回避，在后续报道中积极进行了回应，让好政策真正能够执行到位，让百姓从中受益。在这组报道中，媒体用客观理性的报道，扮演了积极助推的角色，让政府的好政策到取得好成效之间的“最后一公里”能加速打通。

俄总理梅德韦杰夫接受 SMG 独家专访

主创人员：集体（杨颖杰、王勇、张悦、陶秋石、袁鸣、杨波、章一叶、杨超、邹琪、左禾欢、杨丽芳、陈维琴、董庆卿、丁文利）
编　　辑：集体（顾群、方舒、姜伟、梁玮、吕秀）

（限于篇幅，文字稿略，获奖作品请看光盘。）

（上海广播电视台看看新闻网、今日俄罗斯、俄罗斯 24 频道
2018 年 11 月 5 日 17 时 50 分）

申报资料实录

作品简介：

对俄罗斯总理梅德韦杰夫的专访，在有限时间里讨论中俄在经贸、外交、军事、人文等各领域的合作现状，又触及总理生动趣事，凸显政治家魅力。

访谈过程中，主持人提问与网友提问有机结合，相互补充，硬话题直击核心，讨论广泛深入，轻话题不流于表面，深刻展示总理个性特质。

节目播出后，节目组二次加工，将访谈制作成专题精品节目播出，并拆分成多个精彩短视频，在多个平台发布推广。这次节目也对媒体融合时代大屏和小屏互补互动，网络和电视相辅相成，进行了有益尝试，为进一步探索媒体融合之路积累了宝贵经验。

社会效果：

这次访谈也在俄罗斯主流电视台和媒体网站进行了同步直播，既宣传了首届中国国际进口博览会，又向俄罗斯民众展现了中国的关注以及中俄友好关系。

项目启动之初，节目组通过公众号、看看新闻 APP 等渠道征集网友提问，取

得热烈反响，也为节目充分预热。访谈过程中，主持人同网友的提问有机结合，相互补充，获得中俄双方外交部门一致好评。俄罗斯电视台直播之外，还制作相关新闻进行宣传。

推荐理由：

这是一次精心设计，站位很高，气氛活跃，影响广泛的高水准访谈。

整场访谈直播过程流畅，内容鲜活，可看性极强。

节目也在俄罗斯主流媒体播出，有效发挥了民间外交的作用，为首届中国进口博览会的宣介工作锦上添花。整期节目无论是制作过程还是播出效果，都获得了俄罗斯外交部和总理新闻局方面的一致认可和赞扬。

总有一种理由拒绝你,怎么破?

主创人员:毛维静 陆兰婷 邵燕婷 赵路露
编　　辑:毛维静 邵燕婷 赵路露

(限于篇幅,文字稿略,获奖作品请听光盘。)

(上海广播电视台东广新闻台(调频90.9、中波1296)
《东广早新闻》2018年5月3日8时13分)

申报资料实录

作品简介:

这篇作品源于一个听众投诉电话。浦东新区金杨街道一位居民钱女士向电台反映,她家对门邻居将房子租给别人办家教补习班,打扰了她原本安宁的生活环境,向所在的居委会反映后,街道虽组织了相关部门上门检查执法,但只是走了一个形式,钱女士的困扰依旧。记者就此到现场进行了采访报道。在联系了浦东新区金杨街道后,相关人员说他们会调查处理。

为了进一步了解事情进展,《东广早新闻》在播出上述内容后,当场电话连线金杨街道办事处副主任,得到的答复依旧是"街道高度重视",但始终不作出实质性承诺。主播于是在电波中呼吁:"我们只想替钱女士问一句,补课扰民的问题究竟什么时候可以解决,还她一个安静、正常的生活环境?"为了证明这类现象并非个案,记者还介绍了另一次相似的采访经历。

在生动鲜活的论据铺垫下,这篇作品亮出了层层推进的观点:"态度不可谓不好,解释不可谓不耐心,可最后'总有一种理由拒绝你',当'硬钉子'变成了'软钉子',谈何真正转作风?"之后,评论没有停留在简单化的批评上,而是本着推动工作、履行媒体社会责任的态度，进一步提出："对立足于争当'排头兵、先行者'的上海来说，特色不仅体现在浦江两岸的摩天大楼上，更要体现在对标国际标准的精细化管理上。各级职能部门都应该让'事好办'成趋势，让'办好事'更普遍，使我们身边的这座城市更有序、更有温度。"

整篇作品综合运用了录音报道、电话连线、主播评论等广播新闻的特色手法，也尝试适度引用反讽文艺作品的手法，生动犀利地增强了作品的可听性，提升了思想立意。

社会效果：

党的十九大报告将"坚持以人民为中心"确立为新时代坚持和发展中国特色社会主义的基本方略之一，鲜明地体现了习近平新时代中国特色社会主义思想的人民立场这一根本政治立场。这篇作品通过深入浅出的题材、扎实的采访、精心的策划、巧妙的编排和层层推进的评论，生动诠释了这一理念。

这样的作品在每天收听人数达近百万的品牌新闻栏目《东广早新闻》中播出，其宣传辐射效应非常明显。当天即收到上海市委宣传部阅评组的专题表扬。加上在"蜻蜓""喜马拉雅""阿基米德"等音频播放软件上和"新浪上海"等网站上的同步传播，这使作品在互联网平台引发舆论关注。

推荐理由：

这是一篇非常精彩的新闻评论作品，也是一次抽丝剥茧、水到渠成的新闻策划。作品从一件群众投诉的看似微不足道的小事情说起，把记者的采访报道、主持人讲述、当场和新闻当事人的电话连线以及一针见血的评论和结尾处的升华，通过巧妙的新闻编排有机结合在一起，生动犀利地揭露了一些部门对群众反映的问题"脸不失微笑，门始终敞开，可事就是办不成"的新衙门作风。

作品时效性极强，兼顾第一时间报道权及第一时间评论解释权——这篇广播评论作品的一个可贵之处在于：它有别于其他评论作品"事后评论"、时效性较弱的特点，而是在一大早的直播节目中，就连线相关单位负责人，询问事件的解决进程，既体现了第一时间报道权，也体现了第一时间评论解释权。同时，使听众在收听的过程中同步感受到新闻事件的发展，也亲耳感受到负责人在电话中"语气虽和蔼，但对解决问题并未提出任何实质进展措施"的懈怠、不作为的工作态度，极具可听性和说服力，又充满讽刺意味，策人清醒之效明显。

评论犀利，层层递进，体现媒体担当。作品结尾处还引用了习总书记雷厉风行的工作作风和身体力行“以人民为中心”的例子，读来亲切感人，进一步升华了主题。

作品声音来源丰富，充分凸显广播特色——除了当场连线相关部门负责人外，整篇作品还灵活采用多种声音来源。开篇部分以听众喜闻乐见的小品片段引入，充分调动听众兴趣，此后穿插以记者详实的采访报道、采访感言和主播评论等，具有很强的可听性，评论立意高，生动犀利。

广播直播

新时代，共享未来

主创人员：集体（王治平、翁伟民、陈霞、毛维静、江小青、范嘉春、张明霞、孟诚洁、杨叶超、曹晨光、余天寅、钱捷、陈逸洁、秦畅、吴慧楠、郭亮、任重、王蕾）

编　　辑：集体（王颖、王海波、丁芳、周仲洋、汪文俊、向晓薇）

（限于篇幅，文字稿略，获奖作品请听光盘。）

（上海广播电视台上海新闻广播、东广新闻台进宝 FM 新时代，共享未来——进博会 8 小时全媒体特别直播 2018 年 11 月 10 日 9 时 00 分至 17 时 00 分）

申报资料实录

作品简介：

首届进博会临近之际，2018 年 9 月 30 日东方广播中心整合旗下优势资源，打造了进博会专属频率"东广新闻台 · 进宝 FM"，在阿基米德和话匣子 APP 上开设了进宝 FM 网络专区。11 月 10 日进博会闭幕当天，"东广新闻台 · 进宝 FM"和上海新闻广播联手阿基米德 APP 和话匣子 APP，推出持续 8 小时的全媒体特别直播《新时代，共享未来》，这是首届中国国际进口博览会上海广播全媒体报道的收官之作。

《新时代，共享未来》在扩大我国对外开放的高站位上，以"共建创新包容的开放型世界经济"为主线，通过"贸易与开放""贸易与创新""贸易与我们""共享未来"四大主题版块，全方位展示首届进博会促进国内外企业共谋发展、展示交易采购丰硕成果的主旨。节目中，近 50 位记者、编辑和主持人穿梭在进博会各个场馆和各家展台深入采访。通过大量的记者现场连线，辅以录音报道、观察员解读、新闻背景短音频等，全面呈现、深入解析。在8小时的直播中间，插入格式化特色音频内容，既有效调节长时间直播带来的疲惫感，掌控直播的节奏，又充分发挥声音优势，在阿基米德音频端不断制造“抓耳朵”的效果。每小时整点新闻时段播出由人工智能语音合成的“进宝加速度”，侧重对最新进博会资讯的及时梳理，AI播报新闻也是上海广播的一次创新；特别是每小时还有精心制作的“进宝第一现场——习近平总书记在进博会开幕式上的讲话原声”系列短音频，用这些“金句”的巧妙嵌入，提升了节目的思想高度，体现节目旨趣，取得了优质的传播效果。

社会效果：

长达8小时的大直播，不仅创造了上海广播特别节目连续直播的时长之最，还首次采用广播演播室和进博会新闻现场同步音视频全程直播的融合模式。这对上海广播来说，是一次可以载入历史的记录，也是媒体融合的一次大胆探索。阿基米德用户反响热烈，积极参与互动，评论数达2017条，全天直播中，39条直播精彩短音频被集合成专题《首届进博会落幕，“6+365”精彩启幕》。在话匣子上，有50000人次观看了视频直播。

推荐理由：

这是一场传统媒体和新媒体融合的开创性大直播，运用了大量的人工智能语音等新手段、新形式，开启了媒体融合直播的新体验，呈现了新的面貌。从决定做8小时直播到开播，一共只有72个小时。在这短短的72个小时里，进宝FM团队完成了团队组建、方案确定、连线踩点、音视频直播架设、宣传推广等一系列从无到有的使命，不但取得了良好的传播效果，创造了优良的节目收听率，也综合体现了采编团队的“脚力、脑力、眼力、笔力”。

“嘉定一号”发射成功　我国商业航天开启新征程

主创人员：涂　军　秦　建
编　　辑：薛　松

（限于篇幅，文字稿略，获奖作品请看光盘。）

（嘉定区广播电视台《嘉定新闻》2018 年 11 月 20 日 19 点 35 分）

申报资料实录

作品简介：

此次火箭发射密级高，经过近一个月的反复协调沟通，审批部门只批准了上海电视台和嘉定电视台两家媒体进入现场。嘉定电视台也成为国内第一家在现场报道火箭发射的区级电视台。

欧科微航天于 2015 年落户嘉定，并启动“嘉定一号”的研制，记者从那时起就跟踪进展，并积累了大量一手素材。今年 8 月，记者得知卫星将发射升空，立即提出跟踪采访申请，同时深入了解事件的背景意义，反复推敲报道方案。

为了熟悉环境，两位记者比上海电视台记者早一天到达酒泉。发射前一晚 11 点，发射动员会的画面，成为国内电视报道中的独家内容。清晨 7 点多火箭成功发射后，记者迅速回到宾馆，精心编写报道，确保报道在当天 17: 30 上海电视台《新闻坊》栏目和 19: 35 嘉定电视台《嘉定新闻》栏目播出，其中近一半画面都是独家画面。

社会效果：

该消息播出后，新华社、人民网、“上海发布”官微、解放日报、文汇报等数十家主流媒体和凤凰卫视、大公报等境外媒体纷纷跟进报道，不少报道中都引用了这条消息的独家画面。百度搜索“嘉定一号”，相关结果达 359000 个，“嘉定一号”成为百度词条。成千上万读者、观众留言，盛赞“嘉定一号”开启商业航天新征程。

报道播出后，上海市相关部门、嘉定区主要领导先后前往该企业，上交所也表示希望其申请“科创板”挂牌。“嘉定一号”发射成功还与首届进博会举办、习近平总书记考察上海等重大事件，一同入选 2018 年度上海市十大新闻。此次报道的成功，对于区县级电视台参与重大题材报道具有重要示范意义。

推荐理由：

该消息题材重大，信息丰富，现场感好，时效性强，短小精悍，流畅完整。

党的十九大报告指出“瞄准世界科技前沿建设航天强国”。“嘉定一号”的成功发射，标志着商业航天模式从研发走向应用，也使 2018 年成为商业航天应用元年。作为区级电视台，报道这样重大的航天发射题材在国内还是第一家。

报道用一段流畅的独家长镜头，完整记录了“嘉定一号”发射全过程：记者话音刚落，火箭直冲云霄，镜头一气呵成，令人心潮澎湃！100 多位科研人员冒着严寒凝望火箭升空，现场画面极具感染力。报道还配以独家 3D 动画，形象解释卫星的发射过程和组网计划，增强了信息量和贴近性。整条短消息体现了很高的采制水平。

未雨绸缪：中美贸易摩擦之一线调研

主创人员：王哲哲　徐金根
编　　辑：王哲哲

（限于篇幅，文字稿略，获奖作品请看光盘。）

（第一财经电视《财经夜行线》10 月 29 日 21 时 19 分至 11 月 2 日 21 时 29 分）

申报资料实录

作品简介：

中美贸易摩擦是 2018 年全球最关注的政经话题。《中美贸易摩擦之一线调研看经济》围绕“做好自己事情”这一部署，结合中国经济宏观数据，深入一线企业行业调研，掌握一手信息，解剖企业案例，通过采访地板、童车、体育用品等各类企业，分析市场变化、国际产业链结构、品牌和产业升级等。用事实、数据以及案例来反映在国际形势变局中，中国企业通过市场、产品和国际化等各方面转型升级，沉着摸索突围之路应对国际形势变迁。中国企业在让自己变得更强大的同时，也为中国经济提供稳定器，由此，通过记者深入一线企业和经济调研，全方位反映中国经济稳中向好的态势不变，提振信心，传递正能量。

社会效果：

该系列报道获得第一财经总编辑奖及部门好稿奖，内容制作获得一致好评。除在第一财经电视频道黄金栏目播出，获取较高收视表现的同时，还在第一财经网和第一财经 APP 等全媒体平台投放，获得了较佳流量表现，并得到腾讯、优酷、网易等网站反复转载传播，带来了广泛的影响力。

推荐理由：

该系列报道采访多元深入，用镜头和案例深入一线调研，用事实、数据、案例，结合权威人士访谈，既反映关切、正视困难，又提振信心、稳定预期，获得了优异的流量表现和社会效果，突出了主流媒体传播正能量、提振信心的作用。

广播长消息

人大代表要“高调”

主创人员：李　斌

编　　辑：范嘉春

（限于篇幅，文字稿略，获奖作品请听光盘。）

（上海广播电视台上海新闻广播 FM93.4《990 早新闻》

2018 年 3 月 16 日，7 点 51 分）

申报资料实录

作品简介：

2018 年全国两会期间，朱国萍代表提出的加大全科医生和儿科医生财政投入两个建议被写入预算和计划报告。在收到财政部书面回复后，朱国萍拍照分享在微信朋友圈，引来无数点赞。记者敏锐捕捉到这一新闻点，约访朱国萍，并在采访中提炼出主题“人大代表就是要‘高调’”。

社会效果：

报道立意很高，生动地体现了人大代表积极履职、为民代言的精神状态和工作成效，取得了非常好的传播效果，并得到上海市委宣传部新闻阅评督查组的点名表扬。

推荐理由：

该报道视角新、站位高、立意深，很好展现了人民代表履职的精神状态。报道从朱国萍代表提出的加大全科医生和儿科医生财政投入两个建议被写入预算和计划报告入手，提出人大代表在站位、调研、政府反馈上都不能“太低调”，点明朱国萍代表把财政部的反馈发到朋友圈所收获的一片点赞，绝不仅是对她个人，更是对人民代表大会制度点赞、对政府部门高效率的回应点赞，这也是人民代表作为群众与政府之间沟通桥梁的题中应有之义。

弄堂口那只温馨的小木箱

作者：李　动
编辑：许云倩

上世纪50年代末，毛泽东主席在中南海紫光阁接见出席公安会议的代表时，公安部长罗瑞卿急切地问坐在前排的上海市公安局局长黄赤波："上海的'野战军'（叶在均名字的谐音）在哪里？"这一声叫出了上海市公安局新成公安分局（后为静安公安分局）局长叶在均。罗部长特意把他领到毛主席身边，向他老人家介绍了发明"警民联系箱"的趣事。毛主席听罢，笑着连声称好。

一夜之间拆除高高的柜台

1957年盛夏的一个中午。

上海市公安局新成分局奉贤派出所户口受理室。黑色柜台上只开启了一扇小窗口，里面仅露出一顶白色的大盖帽。窗口外面排着长队，人们焦急地等待着报户口。此时，新成分局局长叶在均身着便装也排在队伍里，他听到队伍中有人悄声议论："派出所的柜台这么高，就像旧社会的当铺。""你还没见民警的脸呢，老绷着。问问他好不耐烦，好像人家欠多还少，与后娘一般。"……

叶局长听到这些议论后，心猛地一颤。他走进户口受理室问值班民警："每天都这么多人排队吗？"对方不耐烦地摆摆手说："出去！出去！到后面排队去，谁让你擅自进来的。"叶局长站着没动。"怎么没长耳朵？"民警抬起头来刚想发作，发现叶局长兀立眼前，立马起立敬礼，尴尬嗫嚅："报告叶局长，每天中午是报户口的高峰，其他时间都比较空闲。"

在分局党委会上，叶在均情绪激动地说："今天上午，我在奉贤派出所发现户口受理室排队报户口的老百姓在议论我们的柜台太高，像旧社会的当铺，高不可攀，这已成了民警与群众之间一堵无形的墙。”他猛击了一下桌子，果断地提议：“我看干脆拆除这个旧警署遗留下来的柜台。你们看如何?”大家一致赞同。说干就干，“稀里哗啦”，木匠昼夜加班。没几天，十多个派出所的柜台被全部拆除。

星期天，叶在均换上便服骑着自行车，明察暗访了几个派出所。他发现户口受理室的柜台虽然变低了，但值班民警脸上还是像刷过糨糊似的绷着，问几句总是那么不耐烦，可谓是“金口难开”。

这天的所见所闻，对叶在均触动很大。他深深地悟到：虽然这旧警署遗留下来的柜台容易一下子拆除，但要克服旧警察遗留下来的恶习，绝非一日之功。

学习陕甘宁的马锡五

新成公安分局坐落在遐迩闻名的静安寺附近，黄色的洋房壮观气派。二楼会议室里，叶在均不无感慨地谈起自己的见闻，他最后提出要整顿纪律作风。

分局党委为此又作出了关于切实改变工作作风和开展“三亲三员”活动的部署。“三亲”，即对待老年人亲如父母，对待中年人亲如兄弟，对待小孩亲如子女。“三员”，即战斗员、宣传员、服务员。

这一查一抓还真灵验。那天，叶在均又神出鬼没地观察了几个派出所。微笑，在民警绷紧的脸上绽开；热情，从民警的心灵深处流出。这下叶在均着实满意了，紧锁的眉心松开了，脸上露出了笑容。

柜台和作风的问题虽然解决了，但叶局长发现中午还是那么多居民排队报户口，他的脸色又凝重了起来：排队拥挤的问题如何改观?

他又来到排队报户口的队伍里，与一位中年妇女聊了起来：“你们为什么都挤在中午来报户口呢?”妇女无奈地摊开双手说：“我们上下午都要上班，下班后匆匆赶来，派出所却打烊了。只得趁午休片刻，见缝插针地赶来报户口。谁料到排那么长的队，昨天眼看就要排到了，但一看时间快迟到了，只好匆匆地赶回去上班。今天我没吃午饭就赶来了。”

那天开完会，叶在均向市公安局局长黄赤波汇报此类现象，黄局长说：“世界上没有哪个国家的警察机构晚上是关门的，而我们上海的警察机构晚上关门，这与素有‘不夜城’之称的大都市太不相称了。”

根据黄赤波的指示，叶在均率先在奉贤派出所开创了 24 小时昼夜办理户口的试点。这一改革试点，大大缓解了报户口难的问题，受到了居民的交口称赞。

然而，许多户口还需要补证明待查，居民一时找不到管段户籍警，而户籍警上门又寻不着居民，这两相难见的矛盾，还是无法解决。

一天清晨，叶在均来到奉贤派出所，在门口见一位户籍警夹着厚厚的文件夹下地段，他好奇地说："小伙子，让我看看，你这么厚的夹子里都装些什么来着?"户籍警毕恭毕敬地解释道："这是户口变动申请，这是邻居纠纷笔录，这是两封居民来信……"这位民警带一大堆东西下里弄办公，给了叶局长一个启示：既然能上门送户口，为什么不能上门办理户口呢?

办公室有位大学生神情庄重地告诫叶局长："这可不是闹着玩的，这可是个原则问题。它涉及法律问题，居民依法申报户口，这是法律赋予公民应尽的义务，必须自觉履行，我们擅自主张，上门报户口，这是否违法? 是否会失去法律的权威性? 这是其一；其二，这还是个立场问题，现在解放初期管教的一批反革命分子陆续释放回来了，如果我们上门报户口，为反革命分子服务，是否丧失了无产阶级立场?"

这一问还真把叶在均吓住了，要知道法律是多么神圣的字眼，阶级斗争更使人们"谈虎色变"。

那天，叶在均向新成区区委书记林辉山作了汇报，林书记开始颇赞同他的大胆设想和创新，但一听牵涉到法律和立场问题，也犹豫不决起来。他反问叶在均："你对这事是怎么看的?"叶在均沉思良久，大胆地说："林书记你是从延安来的老干部，你曾给我们讲过陕甘宁有个叫马锡五的大法官，他规定凡是民事案件不开传票，而是自己亲自下田头办案，我们为什么不能上门报户口呢? 至于反革命分子，区别对待，我们让他们自己来派出所报户口就是了。"林辉山受到了启迪，当即表态："你大胆地干，我支持你!"

给蒋介石镶牙的名医发火了

叶局长大胆地在新成分局各派出所推广上门办户口的举措，但户籍警们盲目上门，收效甚微，甚至还闹出了不大不小的风波。

有一次，奉贤派出所一位叫冯春松的户籍警来到辖区一位著名牙医家敲门，敲了几下没有动静，他又敲另一扇门。房内的老名医正在午睡，被敲醒后，便拄着拐杖蹒跚地前来开门，打开门见无人，却听到另一边的门又敲响了，他又过去开门，还是无人。

老名医追至电梯处，问开电梯的姑娘："刚才是谁敲的门?"姑娘想了下说："有位穿制服的民警刚下去。"老名医听罢顿时冒火了，愤懑地说："民警有什么了不起，民警就能随便捉弄人吗?"老名医边埋怨边气冲冲地回到房内，一屁股坐在了那只古色古香的红木太师椅上，一把抓起电话机，直拨市委统战部部长刘述周办公室。事也凑巧，中共中央统战部部长李维汉正好在场，他一听这位身怀绝技的名医发火告状，顿时担忧了起来。

李维汉告知刘述周："这老先生是知名人士，那次我陪周总理来上海，总理还特意买了礼物亲自登门拜访了他。解放前他给蒋介石镶过牙。蒋也很尊敬他的。"

李维汉接过电话，听名医叙述完情况，一时弄不清到底怎么回事，便让人立刻拨通了上海市公安局局长黄赤波办公室的电话，请黄局长立刻到市委统战部来一趟。

了解情况后，黄赤波立刻赶到新成分局叶在均处说明了事态的严重性，叶在均一听脸色凝重，命令奉贤派出所陈所长立刻找到去过老名医家的管段民警。户籍警冯春松还丈二和尚摸不着头脑，稀里糊涂地随陈所长来到分局长办公室。

刚进门还没来得及坐下，黄赤波劈面就是一顿训斥："谁让你擅自上门的?真是胡闹!"也来不及细问，黄赤波带着他们一起上门道歉。进门时，李维汉部长和刘述周部长已先到了，见黄局长一行进来后，便打圆场道："我把上海的'警察头子'给您找来了，您有什么意见尽管提。"老名医气呼呼地说："警察随便敲门，把我吵醒，我去开门又走了，这不是捉弄我老头子吗?"

黄赤波虎着脸让户籍警冯春松解释道歉。小冯诚惶诚恐地解释道："我是想上门问您老人家是否要报户口，是否有其他什么困难需要帮助。我敲了几下门不见动静，又敲了里面的门还是无反应，所以我走了。没想到这事会造成这么严重的后果。实在对不起您老人家，我不是故意的，请您原谅。"老名医一听原来如此，像孩子似的忽而爽朗地大笑起来："是我错怪了你，小同志，对不起，委屈你了。"

真是一场虚惊。大家绷紧的神经放松了下来。

第一只"警民联系箱"诞生了

自从那次上门报户口闹出笑话后，叶在均一时犯了难。哪家要报户口，或需要找民警办事，户籍警从何而知？最好通过一种什么恰当的方式，使彼此及时沟通，但又不影响居民的正常生活。叶在均百思不得其解。

那天，叶在均来到奉贤派出所搞调研，有人说可以通过贴告示的方法，有的说可以到居委会去办理，有的说干脆拿个摇铃，像收破烂的一样，边摇铃边吆喝……

大家争论不休，还是没有一个满意的方案，叶在均干脆拉着陈所长的手，来到里弄征求老头老太们的意见。他俩来到陕西路上那个弄堂时，叶在均蓦地发现了弄堂口挂着一个"肃反检举箱"，顿时来了灵感，对陈所长说："我们把'肃反检举箱'改为'找民警箱'，问题不就解决了吗？"陈所长茅塞顿开，连声称好。

之前为了搞好肃反运动，每个居委会都挂有检举箱，此刻，运动已拉上帷幕。陈所长回到所里，连夜让民警摘下那只检举箱，用白漆刷掉了"肃反检举箱"上的黑色字样，又用红漆写上了"警民联系箱"。

已是深更半夜了，他们披着月亮的清辉，将上海第一只"警民联系箱"郑重地挂在了陕西路那个弄堂口。

"警民联系箱"就在这里诞生了。居民有什么事，只要写个便条投入联系箱内，三天内户籍警就会上门。这事虽小，却大大方便了群众，得到了市民的交口称赞。

在全国推广"小木箱"

不知怎的，这事传到了新华社上海分社一位记者的耳朵里，他根据群众的反映，写了一篇豆腐块大小的消息，在《人民日报》版面的角落里发表了，虽不显眼，却引起了公安部部长罗瑞卿的重视。

为此，罗瑞卿到上海办完事，特意提出要到奉贤派出所来了解情况。那天，黄赤波和叶在均早早来到新成分局门口恭候罗部长的光临。许久，一辆黑色伏尔加小车终于出现了，罗瑞卿身着一身黄色马裤尼军服，那虎虎生威的双耳，令人望而生畏。

他一下车就急切地提出徒步去奉贤派出所参观，黄赤波小心地劝解道："上海马路上人太多，我看还是坐车去为好。"罗瑞卿顿时板起脸，反感地摆摆手："共产党的干部哪有怕老百姓的？"他执意要徒步前往。因奉贤所离新成分局太远，只能临时改道，去了就近的江宁派出所。

黄赤波不太了解具体情况，讲了几句原则性的话，让叶在均详细汇报。叶在均汇报了开创24小时报户口和小木箱诞生的经过。罗部长凝神细听，颇有兴致。当听到那段名医发火的故事时，朗声大笑了起来。

罗瑞卿兴致勃勃地听完汇报并随手看了几封群众来信后，感慨地说："这很好，你们要抓紧写个报告送我。"他喝了口水，接着说："这个'警民联系箱'是密切警民关系的有效途径，是个桥梁。"

根据罗瑞卿的提议，叶在均在第九次全国公安会议上，专门汇报了《关于上门报户口的几点体会》，得到公安部领导和与会者的充分肯定，并纳入了《公安工作方法60条》。大会决定在全国公安派出所推广上门报户口、户籍管区内挂警民联系箱的做法和经验。

会后，毛主席在中南海紫光阁接见了出席公安会议的代表。

（《解放日报》2018年4月19日）

申报资料实录

作品简介：

这篇文章的缘起是编辑随同作者参观上海市公安博物馆时发现了一个很好的题材，当时看到一个展品——陈旧的小木箱，知道了这个感人的故事，编辑于是当场约定作者撰写这篇报告文学。这篇报告文学通过一只小木箱，反映了上海建国初期温馨而融洽的警民关系。为了方便上海市民办理户口等事务，上海市公安局首创了弄堂口的"警民联系箱"。这只小木箱，从上海弄堂口走向全国，甚至引起了毛主席的关注。此文见报当天，上观新闻同时发布。人民网、腾讯网、搜狐网等也予以转载。

推荐理由：

这篇报告文学视角独特而细节生动，见微知著。一只小小的信箱，打通了公安干警与人民群众间的樊篱。这段历史故事鲜为人知，经作者对当事人深入的采访，让读者看到了新中国人民警察与旧警署截然不同的工作作风和服务态度。文中的人物塑造和故事铺陈都有着比较成熟的文学技巧，兼具新闻性、可读性、文学性。

钟扬播下的种子已发芽生长

作者：郑　蔚
编辑：缪克构　叶志明　赵征南

拉萨河，发源于念青唐古拉山脉中段北侧，两岸山峰多在海拔3600—5500米之间，堪称世界上海拔最高的河流之一。它在崇山峻岭间拐了一道长达五六百公里的巨大的“S”形后，自东向西奔向拉萨。

此刻，站在最高点海拔5200多米的纳金山向下望去，只见晴空丽日之下，拉萨河河面开阔，一如它藏语的名字“吉曲”，快乐而又舒展。

“拉萨河从这儿往西流到曲水县附近，汇入雅鲁藏布江后，河水就掉头向东，一直流往林芝。”西藏大学理学院教授拉琼告诉记者。转过身，他颇为感慨地说：“钟扬老师也曾和我们一起爬过纳金山。”

钟扬老师也爬过这纳金山！这话将记者震了一下。

一年了！去年的9月25日清晨5点多，复旦大学研究生院院长、生命科学学院教授钟扬，在内蒙古鄂托克前旗不幸遭遇车祸辞世。

去年8月，钟扬教授曾与本报记者约定：待到10月底，西藏墨脱的植物种子成熟了，带记者一起去墨脱采集植物种子。谁料想，意外竟然比约定来得更早！

一年了，钟扬教授离开了他心爱的雪域高原、离开了他倾情投入的西藏大学、离开了他痴爱的生命科学。如今，他的一届又一届的学生在忙着什么？他们是不是还在一如既往地采集种子？钟扬教授收集的种子，有没有在他热爱的雪域高原发芽、成长、开花、结果？

“生存环境越恶劣，植物的生命力就越顽强”

拉琼最初听到钟扬“出事”的消息时，正在钟扬的藏大宿舍里。

那个中午原本阳光灿烂。因为钟扬和拉琼事先的一项约定：3 天后，也就是 9 月 28 日，钟扬要回藏大，所以趁着天气晴好，拉琼利用午休时间赶去钟扬的宿舍。

“前几天，有一拨北京来的学生住在钟老师的宿舍，刚走。凡是有内地学生来西藏进行植物学野外考察，钟老师总是说，‘住我宿舍。’但也有学生不自觉的，住完了床单、被套都不洗，甚至连厨房的锅也不涮，扔那儿就走了。”拉琼对记者说，“我想去那把厨房整理一下，把钟老师的被子晒一晒。钟老师特别喜欢新晒过的被子了。他对我说过，西藏真好，紫外线强，晒被子不但杀菌，阳光还特别香，晚上盖着被子都可以闻到太阳的味道！”

可拉琼刚走进钟扬宿舍，钟老师在中科院昆明所的一个博士后学生电话进来了：“听说钟老师出车祸了，情况不乐观。”

拉琼的脑袋好像突然被人从身后猛砸了一记重拳。“这怎么可能？”他望着屋里的一切，钟扬在藏大带他们野外科考时用的全套装备还都在这里：他的帽子、外套、登山鞋。就像主人刚刚从野外归来，上面还带着西藏大山里的尘土草叶，带着钟扬的汗渍和体温。

“我们青藏高原的路这么难走，这么多年了钟老师都没出过一次事！”这突如其来的“车祸”，让拉琼既意外又气愤。

哪里的自然环境能比青藏高原更艰苦更恶劣？记得有一次，钟扬带队去野外科考，将车子停在一座山脚下，一队人下了山沟去采集种子。前后也就一个多小时，等一行人从山沟里回来，只见车顶已被一块大石头不偏不倚地砸瘪了，幸亏车内无人。这大石头是什么时候从山上滚下来的，无人知晓，所有的人都暗自庆幸。

2015 年，钟扬曾有过一次脑溢血。医生“警告”他：首先，必须戒酒；其二，再也不能进藏。

拉琼注意到，从那时起，生性豪爽，野外科考时常喝酒御寒的钟扬，果然戒酒了。他开始从未有过地认真服用医生开出的各种药物，且随身携带。但要他“戒掉”西藏，那是万万做不到的。没多久，钟扬又出现在藏大。

他郑重其事地对拉琼说："我还要在西藏再工作10年，你还要再工作20年。"这意味着什么？钟扬给拉琼算过一笔账：这些年，钟扬带领的团队已经在西藏收集了4000多万颗种子，估计有1000多个物种，占西藏植物物种的五分之一左右。钟扬所说的"在西藏再工作10年"，那就是为了将收集种子数再完成五分之一。而他希望拉琼"再工作20年"，是因为"再花20年可以把青藏高原的种子收集增加到四分之三。"

拉琼这才明白，原来钟扬的戒酒、服药，都是为了一个目的："还要在西藏再工作10年。"

"你不是说好还要在西藏再工作10年的吗？"拉琼的心被攥紧了。那天下午，钟扬遇难的消息很快在藏大、在复旦、在相关微信群里刷屏了。拉琼赶紧以最快的速度赶往恩师的遇难地。

一路上，与恩师的交往在他脑海里一幕幕闪过：2006年，拉琼刚从挪威卑尔根大学生物系拿了植物学硕士学位回到拉萨。第一次见面，钟扬就提醒他："回到西藏，千万别把英语丢了啊。"后来，拉琼和藏大别的老师一起陪钟扬上街，钟扬在一个地摊上心满意足地挑了一条牛仔裤，才29元钱。这让拉琼暗自惊讶：从中国最大的经济城市上海来的复旦大学的大教授，怎么才穿29元一条的裤子？

更让拉琼意外的是，钟扬为了鼓励藏大理学院的老师申报国家自然科学基金项目，提出只要理学院的老师提出申报，不管是不是生物专业的，哪怕是物理系、地理系的，他个人都给2000元资助。这是藏大从未有过的事。

藏大科研处副处长平措达吉告诉记者，藏大理科的科研起步较晚，因为藏大在1985年之前还是西藏师范大学，最强的学科一直是藏语言文学。过去，藏大主管科研的部门叫"科研科"，是设在教务处下的一个科室。钟扬援藏来到藏大后，不仅带头申请国家自然科学基金重大项目，还给全校老师开讲座"怎么申请国家自然科学基金项目"，希望通过申请国家科研项目来带动整个藏大的科研风气。

最初，拉琼还没有打定主意读博，读博究竟选择什么研究方向？他一时心里还没底。一晃3年很快过去了，钟扬不能不为拉琼的犹豫着急。2009年的一天，钟扬在拉萨贡嘎机场登机回上海前，给他打了个电话："读博的事，你考虑得怎么样了？"这让拉琼下了决心："人家都是学生主动盯着导师，而钟扬却是大教授主动盯着学生。这么好的博导要是错过了，绝对是终生遗憾！”

于是，拉琼成了钟扬在复旦生命科学学院带的第二位藏族博士生。

如今，就在拉琼办公室的书橱里，一份西藏大学今年5月颁发的聘书上庄重地写着：“兹聘任拉琼同志为生态学博士/硕士学位点点长”，拉琼教授已经成为藏大理学院第一位校内博导。

“钟老师经常对我说，青藏高原的生物多样性可能被严重低估了。当然，以前也可能限于没有好的交通条件、经费和研究手段等等，所以我们要重新盘点青藏高原的生物多样性。他一直要我们聚焦海拔4000米以上植物，聚焦极端环境下的生命生存之道。他说：‘生存环境越恶劣，植物的生命力就越顽强。在青藏高原隆起的过程中，这些植物是怎么出现的？怎么适应的？怎么变异、又是怎么进化的？都是太值得研究的重要科学问题。’”

“惟一可以告慰钟老师的，就是在他出事前4天，教育部、财政部和国家发改委联合发布了全国高校‘双一流’建设名单。西藏大学理学院‘生态学’也列入了‘世界一流学科建设’名单，这让钟老师非常高兴，他和我们约好了28日来藏大，一起商量这‘世界一流学科’今后怎么建设……”拉琼说。

“他不仅是导师，更是我们自家的长辈”

刘天猛是钟扬在藏大带的第一个博士生。

2011年，他从云南大学硕士毕业。“钟老师很在乎他的学生是不是真的喜欢生物学，他鼓励学生多参加野外考察。”就在藏大钟扬的宿舍里，刘天猛说起了他的考博经历，“在考博面试的时候，我说起曾去香格里拉做野外科考的经历，钟老师就很关切地问：‘有没有高原反应？’我说，还好。感觉他的表情比较满意。直到后来，我成了他的博士生后才知道，钟老师认为，青藏高原是生物多样性的宝库。而要在西藏从事生物多样性研究，不怕吃苦，愿意从事野外科考是必须具备的重要条件。

“听说你的博士论文是《西藏拟南芥的适应性进化》，”记者问，“为什么要选拟南芥进化这个题目来研究？”

“拟南芥是全球植物学家理想中的‘模式植物’。世界各地都有植物学家在研究拟南芥，因为拟南芥的基因组是目前已知植物基因组中最小的。全球除了西藏之外的拟南芥全基因组测序都已完成了，而且它是一年生植物，雌雄同株，生长快、代际更替也快。我们通过对西藏拟南芥的全基因测序，可以和全球低海拔地区生长的拟南芥基因组进行对比：青藏高原拟南芥的生长周期很短，从5月到9月，它必须全力生长，进入10月之后，它和西藏很多植物一样都不生长了。这里的昼夜温差大，中午20℃，晚上-10℃，那它为什么没有冻死？钟老师课题组研究发现，西藏拟南芥已经与世界上低海拔地区的拟南芥分道扬镳了10多万年，在基因树上是比较古老的一支，如果能从基因层面把这些抗逆适应性机制研究透了，意义很大。”刘天猛说。

但西藏的野生拟南芥在哪里？西藏植物志上说它“高7～40厘米”，但当时植物学家为了获得西藏野生拟南芥的遗传材料，虽经多年寻找，却一直没有在青藏高原的野外采集到。

怎么办？找！为了找到西藏野生拟南芥，钟扬不但自己找，还发动他的学生也找。

钟扬在藏大招的第一批硕士生许敏和赵宁，就是藏大最早找到野生拟南芥的人。

赵宁在藏大生物系本科毕业后，因为过去理学院还不能招硕士研究生，所以最初想去内地高校读硕，是钟扬告诉她“理学院的硕士点批下来了”，她才留在了藏大。因为是藏大理学院的首批硕士生，钟扬就建议他们第一学年到对口援藏的武汉大学去读。

“钟老师考虑得太周到了，”赵宁说，“我们到武大两天后，钟老师就赶来武汉了。他为我们9个研究生每人都落实了实验室和带教导师，还带我们去武大食堂饱餐一顿，我们很多同学都是第一次吃到武昌鱼。他有一句名言，这话我们学生永远都不会忘记：‘学生总是最容易饿的’。他说这话的时候，我们感觉他不仅是我们的导师，更是我们自家的长辈。那时我们研究生每月补贴才300元，钟老师还给我们每人发了1000元，这是他自己掏的钱。”

钟扬的父母家在武汉，他还让自己父母从生活上照顾这批藏大研究生。“有一次，爷爷奶奶请我们去吃饭。钟老师一定特别关照过他俩，所以我们最喜欢的红烧肉和当地的红菜苔，爷爷奶奶都特意点了双份，让我们吃个够。”赵宁说。

钟扬培养的不仅是硕士生、博士生，更是一个个热爱植物、热爱自然的人。只要没课，这些年轻人就会自己坐着长途车去郊外上山收集植物标本。2013年的腊月，许敏和赵宁在拉萨市堆龙区羊达乡一座海拔4150米的山上找到了野生拟南芥。

喜讯传到复旦,钟扬非常高兴。他让赵宁把现场拍的照片发过来,再仔细比对。拿到完整的植株后,还进行了染色体验证,确认无误后,他将新发现的拟南芥命名为“XZ 生态型”,“XZ”既是许敏和赵宁的姓氏拼音缩写,又是“西藏”两字的首字母。

如今,这西藏发现的拟南芥,已经分享给北京、上海、广州以及欧、美、日等地的科学家开展相关研究。

赵宁硕士毕业后,钟扬一直鼓励她攻读博士。去年 9 月 5 日,已是藏大理学院老师的她,在综合楼走廊上遇见钟扬,告诉他,自己主意已定,决定去武大读博。钟扬连声肯定说:“很好很好!”

“钟老师还约我在网上详细聊聊专业方向。没想到,这是我最后一次见钟老师!”赵宁哽咽着说。

上月,复旦的钟扬教授基金会和拉琼联系,请他负责推荐几位在藏大理学院工作、学习的老师和学生作为首批获奖候选人。有的老师说:“拉琼你就是最合适的候选人啊,”拉琼笑笑说:“还是把这荣誉给学生吧。”

“科考结果可能激动人心,过程肯定繁琐枯燥”

8 月下旬连着几场大雨,造成西藏很多地方出现山体滑坡。还能不能跟随拉琼老师去山南的布达拉山进行生物多样性野外科考?

“不行,不行!我必须对大家的安全负责!”拉琼老师用断然的语气回绝道。

就是上拉萨周围的山上采集植物,也并非绝对安全。正在记者与拉琼老师商讨野外科考行程时,刘天猛、赵宁和明升平收获满满地回校了。

刘天猛指着窗外藏大新校区对面海拔 4600 多米的山,告诉拉琼教授说:“下午,我们从右边的山脊下山,刚拐了一个弯,沿小路走了不到 2 分钟,忽然听到山顶隆隆作响,扭头一看,只见好几块有一二吨重的大石头,从山顶砸下来,一路滚过我们刚走过的小路,直到山脚,把几头正在吃草的牦牛都惊到了。”

“你们这么上山出了事怎么办?”这险情让拉琼非常担心,他对记者解释道:“这是青藏高原的特点,山体在经过前一天一整夜雨水的冲刷浸泡,第二天太阳一晒,热胀冷缩,很容易发生山体滑坡和滚石这样的险情。”

三天后,记者跟随拉琼教授一行从拉萨市区出发,一路往东。

过海拔 3900 多米的纳金山垭口，停好车，拉琼一行开始上山。

在植物学家眼里，漫山遍野的草木都是“宝”。走在最前面的刘天猛和明升平，被长在岩壁石缝中的一簇并不高大的植物吸引住了，“这就是圣地红景天，多年生草本，蔷薇目，景天科。”明升平，这位植物学硕士研究生如数家珍地介绍说。

“就是高反药里的红景天吗?”记者想起一到拉萨就直奔药房买的高反药里就有红景天。

“对，圣地红景天是藏药红景天的一种。”

再往上走，拉琼指着几簇黄绿色的植物说，“这就是民间传说中的‘九死还魂草’，蕨类植物。它遭遇干旱，或者一到冬天，就变黄变枯。但只要雨季来临，它就复苏，第二年又发绿了。它的学名是‘卷柏’。”

几朵色彩艳丽的小花吸引了拉琼注意，他俯下身观察道:“这是翠雀！太美了。你有没有发现，我们人在高原上特别容易晒黑？这是紫外线照射强烈的缘故。而高山植物花的颜色特别鲜艳，这是因为它富含花青素。”

记者忽然想到了钟扬教授最喜欢的那首藏族民歌:“世上多少玲珑的花儿，出没于雕梁画栋；惟有那孤傲的藏波罗花，在高山砾石间绽放”，就问拉琼教授:“我们能找到藏波罗花吗?”

“可惜啊，藏波罗花的花期已经过了，它是每年五六七月开得最艳。”

“你尝尝这个，我们管它叫‘螃蟹甲’，也是藏药植物。”拉琼从一株植物的根部撕下一段，记者将信将疑地将它放在嘴里，舌尖上有了一丝甜味。

“甜就对了，”阿琼说，“我们小时候没糖吃，就常挖螃蟹甲的根来嚼，它的甜味特别持久，余味很足。”

记者跟随拉琼又上了一段山坡，他选定一块较为平整的山坡做“5×5”的标准样方。刘天猛和明升平用样线拉出一个 25 平方米的样方，然后开始统计样方中有多少种植物。

“砂生槐，穗花韭，尼泊尔蓼。”明升平每报一样植物，刘天猛就确认记录一种植物。

“木根香青，长叶莎草，亮叶龙胆，黄苞南星，伊朗蒿……”

拉琼一一确认，最后认定在这个样方里，总共生长着 28 种植物。

采集的植物标本，用标本夹带回藏大。刘天猛先铺开吸湿纸，将植物标本放好，再盖上一层吸湿纸。层层叠盖后，用绳子将标本夹压实捆紧。“带回去后，隔两三天还要换一层吸湿纸，重新压实，防止因水分太多引起霉变。”刘天猛介绍说。

而明升平则在一个取样袋里放入植物的枝叶，再倒入蓝色的硅胶。拉琼说：“这是为了获取匙叶翼首花的 DNA 样品，如果不尽快将它干燥处理的话，担心它的 DNA 会溶解。我们带回去后，会请专业公司对它进行基因测序。”

明升平在取样袋上认真写下标本的植物名和采集点的地理位置：“北纬：29°41′14″，东经：91°16′3″”，还有采集点的海拔高度：“H：3930 米”。

“按植物多样性科考的要求，在同一海拔高度，我们要每间隔 50 米以上，重复做 6 个样方；然后下降 50 米高度，再同样做 6 个样方。以纳金山 5200 米的高度，从山顶到山脚，我们总共要做二三百个样方，就要花几十天的时间，才能把纳金山的植物多样性情况基本摸清。”拉琼说，“你想想，要摸清西藏植物多样性的家底是个多大的工程，整个西藏有多少座山啊！”

“你是第一次参加我们的科考，可能会有很多新鲜感；但对我们做这个科研项目的人来说，虽然科考的结果可能是激动人心的，但每天重复的调查过程，即使没遇到危险，也肯定是很繁琐、很枯燥的。”他说。

长年奔走在野外而能乐此不疲的人，惟有发自心底的“热爱”可以解释。

回到藏大理学院，走过综合楼，听到德吉、赵宁等女教师正在排练教师节上的朗诵节目《盛放在高原的藏波罗花——纪念钟扬老师》：

“您说：‘一个基因可以拯救一个国家，一粒种子可以造福万千苍生。’我们会团结一致把老师为藏区培养人才、为高原留下科学种子的希望传播下去。让您留下的种子替您生长，让您教过的学生继续梦想！”

（《文汇报》2018 年 9 月 26 日）

申报资料实录

作品简介：

钟扬生前，记者就很崇敬他，曾相约跟随钟扬去西藏墨脱采集种子，不料钟扬遭遇意外。在钟扬精神的感召下，记者于钟扬逝世一周年之际，前往拉萨采访钟扬当年的学生、同事，听他们讲述他们心中的钟扬和钟扬精神。记者还采访了西藏大学、西藏自治区科技厅和西藏种质资源库等，深入了解钟扬究竟给西藏大学和西藏的种质资源保护事业保护带来了什么。记者跟随藏大理学院科考队一起上山考察，体验感受西藏生物学家真实的科考生活。整篇报道细节生动、感情真切，深度挖掘了钟扬这一典型人物的精神内涵。

推荐理由：

该报道见报后，西藏自治区党委宣传部、西藏大学均在官网转载推出，受到当地政府、学校和科研人员好评。市委宣传部和中宣部先后发出阅评，肯定“文汇报二次进藏续写钟扬事迹深化典型宣传”，注重还原真实真切的先进典型，这样的深度报道很有新意，值得倡导。

长城上的树

作者：辛　飞
编辑：林　环

京郊怀柔的箭扣长城正在修缮，但一个新问题把主持施工的“老把式”程永茂难住了。不是山高，不是石重，不是钱缺，甚至不是古代工艺失传，也不是审批流程繁复，都不是。

问题出在小小的树上。

原来，始建于明代的箭扣长城年久失修，城墙顶面上积起泥土，天长日久，在泥土和砖缝里，竟冒出许多杂树。夏天望去，蜿蜒的长城像是一条林荫道。而在冬天，高高低低的枯树又和残破的城墙一起显出别样的落寞。

修缮长城时，这些树应该留下还是拔掉？专家倒是论证过了，但程永茂怕的是公众悠悠之口——2016 年 6 月的东北，突然间，无数媒体都在报道“最美野长城被抹平”，说的是辽宁绥中县小河口长城，修缮以后成了一条“水泥路”。媒体上还配了修缮前后的照片，前照是一道残破城墙，后照则成了平展小路，一时舆论骂声迭起。过了几天，新闻反转，有媒体调查发现，所谓“水泥”其实是传统建筑材料三七灰土（即由三分白灰、七分黏土调制而成），作用是加固和保护，而不是修补，设计方案此前通过了国家文物局审批。此外，最初两张对比照也是偷梁换柱，拍摄的并非同一对象。3 个月后，国家文物局调查组调查报告再一次将新闻部分反转过来，称修缮措施对小河口长城“自然、古朴的历史面貌造成了严重影响”，要求“对相关责任单位和主要责任人进行严肃处理”。

在程永茂看来，辽宁同行在专业上并无大错，错就错在忽视了公众观感。那一天，他在笔记本上写道：“在观感和实用效果的选择上，必然要侧重实用效果，但同时要考虑观感的接受程度。”

8月18日,他一早来到箭扣长城脚下的西栅子村,等待“救兵”增援,帮他解决树的问题。

最大的问题

左等不来右等不来。冒着雨,程永茂又跑到村口望了一回,“救兵”还是没到。他看了眼时间,10时多了,已经晚了1个多小时。

程永茂是兴隆门瓦作(明清两代营造皇家建筑的作坊)第十六代传人,18岁起做瓦匠,今年62岁,一辈子没离开砖头、石灰。他个头不高,白发稀疏,前额布满风霜刻出的皱纹。也许是常年在野外工作的缘故,脸庞、两臂都晒得褐红。

烟雾让他松弛。于是,他又从头到尾把事情琢磨了一遍——2个月前,箭扣长城修缮二期工程开工。不就是修长城吗?我程永茂做了十几年,加在一起有2万米,按理没有挑战。可是,树的去留问题若不解决,项目就得停下来。短短1年工期经不住消耗。虽然现在还是盛夏,但北京的冬天近在10月,到时候,水一结冰,就没法施工了。

2018年留给他的时间,满打满算只剩两个月。掐灭手里快要燃尽的烟,程永茂说:“现在最大的问题是树。”

专家论证过,但莫衷一是。看了现场以后,建筑学专家说:该拔,长城的本体是城墙,树并不是长城的一部分,坚决不能留;遗址学专家说:该留,长城不仅仅存在于空间,也存在于时间,在长城凋零的历程中,树已经融入遗迹,应该留下来;搞土木结构的专家就厉害了:一部分留,一部分拔,破坏长城结构安全的树要拔,否则就留。程永茂一听晕了,问:“他们说的好像都有理,我就是个工匠,该听谁?”

箭扣奇险。它是民间所说的“野长城”,没有开发,不向游人开放,不如八达岭、居庸关等家喻户晓。10.5公里的箭扣长城起伏在群山之中,是北京境内最险峻的一段,光是名字“箭扣”二字,就透着紧张和冷峻。再看看箭扣长城上的几处地名:天梯、擦边过、将军守关、鹰飞倒仰……100多年前,怀柔一位乡土诗人留下诗句“同游到此齐翘首,遥望人从鸟道来”,并且感叹:“攀跻之难,殆过蜀道。”

400多岁的箭扣长城早已破败。近处看,满是残垣断壁、荒草杂树。或许正因为沧桑与残缺,这些年来,它成了“驴友”探访、拍摄野长城首选。看,那一幅幅足以做电脑桌面的画面，或是残阳下，或是霜雪中，或是坍塌的敌楼，或是漫漫的荒草……不知从哪一天起，箭扣长城得了一个俗套的称号——最美野长城。

又是一处“最美野长城”！可巧，就在2016年辽宁小河口“最美野长城被抹平”风声鹤唳的当口，程永茂主持的箭扣长城修缮一期工程开工。“好家伙，一下子来了30多家媒体，追着我问。”程永茂说，“长城是国宝，全国人民都关注，万一搞砸了，不光我有责任，还要牵连到怀柔区，甚至北京市，一大批人都要倒霉。”他不得不想，如果把箭扣长城上的树都拔完，网友公开一张有树、一张没树的对比照，舆论的反应会是怎样。

他必须考虑“大众审美”。

冲突的声音

雨渐渐停下来，屋外响起汽车马达声，程永茂赶紧跑出去，一看，果然是“救兵”来了。

车上下来一位中年男人，高个，大胡子，体态微胖，戴着墨镜，确实有“救兵”的气势。“赵工，你终于来啦。”程永茂迎上去和他握手。

赵工是赵工程师的简称。他叫赵鹏，是箭扣长城修缮工程的设计师。赵鹏42岁，干长城修缮已经10年，项目遍及京城内外，他既有建筑学学位，又有文物保护经验。如果说程永茂是练武行的，赵鹏就是唱文戏的。赵鹏将确定树的去留，程永茂则按照设计方案施工。他们携手进门。同车而来的还有工程甲方——中国文物保护基金会代表，以及审计师、长城考古队员。

“过一会儿上山以后，请赵工决定哪些树要‘判刑’。”程永茂的话引得众人笑起来，只有赵鹏笑不出来。他何尝不知道舆论难测，程永茂的难题也是他的难题。

那就上山看了再说吧。11时半，没有吃午饭，众人带了面包和矿泉水向箭扣长城出发。

从山脚的西栅子村上长城，有一条崎岖的山路。这是村民和游客数百年来合力踩出的。像这样的路，村里还有另外几条，通往长城不同段落。雷雨过后，山里空气清凉。脚下湿滑，程永茂拄着一根木棍当拐杖，在前引路。2003年起，他就在本乡怀柔的大山里修长城，这里的山道，他每星期都要走一趟，最频繁的时候一星期6趟，一走就是15年。

比程永茂年轻 20 岁的赵鹏却最怵爬山。有段时间，在香山做文物保护，那会儿香山上还让开车，他每次上山都是驱车代步。对他来说，在主峰香炉峰的工程最省力，因为可以搭索道扶摇直上。

上山途中，有人问赵鹏：辽宁小河口的长城修缮，当初要让你去设计，你会铺那层灰土吗？他想了想，说："当时可能不会，现在明确不会。因为已经'试金'了，试出了社会反应，就是大众不接受。虽然他们的方法也不能算错，但是把长城埋起来的做法太简单了。"

"封护也是保护措施，但要做到最小干预。"程永茂插了句话。

"最小干预"是长城修缮的金科玉律，但怎么做才是"最小干预"就仁者见仁智者见智了。辽宁小河口长城覆盖灰土的方案，据说也是按这个原则设计的。

"如果是墓葬考古，挖出个大墓，回填没问题。但长城不一样，埋住了，是起到保护作用了，但长城的其他作用就没了。"赵鹏说。

"如果是换成方砖覆盖，大众也会反感，新旧对比太强烈。"程永茂说，因为小河口长城原本没有面砖，连石头都没了。所以他反复揣摩，若把箭扣长城上的树都去了，新旧对比会不会同样强烈？

"在'驴友'看来，自然景观价值是第一位的，长城本体保护反而没那么重要。有时候，大众的声音和业界是冲突的。但是不顾不行，全顾也不对，这就是矛盾。"赵鹏说，"长城修缮要是做好了，就是扬名立万；做砸了，就是遗臭万年。"

两难的去留

赵鹏径自感慨，抬头一看，程永茂早已甩开众人，提前到达山腰一处平台，停下来等大家。在他身边，早上的雨水汇成小溪，潺潺向山脚流去。"大家歇歇脚，走完 800 米了，还有 1200 米就到箭扣了。"程永茂熟悉上山的每一处地标。他说，从这里开始，再往上山势更陡，运砖石、白灰的车就走不了了，必须换骡子驮。

歇足了劲，众人接着向长城进发。这一天是北京难得凉爽的夏日，爬山也比以往省力。到达长城口的时候，程永茂看了看时间，只用了 45 分钟，是平时的一半。

到了午饭时间，大家从背包里取出面包和矿泉水，在长城脚下"野餐"。他们身旁，是一座坍塌的敌楼，原本两层的建筑，如今只剩一人高，而且楼底基石倾斜，像是随时要坠下来。身后，一段墙体已经在几个世纪的风雨中坍颓，形成十多米高的悬崖。

敌楼里、城墙上，守卫边土的士兵不见了，代替他们的是一棵棵杂树。这些树是留是去？要说依据，其实是有的。文物保护法和长城保护条例都要求：修缮必须遵守“不改变文物原状的原则”。但具体到箭扣长城上的树，怎么解读呢？有树是原貌？没树是原貌？

程永茂是怀柔本地人，了解树的历史。他说：“树都是上世纪80年代以后长起来的。80年代以前，农村没有蜂窝煤，取暖、做饭都用柴火，长城上的树被砍得精光。村里人称这些树叫‘柴树’。直到20多年前，烧煤了，没人砍柴了，树才长起来。”

他握住一棵小树，树干两米多高，小腿粗细，这也是长城上大多数树木的大小。他摇了摇，浮在面砖上的树根就晃动起来，连带着根部的泥土。“这些树留得住吗？”程永茂问。

赵鹏说：“我觉得大多数都留不住。树越多的地方淤泥越多，排水越不畅。积水是长城的大敌。”这个说法程永茂认同，他清楚，存水冻融会影响长城结构安全。

程永茂用力晃了晃树根，连树下的方砖都跟着摇动起来。原来，一部分树根已经穿过砖缝，扎进夯土。他说：“要是把这树拔了，砖也就碎了。看来，见树就砍也不对，应该最小干预。”他问赵鹏：“如果不考虑别人的想法，你觉得这些树该不该留？”

“我当然希望把树都去掉，保持文物的本真性。有人觉得长城上长了树景观好，其实不是树的景观好，而是长城本身的景观就好。”赵鹏又问程永茂，“你觉得该留吗？”

沉默了五六秒，程永茂迟疑地回答：“唉，照理也不应该留。但可能还是要留一些。遵守最小干预原则吧。”干了40多年建筑，民房、庙宇、宫殿、长城，什么没修过，甚至他一生引以为傲的国家级重点工程——天安门城台保护都没让他这么为难。他常常回忆15年前的那个春天，作为总技术负责人，主持修缮天安门城台的地砖。“天安门是咱中国的象征，去施工都是要经过政审的，一生中能做这么一件事情真是光荣。”在天安门城楼上，他激动过、紧张过，但没有像今天这样，面对长城上的柴树举棋不定。

推迟的“判决”

程永茂是修长城的老手。1991 年，他在瓦作专家朴学林先生面前磕了头，拜了师，跨入兴隆门，排第十六代，“延”字辈，师傅送他艺名“延启”，也许就寄托着延续、重启文物生命的厚望。

出师后，他陆续修了 11 段长城，占全区长城总长度的三分之一。他根据施工经验，总结出修缮长城的“五随”原则：随层，新砖要随着老砖的缝来砌；随坡，坡度一致；随弯，城墙有弧度，要随着弧度砌砖；随旧，与旧状保持一致；随残，与残状保持一致。他说：“达到‘五随’了，这活儿看着才能过眼。”但他毕竟只是一名工匠，专家意见要听，公众观感要顾，杂树的命运他做不了主。

穿越长城上的杂树，众人继续向前。箭扣长城二期修缮工程总长 744 米，若在平地上，这点距离算不得什么，但在跌宕起伏的山峦间，走起来却不容易。这时，墙体坍塌形成的一道断崖横亘在众人面前，好在还可以踏着散落的条石越过。断崖对面，是一道倾斜约 45 度的陡坡。程永茂身形轻巧，只见他一手握着拐杖，一手拽着斜坡上的树，手脚并用爬了上去。有些超重的赵鹏试了两次，都从斜坡上滑了下来，只得退回去，从城墙外的小路迂回。

他们越过几座山峰，来到高处，看着长城在脚下展开，一直延伸到山间云雾里。坐在女墙上，赵鹏聊起不久前在山海关参加的长城保护论坛，他记得论坛纪要结尾不是结论而是疑问：长城是什么，建筑？遗址？文物？赵鹏说：“如果是建筑，树就不能留。故宫太和殿屋顶上如果长了树能不拔？如果是遗址，清理出什么样就是什么样，连修都不该修。”从局部来看，长城确实可以归到某一类；但整体来看，却没有一个现成的文物概念能够完整涵盖长城所包含的历史文化、科学技术、艺术美学等信息。

“去瞧瞧盆景。”程永茂招呼赵鹏继续攀登。眼前这段长城是程永茂开辟的试验段，如何保留树木，他把几种可能的处理方法依次呈现了出来。“盆景”是其中之一：一棵树孤零零立在路中央，四周的泥土都被清理干净，露出青砖，只有树根聚着一抔土，高出周边。“那边是公园。”他指着不远处的一丛植物。“公园”呈长条形，四五平方米，贴着墙顶一侧，另一侧则是清理出来的砖面。第三种方案是“环岛”：一小片草树、淤泥保留在路中央。“你觉得哪种好？”他问赵鹏。

"都放着吧,还是等专家来给这些树'判刑'。"赵鹏说。

(《解放日报》2018 年 9 月 3 日)

申报资料实录

作品简介:

记者深入到长城修缮的最前线,听研讨、走山路、看现场,抓住了以往被忽略的真问题。报道将焦点落在一个看似无足轻重的问题上——长城顶上树该砍去还是该留下。记者通过故事叙述,讲清楚了"去""留"的两难,揭示了文物保护遇到的真实困境。

报道受到北京市委领导表扬,并要求北京日报记者学习。报道上线几小时内,阅读量突破 10 万,评论近 500 条。

推荐理由:

写文物保护的报道很多,写长城的文章也很多,这篇报道却与大多数同题材报道迥异。"长城上的树"是记者在采访一线发现的新鲜、独家话题。记者通过具体的人物、有现场感的故事,层层展开,把长城保护难题化解成两难选择过程。文章结尾没有轻率给出问题解决方案,而是启发读者去思考两种选择的利弊,去理解长城保护中最现实的困境。

重大历史题材纪录片的国际传播策略

——大型外宣系列纪录片《东京审判》的实践探索

上海广播电视台制作并播出的重大外宣纪录片《东京审判》，在纪念世界反法西斯战争胜利70周年、东京审判开庭70周年、国家公祭日、“七七事变”纪念日等重大节点，在美国、加拿大、中国等海内外多家电视台和网站播出，引起强烈的社会反响，第一时间主动回击了日本NHK播出的同名纪实剧集《东京审判》中的错误史观。该系列纪录片共为两季，每季三集，每集48分钟，先后斩获第21届亚洲电视奖最佳系列纪录片大奖、第二十七届中国新闻奖国际传播一等奖等国内外重要奖项。

本文以该纪录片为例，旨在探讨我国同类题材报道如何提升国际传播影响力，针对其在对外传播中遇到的困境，提供有效的解决方法和应对策略，积极构建对外话语体系，通过对重大问题的发声，对不同声音的回应，推动中国参与全球治理进程。

一、重大历史题材纪录片的国际传播价值

70多年前的东京审判是二战后建立世界秩序的重要基石，至今影响着今日国际关系框架，因此依然具有极高的历史意义和现实意义。基于《东京审判》的策划、创作和传播经验，同类重大历史题材应具备以下三个国际传播价值。

(一) 配合外交战略，传播中国价值理念

新时期中国外交战略正从“韬光养晦”向“积极作为”转变。日本首相安倍晋三上台后，公然否认东京审判，定义其为胜者对败者的审判。这种言论严重伤害了二战受害国人民，破坏了中日关系，混淆了国际舆论的历史认识。作为二战时受日本侵略最大的受害国及最重要的抵抗国，中国有责任在还原历史真相，客观

评价和解释东京审判上主动担当。纪录片《东京审判》坚持历史唯物主义史观，以翔实的史料力证这是一场公平、正义、文明、超越胜者的审判，彰显中国以史为鉴，建设持久和平、普遍安全的世界秩序的坚强决心。

（二）服务构建人类命运共同体的倡议

作为新时代中国特色大国外交的总目标，构建人类命运共同体的理念正在得到国际社会越来越多的认同。不论人们身处何国、信仰如何，以及是否主观愿意，实际上已经处在一个命运共同体中。与此同时，一种以应对人类共同挑战为目的的全球价值观已开始形成，并逐步获得国际共识。日本现任政府对战争罪行的否认和诡辩，已成为对世界和平发展的威胁。《东京审判》超越了一个国家和一个民族的立场，将中国置入世界反法西斯的宏大格局中，引起国际社会的情感共鸣，从不同国家的历史记忆强化了人类普遍共识。

（三）关照现实和展望未来的前瞻性意义

历史记忆往往影响着几代人，以史为鉴对世界的今天以及未来有着重要的意义。《东京审判》落脚点在这个基础上有了更进一步的升华：正视历史不是为了仇恨和清算，而是为了呼吁和平，反思历史教训，避免重蹈历史覆辙，让全人类更好地面向未来。在纪录片《东京审判》播出期间，日本 APA 连锁酒店在客房内放置大量右翼书籍，书里否认南京大屠杀和韩国慰安妇的存在。纪录片用理性与平和的语言，以大量第一手资料驳斥了日本右翼势力对历史的歪曲。东京审判不是与今天无关的故事，而是与今天关系十分密切的活的历史，因此维护东京审判的成果至今仍是我们的重要使命。

二、重大题材历史纪录片国际传播的困境

由上可见，重大历史题材纪录片承载着中国的立场、价值观、国家意志，以及对人类共同命运的思考。但随之而来在国际传播中的困难也摆在媒体从业者面前。不同于人们容易理解的美食、旅游、文化等软话题，东京审判涉及历史、法律、国际关系等相对枯燥难懂的领域，和绝大多数重大题材纪录片一样，该片在策划和拍摄制作过程中，主要面临以下困境。

（一）如何在专业学术领域里寻找国际共识？

事先设定论证结果，单纯的口诛笔伐是经不起学术推敲的，这样的电视作品也必然难长存于世。以东京审判为例，在战后审判结束后，日本和美国就开始有

相关研究和著作问世。20世纪80年代，日本以粟屋宪太郎为代表的一批历史学家对东京审判的研究，逐渐摆脱立场先行的办法，强调投入到史料里去。而中国在这方面的学术研究起步较晚，专业研究还不到十年，这对主创团队提出了非常高的要求。

（二）如何就历史题材进行电视化表达和呈现？

历史题材纪录片容易陷入说理和概述的叙事方式，由于国际受众身处的文化和国情不同，在国际传播中很难“走出去”。在表现手法上，此类纪录片往往利用文献影像资料，而黑白画面缺乏生动性和吸引力，与观众的生活产生巨大差距。历史和今天要进行对话，首先需要寻找到能够让中外观众喜闻乐见的呈现方式。

（三）如何向国际受众解读历史争议问题？

历史争议问题在对外传播中一直是人们望而却步或避而不谈的话题。以东京审判为例，日本对这场审判的否定由来已久，目的就是为了推翻国际社会对日本侵略及暴行的定性。东京审判存在的争议问题主要包括：是否为胜者对败者的审判、法庭的合法性和管辖权问题、南京大屠杀遇难人数问题、天皇为何没有被审判、细菌战为何未被提及、法官对判决书提出的不同意见等。在向国际受众解读以上争议时，需要拿出有理有据的事实才能进行有效辩驳。

三、重大历史题材纪录片国际传播的方法策略

（一）设置世界关注的中国议题

传播对象定位国际受众决定了议题的设置上应该具有国际性，同时中国又在该议题中占据重要位置。东京审判这一议题恰巧同时具备以上两点要素。它是人类有史以来参与国家最多、规模最大、开庭时间最长、留下档案文献最为浩瀚的审判。第二次世界大战后，包括中、美、英、法等在内的11个同盟国组建了远东国际军事法庭，对日本甲级战犯进行了耗时两年半的联合审判。

随着近几年中国方面研究的开展和深入，以及上海交通大学东京审判研究中心的成立，大量新发现浮出水面，上海广播电视台制作的《东京审判》就这样应运而生。在选题的策划上，《东京审判》第一季分为“庭审交锋”“未完的审判”“跨越鸿沟”三集；第二季分为“没有硝烟的战场”“超越胜者的审判”“不能忘却的记忆”三集。在“庭审交锋”和“不能忘却的记忆”两集中，聚焦中国代表团在东京审判过程中的艰难历程，以及与国际同仁们的通力合作，表明了中国维护历史公平

正义的坚定立场。

(二) 故事化叙事的国际表达

1. 个体叙事展现宏大主题

《东京审判》以不同的故事为切入点，展现人类反对战争，呼吁世界和平这一宏大主题。在讲述中国代表团的故事时，运用了双线平行叙事的手法，现代与历史穿插交叠在两个故事中：一条故事线跟随中国检察官向哲之子，赴美国追寻和了解父亲当年的工作；另一条故事线，在美国国家档案馆里采集70年前美国军方摄影师拍摄的庭审现场画面，其中很多珍贵画面都是首次曝光。当中国检察官向哲的儿子看到父亲在法庭上发言的影像时，不禁泪流满面。看到这里，国内外观众也更直观地感受到这场穿越时空的心灵对话。

2. 熟悉故事的陌生化叙述

事实上，特定题材因多次重复创作而在文献搜集、占有方面无潜力可挖时，叙事角度的更新、调整，往往会给文献资料的搜集、占有敞开一条别开生面的通道。众所周知，国际和国内观众对南京大屠杀并不陌生，因此，怎样再次讲述这个事件是一个巨大挑战。基于学术新发现和当事人揭秘，节目首次披露了诸如当时的日本律师团为南京大屠杀被告有计划地作大量伪证。片子随着这条脉络进一步深入：东京审判以南京大屠杀为调查重点，但这仅仅是日军在中国众多屠杀中的一场。华裔学者杨大庆教授在美国国家档案馆发现了一本日军随军医生的日记，里面记录了日军在常州进行的一次屠杀。这一学术新发现以纪录片的形式讲述和呈现，使国内外观众对战争屠杀有了更深入的了解和认识。

(三) 改变传播手段和语态

1. 调查式记录与叙述

在对外传播中，调查式报道更容易被国际观众接受和相信，也是目前国际上流行的传播方法。相比平铺直叙的陈述，实地调查更有说服力和可看性。《东京审判》突破重大历史题材纪录片单纯依赖文献资料和专家讲述的传统做法，引入调查式探访和记录，摄制组赴美国、德国、日本进行实地拍摄、采集、采访，揭秘了一批之前从未公布的历史资料和学术发现。例如日本学者内海爱子向摄制组展示了关押甲级战犯的日本巢鸭监狱地形图，并指出日本军队里的俘虏虐待问题由来已久，但与之形成鲜明反差的是，日本甲级战犯在巢鸭监狱中都有宽敞和整洁的住房，吃的是同美国占领军一样的西餐。摄制组在美国国家档案馆发现了这样一段影像：一位23岁的澳大利亚陆军士兵在新加坡被俘后，被日军砍伤了脖子，好不容易捡回一条命，他在庭上脱下衬衫，展示自己的伤疤。像这样调查得来的事实和新发现，通过纪录片呈现，胜过千言万语的论述，同时又给国内外观众留有更多思考空间。

2. 客观、中立、平和的叙述语言

缺少画面是重大历史题材纪录片经常面临的困境，为了弥补这一缺陷，一些同类题材纪录片采用情景再现的手法，但一旦使用不当，会冲淡历史事件的真实性和严肃性。此外，以往内宣历史纪录片在叙述时，往往带有强烈的民族主义色彩。出于以上两点思考，《东京审判》基于美国国家档案馆里采集的真实庭审影像资料，用客观、中立、平和的叙述方式进行讲述，跳脱作为受害国的立场，尽量用旁观者的视角阐发出对这段历史的冷静思考。

3. 平衡各方观点，立体展现国际争议

历史争议问题是重大历史题材不可回避的难点，在对外传播中，恰恰也是国际观众最关注和感兴趣的。《东京审判》通过采访来自美国、德国、日本、中国的专家、政要、庭审参与者及其后人、战争参与者及其后人，以及对战犯、记者和参与者的日记呈现，从历史人物到今人，审判者到被审判者，战胜国到战败国，国际到国内专家，以立体视野全面展现国际争议问题，试图让国际观众听到不同的声音，最后以自己的判断来认识这场国际审判。值得指出的是，节目采访了大量日本学者，他们中的一些人是第一次接受中国媒体的采访。此外，《东京审判》还采访了三任日本前首相：村山富市、鸠山由纪夫、菅直人，他们都对历史认识和中日关系的将来表达了建设性的立场。

4. 直面质疑，主动回应国际关切

2016年12月15日，日本广播协会（NHK）推出四集纪实剧集《东京审判》。在事先得知此消息后，经中宣部和上海市委对外宣传办公室协调，上海广播电视台制作的三集同名纪录片《东京审判》提前在12月13日中国国家公祭日播出，第一时间主动回击了日本一部分人的错误史观。这次中日主流媒体的大擂台，集中突出了在重大历史问题和国际问题上，主动发声和树立权威的重要性。日本版《东京审判》以印度法官帕尔的少数派判决书为讨论核心，认为日本甲级战犯全体无罪。为了驳斥此观点，中国版《东京审判》从帕尔法官的国家背景、参与庭审的表现以及撰写少数派判决书的目的进行深入分析，力证他对审判结果的不同意见是站不住脚的。在片中,甚至有大批知名日本学者批判了帕尔的立场。

针对 NHK 质疑远东国际军事法庭的合法性和管辖权,中国版《东京审判》把二战后审判德国战犯的纽伦堡审判作为参照,采访了东京女子大学教授芝健介。他认为东京审判和纽伦堡审判是一脉相承的。节目进而采访了纽伦堡审判纪念馆教育和研究部负责人贝兹,她提出日本签署了《巴黎非战公约》,里面规定只能用和平方法解决国际争端或冲突,于是这就成为远东国际军事法庭的重要依据之一。

5. 在共同国家记忆里,寻求"最大公约数"

中国电视纪录片要善于谋求各国在伦理道德、价值观及情感上的"最大公约数",借助人类共通的表达方式,提供人类共通的情感体验,贴近不同观众的文化背景,增强富有亲和力的分享感,减少高高在上的凌厉姿态,这是纪录片在国际传播中从"宣传中国"惯性理念走向"传播中国"的应有思维。[iv] 在构建对外话语体系过程中,超越某个国家或民族的个体情绪,关注人类共同命运的广度,是最大程度争取国际认同的方法。《东京审判》在这一方面有着探索性的实践,对战争的反思,不仅来自受害国,也来自加害国。片中分别在德国和日本拍摄了 89 岁同龄的施耐德和山口宽,前者在孩提时代被征召入伍,在柏林与盟军作战;后者的父亲在二战时是日本三菱公司的工程师,被强制招入神风特攻队,在战争中死去。对他们这样亲身经历过战争,受过创伤的人来说,由衷渴望和平。立足于反对战争、呼吁和平,有助于更好表达人类携手迈向未来这一主题,有利于《东京审判》在国际传播中得到更广泛的认可和接受。

《东京审判》在海内外一经播出,即刻引起强烈反响。国外网友 Todd Craner 在 YouTube 上观看了节目后留言:"一直以来都想了解东京审判,感谢这部纪录片让我能认清这段历史。"网友 Detroit 表示日本甲级战犯的态度趾高气昂,残暴的行为令人发指。值得一提的是,2018 年,该片分别应美国国家档案馆和日本民间团体邀请在当地展映。新一季《东京审判》也正在策划和拍摄中。

(《对外传播》2018 年 5 月)

申报资料实录

作品简介:

本文以中宣部重大外宣纪录片《东京审判》为例,旨在探讨新时期对外传播工作如何站在构建人类命运共同体的高度选题和策划，服从我国外交战略。通过我国同类题材报道在重要国际问题上的发声，树立具有公信力和责任感的大国形象，提升国际传播影响力。

行文逻辑性强，观点凝练精准。首先指出重大历史题材在当今国际传播中具有新的生命力并发挥重要作用，是中国参与全球综合治理，重塑国际新秩序的重要抓手；其次，针对历史题材纪录片在对外传播中遇到的困境，剖析其在制作和传播上的难点所在；最后也是该论文的核心部分，以案例为分析的起点，从议题设置、叙事手法、传播手段和语态三个方面，为重大历史题材纪录片的国际传播提供有效的解决方法和应对策略，积极探索如何构建对外话语体系，有效地发表中国观点。

社会效果：

该文入选《对外传播》2018 年度"对外传播十大优秀案例"征文，并在官方公号上推送。文章发表后不久，研究对象系列纪录片《东京审判》应邀赴美国国家档案馆公开展映，受到中国驻美大使馆的高度赞扬。该片先后斩获第 21 届亚洲电视奖最佳系列纪录片大奖、第二十七届中国新闻奖国际传播一等奖、中国广播影视大奖等。配套短视频在脸书和推特等新媒体上总触及量超过 500 多万次。该片在美国环球东方电视台、SINO VISION 美国纽约中文台、加拿大城市电视相继播出。

推荐理由：

本文对新时期国际传播工作如何服务国家外交战略，具有现实指导意义。研究对象《东京审判》本身是非常成功的国际传播作品，作者依托大量第一手资料和实战经验，不仅以局内人的视角剖析案例，具有极强的可操作性，还揭示出随着中国在国际舞台上扮演的角色发生变化，国际传播的策略该如何作出相应调整，对于构建融通中外的话语体系进行了创新性探索。

中等收入群体在中国网络社会的角色与地位研究

作者：郑　雯　李良荣
编辑：张毓强

内容提要： 中国的中等收入群体，正取代“三低人群”成为网络社会主力军。近两年一系列舆情热点事件中，网民的用户结构、基本诉求、主要心态发生了重大变化，随之而来的是互联网结构环境的整体转型和网络舆论形势的深层重构。“安全感”成为基础型、底线型的网络社会心态；以“个人权利”“社会保障”“生活品质”为目标的民生议题成为网络表达的高发领域；“三高”“三低”特征是中等收入群体网络表达的主流。伴随着该群体的急速扩大和急速分化，其内部矛盾也成为影响网络舆论场平衡的重要动因。

关键词： 中等收入群体/网络社会/网络心态/安全感

按照世界银行的通常标准，2015 年中国中等收入群体比例是 44%，涉及 5 亿多人；按照中国自己设立的标准，即家庭年可支配收入 9～45 万元定义为中等收入家庭，2016 年中等收入家庭占 24.3%，涉及 3 亿多人[①]。无论从哪组数据出发，中国的中等收入群体数量已经发生质的飞越。

尽管社会学界对于“中等收入群体”“中产阶级”“中间阶层”等概念有着不同的定义，世界各国因经济发展水平不同也各有各的划分标准，但在中西方社会的诸多语境中，这些概念都表达了近似的含义，即受过良好教育、有一份相对稳定的工作和中等程度收入的社会群体。依据文献，中国学者对中国的中等收入群体的基本共识是：

第一，由于划分标准不同，中国学者对当下中国中等收入群体的数量认定从 10%左右到 30%左右不等。2015 年瑞信(CREDIT SUISSE)的调查显示，中国的中产阶级人数达到了 1.09 亿，首次超过了美国(9200 万)[②]；英国《经济学人》

杂志指出，中国的中产阶级（家庭年收入在 1.15 万和 4.3 万美元之间）人数从 1990 年代的几乎为零增长到今日 2.25 亿③。总体来看，20％左右是大家可以接受的大致数量比例。

第二，中国中等收入群体的主体是 70 后、80 后和部分 90 后。这一年龄段是行政单位、事业单位、企业单位的业务骨干，相当高比例是台柱子。今后 10 年，他们将成为国家栋梁，是对我国政治、经济、社会、文化具有决定性意义的社会群体。麦肯锡在 2013 年发布的关于中国中产阶级的研究报告分析，最应受到关注的是被称为“第二世代”（GENERATION 2）的一群中产阶级，主要指改革开放以后出生的 80、90 后。到 2020 年，预计中国总消费额的 35％将来自“第二世代”群体。④

第三，中等收入群体是中国未来发展最快的一个群体，将成为正在崛起的社会中坚力量。随着城镇化加速、大学教育普及以及经济发展，仅 2016 年大学毕业生就达 770 万，基本上都将加入这一社会群体。伴随中央“十三五”规划“扩大中等收入者比重”的诸多举措，预计未来 10 年，中等收入群体占人口比例将达到 40％以上，成为中国社会最大的社会群体。

中国的中等收入群体，不仅在现实社会中崭露头角，亦已经走上网络社会的前台，深刻改变了互联网上长久以来充斥的“低年龄、低收入、低教育水平”的“三低人群”现状。事实证明，近两年一系列舆情热点事件中，网民的用户结构、基本诉求、主要心态已发生重大变化，随之而来的将是互联网结构环境的整体转型和网络舆论形势的深层重构。

一、结构反转：中等收入群体取代“三低人群”成为网络社会主力军

从世界范围内的互联网发展趋势看，高收入、高学历群体在互联网使用率上远远超过低收入、低学历群体，中等收入群体在全球各大网络平台和社交媒体上均表现活跃。

PEW INTERNET 2016 年发布的美国互联网普及率报告显示，美国成年人的互联网使用率约为 88％。收入越高的群体，网民比例越高，年收入比例低于 30,000 美元的人口互联网使用率仅 79％，而年收入 30,000 美元以上的群体互联网使用率均达到 90％以上；学历越高的群体，网民比例越高，高等学历的人口互联网使用率达到 94％以上，而中等学历则为 81％，低等学历则为 68％。分析

社交媒体的用户群体可以得到类似的结论[5]：在美国，21％的总人口使用推特，而高等学历群体中29％使用推特，年收入75,000美元以上的中等收入群体中30％使用推特，都显著高于均值。可见，收入、学历较高的中等收入群体在网络使用率上要明显高于底层群体。如今，这一趋势也逐渐蔓延到中国。

以中国目前最主流的社交网络平台为例：一方面，中国信息通信研究院产业与规划研究院发布的《2015年微信经济社会影响力研究报告》和《2016年微信用户数据报告》显示，在职业群体分布方面，企业职员的比例最高，2015年占比31.9％，2016年增长至40.4％。其他占比较高的中等收入职业群体包括个体户和自由职业者（2015年占比28.3％，2016年占比25.3％）、事业单位员工（2015年占比10.6％，2016年占比10.8％），这三类群体2016年总共占到微信用户总体的76.5％。与此同时，学生（无收入群体）群体用户减少，农民、待业人员、离退休人员等（低收入群体）群体的占比降低，从一定程度上反映了中等收入群体已成为微信用户的主流。

另一方面，新浪微博数据中心发布的《2013年新浪媒体微博报告》《2015年度微博用户发展报告》和《2016年度微博用户发展报告》数据显示，拥有大学以上高等学历的用户已成为微博的主力用户，在2013年占70.8％，2015年占76％，在2016年增加到了77.8％。可见，微博的高等学历用户逐年增长，而中等学历、初等学历用户均呈逐年下降趋势。2016年的报告还显示，青年白领群体成为微博用户的主力群体。

与此同时，中国中等收入群体在知乎、果壳等专业性更强的知识社区中更加集中活跃，可以说，无论是在一般的大众社交媒体还是精英主导的专业化网络平台，受过良好教育、有着较为稳定的工作和中等程度收入的网民正在逐步提升影响力，取代“低学历、低收入、低教育水平”的“三低人群”成为网络主力。中等收入群体紧跟国际趋势，在网络舆论场中扮演越来越重要的角色。

二、心态变迁：中等收入群体的网络表达特征

西方的中产阶层经历了长达300年的持续发展，有许多中产家庭代代相传；与西方不同，中国当今的中产阶层都是在改革开放以后出现。以前的中国中产阶层在改革开放前的历次政治运动中逐渐归于消失，当下的中产阶层都是乘着改革开放的春风，靠自己的努力打拼出来的。所以，中等收入群体是中国共产党

领导的改革开放的天然拥护者，他们坚决拥护党的领导，与党的发展理念相契合，对党和国家具有极强的依附性。基于不断向上的内生愿望，安全、稳定、秩序是中等收入群体当前最大的诉求。

1. 以“人身安全”“财产安全”“经济安全”为代表的“安全感”成为基础型、底线型的网络社会心态。

2016年以来，网络舆论热点发生转移，“安全”替代“反腐”成为新主题。“安全感”成为影响其他社会心态的基础心态和底线诉求。一方面，魏则西、雷洋之死、和颐酒店女子遇袭等事件所引发的网络舆论反映了当下中国中等收入群体缺乏安全感的焦虑情绪，联动触发了中等收入群体和社会精英阶层对最基本的人身安全和公民权利的担忧，也是中国中等收入群体第一次公开地、共同地提出“人身安全”诉求。另一方面，近年来经济放缓，市场竞争加剧，生活成本上升，股市房市波动，以及未来可能的社会经济风险凸显，增大了中等收入群体对财产和经济安全的隐忧。与“财产安全”（易租宝卷钱跑路事件）、“经济安全”（A股熔断事件、人民币贬值）相关的事件“你方唱罢我登场”，连绵不断，此起彼伏。一些中等收入人群赴海外购房、生子、移民，也反映出他们对未来的不确定性的担忧。

以“人身安全”“财产安全”“经济安全”为代表的安全感成为中等收入群体最基础的网络社会心态，成为网民诉求的“底线”。

2. 以“个人权利”“社会保障”“生活品质”为目标的民生议题取代暴力拆迁、表演式抗争等传统议题，成为网络表达的高发领域。

新世纪以来，连续十几年网络舆论场中暴力拆迁、表演式抗争、农民工讨薪等议题一点就燃，热度持续上升，但在中等收入群体中的发生概率相对较低，且越来越多的网民开始运用更加理性的态度关注这类问题，导致其近两年传统热点议题的热度大大下降。而与中等收入群体息息相关的“食品安全”“环境安全”“信息安全”问题持续火爆，反映了该群体对个人权利、社会保障、生活品质的关注远远超过对国家其他社会议题和社会群体的关注。

中国社科院社会学研究所2013年的全国抽样调查数据显示，72.8%的中产阶级认为“食品安全”没有保障，54.6%认为缺乏“个人信息、隐私安全”，48.3%认为缺乏“生态环境安全”，39.8%认为缺乏“交通安全”，28.5%认为缺乏“医疗安全”。[⑥] 中等收入群体对生活品质有较高的要求，食品安全、环境安全、信息安全作为网络舆情高发议题，表明该群体对于社会保障水平和生活水平仍然存在不满。中国社科院社会学研究所 2015 年的全国抽样调查数据显示，62.9%的中产阶级认为“社会保障水平太低，起不到保障作用。”[⑦]这不仅因为中国目前的社会保障水平和公共服务质量确实较低，也因为过去几十年我国高速经济增长和急速社会变迁导致整个社会贫富差距加大，同时提升了较强的物质追求欲望。

3. “三高”（高发展效能、高个人奋斗、高生活追求）、“三低”（低政治效能、低政治关注、低政治表达）是中等收入群体网络表达的主流，其诉求以发展型、建设型为主。

中等收入群体的心态特征是与其个人发展状况紧密相连的。根据复旦大学传播与国家治理研究中心 2014—2016 年的数据显示，网络上的中等收入群体表现出高发展效能、高个人奋斗和高生活追求的“三高”指标，同时具有相对较低的政治效能感、政治关注度和政治表达行动，即一群具有相当强烈的发展效能感的正在上升的群体，相信奋斗能够改变命运，正怀揣梦想为高品质的生活打拼，无暇关注政治，同时觉得中国政局稳定，高度信任党的领导，无需去关注他们。其网络表达的主要内容包括正能量的传播、个人工作学习成绩的展示、高品质生活的分享等等，而诉求则主要集中在发展型的利益诉求，总体上是建设性的，与底层群体或其他极端群体抗争性的政治诉求有本质区别。

值得注意的是，正因为中等收入群体以个人发展为主要目标和心态导向，如果经济发展环境长期未能尽如人意，网络上的社会负面情绪也可能快速上升。去产能、去库存，一批企业关、停、并，股市、房市、汇市变动，工作难找，工资偏低，梦想破灭，奋斗无望，网络上的“三高”“三低”心态也可能转变成“三低”“三高”心态。换句话说，当发展效能感普遍降低时，可能激发更高的网络政治参与，增大网络社会的不稳定因素。

4. 理性表达渐成主流，但问责范围扩大化，表现出反权威特征。具有垄断性权力的机构和个体成为网络舆论批评的最主要指向对象。

在“三低”人群主导互联网的时代，网络舆论的主要指向对象是政府官员、“有钱人”和“富二代”，非理性的仇官仇富情绪充斥网络空间。如今，在中等收入群体的影响下，网络理性表达渐成主流。近两年发生的诸多网络舆情事件中，一些专家、学者、社会机构、智库等纷纷在网络上发声，进行专业化解读，开始构建网络感性和理性的平衡生态。网民也不再容易受到少数意见领袖（大 V）的鼓动和影响，逐渐拥有相对独立的判断力。

与此同时，网民的问责对象扩大化，表现出强烈的反权威特征。一方面，公检法、职能部委、各级政府等涉及公权力的机构和个体仍然是网络舆论的高度关涉主体，与社会民生相联系的国家与地方政策、某些政府工作人员的违法行为持续成为关注焦点和舆情"痛点"；另一方面，舆论的"靶子"不再仅仅针对政府，而是反对一切权威，包括西方霸权、大公司、传统的意见领袖、明星偶像等。2016年，以百度为代表的互联网巨头和以"赵薇事件"为代表的商业资本运作成为网民集中"声讨"的对象，其本质上是拥有信息入口垄断权的企业和拥有舆论操纵力量的商业资本正在激起网民关注，具有垄断性权力的机构和个体（包括政府、官员、企业、个人）均可成为中等收入群体网络批评的新"靶子"。

5. 网络戏谑政治、"高级黑"消解官方话语的现象逐步显现。

2016年，以"新婚之夜抄党章"为代表的互联网戏谑政治成为热门现象。网民通过创造、传播、改编一系列无厘头式的、搞笑的短片、图像或者文字，以"段子"的方式消解官方话语的权威性，具有较强的传播力和影响力。中等收入群体是这类网络表达的主要创作者和传播者。

长久以来，围绕"三低"人群的治理，官方主要关注愤怒、暴力等网络负面情绪和负面行为；而围绕"智商""见识"可能都较高的中等收入群体，面对"浮云""围观"等戏谑政治的现象，长期重视不够。殊不知，直截了当表达和发泄出的网络情绪和网络行为，实际上带有"期待问题解决"的正能量态度；而"高级黑"态度的产生，往往是问题长期不能得到解决后，网民大量的负能量情绪沉积之处，具有愤怒、失望、鄙视、漠然等更复杂的情感关系和更深远的影响范围，需要花更大的力气重视、引导、治理。

三、动因分析：中等收入群体强势影响网络舆论

1. 中等收入群体的急速扩大伴随着急速分化，使得该群体的构成复杂、认同感模糊、矛盾突出。其中，"底层中产"和"预备中产"成为"网络声音"的主要来源，具有很强的与"三低人群""民粹主义"结合的可能性。在相当多的情况下，"底层中产"和"预备中产"还表现出内部矛盾和内部斗争，是影响网络舆论场平衡的不稳定因素。

不同于传统以体力劳动划分的工人阶级和农民阶级，中等收入群体从产生开始，对其身份的认同就具有强烈的模糊感。不仅包括公务员群体、文教科卫群

体、金融业群体、制造业群体以及各种中介服务机构的从业群体；也包括智力劳动型的中上层中等收入群体、体力劳动型或低层次办事人员、技术人员的中下层中等收入群体等等。当传统社会科学还在以依托专业知识获得高报酬作为中产阶层身份的认定标准时，我们早已发现，中等收入群体远远不止于职业经理人、医生、律师和工程师。遍布中国各级政府的公务员、大中小学教师、“金融民工”、IT 行业高级技术工人、房产中介、高级保姆、甚至从农民阶级中发展出来的年收入超过 20 万的农民工、农村土地连片承包商、特色种植户等，都已成为中国经济发展和城市化进程中的中等收入群体主力。

根据李春玲的测算，中国的中产阶层中所占比例最高的是办事人员群体，接近四成，他们是低层次的白领从业者；其次是专业人员和小业主，分别占 27.1% 和 18.4%；两个高层次白领群体——企业主和管理人员，在中产阶层中的比例最低，分别为 4.4% 和 10.4%[⑧]。低层次白领受过中高等教育，但工作的福利待遇较低、稳定性也比较差，一方面具有强烈的向上流动的欲望，一方面又碍于自身资源局限，很难实现阶层流动。与这些“底层中产”类似的，是一大批“预备中产”，包括大学毕业生、资深的城市农民工等。中国进入新常态阶段后，“预备中产”能否进入中等收入阶层，或者已经是中产阶层的“底层中产”能否保住目前的地位，都变得很不确定，直接导致了“底层中产”“预备中产”与“三低人群”和“民粹主义”结合的可能性加大，可能掀起较大的网络舆情、影响网络舆论场平衡。

在相当多的情况下，中等收入群体内部还存在突出的内部矛盾和内部斗争。十年前转正的中产阶层如今可能成为反对异地高考的主力军，阻碍预备中产实现其中产化的目标。大多数上层中产与中低层中产之间，存在着领导与被领导、或剥削与被剥削的关系，亦很容易在网络空间中针锋相对。作为互联网上的主力人群，持续不断的群体分化从本质上影响着网络社会的平衡和稳定。

2. 伴随知识经济扩展，中等收入群体的基础从少数职业者到普遍的知识岗位从业者[⑨]，其与网络“大 V”、自媒体人的天然重合使得相关热点事件的共振强度更大，辐射范围更广，抗争诉求更加坚定、持久。

新技术革命带来了广泛的知识分工，使得中等收入群体逐渐成为几乎所有经济产业和部门的主要从业者。中等收入群体与知识分子的重合度愈发提高，一批受过良好教育的思想内容生产者与中等收入群体天然重合，其中就包括大量的网络“大 V”、自媒体人。这使得相关热点事件的共振强度更大、辐射范围更广、抗争诉求更加坚定、持久。2016年"罗一笑事件"中,罗一笑的父亲罗尔本身就是一名文字工作者、前新闻从业者;中关村二小凌霸事件中发文的家长则是一名编剧、文案工作者。

3. 中等收入群体具有极高的媒介素养、持久的网络事件运作能力和更强的国际视野、网络技能,不仅能在国内网络舆论场主动设置议程,深谙传播之道;亦能在不同国家、地区之间影响跨境网络互动。

一方面,中等收入群体的媒介素养大大高于"三低人群",不仅善于运用文字吸引关注,也熟练玩转长微博、短视频等新媒体手段,具有持久的网络热点事件运作能力,十分善于调动资源引爆舆论场。以2016年"和颐酒店女生遇袭事件"为例:当事人弯弯将遇袭的经过和事态发展,以长微博的形式图文并茂地展现出来,并进行了非常明显的议程设置:其设置的两个话题#和颐酒店女生遇袭#、#卖淫窝点案底酒店#,极具眼球效应。在长微博中她以文字叙述和难得的视频监控录像截图搭配,还原了整个事件的经过,并以红色加粗字体、黑字黄底、红字黑底等充满编辑色彩和编辑语言的形式突出了她希望表达的重点,文字措辞也具有较强的煽情性。随后专门挑选了三家传统媒体接受采访,也体现了她极高的媒介素养。央视新闻与南方周末,一个是当今中国最具影响力的权威中央媒体,一个是享誉海内外的以批评观点见长的综合类周报,另一个《都市快报》则是杭州知名度最高的都市报。通过对比发现,三家媒体的报道几乎都没有超出弯弯本人对热点话题设置的范畴[10]。可以说是以一人之力"运筹帷幄"全媒体。

另一方面,近两年的网络舆论热点事件表现出极强的跨境互动特点,这也与中等收入群体更强的国际视野和网络技能息息相关。帝吧出征Facebook事件,大陆网民以"开展文化交流"为名"翻墙"刷屏台独媒体和艺人,引发台湾网络舆论大潮;而香港旺角暴乱事件发生当晚,舆情便通过微博、推特等网站在大陆爆发,当周微博讨论达23.2万条。在中国,"无翻墙,不网络"甚至成为一种潮流,成为该群体的一种身份特征,使得国内的网络舆情愈发全球化、复杂化。

4. 中等收入群体具有极强的消费能力,是商业资本和各大新媒体平台的核心用户,围绕中等收入群体诉求的网络话题已成为商业资本和各大新媒体平台炒作的新热点。

中国的中等收入群体正成为世界领先的消费群体,成为商业资本和各大新媒体平台的核心用户。根据 OECD 发展中心 2010 年的数据，中国的新中产们平均每周花费约 9.8 小时购物，大大超过刻板印象中消费主义泛滥的美国，后者只有 3.6 小时[11]；2016 年，淘宝“双十一”一天的成交量达 1207 亿人民币，亦远超美国“黑五”购物日的数十倍。中国的中等收入群体以极强的消费能力成为商业资本和各大新媒体平台追捧的“宠儿”，中等收入群体话题已成为商业资本和新媒体平台力推炒作的新热点。

在众多网络热点事件中，商业化团队和新媒体平台推波助澜的作用不容小觑。商业化团队调用网络媒体和“大 V”资源，操纵舆情、把控互联网传播权，其议题设置能力，甚至远远超过一般省市级媒体的舆论掌控能力。新浪、腾讯、知乎等平台早已不仅仅是信息中介、信息呈现的平台，它们以无比的热情积极参与到热点事件的传播和议程设置中。其背后的动因，正是作为这些新媒体平台核心用户和核心收入来源的中等收入群体。和颐酒店女生遇袭事件中，新浪微博给刚刚注册不到一两天的事件当事人加 V 认证，将“和颐酒店女生遇袭”作为热门话题在首页推荐，还通过“主持人推荐”置顶相关报道、推荐热门讨论、挑选精华贴、图片墙等方式引导、设置议程，使得该话题可信度迅速提高，阅读量达到 27 亿多。魏则西事件中，知乎亦通过设置相关父子话题、标签、推荐精华回答、活跃回答者等方式彰显其在事件中的作用[12]。可以说，商业资本和各大新媒体平台对中等收入群体话题的力推、炒作，也是这些话题引发网络舆论风暴的间接动因。中等收入群体已经走上中国网络社会的历史舞台。

（《现代传播（中国传媒大学学报）》2018 年第 1 期）

注释：

① 卢梦君：《社科院副院长：中国 5 至 7 年后进入高收入发展阶段比较确定》，澎湃新闻，2017 年 3 月 18 日。

② Global Wealth Report 2015. Credit Suisse，2015.

③《英媒：2.25 亿让中国领导人担心的理由》，《联合早报》，2016 年 7 月 9 日。

④《下一个十年的中国中产阶级——他们的面貌及其制约因素》，麦肯锡，2013 年。

⑤ Shannon Greenwood，Andrew Perrin & Maeve Duggan. “Social Media Update

2016". Pew Research Centre, 2016.
⑥ 李春玲:《中国中产阶级的不安全感和焦虑心态》,《文化纵横》,2016 年第 4 期。
⑦ 李春玲:《中国中产阶层成长中的烦恼与压力》,《人民论坛》,2016 年第 27 期。
⑧ 朱迪:《金砖国家中产阶层的发展概况和困境》,《文化纵横》,2016 年第 4 期。
⑨⑪ 吴强:《中产阶级是怎么炼成的? ——从哈特和奈格里的〈分众〉谈起》,《文化纵横》,2016 年第 4 期。
⑩⑫ 窦锋昌、李华:《热点事件传播的新路径、新特点与新应对——以 2016 年 5 起热点事件的传播为例》,《新闻战线》,2017 年 9 月(上)。

申报资料实录

作品简介:

中国的中等收入群体,正取代"三低人群"成为网络社会主力军。近两年一系列舆情热点事件中,网民的用户结构、基本诉求、主要心态发生了重大变化,随之而来的是互联网机构环境的整体转型和网络舆论形势深层重构。本文首次系统阐述了新时代中国网络社会结构的转型特征,从结构反转、心态变迁、动因分析等三方面对中等收入群体影响中国网络社会的角色和地位进行了基于海量数据研究的论证总结。研究认为:"安全感"成为基础型、底线型的网络社会心态;以"个人权利""社会保障""生活品质"为目标的民生议题成为网络表达的高发领域;"三高"(高发展效能、高个人奋斗、高生活追求)、"三低"(低政治效能、低政治关注、低政治表达)特征是中等收入群体网络表达的主流;网络戏虐政治、"高级黑"消解官方话语的现象逐步显现。伴随着该群体内部矛盾的急速扩大和急速分化,以"底层中产"和"预备中产"为代表的群体内部矛盾也成为影响网络舆论场平衡的重要动因,中等收入群体开始走上中国网络舆论场的历史舞台。

推荐理由:

本文被中国人民大学复印报刊资料 G6《新闻与传播》2018 年第 6 期全文转载;2018 年 8 月,中共中央办公厅调研局单篇全文录用本研究,获得习近平总书记重要批示;2019 年 1 月,作者应中央宣传部约稿,对相关问题展开进一步深入研究,2019 年 1 月 18 日提交《当年网络新生态的基本特征与中间阶级治理》研究报告,供中央领导同志进一步参阅。

“邦瑞特”等生发神药虚假广告系列报道

主创人员：陈兴王　赵　孟　刘　霁　刁凡超　吴跃伟　汪伦宇
编　　辑：集体（李云芳、崔烜、宁希巍、王靓、汤宇兵）

代表作一	标题	广告中的“神药发明人”找到了：真是个演员，刚出演热播网剧
	网址	https://www.thepaper.cn/newsDetail_forward_2172947
代表作二	标题	视频｜谁“研发”了生发“神药”邦瑞特？
	网址	https://www.thepaper.cn/newsDetail_forward_2116517
代表作三	标题	秃大夫商标持有公司注册地搬空，申注“放大招”等商标 91 件
	网址	https://www.thepaper.cn/newsDetail_forward_2188572

（澎湃新闻 2018 年 5 月—11 月）

申报资料实录

作品简介：

记者历时一月有余，对“邦瑞特”等生发“神药”在国内十余家电视台播出的虚假广告进行深度的链条调查，先后挖出生产企业、购销及投放广告的企业甚至参演广告的演员，引起国家市场监管总局和广电总局的重视。

广电总局发文要求全国各级广播电视播出机构停止播出“邦瑞特植物防脱育发露”“汉方育发素”“飘宣秃大夫发根活力素”等虚假广告，并举一反三进行清查。

“邦瑞特”的购销方——河南题桥公司被吊销营业执照并处罚款 146 万元。

该案还被国家市场监管总局列为典型虚假违法广告案件，称广告虚构使用效果的内容，发布范围广，受众范围大，造成严重社会影响，构成虚假广告，欺骗、误导了消费者。

在记者调查期间，题桥公司还派人行贿记者陈兴王 30 万元，被记者及时报案，警方随即抓捕了两名犯罪嫌疑人。目前该案已经开庭审理，两名被告人当庭认罪。

推荐理由：

该报道调查扎实、链条完整，既有个案的深度挖掘，又有行业乱象的宏观分析，全面、详实地揭露出一桩每天在人们眼前耳边进行着的虚假宣传；

报道落地有声，推动了市场监管部门和广电部门的介入关注和查处，最终将这些广告彻底清除。

专题既有记者的深度调查和视频直击，也有相应评论和法律分析，从多个角度对这起新闻事件进行了最立体的呈现。

此外，记者在采访中果断拒绝 30 万元的高额行贿并报案，展现了一个新闻从业者的风骨，捍卫了新闻业的纯洁性。

网络作品

“24 位世界哲学家访谈系列”专题

主创人员：集体（李念、袁球璐、刘梁剑、才清华、胡建萍、王寅丽、谢晶、张容南、卢盈华、章含舟、徐竹、郁锋、祁涛、王惠灵）

编　　辑：李　念　袁球璐

代表作一	标题	24 位世界哲学家访谈③│张世英：哲学应把人生境界提高到“万有相通”
	网址	http://wenhui.whb.cn/zhuzhan/jtxw/20180801/206397.html
代表作二	标题	24 位世界哲学家访谈⑮│杜维明：地方性知识的儒学如何具有全球意义
	网址	http://wenhui.whb.cn/zhuzhan/jtxw/20180813/208100.html
代表作三	标题	24 位世界哲学家访谈⑰│莫兰：让世界现象学“共同哲思”
	网址	http://wenhui.whb.cn/zhuzhan/jtxw/20180816/208502.html

（文汇 APP、文汇网 2018 年 7 月—8 月）

申报资料实录

作品简介：

在第 24 届世界哲学大会（WCP）于北京召开（2018 年 8 月 13 日到 20 日）前后，文汇报文汇讲堂工作室联手复旦大学哲学学院、华东师大哲学系共同向公众呈现丰富多彩的“聆听世界哲人、亲近当代哲学——庆贺第 24 届世界哲学大会在北京召开·24 位世界哲学家访谈录”。此系列报道得到了市委宣传部阅评组专报表扬。

“24位世界哲学家访谈系列”报道由文汇讲堂提出创意并打通最后一公里，积极调动国内学界资源，克服诸多困难联系上全球24位著名哲学家进行访谈，历时约半年。这些哲学家既有来自中国和传统欧美哲学强国，也有来自具有多元传统的伊朗、印度、尼日利亚等国，以及来自土耳其、意大利、俄罗斯、挪威的哲学家。访谈内容由三部分构成：一是哲学之缘与轨迹，二是哲学特色与贡献，三是我看世界哲学大会与中国哲学。采访采用邮件、面访、视频等多种方式相结合。制作上，在每篇近万字的长文中插入大量美观而有信息量的照片，同时注重新媒体平台的传播——在文汇网、文汇APP及参与方复旦、华师大、世界哲学大会的公众微信等渠道进行多方位传播。本系列报道因为学者的大牌、内容的扎实，既赢得专业读者，也赢得了非专业读者的肯定。从效果来看，读者遍布世界各地，主要分布于海外和京沪两地，各类传播量累计达50余万，在理论传播的影响力、竞争力上，为上海理论界赢得了相当的荣誉。

2018年11月底，“24位世界哲学家访谈录”汇编成书《在这里，中国哲学与世界相遇》，由人民出版社出版，成为一项理论成果。

推荐理由：

本专题报道是上海媒体人携手学术界共同思考如何让学术接近公众的一次探索，诠释了“哲学需要走出象牙塔，与大众亲近、与媒体拥抱”的国际趋势和时代命题。这既是向世界哲学大会在中国首次举办的一次致敬，也凸显了上海全力打响“四大品牌”之一的“上海文化”的高度。同时，搭建了上海学术界与全国学术界、全球学术界密切交流的平台。在与各国哲学家的沟通中，也是一次讲述学术版中国故事的有益尝试。

全上海都在竞答，这些垃圾如何分类你不一定知道！敢来接受挑战吗？

主创人员：陈玺撼　肖书瑶　曹　俊　刘　斌　尤莼洁　张　奕
编　　辑：徐蓓蓓　马笑虹

垃圾分类大挑战(竞答版)　　垃圾分类大挑战(普及版)

（上观新闻 2018 年 12 月 5 日 9 时）

申报资料实录

作品简介：

上海正在全力推进生活垃圾全程分类，这项系统性工程离不开全民参与。习近平总书记在上海考察时就曾强调："垃圾分类工作就是新时尚！垃圾综合处理需要全民参与，上海要把这项工作抓紧抓实办好。"

基于以上背景，解放日报社针对互联网传播规律，创意策划并开发了"垃圾分类大挑战"H5 游戏，用融媒体创新手段让垃圾分类时尚起来，吸引更多市民接受、认同垃圾分类并主动参与进来。

以该融媒体产品为基础，解放日报社联合上海市人大城建环保委、团市委、市文明办、市绿化市容局等单位启动了上海市青少年垃圾分类知识竞答活动，在

“上海市生活垃圾全程分类12·5主题宣传日活动”上隆重推出。

上海市网信办全网推送了垃圾分类大挑战(普及版),上海市绿化市容局官微“绿色上海”、上海市废管处官微“垃圾去哪儿了”、上海各区绿化市容局官微、“第一教育”“上海青年家园”等微信公众号均第一时间全文推送了垃圾分类大挑战竞答版/普及版。

社会效果:

从2018年12月5日至2019年1月5日,游戏累计吸引超过1万名市民直接点击参与竞答。1月25日,上海市青少年垃圾分类知识竞答活动颁奖仪式在解放日报社举行,来自小学、初中、高中、其他等4个组别的12名优胜者获颁奖状。

2019年上海两会期间,垃圾分类成为“上海热词”。这一融媒体产品引发新一波热潮,“上海发布”等微信公众号全文推送了垃圾分类大挑战(竞答版),吸引了代表们参与。“闵行政协”等公众号纷纷转发游戏链接,宣传推广垃圾分类。截至目前,汇总上述微信公众号与垃圾分类大挑战有关文章的阅览量,在10万次以上。

3月2日,由上海市文明办、市建交党委、市绿化市容局、市体育局、市机管局、市浦江办、杨浦区文明委、解放日报社等单位共同主办的“垃圾分类新时尚”2019上海滨江修身志愿公益跑(杨浦场)活动中,垃圾分类大挑战(普及版)独立作为一个通关点题目,吸引了500名参跑者的参与。

目前,垃圾分类大挑战(竞答版)已经作为“绿色上海”微信公众号的常驻游戏,并且被网易、搜狐等网络平台收录,随时接受天南海北网友的挑战。

推荐理由:

这是2018年以来,上海媒体开发出的首款面向公众的H5垃圾分类游戏,通过创意融媒体产品的生产,扩大主流媒体的传播力、影响力,无论从质量,传播度,还是社会美誉度来说,都是目前同类型融媒体产品中的佳作。

对于这样的新媒体宣传方式,相关政府部门、人大代表政协委员、市民等社会各界均给予高度评价。

媒体融合

大江东：上海市委书记收“礼”，引出相隔15年改革“对话”

作者：李泓冰　郝　洪
编辑：李泓冰

（人民日报中央厨房大江东工作室2018年2月9日）

申报资料实录

作品简介：

记者抓住李强书记2018年初在人民日报社上海分社调研时的生动细节故事，当天赶写稿件，当晚在大江东平台推出。通过对15年前改革历史回顾和当今上海改革动态的准确把握，重温小平同志当年振聋发聩之言“不改革开放，只能是死路一条”，为“思想再解放、改革再深入”鼓与呼。

社会效果：

报道刊出后，上海观察、澎湃、东方网、解放网等媒体及新浪、搜狐等门户网站迅速转载，引发外界对上海自我革新、改善营商环境的关注。

推荐理由：

2018年初，上海市委书记李强到人民日报社上海分社调研，收到一张刊有当年他主政温州力推政府效能革命报道的旧报纸，作者敏锐地抓住这一小细节故事,将相隔15年的两个城市改革开放联系在一起,引发出一场关于"改革永远在路上"的思考——从15年前浙江温州的政府效能革命,到今日上海优化营商环境、政府甘当"店小二",一脉相承的政府自我革命背后,是勇于创新、勇于探索的改革基因。

这两位上海警察在抖音被几十万人围观！他们做了啥？

主创人员：集体（陈辰、胡晓雯、魏颖、徐俊杰、
王卫东、周震烜、夏进、丁葆华、舒怡）
编　　辑：陈　辰

（《新闻坊》微信订阅号、《新闻坊》栏目 2018 年 11 月 16 日 16 时 35 分）

申报资料实录

作品简介：

该篇微信推送根据全国首档全景式警务纪实片《巡逻现场实录 2018》第一集中的一个片段改编创作而成。编辑以极具网感的新媒体语言和排版讲述了两位民警意外却暖心的一次“小奶猫救援行动”。11 月 18 日，《新闻坊》电视栏目中也播出了这段救猫视频。数据显示，该视频播出板块的平均收视率 4.5，为当天栏目收视最高点。

社会效果：

该篇微信推送数小时后阅读量即突破 10 万 +，总阅读次数超 42 万，转发 19439 次，总点赞数达到 3232 次。并被上观新闻等本地网站和人民日报、新华社、中国警察网等多家影响力巨大的重量级媒体转发。

推荐理由:

该篇正面报道展示了一线民警的真实日常,事情虽小,却传达了温暖人心的正能量。许多人留言表示看到了“有爱的民警”“大都市的风范”,不仅上海市民为这座城市感到骄傲,外地网友也纷纷为魔都点赞。该篇报道由《新闻坊》栏目新媒体首发,随后倒灌电视版面,传统媒体与新媒体的这次融合传播成效显著,有效激发了内容生产力,达成了“1+1>2”的报道效果。

“AI@上海，上海@新时代”等世界人工智能大会全媒体系列报道

主创人员：集体（姜微、季明、周琳、胡喆、孙青、狄春、龚雯、杜康、何曦悦、王辰阳）

编　　辑：姜　微　季　明　葛素表

2018 世界人工智能大会释放 AI 发展新信号

（新华社客户端 2018 年 9 月 19 日）

AI@上海，上海@新时代——为迈向卓越打开智慧之门

（新华社客户端 2018 年 9 月 19 日）

报告！这里有一枚_AI 新闻官_,潜伏在世界 AI 大会现场

（新华社客户端 2018 年 9 月 9 日）

申报资料实录

作品简介：

传播生态的改变，带来了传播方式、传播内容的转变。世界人工智能大会上，新华社上海分社，打破单媒体传播的旧格局，凸显多媒体性，增强新闻产品的可视性、直观性，推出了“AI@上海，上海@新时代”“AI 新闻官”“AI 星球海报新闻”等一系列全程、全息、全员、全效媒体展示报道，融合文字、图片、音频、视频、FLASH 动画、H5 等多种报道手段，凸显了创新性和独创力。

1. 创新表达方式，将人工智能技术应用于大会报道，首次在全球推出“AI 新闻官”，“用 AI 报道 AI”成为了人工智能在上海应用的全新首发领域。

首届世界人工智能大会举办，人工智能不仅是一种技术，而是下沉到各个领域，结合不同应用场景，为经济社会发展注入新动能的同时，深刻改变着人们的生产生活方式。

新华社提前策划了一位不同寻常的媒体记者，“AI 新闻官”——媒体大脑 MAGIC 智能生产平台带着全新的技能“AI 会议报道模型”重磅来袭，对此次大会进行智能化报道，全程用 AI 技术进行内容生产。MAGIC 智能会议报道系统入驻大会后，在开幕第一天就产出了 40 条视频新闻，既有现场感十足的精彩演讲，名言金句，也有从数据中挖掘而来的历史资料、行业解读，这样丰富的内容，都由 AI 一手自动化地完成。

2. 个性化发力，定制化传播，以现场直播的方式独家探营 AIPark，直播主论坛相关金句，在共振共鸣中实现了传播效果最大化。

会议前后推出了“AI 星球探秘”“独家探营 AIPark：未来已来，你也快来”等

40 多条互动类、直播类的新媒体报道，总浏览量超过 500 万，将市委市政府的产业“大规划”、上海智能产业发展的“大图景”与市民喜闻乐见的“小清新”完美结合，体现上海风气之先，实现了“镇版 + 刷屏”的叠加效应，占领了版面头条也占领了“朋友圈”。短视频《我是 AI，我的人生你懂吗?》用第一人称的方式，展现了 AI 在上海各行各业的赋能，梳理了上海创建智能城市的点点滴滴。

推荐理由：

系列稿件仅在新华社客户端的浏览量就破千万，在新华社微信公众号上半天时间内达到 10 万 + 的阅读量，得到了新华社总社多位领导的表扬。作为上海的主场活动，世界人工智能大会的全媒体稿件全面系统地推介了上海打造人工智能国家高地的决心，获得了多位市领导的转发和表扬，上海发布、上海经信委、上海徐汇、世界人工智能大会等公众号均头条转发融媒体稿件，创造了“世界那么大，先来上海看 AI 吧”等金句。

上海迎战台风安比全天大直播

主创人员：王　倜　徐轶汝　徐鸣慧　萧君玮　陈炅玮
李永生　李若楠　罗水元
编　　辑：徐易飞　戴天骄　龚　莲

（新民 APP2018 年 7 月 22 日）

申报资料实录

作品简介：

2018 年 7 月 21 日晚 9 时至 7 月 22 日下午 1 时 30 分，新民晚报全媒体直播团队完成了史无前例的上海迎战台风安比 16.5 小时大直播。截至 7 月 23 日早 8 时，全渠道参与人数达到创纪录的 473 万。

参评作品选取的是 7 月 22 日上午台风接近上海，至中午 12 时 30 分登陆崇明东部陈家镇的直播段。

在这一直播段中，5 路记者分别在长兴岛一线防汛大堤、南汇嘴观海公园、上海市防汛指挥部、虹口滨江、静安虬江路复元坊小区等处出镜连线，介绍防汛防台情况。

更幸运的是，我们预判到台风可能在崇明登陆，在长江隧桥全线关闭前，一路记者成功上岛，走访了台风登陆点——崇明陈家镇。预料中的大风大雨并没有来，位于风眼的陈家镇出奇的平静。

此次直播持续时间超长，我们选取的直播片段已接近直播尾声，此时大部分人几乎一夜无眠，出镜记者在风雨中“凌乱”，摄像记者被吹得东摇西晃，但前后方团结一致，以十分的敬业精神和饱满的工作热情，完成了此次直播当中最重要的内容，呈现给广大受众。

推荐理由：

2018年夏季有多个台风登陆上海，“安比”是头一个。资讯爆炸的当下，在本地重大新闻事件发生时，直播，是“终极武器”，直击第一现场，才能带给受众最鲜活的新闻画面。

新民晚报全媒体的直播之所以能在众多本地媒体中脱颖而出，得到各方肯定，除了时长的优势外，更在于直播内容充分全面。在前方5路记者30余次的出镜连线中，除了市防汛指挥部外，他们的“脚力”足迹覆盖全市各个角落，最远到了南汇嘴、长兴岛、崇明岛，市区地标如陆家嘴、徐汇滨江、中山公园，重点的防汛区域如老旧小区、在建工地、安置点，均在直播中一一呈现。

30个问题：公示6天之后独家专访80后白发干部

主创人员：祝文博、孙鹏程

编　　辑：集体（赵昀、石轶君、桑文浩、刘亚峰、罗梓晗）

（澎湃新闻2018年11月21日）

申报资料实录

作品简介：

一张苍老的面孔，一头醒目的白发，让拟提名为云南省大姚县政协副主席的湾碧乡80后党委书记李忠凯瞬间火了。“白发书记”李忠凯接受澎湃新闻专访，听他谈谈移民搬迁、脱贫攻坚等基层工作的背后故事。

推荐理由：

记者接到通知立即从丽江赶往大姚县湾碧乡，翻山越岭终于在夜晚赶到。记者抓住与李忠凯交谈的短短一个小时，当机立断开机录下了宝贵的30个问题。通过独家专访的形式深入挖掘李忠凯的生活，向大众展现了李忠凯不为人知的一面。在全网对李忠凯关注的热潮逐渐消退的情况下，又掀起一波关注。记者通过这一专访向大众传达了李忠凯内心深处的渴望，后期又通过微博和短视频进行多维度全方位传播，点击率接近600万。短视频《李忠凯"吆喝"家乡，最想建一座桥》发布后引起了很多人的关注，许多人直接表示想尽绵薄之力帮助李忠凯。后续的七个短视频也引发了又一次传播的热潮。

2018 年 11 月 6 日《文汇报》1—4 通版

作者：单　莹　储舒婷　李　洁
编辑：缪克构　徐雪飞　黄　维

首届中国国际进口博览会
CHINA INTERNATIONAL IMPORT EXPO
文匯報
新时代 共享未来
经历了无数次狂风骤雨，大海依旧在那儿！经历了5000多年的艰难困苦，中国依旧在这儿！
习近平：面向未来，中国将永远在这儿！
出席首届中国国际进口博览会开幕式并发表主旨演讲 强调共建创新包容的开放型世界经济
中国·上海 Shanghai, China
中国经济是一片大海，狂风骤雨不能掀翻大海
习近平与外国领导人共同巡馆
希望各方以参加进博会为契机发现商机加强合作
共建创新包容的开放型世界经济
首届中国国际进口博览会暨虹桥国际经贸论坛
THE FIRST CHINA INTERNATIONAL IMPORT EXPO AND THE HONGQIAO INTERNATIONAL ECONOMIC AND TRADE FORUM

（《文汇报》2018 年 11 月 6 日）

申报资料实录

作品简介：

去年 11 月 5 日，首届中国国际进口博览会在沪开幕，国家主席习近平出席开幕式并发表主旨演讲。文汇报以通版形式呈现重大主题报道，以创造性的编辑手法，将我国的主场外交活动生动呈现。版面有力地凸显了“中国进一步扩大开放”的决心、更有效地传播了“与世界各国共建创新包容的开放型世界经济”的主张，形成了强大的传播力和影响力，获得广泛好评。

推荐理由：

主旨鲜明，彰显以习近平同志为核心的党中央引领中国深层次全方位开放的坚定决心，呈现了中国与各国携手并肩，与世界交融发展的新画卷，传播效果成倍放大。

标题有立场、有气魄，切入点放在中国的责任和担当上——无论面对怎样的国际国内经济形势，中国将永远在这儿，勇于战胜一切困难和挑战。

提要部分重点明晰突出，既围绕进一步扩大开放、交给上海三项新的重大任务做文章，又阐明了对中国经济的信心，与主标题相呼应。

版面不拘一格，以进博会主会场以及上海标志性建筑等为视觉符号衬底，新闻要素齐全，勾勒出新时代新面貌。有感染力有冲击力，将中国主场外交的气氛烘托得格外浓烈。

图片运用大胆，领导人集体合影、习近平与外国领导人共同巡馆的照片，以通栏规格同时出现在头版，不仅充分报道了当天的活动，更彰显了中国作为东道主的姿态。此外，进博会中国馆照片与巡馆照片上下呼应，形成了绝佳的视觉效果。

2018 年 3 月 17 日《新民晚报》1 版

作者：王　倜　任湘怡

编辑：王　倜　任湘怡

新民晚報

星期六

2018年3月 17

人民日报发表社论

国家的掌舵者 人民的领路人

奋进在新时代的浩荡春风里

十三届全国人大一次会议上午选举产生新一届国家领导人

习近平全票当选国家主席中央军委主席

栗战书当选全国人大常委会委员长 王岐山当选国家副主席

新当选国家领导人进行宪法宣誓 会议批准国务院机构改革方案

（《新民晚报》2018 年 3 月 17 日）

申报资料实录

作品简介：

2018 年 3 月 17 日，十三届全国人大一次会议上，习近平以全票当选国家主席、中央军委主席。当天上午 10：54，习近平进行宪法宣誓。这是中国领导人首次进行宪法宣誓。晚报头版以整版篇幅记录这一历史事件，并配以人民日报社论《国家的掌舵者　人民的领路人》。是全国最早对这些内容进行报道的纸质媒体。

推荐理由：

新民晚报是全国平面媒体中最早在第一版同时刊登这两则重要新闻的报纸。最先、准确、全面地记录了这一历史性时刻。体现出互联网时代传统媒体的特色，也体现出新民晚报高度的政治自觉和新闻敏感。版面编排突破常规，重点突出，视觉效果震撼。

“手拉手”坠楼牺牲消防员母亲顺利产女

作者：刘晓晶
编辑：华　迎

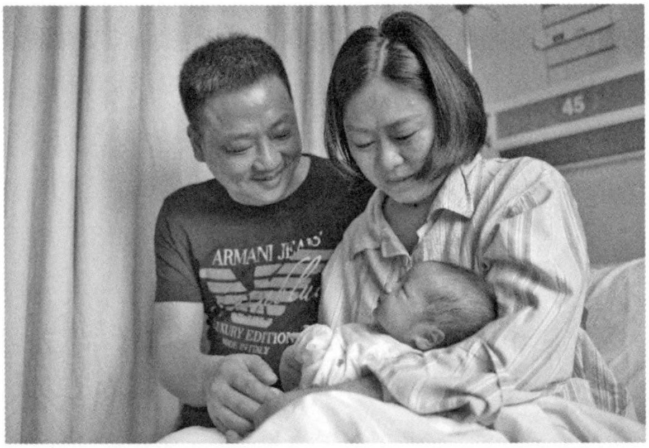

图为应贤梅和丈夫刘军喜深情地注视着刚出生的女儿。

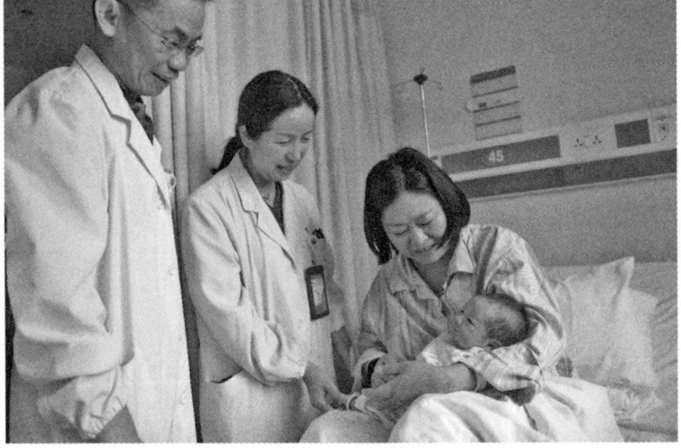

医护人员正在看望慰问应贤梅母女。

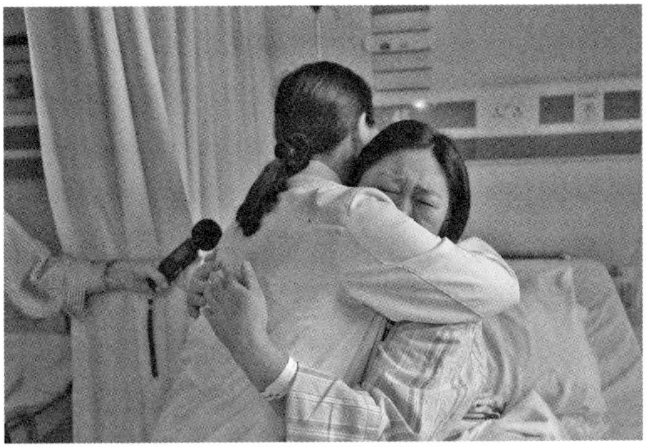

应贤梅喜极而泣，与医护人员拥抱在一起。

应贤梅喜极而泣。

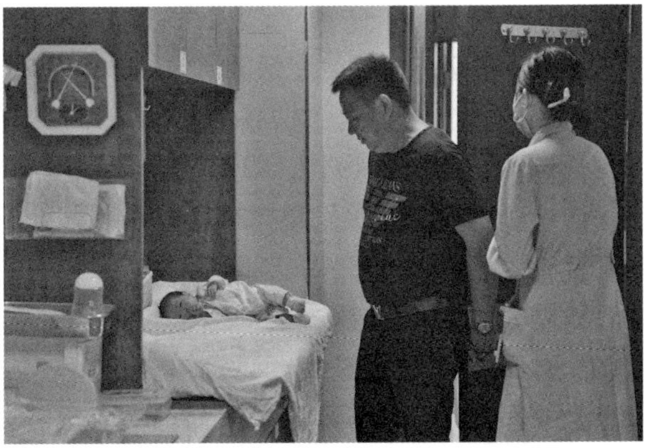

医护人员正在准备给应贤梅的女儿洗澡。

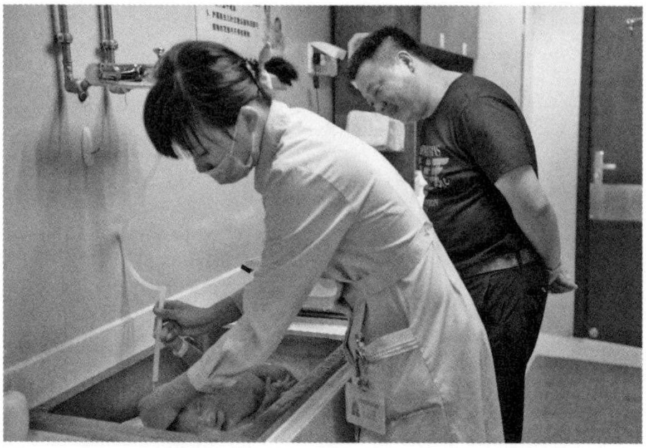

看着正在洗澡的女儿，刘军喜脸上挂满了笑容。

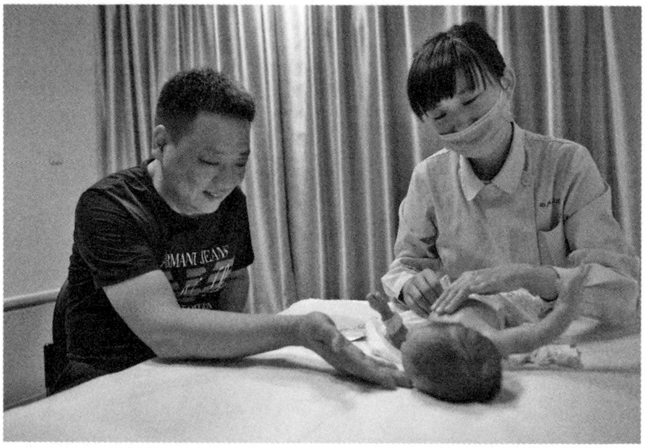

刘军喜与医护人员对女儿进行婴儿抚触。

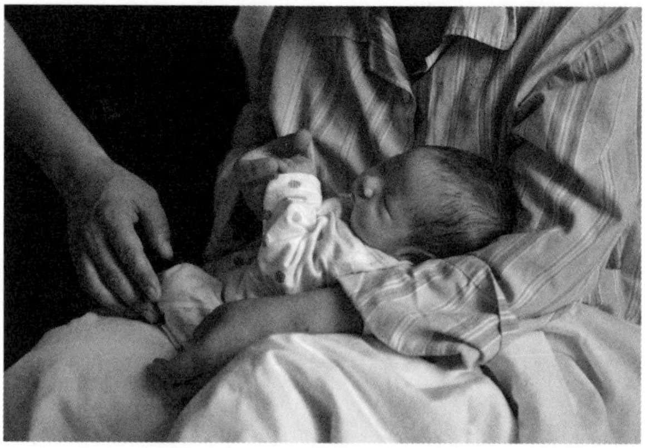

好可爱的女儿。

（东方网 2018 年 7 月 4 日）

申报资料实录

作品简介：

2014年5月1日下午，上海市徐汇区龙吴路一高层居民楼突发火灾，扑救过程中，两名90后消防员受轰燃和热气浪推力影响，从13楼坠落，送医抢救无效壮烈牺牲。其中一名消防员刘杰是家里的独子。为了把失去的儿子“找回来”，刘杰的母亲应贤梅毅然选择了再孕。经过3年半的时间，应贤梅在2017年9月的第五次胚胎移植终于受孕成功，在经历了妊娠合并糖尿病、输尿管结石、高血压等重重难关后，最终诞下一名女婴。

摄影记者在医院里跟踪拍摄了一个上午，抓拍到了数个感人的瞬间，记录了刘军喜、应贤梅夫妇的激动心情。报道刊发后，人民网、中国网、光明网、国际在线等多家主流媒体进行了转载报道，取得良好的传播效果。

推荐理由：

4年前，一场意外打破了这个家庭的幸福和希望。中年丧子，彻底改变了他们原本的生活轨迹。随后，在家人、兄弟姐妹的安慰鼓励下，夫妻俩慢慢走出了悲痛阴影，开始重新面对生活，为了能够把自己失去的儿子找回来，应贤梅毅然决定孕育一个新生命。

摄影记者跟踪拍摄的这组现场图片，用镜头记录下多个难忘瞬间，例如应贤梅喜极而泣的场景，与前来慰问的医务人员拥抱在一起，丈夫看着女儿时的喜悦之情，丈夫与医护人员对女儿进行抚触等等。值得一提的是，对于夫妻大手牵小手的细节抓拍，体现了记者敏锐的影像捕捉力。

该组摄影作品真实感人，影像具有张力。表现出这对特殊的“失独”夫妻重新获得新生命的幸福感，生动、温情！

握手成交

作者：萧君玮
编辑：薛慧卿　周　馨

德国雄克公司(SCHUNK)的仿生机械手是本届展会的明星展品之一。此前在德国汉诺威工业博览会上，这只手还与德国总理默克尔握过手。首届进口博览会上，一位观众的手与这只灵巧无比的机械手握在一起。开放与合作的思想，正通过展会植入大众心中。

(《新民晚报》2018 年 11 月 6 日)

申报资料实录

作品简介：

进博会作为 2018 年我国最大的主场外交活动之一，各个参展国家拿出明星产品“秀实力”，而其背后，加深了解、合作共赢是举办进博会的意义所在。

德国雄克公司(SCHUNK)的仿生机械手是本届进博会的明星展品之一。此前在德国汉诺威工业博览会上,这只手还与德国总理默克尔握过手。当我在进博会上,看到一位观众好奇地尝试握住这只灵巧无比的机械手时,深感画面背后的意义引人深思。

就像观众和这只机械手的互动一样,从好奇到触碰,再到加深了解……开放与合作,正通过进博会这一盛会,扎根人们的心中。

推荐理由:

作品抓住重大事件中的小细节,在合适的时间节点发布,得到了良好传播。作品用简单的视觉语言,阐述了丰富的背景故事。一张有故事可阅读的照片,不仅仅可以作为新闻事件的注脚,更可成为主角。

图说进口博览会

作者：邢千里　王梓含
编辑：刘　栋　王柏玲

（《文汇报》2018 年 11 月 1 日）

申报资料实录

作品简介：

首届中国国际进口博览会是世界上第一个以进口为主题的国家级博览会，是习近平主席亲自宣布的一场2018年重要主场外交活动。在展会开展前，为配合展会举行，本报除了通过相关文字及摄影报道外，创新性地采用了手绘版面的形式。这组手绘图示形象地对进口博览会举办场地、愿景、影响和亮点进行了介绍，图文并茂，取得了良好的传播效果。

推荐理由：

近年来，随着媒体融合的加速，传统媒体在面对重大活动时，往往受制于报纸版面等因素的限制，难以呈现出与新媒体相同的视觉传播效果。这组进口博览会的手绘图示，通过编辑手工绘制的形式，并辅以相关的文字说明，对进博会这一重大活动进行了形象的展示，更是一种在报纸传统版面编排上的创新。在媒体融合时代，手绘图示这一全新的版面语言，既是视觉传播的延伸，更是融合产生的新成果。这组图示报道刊出后，受到了读者的广泛好评。

新闻漫画

我是你的眼

作者：毛小榆
编辑：章迪思

（《解放日报》2018 年 2 月 16 日）

申报资料实录

作品简介：

该图用写意的笔触描绘了一只导盲犬带领一位盲人，如何在路边乱停的共享单车中开辟道路的情景。作为狗年主题漫画之一，刊登于2月16日视觉版。

推荐理由：

画面生动，立意独特，既针砭时弊又令人会心一笑。

上海新闻奖获奖作品选

第二十八届·2018 年度作品

三等奖(60 件)

“创业签证”吸引老外来沪创业

作者：邢　奕
编辑：林淑娟

39 岁的法国人马克·奥利维尔在上海的一家广告公司工作了十年，今年早些时候他决定自己创业。于是他便碰上了许多外国在华创业者都可能遇到的问题：辞职后作为一个自由职业者，如何保持合法居留身份？

咨询了上海虹桥区的一家创业孵化中心后，奥利维尔找到了问题的解决办法——“创业签证”。他很快就办理了申请手续，并在今年 8 月获得了这个签证。

给奥利维尔提供咨询的上海 K-Tech 虹桥国际孵化中心，提供工作空间、财务会计、公司注册以及签证服务。该中心的执行合伙人朱佩仪说，他们的工作人员在咨询了上海出入境管理局后，帮助奥利维尔申请了这个为创业人士专门设计的特别居留许可。

“这就是大家现在所说的‘创业签证’。”朱佩仪补充道。目前有 20 家创业公司在这个孵化器工作，其中三分之一是外国团队。

“许多外国创业者此前并不知道他们符合这个签证的申请条件。在消息传出后，甚至有一些外国领事机构都联系我们了解细节。”她说。

“其实早在 2015 年，上海便已推出 25 项试点政策，简化签证申请流程，增加签证类型，以更好地满足外国人的需求。”上海市公安局出入境管理局外国人证件管理处处长蔡宝弟说。

这 25 项试点政策中有 4 项与想在上海创业的外国人相关，包括允许在中国大学就读的国际学生在上海自由贸易区和张江国家创新示范区内注册公司，允许外国技术专家或大学教授将他们在这些领域的研究商业化等。

美国华裔张峥是上海纽约大学计算机系的教授。在加入该大学之前，他曾任微软亚洲研究院副院长兼首席研究员，并创建了系统研究组。由于美国亚马逊的上海分公司需要他的专业知识，因此公司也请张峥教授加盟。

“以前我们的签证政策不允许外国人在华做两份工作，但上海在今年 5 月份启动了人才签证计划，使之成为可能。”蔡宝弟说。而张峥在今年 9 月 4 日获得了新的工作许可证，这使他可以在同时上海纽约大学和上海亚马逊工作。

除了在校的学生和在职的教授，世界排名前 300 位（以上海交通大学高等教育研究院世界一流大学研究中心发布为准）的毕业生可以在毕业后两年内申请“创业签证”来上海生活和工作。另外，有商业计划的外国创业者准备好相关的投资和收入资产证明也可以申请。

蔡宝弟说上海出入境管理局在过去三年里已经签发了 95 份这类“创业签证”。“我们希望这种居留许可能鼓励人才和创业者带着他们的创意和计划来到上海。”他说。

与允许持有人在中国逗留不超过六个月的商务签证相比，“创业签证”有效期为一年，并允许多次出入境，最长可延长至两年。

“此外，我们将很快在张江开设出入境和移民事务中心，提供从语言培训、求职到法律咨询的一站式服务。”蔡宝弟说。“这也将是全国第一家移民事务中心。”

（《中国日报》2018 年 9 月 15 日）

申报资料实录

作品简介：

近年来，上海为吸引海内外人才推行了一系列人才政策，其中包括有利于外国人来沪创业的签证政策。然而，由于缺乏宣传报道，该政策尽管已经出台近三年，申请者寥寥。本文作者在相关采访得知此类情况后，联系采访了出入境管理局外国人签证专家、实地走访长宁的创业孵化器，在充分了解事实的情况下，结合政策受益者的故事，撰写了此文，深入浅出地推介了该项吸引国际人才来沪创业的惠民政策。

社会效果：

上海有很多很好的政策，但如果不为目标人群所知，就不能很好地发挥其作用。此文涉及的“创业签证”政策就是很好的例子。中国日报凭借其长期积累的读者群以及国际传播平台，通过该报道很好地给目标人群做了政策阐释和推介。据长宁创业孵化器的工作人员反映，稿件刊发后，他们接到的关于创业签证的咨询电话明显增多。稿件被中新网、泰英文报纸 The Nation 等广泛转载。

推荐理由：

上海作为全国改革开放排头兵、创新发展先行者，是国际社会观察中国经济和制度的窗口。“创业签证”政策的推出既是吸引和服务外籍人才的一项具体举措，也是彰显上海日益开放的政策风向。该文选题与《中国日报》的服务读者群高度契合，行文简练，引用的案例浅显易懂又极具代表性，服务性强，宣传效果明显。

关注困境儿童系列报道

作者：胡蝶飞　夏　天

编辑：金　勇　朱　斌　夏　毅

（限于篇幅，本书仅选录系列报道中的三篇代表作。）

代表作一

乐乐与朵朵　被“困”住的孩子

阳光照耀大地，世界才有生命。

因为光，世界充满了缤纷的色彩；

因为爱，孩子们笑得更加灿烂。

五年前，6 岁的乐乐被妈妈遗弃在法院，手里攥着几张人民币，孤独地坐在立案大厅角落里的场景，曾牵动了无数人的心。五年后，在儿童保护机构“三进三出”的乐乐，已经 11 岁。他现在过得好吗？

本市首例由民政部门申请撤销监护权的案例中，被亲生母亲遗弃三年不闻不问的朵朵，如今在上海市儿童福利院生活得如何？是否已经启动领养程序？

这些曾经的判例，困境中的孩子，时刻牵动着上海法官的心。

连日来，上海市高级人民法院全面启动基层大调研，关注“沉默的少数”，主动倾听平时“听得少”“听不到”的声音，再一次将这些困境儿童重新拉回公众视野。2 月 23 日正月初八起，记者跟随调研组走访这些困境儿童，了解他们的生活、学习近况，寻求解“困”之路。

今天起，本报推出“大调研大走访”关注困境儿童系列报道。

(一) 曾经被丢在立案大厅

五年前，乐乐被妈妈翠玲（化名）遗弃在长宁区人民法院立案大厅时，只有6岁。

翠玲从老家来沪后，在一家足浴房工作，与顾客刘根林（化名）相识并发生一夜情。事后不久，翠玲怀孕，并抱着一丝侥幸生下了乐乐。

随着乐乐逐渐长大，翠玲的丈夫发现，孩子长得一点都不像他，便悄悄做了亲子鉴定，证实乐乐确实非他亲生！

两人离婚后，翠玲带着乐乐返沪辗转找到亲生父亲刘根林。

然而，年近60的刘根林拒绝让乐乐进家门，拒绝相信眼前的一切。2012年，生活窘迫的翠玲诉至长宁法院，要求变更乐乐的抚养权。

2013年5月，长宁法院一审判决乐乐随母亲翠玲共同生活，由刘根林每月支付1200元抚养费，至其18周岁时止，同时，刘根林需补付乐乐出生到现在的抚养费共96000元。

然而，宣判后不久，翠玲却将乐乐遗弃在了长宁法院立案大厅里。在“法官爸爸”、“法官妈妈”家里轮流住了一段时间后，6岁的乐乐被临时送往了一家民办福利院。

如今：叛逆的11岁少年学籍问题未解决

“院长妈妈，小雪拿（玩具）车撞我。”2月25日上午，在上海一家民办儿童福利院内，11岁的乐乐眼里噙着泪水。

“你们怎么又打架了？你比她大啊，”院长罗妈妈说。

“但我们两个都是人！”乐乐大声地回答，脸上写着倔强，带着不服与气愤。

“他刚来的时候并不是这样的，懂事乖巧、很诚实。”对于乐乐这个“三进三出”的孩子，院长罗妈妈既喜欢又惋惜：“这几年他变化很大。”

调研当天，在二楼的房间里，当被问及“你会不会想妈妈？”乐乐却摇了摇头，说：“我都不记得她长什么样。”

“哪个孩子不想妈妈？他只是不轻易说。”院长罗妈妈回忆，去年的一天，乐乐问她借手机，说想给“法官妈妈”打个电话。“我也没多想，就把手机给他了。”

过了一会儿，罗妈妈发现，乐乐冲着手机连喊了好几句：“我在孤儿院！”“当时他脸憋得通红，我发觉不对劲，拿过手机，却只听到嘟嘟嘟的声音。”后来罗妈妈才知道，那个电话，乐乐是打给妈妈的。

就在今年春节前，院长罗妈妈鼓励乐乐再一次给妈妈打电话，“但对方一听是乐乐的声音，立即就挂了。”

尽管这样，乐乐在一次谈心中，依然说：“有时还是会想（妈妈）。”“但一想到她一直打我，不要我，就不想了。”

如今，在爱心人士的帮助下，11 岁的乐乐在一所寄宿制民办小学上 5 年级，每到周末才回到院里。“我就自己一个人玩，有时跟小区里的猫和狗玩。”乐乐说。

“他表面看上去好像很开朗，但其实心思很深沉。”“很难管。”“把自己捂得很紧。”负责照顾乐乐生活的高阿姨这样形容道。

进入叛逆期的乐乐，开始变得越来越不听话。他会拿着爱心款偷偷跑去打游戏；甚至将院里的玩具和衣服，带到寄宿学校变卖给同学……

长宁区人民法院少年家事审判庭副庭长顾薛磊将这些变化看在眼里，急在心里。五年来，顾薛磊一直关心着乐乐的成长，经常去看望他，了解他的近况。

“家庭的爱和机构的爱还是不一样的，尤其乐乐是曾经享受过母爱的。”在顾薛磊看来，乐乐已经进入性格和人格形成的关键期，能够回归家庭或许才是对他最好的选择。然而，乐乐的妈妈却一直“人间蒸发”。“即便找到了，也或将面临遗弃罪，被剥夺监护权。”

此外，顾薛磊还一直操心乐乐的学籍问题。由于各种原因，乐乐的学籍问题至今仍未解决，这意味着，乐乐无法参加中、高考，甚至连毕业证都可能拿不到。

“民办福利院毕竟是临时的，属于民间机构，后续安置无法保障，我们还是希望他能进入公办福利院。”顾薛磊说。

目前，顾薛磊仍在积极与相关部门协调，以期能解决乐乐的学籍等后续问题。

(二) 曾经被弃医院两年

四年前，刚出生的朵朵，便因新生儿疾病被转至上海市儿童医院治疗。一个月后，当她病情好转可以出院时，却突然成了“孤儿”：父亲“下落不明”，母亲“不愿抚养”。

医院多次试图联系她的亲生母亲高文（化名），却发现她的手机已经停机且搬离住所“人间蒸发”，致使朵朵不得不长期滞留在医院。直到 2016 年 5 月 12

日，朵朵才结束了两年滞留医院的生活，被送至上海市儿童临时看护中心。

当公安机关终于找到高文，会同看护中心先后六次与她交涉，劝说她承担抚养义务时，高文却明确表示不要孩子，甚至要签字放弃抚养权。

其间，作为亲生母亲，高文从未主动去探望过女儿，也没有支付过任何医疗费用或抚养费用，甚至没有给朵朵买过一件生活用品或者玩具。

2017 年 5 月 31 日，静安区人民法院以遗弃罪判处高文有期徒刑 1 年。同年 7 月 12 日，静安法院判决同意了上海市儿童临时看护中心的诉讼请求，撤销了高文对朵朵的监护权，并指定上海市儿童福利院为监护人。

该案成为上海首例由民政部门申请撤销监护权案例。

随后，朵朵在儿童福利院生活至今。

如今：朵朵的领养之路依然漫漫

"朵朵，叫妈妈。"

2 月 23 日上午，记者跟随上海高院调研组一行来到上海市儿童福利院，工作人员牵着朵朵走了进来。

一头短发，一身粉色的衣服，一双大眼睛透出灵气，粉嫩的脸庞流露出纯真。你很难想象，这样一个可爱的小女孩，竟然会被亲生母亲遗弃。

静安区人民法院未成年人综合审判庭庭长姚轶捷把朵朵抱起来，递给她两颗巧克力。随即，便向工作人员问起了朵朵的情况。

"朵朵很聪明，是我们这里的'小明星'。"福利院相关负责人告诉记者，朵朵会唱歌会跳舞，在院里很受欢迎，社工们都很喜欢她。有一次，幼儿园的老师提了一个问题，班上其他小朋友都回答不出来，就朵朵一个人回答出来了。

"她虽然不怕生，但性格没有其他孩子开朗，比较安静。"该负责人认为，这或许与朵朵的经历有关，"有些缺乏安全感，做什么事情需要别的小朋友带着她。"

目前，朵朵已经上幼儿园，每天和其他小朋友一起学习和生活。

在姚轶捷看来，福利院虽然是一个"港湾"，但"朵朵还这么小，如果能有合适的家庭收养她，有一个完整的家，是最好的。"

福利院也有同样的想法。"像朵朵这么健康懂事的孩子，要找个收养家庭并非难事。我们也希望能将她送养，最好能给她一个正常的家庭环境。"该负责人坦言，但在法律上却遇到了瓶颈，有些顾虑。

其实，朵朵的案例被媒体曝光后，有意愿领养朵朵的爱心人士不在少数，就连福利院门口的保安都常常接到电话：“经常会有人打电话询问朵朵，问能不能收养。”

首先，根据法律规定，被撤销监护权资格的侵害人，自监护人资格被撤销之日起三个月至一年内，可以书面向人民法院申请恢复监护人资格。“朵朵妈妈被撤销监护权资格尚未满一年，也就是说，她仍有可能申请恢复监护人资格。”该负责人称。

此外，根据我国现有法律，只有丧失父母的孤儿、查找不到生父母的弃婴及生父母有特殊困难无力抚养的儿童才有资格被收养。但朵朵的亲生父亲仍未找到，从法律上来说尚无定论，因此收养程序或将暂时被搁置。

“有没有家庭愿意寄养？”面对调研组的提问，福利院方面表示，从法律上来说寄养是可以的，但也会带来风险和问题：比如对朵朵来说，她在寄养家庭将以一个什么样的身份定位？此外，寄养时间的长短、与寄养家庭的感情，这些都关系到她今后的身心发展。

其实，乐乐和朵朵仅仅是困境儿童现状的一个缩影。这样的困境儿童究竟还有多少？这些被“困”住的孩子究竟该何去何从？在解“困”中仍面临哪些问题和瓶颈？请持续关注本报后续的报道。

（《上海法治报》2018 年 2 月 27 日）

代表作二

“困境儿童”因何而“困”

名词解释：何为困境儿童？

困境儿童是指流浪的未成年人和因其他原因暂时失去生活依靠的未成年人，主要包括孤儿、单亲家庭儿童、流动儿童、留守儿童、流浪儿童、残疾儿童、受艾滋病影响的儿童、父母服刑或戒毒期间的儿童、贫困家庭患重病和罕见疾病的儿童及弃婴。

2 月 27 日起，本报推出“大调研大走访”关注困境儿童系列报道。上一篇的报道中，乐乐和朵朵的故事打动了许多人。

其实，他们的故事并非个案。我们可以从以下两组数据中窥见一斑：媒体公开报道显示，仅普陀区桃浦镇经过梳理、排摸、审核，共有66名困境儿童，其中监护缺失儿童有8人；而以上海某基层法院为例，在该院涉未成年人刑事案件中，涉及困境儿童的比例达到30%。

尽管各方都在努力，为帮他们解困不断奔走努力，但依然留有不少遗憾。究竟是什么"困"住了这些儿童？记者对话参与调研的法官、专家，梳理其中的问题和瓶颈。

"困"境之一

后续综合救助不够途径单一

"对，我们希望是有教师背景的，请尽快帮我们找到合适人选……"昨天（27日）一早，上海市高级人民法院未成年人综合审判庭庭长包晔弘一进办公室，就电话联系沪上一家社会组织，希望能找到合适的志愿者，帮助解决困境儿童萌萌的学业辅导问题。

家住长宁的萌萌身世坎坷。四十年前，萌萌的亲生母亲小舟被两位老人收养，长大成人后却出现品行问题。两位老人伤心之余与小舟解除了收养关系。几年后，小舟未婚生下萌萌，并把萌萌交与两位老人代为看管后一走了之，至今未归。两位老人含辛茹苦地抚养萌萌，等着小舟回来。2014年，在等待无望后，老夫妻向法院提起诉讼。后法院判决撤销小舟对萌萌的监护权，指定两位老人为萌萌的监护人。

今年春节前，上海高院到萌萌家走访调研。包晔弘了解到，萌萌上初中后学习成绩有所上升，目前在学业上仍需努力，但家里经济相对困难，老人更无力辅导孩子。"希望能给她提供一点帮助。"包晔弘说。尽管，她知道这样的个案帮助，力量很有限。

"目前，我们对于困境儿童的救助途径比较单一，还是以经济救助为主。"在包晔弘看来，对于困境儿童等未成年人的保护，不是"一枪头"就能够轻松搞定的，还牵涉到很多后续的保障问题，比如学业、人格培养、安全等问题，"对这些孩子的救助不是一时的，而应该是持续性的，"包晔弘说，"但目前我们对这些精神层面的帮扶重视不够。”

“现在我们很多判例，后续都靠法官一己之力在协调跟进，其实力量是非常有限的。”包晔弘表示，目前，能够参与困境儿童保障的专业社会组织、专业社工也相对匮乏。“我们是在个案帮扶中，自行找到社会组织去联系对接，缺乏一个相应的长效机制。”包晔弘认为，应该尽快建立起对困境儿童“解困”的长效机制。

对此，静安区人民法院未成年人综合审判庭庭长姚轶捷也表示认同。“尤其是涉及未成年人为被害人的刑事案件，孩子的身心都受到伤害，心理上的恢复有一个长期过程，需要专业的人员或机构进行心理干预或疏导。”姚轶捷坦言，目前来说，可能在案件侦查审理阶段，公安、检察院、法院都会提供阶段性的帮助或干预，但判后的救助和监管还比较缺乏。“后续的保障，还需要社会各方面共同努力。”姚轶捷说。

“困”境之二
儿童庇护机构不足无法托底

“现在很多案子，我们都不敢轻易判，为什么？因为涉及孩子后续安置问题，底气不足。”长宁区人民法院少年家事综合审判庭副庭长顾薛磊说。

顾薛磊坦言，“我几乎每年都会带孩子（困境儿童）回家，时间长了人家都叫我‘法官爸爸’，但其实我个人觉得很心酸。”他认为，主要还是能给困境孩子提供临时庇护、安置的机构太少。“比如说乐乐，我们做了很多协调工作，最后还是只能将他送到一家民办福利院。”

“上海目前只有一个市级儿童福利院和一个儿童临时看护中心，容量本身有限。”曾参与相关部门关于本市困境儿童专题调研的上海政法学院访问学者滕洪昌说，“调研中，我们发现大多数区没有区一级单独的公办儿童福利院。”再加上收养、寄养门槛较高，“市一级福利院流动性相对较小，最终就是‘进去难、出来也难’。”

市一级的进不去，区一级又没有单独建，“有的区就将一部分困境儿童送往民办机构，或者养老机构暂时托管。”但是这些养老机构或者救助站并没有实现老人和未成年人分别救助，“这其实不利于未成年人的救助和保护，有的甚至发生过未成年人遭受侵害的情况。”滕洪昌表示。

尽管各个区都建立了未成年人保护中心，但更多保障的是传统意义上的孤儿，或者是残疾儿童等，“事实无人监护”的困境儿童很难被覆盖到。

“如果没有机构安置托底，即使前期发现监护缺失或监护侵害情况，这些事实无人监护的孩子也很难走上司法救助途径。”滕洪昌说。

值得欣慰的是，我们看到，去年出台的《关于加强本市困境儿童保障工作的实施意见》中已经明确提出要求：各区要设立专门场所或在区属社会福利机构中设置专门区域，承担困境儿童的临时监护、照料工作。

“困”境之三

综合评估体系落后亟需完善

在上一篇报道中，曾提及朵朵领养之路上遇到的瓶颈。

根据法律规定，朵朵的妈妈自监护人资格被撤销之日起三个月至一年内，可以书面向人民法院申请恢复监护人资格。如果朵朵的妈妈提出申请，究竟让她回到妈妈身边，还是继续留在福利院，亦或是送养，最终如何评估？如何才能实现儿童利益最大化？

“我们在撤销监护权案件中，会有社会调查报告，处理也是慎之又慎。”包晔弘表示。她同时坦言，目前我国现有的涉未成年人评估体系并不完善，包括参与评估的机构、评估标准、客观性等都还有很大的努力空间。

而在滕洪昌看来，“我国对于未成年人的综合评估起步比较晚，相对落后。”尽管已经有了评估的理念，但还需要进一步完善。“国外的评估相对来说比较精细、专业。而我们的社会调查等评估内容虽然很广，包括未成年人成长环境、亲子关系等，但是还不够精细，专业性也不足，亟待完善。”

“困”境之四

主动作为“动力不足”配套需细化

困境儿童保障工作是一项复杂的系统工程，涵盖了基本生活、教育、医疗、住房等诸多方面，涉及民政、教育、公安、司法等多个部门，救助手段呈现“碎片化”“条块化”，难以发挥综合效应。

“现有的联席会议制度已经提高了效率，也发挥了一定作用，但因为牵涉部门众多，资源整合力度不够。”滕洪昌说，大量的时间耗费在协调上，“比如，某区为了一名困境儿童的问题，前后开了十几次联席会议，最终才解决。”此外，各部门职责不尽明晰，缺少相应的监督、追责机制，相关部门主动作为“动力不足”，相关政策配套还需进一步细化。

在上海市妇儿工委原副主任田熊看来，“上海对于困境儿童的保护机制虽然在逐渐完善中，各区都有各自不同的保障特色，但是步子还不够大。”“关键在推进过程中，大家能不能形成合力和共识，主动跨前一步，落在实处。”

“近年来，我们一直通过课题、递交议案等方式，积极推动儿童福利相关地方立法的出台。”田熊表示，但因为各种综合原因，可能时机还不成熟，一直尚在酝酿当中。

儿童不仅属于家庭，也属于国家。让每一个孩子都能在阳光下健康成长，关系社会公平公正，关系国家未来和民族希望。

如何才能突破“瓶颈”，真正解开困境儿童之“困”？政府还能为这些困境中的孩子做些什么？请持续关注本报的后续报道。

（《上海法治报》2018 年 2 月 28 日）

代表作三

“朵朵”将依法依规通过收养程序

民政部门回应本报关注困境儿童系列报道，将建市区两级临时庇护所

2018 年 2 月 27 日至 3 月 2 日，本报刊发“大调研大走访”关注困境儿童系列报道，引发社会广泛关注，反响热烈。昨天，市民政部门针对报道中梳理的问题与瓶颈，及相关建议作出回应。

市民政局表示，“朵朵案”作为本市首例由民政部门申请撤销监护权案例，使本市探索建立困境儿童保障工作体系初步得到了检验。未来，“朵朵”将依法依规通过收养程序，尽早回归家庭生活。市民政局同时透露，该局正会同本市公、检、法、司等部门，拟制定出台《本市困境儿童安全保护机制操作规程（试行）》，在操作层面完善困境儿童救助的细则。本市将设立市、区两级儿童临时庇护场所，并于年底前完成实地督察。

更多实施细则将落地
正在第二轮征求意见

对于目前上海困境儿童的整体情况，市民政局相关负责人表示，由于农村留

守儿童、困境儿童的身份随时都会因其父母状况、家庭情况的变化而发生变化，所以困境儿童信息是一个动态变化状态。本报报道中曾建议，尽快建立本市困境儿童数据库。民政部门表示："我们将建立市区信息员制度、信息季报制度等，要求各区做好农村留守儿童和困境儿童的数据动态管理工作。"

针对本报报道中关于"出台操作细则完善配套"的建议，市民政局回应表示，去年，上海出台了《关于加强本市困境儿童保障工作的实施意见》(以下简称《实施意见》)，随后又下发了"建立本市困境儿童基本生活保障制度"的通知。目前，该局正牵头制定《实施意见》的相关操作细则，"我们将积极会同市高院、市检察院、市公安局、市教委以及卫生、司法、财政等部门深入研究，拟制定出台《本市困境儿童安全保护机制操作规程(试行)》。现在已第二轮征求意见。"相关负责人介绍。

将建市、区两级庇护场所
年底前完成实地督察

根据本报此前报道，"本市大多数区没有区一级的公办儿童福利院"，存在"儿童庇护机构不足，无法托底"的问题。对此，市民政部门坦言："这确实是当前事实状况。"而这一问题目前已经纳入民政部门的视野。

市民政局相关负责人介绍："本市去年出台的《关于加强本市困境儿童保障工作的实施意见》明确提出：各区要设立专门场所或在区属社会福利机构中设置专门区域，承担困境儿童的临时监护、照料工作。"年底前，市社会福利中心还将完成对"设立市、区两级儿童临时庇护场所"的实地督察，切实将场所设立工作抓实落地。

"朵朵"将依法依规通过收养程序回归家庭

本报此前的报道中曾提及，"朵朵"的收养程序目前遇到法律瓶颈存顾虑，暂被搁置。

对此，市民政部门回应表示，"朵朵"从出生就被生父母滞留在医院两年余不顾不问，后由民政部门接收履行临时监护照料职责，再到最后通过司法程序剥夺其生父母的监护权，并指定上海市儿童福利院作为监护人。"这一案例的'破冰'也让本市探索建立困境儿童保障工作体系初步得到检验。"市民政局相关负责人告诉记者，目前，本市困境儿童保障工作流程和体系已经基本建立，各相关部门之间联动协调，市、区、街镇之间协同配合的机制运行比较顺畅，为今后处置困境儿童保障工作积累了经验。“可以说，‘朵朵案’是本市困境儿童保障机制具有里程碑意义的一次实践。”

市民政局同时表示，未来，“朵朵”将依法依规通过收养程序，尽早回归家庭生活。

（《上海法治报》2018 年 3 月 7 日）

申报资料实录

作品简介：

2018 年年初，上海全面启动大调研活动。大调研中，我们不能忘记社会中“沉默的少数”。找到他们、看到他们、听到他们，关乎社会公平正义和人文温度。

困境儿童便是“沉默的少数”之一。

五年前，6 岁的乐乐被妈妈遗弃在法院，手里攥着几张人民币，孤独地坐在立案大厅角落里的场景，曾牵动了无数人的心。五年后，在儿童保护机构“三进三出”的乐乐，已经 11 岁。他现在过得好吗？

本市首例由民政部门申请撤销监护权的案例中，被亲生母亲遗弃三年不闻不问的朵朵，如今在上海市儿童福利院生活得如何？是否已经启动领养程序？

2018 年 2 月起，记者先后多次跟随上海市高级人民法院调研组走访涉案困境儿童，走进这些判例中的孩子，了解他们的近况，及面临的现实困难和问题。

2 月 27 日，在上海法治报与市委政法委合作的“大走访大调研“专栏中，刊发独家报道关注困境儿童系列开篇——《乐乐与朵朵　被“困”住的孩子》，讲述了两名困境儿童代表乐乐和朵朵的故事。

该报道经上海法治报刊发后，打动了许多人，引起社会共鸣。随后，记者又采访了多名参与调研的法官及困境儿童问题方面的专家，进一步剖析究竟是什么“困”住了这些儿童，梳理出目前困境儿童救助保护中存在的四大困境和瓶颈，并就此提出三大针对性建议。

最终形成《“困境儿童”因何而“困”》《如何走出“救火”式解困之路？》2 篇报道，于 2 月 28 日、3 月 2 日先后刊发。

前三篇报道刊发后，民政部门作出回应，表示朵朵将依法依规通过收养程序。针对系列报道中梳理出的问题和建议，民政部门明确，将尽快制定出台相关文件，在操作层面完善困境儿童救助的细则。

2018年3月7日，记者就上述回应形成独家报道《朵朵将依法依规通过收养程序》。

2018年5月29日，本市发布《上海市困境儿童安全保护工作操作规程》，本报头版头条第一时间刊发消息《3个月无人照料或撤销监护人资格》。

社会效果：

关注困境儿童系列报道刊发后，先后被搜狐、新浪、网易、东方网、上海法院网、上海政法综治网、华东理工大学等网站转载，社会反响强烈。

上海法治报官方微信公众号对此系列报道全程同步发布。

此次报道刊发后，得到民政部门的重视和回应，助推本市尽快出台了《上海市困境儿童安全保护工作操作规程》。

该系列报道还引发全国人大代表、市政协委员对困境儿童问题的关注。

在今年全国两会期间，全国人大代表李丰对建立困境儿童保障机制提出详细建议。同时呼吁在上海等有条件的地区先试点立法。上海法治报就此专访了代表并形成报道。

在今年上海两会期间，民革上海市委亦针对困境儿童问题递交提案，建议构建以社区为本的社会支持体系，进一步调研，了解困境儿童的实际需求，为其成长提供更多方位更加多元的支持。对此，上海法治报及时予以报道。

然而，困境儿童的保护仍任重道远。目前，上海市民政局、上海市儿童福利院、上海高院等各方仍正在为朵朵依法依规通过收养程序扫清障碍，积极努力。

推荐理由：

该作品既围绕本市全年重点工作，又体现了“走转改”精神。报道主题突出，内容真实，语言文字生动，感染力强，社会效果好。同时有力地推动本市相关规范出台，得到了上海市高级人民法院等单位领导的肯定。

别让直播软件把你“抖”进灰色地带

作者：杨嘉璐　何洁玮
编辑：顾力丹

近日，一款叫抖音的app软件悄然出现在了大家的智能手机里。不少中小学生的生活因此变得“动感新奇”起来，他们利用这个软件录制视频，记录生活中的快乐时光。然而，“抖音”以及类似网络直播软件的兴起也引发了一些负面现象，它们让青少年更容易触及道德和法律的灰色地带。

小钱同学是学校街舞社的成员，为了学习街舞，她在手机中下载了“抖音”，并在软件中关注了不少“街舞达人”。小钱告诉记者，时下流行的C哩C哩舞、手指舞、Panama舞、外星人舞，她都是通过“抖音”软件知晓并学会的，学校社团中，同学们也会跟着“抖音”视频里的舞蹈进行集体学习和排舞。除此之外，她还会在“抖音”软件里关注一些“实用”的内容，比如黏土动漫人物的制作方法、英语词汇的用法巧记、出人意料的科学实验等等。

小钱也向记者坦言，自从她入了“抖音”这个“坑”，每天睡觉前总要刷一刷，搞笑的内容、充满节奏感的旋律，让她欲罢不能，常常一不留神，就刷过了零点。结果第二天白天特别困。

随着“抖音”软件的火热，“抖友”也越加趋于低龄化。数据统计显示：“抖音”中85％的用户在24岁以下，基本都是“95后”，其中“00后”使用者也占到了一定比例，成为“重度围观者”。

除了“刷”视频，许多青少年还自己创作视频，有的效仿成人的视频内容，浓妆艳抹，搔首弄姿；有的随意吐槽，抱怨自己的学校老师和同学，泄露了大量隐私。网络直播中关注度最多的，是恶作剧整人、投机取巧赚钱、炫富等资源，它们与主流价值观不符，同时也很容易引发中小学生的模仿。

更让人担心的是，目前网络直播软件中的一些内容甚至触碰到了法律的底线。近期，“14岁少女网络平台晒怀孕视频”被央视点名批评。恋爱、怀孕，这些现实生活中的未成年人禁忌，都在网络直播中被轻易打破。

小记者汤小雨曾在网络直播中看到这样一个视频：几个年轻的女孩在跳现代舞，她们的穿着非常暴露，而且在舞蹈过程中做出了一些不太雅观的动作，令汤小雨担心的是，评论区的很多流言都是中小学生留下的，“在网络平台中，人的年龄被模糊了，但这不是我们无所顾忌的借口。”小记者夏雨甜在网络平台上曾看见一个幼儿被一群大人围着，然后他拿起桌上的一瓶啤酒喝了起来，大人们则围着他笑。“虽然可能是故意炒作，但让人看了很不舒服。”

记者在软件下载商城查看后发现，多数网络直播软件的年龄分级为17+，这代表着此软件涉及的内容包含“赌博与竞争”“偶尔/轻微的成人/性暗示题材”“偶尔/轻微的卡通或幻想暴力”等内容。本报在此特别提醒，不仅未成年人不宜接触此类视频，家长和老师也不应该让孩子、学生参与网络直播。

（《少年日报》2018年4月13日）

申报资料实录

作品简介：

随着“抖音”等直播软件的悄然兴起，不少中小学生的生活因此变得“动感新奇”起来。他们利用这个软件录制视频，记录生活。然而，“抖音”以及类似网络直播软件的兴起也引发了一些负面现象，它们让青少年更容易触及道德和法律的灰色地带。作为学生媒体的记者自然也关注到了这些现象，并在学生中进行了调查，提醒学生谨慎使用直播软件。

社会效果：

该报道在读者中引起强烈反响。

推荐理由：

该报道有现实性、及时性、针对性，凸显教育媒体的社会性、责任感。

“桃树老了,种桃的地老了。种桃的人也老了……”

“黄桃之乡”镇村干部谈优势产业发展的瓶颈和尴尬

作者：张红英
编辑：忻才康

“我们村里现在种黄桃的果农,大都是60岁以上老年人,年纪轻的都不愿意种桃子了”“每年修剪黄桃树枝,如果不安排集中堆放的地方,桃农便会丢弃在小河浜里,不清理的话会给河道环境造成影响”“我们村里想借黄桃概念发展黄桃经济,做民宿产业,但苦于没有政策扶持”……2月2日下午,市委农办大调研人员来到“黄桃之乡”奉贤区青村镇开展调研工作。3个小时的座谈里,10多名镇村干部围绕土地流转、农田基础设施、乡村治理一体化、田园综合体建设等话题,畅谈各自在工作中遇到的难点和困惑。大家提及最多的,是黄桃种植、销售等过程中遇到的瓶颈和尴尬。关于黄桃产业发展,参与座谈的镇村干部们有很多话要讲。

现状：黄桃种植遭遇“三老”尴尬

青村镇位于奉贤区中部,素有“奉贤黄桃之乡”之美誉,其特色农产品“奉贤黄桃”已有30多年的种植历史,被农业部和国家质检总局认定为国家地理标志产品。如今,该镇的这一优势产业也面临着诸多发展瓶颈。

大调研座谈中,好几个村的负责人不约而同地发出了“桃树老了,种桃的地老了,种桃的人也老了”的感慨。

“三老”尴尬之一,是黄桃树龄的“老化”。目前青村镇的5万亩基本农田中,有1万亩种植黄桃。这些桃树很大一部分存在种植时间太久的问题,树龄已有十几年甚至二十多年,早已过了盛产期,导致黄桃果品质量下降、品种老化,因此也在一定程度上给黄桃销售带来了困难。

“三老”尴尬之二，是种桃土地的“老化”。因为长年种植单一作物，造成桃田土壤养分退化、肥力下降。为了确保黄桃品质和产量，桃农田间管理时的难度增加了，生产成本也由此相应上升。新张村党总支书记、村委会主任陶军贤还反映，目前种桃树的农田大都高低不平，没有平整过，落差大的可达1米，这也给水利灌溉等带来难题。在土地管理比如土地大平整方面，能否出台有利于桃农的相应政策？

“三老”尴尬之三，是桃农年龄结构的老化。“老年人做不动，年轻人不愿种”，多名村干部在座谈时向调研组表达了对种桃“后继无人”的担忧。解放村支部书记张杰介绍说，他们村黄桃种植面积2600多亩。目前在种桃的基本上是60岁以上的老年人。他用当地流传的一句玩笑话来形容这一老龄化程度——桃农中60到70岁的，是“青年人”；70到80岁的，是“中年人”；80到90岁的，才是“老年人”。“农村劳动力尤其是年轻劳动力非常宝贵，怎样才能吸引他们加入到农业生产队伍中来？”村干部的疑问，或许道出了“三农”基层干部的普遍焦虑。

思虑：如何保住黄桃特色农产品优势？

座谈会上还有村干部指出，零敲碎打的散户种植、销售模式，带来了销售难题，卖不掉的桃子只能烂在地里，影响了果农的收入。青村镇农业服务中心主任李晓青认为，要解决销售难，关键是要提高土壤肥力、提升黄桃品质。他还提出，目前进行的土地流转工作开展中，能否将地上的黄桃生产要素按树龄进行折价流转。

“我们考虑最多的是，在建设都市现代绿色农业、实施乡村振兴战略的过程中，如何通过切实可行的措施，很好地保住奉贤黄桃这一特色农产品的优势？”青村镇主管农业的副镇长潘敏在座谈会上说，青村镇被列入特色农产品示范区，结合“三区划定”工作，要加快农业产业结构调整步伐，打造以奉贤黄桃为龙头的优势产业。围绕黄桃特色品牌建设，该镇连续多年举办“上海奉贤黄桃节”、黄桃擂台赛等活动。但是目前全镇农业投入、资金整合等力度不足的问题没有完全得到解决。包括黄桃种植专业合作社在内的大多数农业合作社与农户之间依然只是松散的买卖关系，产业化、规模化、品牌化建设有待提高。镇里也在考虑落实配套措施，安排扶持资金，积极鼓励和支持农户将土地向协会、合作社、家庭农场、集体组织流转。同时，他也希望奉贤黄桃能够借助科研力量进行优化升级，继“锦香、锦园、锦绣、锦花”4 个优质品种之后，培育出 5.0 升级版品牌。

在仔细听取座谈会上基层干部提出的各种问题、困惑和难点之后，调研组认真做了回应。调研组表示，他们将向市农科院等科研单位进行意见反馈，力争加大科技支持力度，帮助奉贤黄桃产业转型升级。同时，他们建议，提升桃农的组织化程度，提升合作社的专业化水平，带动农民增收，提升农民的获得感。

据悉，下一步，调研组还将针对座谈会上提到的一些突出矛盾和棘手问题，深入到村里了解具体情况，再向相关部门进行问题反映，争取尽早找出解决方法。

（《东方城乡报》2018 年 2 月 6 日）

申报资料实录

作品简介：

2018 年 2 月，记者跟随市委农办大调研组到“奉贤黄桃之乡”青村镇开展座谈调研。当天与会镇村干部谈到的许多“三农”话题，都与黄桃有关。事实上，报道所写的黄桃产业“三老”尴尬，早几年就已显现，而且庄行密梨、崇明柑橘等其他沪郊特色农产品也有着类似的窘境。相关部门采取针对性措施，只是随着时间的推移，这些矛盾越发突出，情况越发复杂，或者说，基层干群对解决问题的呼声越来越大、越来越迫切。记者敏锐地意识到，老问题出现新情况，报道一定有着相当的新闻价值。

座谈会后，记者又向区、镇相关部门进行更深入的调查了解。最终，将“桃树老了，种桃的地老了，种桃的人也老了……”作为主标题，完成了最终呈现的黄桃“三老”这一新闻作品。

社会效果：

该报道刊出后，引起了相关部门的极大重视，也产生了较好的传播效果和较大的社会反响：被市委大调研简报大篇幅录用；市委大调研办于 4 月 20 日赴奉贤区走访黄桃种植户；“上海大调研”微信公众号先后两次刊发关于黄桃产业问题的内容；上视“新闻透视”、上观新闻 App 等也先后针对黄桃“三老”问题进行专题报道。

黄桃“三老”问题怎么解决，有关方面都积极行动：市委农办联手市农科院多次到青村镇对如何开展桃园改造、改良黄桃品种等“把脉开方”。奉贤区委书记当起“店小二”，为黄桃、蜜梨等特色农产品销售“站台”吆喝。青村镇党委、政府提出了以“黄桃+”产业为契机和着力点进行转型升级，实现一二三产的融合，重塑黄桃产业全国领先地位的新的发展思路。

推荐理由：

该作品是本报采编团队全程跟踪市相关部门乡村振兴大调研后产生的众多新闻作品中的代表作品。由于选题具有典型意义，加之采访事实及数据详实，文本表达简洁生动且接地气，一经刊发即引发广泛关注，本市众多媒体随后对此相继进行专题报道。“三老”问题目前已成为制约上海农业生产转型升级瓶颈的代名词，引起各级领导的高度重视。对于本市目前正在实施的乡村振兴战略和“绿色田园”工程建设，该作品仍在产生持续的宣传推进效应。

文字通讯

加一点难度，少一些人情世故

上京考核：决定成绩单的是艺和德

作者：庄从周
编辑：李嘉宝

本周三开始，上海京剧院就要开始演员和琴师们的业务考核，这次考核的范围是45岁以下，二级演员（含）以下，可以说需要参与的人数众多，几乎就是目前上京的主力演出群体。在排练厅，记者看到了和以往响排时完全不一样的气氛，演员们在各自团长的点拨下，完成他们考核的剧目和其他项目，排练场渐渐有了考场的味道。二团团长李笑阳告诉记者，对他们来说，今年的考核比以往更难，同时去掉了一些人情世故。

常年从头演到尾
已多年没有如此考核

2008年进入上京的老旦演员胡静回忆起自己第一次考核时印象挺深，2010年的时候，当时刚刚进院没多久的她战战兢兢地参加了考试。"当时，很幸运，自己表现也还不错，拿了第三名。"时隔多年，她职业生涯中的第二次考核来了，对此，她依然不敢放松。

负责业务考核的上京副院长张帆告诉劳动报记者，最近这五年来，京剧演出的形态也在发生巨大的变化：场次变得更多，演出的场所也越来越丰富，社区、学校、剧场来回奔波，几乎每一年都是从头演到尾，过年也是不休息的。所以，这也造成了上京已经很长一段时间没有把演员们聚到一起进行系统的考核了。

二团团长李笑阳说，由于演出任务实在繁重，他们曾考虑过，以平日里的演出代为考核，让专家在剧场里打分。但一方面，剧场条件所限，每个演员的剧目等都会受到客观的限制，对他们来说也不公平，所以最终还是决定要抽出时间来，在院内进行系统的考核。

加难度去人情世故

压力一下子来了

三天的考核里，文戏、武戏、乐队各占一天。演员根据自身条件，准备自选剧目作为考核内容。武行演员从跟头、把子、出手三个项目中选取两项，同时可自报附加项作为考核内容。文乐考核则分为规定曲目和自选剧目两部分。

第一次参加考核的年轻演员王倩澜直言，这几天一直在准备自己的剧目，要在八分钟的时间里展现自己的全部实力其实挺难的，要是临场发挥不好，最后的分数公布出来，脸上也会挂不住。

但这大概就是考核的意义所在，要让演员们跳出体制内带给他们的舒适感。二团团长李笑阳透露，这次的考核和往年的不同，在难度上会提高一些。具体到考核内容上，以往的考核会是全乐队配置，让演员不需要有一个适应的过程。但在今年，只有一位鼓师和演员合作，给他们一些鼓点节奏。“清唱是最难的，也是最能体现实力的，对演员来说，你自个儿得有节奏，这点我相信对不少年轻演员来说是个挑战。”

此外，这次考核里，乐队的考核首次采用拉帘盲听的形式。副院长张帆对此解释道：这个行当里，大家都是熟人，人情世故的东西多一点，这次上京采用交响乐团成功使用过的考核方式，规定曲目部分由演奏员（京胡、京二胡、月琴）在考核当日自行抽取考核编号，以编号顺序进行单独演奏，评委组采取“拉帘盲听”形式进行考评。

这样的安排，对于演员和琴师们来说，压力一下子来了。张帆笑说，这几天，上京的排练厅内气氛好像不大一样了，大家忙得热火朝天的，都在为考核各自做准备。

给分行归路找依据

挑选演员保证公平

京剧行当里，有个词儿叫“分行归路”，就是一位演员适合什么流派，适合什么样的角色，能够清楚找准自己的定位。在以往的老戏班里，演员们怎么区分头路二路三路呢？很简单，就是看市场，看观众反应，观众爱看、追捧，头路就是你的。

但在如今的戏曲大环境里，光看市场这一条路显然是走不通的。张帆说："以往分配角色、分配演出总会遇到这样那样的问题，但有了这次的考核，我们有了演员们的具体分数，无疑给了我们数据，也给了我们依据，这对演员来说是公平的，对他们的发展也是有好处的。"

张帆还强调，文戏演员和武戏演员因为要展示身段，不可能盲听，但在打分环节上，他们制定了去掉两个最高分和两个最低分来取最后分数的办法。李笑阳还透露，除了业务能力考核，平日里排练迟到早退也会被计入分数。"艺德也同样重要，德艺双馨才能称得上是艺术家，这方面我们也有所考量。"

此外，参与考核的演员，包括胡静等都告诉记者，在考核之前，他们并不知道评委都是谁，等到当天上了考场，才知道哪些人在给他们打分。

据了解，这次考核的前三名将会有奖励，而最后两名则会被谈话，如果连续两年排名最后两名，将被转岗或不聘用。

演员绷紧了神经
寻找自身更多可能性

记者了解到，考核的剧目主要从人物刻画、人物定位、唱念水准、发音吐字、程式规范、技巧体现等方面作为评分依据。

而在武功技巧考核上，评委主要从跟头的空中美感，动作规范、跟头高度，把子的规范、配合熟练度、节奏韵味，出手的基本功水平、熟练度、准确度方面作为评分依据。

这些具体到演员的每一个动作、每一次发声。对演员们来说，考核的八分钟里，他们就是绝对的主角，要对自己的表现负100%的责任。

二团的武生演员吴宝在排练场练把子的时候十分紧张，在一旁给自己团的演员做最后辅导的李笑阳提醒他，这段表演并不在八分钟的规定时间里，让他的动作不要慌里慌张，影响了发挥。

吴宝16岁进团，是同批进团里跟头翻得最好的一个。用他的话说："我脚一蹬地，噌得一下就从演员头上飞过去，轻轻松松的。"但28岁那年，一次演出中，他左脚跟腱直接就断了。

今年36岁的吴宝，卷起裤腿，手术的疤痕依旧显眼。他直言，从那以后，舞台上没有那个飞天遁地的吴宝了。“和地板卯上了，它总要回报你点什么，一身伤大概就是我们得到的。”吴宝说，他也考虑过转型，所以多练身上的把式，包括出手和把子，不能做一个只会翻跟头的演员。

这次考核对他来说，也有很大的意义。都说“分行归路”，他也想通过这次考核，向评委们展现自己身上更多的可能性。“演员身上就是得有活儿，虽然年纪渐渐大了，但我不怕转型，积累了很多，学习了很多，未来我希望自己可以成为一名技导，给年轻一辈带去更多的经验。”

（《劳动报》2018年3月12日）

申报资料实录

作品简介：

对于上海京剧院的这次院内考核，记者经过独家跟访了解到，这次的考核内容和形式和以往有了很大的不同。所以进行了全程跟访，就参评者、考官等进行了一对一细致的采访。全程还原了这么一个不为人知的考核过程，也让更多戏迷和读者了解到一流国家剧团的演员需要经过怎样一种选拔。

社会效果：

上海京剧院的这次考核，采用了拉幕帘盲选的过程，这是院团首次采用，为的就是最大程度去除人情因素、让每一位演员的实力得以充分展现。报道刊出之际，恰逢文艺院团的全面改革，而在人才选拔上的突破和打破桎梏，无疑是坚实也是有勇气的一步。

报道刊出后，获得了大量网媒的转载，京剧院这样的考核方式也得到了社会各界的认可以及行业内兄弟单位的好评。

推荐理由：

文章内容独家、采写扎实，细节生动、角度以小见大，从一个看似普通的考核，折射出新时代文艺院团破旧立新的决心。

“中国资本第一县”的资本新解

作者：陈天翔　宋易康
编辑：于　舰　石尚惠

宋代改革家王安石曾在《予求守江阴未得酬昌叔忆江阴见及之作》中写道，“黄田港北水如天，万里风樯看贾船。海外珠犀常入市，人间鱼蟹不论钱”。诗句的字里行间，无不体现着江阴——这个长江下游南岸的小城市的富足。难能可贵的是，这种富足，不仅出现在历史上，更是延续到了现在。

江阴，因地处“大江之阴”而得名，东接张家港，南邻无锡，西连常州，北对靖江，历代都是江防要塞。从上海乘坐高铁，仅 40 多分钟就能到达这个面积不足 1000 平方公里的“中国制造业第一县”。江阴也是拥有上市公司数量最多的县级市，被称为“中国资本第一县”。

作为民营经济发达、中小企业众多的地区，在当前国内经济面临一定下行压力、外部环境复杂多变，以及税收等各种政策因素制约之下，富足如江阴，同样真切感受到了压力。但通过当地银行贷款倾斜，政府与银企合作打通信贷风险补偿基金、转贷基金等多种融资渠道，更随着国家层面破解融资难和降税减负举措的落地，江阴式“解渴”之路，或亦折射出中国民企生存境遇的一个侧面。

民营资本之城

采访途中，司机师傅一路上都在非常自豪地向第一财经记者介绍他的家乡。毫无疑问，江阴的“业绩表现”有足够的资本让生活在此的人们感到骄傲：2017 年，江阴市实现生产总值 3488.3 亿元，全市完成规模以上工业企业产值 5822.7 亿元，同比增长 15.1%；新兴产业产值 2518.9 亿元，同比增长 13%。

此外，去年一年里，新增 5 家上市公司，上市公司总数已扩容至 47 家，合计融资额达到828.86亿元。“事实上，如果没有本身就存在着大量中小民营企业的话，江阴也不会有那么多上市公司。”江苏澄星磷化工股份有限公司(600078.SH)董事长李兴对第一财经记者如是说。

在这个只有120万人口的小地方，却有14万家大大小小的企业。也难怪很多人会说，“在江阴，9个人里就有1个老板”。可见这一地区民营企业的活跃程度。那么，近一段时间以来这些“小舢板”们的日子怎么样呢？是否依旧那么红火？

“压力非常大”是第一财经记者在江阴采访多位企业家时，他们口中的高频词。

在当前各种因素的作用，如果说，大型民营企业尚且勉强可以通过自身求变、克服困难的话，那么对于诸多小企业来说，抗风险能力弱、对于政策转向的理解和反应速度慢、获得银行支持的难度大，成为共同的“痛点”。

中小民企“喊渴”

“虽然中央各相关部门都一直在强调，金融要支持实体经济发展，并重点向中小企业倾斜，但在基层的具体操作实践中，还存在诸多难以一下子解决的问题。”事实上，能够以相对比较高的成本从银行获得贷款的企业，仍属幸运，一些小企业根本没有从银行获得资金支持的可能性。江阴银行行长任素惠在接受第一财经记者采访时称，最让银行忌惮给中小民营企业贷款的一个原因是，这些小企业不重视自己的财务管理，本身就是本“糊涂账”，这种情况下，想让银行比较顺利地放款，几乎没有可能。

于是，一些小企业开始把目光转向和自己有业务往来的、现金流较为宽裕的大企业。第一财经记者在江阴了解到，当地供应链条中，一些下游企业会向行业上游的龙头企业借入资金，利率一般在10%左右，虽然表面上比银行给企业开出的6%利率要高出不少，但由于可以随借随还，且本身就有多年的业务往来，于是就成为了一些没办法在银行比较快地获得资金支持的小企业们融资的一个重要通道。

即便如此，这种情况并不普遍。一家当地龙头企业的负责人告诉第一财经记者，会对自己下游企业进行与银行类似的标准化打分考核，作为资金提供方，他们会看企业各项指标以及抵御风险的能力。此外，还会要求下游供货商以降价的形式作为回报。

如何将流动性引入民企，化解民企风险，营造更好的民企金融环境支持，已经成为首先需要解决的重要问题。

任素惠在见到第一财经记者之前，刚刚去下面的乡镇实地考察了几家小企业。“每次到下面去，总有很多收获。”任素惠说，经过反复调查摸底后发现，江阴的中小企业总体情况是不错的，“于是我们今年在给江阴的小企业贷款方面加大了力度，截至今年上半年，我们对制造业的贷款比重接近60%。我们也在主动联系一些中小民企，去调研它们的经营情况，提醒它们关注国家政策，注意化解或避免政策风险。”针对中小民企财务状况不健全等通病，江阴银行一方面开展“阳光信贷”走访活动，从村到镇到市寻找符合贷款要求的小微企业，另一方面加强政银企合作，利用大数据最大程度还原小微企业的生产经营和财务状况，全面摸底后将企业分门别类，建立小微企业档案并进行动态化管理。

“此前小民企的糊涂账较多，普遍代理记账后，开始朝着逐渐规范的方向发展了。”任素惠说，银行也在抓紧落实金融监管部门对于支持小微企业“尽职免责”的相关部署要求，已经将授信指引与考核办法落实到内部文件上，“这么做就是要通过绩效考核，引导内部员工对支持小微企业的积极性。贷款发放之前，员工一定要尽最大责任了解企业各种情况把好关。”

江阴银行披露的数据显示，该行上半年不良率2.29%，虽然相比去年末下降了0.1个百分点，但仍高于二季度末商业银行不良率均值1.86%。任素惠对此认为，正是因为做了大量的小企业贷款业务，以及真正将资金往最需要的企业引导，这一比例的不良率是可以被接受的。为了控制风险，避免企业因为多头贷款中的一家银行进行抽贷，而引发的多米诺骨牌效应，江阴银行执行“禁5控3”政策，“我们更希望小企业们正视多头贷款的风险”。

各自找“出”路

在银行加大贷款倾斜力度的同时，各家民企还需自行调整找“出”路。

从事精细磷化工研发、生产和经营的江阴澄星实业集团（下称“澄星集团”）出口的两类产品——磷酸与磷酸氢钙产品出口美国的份额约占公司总出口额的10%左右。在各种内外环境的影响下，产品出口利润被摊薄。一系列应对措施已经在部署当中，首先要做的是，加快拓展新的市场。澄星集团首先研究了对欧洲、东南亚等地区增加出口磷酸及磷酸盐等产品的可能性，他们发现，由于近期人民币对欧元也出现了贬值，这是一个非常有利于增加对欧洲出口的信号。

“不过仅仅增加对欧洲出口是不够的。我们集团最近马不停蹄地在考察南美市场，希望抢占部分南美市场。”李兴称，但可替代的市场空间毕竟有限，短期内无法完全替代之前出口美国的规模，因而产品升级成为了企业的应对之策。例如，药品用磷酸氢钙原本只是澄星集团尝试孵化的高端产品方向之一，公司正迅速加紧落实美国动态药品生产管理规范（CGMP）的资质认证。

类似的情况也发生在江阴的另一家大型船舶制造企业身上。扬子江船业集团公司董事长任元林告诉第一财经记者，公司现在增加了以欧洲、日本等国为主的订单，努力拓宽市场。

在之前的那次全球经济危机中，有一批同类造船厂倒下了，实力较为雄厚的扬子江造船厂就从银行、倒闭企业手中将烂尾船拍卖下来，并通过自身技术和资金，将其改造完成后，再卖出或交给旗下物流公司运作。“这其实是个非常赚钱的生意，目前公司已经收了 30 条烂尾船，但对企业的技术、经营者的战略思路、资金储备实力是非常大的考验。”任元林说。

有着同样思路的，还有江苏省第一家乡镇中外合资企业江阴模塑科技（000700. SZ）。该公司董事长曹克波对第一财经记者说，他们公司在两年前启动海外战略，在美国、墨西哥投资 4. 8 亿美元建设工厂，墨西哥工厂前不久也拿到了墨西哥大众每年 26 万台套的保险杠订单。“对于中美贸易摩擦，短期对中国企业会有一定影响，但长期来看，如果美国封闭市场，受损害的一定是美国企业和消费者的利益。”

政府打通多种融资渠道

仅靠单家或几家银行之力，无法缓解中小民营企业“融资难、融资贵”难题。第一财经记者了解到，在几年前，江阴市政府就已经和当地多家银行展开合作，探索各类信贷基金模式。

2016 年，江阴市政府财政出资 3 亿元，作为保证金放在合作银行，并与合作银行签订协议，按照 1 ∶ 10 比例，打造了总规模在 30 亿元的信贷风险补偿基金，支持为小微企业投放信贷。

江阴市金融办一位相关负责人告诉第一财经记者，目前政府信贷风险补偿基金累计投放了20多亿元。贷款利率较低，一般年化在5%左右。此外，向企业提供不需要担保和抵押的信用贷款，“我们还创新推出了政府牵头引导、企业以会员制参与的转贷平台，目的是为了缓解民营企业压力，减少贷款成本高的痛苦，一定程度也帮助它们远离民间高利贷之苦。”

在传统的贷款模式中，由于小微企业生命周期短，银行不敢给它们发放中长期贷款(即期限在1年以上的贷款)，仅会发放短期贷款。但一位民营企业主对第一财经记者指出，开办一家企业，所投入的资金，不可能大部分在一年之内收回来。比如，购置厂房、机器等，都是固定资产投资，回收期很长。

于是便出现了“过桥贷”的行为，短期贷款到期时，还不上钱的企业主会先借一笔民间借贷，把银行贷款还掉。等过一段时间后，新的一笔短期贷款贷下来之后，再还掉之前的民间借贷。但是，民间借贷利息往往很高，月均利率在10%～20%左右，银行一旦不续贷了，小企业极有可能面临被高利“过桥贷”拖垮的风险。江阴市金融办上述负责人告诉第一财经，2013年的时候，市政府逐步建立“转贷基金”：市两级财政出一部分引导资金，在各镇街园区成立服务辖内企业的转贷平台，各个希望得到转贷的会员企业根据贷款规模出入会资金。该基金只面向会员企业转贷。

为了保证资金安全性，在会员的挑选上，首先是采用双向选择，由企业自己提出申请。其次，银行方面也会进行审核，核查企业是否存有风险等。最后，在银行认可的基础上，政府相关部门再进一步在会员遴选上进行把关。“这么严格选择会员的目的，就是要保证会费资金的安全。因为最终基金解散后，转贷资金是需要还给各个企业的，并且转贷会费放在基金池中，也是需要支付资金成本的。这就相当于‘抱团取暖’。”上述负责人如是说。

运行三年以来，江阴的转贷基金已经累计转贷规模约100亿元。该负责人说，一般情况下，会员企业的贷款是不太会在同一天，甚至同一个月到期的，但是如果真的出现了多家会员企业贷款集中到期的情况，平台会协助提前安排并与各相关银行沟通。

今年以来，江阴市政府将转贷基金在原有基础上进一步扩大规模，除了面向会员单位，还面向整个社会的中小企业。除了财政出资作为引导资金，江阴一些商会骨干企业“出大头”，成立共同转贷基金。所有企业都可以申请贷款，相关企业只要事先通过合作银行的审核认可，便可以获得转贷。据了解，目前这个转贷基金已经与12家银行开展实质性业务合作，半年时间就做了近5亿元规模的业务。

上述相关负责人指出，转贷基金对于民间过桥贷款的替代作用比较明显，成本虽稍微高于银行贷款利率，但比民间高利贷低很多，直接降低了民间过桥贷的利率和风险。

为了促进银行进一步加大信贷支持中小企业的力度，江阴市政府还通过给银行打分的形式，来加以督促。具体而言，地方政府会根据存贷比等各种指标对辖区内的银行进行考核，并将考核结果分为ABCD四类。政府方面会将一些政府项目与打分比较高的银行进行合作，反之，如果评分较差，政府有关部门也会给出“黄牌”，并上报这些银行的上级分行和地方监管局等部门。“这些做法，都是真正想把银行资金往中小企业引导，解决它们的实际困难。”该金融办的上述负责人说。

“外科手术式”的精准救助

除了提前预防、多渠道打通民营企业融资渠道外，企业一旦真的发生风险了，地方政府也很难坐视不管。4年前，负债60多亿元的西城钢铁资金链濒临断裂，西城集团的金融风险处置工作至今让江阴市各相关方面记忆犹新。“当时的情形，已经是非常凶险了。”一位参与整个重组过程的亲历者告诉第一财经记者，事后证明，当时的果断态度是非常正确的。

那么，当时政府为什么要组织力量“救”这样一家企业呢？上述人士称，当时的西城钢铁在江阴是体量比较大的一家企业，是中国民营企业五百强，有2万多名员工。银行贷款有60多亿元，如果任由这样一家本地大型民企倒闭的话，不但很多员工会失业、各家银行也会有巨大损失，而且对整个江阴的经济环境都会有相当负面的影响。

“更为重要的是，当时西城钢铁‘自救’的意愿非常强烈，企业经营者的态度也非常果断。那么政府方面所愿意投入的资源和精力也会更多。”上述人士称。经过瘦身减负、债务重组后，西城钢铁的资产负债基本持平，这两年因为行业景气度回升，反而获得了相当不错的效益。可谓皆大欢喜。

但新的问题又开始出现了——由于资本市场一时间股指振荡下挫，不少上市公司面临着大股东股权质押“爆仓”的风险，何况是江阴这样一个有着近50家上市公司的地区。据了解，目前股权质押比例在100%的企业有4家。眼下，江阴市金融办正密切关注这些上市公司的经营情况。

“它们是下海的游泳者，我们只是岸上的救生员，没有能力去指导企业该如何游泳，也不可能去干预企业家们的经营理念。政府方面一个很最重要的工作是维持好市场秩序，尽量协调、促进稳定。”上述金融办的负责人如是说。

为民企纾困政策已在路上

尽管存在相当多的问题，但在江阴采访过程中，第一财经记者发现，地方政府、银行与企业三方正在形成合力，来缓解各种压力，解决融资难等多种难题。

而在国家层面上，从破解融资难到减税降费，再到最近两次国务院常务会议部署确保社保负担不增加，扶持民企渡过难关的组合拳开始发力。

国务院总理李克强9月19日在2018年天津夏季达沃斯论坛开幕致辞中表示，中国将坚定不移坚持“两个毫不动摇”（毫不动摇巩固和发展公有制经济，毫不动摇鼓励、支持、引导非公有制经济发展），进一步落实和完善支持民营经济发展的政策措施，坚决消除阻碍民营经济发展的各种不合理障碍，对政府承诺的放宽民营企业准入领域，要加大力度督促推进。当李克强谈到“民营经济”时，台下三次响起掌声。

与此同时，一系列支持民营企业发展的金融、财政政策渐次落地。

克劳塞维茨在《战争论》中说：“面对战争中的不可预见性，优秀的指挥员必备两大要素：第一，即便在最黑暗的时刻，也具有能够发现一线微光的慧眼；第二，敢于跟随这一线微光前进。”

显然，江阴民营企业家眼里是能看得见微光的，心里也有跟随微光前行的果敢。

（《第一财经日报》2018年9月27日）

申报资料实录

作品简介：

本文实地走访了“中国资本第一县”江阴，通过对当地企业、金融机构及相关政府部门的采访，勾勒出时下中国民企生存境遇的微观缩影。此外，也对金融机构和政府部门在纾困民企过程中作出的努力和实际落地举措进行了归纳解读，如政府与银企合作打通信贷风险补偿基金、转贷基金等多种融资渠道等，以期为民企“解渴”提供借鉴意义。

社会效果：

本文发表在第一财经网站和客户端上，流量较佳；另外被新浪财经、搜狐财经等多家门户网站、微信公号转载；在当地引起广泛传播，社会反响较好。

推荐理由：

2018 年以来，解决小微企业、民营企业融资难、融资贵问题成为社会关注热点。不论是政府部门还是金融机构，纷纷举措纾困民企，然而不可忽视的是，在打通信贷传导机制中仍存阻碍，货币机制传导不畅频被提及。而本文则以“中国资本第一县”江阴为样本，详述了当地政府、银行与企业三方合作模式，通过映射民企生存境遇的一个侧面，为时下民企发展提供参照，社会反响效果良好。

文字通讯

一次唾液测试后,老人倒欠公司 2 万余元

作者:吴汝琴
编辑:曹 奕 陈 多

所谓的高科技"唾液测试",竟能测出你还有多久会得心梗和脑梗;一次又一次的保健养生讲座,让七旬老人摸出了一笔又一笔钱,甚至还倒欠 2 万余元。

日前,市民卫老伯(化名)夫妇写来求助信:我们真的受骗上当了吗?

为"补气",花 3000 元买了 5 瓶"神药"

今年 4 月,卫老伯经老同事介绍,和老伴走进位于真北路 3233 号 4 楼 403 室的博翰堂养生馆。"先是和其他十多名老人一起,在会议室里听一名史姓工作人员的讲座,结束后他和一名姓郑的小伙子轮流把我们带到旁边的小房间里,小史给我们看手相,说我们要降血脂,向我们推荐了'黄芪甲苷'。"随后,工作人员告诉卫老伯,"精、气、神"是人的三宝,特别是"气"对老人的健康很重要,而黄芪就是补气的最佳药材,从黄芪中提取的"黄芪甲苷"就更有功效了。除了讲解,他们还向老人赠送了一本《神奇的黄芪甲苷》,该书号称是"中国老年人健康指南公益图书工程书库"中的一册,书上还罗列了一大堆各式各样的医学专家对"黄芪甲苷"的溢美之词,定价 39 元。

"黄芪补气,这个我知道,那从黄芪里面提取出的精华肯定更好。"在工作人员的热情推荐下,卫老伯花了 3000 多元买了 5 瓶由上海博翰堂医疗器械科技有限公司委托生产的"瑞嘉甲苷素",和老伴每天服用,"药瓶上写着,这是央视网商城的优选品牌,那肯定不会错。"

一盒 9000 元买了 6 盒，尚欠 2 万余元

购买了“瑞嘉甲苷素”后，小郑成了卫老伯夫妇的联系员。6 月份，他打电话通知老人，说自己已高升，特邀请二老参加免费的江阴二日游。

旅游当天，卫老伯夫妇早早等在家门口，和来自全市各处的二三十名老人一起参加江阴二日游，小郑的全程陪同更是让他们觉得温暖可靠。第一天参观完两个景点后，老年游客们被统一安排参观一家挂牌为“齐氏科技有限公司”的场所，在上交手机、背包等随身物品后，穿戴上防护服和手套，有模有样地听了一场“细胞科学”的宣讲，大意就是只有让好细胞消灭坏细胞，人才能健康长寿。据卫老伯回忆，听课之后，“研究员”还为每一名参观者进行了唾液测试。

第二天上午，卫老伯被领到所住宾馆的一间房间里，拿到了该公司“科研教授”的测试报告，结果令他们大惊失色。“说是老伴处于心梗边缘，我则是脑萎缩，即将脑梗。我们急啊，就想如果真的瘫痪在床，谁来照顾啊？”慌了神的夫妇俩在“教授”的推荐下，购买了 9000 多元一盒、每盒 30 支的“姬松茸多肽复合粉”用于治疗，“教授”不仅好心地给打了折扣，还“建议”老人少买点，先每人买个三盒看看效果。卫老伯说：“我也不知道有多少人买了，因为每一名老人或老夫妻都有人一对一陪同，互相之间很难有机会交流。”

由于当场没有带够钱，小郑表示可以先把药品带回去，回到上海再收钱。就这样，卫老伯付了 400 元定金后，带回了去除了外包装的 180 支“姬松茸多肽复合粉”，并在到沪的第三天将 2.8 万元交到了上门收款的小郑手中，小郑手写了一张收据，同时约定剩下的 25480 元等退休工资发放后分批付清。

时间一天天过去了，慢慢回过神的卫老伯觉得事有蹊跷，于是向本报写来了求助信：“我们现在服用了两个星期，尚没有什么感觉，是不是受骗上当了？我们夫妻俩退休工资不高，尚欠 2 万多元，压力很大……现在每星期都有大量老年朋友要去听课，会不会也上当？”卫老伯告诉记者，他们至今不敢告诉子女购买了高价保健品：“本来我们就想着有病自己看，也不要子女出钱。接下来怎么办，我们真的不知道。”

记者调查

究竟是谁卖出的保健品？

记者以卫老伯家人的身份，来到了老人所说的位于真北路上的博翰堂。不过，该地址对外并没有挂“博翰堂养生馆”的招牌，而是一家名为“上海曜灿生物科技有限公司”的企业。公司被分割成三四个小间和一个稍大的会议室，其中一间在桌上放有几盒“瑞嘉甲苷素”，记者进门时，两个小间里有交谈声传出。

记者向该公司一名工作人员表明来意，希望就以上两款保健品进行退款。该工作人员声称，此处非“博翰堂”，只是公司代卖博翰堂出品的保健品，而且“瑞嘉甲苷素”是经国家有关部门批准的正规保健品，如果经过检测认定这是假药，公司可以办理退款。

而更出乎记者意料的是，该员工称并不认识一直与卫老伯联系的小郑，小郑并非博翰堂或曜灿的工作人员，公司也从未组织过江阴二日游，至于花了 5 万多元买回来的“姬松茸多肽复合粉”，和公司更是完全无关。在记者的坚持下，该员工称向公司领导反映后取得了小郑的联系方式，而其手机屏幕上却分明显示小郑就是他的手机联络人之一。

记者当场接通了小郑的电话，小郑表示目前自己身在外地，等回沪后将第一时间为老人办理退款。此时，该员工又向记者建议，如果对方拖延不退款，“我们没办法，但你们可以报警。”

记者将暗访结果告知卫老伯后，卫老伯这才回忆起，他所遇到的所有工作人员都未曾明确表示自己隶属哪一家公司或机构；参加二日游时，接送的大巴车上也完全没有任何关于组织方的标识，“到底是谁组织的，我们已经搞不清了”。截至发稿前，卫老伯告诉记者，小郑已电话联系了他，说因为资金周转困难，过几天才能把钱退回，“他还说，这个保健品市面上抢都抢不到，你们真的要退吗？”

这些保健品真那么“神”？

那么，卫老伯先后购买的“瑞嘉甲苷素”“姬松茸多肽复合粉”等保健品是否真的那么神奇有效？所谓的唾液测试、细胞科学等是否真的那么可靠？

记者发现，《神奇的黄芪甲苷》一书无刊号、无出版社，只是一本内部读物；老人花了 3000 元买的“瑞嘉甲苷素”，同样规格和数量，在某购物网站上仅有一家在销售，且售价不过1500元，在央视网商城上更是难觅踪影。

虹口青联常委、“艾助健康”中医药科普推广项目负责人李明哲在仔细研究了“瑞嘉甲苷素”的成分后明确表示，该保健品中所含的黄芪、银杏叶、山楂、制何首乌、灵芝和葛根等成分，完全可以去药店购买这些药材，以制作养生茶等方法来取得同样的功效。而且，同样的价钱“可以买一堆了”，甚至还可以买大型制药厂家生产的颗粒冲剂，省事又便宜。

而对于所谓的可以检测出脑梗、心梗甚至癌症的“唾液测试”，李明哲付之一笑，“唾液检测，一般来说只能检测出人的口腔与肠胃方面的病症，心脏病、脑梗和脑萎缩都需通过拍片或CT检查才能判断，卖出天价的‘姬松茸多肽复合粉’根本无法治疗脑萎缩和脑梗。”

李明哲提醒老年人，不去医院进行针对性治疗的话，任何病情都只会恶化，“与其参加主办方究竟是谁都不知道的养生保健讲座，不妨多参加正规的中医科普活动，遇到问题多问正规医院的医生，千万不能把保健品当成救命稻草！”

■ 记者手记

这是一次很艰难的采访，难就难在老人能说清很多事情，比如花了多少钱买了多少保健品，为什么会买这些保健品；但同时又说不清很多事情，比如他们究竟参加了谁组织的活动？一直和他们保持联系的人又究竟来自哪里？

但这些并不能一味地责怪老人，而是如今各种针对老人推销天价保健品的所谓“生物科技公司”“养生馆”之类的机构，在有关部门一重又一重的打击下，所想出来的明哲保身之举。一旦遇到任何风吹草动，他们大可溜之大吉，没有招牌、没有标识、没有发票，所有的一切都由业务员个人出面，可是，你知道小郑真的就是小郑，小王真的就是小王吗？

难，我们不怕，可是有一种挫败感却让人感到无力。采访卫老伯时，记者反复向他强调“不要再买了”“千万别掏钱了”，但就在第二天，老人竟然去了另一家保健品公司组织的健康宣讲会。情急之下，记者接连打了多个电话给他。但唯一一个打通的电话那头，传来的是另一名年轻人在向老人推销保健品的游说声，仅仅一分钟后，电话就被挂断了。

（《上海老年报》2018年7月14日）

申报资料实录

作品简介:

老年人往往容易轻信那些喊着“无需手术、包治百病”旗号的保健品,为此不惜掏空自己的养老钱。记者收到一对老年夫妻的求助信件后,并没有因此置之不理,而是多次上门询问采访,尽可能在帮助已记忆模糊的老人回忆还原被骗经历,并联系医学专家对此“天价保健品”进行成分和功能分析,指出该保健品和所谓的高科技测试其实并不可靠。同时,为保护老人的权益,追讨被保健品业务员骗取的养老金,记者前往该保健品推销企业暗访,并积极帮助老人向该企业要回受骗资金。在记者的努力下,该保健品中介企业最终回收了这批保健品,并向老人退还了大部分钱款。

社会效果:

报道刊登后,在老年群体中引发了强烈的反响,大量读者来电来信,附上了自己曾经被骗购买天价保健品的经历,以此来警醒更多老年人不要迷信保健品,并希望《上海老年报》能继续对此类不良企业进行曝光披露。事后,这对要回了自己养老钱的老夫妻也向报社寄来感谢信,盛赞《上海老年人》真正为老年人说话。

推荐理由:

针对老年人的天价保健品骗局近年来层出不穷,《上海老年报》并未对一封简短的读者求助来信进行简单答复或处理,而是在进行严谨认真的新闻追踪报道的同时,积极为老年人追讨受骗资金,保护他们的合法权益,践行“为老年人说话”的办报宗旨。

黄牛网上叫卖9价HPV疫苗预约名额

作者：张益维
编辑：倪　冬　唐宏伟　黄慧青

■ 致电询问表示要等半年才能打到，需持户口本、房产证或租赁合同去预约

■ 24岁女孩交2800元“定金”，2天后在一社区卫生服务中心成功注射

今年9月底，9价HPV疫苗在上海正式开始接种，但因为供应数量有限，上海各社区服务中心一“苗”难求。

然而，只要把“定金”交给黄牛，2天后，竟有社区卫生服务中心9价HPV疫苗注射资格，摆在一个居住地、户籍所在地、居住证所在地均不在该社区的女孩面前。而在正规途径下，即使女孩各方面均符合该社区的条件，也要等待至少半年的时间。

咨询：2800元保证快速预约

据悉，目前9价HPV疫苗的接种范围为16岁至26岁女性。对于1994年出生的茵茵而言，9月底的接种放开不啻为一种福利。然而，“这一个月，我什么办法都用了。”茵茵说，她在街道宫颈癌疫苗开放预约的第一天，她就拉着伙伴起早去排队预约。然而，有很多人来得比她还早。茵茵紧赶慢赶，只排到了一张2019年下半年的预约号。

“实在等不及了，朋友让我上社交平台发求助帖。结果遇到了一堆黄牛。”茵

茵说，让她惊讶的是，这些黄牛口气极大，“只要先付高价费用，就有办法快速搞定预约名额。”

对于茵茵所反映的情况，记者上网核实发现，在微博等社交平台，确有一些账号，在公开叫卖9价HPV疫苗的预约名额。为了核实这些黄牛所言真伪，记者随机挑选了一个账号进行核实。

该账号名为“不如在疯疯癫癫中神经错乱”（下简称“疯癫”）。在微博中，“疯癫”宣称，她可以预订9价HPV疫苗，并“帮忙安排社区医院打”。她还特意强调，“你自己很难预约到的”。

记者以求苗者的身份向其咨询后，她告诉记者，只要付2800元，即可帮忙在上海社区医院预约接种，不限户籍。目前可以排到2月、3月份。

当然，这2800元是付给黄牛的额外费用，打疫苗时还需付费给社区医院，打一针交一针。

“交好定金怎么能确定我约上了呢？我的户口不在上海。”暗访记者向“疯癫”表达了自己的疑虑。

为了取得记者的信任，“疯癫”向记者出示了一份打过马赛克的Excel表格。表格中分别列有日期、姓名、身份证号、以及地点等信息。共23个不同的身份证号出现在该表格中，时间从10月3日至11月15日不定。“疯癫”说：“名单可以给你看，每天约很多人的。”

平日里，“疯癫”会像许多微商一样，在其个人微信、微博平台发布“用户”反馈信息，以显示其真实性。这些信息中，不乏标有HPV9的上海市预防接种卡，以及9价HPV疫苗针剂的盒子。

付款：通过拍下“体检卡”付费

12月23日，“疯癫”再次在其朋友圈中发布9价HPV疫苗预订信息，并强调，现在付款，12月25日即可注射第一针。此前，记者曾致电了上海市内约30家社区门诊，所有接通电话的门诊均表示，即使居民现在预约，最快也要等1个月左右。

“疯癫”是怎么做到2日内即可预约成功的呢？这些活跃在网络上的黄牛，到底是在吹牛骗钱，还是确能搞定？为了求证，记者在茵茵的协助下，展开了进一步暗访。

茵茵非上海市户籍，常住地址位于徐汇区内。符合“疯癫”所要求“不限户籍，不能超龄”的条件。

在得知记者要购买服务后，“疯癫”向记者转发了一条售价2800元的名为“美年大健康体验卡”的闲鱼App产品链接。她告诉记者，因为闲鱼App上不允许上架9价HPV疫苗相关产品，她只能采取这种方式进行交易。这种交易方式，可以允许消费者在注射后，再“确认收货”，主要提供给那些对付款心存疑虑的人。

付款后，“疯癫”向记者索要了注射者（即茵茵）的姓名和身份证号。没过多久，一条信息被发送到了记者向“疯癫”提供的微信号上，上面赫然写着“12月25日（周二）下午14：00—16：00。地址：虹口区广灵一路80号广中街道卫生中心。其他：请携带本人身份证，疫苗单针付费1300多。”

打针：出示身份证后完成注射

12月23日晚，“疯癫”建立了一个微信群，并邀请了包括记者所提供的微信号在内的5个微信账户加入群聊。在微信群中，“疯癫”向其他5个账户强调了注射当日需要注意的事项：

“当天先到1楼挂号处挂号，再到3楼预检处取号，只能现金或刷卡，取号时一定要说接到通知才过来的。”

事情真如“疯癫”所描述的这样简单吗？抱着将信将疑的态度，12月25日下午，记者和茵茵一起，到达广中街道社区卫生服务中心。令人惊讶的是，9价HPV疫苗注射的大门，竟向茵茵一路敞开。

当天，出示身份证并表明要注射9价HPV疫苗后，茵茵顺利地在广中街道社区卫生服务中心一楼挂号窗口挂号，并在3楼预检台取得登记排队号码、接种知情同意书、以及预防接种证。

经过一个多小时等待，茵茵被叫入诊室内进行登记。在接过茵茵的身份证、预防接种证等材料后，工作人员对茵茵进行了登记。登记后，医生告知茵茵，可以去缴费，然后注射第一针了。

下午4时许，茵茵在广中街道完成了缴费，并获得了收费收据。记者看到，在“疯癫”所建的“12·25九价接种”群中，除了记者提供的账户外，至少有2名成员，表示成功完成了注射，并在微信群中反馈了登记排队号码、收据等凭证。

［回访］

预约制度便利或为黄牛提供钻空子空间

仅仅2天，黄牛“疯癫”就完成了她的承诺，在社区医院预约到了市面上一针难求的9价HPV疫苗。她到底运用了怎样的方式？是否是因为广中街道社区卫生服务中心的疫苗较多，恰巧被她获知了？为了探究原因，记者又一次以预约者的身份致电了广中街道社区卫生服务中心。

电话中，工作人员表示，想要在广中街道社区卫生服务中心预约9价HPV疫苗，首先要有地址位于该街道的居民户口本、或房产证、或写有本人名字的租赁合同。想要预约者，需携带以上三种证件之一以及本人身份证，于每周三下午2时至4时，到广中街道社区卫生服务中心进行预约。

“现在预约的话，大概要排半年。前面大概排了几百人吧。”工作人员说。

截至记者发稿前，在社交平台，仍有部分账户在兜售9价HPV疫苗预约名额。

记者体验发现，社区卫生服务中心的预约制度相比一些民营医院更为便利和人性化，然而，却给“不法者”留下了生存缝隙。

许多社区卫生服务中心工作人员告诉记者，他们区的9价HPV疫苗仅提供给该社区的居民。然而，如何判断居民是否生活在该社区，部分社区的方法却非常简单。

一些社区仅要求居民提供租房合同，作为该居民生活于社区的证据。当被问及这些合同是否需要备案或公证时，工作人员表示并不需要。同时，部分社区卫生服务中心还表示，允许居民相互之间代办。这些过于简易的程序，都为投机者留下了多钻空子的空间。也许，“疯癫”的快速预约成功就来自于这些空间吧。

（《新闻晨报》2018年12月29日）

申报资料实录

作品简介：

2018年下半年，上海市开始为适龄女性提供九价宫颈癌疫苗注射服务。由于疫苗数量有限，适龄女性只能通过排队的方式，等待打针的机会。但记者却发现，在互联网上，有不少黄牛，竟公然对九价宫颈癌疫苗注射资格进行了公开叫卖。记者经过多次暗访核实，层层剥笋，拿到网上黄牛勾结某些社区医院倒卖九价疫苗注射号的证据，首次揭示这一违规现象。

社会效果：

报道刊出后，九价宫颈癌疫苗资格乱象问题得到了相关部门的高度重视，卫计委、公安等相关职能部门介入调查，相关人员得到惩处。原本混乱的疫苗排队现象逐渐趋于规范、透明。

推荐理由：

记者新闻嗅觉敏锐，迅速捕捉到九价宫颈癌疫苗在上海开打这一新现象出现后背后所产生的种种猫腻。

调查收费专业老到，记者在夯实投诉案例的基础上，以身暗访进一步求证，挖出黄牛与社区医院勾结的证据链条，同时进一步求证，坐实问题。报道显示了传统专业媒体记者的专业素养。

尚贤坊两排石库门建筑去哪儿了?

作者：徐　驰
编辑：任湘怡　钱俊毅

近日,有文史爱好者向本报记者反映,淮海中路 358 弄尚贤坊的两排石库门建筑突然“消失”。去年,相关部门曾承诺要对这处上海市属文物保护单位予以保护。

现场：尚贤坊只剩一半

住在附近的陈老伯说,原先尚贤坊呈“丰”字形排列,如今,只剩下南侧靠淮海中路的两排石库门楼房。远远望去,后排建筑拆除部分的地基仍在,周边散落着木材和砖块。

记者想要进入工地,发现大门紧闭,整个地块被围墙遮住。一路从淡水路走到淮海中路,再走过马当路,始终没找到施工铭牌,只有一块幕布上写着“项目将保留历史原有的石库门里弄建筑及其原来风貌”。

开发：曾承诺尊重历史

尚贤坊 1924 年建成,是典型的石库门里弄住宅,著名作家郁达夫在此邂逅爱妻王映霞。1989 年,尚贤坊被列为上海市第一批优秀历史建筑、市级文物保护单位。上海石库门研究专家娄承浩介绍,2015 年,他和一些文史爱好者最早发现尚贤坊正在被拆除。他在微博上发文疾呼,后经多方努力,尚贤坊内的历史文物保护建筑被保留。

“最近,尚贤坊附近要开发 K11 二期。一听说这消息,我就不断同相关部门沟通。尚贤坊为砖木结构建筑,是市属文保单位,更是上海石库门建筑的代表,一旦被拆除,就不可能复原了!”娄先生焦急和惋惜之情溢于言表。

早在去年 2 月,尚贤坊保护性改造项目的方案出炉,其中明确：尚贤坊是上海市文物保护单位、上海市第一批优秀历史建筑。开发商上海新尚贤坊房地产发展有限公司公开承诺，会尊重历史、修旧如旧，将尽量按照原本布局，每一平方米都恢复原貌。去年5月，在公示的规划总平面图上，清晰地标出尚贤坊的保留范围。对比图纸，北侧两排石库门房屋确已不存在。

记者联系到黄浦区文保所，相关负责人表示，尚贤坊属于市级文物保护单位，区相关部门未参与整个过程。

点评：风貌保护要用心

市文物鉴定委员会委员、市历史博物馆研究员王毅表示，历史保护建筑是城市文脉的重要组成部分，必须用心保护。文保部门要对历史保护建筑建档立案，形成常态化的定期巡查机制；对于破坏历史风貌的行为，必须严厉追责。

（《新民晚报》2018年1月19日）

申报资料实录

作品简介：

2018年初，几位文史爱好者同时向记者爆料，称位于淮海中路358弄尚贤坊的石库门疑似被人拆了两排房屋，让他们十分心疼。记者获悉后，当天立即前往现场踏勘。由于现场被围，记者爬上周边一幢高楼，俯瞰后记者发现：两排石库门建筑确实“蒸发”了，尚贤坊整体只剩下了一半。

记者随后查阅相关资料发现，早在2017年2月，尚贤坊保护性改造项目的方案出炉，其中明确：尚贤坊是上海市文物保护单位、上海市第一批优秀历史建筑。既然纳入保护，那缘何被拆？记者联系了文保部门，得到的答复却是“区里未参与整个过程”。显然，这样的答复，根本无法令人满意。

所谓“好料不等人”，新民晚报的舆论监督，更不能缺位！当晚，记者还补充采访了资深文保人士，并抓紧时间采写，分别从现场、开发和点评三个角度，认真细致地撰写了这篇稿件。次日，新民晚报也在头版的重要位置，刊登了这篇稿件。

社会效果：

报道刊发当天，引起广泛的社会反响。当天上午，市文物局的相关领导闻讯后，致电记者了解情况。最终，在报道刊发后第二天，市文物局发声，被拆的尚贤坊两排建筑，将规划后，按原样重建。

报道在新媒体端口的影响力也很惊人。新民 App 首发后，报道当天获得 100 万+的点击和阅读量。网络媒体纷纷跟进，澎湃新闻“浦江头条”原文转载，“今日头条”等第一时间选用，人民网、光明网、新浪、网易、搜狐等网站也纷纷转载，累计阅读量十分客观。当晚，上海电视台也跟进采访。

报道还深远地影响了上海的历史保护建筑事业。不少政协委员提出议案，均以这篇报道为例，报道在客观上也为推进本市对于历史保护建筑的立法发挥了一定作用。

推荐理由：

新闻价值讲究真实性、时效性、重要性和接近性。这篇报道是记者“用脚丈量”和“鞋底踩着泥”采写出来的新闻，真实、重要、接地气、有意义。阐述客观事实，提出存在问题，也做好了舆论监督。

寥寥 848 字的一篇稿件，就将现场描述生动、事情阐述清楚，观点鲜明可信，并且社会反响积极强烈，实属不易。报道本身文字精炼晓畅，并产生了积极、长久的社会影响力。

绝不能把大众注意力锁进娱乐至死的氛围

作者：王　彦
编辑：邢晓芳

低头刷手机，浏览各平台发布的内容，多少你我他，日常生活都躲不开一个“刷”字。

可大众刷到了什么？谁离了婚，谁出了轨，谁公布恋情，谁疑似怀孕，谁崩坏了人设……演艺圈的八卦新闻循环往复，明星的私生活在网络媒体的放大镜下，成为刷时间的“硬通货”。甚至，由此催生的吃瓜群众从一个网络热词，日益有了大众化、全民化趋势。为保吃瓜群众不断粮，难以计数的八卦挖掘机跟进爆料、梳理时间线、纵横联想画出相关人物谱，恨不能掘地三尺把明星的前尘往事、周边人物一网打尽。就这样，始于一桩私德私事，终于漫无边际的热搜话题，大众的时间在不知不觉中被泛娱乐化的网络八卦悄然刷走。

演艺明星知名度高、粉丝众多，一举一动都可能成为舆论热点、社会话题。当涉及艺人私德的事件发生时，理性陈述无可厚非，批判与反思更是应有的担当。然而，环顾众多自媒体账号、视频平台，庸俗低俗媚俗的气息弥漫，过度娱乐化物质化肤浅化的言语大行其道——他们“奋笔疾书”所指望的，绝非社会监督、价值坚守，而是“请君一点”。在流量即关注、关注即利益的逻辑下，把花边轶事、生活私德当作新闻来追踪报道，俨然成了许多视频账号、自媒体人的维生手段。八卦已从“周一见”到“周三见”再到如今“天天见”。即便与演艺圈毫不相关的部分公众号，也不惜自降姿态迎着绯闻跨界而来，看中的，也是蹭个热度割流量。

这股“娱乐至死”的泛娱乐化信息消费观念正在消解什么？

对网络空间而言，若信息“格调”不断向下走，互联网传播的理性反思就会少了，炒作就会多了。一条“八卦生产链”顺着网络传播方向蔓延滋长，最终只能把大众捆在了虚无的、充斥着绯闻与负能量的氛围中。

对演艺明星及其经纪公司而言，网络狂欢带来的热度很容易形成错觉：只要有节奏地抛出绯闻，只要在恰当时候抖出明星一点隐私，明星的人气就会随同点击率水涨船高。如此一来，不以作品论功绩，错将曝光度取代文艺价值的恶性循环也会悄然形成。君不见，“宣传期恋情”“合约情侣”“打架成名”统统成了流量经济的赢家。在某些浅薄的网络传播与经纪公司的联手助推下，刷脸、刷绯闻被明星当成速成捷径，仿佛这远比安静踏实地经营一段表演、维护一部作品重要得多。

更可怕的是，网络信息本是个受众主动攫取的过程，在“注意力经济”“八卦生产链”之下，廉价的笑声、无底线的娱乐、无节操的爆料、无营养的名人失德信息被推送到面前，淹没大众生活，长此以往，意味着劣币驱逐良币，真正美好而有质量的文艺评论被挡在注意力之外，真正关注凡人善举、科技精英的文章被冷落在不起眼的角落。

什么样的土壤培育出什么样的作物，什么样的平台催生什么样的受众。我们怎能指望从小被没完没了的八卦捆绑的下一代，去拥抱辽阔的生活与远方？

要关闭“八卦生产链”的阀门其实说难也不难——内容创作者不能为刻意迎合而致导向失途，不能为哗众取宠而致价值失焦，不能为吸引眼球而致姿势失态；平台管理方更应担负起社会责任，从源头上整肃生态，不可放任粗鄙跑赢了精致、低俗压倒了高尚。

（《文汇报》2018 年 9 月 30 日）

申报资料实录

作品简介：

在手机成为越来越多人生活必需品的同时，手机里出现的演艺圈八卦、明星私生活等泛娱乐化信息也在无情地蚕食大众时间。记者对这一现象进行犀利批评。文章指出，许多自媒体账号、视频平台上庸俗低俗媚俗的气息弥漫，过度娱乐化物质化肤浅化的言语大行其道——他们“奋笔疾书”所指望的，绝非社会监督、价值坚守，而是“请君一点”。本质上是利用“流量即关注、关注即利益”的资本逻辑为己谋利。文章进一步揭开真相：对网络空间而言，若信息格调不断向下走，一条“八卦生产链”顺着网络传播方向蔓延滋长，最终只能把大众捆在了虚无的、充斥着绯闻与负能量的氛围中。同时，演艺圈也会形成错将曝光度取代文艺价值的恶性循环。更可怕的是，当廉价的笑声、无底线的娱乐、无节操的爆料、无营养的名人失德信息淹没大众生活，劣币驱逐良币。文章最后提出，要关闭“八卦生产链”的阀门其实不难，内容创作者不能为刻意迎合而致导向失途，不能为哗众取宠而致价值失焦，不能为吸引眼球而致姿势失态；平台方更应担起社会责任，从源头上整肃生态，不可放任粗鄙跑赢了精致、低俗压倒了高尚。

社会效果：

文章刊发后，被人民网、光明网、中国文明网等转载，并在学界、传播界引发积极反响。

推荐理由：

文章发表时正值一些三俗又廉价的娱乐内容反复闯入大众视野、大有“一切皆可娱乐”的倾向。文章层次清晰，从现象入手，随后揭露被流量所捆绑的泛娱乐化本质、真相，并揭示可能引发的后果，最后提出从根本上杜绝这一现象的理性建议。此评论时效性针对性强，对于社会如何共同呵护网络空间、共同营造风清气正的大众文化传播空间，具有一定启示意义。

文字通讯

8岁孩子死记硬背考“基口”，合适吗？

作者：龚洁芸
编辑：王仁维　徐蓓蓓

新年临近，在课外培训机构的众多学科类培训项目中，基础口译成为小学家长们的“新宠”：培训班越开越多，家长们趋之若鹜。

上海英语口译基础能力证书考试始于2002年，由上海外语口译证书考试委员会办公室主办，和中级口译、高级口译形成提升口译能力的三个阶梯性考试。但这几年来，随着全能五星、3E等英语考试被“叫停”，基础口译出现严重“低龄化”趋势。前几年，四五年级学生考出“基口”还是新闻，如今，二年级过“基口”已不是稀罕事。不过，让8岁左右的孩子学习“装货期限”“商品倾销”“通货紧缩”，真的合适吗？

二年级过“基口”已不是新闻

近日，记者走访几个外语培训机构发现，“基口”已成寒暑假培训“主打产品”。

在一个培训机构门口，一张红榜放在醒目位置。红榜上列出了今年11月在这个机构通过基础口译考试的名单。“参加考试395人，通过人数312人，通过率高达79%”的广告词让不少前来咨询的家长心动。在这张密密麻麻的红榜上，大多数学员为五六年级，最小的为三年级学生。

“基础口译曾经是我大学时考的证书，很多考题是用中文或者英文翻译一段眼下热门的经济或者政治新闻，现在小学生都能考出‘基口’证书，真的不是我们能比得了。”卢女士的女儿在读四年级，她准备让孩子在这个寒假试一试，“女儿班级刚升三年级的时候就有2个同学考出‘基口’，今年4月那次又考出5个，还有在读中级口译的‘牛娃’。”记者翻看这所培训机构提供的基础口译分类词汇表，类似“工业粉尘污染”“夹心阶层”“商品倾销”“通货膨胀”等专业名词赫然在列。而在主办方推出的“基口”培训教材前言中，也明确写道：“参加基础口译培训的学员应该具备基本的英语知识和应用能力，相当于重点高中毕业生或者大学一年级学生的英语水平，经过培训，学生的英语应用能力可望达到大学英语四级的要求。”

但是，培训机构的销售告诉记者：“十几年前可能都是大学生在考，现在‘基口’考试主要的‘市场’早就是小学生了。”卢女士也说：“我早就开始关注‘基口’考试了，以前觉得五年级能考出来就很厉害。现在发现，二年级过‘基口’的孩子也不在少数。我听说还有幼儿园大班的孩子已经在读了。”

“离心仪的初中又近了一步”

张晓燕五年级的女儿于今年 4 月通过了“基口”考试，这让他们全家大大松了一口气。“过程真的很虐心，但周围的人都在读、在考。”张晓燕自己是英语专业毕业生，她承认“基口”考试对于小学生而言“太枯燥了”，但周围人都告诉她，这张证书是敲开一线民办初中的“敲门砖”，所以也就硬着头皮上了。她说，在考试之前，女儿上了培训班，共 25 次课，每周两三个小时，花费在 400 元左右，回来还要复习、背诵，每天花在“基口”上的时间不少于 4 小时。培训班的老师告诉她，如果想要通过考试，必须“保证在考前连续投入至少 150 小时。”“考前三个月，我和女儿都失眠了好多次，好在结果是让人满意的。”张晓燕在家长圈晒出女儿通过考试的消息，“离心仪的初中又近了一步。”

这几年，全能五星、3E 等英语考试纷纷被“叫停”，奥数竞赛也被取消，市教委三令五申，严禁本市义务教育阶段学校将各类竞赛获奖证书、各类等级考试证书作为招生录取的依据，但因基础口译面向社会，不设年龄限制，成为家长们为孩子“增值”的新砝码。卢女士说：“基础口译对于孩子的英语听说能力虽有提高，但属于短期内强化突击，并不是正常的成长方式，而且基础口译中翻译部分有许多中式英语。但为了小升初，还是要尝试一下，如今也只剩这个证书可以考了。”

专家呼吁对考试年龄设限

一边是培训机构“考出基础口译的牛娃年龄越来越小”的营销和鼓吹，一边是小升初“过来人”关于全市最好的民办初中都认基础口译证书的口口相传，使得基础口译考试这几年愈发呈现低龄化趋势，引发了家长们的焦虑。

记者尝试联系主办方上海外语口译证书考试委员会办公室，想就目前考试低幼化的情况进行采访，并询问是否会在未来对于考证进行年龄设限，但对方拒绝了采访，表示对此不予置评。

“其实孩子对于‘商品倾销’‘夹心阶层’的中文意思也不了解，又怎么会理解它的英文含义呢？所以考试基本都是靠死记硬背强化训练。”张晓燕也无奈，“我们今年4月过了基础口译，如今再问她，好多内容都已经忘记了。”她坦言，考过基础口译之后不练习，完全可以倒退回没考前的状态：“个人认为这种年龄阶段的孩子读基础口译，纯粹就是拼证书，对自身能力提高没有帮助。”

对如今小学生去拼基础口译证书的现象，控江中学英语教研组组长、上海市英语特级教师唐晓澐指出，这样学习英语，违背了语言学习的规律：“除了语言特别有天赋的孩子，大多数小学生甚至初中生，都是不适合基础口译考试的。”她说，“英语学习要靠积累，阅读尤其重要。如果没有一定阅读量的积累，只靠死记硬背去拼一张基础口译证书，那就是对英语学习的拔苗助长，效果往往适得其反。”

“很多校外机构为了帮助学生考证，往往采取‘填鸭式’的教学方法，大量背诵单词、默句型，这是违背英语学习和教学规律的。”杨浦区教师进修学院英语教研员卢璐说，目前市面上的基础口译、中级口译证书考试，因为不设年龄门槛，近年来呈现“抢跑”年龄越来越小的趋势。他建议制定相关标准，对参加考证年龄有所限制，减缓为了考证提前学、超前学、压缩学的不良英语学习习惯，同时缓解家长们日益焦虑的情绪。他说，比如上海市初三的英语竞赛，以前也不设年龄门槛，任何年级都可以参加，如今市教委根据学生身心特点，做了只允许初三学生参加的改革，就是为了防止竞赛低幼化的倾向。

（《解放日报》2018年12月24日）

申报资料实录

作品简介：

记者敏锐地抓取当下家长们关心的热门考试基础口译，走访多家培训机构，采访众多参考学生及家长，经过多方调查考证热和"小升初"之间的关联，指出基础口译存在低幼化、功利化弊端。

记者采访了资深英语特级教师及调研员，指出艰涩的基础口译低龄化使得英语学习变得机械，和学习初衷背道而驰，和升学挂钩的营销已在社会引发广泛焦虑。

社会效果：

稿件见报后，得到各方关注，12 月 24 日报道刊登当天，副市长翁铁慧对此篇报道作出批示，请市教委商量措施，杜绝此类不科学的培训和考试。同日，人民日报客户端转载了报道全文。25 日晚上，上海电视台《夜线约见》引用此篇报道进行跟踪。12 月 29 日晚，市教委"叫停"了青少年参与口译考试，引来家长们一片叫好。

推荐理由：

本篇报道结合当下教育部整顿校外培训机构的政策，直指社会热点，采访深入，并且有合理建议，推动了校外培训机构的净化工程，在一定程度上缓解了教育焦虑，社会反响良好。

文字通讯

他的每一天都在和时间赛跑

杰出药理学家王逸平一生所愿：做出全球医生首选处方药

作者：董纯蕾 郜 阳
编辑：姚阿民 项 玮

这个毕业季，对中国科学院上海药物研究所研究员、杰出药理学家王逸平的女儿和学生而言，是残忍的。学生们身边，不再有亲爱的导师；而留学四年没见到父母的王禹辰，本应在父母的共同陪伴下参加毕业典礼，然而，那一天爸爸却缺席了。她怎么也没有想到，常说自己身体“躺一躺就好”的爸爸，在4月11日那天，永远倒在了办公室的沙发上，倒在了自己燃烧了一生的药物研发路上。

丹参多酚酸盐粉针剂，这个如今应用于全国5000多家医院，让1500万患者受益的良药，领衔的开拓者便是王逸平。然而，大多数人不知道，王逸平也是一个患者，与不治之症“赛跑”了25年。“再有十年时间，我还想再做出两个新药！”从30岁查出患有克罗恩病起，25年来，他的每一天都在和时间赛跑……

上海药物所近日召开追思会，学习王逸平“干惊天动地事，做隐姓埋名人”的精神。

无悔选择科研长跑

在药物所博士研究生李惠惠的记忆里，患者是让原本学医的王逸平走上新药研发路的关键。“一次医院查房，一个病危的老大爷紧紧抓着他的手，让王老师救救他。”但当时没有有效的治疗药物，望着老大爷渴求的眼神，王逸平感到心酸和无力。“王老师就想，只要能研制出好药，就能救全世界患这个疾病的病人。”

新药研发充满险阻，从数万个化合物中筛选出候选，再优化过程中又要合成成百上千的化合物，能够推向临床的，不足一成。“如果一个药，全球的医生在处方时，都会首先想到它，那才是我理想中成功的药。希望此生可以做成这样一个药。”王逸平曾这样告诉同事沈建华研究员。

新药研究最痛苦的，是无数次地面对失败，可这却是王逸平“喜欢”做的事。“为了验证新药的药效特征，他会不断重复实验，直到确认无误了才走下一步。得到阳性结果时，他也不会欣喜，直到获得了支持这个结果的完整证据链才会下结论。”

2005 年，42 岁的王逸平拿到了丹参多酚酸盐的新药证书。如今，这款“中药现代化”的典范累计销售额突破 200 亿元。

王逸平新药研发的征途，只有更好，没有最好。他主持抗心律失常一类新药“硫酸舒欣啶”的药理学研究，一做就是 20 年。目前，该药物获得多国发明专利授权，已完成Ⅱ期临床试验。他领导团队构建的心血管药物研发平台体系，为全国药物研发企业完成了 50 多个新药项目的临床前药效学评价……

就在猝然离世前，他和同事们在丹参多酚酸盐的口服化这道世界难题的攻坚之路上看到了曙光。“我们会继续这个方向的研究，获取更多确切的证据，希望能早日完成逸平未竟的事业。”和王逸平同学同事、合作时间最长的宣利江研究员表示。

重病 25 年工作不辍

而立之年，王逸平查出患有克罗恩病，手术切除了 1 米多小肠。没有合适的治疗药物，这是一种尚无法治愈的免疫系统顽疾，腹部剧痛、便血、肠胃和尿道痉挛，晕倒……同事领导纷纷建议他工作半天休息半天，悠着点搞科研。可是，仿佛“听见了时间沙漏倒计时的声音”，王逸平反而更加努力。“王老师比我们学生还勤奋，他早上 7 点半不到就到药物所了，晚上往往要 10 点半以后才回家。”李惠惠回忆。“他说如果准时下班，时间也会被堵车耗去。”王逸平的妻子方洁说，“他基本上回来都很晚，周末节假日也经常到单位去。”

“他一直是我们的‘开心果’，直到现在我都觉得有一天他又会笑嘻嘻地走进来。”冯林音研究员动情地说。除了少数几位和王逸平长期共事的老同事知道他的病情，王逸平从来没有吐露过自己身患重病。“这种病一般人很难忍受，而他痛苦时最明显的，也仅仅是沉默寡言。”

有一次王逸平和沈建华一起去德国汉堡开会，却突然犯病，三天三夜躺在床上无法进食。实在忍不住，他把自己泡在浴缸里，用热水缓解。从那以后，每次出差、包括办公室的冰箱里，都放上了应急止痛针。

“他总是自己给自己看病，连针也自己打。”妻子方洁最后悔的，莫过于没有坚持阻止他给自己看病。“女儿5月份毕业，我们原本订好了机票，准备去参加她的毕业典礼。女儿出国读书4年，我们都没去看过她。原本说好今年一定会去……”

今年年初，王逸平感觉自己的病情加重，激素治疗已经失效。劝他赶紧改用生物制剂，他不肯，因为那是最后的屏障，一旦生物制剂都无能为力时就再没有别的办法了。王逸平选择加倍量地服用激素类药物。“他是想再多争取一些时间，能把手头的两个新药做完。”

留下笑容依旧灿烂

4月14日，王逸平本应该出现在武汉研究所的讲座上，但他迟迟没有现身。电话打到药物所，大家感觉到不对劲。“我的师妹和保安拿着钥匙打开了王老师办公室的门，发现他倒在沙发上，当时还以为他昏迷了，赶紧拨打了120。急救人员到场后，却带来了谁都不愿意相信的事实。”李惠惠说。

“他的荣誉不计其数：全国劳动模范、上海市优秀科技工作者、国家技术发明二等奖……可他把这些证书都锁进抽屉里。他告诉我们，荣誉和头衔都是虚的，要把新药工作做实、把课题组的工作做实、把人做实。”学生们说。

“女儿的毕业典礼，为了这一天，我们已经期盼了许久，可是你却爽约了。订好的机票如今只有你的护照相随；庆祝的晚宴没有了你的身影，少了应有的欢喜；毕业后的家庭旅游，因为你的缺席也不再成行。你真的已经离我们而去了吗？今夜的你是否如我们思念你一样思念我们？”方洁在上海药物所纪念王逸平的专题网页上，写下了对丈夫无尽的思念。

“逸平，假如有来生，我们还一起做同事，但希望你没有病痛的折磨；假如有来生，我们还一起做新药，让更多的病患解除病痛。”上海药物所所长、中科院院士蒋华良道出了同仁们的心声。

“那天黄昏，我看到了壮丽的晚霞。我在心中告慰逝者，你为苍生谋福，历尽艰辛，又将彩霞般的灿烂笑容留下来陪伴我们，我们会在有晚霞的时候来看你。

我们永远怀念你。”上海药物所党委副书记厉骏在朋友圈里如是怀念老友。

（《新民晚报》2018 年 7 月 3 日）

申报资料实录

作品简介：

王逸平，中科院上海药物研究所研究员，优秀药理学家。他领衔研发的丹参多酚酸盐粉针剂应用于全国 5000 多家医院，让 1500 万患者受益。然而，王逸平同时是一个与不治之症赛跑了 25 年的病人。为争取更多时间研发新药造福病患，甚至自己给自己治病、选药、打针。2018 年 4 月，他永远倒在了办公室的沙发上。建党 97 周年前夕，上海药物所举行了王逸平追思会。在全市媒体中，新民晚报率先于 7 月 3 日在“新时代奋斗者”专栏刊出通讯《他的每一天都在和时间赛跑》，讲述了这一典型人物平凡又不平凡的事迹。报道没有刻意煽情，而是深入发掘人物“干惊天动地事、做隐姓埋名人”的精神。通过采访王逸平身边的亲人、学生和同事，还原人物本色和初心：一位毕生都在为百姓谋健康的科学家，不断为新药研发“再战一回”，却耗尽了自己最后的健康；同时，在“研发老百姓吃得起、疗效好、副作用小的原创新药”的征途上，更多人奋进着。

社会效果：

除了见诸报端的通讯，6 月 29 日新民 App、新民晚报官微、新民晚报头条号等多渠道报道了王逸平感人至深的事迹，产生了强烈而广泛的社会影响。王逸平被授予中宣部“时代楷模”称号。新民晚报前后三次刊发关于王逸平的长篇人物通讯，每一次都给人新的感动与启迪。本文为第一篇，系各报首发。王逸平的同事说新民晚报的报道“温暖而感人”，上海药物所将纪念视频《逸事长流》提供给新民 App 作为媒体首发。

推荐理由：

记者用朴实感人的细节，表现王逸平无怨无悔选择科研长跑，执着追求理想的科学家高尚品质。王逸平离世后，记者记录了他亲友、同事、学生发自肺腑的心声，提升了报道的感染力、影响力。这篇人物通讯遵循真实客观理性的新闻准绳、把握平实求实务实的文风导向，写实而不乏细节，文字洗练而不失温暖，还原了人物本色。

时代发展到今天，我们不再一味称颂或者说鼓励人们牺牲健康、家庭甚至生命去追求理想，每个人都有他的选择。然而，愈是如此，那些选择牺牲而执着追求理想的人，愈是值得敬仰与尊重。新时代的典型人物报道，应该写出人情味，还原人物本色，让受众真正感受到他的初心。

文字通讯

“90后”院士为港珠澳大桥“望闻问切”

作者：杨　健
编辑：蔡文珺

93岁高龄的孙钧院士曾参与过很多中国的大型建设项目，包括青藏公路、三峡大坝、洋山深水港和长江隧桥等。在最近的项目中，这位同济大学的资深教授担任了港珠澳大桥的高级顾问。这座世界上最长的跨海大桥于周三迎来了正式通车的历史性时刻。

他的学生，64岁的同济土木工程学院教授徐伟承担了港珠澳大桥设计文件的复核和审查。在孙钧的指导下，徐伟团队帮助该项目省下了巨额的咨询费。

这座55公里长的跨海大桥连接着中国大陆南部省份广东和中国的两个特别行政区香港和澳门。Y字形结构的大桥横跨伶仃洋海峡。

在这座大桥技术最难的节点人工岛及隧道部分，处处体现着上海元素和“同济智慧”。这所以其土木工程的专业知识而闻名的大学主要参与了港珠澳大桥两个人工岛和一个水下隧道的建设。

用同济大学原常务副校长李永盛的话来说就是——“同济啃的都是‘硬骨头’”。该大学的学者和专家们通过科学研究和实验室的大量实验，为大桥的建设制定了许多有效的施工措施。

大桥隧道建设中，孙钧院士数十次赶赴港珠澳大桥指挥部勘察。港珠澳大桥岛隧工程项目总经理林鸣说：“每次看到同济大学的老院士坐在那里，我的心里就定定的。”

此前，项目部找到了一家国外的世界著名隧道沉管公司，但是其咨询费却高达1.5亿欧元。面对这个难题，项目部最终决定找国内的专家解决，最终任务落到了同济大学身上。

利用同济学者马险峰所开发的人工岛建造技术，该工程首先建造了东西两侧各10万平方米的人工岛屿以连接跨海大桥的隧道和桥梁部分。如果使用常规技术，建这样的两个人工岛起码要一年半，但最终东西人工岛成岛仅用了七个月。马险峰团队的建造技术还将桥梁对国家一级保护动物中华白海豚的影响降到了最低。

马险峰团队没有让建设者失望，他们的实验结果都在工程中得到了应用。一根根直径22米、高40.5米的钢筒，打入了海底，最终围成了东西两个人工岛。随后，向套管内投入砂子，通过套管的反复起拔和下压并施以振动，使砂子经振压而密实，形成砂桩。

2011年5月15日，第一个圆筒被放置在海床上，四个月后，西岛建造完成。归功于第一个人工岛建造的经验，另一个岛屿的建设过程仅为三个月。中国首创的快速筑岛技术，创造了221天完成两岛筑岛的世界工程记录。

建造该巨型桥梁的另一个关键挑战是其6.7公里长的水下隧道，这是世界上最长和最深的海底隧道。该海底隧道由33个巨大的沉管组成，每个沉管长180米，重8万吨。该隧道段是世界上唯一一个施工条件复杂、没有先例的深埋隧道。

同济大学土木工程学院地下系教授袁勇说："沉管隧道在地震条件下安全性的试验研究，日本、欧美等国都开展过，但像港珠澳大桥这样的超长海底隧道地震反应，尚未见到研究成果。"他组成一支团队，担下此重任。

袁勇团队搬出了"秘密武器"，他们将平日单独使用的4个独立振动台并到一起，组成世界上最大的多点振动实验中心，并对大桥隧道的模型进行了数万次模拟地震的实验，最终确定了隧道最稳定的结构设计。袁勇说，平均水深超过40米的隧道在8级地震的极端状态下也不会发生扭曲变形。

他的同事丁文其被学院其他教授戏称为"隧道专家"，他被要求确保在地面沉降、水压和潮汐运动的影响下保证沉管对接严丝合缝、万无一失。

为了实现这一目标，丁文其团队进行了数百次试验，并多次前往施工现场，通过理论分析和数值计算，模拟沉船和超重车辆等影响。

同济大学的另一位教授胡向东研发了富有创意的管幕冻结法，即冻结土壤，并在隧道周围布置的大型钢管，有效防止了在隧道挖掘过程中发生漏水和地面沉降。

作为技术顾问，孙钧和徐伟在过去五年中曾先后30多次到工地进行现场踏勘。该项目隧道段的最后一根管道于2017年5月完工，标志着孙钧及其同济大学同事们圆满完成了任务。

今年2月，已经93岁高龄的孙钧院士心情格外舒坦，站在港珠澳大桥东岛非通航孔桥的桥面上，眺望着大屿山与伶仃洋，说："来了这么多次，这次心情最轻松。"

孙钧说："这两个人工岛如何规划，人工岛的景色如何与海景协调，吸引更多香港同胞到这里来旅游是未来工作的重点。"

港珠澳大桥迎来正式通车的新闻在电视里播出时，徐伟心里非常开心，他说："作为参与国家重大工程建设的一名工程技术人员，我感到非常自豪。工程的顺利完成，不仅仅只是同济团队，更是所有参与者智慧和付出的结晶。"

（《上海日报》2018年10月26日）

申报资料实录

作品简介：

该报道刊发于被称为"工程界的珠峰"的港珠澳大桥迎来正式通车的历史性时刻，以年逾耄耋的同济大学土木工程学院孙钧院士为切入点，引出其他参与该工程的本地专家学者的创新与付出，向国际读者展现了港珠澳大桥工程背后的"上海智慧"。作者采访了参与该桥建设相关关键工程的专家学者，将工程难点用通俗而生动的故事一一展现，充分体现了上海建设具有全球影响力的科创中心的实力与决心。

社会效果：

该报道通过英文外宣媒体"报纸＋网络＋微信"的融合报道模式，刊发后取得了良好的国际反响，不少外籍读者留言或来函表达对港珠澳大桥工程的赞美与感叹。报道被中新网英文版、中国上海英文版以及东方网英文版等主要外宣媒体所转载。

推荐理由：

该报道选取了港珠澳大桥通车这一境内外读者均较为关注的热点话题，以新颖的报道角度以及外籍读者更为接受的叙事方式，将深涩难懂的桥梁建造技术用通俗易懂的语言娓娓道来,“润物细无声”地向国际读者传播了上海科技创新的能力。此外,该报道创新运用了融合报道的方式,结合新媒体传播手段,取得了良好的国际国内传播效果。

文字系列报道

“南京路的新时代”系列报道

作者：乔争月
编辑：刘　琦　浮　蓉

（限于篇幅，本书仅选录系列报道中的三篇代表作。）

代表作一

跑马总会的新时代

上海历史博物馆即将揭开帷幕，成为南京路上新的文化地标。一年多前我开始写南京路系列时，这条著名的历史街道正历经新一轮的城市更新。我在此起彼伏施工的噪声中，从外滩出发，行走在尘土飞扬的南京路，探访一个个历史建筑，有时还要带上一顶安全帽。

我看到有百年历史的慈安里大楼装上了抽水马桶。为了吸引年轻消费者并恢复“昔日的辉煌”，3 座建于上世纪 30 年代的百货公司——惠罗商厦、大新公司（市百一店）和永安商厦陆续进行保护修缮和功能提升。上世纪 80 年代末才落成的华东电管大楼法律上还不算保护建筑，但也在一番激烈争议后得到了保护，翻建成低调奢华的设计酒店。

不过，南京路上最激动人心的城市更新项目，还是昔日上海跑马总会俱乐部大楼被改造为上海历史博物馆，对公众开放，成为展示上海这座城市独特历史的窗口。上海跑马总会在上海城市发展史上也产生过深远的影响，并与南京路的形成直接有关，

南京路建于 1851 年，初名“花园弄”——从外滩通往位于今日河南路附近的

第一跑马会。后来这条路被人们叫作“大马路”，于 1854 年和 1862 年两次分别延伸到浙江路和西藏路。这是因为跑马总会曾两次出让土地西迁，1862 在西藏中路西侧所建的第三跑马场，就是现在的人民公园和人民广场。

这块面积一平方公里左右的土地曾是上海外侨社交活动的中心。骑马是西人主要的娱乐活动之一，每年两次的跑马季都是节日盛会，大班们为了观赛会暂时歇业，女士们会穿着新买的盛装，跑马总会也成为人们聚会见面的重要场所。

“上海跑马场在几十年间更新了几次，形成了现在的跑马厅建筑群。许多上海重要的近代建筑，如国际饭店、大光明、大新公司和大世界等，都环绕着跑马场纷纷建成。”主持上海历史博物馆改造工程的著名建筑师唐玉恩说。

1941 年太平洋战争爆发后，昔日热闹的跑马总会渐渐沉寂。日军把跑马场用作军营，美军在二战胜利后也曾租用俱乐部大楼。1951 年，上海跑马场及其周边区域变为人民广场、人民大道和人民公园，成为上海政治和文化中心。唐玉恩说：“跑马场原来的形态还保留着，上世纪 90 年代后，一批新的文化市政建筑又环绕昔日跑马场慢慢建成，如上海大剧院、上海城市规划展示馆和上海博物馆等。”

著名上海史专家熊月之认为，这一街区是多重城市特色集聚、交汇、重叠的空间。“以‘上海城市之心’来称呼这个街区，相当传神。这里曾经以休闲出名，也以繁华著称，中国许多体现摩登、领导潮流的现代化市政设施，诸多引领商业潮流和时尚的源头，都在这里。”这位主持编纂新版《上海通史》的历史学家说道。“这里是名人荟萃的场所，数以万计的名人都在南京路留下足迹，或居住在这里，或活跃在这里，如梁启超和蔡元培。这里也是凸显权利的场所，许多庆典，如上海通商 50 周年大庆，都在此举行。”

1950 年，上海市测绘部门以国际饭店楼顶旗杆为原点，确立了上海城市平面坐标系。2016 年，黄浦区政府在每年 6 月文化遗产日举办名为“上海城市原点”的文化节活动。唐玉恩认为，这里是“上海真正的市中心”。“花园弄”后来被命名为南京路，1945 年，始于跑马场的静安寺路被称为“南京西路”，而原来从外滩到跑马场的一段被称作“南京东路”。长达 5 公里的整条南京路被叫做“十里洋场”。这条繁华的道路如此出名，“十里洋场”的美名逐渐成为近代上海大都市的象征和代名词。

同济大学建筑学院钱宗灏教授研究发现，上海早期的外国侨民认为外滩是一把弓，而南京路是一支箭，一路向西，射向近代上海城市发展的方向。在研究写作弯弓型的外滩之后，我顺着上海之箭的方向，穿过城市更新中喧嚣的南京路。这些21世纪的城市更新项目，给这条筑于19世纪的马路，赋予了新的形象和传奇。

这段探索之旅的第一部分聚焦昔日“花园弄”（今天的南京东路），已于今年1月结束。在备受期待的上海历史博物馆开幕之际，我想在沿着南京路继续向西探访之前，顺着昔日跑马场的圆弧走一圈。

这个系列将讲述不同形式与风格的历史建筑的故事，包括酒店、电影院、学校和公寓楼等。这个春天，让我们跟随上海之箭的方向，探索上海城市之心的故事。

跑马俱乐部的新时代

1933年的一个春日，上海跑马总会董事长伯克尔先生在众多来宾见证下，以其夫人的名义为总会新楼和新看台安放奠基石。奠基石上书写着“1933年5月21日，奠基石由凯瑟琳·伯克尔夫人安放，纪念新楼崛起，也纪念1863年的老看台被拆除。”

今天，这块奠基石依然镶嵌在上海历史博物馆北立面的左下角。2018年3月，昔日跑马总会俱乐部历经多年修缮，改造为上海历史博物馆对公众开放。博物馆从11万件馆藏中精选了1000余件文物和历史文件，作为开馆展览对外展示。不过，主持修缮工程的著名建筑师唐玉恩却认为，“上海历史博物馆最大的展品，就是这座建筑本身。”她认为，这座总会建筑蕴含了丰富的历史。上世纪50年代开始，它历经变迁，先后做过上海图书馆、上海博物馆和上海美术馆，建筑本身就映射了上海的历史。

1934年大楼竣工时，英文《大陆报》形容这座跑马总会俱乐部“是远东地区最好最奢华的。”唐玉恩研究发现，大楼是一座典型的总会建筑。这是老上海一种非常特殊的建筑类型，为满足租界外籍人士到上海聚会社交的需求而建，同时也体现了西方文化和城市生活传播到远东。当时，各国都在上海建有体现自己建筑风格的总会建筑，如外滩英国人建的上海总会、德国总会、福州路美国花旗总会和两家法国总会——分别是今天的科学会堂和花园饭店。

“上海的中心城区有这么多总会建筑，在我国其他城市是不多的。总会建筑以会员制享受，有酒吧、餐厅、阅览室、台球滚球房等，空间非常丰富，功能多样，是高端交际场所。”唐玉恩介绍。

上海跑马总会的室内功能也非常相似。“一楼有为会员和客人计算赌金的设备。二楼有休闲室、阅览室、会员咖啡屋、客人休息室和纸牌屋。楼上还有两座羽毛球场，两条英式、四条美式保龄球道，几个壁球场和公寓房。看台可以容纳大量观众。”1933 年美商《大陆报》报道提到。

唐玉恩提到，总会建筑的设计与商业建筑不同，倾向于用轻松的乡村风格和类似该国民间建筑的形式。如今，昔日跑马总会俱乐部被称为“东楼”，以区别于历史博物馆院落中的“西楼”——一座建于上世纪二十年代的马厩。在这次修缮中，“马厩”也被改造为博物馆的展陈空间。“俱乐部”与“马厩”虽然建于不同年代，但唐玉恩发现两座均比例得体而优美，反映了当时正流行的英国新古典主义建筑风格。而与华丽精细的外滩金融建筑不同，跑马总会的两座楼比较简约。

“建筑师并没有用大量石材，而是使用红砖与水刷石相结合。当时上海工匠的高超技艺让人惊叹，他们用水刷石居然做出很多漂亮的细部，仿石水平也非常高，铁饰也很精致。东楼的轮廓线如此美丽，已成为上海的地标。”她说。

唐玉恩认为这座建筑造型优美，作为文化建筑很合适，无论它作为图书馆，美术馆还是历史博物馆，市民都很喜欢。不过，为上海历史博物馆找到这个合适的新家，却花费了原馆长张岚和其团队数年时间。

“我们做过好几个方案，包括汉口路原工部局大楼、外滩原汇丰银行、大世界、杨浦水厂和上海世博会城市足迹馆等。”张岚说到。2007 年他担任上海历史博物馆馆长后主要的工作就是筹建新馆。

然而，这些建筑由于面积，停车和安置费用等问题，都不合适作为历史博物馆的新馆。上海世博会闭幕后，上海美术馆搬到中华艺术宫，昔日跑马会俱乐部大楼空了出来。

上海历史博物馆的历史可以追溯到上世纪 30 年代上海市博物馆的历史文献展厅和后来成立的上海通志馆。1954 年上海市政府学习苏联筹建上海历史与建设博物馆，将老上海市博物馆的部分文物和上海通志馆的文献组成了历史博物馆，但长期以来并无固定的展陈空间。

2016 年，历史博物馆新馆项目启动。张岚认为这项工程非同一般，“是在一个保护建筑里建博物馆。在维修满足功能需要的情况下，最重要是保护好建筑，展陈设计怎样与老建筑完美结合花了不少功夫。”他说。

改造的亮点是把原来封闭的建筑部分露出来，如砖墙和隐蔽的藻井等。展陈设计的线条也尽量做到与建筑的新古典主义线条吻合。

建筑师唐玉恩提到，修缮中很多建筑细节，如木雕、石雕、跑马总会的马头雕饰等，都根据历史原貌保护修缮了。她的团队对这些重点部位进行清洗，并尽量用老材料进行修复。由于在工程进行中不断有新的建筑细节被发现，设计方案也做了多次修改

“经过修缮，东楼塔楼的大钟会正常运行，与东面海关大楼一样，给南京西路沿线提供一个时钟。总的来说我们对于历史建筑的保护和使用是这样一个原则，常怀敬畏之心，会精心保护这些有高度历史和艺术价值的历史建筑，同时也会适当科学地使用，这些才真正让这些历史建筑可持续利用，有尊严地走向未来。”她说。

虽然座落于一座历史建筑里，上海历史博物馆新馆是按照现代博物馆要求设计的，配有恒温恒湿系统、流通的展线与自动扶梯，舒适光照和低散射玻璃都让参观博物馆成为一次愉快的享受。

“上海历史博物馆不是以专家作为参观主体，它为每一个对上海这座城市感兴趣的人而设计。观众们可以得到不同的享受，这是个让青年人受教育，让中年人休闲和让老年人怀旧的地方。”张岚说。

再回到1933年那个春天，伯克尔主席在致辞时说，安放奠基石标志了上海总会的新纪元的开始。2018年的春天，这座建筑又一次开启了上海城市历史的新时代。

（《上海日报》2018年3月24日）

代表作二

中西合璧的格致书院

格致中学的草坪上有两座铜像，一中一西两位学者，并肩交谈。两座铜像与幸存的老校舍，默默讲述着这所创办于19世纪的学校极不寻常的历史。两座雕

像分别是中国科学家徐寿和英国翻译家傅兰雅，都是格致中学前身——格致书院的创办人。

格致书院创办于 1876 年，取义儒家理论中的“格物致知”，即“推究事物的原理，从而获得知识”。而学校的英文名“Chinese Polytechnic Institution”（中国理工学院）则源自 1836 年创办于英国伦敦摄政街的皇家理工学院。格致书院的创办者们期望这所新式学堂成为一个中国版的皇家理工学院。

作为近代中国最早中西合办，培养科技人才的新型学堂，格致书院中西两个名字都名副其实。书院里陈列科学仪器、举办科学展览、开展科学演讲、讨论科学知识、进行科学普及，是晚清上海的科学活动中心。

格致书院由英国驻沪总领事麦华陀（Sir Walter Medhurst）倡议创办。他最初建议为华人建阅览室，提议得到中外各界人士的响应，最后阅览室计划扩展为创办一所传播西方科技知识的学校。

1876 年 6 月，格致书院正式创办。它虽有书院之名，但并非传统书院，设在租界，却并非租界公立学校，有传教士参与，又非教会学校，有官方资金支持，但并非官办学校。著名上海史专家熊月之认为，这所学校“不中不西，亦中亦西，非官非民，亦官亦民”，是中外教育史上一个罕见的机构，亦是上海这个特殊城市的产物。

他在论文《格致书院与西学传播》中写到：“当时上海华杂洋处，存在着事实上不受中国政权控制的租界，居住着大批外国人。这些人中，有凶恶的侵略者，贪婪的冒险家，也有虔诚的宗教徒，认真的文化人，更多的是几种身份兼而有之者。不管出于什么动机，他们当中相当一些人希望上海了解西方科学技术。同时，上海汇集了一批有世界眼光，比较懂得西方科学技术的中国知识分子和绅商，如徐寿、华蘅芳、郑观应、唐廷枢。中外这两部分人的结合，促成了格致书院的产生。”

格致书院盛大的开幕仪式中西合璧，来宾既有本地军政要人，也有来自不同国家的领馆官员和商人。根据 1876 年 6 月 24 日的《北华捷报》报道，麦华陀在仪式中回顾了三年前提议建立阅览室向华人介绍西学。中外商界人士慷慨响应后，他的朋友傅兰雅建议应该办一所学校，而不仅是一间阅读室。最后这个想法通过大家的努力实现了。麦华陀在格致书院开幕仪式上说：“创办学校的想法特别得到徐寿先生的热切支持。徐寿和他的儿子都参与到学校董事会工作中，他努力募集了近四分之三的经费。”

“建校的计划在英国国内也传播得很快,许多人答应为学校寄来仪器。而徐先生在家中收藏了很多科学仪器,这在华人里是不多见的。他答应将自己的藏品借给学校使用。”他说道。

这篇 1876 年的报道提到格致书院的校舍“平凡但实用”,一些欧洲公司提供了不少好看的仪器,如电报装置、火车头和马车的设计图、一对地球仪、一个可转动的太阳仪、一支气压表、一个大火车头模型和一张地图,用于“切实有效地将铁路介绍给中华帝国”。学校的图书馆一开始藏书不多,但有西方科学书籍的中文翻译版,还有一套关于中国农业的书籍。

如今,“平凡”的 19 世纪校舍早已不存。在近代中国动荡的政治风云中,中西合办的格致书院历经多次变迁。书院从 1915 到 1941 年成为工部局管理的格致公学,1942 年到 1945 年是上海特别市市立格致中学,1945 年到 1949 年是市立格致中学,解放后则一直是格致中学,2005 成为上海市首批“实验性示范性高中”。

同济大学郑时龄院士提到,1926 年兴建的老校舍在 2003 年学校扩建时几乎被拆除了,因为老校友坚持才保留了一部分。他回忆这座作为工部局学校而建的老楼虽然一般,但“现在留下的门头是最有特色的”。他曾与章明、张姿两位建筑师合作,为格致中学设计了新校舍。

1925 年 1 月 15 日,美商《大陆报》刊登了这座幸存老楼的方案。报道写道:“新大楼有 18 间大小的教室、一个艺术教室、一间大的科学教室、一个讲座教室和手工培训教室。大楼底层中央是一个礼堂,可以用于做体育馆使用。”

格致中学文化研究室主任柯瑞逢提到,1927 年落成的新校舍设施完备,落成当年招生报考者云集,学生猛增至 278 人。他说:“从此格致公学扬帆起航。1929 年后,学生每年都稳定在 500 人以上。现在的格致中学是在 1876 年开办的格致书院原址周边扩建的。后来历经改扩建,至今成为四条马路保卫的格致中学独立社区,占地约 20 亩,系目前全国百年名校中,为数不多的校址不改,冠名一脉的学校。”

如今,幸存的老校舍已被改造为校史馆。馆里展示了为创办这所学校而做出贡献的中外人士,包括徐寿和傅兰雅。每天,这两位 19 世纪学者的雕像都注视着格致中学的学子们。

柯主任提到:"在19世纪,徐寿等一批中国人热衷于学习和介绍西方科学。他们先仿制西式机器,又翻译相关的西学论文和专著。最后,他们想要培养更多这方面的人才,所以创办了格致书院。"

如今,位于上海市中心的格致中学成为第一家引进美国麻省理工学院FabLab的中国学校。格致中学的毕业生有13人是中国工程院和中国科学院两院院士。

"一个多世纪以来,学校坚持发扬'爱国','科学'的传统,走'科教兴国'道路,为国家和民族培养了大批人才,以优异的办学业绩享誉海内外。"校史馆的开篇词介绍道。

附副栏:

昨天,一个重要集会在摄政街帝国理工学院举行。人们见证了关于一个新仪器展示的有趣的光学现象。这个仪器是为上海一所学院准备的。来自理工学院的金先生(J. L King)负责演示。他先做了一个简短的演讲,解释了产生这种现象的科学原理。他还表示这会唤醒中国人对科学教育的重要性的意识。

这家中国的学院主要源于原英国驻沪总领事麦华陀的影响与努力。他担任学院上海委员会的主席,傅兰雅先生担任名誉秘书长。

他们的想法也得到我们驻华大使威妥玛(Sir Thomas Wade)和一些华人精英给力的支持,其中有已经在欧洲知名的李鸿章,上海道台冯浚光。此外还有徐寿和他的儿子。他们父子以科技工艺和科学启蒙闻名,致力于引进西学来为国服务。

新学堂的设计首先是为了满足爱国之情。在上海,一座大楼已经盖起,在那里举办了讲座,展示了有趣的仪器和实验过程,而提供合适书籍的阅览室已在很好地使用了。未来将举办一个中国国际博览会,将来自东方和西方最有趣的产品并列展示。此外,傅兰雅先生还在上海编辑了一本新的中文科学杂志。

金先生的讲座让观众非常满意,从各方面来说都很成功。将被寄往中国的仪器包括伯恩公司(Messrs. Bourne & Co.)的几个高速引擎。这些引擎有望成为未来的蒸汽引擎。

其中一个引擎将用来驱动一个金刚砂轮,运作起来就好像一个可以快速抛光金属和削尖切割工具的旋转锉子。这个机器吸引了很多关注。伯恩公司也寄出了一些很好的瓷器样品,大多是英国明顿公司的产品。

这个中国项目最有前途的一点，是它是由中国人自己接受并表示的。所有类似创新的第一步都是最勤奋的，现在看来很可能会取得成功。

—摘自 1877 年 7 月 2 日《北华捷报》

（《上海日报》2018 年 6 月 2 日）

代表作三

诞生国歌的摩登剧场

简洁现代的黄浦剧院，是一座巧妙融合了装饰艺术风格与中国元素的建筑。在这个由中国业主投资、中国建筑师设计的摩登剧场里，中华人民共和国国歌《义勇军进行曲》首次奏响。

剧场位于北京路贵州路的转角处，1934 年开业时是以放映电影为主的金城大戏院，其摩登前卫的设计受到媒体称赞。“大戏院的设计方案连贯、简洁、高贵，效果引人注目，没有冗余的细节。建筑既给人以亲切、自然的感觉，造价还很经济。设计师没有专门为了视觉效果而设计，而是同时考虑功能与美观。建筑内外都大量使用了直线条。”1934 年美商《大陆报》在金城大戏院开幕报道中提到。报道还写到，设计工作由华盖事务所完成。这间建筑事务所由三位中国建筑师——陈植、赵深和童儁创办，他们都是美国宾夕法尼亚大学建筑系毕业的。

童儁之孙、同济大学教授童明认为金城大戏院是一个有挑战性的项目。“这是一个不规则的转角基地，剧场空间就这么大，不可能设计一个‘宫殿’，设计师还要面对入口和城市关系的问题。”他说。

2018 年 8 月，童明在上海当代艺术博物馆策划了关于宾大回国的中国建筑师的大展。童明研究发现，金城大戏院的设计手法非常考究，他认为如何在一个不太理想的环境中做出典雅的建筑，是这批中国建筑师在美国学习的基本功。

“金城大戏院身上能看到很多现代主义的建筑元素，如整洁大气的立面，必要的地方又有很多细微的装饰性元素，淡淡地体现了中国符号。这些是这一批建筑师特有的处理方式，如外滩中国银行和南京路大新公司，他们会把中国建筑的纹饰与花岗岩的建筑表面和剧院功能结合起来。这是中国近代第一代建筑师显著的特征，不再是古典风格，不再是像罗马柱式，而是一个很现代、很城市的建筑。它和城市基地和周边环境关系都有很好的考虑。”

根据《大陆报》1934 年的报道，金城大戏院的外立面饰有 5 根用霓虹灯点亮的玻璃柱。戏院可容纳 1800 名观众，从第一排到最后一排座位的观影效果都很好，每个座椅都安装了软垫，以确保舒适的感受。此外，戏院的音响质量也很棒，让观众身临其境，分辨出不同角色声音的区别。

金城大戏院由中国商人投资兴建，开业后以放映国产电影著名，开幕影片是阮玲玉主演的《生活》。1935 年 5 月 24 日，电影《风云儿女》首映，日后成为国歌的主题曲《义勇军进行曲》首次在剧场奏响。不幸的是，写出国歌的年轻作曲家聂耳数月后在日本不幸游泳溺水去世，年仅 23 岁。聂耳的悼念仪式后来就在金城大戏院举办。

1957 年，大戏院成为上海淮剧团的演出场所，周恩来总理亲笔为剧场题写的新名——“黄浦剧场”沿用至今。上世纪 80 年代，电影市场不景气，剧场部分空间不得不对外出租，先后开过音乐茶座和机电五金商场等。

2016 年，黄浦剧场历经修缮后，既恢复了保留了历史旧貌，又对剧院内部更新了功能，将原来的剧场分为两部分——一楼的“黑匣子”小剧场和二楼的中剧场，上演小型话剧、音乐剧以及儿童剧为主，受到年轻观众们的喜爱。

在 2018 年 6 月的一次公众讲座中，同济大学郑时龄院士专门提到上海的很多优秀历史建筑其实是这些近代中国第一代建筑师的作品，如杨锡镠设计的百乐门，范文照设计的美琪大戏院，范文照与赵深等设计的南京大戏院（今上海音乐厅）。

他解释道，中国传统并没有“建筑师”的说法，只有“工匠”，但“中国第一代建筑师”的概念始于上世纪初第一批留学海外的中国建筑师回国。他们回国执业正逢“东方巴黎”上海大规模建设的“黄金年代”。这批拿着洋文凭的建筑师回国后或加入外国设计事务所，或像华盖事务所一样自己创业。近代上海的中国建筑师也有相当一部分是在上海自己培养的，如设计大世界的周惠南。

郑时龄院士认为，与邬达克等已经成为“网红”的外国建筑师相比，这一批中国建筑师的公众知晓度不够。而设计金城大戏院的华盖是非常重要的中国设计事务所，其三位宾大回国的合伙建筑师都很优秀。他提到一个有趣现象，华盖的作品从不讲具体是谁设计的，总以华盖的名义作为设计师。除了金城大戏院，华盖事务所的代表作还有恒利银行、大上海大戏院、金城大戏院、梅谷公寓、浙江兴业银行和浙江第一商业银行等。

2018 年 8 月，童明教授策展的《宾大回国建筑师》展向上海的公众介绍这一代为大众了解甚少的中国建筑师的故事，其中也包括他的祖父童寯。他说：“他们刚回国时的作品有古典主义的，但后来都转向对现代风格的探索。上世纪 30 年代，他们的设计和欧洲现代建筑差别不大，跟国际接轨是非常紧密的，思想上也极其先进开放，从他们的学术论文中间也可以看到。这批人做出的探索并非偶然，因为二十世纪初是整个全球的现代社会的发端，不仅仅是经济产业变革，人类的生活方式也在变革。体现在向现在都市的转型。上海同时期进入到一个现代都市的发展阶段，不仅仅是工商贸易的蓬发，另外也是大量的城市建设。我们今天看到那么多的建筑作品都来自那个时代。”

童明教授精心策划的展览观者如潮，其中既有他的祖父童寯先生，也有简洁摩登的黄浦剧场。

（《上海日报》2018 年 8 月 11 日）

申报资料实录

作品简介：

近年来，上海进一步加大了对城市历史建筑的保护、修缮和更新利用的力度，许多优秀历史建筑和历史街区被通过多种方式激活，焕发新生。2018 年 3 月，以上海历史博物馆在昔日的跑马总会俱乐部大楼重新开放为契机，《上海日报》城市和建筑历史专栏策划了“南京路的新时代”系列专题报道，承接 2017 年专栏的南京东路系列，以 14 期深度采访调查，报道了以上海城市之心—南京东路街区为代表的优秀历史建筑群，通过介绍南京路四大百货公司、上海历史博物馆、大世界和国际饭店等标志性建筑和以徐寿、傅兰雅、宝隆、邬达克、范文照等为代表的海派名人的故事，诠释海派文化里，中西文明相遇、碰撞、水乳交融的独特魅力。系列报道通过介绍南京路建筑的历史溯源和保护再利用现状，折射出上海对城市历史文脉的科学保护和城市更新理念。报道也特别介绍了在南京路展露光芒的近代中国第一代建筑师的故事，通过介绍他们打造的结合现代建筑技术与传统中国美学的中国好设计作品，提升文化自信心。

作者从徐家汇藏书楼馆藏的近代英文报纸，查找到大量关于南京路建筑的一手资料，这些报道不仅信息真实丰富，而且语言地道生动，原汁原味地呈现了一份历史的厚重感。引用这些“流动的历史”也成为报道的亮点和特色。

作者亲访南京路诸多历史修缮工程施工现场，深入探访这些建筑内部的特色和施工过程，并访谈相关的知名专家、建筑师和业主等，进一步增强了新闻性、现实感、可读性和感染力。因此这个系列可以说是一个用“脚力、眼力、脑力和笔力”综合创作的新闻作品。

社会效果：

与上海日报城市和建筑历史专栏此前广受好评的外滩系列、邬达克系列、武康路系列、徐家汇系列一样，“南京路的新时代”系列一经推出，就引起多方关注，收到中外各界读者的来信和好评，如到访上海的建筑爱好者威廉姆斯先生(Alan Williams)，他对报道里中国建筑师设计的中西合璧的建筑特别感兴趣。旅居美国的皇家亚洲文会副总裁强生(Marcia Johnson)通过专栏网络版定期阅读，并写信表示高度评价。常驻北京的德国经济部专家施密特博士(Dr. Steffi Schmitt)一直通过上海日报新媒体平台 Shine 阅读南京路系列报道。她很羡慕上海的外国读者有这样一个介绍城市历史的专栏。南京路系列的新媒体版还被德国外侨档案网收藏。这些外国读者表示报道内容充实全面，史料生动扎实，版面精致，帮助他们更好地了解上海在中西交往中的重要历史地位，起到了宣介上海城市历史和城市精神，提升城市形象传播的作用。南京路系列还获得了中外城市历史和历史建筑界专家学者的高度评价，如同济大学郑时龄院士、社科院熊月之副院长、犹太人研究专家王健研究员、同济大学常青院士、美国普林斯顿保护委员会委员罗伯森(Carolyn Robertson)等。系列报道中格致书院一文首次揭示书院创办初期与英国皇家理工学院(今伦敦威斯敏斯特大学)的深厚渊源，格致中学于 2018 年 8 月派团前往威大联络交流，续写一段源自 19 世纪的中西教育合作的佳话。在专栏刊登期间，作者乔争月也应邀到上海历史博物馆、上海城市规划馆、上海当代艺术博物馆等申城文化地标，为中外听众做阅读建筑主题演讲，介绍南京路系列的报道和发现，宣讲上海城市魅力，广受好评。2018 年 4 月，作者应邀陪同到访上海的新加坡总理李显龙夫妇漫步外滩时，也向他特别介绍了南京路的故事。全世界最著名的旅游指南《孤星 Lonely Planet》也邀请作者作为上海专家，为 2018 版上海专辑介绍南京路的导览建议。

推荐理由：

破题创新求变：建筑是上海文化的一张名片。系列报道以海派建筑为载体，介绍了海派文化里中西文化水乳交融的魅力。报道既有南京路历史溯源，又切中历史保护与城市更新的热点话题，加上介绍鲜为人知的中国近代第一代建筑师的人生与作品，角度别致新颖。专栏也在报道中有机融合红色文化与江南文化内容，如斯诺夫妇与南京路的缘分，曾在江南制造局任职多年的科学家徐寿与西人共同创办格致书院的故事等。

谋篇整体全面：力求通过历史、人文、科技、教育、建筑、艺术等多个角度，全方位地介绍历史建筑在近代、当代到现代的空间和功能变化。

采访扎实深入：采访了众多相关领域的中外专家、政府官员、建筑新老业主、名人后代等；查阅了大量的档案文献资料，特别是近代英文报纸找到大量关于南京路建筑和人物的原始报道，填补了相关研究写作的空白；重新实地走访拍摄老建筑，力求写出体验式的报道。

文笔清新别致：文章的起承转合，遣词造句都力求按照西方人习惯的方式，特别是通过使用西方人士熟悉的人物或故事做比使文章更易懂、易感，避免了由于涉及的建筑和科学专业词汇较多而程式化和术语化的问题。

新华时评：校园食品安全必须严管

作者：裘立华　周　琳
编辑：杨金志

日前上海一所收费高昂的国际学校给孩子提供霉变和过期食品被曝光后，国家市场监管总局、教育部迅速要求相关部门立即开展核查处置工作，依法严肃查处食品安全违法违规行为，同时要求全国各地全面排查校园食品安全风险，切实做好校园食品安全工作。

今年秋季开学以来，一些地方发生劣质“营养餐”和学生食物中毒事件，引起社会高度关注。校园食品安全年年抓，制度不可谓不完善，通知不可谓不具体，各地监督检查不可谓不频繁，但仍出现这样的问题，不得不让人深思。

就在今年开学之前，国家市场监管总局刚就加强秋季开学学校食品安全监管工作部署了一次全面监督检查，而最近的一些事件，就发生在检查人员离开之后。而且一些食品安全问题要么是家长发现，要么是孩子们身体出现状况才被揭开，充分说明我们的监管存在执行不到位、没有常态化的情况。

校园食品安全监管必须严字当头，责任到位、监管到位、问责到位，持之以恒才能收到成效。国务院食品安全办近日明确要求各地要强化风险隐患排查，完善应急处置机制和制度，依法依规快速开展应急处置，及时妥善回应社会关切。对引发食源性疾病的供餐单位和承包公司实施联合惩戒。各地要把这样的部署真正落到实处。

严管的同时，还必须严惩，才能产生威慑力。解决校园食品安全问题，必须出重拳、出连环拳。对破坏食品安全的企业，除了行政处罚、采取经济制裁和市场禁入等手段之外，也应扬起刑法利剑。近年来，社会上一些食品安全犯罪入刑，起到了很好的震慑和教育作用。对出现问题的学校、监管人员等相关责任人也应严查背后有无渎职、贪腐行为，对违法违纪行为严肃处理和依法严惩。

孩子是我们的未来，教育是社会的良心，而安全是教育的底线，没有安全感，何来美好生活？严管和严惩必须相结合，才可能杜绝危害孩子生命健康的事件再次发生。

（新华每日电讯 2018 年 10 月 24 日）

申报资料实录

作品简介：

此前，上海一所收费高昂的国际学校给孩子提供霉变和过期食品被曝光后，国家市场监管总局、教育部迅速要求相关部门立即开展核查处置工作，依法严肃查处食品安全违法违规行为，同时要求全国各地全面排查校园食品安全风险，切实做好校园食品安全工作。

孩子是我们的未来，教育是社会的良心，而安全是教育的底线，没有安全感，何来美好生活？严管和严惩必须相结合，才可能杜绝危害孩子生命健康的事件再次发生。新华社第一时间在真相基础上进行评论追问，呼吁用严管、严惩产生威慑力，出重拳、出连环拳解决校园食品安全问题，让孩子的舌尖安全能得以无死角的保障。

社会效果：

稿件除被 149 家各界传统及网络媒体采用外，还被今日头条、一点资讯、腾讯新闻、新浪新闻、百度新闻等 12 个新闻资讯客户端采用，新华社客户端阅读量百万。传统媒体采用中，仅中央媒体就有 12 家，包括新华每日电讯、央视、环球、中国经济网、人民网等。

推荐理由：

第一时间说清真相、阐释理由、追问解决方案，对校园食品安全红线进行全面的思考。稿件立意新、语言辣、角度准，是小切口评论中的佳作。

“从今天起，我是你们的同志了”

——与“80 后”预备党员牛犇面对面

作者：曹玲娟
编辑：刘士安　李泓冰

6 天前，鲜红的党旗前，83 岁高龄的电影表演艺术家、上影演员剧团演员牛犇举起右手，在他的入党介绍人、上影集团党委书记任仲伦领誓下，和上影其他青年党员一起庄严宣誓，加入中国共产党。

宣誓现场，老人的眼眶一次次湿润。他激动地说，“不管组织上对自己考验多长，我一点儿不气馁，党的考验是永远的，只要我们的目标坚定不移，就一定能实现。”

1946 年，11 岁的牛犇参演抗日影片《圣城记》，自此开启了他的电影人生。进入上海电影制片厂后，牛犇相继参演了《海魂》《沙漠追匪记》《红色娘子军》《天云山传奇》《牧马人》《泉水叮咚》等影片，形成了独特的表演风格。2017 年，他获得第三十一届中国电影金鸡奖终身成就奖。

牛犇从青年时期就树立了“跟党走”的信念，始终以党员的标准要求自己。他的另一位入党介绍人、表演艺术家秦怡说，“牛犇是个好同志，我愿意做他的入党介绍人，我相信他会做得很好。”

“我打小父母双亡，如今终于实现了夙愿，今后我要把入党这一天作为我的生日！”个子不高、银白头发、腰板笔直，6 月 9 日，上影演员剧团办公室，佩戴着鲜红的共产党员徽章，牛犇接受了本报记者的专访。

“我接受党的教育已经 60 多年了”

记者：作为电影表演艺术家，您已经拿到了很多奖项和荣誉，为什么在耄耋之年希望加入中国共产党?

牛犇:这不是冲动,我一直有这个心,有这个追求,只是默默地在心里,没有张扬。从我戴上团徽开始,我就想加入中国共产党,团徽我保存着,这份心愿也保存着。

我接受党的教育已经60多年了,中间虽然经历过各种艰苦,这个信念从来没变过。早在上个世纪50年代未满18岁时,我听了上影厂老书记丁一的党课,那个时候就想做党的同路人。退休后,自己依然积极参加上影和演员剧团的各项活动,不忘初心,牢记自己曾经许下的诺言,时刻以一个共产党员的标准来要求自己。

近年来,特别是在聆听了习近平总书记在党的十九大上作的报告后,看到近些年在党的领导下国家发展欣欣向荣,我打心底里钦佩,要求入党的愿望更强烈了。

"成为中国共产党党员,是我一生中最大的幸事"

记者:是什么让您再次写下入党申请书?

牛犇:以前,"文革"等动荡的时候没能入党,后来又阴差阳错没入成党。再后来一段时间,我觉得现实中有的党员表现也未必就那么先进,我没有入党也是一样为党和人民作贡献,就耽搁了下来。现在想想,这是自我原谅,实际上是晚了,应该早入党。

前不久,我和我们上影演员剧团团长佟瑞欣一起拍了电影《邹碧华》。邹碧华是一个真正的党员,事迹十分感人。正好那回上影集团开会,任仲伦在会上表扬我们剧组,我就觉得,我不是党员,但我应该努力,奔赴这个目标,成为一名真正的党员,我就给佟瑞欣写了张字条,"我们一块从今天起考虑塑造自己成为一个合格的中国共产党党员吧!"

记者:听说您写入党申请书差不多写了一夜?

牛犇:今年1月,我正式提交了入党申请书。申请书我写了几乎一整夜,很多内容的年份必须准确,等查清楚都半夜了,脑子已经迷糊了,就在桌前趴着睡了两个钟头,醒了就凌晨三四点了,继续写。那大段的入党志愿是一气呵成的,没有打草稿。我自己都没有想到,写得这么顺,大概是这些话搁在心里大半辈子了。

这半年来，我一直心潮澎湃，我和组织说心里话，好几次我都说不下去了，激动。成为中国共产党党员，是我一生中最大的幸事。我人生中最重要的时刻，就是现在！我可以骄傲地说：从今天起，我是你们的同志了！

“耄耋之年，更要追求思想和行动上的进步”

记者： 入党是一件神圣的事，在您身上体现得十分明显。您对党的感情，来自哪里？是什么让您矢志不渝追求进步？

牛犇： 我年幼时父母双亡，靠哥哥接济。一个偶然的机会，被沈浮等老一辈电影人发掘，在多部抗战爱国影片中扮演儿童角色，从此演了一辈子的电影。

从小，我深受前辈对我的影响，他们教会我如何处事生活。我学的第一首歌，就是我拍第一部片子时一位场记老师教我的《卖报歌》，她非常关心我，那时我还不到11岁，总觉得她待我像自己的母亲，后来才知道，她是一位地下党员。

新中国成立那天，我当时在香港拍戏，好几名演员兴奋地一路跑到大屿山，以每个人的身体作为一根线条，手拉手在山上拼出五角星。大哥哥大姐姐们告诉我，“中国人民解放了，共产党是太阳，照到哪里哪里亮，是共产党解救了大家，给了我们新生活。”我当时太小了，似懂非懂，他们就拍拍我的脑袋说，“从今后，你有饱饭吃了。”

共产党救了中国，我认准了跟共产党干革命的道理。我加入上海电影制片厂，是上影的小青年，必须要求进步。我儿时失去父母，到上海又远离亲人，靠的就是组织。我敬佩的演员们，赵丹、黄宗英、王文娟、白杨、刘琼、秦怡，都纷纷加入了中国共产党。他们把入党当成一件神圣的事。我怎么比得上他们呢？但我暗下决心，一定要跟共产党干革命，一辈子不放弃，要求进步，以共产党员的标准来衡量自己，努力为党为人民工作，党指到哪里，我就到哪里。

耄耋之年，更要追求思想和行动上的进步。就像邹碧华说的那样，“我们生活的世界本来不完美，但正因为它的不完美才需要我们去努力，去奋斗，我们的存在才有价值。”我觉得，我人生尚未完成的最大心愿就是加入中国共产党。所以，我正式递交了入党申请书。

记者： 宣誓入党时，您心情怎样？

牛犇： 今年5月31日，上影演员剧团支部党员大会上，我被投票吸收为预备党员。当时，我向大家读我的入党志愿，“我是在旧中国受苦受难下成长的城市贫民，家里穷，没吃过饱饭，从小便死了父母，随着哥哥流浪……儿时，又去了香港，在英国殖民统治下的中国人民依然是受苦受难……是共产党解救了我们的家，给我新生活……我也暗下决心，要跟着共产党干革命，一辈子不回头。”

当时，我眼里都是泪，看不清字，抑制不住的哽咽，抑制不住的情绪。其实，我何止哭了一次两次？这是我的一件大事，我从小没有妈妈，我觉得，党就像我的母亲，入党的日子，就是我的生日！

“只有跟着党，才能把有限的生命活得更有意义”

记者：您是耄耋老人，也是一名“年轻”的党员。今后的工作中，您有怎样的打算？

牛犇：我已经80多岁了，为党工作，我一定要珍惜。只有跟着党，才能把有限的生命活得更有意义。有生之年，我愿为党的电影事业努力地工作。

回想我这几十年拍戏，我在上影厂曾经担任过电视部的主任，负责看剧本。我首先要看剧本的社会效益，就是这部戏对社会起什么作用。今后，这个标准不能放弃，也是我终身的标准。将来呢，肩上的责任更大了，因为我是一名党员，接什么本、做什么事，不能仅凭个人的好恶，更要看它对社会的效应是什么。不管给不给酬劳，只要对社会有贡献，我就去演；如果没有，我跟以前一样，不管怎样，都不会去的。过去是这么做的，今后更要这样做。

（《人民日报》2018年6月12日）

申报资料实录

作品简介：

2018年6月6日，83岁的牛犇庄严宣誓，加入中国共产党。6月9日，记者专访牛犇，畅谈其耄耋之年入党的心路历程。6月12日，本报18版《党建周刊》刊发头条配图报道《从今天起，我是你们的同志了”——与“80后”预备党员牛犇面对面》，以记者专访问答形式，讲述牛犇入党的故事。

文章于娓娓道来之中，强调牛犇对党的敬爱与向往，真诚感人。文章中，牛犇说，自己接受党的教育已经60多年，老一辈电影人都将入党当成一件神圣的事。耄耋之年，更要追求思想和行动上的进步。如今，自己终于实现了夙愿，“我可以骄傲地说：从今天起，我是你们的同志了！”

社会效果：

文章刊发后，引发广泛且深刻的社会影响。文章见报当日即被人民日报客户端首页转载，点击量超过百万。6 月 25 日上午，牛犇所在的上影集团党委书记、董事长任仲伦致电记者予以感谢，表示接上级通知，总书记看到了《人民日报》关于牛犇入党的报道，为之感动，并写了一段很长的批示。当天下午，中共中央总书记、国家主席、中央军委主席习近平写给牛犇的信对外公布，引起社会强烈反响。信中，总书记写道：“你好！得知你在耄耋之年加入了中国共产党，实现了自己的夙愿，我为此感到高兴。”市委书记李强对此稿给予充分肯定。牛犇入党，经我报报道，成为写入党建史的一项典型事例。

推荐理由：

独家新闻故事，折射一代人的追求和时代印记。习总书记批示写信，社会反响积极热烈。该报道是体现本报“上连党心、下接民心”作用的优秀作品，曾获人民日报社好新闻奖。

文字通讯

让汽车提前“助跑”过路口,29 岁民警创“新型通过法”获公安部一等功

他建议同龄人:大胆创新勇敢去做

作者:钟 雷

编辑:马 鋐

沪闵路柳州路路口,随着显示“直行车辆禁止进入待行区”红字的指示牌暗下,车辆缓缓驶入待行区,而适时亮起的绿灯则让驾驶员无需踩刹车,流畅通过路口。

不久前,徐汇公安分局交警支队五大队警长王润达创立的“王润达通过法”在这一路口投入使用。而作为一名曾经的“速度型前锋”,他将足球技战术与交通执法相结合,从原本已接近饱和的绿灯周期内“抢”出几秒钟的通行时间,为路口提升 10%的通行效率。

“开脑洞”

路口为车辆预留“助跑距离”

今年 9 月,恰逢世界人工智能峰会在徐汇滨江举行,王润达增援至龙腾大道东安路路口。由于实行交通管制,他执勤的路口较以往更加拥堵。

“这个路口没设置待行区,但为了提高通行效率,我就试着人为引导车辆进入可作为待行区的区域。”一次,一名驾驶员在等红灯时顺便摇下车窗向王润达问路,耽搁了几秒钟,待王润达引导对方开车驶入待行区域时,路口正好跳成了绿灯,这名司机不需要再停车直接就驶过了路口,这一细节引起了王润达的注意。

过去在许多路口,车辆待行区是将停止线前移,指示牌示意车辆进入该区

域，相当于在空间上提升车道的蓄车距离，一般情况下驾驶员进入待行区前需要停一次车，进入待行区后需要再停一次车等待，而第二次起步消耗了一定的车辆通行时间，也增加了车辆的油耗。一旦前车司机走神耽搁了，后车司机往往会闪大灯，甚至乱鸣号提醒。有时候红灯亮起，仍有6至7辆车未通过路口，通行效率不高。

而眼前的景象让他意识到，如果车辆无需二次起步，路口通行效率或许可以提升。结合自己过去踢足球的经验，他一下子"脑洞大开"，提出了一种路口通行的新设想。

"足球里有种技术叫传、接、跑，传球会跟根据目标球员的跑动路线留出一定的提前量，讲究球到人到。我就想能不能给汽车也留一段'助跑'的距离，实现灯到车到，让驾驶员不必停一次车就能过红灯。"就这样，他把待行区车辆比作接球人，指示牌比作传球人，绿灯比作球，把足球中的"传、接、跑"与交通管理融为一体，形成"导、引、行"的通行算法。

王润达的这一想法获得了警组同事的支持，组里的老前辈们结合自身多年经验，纷纷为小王出谋划策，还有同事作为驾驶员开车上路实测。根据大伙在几个主要路口测试结果，发现如果将车辆以怠速通过待行区时间作为绿灯倒数时间，相比原来早早地停在待行区尽头等绿灯亮再起步，能够提升道路整体的通行效率。另外，通过此方法，使待行车辆更晚地进入路口范围，对正在通行的车辆影响更小。

"低成本"
新通行法为路口提升10%效率

经过不断地测试、修改再测试，王润达将自己的设想告诉了领导，并获得支队领导力挺。"马上设计具体方案！"得到了充分的肯定与支持后，大队领导帮助王润达找到了勤务路设大队相关领导，提出了"一次启停待行区"的具体构想，至此，"王润达通过法"正式出炉。

之后，在支队的大力支撑下，王润达来到了同济设计研究院，希望院方精确论证"王润达通过法"相关数据。院方对此项目充满兴趣，立刻成立专家组，并诚邀王润达加入他们的团队，共同设计研究、完善"王润达通过法"。

在众人的努力下，"王润达通过法"在沪闵路柳州路路口正式投入使用。"其实路口的绿信并没有做大调整，用了新的通行办法后，好比我们从每个绿灯周期里又抢出了三四秒用于通行。”“改造前，沪闵路柳州路路口晚高峰期间，东西向直行车道一个绿灯的时间可以通行196辆车，改造后可以通行210辆，多了整整14辆。”经过反复计算，运用“王润达通过法”后，一个绿灯周期内路口增加了10％到12％的通行效率，早晚高峰时间比原来缩短了二十多分钟。

一个路口的通行效能提高10％，那十个、百个这样的路口呢？在推广的过程中，“王润达通过法”的另一大优点“低成本”也逐渐显露出来。车道不用改、信号灯不用改建，省去了人工引导车辆进入待行区的步骤，唯一需要做的调整只是根据不同路口特点合理调整绿灯信号时间配比，在多数有待行区路口可直接推广。

如今，“王润达通过法”已在沪闵路柳州路、沪闵路桂林路两个路口投入使用。据悉，未来徐汇交警支队还计划把“王润达通过法”在徐汇全区具备条件的各主干路口进行试点。凭借这一发明，王润达也于今年11月获得公安部颁发的个人一等功。面对荣誉，他笑言并非自己一人的功劳，“没有同事和支队的支持，我也只是空想，只是把集体的荣誉算在了我一个人头上罢了。”

“在我之前，别人可能也曾有过类似‘王润达通过法’的设想，但这个想法最后能在我这里开花结果，少不了分局支队这块好的土壤，也少不了换位思考下的细致观察。”王润达说，自己能取得现在的成绩，更需要有一颗敢想敢做的心，“不要觉得自己异想天开，要相信现在的科技水平可以支撑你的想法。”他建议同龄人，要大胆地去创新，勇敢地迈出第一步，有些事情才能实现。

“练过的”

球场经验助执法，曾追一公里抓逃

从小踢球，司职前锋的王润达曾差点走上职业道路。虽然怀着一腔对“侠义”的热情投身警营，但踢球的经历仍然带给王润达不少“红利”，除了间接酝酿的“王润达通行法”，在工作的其他方面，足球场上的经验也让他获益良多。

在足球场上，作为前锋球员，跑位时必须眼观六路耳听八方。在路口，交警同样需要关注各种潜藏在车流中的交通违法行为。在同事眼中，曾做过运动员的王润达眼神特别好，在一个绿灯周期内，他有时能比别人多纠处两到三起交通违法行为。

除了“火眼金睛”，体能好也是王润达的一大优势。有时设卡查酒驾，醉酒司机远远就弃车转身逃跑，这时王润达总是冲在最前面。作为一名曾经的“速度型前锋”，他总能跑到对象“讨饶”，还凭此抓获过一名逃犯。

一次在石龙路柳州路路口，一辆客车与一辆摩托车从地道内先后驶出，本想处罚摩托车驾驶员违法行为的王润达却有了“意外收获”。“为了稳住摩托车驾驶员，我眼睛盯着周边其他车辆，余光瞄着摩托车确保它在视野范围内。这和踢球的时候为了骗过防守球员而‘不看人传球’异曲同工。”但没想到，当他的目光落到一旁的客车驾驶员时，对方却神色慌张。当王润达走到半路时，这名驾驶员甚至弃车逃跑。察觉异样后，王润达立即转换目标，追进地道，追了一公里多后，客车驾驶员因体力不支停了下来。

“你看到警察跑什么跑！你驾驶证行驶证拿出来。”面对质问，驾驶员却称自己没有驾驶证。“没驾驶证你还敢上路的啊？”王润达随后将对方身份信息录入比对，结果发现对方竟是一名逃犯。“你怎么跑这么快？这么拼啊。”眼看逃跑无望，喘着大气的驾驶员问了这么一句。“我以前练过的呀。”王润达至今记得，当时驾驶员脸上复杂的表情，“估计是挺无语的吧。”他笑着说。

“零投诉”

借“早饭外交”对路口“知根知底”

作为支队内最年轻的警长，王润达在支队内工作成绩常年居于榜首，有责投诉却始终为零。在高效工作的背后，是他对辖区内各个路口的“知根知底”。而这一切成效，离不开他的“早饭外交”。

江安路虹漕路路口附近的一家小面馆内，早上 6 点多，身着便衣的王润达常常出现在店内吃早饭。而在他的身边，许多出租车司机、货车司机不时“吐槽”着周边的道路。“开了几十年车的老师傅，对于道路通行情况也有一定的心得体会，我希望能向他们取点经。”

“这条路如果一次性多放进三辆车的话会快不少。”“那条路东西向早上车子不多的，红灯时间需要这么久的吗？”“公交车前面这块空地完全可以改成虚线嘛，又不影响通行，还能避免私家车乱下客。”许多时候，王润达低头吃着面，心里却把驾驶员们的话记了下来。听到有道理的“吐槽”，他还会主动跟司机搭话一起“发发牢骚”，深入了解他们的想法。

十几顿早饭下来，情况也基本摸清了。回到单位后，他将一些好的建议梳理后反映到支队相关负责部门，经研究后优化改进部分道路停车规则，例如把黄实现改成黄虚线、设置临时停车路段，逐步改善了早高峰拥堵的情况。

在完成小改小革后，他还会在吃早饭时“不经意”向司机们提起附近某处有临时停车点，或者哪里的黄实线改成了黄虚线。“司机们有自己的圈子，口口相传效果比你贴告示好多了。”

（《青年报》2018 年 11 月 30 日）

申报资料实录

作品简介：

29 岁的年轻民警通过自己在岗位上的观察，由一次普通的汽车转弯出发，创造了让汽车“助跑”过马路的新型路口通过法，为机动车通行提速，并获得公安部一等功嘉奖。记者获悉该线索后立即联系采访，深度挖掘潜藏在这次获奖背后的故事。

通过与王润达的深度对话，记者挖掘出王润达过去曾是专业足球运动员这一身份，并获悉他还常常以同司机一起吃早饭的方式了解路口情况。通过这些素材的积累，让读者发现王润达的成功并非偶然，而是在平时一点一滴的积累上量变引发质变。除了在稿件中介绍民警的事迹外，记者还专门采访了获奖民警对于其他同龄人的建议，起到为其他青年人树立榜样，找到人生标杆的意义，鼓舞其他青年人勇于创新，不落窠臼。

社会效果：

该作品刊发后，先后获得新浪、搜狐、东方网、中国文明网等媒体的转发，并吸引澎湃新闻等媒体的跟进报道，形成了很好的传播效果，让青年人看到了榜样的力量，弘扬了社会正能量。

推荐理由：

该篇报道由细微线索出发，记者没有浅尝辄止，而是深度挖掘，从一次获奖发掘出得奖者背后的积累和故事。同时在叙述故事的同时，王润达还与记者分享了对青年人的寄语，使该作品对青年人有较好的激励作用。

文字通讯

距世界级滨水区还有 64 个断点

作者：沈敏岚　杨玉红
编辑：王文佳　任湘怡

14 年前，本报率先呼吁“走通苏州河”，市民百姓共享苏州河两岸“共有的乐园”。2004 年 2 月 29 日，新民晚报头版几乎用一整版的篇幅刊登记者的调查报道——《共有的乐园怎能消逝》，报道了有着公认最优美曲线的苏州河河段——武宁路桥至昌化路桥段，正渐渐成为“私家领地 + 建筑峡谷”，市民心痛走不进、走不通苏州河沿岸这片“共有的乐园”。

14 年过去了，市民享有苏州河两岸“共有的乐园”的梦想是否已变为现实？苏州河两岸是否已成为市民共享的绿色休闲走廊？目前，上海正全力建设世界级滨水区，到 2035 年将建成高品质的世界著名旅游城市，8 月 23 日，上海发布《黄浦江、苏州河沿岸地区建设规划》公众版，向公众征求意见，征求时间为期一个月。

黄浦江两岸 45 公里公共空间已全线贯通，浦江两岸正在打造世界级的旅游精品。根据规划，苏州河中心城段两岸 42 公里岸线将在 2020 年贯通，届时，黄浦江、苏州河“一江一河”将成为具有全球影响力的世界级滨水区。

昨天，本报记者重访 14 年前调查的苏州河武宁路桥至昌化路桥两岸，沿岸不少地方已是绿树成荫、鸟语花香，建成不少亲水景观，正在成为市民百姓盛夏休憩、漫步的好去处，更让人惊喜的是两岸岸边柳树摇曳、夹竹桃芬芳，树丛中若隐若现可看到有不少白鹭，微风吹过，白鹭飞起，翱翔在微波荡漾的苏州河水面，市民期盼的苏州河“共有乐园”大概就应该是这样的吧。

然而，记者调查发现，武宁路桥至昌化路桥两岸长达 7. 4 公里的岸线，仍有 11 处断点像“拦路虎”挡住了我们的脚步，据市规土局测算，11 处断点的总长段达到 3.7 公里，也就是说，这段区域，仍有一半“走不通”。而苏州河中心城段有 64 个断点，总长段 16 公里。

南岸　3.7 公里岸线有 10 个断点 数段岸线通而不畅

站在武宁路桥向东看去，苏州河的南岸有一段数百米长的观景平台：岸边杨柳依依垂水面，仿木护栏古色古香，一片绿油油的草坪由岸边步道向外延伸开去。从武宁路桥向东走去，一个半封闭停车场挡住了记者的去路。“这里是停车场，围墙外就是河浜，去观景平台的路被一道铁丝网围墙挡住，需要从外侧绕行至苏堤春晓名苑内。”停车场收费员王师傅热心地指引道。

走进苏堤春晓名苑，记者可以看到多个居民楼指示牌，但并未看见任何标有苏州河岸线的指示。“去河边，你需要一直向北走、穿过小区的绿化环岛，能看到一个带电子锁的铁门，那里就是通往观景平台的唯一出口。”一位居民指引道。沿着小区道路步行了十分钟，记者才找到这扇铁门。铁门上，小区物业公司还张贴着一张提示牌：儿童进入苏州河景观道，须由成人陪同，以免发生溺水事故。

走出铁门，靠近苏州河的一侧有一段宽约 2 米的亲水平台，黑色的木地板已经泛白；靠近小区的一侧是一条宽约 3 米的步行道，是附近居民健身、观景的聚集地。这段观景平台的另一端连接着宝成桥，出口处又有一扇紧闭的大铁门。铁门锈迹斑斑，一端开一扇仅够一个人侧身通行的小门。由于通行者甚少，铁门外成了三轮车自行车停放区、废旧物品堆放区。

漫步在苏州河南岸，记者看见数段观景平台，却难走进，有时需要从附近道路绕行一公里左右。在靠近胶州路 1216 弄的一段苏州河岸线，目前还没有正式的名称，暂时被命名为“规划二路”。一块铭牌还显示，此处是绿洲城市花园百姓健身步道。记者看到，这是一条长约 200 多米、两端封闭的岸线，一段是健身器材区，一段是健身步道区。多位老人沿着健身步道两侧的塑胶步道散步，还有两位爷爷推着童车、沿着中间的柏油步道散步。

一路向东，最热闹的岸线莫过于苏州河梦清园环保主题公园内段。这里的岸线外形酷似含苞待放的白玉兰。在这段长度超过一公里的苏州河岸边，有一道钢筋和玻璃组成的观景护栏；护栏内侧是一条步行道，沿着河道蜿蜒；登上外形酷似白玉兰的玉兰阁，苏州河的美景一览无余。由于公园有围墙，市民只能绕行至宜昌路，从公园的大门进入观景平台。

北岸 1个断点长达1.9公里 为中远两湾城住宅区

在武宁路桥至宝成路桥段，沿河是高高的防汛墙，高达1.5米左右，没有人行道，却划着不少停车位，不宽的光复西路，机动车、非机动车、行人混行，还有晨跑者，光复西路另一侧是临时停车场、动迁基地，人行道最窄处只有0.2米，最宽的也就2米。靠近宝成路桥段有一个围着的工地，在建亲水岸线。

宝成路桥至江宁路桥段，大部分岸线让人心旷神怡，沿河是5至10米宽的亲水绿色岸线，夏季花卉紫薇、夹竹桃、美人焦等开得正盛，工人正在油漆无障碍道栏杆。但在这片绿意葱葱的岸线中，也有不和谐处，流浪者铺上席子，就睡在树下，吊树锻炼的市民，在绿地里撒尿的市民，一路走来，记者碰到好几个，苏州河沿岸，每隔10米就有一处“苏州河内、禁止捕鱼”的警示牌，但仍有钓鱼者。

江宁路桥至昌化路桥，长达1.9公里，苏州河在这里打了两个弯，沿岸的小区因此取了“两湾”美名，岸线入口处在江宁路桥下，要从江宁路桥人行道上下台阶才能找到入口，出口处在昌化路桥下，都不是很好找，不是周边居民，很少能找到。作为“中远两湾城”当年卖楼的最大亮点，长长的亲水平台，十分漂亮，加上对岸就是梦清远，可谓苏州河两岸的最美景观之一。只是亲水平台为设计美观考虑，亲水岸线的栏杆比较低，如果未来完全开放，市民、游人众多，安全如何保障让人担忧，之前，这一区域也曾发生过溺水事件。记者看到，物业在这里竖了不少警示牌，并有“安民告示”——“任何人员在亲水岸线区域的使用过程中，就应注意文明礼貌，不得影响他人或周边业主的正常休息”，似乎已为岸线开放做着准备。

（《新民晚报》2018年9月12日）

申报资料实录

作品简介：

为了报道上海市民最为关注的苏州河贯通工程，民生大报新民晚报记者兵分两路，沿苏州河两岸实地采访调查，记者用足“脚力”，走“南岸”逛“北岸”苏州河沿线，靠“眼力”扫描实录沿岸“断点”，把苏州河沿线64个断点及“最美苏州河”段的11个断点一一记录下来，并采访规划部门权威专家，用“脑力”、“笔力”

对苏州河断点进行逐一分析解剖，并在报道中对有关方面的“断点贯通”实施方案提出建议，走通苏州河需要各方商议，需要各方共同为贯通苏州河、建设世界级滨水区而“舍小家、为大家”，寻找最佳解决方案。

社会效果：

14 年前，新民晚报头版用几乎一个整版的篇幅呼吁“走通苏州河”，是上海媒体中最早呼吁苏州河贯通，引起强烈的效应和有关部门的重视；之后，新民晚报持续不断呼吁苏州河贯通。终于在 14 年后迎来了《黄浦江、苏州河沿岸建设规划》的公示，新民晚报记者又在第一时间再走苏州河，也是上海媒体在规划公示后第一家深度现场调查苏州河贯通的媒体。新民晚报 10 多年来持续关注苏州河贯通民生工程，体现了主流媒体的社会责任感，10 多年的呼吁终于迎来苏州河全面贯通进入实施阶段。

推荐理由：

这篇报道运用 14 年前老报道来对标新《规划》，记者用脚量出沿线的“断点”，坚持“四力”写好城市重大规划建设报道，也体现了用“脑力”策划和思考，用脚力深入采访，靠“笔力”发声，彰显了主流民生大报的舆论引领作用。

跨省转运捐赠器官：以生命的名义

主创人员：吴雅娴　李　斌
编　　辑：张明霞

（限于篇幅，文字稿略，获奖作品请听光盘。）

（上海广播电视台上海新闻广播 FM93.4《清晨新闻》
2018 年 8 月 25 日 6 时 6 分 40 秒）

申报资料实录

作品简介：

器官捐献一直有着很大的医疗需求，但由于受传统观念的影响，愿意捐献者并不多。当接到将有直升机转运捐献器官的新闻线索时，记者第一时间赶到医院，换上工作服，跟随医生进入手术室，见证并录制了遗体告别仪式的现场实况。采访过程中最让人揪心的是家属的艰难抉择，一面是难以割舍的亲情，另一面是器官移植需要争分夺秒。这是一个艰难、痛苦的抉择。记者敏锐地捕捉到纠结、矛盾、紧迫、热切等氛围变化，抓住典型现场声、连续穿插，真实记录跨省器官转运的全过程，贯穿其中的是对生命的敬意。

社会效果：

该报道真实、生动地还原了首例直升机跨省转运器官的过程，体现的是生命的崇高，对倡导器官捐赠具有重大社会意义。实际上，我国已经建立了非常严格的器官捐献和器官获取的机制，上海在国内率先建立了比较完善的航空救援体系，报道对于推动医疗救援体系的完善、发展具有重大意义。

推荐理由：

1. 题材新颖。器官移植已经不是新鲜的话题，而动用直升飞机跨省转运器官这在上海医疗界尚属首例。报道以第一现场的视角，报道了器官移植空运机制建立到执行的全过程，具有代表意义。

2. 音响典型。记者抓住遗体告别仪式的现场声、捐赠现场器械的操作声、转运的急促声、直升飞机的螺旋桨轰鸣声，将捐献现场展现在听众面前，让人肃然起敬，强烈感受到生命的崇高，紧扣主题"以生命的名义"。

3. 结构紧凑。作品以时间为序，抓住几个关键时间点展开，让人强烈感受到时间的紧迫，争分夺秒、叙述简练、一气呵成。

全国首创耕地质量保护险

松江农民热衷“养地”让寸土变“寸金”

主创人员：王　虹　孙邦宁　胡健尧　樊佳琪
编　　辑：孙邦宁　胡健尧

（限于篇幅，文字稿略，获奖作品请听光盘。）

（松江人民广播电台《话说松江》2018 年 6 月 14 日 12：00FM100.9）

申报资料实录

作品简介：

松江区“耕地地力指数保险”是全国首创，因此，在政策推出后主创人员进行了大量的调查研究，并针对一些专业性的政策、三农等问题请教农技专家，进行深层次的解读。同时，对参保农户进行跟踪了解。通过大量现场实录、实地采访、沟通互动等，形成一篇较好的宣传“三农”的优秀广播作品。

社会效果：

本节目播出后，更多的农民选择积极参保，大大提高了农民朋友对保护土地的意识和积极性，起到了较好的社会效果。

推荐理由：

土地是农民的“命根子”。农民要爱护土地，土地才会反哺农民。如何让土壤“健康长寿”，让土地种植发挥最大效益？只有今天有意识“人养地”，才有可能做到明天“地养人”。为了培养和调动农民既种地又要养地的意识和积极性，松江区推出全国首个“耕地地力指数保险”。本篇报道以此为线索，记者深入田间地头，与农民朋友和专业人士聊天、交流、探讨，从政策推出到宣讲再到赢得农民朋友的欢迎，全程进行了跟踪采访，倾听农民朋友的反响和受益情况。从政策解读、专家介绍、参保农民操作心得等不同角度，宣传这项惠民利民政策，宣传爱护保护土壤的重要性，起到了良好的传播效果。

两会观察：几十万份复印件“追问”营商环境

主创人员：陈慧莹　李　刚
编　　辑：许丽花

（限于篇幅，文字稿略，获奖作品请看光盘。）

（上海广播电视台新闻综合频道《新闻夜线》2018年1月28日21时55分）

申报资料实录

作品简介：

改善“营商环境”是今年上海的一项重点工作，由于这一话题本身略抽象，怎样才是理想、高效的营商环境，有哪些指标可以衡量，电视新闻在内容、画面呈现中，相对比较单一。但这条消息却触到了“关键点”，在视觉上让人感觉颇震撼，内容之前也从未被媒体关注过，因此让人有种出乎意料的感觉。一房间的复印件、不停运作的复印机、一本本厚厚的标书，一下子让“营商环境”这四个字变得具象，从传播效果上，更容易产生共鸣。

社会效果：

电视新闻播出后，不少纸媒都来询问线索来源，希望进一步报道。而据企业反馈，相关部门也第一时间和他们取得联系，表示会研究、简化投标流程，承诺在年内能够有所改善。记者也一直和企业保持联系，希望能进一步跟踪报道。

推荐理由：

这条新闻线索来自上海两会上一位代表的独家披露，记者有敏感的意识，采访拍摄及时，内容呈现短小精练，画面细节充分到位，是一篇非常精致的短消息。

一张施工许可证办理的“自贸区速度”

主创人员：严尔俊　高旻杰
编　　辑：付　茂

（限于篇幅，文字稿略，获奖作品请看光盘。）

（浦东新区电视台《新闻能见度》2018年4月11日）

申报资料实录

作品简介：

2018年是上海营商环境优化升级的重要一年。上海自贸区在全国率先推行企业投资建设项目审批改革。改革后的首张施工许可证办理时间比原先缩短了近半年，而施工许可证办理，恰是国际上衡量一个地区营商环境的重要指标之一。

采访时，记者没有仅仅局限于表面所看到的“开工速度”的变化，而是实地走访率先“尝鲜”改革的企业，了解企业真实感受，深入挖掘变化背后“首创性”、“可复制”的改革路径。一是率先在全国推出“一网通办”服务平台，打通政府各部门之间的信息壁垒，让群众足不出户就能办成事；二是创新设置“网上督办”职能，使审批全流程更加公开透明；三是对标国际最高标准，使自贸区的“开工速度”超过英、美等发达国家水平。

通过这篇报道，凸显出互联网＋时代，政府转变职能，当好服务企业“店小二”的改革理念；与时俱进、系统集成的改革智慧；更重要的是，凸显出政府“自我革命，刀刃向内”的改革勇气和决心。

社会效果：

这篇报道当天在本台播出的同时，被央视《新闻联播》头条采用，并被新华网、人民网等多家网站转载。受到市民、企业和相关政府部门的高度关注和赞赏，打响了上海在全国首创的“一网通办”服务品牌。

这一改革的“自贸区经验”，已在全国复制推广，改革的杠杆效应明显，受益面广泛。世界银行称赞，中国企业投资建设领域改革“令人惊叹地快速且有效”。

推荐理由：

该篇报道案例典型、小中见大、语言晓畅，内涵丰富。施工许可证办理以往需要大半年时间，被世界银行列为中国排名最靠后的营商指标。过去，因涉及到安全、土地等敏感因素，没有哪个地方政府敢于在这方面有所突破，上海自贸区则勇当排头兵，敢做先行者。记者的切入点表面看似小，实则是制度创新的大举措。较为充分地体现出记者的“脚力、眼力、脑力，笔力”。

电视系列报道

上海老式里弄试点“抽户”改造

主创人员：戴晶磊　邱旭黎　周　滢
编　　辑：虞之青　顾怡玫　张　莉

（限于篇幅，文字稿略，获奖作品请看光盘。）

（上海广播电视台新闻综合频道《新闻透视》《新闻报道》
2018 年 8 月 30 日——2018 年 12 月 30 日）

申报资料实录

作品简介：

记者在日常新闻采访中，了解到黄浦区的石库门里弄承兴里正在试点“抽户改造”。这在全市来说是首创，也是上海在旧改工作推进工作中因地制宜、分类施策的创新探索。

记者随后展开了近半年的蹲点记录。过程中，客观记录了老百姓真实的心路历程，有改造意愿，但是对于抽户改造这一新做法，也心存疑虑。而政府部门也是在没有先例的情况下，不断突破专业技术难点，并在人情法理间不断平衡，最终走出了一条精细化治理的“留改”新路：为留下的每户制定个性化改造方案，并通过一次次的沟通协调，换取居民的理解和支持，打开他们的心结，使“抽户改造”工作得以顺利推进。

老城厢里的抽户改造，既要保留历史文脉，又要千方百计改善旧区居民居住条件，难度可想而知。记者在积累了大量素材后，静心选取其中精华，从模式创新、啃“硬骨头”、一线工作者等多个角度立体化呈现上海抽户改造探索背后的故事，整个系列生动、真实，也体现了城市更新过程中的人文关怀。

社会效果：

报道通过电视、新媒体客户端播出后，在社会上引发了热烈的反响。不少观众都专门留言感谢一线工作人员付出的努力，可见报道起到了很好的正面引导作用。而许多基层工作者看了之后也很有共鸣，让他们在接下去的工作中也更有动力。更为重要的是，报道记录下的承兴里所探索的抽户改造方式，也将为今后上海的城市更新新模式提供宝贵的经验。

推荐理由：

该组报道采用了大量纪实的手法，实况生动、画面精良，详细记录了上海在旧改工作推进中的创新探索过程，既要保留历史文脉，也要让群众更有获得感。这组报道通过现场的生动记录，把政府真心为民办实事的初衷，以及工作人员细致的工作作风展现得淋漓尽致，恰到好处地体现了城市精细化治理的上海探索。

党旗下的回响·穿越时空的对话

主创人员：集体（毛维静、余天寅、李博芸、陈凯、朱颖、赵路露、
叶欣辰、李元韬、曹晨光、邢燕、葛浩、孙畅）
编　　辑：范嘉春

（限于篇幅，文字稿略，获奖作品请听光盘。）

《囚车上的婚礼》2018 年 9 月 27 日 7 点 15 分
《起舞的镣铐》2018 年 9 月 28 日 7 点 25 分
《铜板磨出的爱心》2018 年 9 月 29 日 7 点 24 分
《兄弟俩的竹篾箱》2018 年 9 月 30 日 7 点 19 分
上海广播电视台东方广播中心东广新闻台《东广早新闻》

申报资料实录

作品简介：

我国第五个烈士纪念日到来之际，东广新闻台制作播出了《党旗下的回响·穿越时空的对话》专题，包括《囚车上的婚礼》《起舞的镣铐》《铜板磨出的爱心》《兄弟俩的竹篾箱》4 集节目，介绍了一批在上海工作、牺牲的革命先烈不忘初心、信仰坚定，为革命英勇献身的心迹和事迹。

为挖掘素材，采编人员前往上海龙华烈士纪念馆参观，在馆内找寻革命文物。最终，找到了把龙华二十四烈士铐在一起的群镣、刊登革命伉俪在囚车举行婚礼这一消息的《文汇报》等珍贵素材，将其放在节目开头引出故事。节目中烈士走向刑场时的镣铐声、囚车的车轮声都给人以身临其境之感，而这也正是作为新闻作品所需的“元素”。节目的总构思是设计一种特定的“情”“境”来表达场

景，将对话的场所设置在上海龙华烈士纪念馆，由纪念馆的讲解员与烈士展开“隔空对话”，讲述感人事迹。这种场景的设置，既有对话的“虚拟性”，更有特定的实景，给人以“睹物思人”的感受。从这一点上看，不仅新闻元素充足，也赋予了新闻独特的感染力。

广播的特色是声音的精准运用。这一系列节目较好地运用和发挥了声音效果。每篇故事在以对话讲述的过程中，均有垫乐相伴，音乐的“语言”或表现黑暗时代的“风雨如磐”，或衬托烈士走向刑场的“凄冷”，或烘托烈士牺牲前心境的“澎湃”和“淡定”。特别是节目结束分别用了深有寓意的《大约在冬季》《无悔青春》《不忘初心》《兄弟》等歌曲咏唱作为终结，既增强了节目的感染力，又因这些歌曲的听众广泛性而加深了“听众缘”，有较好的宣传效果。

社会效果：

节目播出后获得了听众、同行和专家的热烈好评。中宣部《新闻阅评》指出：“新闻媒体如何充分发挥自身的功能性特长，将正面报道、主旋律题材做活、做新、做亮，考量新闻工作者的‘脚力、眼力、脑力、笔力’，《党旗下的回响·穿越时空的对话》就是强‘四力’的成果。”

推荐理由：

将静态的素材激活，形成有新闻性、符合新闻操作规律的作品，是这一节目的显著特点，其手段超越了常规广播新闻的操作方法。节目所取素材均来自上海龙华烈士纪念馆中丰厚的历史资料，特别是“对话”中，“烈士”陈述的内容都有史实依据。一是“激活”了沉淀的资源，二是选择在“烈士纪念日”这一时间节点制作和播出，因而有效地赋予了节目鲜明的新闻性，是做活静态新闻的有益探索，也成为传播主流价值观的生动案例。

上海制造新征程

主创人员：孟诚洁　汤丽薇　孙　萍
编　　辑：孟诚洁　陈　霞

（限于篇幅，文字稿略，获奖作品请听光盘。）

上海广播电视台上海新闻广播 FM93.4《990 早新闻》

2018 年 5 月 14 日 07：09：08—07：14：22

2018 年 5 月 15 日 07：17：03—07：21：56

2018 年 5 月 16 日 07：10：54—07：16：20

申报资料实录

作品简介：

在打响“上海制造”品牌三年行动计划发布后，记者立即约访市经信委主要领导，了解文件发布的台前幕后和亮点精要所在，以确定系列报道的选题方向，并选择最具代表性的企业进行深入采访。

第一篇报道回顾了上海制造乃至于中国近代工业的源头——江南机器制造总局。采访中着力突出新闻性，比如从南海阅舰切入，首次公开报道了江南造船在虚拟现实、数字化造船领域的最新成果。后续的报道介绍了联影医疗 96 环数字光导 PET—CT 打入日本市场的最新进展，展现了上海石化研制的碳纤维在大飞机等领域应用的广阔前景等。

采访中，记者注意从细节入手，从人物的经历和感受中以小见大。报道中采访了上海石化一期项目建设的亲历者。老人回忆，“那时候就是个海滩，脚踩下去，上来的烂泥我们叫弹簧泥。下一天雨，高筒套鞋要穿一个礼拜。”企业的产品在变、工艺在变，但这种艰苦创业，突破创新的精神始终不变，这也正是“上海制造”宝贵的精神财富。

社会效果：

在上海打响四大品牌三年行动计划出台后，各家媒体对其报道总量颇多，但像这组报道一样聚焦一个话题，系统性地深入剖析，准确阐释，既有生动案例，又有理论依托的稿件较少。报道播出后，受到了各方广泛好评，宣传部阅评组给予表扬。

在线上广播节目之外，“话匣子”还在阿基米德 FM 开辟《上海制造新征程》专区，集纳广播系列报道，并补充了大量图片和背景，补齐了广播新闻“只闻其声，不见其形”的固有短板，在移动互联网上也取得了很好的传播效果。

推荐理由：

这组报道站位高、立意深，题材重大，通过解析企业创新转型、提质增效一个个鲜活的案例，为打响“上海制造”品牌凝聚共识，营造了良好的舆论氛围。一个突出的特点是由点及面，把上海制造业的发展置于国家战略的大背景下，从上海城市的历史积淀、产业结构、文化传承这样的大格局中加以审视。

整组报道内容扎实、视野开阔、解析深入，立体展现了“上海制造”创新奋进的独特风采。

电视长消息

守护四叶草的“铿锵玫瑰”

主创人员：毛鸿仁　屠佳运
编　　辑：虞之青　朱玲敏

（限于篇幅，文字稿略，获奖作品请看光盘。）

（上海广播电视台新闻综合频道《新闻透视》2018年10月28日19时01分）

申报资料实录

作品简介：

2018年10月底，首届进博会开幕在即，国展中心“四叶草”全面封馆布展。本片记录国展中心派出所风尘仆仆的女所长朱洪葵半天的工作，从几个细节入手，反映她舍小家顾大家、认真负责、甘于奉献的工作状态。从中展现出上海各行各业在进口博览会开幕前夕，全情全力投入，服务进口博览会、保障进口博览会的主人翁态度。

社会效果：

本片从一个基层派出所的工作状态，展现了全市各行各业的工作状态，在进博会召开前提振了士气。进口博览会安保工作表彰会上，女所长朱洪葵代表全体参与进博会安保工作的人员上台接受应勇市长颁奖，也因此众望所归。

推荐理由：

短短4分钟节目，让大家认识了一位奋战在进口博览会服务保障工作一线的派出所女所长，更以小见大，呈现出进口博览会开幕前，“我的主场，我准备好了”的精神风貌。

电视纪录片

走近根宝

主创人员：集体（周力、吴薇、董奕、陈玮、杨洲、俞启航、郑文君、李兵、张培、刘高寿、庄夏妍、王廷珏、陈圣音、叶岚、李培红）

编　　辑：陈　琰　王　征　许　勤

（限于篇幅，文字稿略，获奖作品请看光盘。）

（上海广播电视台新闻综合频道《新闻透视》2018 年 10 月 28 日 19 时 01 分）

申报资料实录

作品简介：

节目组遵循“围绕中心、服务大局”的原则，凸显采访对象献身足球事业、执着追求奉献的精神，尤其是在负面新闻不断的足球报道领域，树立了徐根宝这样一位典型人物。坚持“走基层、走一线”，跟随徐根宝前往西班牙拍摄，掌握珍贵的第一手素材。十几次下崇明基地，和球队同吃同住，了解教练员、运动员真实的训练生活状况。包括前中国足协主席年维泗、前国家队主教练高洪波等在内，共采访教练员、运动员二十余人。通过编导的努力，徐根宝从未在媒体曝光的家人在五星体育的镜头前侃侃而谈，中国足球的争议人物范志毅、曹赟定等运动员推心置腹地谈了他们的人生观和足球观。对观众全面了解徐根宝这个人，进而全面了解中国足球的状况，起到良好的推动作用。

社会效果：

节目组充分利用各种资源做好节目宣传，和上海市体育局合作，共同策划了盛大的点映仪式，由上海广播电视台和上海市体育局的主要领导启动节目，分管领导进行推介，并请来徐根宝教练亲自为节目站台，为节目播出烘托气氛。节目播出后，上海市文化广播影视检测中心的《上海声屏监测》2018年第176期刊发了长达1500字的表扬稿，对《走进根宝》予以肯定和表扬，认为节目“形象上塑造丰满立体、精神情怀一览无余”，“表现形式客观真实，访谈内容丰富多彩”。

推荐理由：

2018年是上海足球的“丰收年”，上海上港队中超夺冠在沪上掀起足球热潮，老帅徐根宝“十年磨一剑”，为中国足球培养人才的精神成为激励上海市民积极向上的正能量。人物纪录片《走进根宝》由五星体育周力工作室、采编中心、制作中心、总编室等部门联合制作，从前期策划到立项，再到拍摄制作，历时一年。在上港队夺冠后第一时间推出，首播全人群收视率1.34，目标人群收视率1.47，市场份额达到6.49，远超五星体育日常节目，在观众中获得良好反响。

向更高质量再出发：一张“网”护住碧水蓝天

——长三角一体化发展特别报道

主创人员：集体（陈慧莹、谢丹青、何晓、李怡、张帼霞、冷炜、瞿轶羿、戴晶磊、虞之青）
编　　辑：集体（王岑峰、王卫、刘奕达、陶余鑫、朱玲敏）

（限于篇幅，文字稿略，获奖作品请看光盘。）

（上海广播电视台新闻综合频道《新闻透视》特别节目
东方卫视《东方夜新闻》2018 年 6 月 1 日 18 时 58 分）

申报资料实录

作品简介：

长江三角洲区域是中国经济最具活力的地区，“推动长三角更高质量一体化发展”，这是习近平总书记的重要指示，2018 年更是上升为国家战略。

本专题聚焦近年来长三角地区在推进环境共享共治等方面所做的努力，并探讨在改革再出发的背景下，三省一市如何乘势而上、积极作为，以“钉钉子”精神推动落实，从而实现长三角地区更高质量的一体化发展。

四个月的时间，摄制组的足迹踏遍长三角近 10 个城市，走访各地环保部门、实验室和相关企业，只为寻找最精准的案例，记录最真实的故事。

报道中除了展示近年来在区域一体化方面取得的成绩，也没有回避一体化纵深推进中的困难。比如，在治水领域，上游的经济发展和下游的饮水安全问题该如何取舍？地区利益该如何平衡？有没有办法可以实现上下游的共赢？报道客观地摆出问题、分析原因、探讨解决方法，也为制定后续区域发展目标任务和行动计划提供了决策参考。

社会效果：

本专题在东方卫视、新闻综合频道黄金时段播出，看看新闻网同步呈现，播出后引起社会关注，收获业界好评，也得到了三省一市相关政府部门和企业的充分肯定。

推荐理由：

全片高屋建瓴、制作精良，在表达形式上让人耳目一新，内容上又深入浅出，同时直击痛点，既还原现阶段长三角地区最真实的发展图景和生动实践，也不回避各省市竞合过程中的痛点难点和掣肘更高质量发展的瓶颈，同时为相关各方制定后续区域发展的目标任务和行动计划提供建议。

广播短消息

大调研的小动作和好效果

主创人员：丁　芳　刘　婷
编　　辑：唐　亮　何怡然

（限于篇幅，文字稿略，获奖作品请听光盘。）

（上海广播电视台上海交通广播 FM105.7
《欢乐早高峰》2018 年 4 月 19 日 7 时 41 分）

申报资料实录

作品简介：

在宝山交警部门做客上海交通广播 2018 年度的交通大整治系列访谈节目时，记者获悉，他们通过在辖区内一部分有安全隐患的路口加长、加装了机动车道和非机动车道之间的隔离设置，取得了极好的事故防范效果，大型车交通死伤事故数量大幅度下降。

记者随后前往宝山区的多个路口进行实地探访，采访了专业司机和交警部门，针对短短 2、3 米的“小小”隔离墩所起到的“好效果”进行详细说明和原因分析。

同时，因为这一系列措施正是在全市“大调研”背景下迅速展开的，对于“大调研”行动的实效，记者也采访了社会学家进行评价。

社会效果：

该篇报道聚焦市民高度关注的日常交通出行安全，尤其对于非机动车、行人而言，大型货运车就像一个庞然大物，已经发生的大型车右转弯“包饺子”等死伤事故，都是生命和血的教训。

报道播出后，获得听众大量点赞。“大调研”真正的价值，就在于能够实际解决问题，使市民的生活更安全、更美好，而不仅仅流于一种形式。

推荐理由：

该篇报道主题明确、一事一议，行文简洁、精炼。

大型车右转弯“包饺子”事故一直被广大市民深恶痛绝，发生事故时，常常是严重死伤事故。记者通过多方面的采访对象，把在“大调研”背景下，交警部门在道路一线深入调研后，采取有效措施的前因后果清晰叙述。一个关键点还在于，截至记者发稿的4月中旬，宝山辖区2018当年发生的大货车“包饺子”事故数量为零！这是看得见的数据效果！

记者敏锐地把握到这一新闻点，在全市媒体中进行了独家采访报道。

从青海到南极　追"星"经历长达13年

90后女孩：要游遍银河所有景点

作者：刘晶晶
编辑：沈　清

3月青海，4月秘鲁，5月美国，6月俄罗斯、云南，8月再赴青海，9月新西兰，10月冰岛，11月西藏，12月南极。这是今年一年叶梓颐的行程单。这周二，她登陆南极长城科考站。这个追"星"经历已经长达13年的90后女孩，将要完成她人生的又一个梦想——拍摄南极大陆的星空。

"这是我第一张登上NASA APOD的作品，也达成了我的一大梦想。"为了完成这个梦想，她在乌尤尼盐沼里泡了整整6天。

2017年2月23日凌晨，素有"天空之镜"美名的玻利维亚乌尤尼盐沼在此时即将迎来它的旱季，不少地方的雨水已经干涸，露出了盐沼本来的模样。干燥催生出规律的六边形裂纹，远处的小城带来了轻微的光源，即便在没有月光的漆黑夜晚，也能看到地面洁白的边缘和纹理。

叶梓颐拍下了这样的图景。其中一张，被NASA APOD(Astronomy Picture of the Day)天文每日一图选中。这是一个由美国国家航空航天局与密歇根科技大学提供的网站，成立于1995年，从当年6月16日起，每天呈现一张宇宙的影像图片，专业的天文学家为画面撰写说明。

对这幅作品，NASA的描述充满诗意："猎户座和金牛座的主星毕宿五，清澈的暗夜，熟悉的星星悬挂于遥远的地平线之上。"

照片灵感来自于埃舍尔的画作《发磷光的海》。这不是他的经典作品，但在去年的一次展览中，给叶梓颐留下了深刻印象——在这幅石版画中，埃舍尔突出了著名的北斗七星和海水中发光藻的磷光。

“我拍到的猎户座也是人们熟知的、非常有代表性的星座，几乎可以说和北斗七星一样有名。而泛着白光的盐湖地面，又像是埃舍尔笔下幽幽的蓝色海浪。”抱着试一试的想法，她进行了后期调整，让画面更接近于版画特征，并向NASA APOD投了稿，没想到成功了。

“这是我第一张登上NASA APOD的作品，也达成了我的一大梦想。”叶梓颐说。为了完成这个梦想，她在乌尤尼盐沼里泡了整整6天，同样的场景，她按下过无数次快门，留有数百张底片。

被高原反应折磨着的她半夜在湖边守候，独自一人，突然遭遇从天而降的冰雹，被噼里啪啦打得生疼。黑暗中，她既无助又难过，“忍不住就哭了。”

每一张看上去浪漫而炫目的星空照，背后或许都有一段如此漫长而孤独的等待。就如同被人羡慕的“在路上”，也因为在荒野户外，多半充斥着艰辛、伤病和意外，有时甚至会有生命危险。

冰岛之旅，叶梓颐与同伴在距离雷克雅未克15公里左右的灯塔处拍摄极光，道路极其难走，沿海的礁石上布满了海带和海藻，非常湿滑。拍摄结束准备返程时，他们才发现之前的来路因为涨潮已经被海水淹没了一半，最后不得不背着装备，用手揪着海带往更高的石块上翻爬。“差那么一点我们就出不来了。”

在挪威的布道岩，为了拍到悬崖与星空相连的美景，她和同伴在悬崖上扎营。在那个垂直高度604米的天然悬崖上，寸草不生，帐篷只能靠人的重量支撑，而悬崖底下就是吕瑟峡湾。“就一直盼着不要起大风，否则就被吹走了。”

2015年8月，她去新西兰拍星空，为了寻找世界上最好的暗夜保护区，她绕开了游人泛滥的特卡波湖和牧羊人教堂，根据银河的位置寻找约翰山天文台。为了做到真正的暗夜保护，这条上山的路不能有任何灯光。她背着50斤重的行李，翻过悬崖，摔了近20次，终于赶在太阳完全落山之前，“跪着”登了顶。

在海拔4700米的纳木错，被高原反应折磨着的她半夜在湖边守候，独自一人，突然遭遇从天而降的冰雹，被噼里啪啦打得生疼。黑暗中，她既无助又难过，“忍不住就哭了。”恶劣的天气让湖水上涨，拍摄不可能继续，收拾装备返回驻地后，叶梓颐感到了胸口疼痛，喘不过气，第二天甚至出现了咳血症状。当地急救站诊断她得了严重的肺水肿，她被套着氧气袋紧急送往拉萨的医院。医生说，幸好她就诊及时，否则后果不堪设想。

而就是在那次大病痊愈之后，叶梓颐辞去了广告公司的高收入工作，从新加坡回国成为了一名职业的星空摄影师。

“你越是拍摄那些遥远的东西，你就越觉得生命的伟大。我们活着，本身就是一个奇迹。”

辞职后，叶梓颐几乎一年大部分时间都出没在各种荒郊野外，昼伏夜出。一旦进入拍摄状态，她每天睡眠的时间只有两到五个小时。

大部分时间还是等待。而等待也未必都会有结果。她曾经追逐过两次日全食，都以失望告终——2009 年 7 月 22 日的上海日全食，暴雨让拍摄中断；2013 年 11 月 3 日，她飞越了大半个地球来到非洲肯尼亚，3 个小时的暴晒后，眼睁睁地看着乌云遮挡住天空。

直到 2015 年 3 月 20 日，叶梓颐在世界最北端的城市——北纬 78 度的挪威朗伊尔城的凛冽寒风中，迎来了人生中第一次的北极日全食。“像是站在另一个星球目睹末日降临。”她这样描述在寒风中苦等 6 个小时后看到日全食时的感受。

她依然能回忆起那完整的两分半钟：“太阳周围镶着一轮红色的光圈，这是日珥在不停的涌动，它们是太阳猩红色的舌头，像怪兽一样贪婪地舔舐着。万年冰雪覆盖的山尖染上了金色的暮光，群星恢复了夜晚时的亮度。”

在日全食的两分半钟里，周围的一切仿佛消失了。叶梓颐也不知何时自己流下了眼泪，在零下 17℃的北极迅速结成了冰。也就是一瞬间，天空再度亮起，一切就像从没发生过。

这次日全食的全食带刚刚扫过极地边缘，也恰好是北极圈内从半年极夜过渡到半年极昼的那一刻。这两者重合的概率，50 万年仅一次。为了经历这一刻，叶梓颐历时 8 天，乘坐 5 段飞机，2 段火车，2 次渡轮，带着 50 公斤重的行李，行程两万余里。最终，太阳没有辜负她。

正如之前许多次考验后，大自然也曾慷慨馈赠——在新西兰的悬崖上，她目睹了暮光、星光、极光、曙光的轮番登场，一如宇宙间最伟大的魔法。在纳木错，壮阔的银河在她面前铺延，从唐古拉山脉一直伸向更遥远的地方。

著名的行星学家卡尔·萨根曾说过：“我们都是星尘。”诗人海子曾说过：“你来人间一趟，你要看看太阳。”叶梓颐说：“你越是拍摄那些遥远的东西，你就越觉得生命的伟大。我们活着，本身就是一个奇迹。”

她想把这些瞬间和感怀与更多人分享。而每一次错过，都成为她下一步行动的动力。

“城市中其实也有星星，只要你愿意抬头。”“银河中有超过2000亿个‘热门景点’，我的野心，是用镜头展现出这片繁星。”

叶梓颐第一次看到星星，是在北京的夜空。那时她才15岁，加入了学校的天文小组，每周日返校的晚上，地理老师都会给他们一个小时的时间，不用上晚自习，而是在操场上看星星。正是那时，她看到了北半球四大流星雨之一的双子座流星雨，认识了第一个星座仙后座。“是我们的地理老师让我知道，城市中其实也有星星，只要你愿意抬头。”

高三那年，她参加了由北京天文馆组织的全国中学生天文奥林匹克竞赛，成为北京天文馆的志愿解说者，观星自此成为她生活的一部分。读大学学的是广告，有广告摄影课。大二暑假，她在怀柔开启了第一次拍星之旅。

叶梓颐说她其实是个内向懒散的人，是星空摄影给了她行动的勇气和动力。“你不抬头看一看，怎么就知道有没有星星呢?”在她看来，人生的终极态度在于体验。无论是看星星，还是为了看星星而走到不同的地方，实际上都是在找自己，寻找自己喜欢的生活方式和喜爱的东西。

28岁的她，梦想被一个个实现。她去过世界30多个地方拍摄星空。2017年9月，她在飞机上拍摄的极光照片，获得英国格林威治天文台年度摄影大赛极光类别的第三名，是迄今为止唯一获得过这个奖项的中国人，也是比赛举办以来唯一获奖的亚洲女性。

前不久，叶梓颐成为穷游网评选出的2018年TOP50年度旅行者之一。这一被称为旅行界“奥斯卡”之称的年度旅行者大会一直推崇的是创意而自由的旅行探索，创造力和行动力是最被看重的特质，用自己的方式去认识世界，为中国旅行者提供更多的灵感和对世界探索的热情。

让叶梓颐很高兴的是在这次大会上遇到了很多有趣有想法的人，还见到了她很喜欢的摄影前辈奚志农老师，他始终坚持用影像来展现对大自然的爱，而这也是叶梓颐想传达给大家的理念。“银河中有超过2000亿个‘热门景点’，我的野心，是用镜头展现出这片繁星。”她说。

（《青年报》2018 年 12 月 6 日）

申报资料实录

作品简介：

90 后女孩的追“星”故事，不仅有壮阔的星图，浪漫感人的美景，令人艳羡的旅行经历，也有背后那些漫长而枯燥的等待，无数次的失望与失败，危险甚而生命垂危的瞬间。记者在一次活动中偶然挖掘到的人物线索，在经过异地约访和见面深聊之后，用文字记录了这样的一个脸谱，一些故事，一段生命，一种青春，丰富地呈现了当代青年多元化的人生选择，和追梦过程中需要面对的真实考验。除报纸端，结合人物特色在青年报微信端也呈现了更多的图片，加强了传播效果。

推荐理由：

每个小人物，展示的都该是一种平凡人生中的趣味和与众不同。报道选择的人物和故事贴合专栏定位，对年轻读者具有吸引力。故事讲述生动，细节丰富，语言诗意。客观地呈现了当代青年的一种生活方式，不矫饰，也不刻意精致。在新的生活选择中依然体现了某种传统而恒久的精神特质。

从工人到劳模剧作家

——贺国甫,为时代领跑者执笔

作者:陈　琳
编辑:卓　滢　忻　意　陈　琳

时代变迁总是与个人命运息息相关,剧作家贺国甫的经历就是其中的典型。从一名照相馆的普通职工,一跃成为市工人文化宫戏剧学习班重点培养的"种子学员",再到连获三届上海市劳模称号、在影视圈获奖无数的知名剧作家,贺国甫无疑是改革开放的受益者、时代的幸运儿。但实际上,这些成绩的获得和他个人的天赋、勤奋,以及数十年如一日的笔耕不辍,精于钻研的精神有着密切的关系。

多年来,他以与众不同的视角、充满真情真意的生动文笔为一批又一批的时代领跑者和富有典型时代特征的普通人书写了一幕幕动人的故事。其中,话剧《血,总是热的》获得文化部、中国剧协全国优秀剧本奖,《大桥》除了获相同的奖项之外,还囊括了文华大奖、五个一工程奖,《谁主沉浮》斩获全国舞台精品艺术优秀剧本奖。此外,再加上电视剧《大上海出租车》《大潮汐》《欢乐家庭》《哎呦,妈妈》,以及电影《天堂回信》《情洒浦江》、话剧同名电影《血,总是热的》所获得的奖项,贺国甫所创作的重要作品共获得全国优秀剧本奖、文华大奖、华表奖、飞天奖、五个一工程奖、童牛奖、柏林电影节国际青少年儿童影视中心奖、芝加哥儿童电影节组队最佳影片奖等国内外奖项近二十个。

而在奋力执笔,抒写时代心声,反映时代特征和人民生活的同时,贺国甫本人也于 1991 年、1993 年和 1995 年三次被评为上海市劳动模范。1997 年,他被上海市总工会授予"上海十大工人艺术家"称号。2004 年,他荣膺第三届上海十佳电视工作者,第四届中国百佳电视艺术工作者。

近日,劳动报副刊部记者前往贺国甫先生的宅邸,对他进行了专访。贺国甫看上去要比实际年龄年轻，但因为身体抱恙仍潜心创作的关系，他本人看上去要比之前刊登在媒体上的照片清瘦不少。

“我现在还在写剧本，一部长剧，也是反映时代的故事。”贺国甫说完，便拿起桌上的大屏幕智能手机娴熟地操作起来。作为时代的记录者和书写者，年过古稀的他也一直不断地观察和尝试新事物。把手机连上电脑，就可以把语音转换成文字，是贺国甫现在正在使用的新功能。

时代在变，人也在变，但从普通的产业工人成长为执笔时代的剧作家，在贺国甫身上，有一种精神一直没有变。

沐浴改革开放的春风

其实，年轻时，贺国甫并没有想到自己之后会成为剧作家。“在学校里，我成绩很好，尤其是物理，所以当时梦想过成为一名科学家。”因为身体原因，贺国甫的大学梦破碎了。他在家休息了两年，做过一段时间的小学代课老师，此后被分配到离家很近的照相馆做小学徒，日子就这样一天天如流水地过去。

1972 年，上级单位向基层征集文艺作品，在照相馆工作的贺国甫以自己日常工作中遇到的琐事为灵感，顺手写了一部独幕小戏《这里也是战场》。因为结合照相馆的日常工作，又切合当时的时代背景，贺国甫的剧本入选沪东工人文化宫重要纪念活动的演出剧目，他也因此被吸收为东宫的戏剧创作组成员，开始戏剧写作。没想到，为完成领导布置的任务写出的作品，就这样成就了贺国甫 26 岁时命运的一道转折。

彼时，恰逢市宫开办戏剧学习班，作为杨浦区选送的唯一一位学员，在那里贺国甫幸运地获得了通过学习剧本创作改变命运的机会。而实际上，这是一个人才辈出的学习班。带班老师是毕业于上海戏剧学院的“老法师”、中国话剧奠基人熊佛西的亲授弟子、对戏剧影视创作有着丰富经验的专家曲信先。贺国甫是学习班中的首届学员，也是之后被保留下来的“种子学员”。而后入班学习的还有创作出震动全国，具有划时代意义的话剧《于无声处》的宗福先；写出《开天辟地》等优秀作品，成为上海电影集团副总裁的汪天云；写出著名话剧《屋外有热流》《路》《股疯》《老马家幸福往事》等作品的贾鸿源；还有贾鸿源的老合作者马中骏，除了写出多部有全国影响的大作外，如今成了中国著名的影视制作人……

在改革开放大幕还未开启之时，这群未来的著名剧作家、对戏剧创作大多是

“零基础”的年轻人就这样背着当时流行的军包来到了市宫。他们白天上班，晚上跟着曲老师学习剧本写作技巧。正是在学习班上，贺国甫懂得了“三一律”，知道了布莱希特和斯坦尼斯拉夫斯基等戏剧大师的理论。为了提高学员的艺术素养，曲信先还请来了余秋雨、荣广润为他们授课。

在贺国甫的回忆中，那是一段美好又辛苦的岁月。学习班让他系统完整地接受了戏剧创作的教育和训练，让编剧成为他的终身职业。因为机会难得，几届学习班留下的“种子学员”都铆着一股劲，竞争很激烈。曲老师让他们把创作的剧本当着其他“种子学员”的面诵读，大家一起来讨论、评价、学习。但其中的大部分本子都被“枪毙”了。因为经常“枪毙”学员的剧本，曲信先被学员们取了“神枪手”的外号。“虽然工作辛苦，写剧本也是利用晚上业余时间，但大家都干劲十足，‘毙’了一个，就再写一个，越挫越勇，有时在创作兴头上，甚至还甘心请事假，被扣工资，在家琢磨剧本。”

贺国甫因为是首届学习班的“种子学员”，因而被大家称为“大师兄”。又因为和宗福先的创作风格有契合之处，他与宗福先一起合作了多部话剧创作。彼时，身体孱弱的宗福先在上海热处理厂当工人。当时，因为生病在家，宗福先卧病在床之时写下了《于无声处》的剧本。他拿着剧本到贺国甫的家中，把剧本读给贺国甫听。“我当时就感觉这个剧本很不错，肯定会成功。”果然，《于无声处》如一声惊雷，演出之后立即在全国引起强烈反响，也让这群市宫一手培养的具有鲜明时代特色的创作群体受到各界瞩目。

“《于无声处》的成功，为我们这群工人剧作家的创作奠定了很高的起点和基调。”此时，正值改革开放大幕开启，戏剧创作人才培养成了文化事业领域重要的建设任务，时代给了这群风华正茂的年轻剧作家施展才华的舞台。

1980 年，贺国甫和宗福先合作的话剧剧本《血，总是热的》被刊登在《剧本》月刊上，后又被《新华文摘》全文转载。贺国甫正在全总文学讲习班学习。没想到，就在此时，北影厂导演找到了他和宗福先，请他和宗福先联手将话剧改编成同名电影。

话剧改编的同名电影很是成功，不仅获得文化部优秀电影奖，还被选送西柏林电影节，这让贺国甫初次品尝到了年少得志的滋味。但更重要的是，他有了与国内一流电影从业者交流、学习的机会。“我在北影厂招待所住着，遇到一批赫赫有名的戏剧创作者、电影人，他们都很乐意将自己积累的实践经验无私地传授给我们。他们没有架子，随时都可以登门请教。”

写出普通人的时代心声

1981 年，贺国甫正式被调入上海市工人文化宫，成为一名专职编剧，他本人的创作高峰由此展开。从一个电影厂赶到另一个电影厂，编写、修改剧本一度成了他的生活常态。

功夫不负有人心，埋头耕耘让贺国甫有了诸多收获。比如，电影《血，总是热的》获得全国奖项，电影结束时，经常会响起掌声；电影《娃娃餐厅》是上世纪七十年代出生的人共同的记忆；电影《梦酒家之夜》等作品也引发人们共鸣，电影《天堂回信》除了获得全国获奖外，还多次在各种国际电影节上取得荣誉。

在贺国甫高产的时代，话剧《大桥》是一部相当有分量的代表作。浦东开发开放，是上海这座城市的宏伟规划，是党中央与国务院作出的重要决策，也是我国改革开放进入一个新阶段的标志。把话剧创作置于如此的宏大壮阔的历史背景之下，对贺国甫来说无异于巨大的挑战。不仅如此，其剧情还要直接从开发浦东第一战——建造南浦大桥正面切入，要写活一座桥，这无疑再度加大了剧本创作难度。

而贺国甫在搜集了大量资料，多次往返工地现场进行观察体验之后，决定独辟蹊径。他从大桥即将建成时，却被发现当天的水泥用错水泥标号的安全事故写起，把为了大桥百年大计，决定把用错标号的部分打掉重来作为全剧的高潮，让此类话剧避开了常规叙事的俗套，赋予了这部话剧新意和震撼人心的力量。

《大桥》的演员是由市宫话剧团担任的，工人演工人，话剧的主人公、大桥建设者队长罗大卫和他的施工队，在舞台上的举手投足充满阳刚之气，充满生活气息和质感，准确而生动地展示了上海工人阶级的形象。同时，剧中除了以这群人为焦点，贺国甫还将笔触辐射到了上海普通市民的日常生活，在幕间转换场景的间歇，以速写式的手法，描绘上海城市生活的各个层面，看似蜻蜓点水，却是形散神不散，最终都连接到上海人民渴望加快改革步伐，建设一个崭新大上海的主题上。

《大桥》导演二度创作是精湛的，《大桥》的灯光舞美是一流的，由此让《大桥》整剧呈现出震撼人心的艺术力量。造桥工人们不眠不休连续酣战数日，在工程即将完成之际，在艰苦的工地环境中尽兴自娱，而后集体倒地酣睡。突然，电话铃声响了，罗大卫接电话得知工程出了质量事故，必须返工。全剧尾声，罗大卫狠狠心，叫醒已经筋疲力尽的工人兄弟，舞台上出现壮丽场面。为了保证工程质量，决定把误用的不合格水泥标号浇铸的一段立柱推倒重来，工程总指挥亲自为这群工人按下遥控电梯的开关。此时，舞台前演区灯光变暗，后演区两三台升降机一字排开，载着罗大卫等全体成员，在振奋人心的红光照耀下，在雄壮的音乐声中，徐徐上升。升降机连同那罗大卫和他的工人兄弟们，在观众心中成了撑起共和国大厦的擎天柱，大桥成了通向美好未来的金桥。

《大桥》磅礴的气势和催人泪下的情节，抒写了上海工人队伍的英雄本色，引起了全社会的强烈反响。剧组应文化部邀请，赴京演出。上海市工人文化宫话剧团因此被全国总工会授予"五一劳动奖状"和"全国先进集体"的称号。这是"五一劳动奖状"第一次授予演出团体。接着，《大桥》又获得了"文华奖""五个一工程奖"以及"上海文学艺术奖"。市宫培养出的作家群的创作能力受到领导们极大肯定。

但那天晚上的庆功宴，身为此剧重要"功臣"的贺国甫却悄悄逃席。离开灯火璀璨的宾馆，独自来到显得冷清的北影厂招待所，贺国甫孤零零地坐在小床上准备剧本《天堂回信》的修改工作。

艺术来源于真实生活

与孤独和寂寞相伴埋头写作，只是贺国甫编剧工作中的一部分，对时代变迁和人们生活和精神状态变化富有敏锐捕捉能力的他，还有一大部分的时间和精力是用来体验生活的。

在他数十年如一日的编剧生涯中，贺国甫一直主张和坚持"艺术来源于真实生活"的创作原则。住在杨浦区时，为了构思剧本，很多个早晨，他骑着自己的"老坦克"在大街小巷转悠，观察市民的日常生活。在北影厂改剧本，他也会骑着自行车和伙伴们从山海关到北戴河，实在骑不动，就拉着路过的拖拉机往前走。

在与宗福先合作创作话剧《血，总是热的》的时候，贺国甫深入到基层，去上海的一些体制改革取得成绩的工厂做调研。用贺国甫的话来说，长达半年的创作准备期，他们掌握了大量的劳模、改革者的生动形象和故事。剧中"万一再搞二十年，四个现代化实现不了，我们共产党人怎么办？中国怎么办？——没有退路了！只有靠我们全体中国人团结起来，在党中央的领导下，同心协力，拼出一个现代化的中国来!”这段令人热血沸腾的台词,正是一位年逾七十、白发苍苍的副部长亲口对宗福先说的,这席话成了全剧的精神支柱。

而剧中主人公罗心刚的原型来自于他们调研时认识的一位瘦小老头。他是上海一家丝绸厂的厂长,因为屡犯各种现行规定,不断受到通报批评。然而正是在他的领导下,丝绸厂的产品成功打开了国际市场的大门,为国家赚取大量的外汇。而剧中信教团员宋巧珍的原型则是他们从团市委一份材料中发现发现的;离职的白华的原型是从北京的普通四合院里偶然发现的。鲜活的真人真事赋予了话剧舞台鲜活的人物形象。

在和贾鸿源合作写《有一个航次》的剧本时,他们在长江上跑了几个月,换了长航三条先进船体验生活。深刻而真实的体验,让贺国甫他们抛弃了原来的预设,摆脱了理念化、概念化的人物冲突,将真实的因素融入剧情之中。

创作《大桥》也是如此。受到城市建设工人队伍精神的感染,腿脚并不灵便的贺国甫当时冒着38摄氏度的高温,开着助动车来回奔波于大桥工地现场和市建三公司等单位,坐着工作电梯摇摇晃晃地来到建设第一线。在此过程中,他与许多工人成了无话不谈的好朋友。贺国甫坦言:“是生活中的原型点燃了我的创作热情,给了我灵感。”在大量实地访谈之后,贺国甫五易其稿,终于写出了《大桥》。

而说到贺国甫创作的儿童、青少年题材剧本,有熟悉他的细心人发现,剧中的主人公年龄都和他的女儿年龄相仿。对此,贺国甫也透露彼此之间确有关系。“儿童题材的主人公年龄是伴随着我女儿的年龄,《天堂回信》在她入幼儿园时开始创作,《啊哎,妈妈》写的是高中,因为那时我女儿也是高中生。等我女儿进了大学以后,我就不写儿童题材了。”贺国甫认为,没有足够的生活依据,就写不出打动人心的作品。

在上世纪90年代初,全国每年的电影产量也就在一百五十部上下。而贺国甫和他的合作者在1992年就拿出了包括《天堂回信》《情洒浦江》《梦酒家之夜》《天若有情》在内的四部电影剧本作品,获得了国内外多项影视大奖。之后的一年,他又和朋友创作了连续剧《大潮汐》《大上海出租车》《欢乐家庭》,同时斩获三个飞天奖。贺国甫由此在圈内获得了“获奖专业户”的雅号,但实际上,这些成绩的取得和他不断拓展对生活认知的深度和广度,认真观察和体验“别人的”生活不无关系。

执笔《邹碧华》，真情打动观众

曾被誉为编剧界的“快刀手”的贺国甫，也有写得很慢的剧本。

邹碧华是上海司法体制改革中涌现出来的先进典型。2014 年 12 月 10 日，他不幸累倒在司法改革调研途中，再也没有醒来……邹碧华遽然离世，无数人自发悼念，哀思如潮。邹碧华逝世一周年，话剧《邹碧华》剧组在市工人文化宫成立。剧本由贺国甫负责执笔创作。实际上，就在剧组成立的前三天，他的第三稿剧本已经就绪。

2015 年初，习近平总书记对邹碧华同志先进事迹作出重要批示，号召广大党员干部特别是政法干部要以邹碧华同志为榜样。2015 年 3 月，接到关于创作《邹碧华》话剧剧本的任务时，贺国甫却斟酌了许久。他坦言：“邹碧华的事迹已具有足够的戏剧张力和情感饱和度，话剧涉及的都是真人真事，留给编剧的创作空间非常小。”

抱着试一试的想法，贺国甫在上海市高级人民法院的支持和帮助下，采访了邹碧华的家人和同事，看完了上百万字的资料和 500G 之多的视频材料。一个有情有义的男人、一个有良知的法官、一个敢于担当的改革者的鲜明形象出现在贺国甫的脑海中。

“邹碧华法官的离去为什么让这么多人流泪和痛惜？”为了回答这个问题，贺国甫决定围绕“情”字，通过剧中人物的讲述、回忆、评价，以重情绪、简叙述的“写意”方式展开剧情。贺国甫从夫妻情、父子情、同志情、法官情、司改情、师生情、律师情、官民情，八个“情”字入手，通过剧中的点点滴滴，将邹碧华这位公正为民的好法官、敢于担当的好干部的先进事迹和时代楷模的精神传递给台下的观众。

梳理材料，让邹碧华的鲜活形象重现舞台之上，贺国甫的笔耕长达数月之久。“这是我写得最慢的一个剧本，有时候一星期就写一场戏。”贺国甫坦言，短短两三万字的剧本，初稿就写了三个月。为了让话剧更贴近人物的真实，贺国甫这次的编剧创作更像是对“邹碧华的材料剪辑”，“我以自己的方式对这些选取的资料进行了样式上的转换，大量的台词，一句一句，都是在他的演讲，或讲话，或文章里面抠出来的。”在创作期间，贺国甫甚至不得不靠安眠药入眠。

话剧《邹碧华》于 2016 年 3 月在上海 E. T 聚场（上海共舞台）上演。观众无不为邹碧华为维护人格尊严、推动司法改革所做的努力所感动——在法官与律师的冲突中，他旗帜鲜明地推动出台《法官尊重律师十条意见》；在司法改革中，他义无反顾宣称：作为司改团队一员，就只能有事业利益、老百姓利益，不能有个人利益，背着黑锅前行，是改革者必然的修行；他每年都会亲自给上访的人写信。种种真实的细节，抒写出了邹碧华本人对法律的信仰，对人的尊重。

实际上，当贺国甫拿出完成了的剧本请邹碧华的家人和同事过目，有位邹碧华生前的同事告诉他："读你写的剧本时，我流了两次眼泪。"

虽然过程艰难，但是写《邹碧华》的过程让贺国甫回到了写作的初心。他这样形容邹碧华精神对自己的感染："我是邹碧华最狂热的粉丝，最热情的宣传者。"

工作着就是幸福的

从体制内的改革者，到重大工程的建设者，再到公正为民的好法官、敢于担当的好干部，乃至普通的出租车司机、望子成龙的职工家长，改革开放40年，也是贺国甫抒写时代的四十年。他深入生活，融入广大基层职工的工作和生活，创作了一部又一部的优秀作品，塑造了一个又一个具有中国特色社会主义现代化国家建设过程中鲜活人物形象。用笔杆造就了经典，用热情点燃理想，贺国甫用他源于生活、高于生活的艺术创作，在舞台上、在荧幕上、在大银幕上带给观众最真实的感动，弘扬了时代精神。

而实际上，每一次创作都是一段艰难跋涉的历程，需要耗费大量的心血和时间。贺国甫曾经用"想写时难别亦难"来形容自己的创作历程。虽然，创作困难重重，挑战多多，但多年来，贺国甫秉持着认真工作、实事求是的劳模精神，在市工人文化宫的平台上，数十年如一日地在编剧的"田头"埋头耕耘。当年这群由市宫一手培养的创作人才，如今仍活跃在国内影视文化行业的各个领域，贺国甫是其中的领军人物之一。

"工作着，就是幸福的。"这是贺国甫对工作的全部态度。"创作让我进入自由的状态，可以'上天'，可以'入地'，可以在这些主人公身上倾注我全部的情感。"贺国甫坦言，自己的所有精力和个人喜好都在剧本创作上，"这倒不是说我把它作为本职工作，它就是我的生活方式，让我感到其乐无穷的生活方式。"

如今，创作还将继续。从当年一名普通的产业工人，到抒写时代风华的剧作家，贺国甫是当之无愧的劳模、人民艺术家。

（《劳动报》2018 年 9 月 28 日）

申报资料实录

作品简介：

本报道是报社的改革开放四十周年系列报道之一。劳动报副刊部人物故事版面自 2018 年开办以来取得良好的传播效果和口碑。在选择采访对象时，编辑、记者考虑到《于无声处》剧作家宗福先的媒体报道量比较多，副刊部决定另辟蹊径，找到了另一位与宗福先同等重量级、由市工人文化宫培养的剧作家贺国甫，进行了专访。

在采访贺国甫老师的过程中，我们看到的不只是一位在改革开放之初由普通工人被选拔、培养成为知名剧作家的时代“幸运儿”，多年笔耕不辍的他极其善于捕捉时代变革的故事和领军人物，创作的电影、话剧屡屡获奖。他的创作故事其实就是折射时代的变化的棱镜。因此，在写法上，本文从一位有故事的、时代典型的人物切入，在挖掘他的职业智慧和工匠精神的同时，以点带面，从侧面勾勒出工人剧作家群体、走在改革前列的厂长、大桥建筑工人、人民的好干部等形象，从而反映出改革开放大时代弄潮儿、领跑者的整体精神风貌。

由一个人勾勒出一个时代的写法，使得本报道具有较高的立意，在人物故事版面中脱颖而出。报道细节详实，人物形象丰满，受到贺国甫老师本人的肯定，也受到了广大读者的肯定、赞誉，在劳动报、劳动报网站、劳动报手机端、东方网等媒体均能看到全文，传播面较广，产生了不俗的社会效果。

推荐理由：

本报道从一个改革开放的受益者、弄潮儿，知名工人剧作家贺国甫的故事入手，由一个人的故事写出了大时代中先进人物的风貌。报道不仅高度契合劳动报的报性，而且手法新颖、立意高远、以小见大、细节详实、情节真实曲折、人物形象丰满。同时，在版面编辑上，编辑也花了不少心血，使得两个通版的专题报道所呈现的可读性非常强。

本报道受到了包括采访者本人在内的社会各界的好评，在网络、移动端的传播面也较为广泛。可以说，这是一篇“叫好又叫座”，深受广大读者好评的报道。

诗和远方在一起了，然后怎么玩？

作者：朱　光
编辑：吴　萍

在“文化和旅游部”挂牌的当天，网友们欢欣鼓舞：“诗和远方在一起了！”

然后，怎么玩？最浅显的理解就是，文化能为旅游景点注入灵魂，旅游能把文化连点成线，点线相连带动面。在国内，于城市就能促进文创产业，于乡村，就能一步步建设美丽乡村、特色小镇、实现精准扶贫；于国外，则是正当时的“一带一路”沿线国家文化先行，交流共融……

首先，城市的博物馆会转型升级。日前在北京举行的全国博物馆馆长论坛上，文化和旅游部长雒树刚表示：“博物馆是旅游发展的重要载体。”正如去法国巴黎必去卢浮宫、奥赛美术馆；去英国伦敦必去大英博物馆；去美国纽约必去大都会博物馆——博物馆、美术馆不仅仅是游客在赏心悦目的氛围里了解城市文明史的窗口，也因其几近免费的价格成为旅行攻略上的首选。新近开馆的上海历史博物馆，就能让初到上海的游客在两三小时里了解到上海上下6000年，从“上海第一人”的头骨，到1949年解放。而这座建筑本身也见证了文化迭代，从跑马厅到上海图书馆，从上海图书馆到上海美术馆……跑马厅的部分建筑依然保留其中。博物馆，就是一座城精神文化的立体地图。

其次，实景演艺会转型升级，浸入式戏剧则方兴未艾。实景演艺曾经风靡一时，结合景点山水的华丽灯光秀如今还是因为缺乏文化内涵，而鲜少取得与投入成比例的产出，甚而被网友诟病：“别糟蹋实景！”与之相比，在上海流行起来的“浸入式戏剧”——在市中心找一幢楼，让观众跟着演员走遍5层楼，在行进中甚至用餐中看戏，方兴未艾。依托山水的大型实景演艺已经进入调整期。数据显示，2016年全国旅游演出共计5.19万场，比2015年下降4.17%。在城市中，介于实景体验和戏剧叙事之间的浸入式戏剧，比在剧场观剧轻松有趣，因而由美国纽约团队为上海打造的《不眠之夜》亚洲版上演2年来，依然一票难求。与之相关的现场演艺，例如音乐、戏剧、戏曲、曲艺等各类需要演员和观众面对面互动的产业也会愈加丰盛，无论是都市还是乡村，还是在路上，都需要这样的精神休憩小站。

再者，民宿行业会风生水起。将来，城市与乡村之间，最美丽的落脚点，可能就是民宿。虽然，目前民宿还需要有序规范、健康发展，但是毫无疑问，随着电视旅游综艺节目《爸爸去哪儿》的火爆，直至如今《漂亮的房子》《亲爱的客栈》等展现居住与人、建筑与环境的关系的节目，也让我们发现了原先不知道的美丽乡村，以及美丽房子的主人。民宿是其经营者的灵魂外化，他(她)对物质与精神生活的理解，及其审美的结晶，就是民宿的样子。所以民宿必然是各具特色、品类丰盛的。这一从无到有的行业，也会让游客有了花样繁多的居住体验。

与此同时，美丽乡村、特色小镇的建设已经箭在弦上。由房产商、投资人携手艺术家“绘就”的特色文化小镇，很多地方已经在发展，比如越剧发源地绍兴嵊州施家岙。造得好高楼大厦，做得好配套服务，对房产商而言已经不算“有追求”。能造让文化人喜欢的房子，能让来小镇旅游的人们感受到文化，是房产商目前更有情怀的选择。而这样的小镇，就是以文化聚集的朋友圈。正如乌镇戏剧节以戏聚人，让乌镇知名度骤升，越剧小镇这个365天都准备演戏的小镇，会让文化成为日常生活的基本元素，这更有益于改善当地村民的生活。不仅限于戏剧、戏曲，那些非物质文化遗产，也将以手工艺、表演艺术、仪式礼仪等方式，在小镇里“活态传承”。当下，已发明了一个“天使之橙”的街头自动榨汁机——它一头对应着城市里对新鲜果汁的巨大需求，另一头则对口一个专出橙子却缺销路的小村庄。在这个机器的屏幕上，有着央视9套对这位果农的访问画面。这个榨汁机，就是“精准扶贫”的有效成果。今后，美丽乡村、特色小镇就好比是一个巨大的文化输送机——一头对应着都市人对“远方”的憧憬，一头激活了传统文化在现代生活中，物质与精神的双重价值。

放眼国外，“一带一路”也是一条以文化为先遣的双向交流通道。虽然目前有些沿线国家并未向个人开放旅游签证，但是高加索三国——格鲁吉亚、亚美尼亚、阿塞拜疆正在做迎接中国游客的准备。格鲁吉亚拥有伟大的音乐家哈恰图良、亚美尼亚的戏剧传承自古罗马、阿塞拜疆的传统音乐木卡姆与我们新疆地区的木卡姆一脉相承……当今被我们视为中国传统乐器的二胡、唢呐、扬琴等，其实都是源自丝绸之路。据传，“安史之乱”中的安禄山来自乌兹别克斯坦，擅长“胡旋舞”。我们准备在2020年，建设50个以上的中国文化中心，让海外游客也看到中国文化与世界各地文化的内在渊源。通过文化与旅游的“联姻”，让城与村、国与国之间的人们，真切感受到彼此确实是命运共同体。

（《新民晚报》2018年4月7日）

申报资料实录

作品简介：

4月8日国家文化和旅游部正式挂牌，此前，海南、福建、山东、广东等各省市也纷纷启动文旅融合。“诗和远方在一起”后，本文在第一时间以全国博物馆馆长论坛上，文化和旅游部长雒树刚观点：“博物馆是旅游发展的重要载体”展开，基于国家政策和倡议分析——在国内，于城市就能促进文创产业，于乡村，就能一步步建设美丽乡村、特色小镇、实现精准扶贫；于国外，则是正当时的“一带一路”沿线国家文化先行，交流共融……

文章从“文旅融合”为切入点，大开大合地讲述上历博让人了解上海6千年、电视综艺带火美丽乡村、高加索三国——格鲁吉亚、亚美尼亚、阿塞拜疆正在做迎接中国游客的准备等内容。揭示出文化与旅游的“联姻”，让城与村、国与国之间的人们，真切感受到彼此确实是命运共同体的内涵。

推荐理由：

文章以人民受益面为出发点谈及了机构改革，如何为百姓带来生活巨变，体现出“文旅融合”的重大意义——一头对应着都市人对“远方”的憧憬，一头激活了传统文化在现代生活中，物质与精神的双重价值。

文章在网上形成了良好的传播和口碑，被新浪网等转载，不仅抓住了社会热点、民间聚焦，还成为主流媒体中对这一话题有独到见解，且在第一时间阐述切实意义，并对今后具体操作层面提出实际建议。

珍贵的照片成为家庭的遗产

作者：诸　盈
编辑：浮　蓉

随着智能手机的出现，每个人都能随时随地的拍摄照片，但很少人会将这些照片冲洗出来，所以照片中所记录的快乐瞬间很容易被遗忘。对于许多人来说，去影楼拍摄专业的照片仍然是保留珍贵回忆的最佳方式。

在智能手机和数码相机还未出现的时代，照片是一件稀有和特别的奢侈品。59 岁的周建民是王开照相馆的一名摄影师和老照片修复者。他说："在过去，只有有钱人家结婚或者家人团聚的时候才会来影楼拍照。"

王开照相馆位于南京东路上，自 1921 年创立以来，王开为几代人记录下了生活中最特殊的时刻。上海曾经有许多照相馆，其中有四家跻身上海特级照相馆之列：王开照相馆、人民照相馆、中国照相馆和爱好者照相馆。时过境迁，只有王开屹立不倒，依旧保持其原有规模。

在王开照相馆的鼎盛时期，许多著名歌手和电影明星，比如周璇、阮玲玉和胡蝶，都在王开的摄影棚里留下过足迹。

"王开存放了了几代人的记忆。我曾经遇到过一位老先生，他和他的孩子以及孙女一起来拍全家福。老先生告诉我，他年轻的时候，为了能在王开拍一套结婚照，他省吃俭用了三个月，一共花费了 30 元左右。"上海王开摄影有限公司的经理沈啸回忆道。

穿梭于熙熙攘攘的南京路步行街，我于一个周日的下午拜访了王开照相馆。它共有三个部门组成：婚纱摄影、全家福摄影和儿童摄影。

照相馆里有多种多样的拍摄场景和道具可供顾客选择，例如黄包车、巴洛克风格的家具、人造樱花树，中式、欧式和韩式的场景。

在化妆区域，一位男士抱着一件西装打盹，一旁的工作人员正在帮他的未婚妻精心打扮。

不同于如今的婚纱照，过去的婚纱照简单许多，不需要换多套衣服，也没有内景和外景的区分。

“在‘文革’时期，人们不允许烫头发也不能穿五颜六色的衣服。”周建民说：“当时的情侣穿着工作服或毛衣就来拍照。”

改革开放后，西式婚礼逐渐在国内普及。在20世纪80年代，一套由三张照片组成的婚纱照风靡一时，包括两张新人的全身像和半身像以及一张新娘的个人照片。

“一条珍珠项链、一束人造花和一件婚纱是当时新娘的标配。”周建民说。

新郎们身着西装并搭配一个假领子。

据周建民说，西装是由照相馆提供的。在那个年代，西装还是件奢侈品，为了防止被盗，照相馆把影楼的名字缝在了衣服上。

1979年，王开在相片印刷设备上投入了大量资金，开创了中国彩色摄影服务的先河。

同年，王开的摄影师设计了一个名为“红太阳”的背景——新人的中间有一个红彤彤的太阳。摄影师在布景后方放置了一盏灯，创造出了“太阳”的形象。在20世纪80年代早期，“红太阳”的背景深受情侣们的喜爱，成为了时代的象征。

与许多生活在上海的夫妻一样，我父母也在王开拍了婚纱照，那一年是1992年。母亲从文件柜最底层的抽屉里拿出他们的老照片，忍不住笑了。

“那时候他很瘦的。”母亲在谈到父亲时说。

照片上的父亲穿着一身西装，戴着一副白手套，看上去高大英俊。

“别被照片骗了。”妈妈提醒我。“你父亲其实是站在一个木凳上，它被藏在我的婚纱后面。”

从眼泪到欢笑，照片唤醒了人们对过去的回忆。无论时间过了多久，依旧如此。

全家福摄影是王开最具代表性的服务，它位于影楼的六楼。我在照相馆的那个星期天，全家福拍摄区域门庭若市。一些家庭成员正在梳妆粉饰，另一些家庭成员等待着拍摄，还有一些顾客在挑选照片。所有人都身着盛装，脸上洋溢着幸福的表情。

“我的一位上海朋友向我推荐了这家历史悠久的照相馆。”来自澳大利亚的Flora Zhao说：“我父母从广东省飞到上海来看我们。对我们来说，这是一次难得的拍摄合照的机会。”

一位50多岁穿着军装的男人在人群中十分出众。他肩章上的四星表明他是一名大校。

“今天是我儿子的结婚纪念日，我邀请了儿媳的父母和我们一起拍全家福。”大校说。“我从来没有穿着这身制服和家人拍过照片，所以我今天选择穿这件衣服。”

据这位军官说，14年前，他和他的亲戚大约一行20人在王开拍了全家福。他本打算把那张老照片带来，可惜忘记了。

照相馆的墙上挂满了全家福，从这些照片中可以看出中国人深厚的家庭情结。

沈啸说：“通常在全家福照片中，老人坐在正中间，长子坐在左边。”这样的座位安排体现了中华民族尊老爱幼的美德。

照相馆不仅仅是拍摄照片的地方，更是一个充满故事的地方。

“我们每天都会遇到很多家庭，每个家庭都有自己的故事。”全家福摄影部门的负责人赵阳说。

她曾经遇到过一位女顾客独自在洗手间里哭，当被问及是否需要帮助时，这名女子回答说她的父亲被诊断出癌症晚期，全家福拍摄完成后就要立刻送父亲住院治疗。

赵阳说：“我们调整时间表，马上为他们安排摄影师进行拍摄。几天后，这位女士回到照相馆挑选照片。她又哭了，因为她的父亲已经去世了，再也看不到那些照片了。”

赵阳给我看了她自己多年前拍摄的全家福。

“所有的孩子都长高了。”她指着照片中的家庭成员说：“照片中的外婆看起来特别精神，但现在她得了阿尔兹海默症。虽然她现在记忆不好，但她仍然记得这张全家福，还能说出里面每个人的名字。”

因为照片，瞬间凝固成了永恒，那些美好的回忆永远不会消逝。王开照相馆对自己所扮演的记录者的角色感到自豪。

（《上海日报》2018年12月22日）

申报资料实录

作品简介：

照相馆不仅是拍照的场所，更是一个充满故事的地方。对于具有近百年历史的王开照相馆来说，更是如此，它记录了几代人最特殊和美好的时刻。王开照相馆是唯一一家拥有国家商务部认证的“中华老字号”的摄影机构。记者多次实地走访了王开照相馆，采访了摄影师、经理和新老顾客，在文中介绍了王开的发展历程以及婚纱照的演变历史，记录了老一辈人对王开照相馆的回忆。该篇文章于2018年12月22日刊登，同期于上海日报融媒体平台SHINE上发表。

推荐理由：

不同于单纯介绍老字号品牌历史的说明文，这是一篇具有人情味的文章。记者生动地描写了王开照相馆里的场景，展现了国人深厚的家庭情结以及中华老字号的前世今生。

新闻论文

从 Facebook 数据泄露事件看社交媒体对公众的影响

作者：黄　惠
编辑：吕怡然

摘　要　本文从 Facebook(脸书)涉嫌泄露用户数据事件入手,观察分析公众在使用社交媒体时所受到的"信息茧房""铺垫效果"等因素的影响,以及数据控制者滥用用户隐私数据牟取不当的经济利益、实现不可告人的政治意图的种种表现,探讨社交媒体对受众的暗示、说服、误导、掣肘等作用的弊端。在比较国内外现有法规、行规的基础上,本文建议相关方面各司其职、寻求对策,对社交媒体侵犯用户隐私行为加以有效约束和规范。

关键词　脸书　社交媒体　数据泄露

2018 年春天,"虚拟世界"波澜起伏,云遮雾罩。3 月 17 日,英美媒体报道,全球最大社交网络公司 Facebook(脸书)涉嫌泄露逾 5000 万用户信息。美国时间 4 月 4 日,脸书首席技术官迈克・施罗普弗证实,这一数字升至 8700 万。4 月 10 日和 11 日,马克・扎克伯格在总共近 10 个小时的国会听证会上面对质询,就"Facebook 在保护用户数据不被滥用方面仍做得不够"致歉。

事件也在中国泛起涟漪。3 月 26 日,百度董事长兼 CEO 李彦宏说,中国人对隐私相对"没那么敏感",在很多情况下"愿意用隐私换取便利、安全或者效率",此话将社交媒体时代的企业责任、用户数据利益维护的话题推入舆论漩涡。3 月底,央视《经济半小时》报道,"今日头条"以二次跳转页面方式在二三线城市滥发违规广告,不仅逃避检查、获取暴利,还使老字号同仁堂有口难辩,不得已下架正规产品。4 月 11 日,"今日头条"创始人、CEO 张一鸣就此公开道歉。

一、大数据里无小事

这些看似网络巨头的事，却牵涉每个人的利益。脸书事件一经披露即引发脸书的市值2天蒸发500亿美元，明星、名人们纷纷加入“删除脸书”阵营，连美国参众两院也被惊动……无数网民不禁惊出冷汗——自己不知不觉被操控了！社交媒体对受众的暗示、说服、误导、掣肘作用的负效应看似方才显露，其实早已暗流涌动。

以传播学者安德烈・开普勒和迈克尔・亨莱因的定义，社交媒体是在基于Web2.0理念和技术基础上，用户可进行内容生产和交互的互联网媒体。[1]按通俗理解，社交媒体是大量网民自发创作并主动与社交圈分享的过程。加拿大学者M・麦克鲁汉认为媒介即讯息，他的学说把人类历史分为三个阶段，目前进入第三阶段即新部落文化阶段，信息传播不再是单纯的线性传播。[2]现代家庭越来越小型化，人与人的空间距离加大，部落文化氛围淡化，迫切需要新的媒介来填补，社交媒体正好契合这个需求。在中国，以2011年诞生的微信为代表的新型社交媒体一骑绝尘，人们身处任何角落，都能实现点到点的即时交互传播。据统计，目前全球脸书的月活跃用户逾20亿人，微信和WeChat的合并月活跃账户数超过10亿，其规模堪比一个人口大国，影响深远。

大数据是海量、快速流转的数据集合，包含网络用户基本信息及使用痕迹，大型社交媒体的运营者藉此能做到“比你更了解你”，熟知你的常用地址、阅读习惯、消费能力、运动轨迹甚至指纹，这些数据经提取、整合，一群群数字化的用户“画像”跃然而出，堪称重要的战略资源。一边是大量用户活跃在社交媒体，生产、接收、分享感兴趣的信息；一边是社交媒体运营者运用大数据有选择、有重点、默默地对用户施加影响。这样的“双向选择”有利有弊，既可提供个性化的精准服务，也会潜移默化地扭曲和异化用户的能动性，无形中掌控其信息获取和行为选择的主动权。

二、来自社交媒体的相互误导

麦克鲁汉提出，每一种媒介发出的讯息，都代表着或是规模、或是速度、或是类型的变化，所有这些，都会介入到人类的生活中。[3]在现实中，借助社交媒体传播的信息纷繁杂乱，有些受经济或政治利益的驱使，无意或有意地遮蔽真相、误导用户，用户则通过社交媒体自觉不自觉地加以扩散。

信息茧房：用户偏好的自我叠加 许多人习惯选择接收符合自己观念的信息，对其他信息却几乎视而不见。社交媒体能够深入跟踪、挖掘用户的偏好和个性化特征，通过人工智能分析用于内容分发，以收“看人下菜”之效。用户越喜欢什么，就得到越多同类信息，日积月累，信息选择轨迹逐渐构筑起牢固的“信息茧房”。[4]扎克伯格在听证会上被问及“我在 Facebook 上说我喜爱巧克力，突然就收到巧克力广告”，揭示的就是这类问题。

在生活中，很多人注重健康，对各类“养生秘籍”言听计从。例如，今年中央电视台“3·15 晚会”上，专家证实，吃鸡蛋的蛋黄不会导致胆固醇升高。但是社交媒体中流传的很多“知识贴”已先入为主，以为吃蛋白弃蛋黄有利健康的大有人在，其中不乏知识阶层人士。

铺垫效果：朋友圈的相互模仿 如果想娱乐消遣，人们常在朋友那里得到启发——当一人评价某部电影有意思，你可能不太在意；当三五个朋友都点赞这部片子，你多少会觉得值得一看。这符合传播学的“铺垫效果”理论。社交媒体通过亲友间的隐形“劝说”，从无到有地产生了消费需求。

近年来，我国社交媒体催生了许多“网红人物”“网红物品”和“网红活动”，其中不乏铺垫效果的身影。2017 年二三月间，“鲍师傅”肉松面包忽然在京沪等地蹿红，上海人民广场店外甚至有代购排队挣钱。有人发现，当年 2 月 9 日，“鲍师傅”的搜索量突然由 0 激增到 1580；3 月 18 日，“鲍师傅”的微信指数达 38 万。[5]“网红”面包店 Farine 涉嫌使用过期面粉被曝光，让粉丝们受了些惊吓很快散去，而韩国火鸡面、自热火锅、脏脏包、蓝色可乐等“网红”食品照样纷至沓来。并不是所有争购“网红食品”的消费者都喜欢这些口味，而是社交媒体激发了朋友间相互效仿、攀比或炫耀的心理，营销者根据城市消费水准实施“引导”使然。

托马斯公理：混淆视听的传言蔓延 美国社会学者 W·托马斯的研究认为，如将某状况作为现实把握，那状况作为结果就是现实，这被称为“托马斯公理”。传统媒体时代，新闻消息由专业人员采写，经专业机构严格把关，一旦发生假新闻容易追责；而在社交媒体时代，除了官方发布渠道外，有不少“新闻”同时以传言的方式呈病毒式传播。由于信源芜杂、通道分散，加上很多人核实新闻真假的意识和能力匮乏，往往等谣传遍布后再去核查、求证，为时已晚，于事无补。《新闻记者》杂志公布的 2017 年十大假新闻中，《留守女童被老师强奸，警方不予立案》《老人抚养孙子 14 年考上复旦,发现“去世”儿子还活着》等,均源于社交媒体。

另一个典型案例是,2017 年 8 月 26 日,“著名歌唱家马玉涛去世”的消息在朋友圈流传。一段视频显示,一青年男子跪在一老年妇女床前演唱《拉住妈妈的手》,现场人士面带悲戚。北京晚报记者闻讯后联系到马玉涛的女儿,得到的答复是,她“身体近况非常健康”。[6]

三、滥用大数据的“算法”故意

如果说,上述种种现象缘于社交媒体用户防范意识不足,那么,脸书等社交媒体运营者利用数据资源侵犯或纵容第三方侵犯用户权益的行为难免主观故意,所以需特别警觉。

渗透经济生活 通过把输入转换为输出的一系列计算过程,算法能用来解决排序、信号转换、信息加密等特定任务,推动网络生活更通达、便捷。“今日头条”官网声称“为用户推荐有价值的、个性化的信息”,实际上,它的“二跳”广告是既建立在算法基础上,又有人为导向的性质,以牟利为目的。有鉴于此,其当家人张一鸣提出的改进措施中,就包括“全面纠正算法和机器审核的缺陷,不断强化人工运营和审核”。可见,“算法”只是托词,其中挟带的“私货”完全是故意为之的诱导性设计。

今年 1 月 3 日,支付宝的“2107 年度账单”里有不起眼的“我同意《芝麻服务协议》”字样并默认勾选,意味着同意支付宝收集用户信息。法律人士指出要害,点醒了乐呵呵晒账单的用户。在舆论压力下,支付宝当晚认错,并通过技术手段恢复原状态。

人们出门旅游选择餐馆、酒店,常常参考网上评价或者沿用消费习惯在线下单。然而,有消费者发现,携程、滴滴、飞猪、美团等知名互联网公司利用大数据悄悄“杀熟”,给老顾客的开价竟比新客人高。这种知根知底的“针对性”价格服务还涉及打车、购票等网络平台消费。[7]如果接到投诉,这些公司还会参考客户的社交媒体流量确定赔偿标准,因为客户的传播影响力不同。

影响政治选择 投票选总统、独立公投,看起来完全取决于选民,但是,在大数据支撑下,选民的“底牌”可以被偷窥甚至替换。以不正当方式获取脸书用户信息后,剑桥分析公司以此为基础预测并影响了全球多地政治活动中公众的选择，最著名的有2016年美国总统选举和英国“脱欧”公投。法国社会心理学家、社会学家古斯塔夫·勒庞在剖析群体的特点时指出，“暗示能对群体中的每一个人产生相同的作用，这种作用伴随群体的情绪传递链条会逐渐强大。”[8]剑桥分析公司深谙此道，公司的数据科学家们分析选民的喜好、政治倾向，根据数字痕迹测试人格，分析心理特征，通过精准投放广告干预用户心理。BBC第四频道的一档节目称，剑桥分析公司的母公司SCL“擅长通过信息控制、心理暗示等手段来改变选民的想法”[9]。据美国传播学学者霍夫兰的“睡眠效果”假说，被特定信息“洗脑”并经过一定时间后，人们不再把信息来源与思考联系起来。换句话说，时间久了，假的也被认为是真的了。这就显然会影响人们的判断，影响政治走向，甚至改写历史。

四、保护隐私措施亟待跟进

大型社交媒体对大数据的采集、使用及其利弊了如指掌，而个人用户却处在不对等的地位。按照“隐私换便利”的说法，能否反过来认为数据控制者用便利换取了客户隐私？他们滥用客户隐私是否带有数据变现的意图？脸书数据泄露事件提醒人们，利用社交媒体平台散布虚假消息、干预选举事务、侵犯数据隐私等问题已严重干扰社会生活甚至触碰法律禁区，必须认真审视并思考对策。

个人防范。人人都有麦克风、人人都有照相机（手机）的时代，并非人人都有“过滤器”，很多人对传播生态的变化还缺乏清醒认知和足够警觉。调查显示，47.4%的中国网民表示过去半年中并未遇到过任何网络安全问题。[10]相对而言，人们对熟人圈子信息传播的接受度较高，2016年，65%的新浪微博用户和66.9%的微信朋友圈用户认为，广告不影响用户体验。[11]事实证明，像徐玉玉案等精准诈骗的源头都是个人信息泄露。一方面，用户在微博、微信上主动公开的信息时刻在“自画像”；另一方面，免费使用社交媒体的“代价”，是用户在不知情的条件下被过度采集个人信息，这些隐私若被恶意套取、转卖并利用，广告推销、价格杀熟等“配套服务”会接踵而至，防不胜防。为加强自我保护，用户需尽量启用隐私安全设置，在社交媒体上减少晒娃、晒消费之类“炫酷”行为；通过举报要求网络运营者及时删除被泄露、冒用的个人信息，是《中华人民共和国网络安全法》赋予公民的权利。

行业自律。扎克伯格在听证会上承认，“我们的责任不仅仅是创建工具，而且还要确保这些工具能够用在好的地方”。[12]他在道歉信中写道，“我们有保护你的信息的责任。如果我们做不到，我们就不配拥有”。这提出了大型社交媒体乃至互联网行业共同面临的重要课题——企业规模越大，越应当提高社会责任意识，明确网络安全和隐私管理的义务和责任，建立严密的监测系统，制定严格的业务和道德准则，从内部制度和技术上确保对隐私信息的收集和使用受到约束，如果涉及营利行为，必须明确告知并征得同意。为避免重蹈覆辙，扎克伯格称脸书采取的措施包括：大幅限制开发者可获取的数据量、调查其他应用并公开审计可疑行为、向用户展示已使用的应用清单并提供便捷方法删除应用许可等。他提到，“我的优先事务一直以我们的社交目标为重点……广告主和开发者不能超越这个优先事务……”[13]数据显示，脸书 2017 年广告收入为 399.4 亿美元，占其总收入的 98.25%。[14]对此，脸书怎样做到“不能超越”，还需听其言观其行。

政府监管　数字世界的用户数据和现实世界的公民隐私有极大的重合度，脸书握有巨量数据，即使干预选举事务的巨大漏洞未暴露，其“数字权力”也必须受到严格的政府监管，分清客户隐私保护与大数据合理利用的边界。在奥巴马执政期间，美国国土安全部设立了“社交网络监控中心”，专门监控脸书、推特等社交媒体信息；美国政府机构多数政策性文件都有涉及社交媒体语言规范与公民隐私的条款。[15]今年 5 月 25 日生效的欧盟《通用数据保护条例》制定了空前严格的标准和详尽的规范，如：让用户以“打钩”作出一揽子授权的方式不合法，同意是用户在充分知情下自由作出的决定，而且可以随时撤回同意；数据控制者以营销为目的使用个人数据，用户随时可以提出反对，对方必须立即停用；用户拥有“个人数据可携权”和“被遗忘权”，数据控制者必须配合……[16]这些措施都有积极意义。

在我国，网络安全法从 2017 年 6 月起施行，它要求网络运营者建立健全用户信息保护制度，不得收集与其提供的服务无关的个人信息，不得非法出售或者非法向他人提供个人信息等。用户信息保护有了基本的法律保障，可是，网络安全法对互联网个人数据隐私保护的针对性仍显不足，执法检查发现，过度收集用户信息和侵犯个人隐私的现象普遍存在却鲜见有力的依法惩处。今年全国两会期间，有政协委员建议制定用户隐私信息保护“三原则”，即将数据信息视作用户个人资产，保障用户对数据使用的知情权、选择权，明确互联网公司对用户数据信息的安全责任。[17]这些理性的声音,亟待研究、落实。

结语

从本质上看,社交媒体、大数据挖掘等新载体、新技术在为人类发展开辟新途径的同时,会捎带全新的伦理问题、社会矛盾。如果社交媒体等使用工具方用意偏移,忽视规则和责任任性而为,滥用数据资源,就会有失控的风险。因人而异提供差别化服务是技术进步的表现,要避免脸书那样的"数据王国"滥用权力,就应当培育、强化适应大数据发展的消费权利观念[18],突出保护用户的数据隐私权,并适时开展科学研究,分析新问题对社会的影响和可行性对策,让数据权力在严格的监督下运行。如何做到道德感与责任心兼备,法律与自律共治,政府、企业、用户各担其责,协力防范隐私数据被滥用,让已滞后的"数字规则"追上快速发展的"数字生活",显然是当今世界一个急迫又长久的课题。

参考文献

[1] 卢永春、雷雷、徐一,《美国政府社交媒体及其管理制度研究》,《电子政务》2017 年 1 月

[2][3] 张国良主编,《传播学原理》,复旦大学出版社,1995 年 12 月

[4]《都说信息茧房,那么究竟什么是信息茧房?》,http://www.sohu.com/a/204162716_653748

[5] 一壶小河,《鲍师傅为什么这么火?》,https://www.zhihu.com/question/30249578

[6]《马玉涛女儿:妈妈身体很健康》,北京晚报,2017 年 8 月 27 日

[7] 王庆峰,《正确看待大数据的另一面》,http://t.cj.sina.com.cn/articles/view/2275883675/87a73a9b020005zt3?cre=tianyi&mod=pcpager_focus&loc=10&r=9&doct=0&rfunc=64&tj=none&tr=9

[8](法)勒庞,《乌合之众》,天津人民出版社,2013 年 10 月

[9] 姜浩峰,《"高科技选民说服项目"帮特朗普胜选?》,《新民周刊》2018 年第 12 期

[10] 国家网信办，第 41 次《中国互联网发展状况统计报告》，http://www.cac.gov.cn/2018-01/31/c_1122347026.htm
[11] 中国互联网信息中心，《2016 年中国社交应用用户行为研究报告》，http://www.cnnic.cn/hlwfzyj/hlwxzbg/sqbg/201712/P020180103485975797840.pdf
[12] [13]《扎克伯格周三听证会发言稿全文曝光：我对当前发生的问题负责》，http://tech.qq.com/a/20180410/001142.htm?utm_source=debugrun&utm_medium=referral
[14] 李佩娟，《十张图带你解读 Facebook 脸书 2017 年报看点》，https://www.qianzhan.com/analyst/detail/220/180419-47d18d1b.html
[15] 卢永春、雷雷、徐一，《美国政府社交媒体及其管理制度研究》，《电子政务》2017 年 1 月
[16] 王融，《欧盟〈通用数据保护条例〉详解》，《中国征信》2016 年第 7 期
[17] 之山，央视评论《谁说"中国人愿意用隐私换便利"?》，http://tech.sina.com.cn/i/2018-03-27/doc-ifysqfnh5863273.shtml
[18] 何鼎鼎，《数据权力如何尊重用户权利》，《人民日报》2018 年 3 月 23 日

申报资料实录

作品简介：

作品从 Facebook 涉嫌泄露用户数据事件爆发开始跟踪事态发展，比较全面地观察分析公众在使用社交媒体时所受到的"信息茧房""铺垫效果"等因素的影响，以及数据控制者滥用用户隐私数据牟取不当的经济利益、实现不可告人的政治意图的种种表现，探讨社交媒体对受众的暗示、说服、误导、掣肘等影响。在比较国内外现有法规、行规的基础上，本文提出对相关社交媒体加以有效约束和规范的建议。

推荐理由：

作品敏锐地捕捉热点新闻的传播学意义，运用传播学理论着眼于分析现实问题，选题具有一定的学术探究价值，观点明确，逻辑清楚。

深耕主流思想的传播园地

作者：周智强　夏　斌
编辑：左志新

习近平总书记在全国宣传思想工作会议上强调，要高举马克思主义、中国特色社会主义的旗帜，坚持不懈用新时代中国特色社会主义思想武装全党、教育人民、推动工作，在学懂弄通做实上下功夫，推动当代中国马克思主义、21世纪马克思主义深入人心、落地生根。这是主流意识形态工作的根本指针，也是党报理论宣传和报道创新发展的行动指南。《解放日报》理论专刊“新论”改革开放40年来坚持和创新党的思想理论宣传所形成的独特传播效应，就是一个明证。

高举传播旗帜

理论和评论是报纸的灵魂和旗帜。加强理论宣传，重视办好理论版，是党报的一大传统。1956年11月19日，理论专刊“新论”正式与《解放日报》的广大读者、作者见面。它自诩为“哲学、社会科学的园地”，是向科学进军中的“一员小兵”。之所以取名“新论”，是因为过去空洞抽象的老调唱得太多，现在要叫老调休息，而代之以深入分析具体问题的新鲜活泼的调子。

当时“新论”版的任务包括：提倡理论研究的健康风气，即面向实际的风气、独立思考的风气、勇于争鸣和勇于修正错误的风气；经常发掘有意义的新问题，提出各种新见解，探寻向科学进军的道路。

作为哲学社会科学界的“侦察兵”，“新论”版有意识地跟各种学术研究类期刊形成错位和互补——如果说学术期刊要求研究的成熟果实，党报理论版则求“一得之见”。它是研究者经常交换意见、互相启发的漫谈会，是学者散步遐想的地方。如果说学术期刊可以多容纳“巨著”，那党报理论版更青睐“小品文”。希望在较小的篇幅内，能够联系现实生活和学术研究中多方面的问题与问题的多方面。

进入改革开放时期，《解放日报》“新论”版披上新装亮相。这一时期的“新论”版是综合性专版，从第1期到第2000期，及时传递中央精神、准确解读创新理论，真正体现“文章合为时而著”。同时，跟踪理论热点话题和群众思想困惑，发表阐释性见解、探索性观点，为增强主流舆论、创新理论的吸引力、说服力贡献力量。

在互联网为主导的新的传播格局下，优质内容的生产仍然离不开思想理论的引领。对于主流新闻舆论宣传来说，无论传播技术、载体、渠道怎么变化，马克思主义、中国特色社会主义的旗帜不能丢，理论评论不仅是报纸的旗帜，也是媒体转型融合中传播的旗帜。

深化传播特性

梳理和总结改革开放40年来《解放日报》理论宣传和报道的历史过程，可以发现一个贯穿始终的特性，即主流媒体和广大理论工作者一起，从“思想云端”步步走入“现实世界”。无论是有关效率与公平的争议、市场经济的驳难和辩护、发展不足与发展不当的辩证思考，还是中华民族的伟大复兴、社会主义的前途命运、现代化实现方式的探索与统一，都注重坚持理论和实践的结合，探索实践经验上升为理论以回应现实需求的有效路径，呈现出“新实践—新变革—新发展—新时代—新思想”的逻辑线索，不断提升当代中国马克思主义、2世纪马克思主义的思想引领力。

紧跟时代热点，引领思想交锋。

改革开放初期，《解放日报》的理论报道尤为注重通过大讨论的形式，集思广益、明辨是非。例如，1978年的“好政治与好企业”的争议、1979年的“推进社会主义民主”讨论、1979年的阶级斗争讨论等，皆具有一定的典型意义和话题外延性。

仅就引领时代先机的“真理标准问题”大讨论而言，当时《解放日报》刊登的理论文章，大致持有三种立场：一是主张“实践唯物主义”，如主张“实践一元论”；二是主张“辩证唯物主义”，认为“实践”是历史观、认识论的一个基本观点，但不能推广到世界观的范围；三是认同“实践”的观点，但强调“实践”的观点与人的观点是直接统一的，故主张所谓“实践人本主义”。

具体的阐述重点虽然有所不同，但绝大多数学者认为应当恢复“实践”观点在马克思主义中的应有地位，都认同它是检验真理的唯一标准。

总的来看，《解放日报》组织开展的理论讨论，注重保持讨论本身所具有的思想解放力度，又坚持维护真理的客观性，避免把实践和理论割裂对立起来，从而避免催生出怀疑主义、虚无主义的抽象实践观。

又如，1979 年 2 月到 1980 年 1 月底，《解放日报》集中版面资源，推出了有关阶级斗争的讨论主题，聚焦“根除剥削阶级后，人民内部是否存在阶级斗争”的话题。

在各持己见之时，《解放日报》适时抛出疑问：阶级斗争竟然依附于剥削阶级，那剥削阶级怎么才能判定为被消灭了呢？对此问题，有学者强调，阶级本质上属于经济范畴，消灭剥削阶级的一个基础指标就是彻底铲除剥削制度。我们早在 1956 年就完成了三大改革，废除了剥削制度，也就是真正消灭了剥削阶级。

20 世纪 80 年代以来，《解放日报》还持续聚焦效率与公平的话题，在思想和现实的互动、递进中将“时间就是金钱，效率就是生命”的观点逐渐普及开来。而一味强调效率而忽视公平的舆论倾向，也通过党报组织开展的学术大讨论得到了一定程度的校正。

这一讨论，一直延续到世纪之交。2000 年 11 月 19 日，由夏禹龙执笔的专稿对社会主义的本质及社会主义初级阶段的重大问题进行了全面梳理与回应，明确归纳了“在按劳分配为主体的前提下，还要采取其他多种分配方式，把按劳分配和按生产要素分配结合起来，遵循效率和公平优先的原则，优化资源配置，促进经济发展”的原则共识。

从传播过程和效果来看，党报通过组织专家学者的大讨论，既催生了思想激荡，又逐步达成了共同认知，体现了价值引领与舆论传播的双重效果。

紧扣时代主题，深化理论普及。

党报理论报道怎样做到与时俱进、与民俱进、与世俱进，是改革开放 40 年来《解放日报》一直在探索破解的课题。

20 世纪 90 年代初，苏东解体的余波在继续发酵。“当代中国向何处去”“社会主义向何处去”的时代问题，摆在了中国共产党人的面前。

党内外对改革开放战略的性质和方向的疑虑，使邓小平同志深感忧心。

1991年1月28日到2月18日，邓小平同志再一次来到申城过春节。这一时期，他在参观视察中发表了一系列谈话，肯定深化改革、扩大开放的决心与理念。

1991年2月15日到4月12日，《解放日报》连续刊发署名为“皇甫平”的系列文章，主题鲜明、文风犀利，深入阐述改革开放的核心内涵，引发了海内外舆论的广泛关注，受到京沪理论界的高度重视。

改革开放的历史充分证明，继“真理标准问题”大讨论后，“皇甫平”系列文章在新起点上拉开了又一轮思想解放的序幕。某种程度上，它促使人们更加清楚地了解邓小平同志“南方谈话”的针对性，更深切地领会了“改革开放迈开步子”的紧迫性，也有力地推动了当代中国马克思主义的传播与发展。

“东方风来满眼春”之际，《解放日报》没有停留在一般化的表态宣传上，而是又一次组织撰写《十一届三中全会以来的路线要讲一百年》《论走向市场》《论加快发展》《论改革开放姓“社”不姓“资”》《论“换脑筋”》等系列文章。这组署名为“吉方平”的文章，以开掘与阐发见长，把邓小平同志“南方谈话”的精髓、主旨、要义、真谛提纲挈领地勾勒出来，言简意赅地阐发出来，赢得好评。

进入21世纪，在学习宣传党的重大理论创新成果的征程中，《解放日报》唱响主旋律、传递正能量、激发新动力，进一步对接读者需求和时代变化，推出《读者出题，专家解答》等报网互动新品牌，率先拓展了党报理论报道的传播阵地。

呵护学人成长，催生思想互动。

富有学术气息、思想韵味，是党报理论专刊的特色之一。它的形成，与学人的积极参与和支持是分不开的。同时，学人在这一思想传播及互动的过程中，不断发现新的现象、问题并展开更深、更广的思辨，也实现了个人研究领域和深度的扩展。

在近代中国，《京报》主笔邵飘萍的一个基本办报思想就是实现新闻报纸与学术团体的结合。他在《七种周刊在新闻学上之理由》中提到，学术团体和新闻报纸的结合，“一方可以发表研究之兴趣，一方可以增加报纸之声誉”，所谓“交易而退，各得其所”，结果为“互助互利”。

1934年到1949年，仅在《大公报》上就发表学者论文750余篇，作者多达200余人。其中，傅斯年(22篇)、吴景超(15篇)、黄炎培(12篇)、费孝通(11篇)。其他比较知名的学者还有梁漱溟、张奚若、梁实秋、陈岱孙、陶希圣、潘光旦、蒋百里、郭沫若、陈西滢、钱穆、章乃器、萧公权、顾颉刚、朱光潜、张君劢、竺可桢、邵力子、梁思成等。

1938年5月，中国共产党在延安成立马列学院。该院汇集了许多具有马克思主义理论素养的知识分子，如张闻天、王学文、杨松、艾思奇、吴亮平、范文斓、柯柏年、何锡麟、王实味、李维汉等人。在马克思主义中国化的过程中，马列学院的知识分子主动学习新知识，并及时将消化吸收的营养分享出去。

其中，艾思奇在报刊上发表《怎样研究辩证法唯物论》《社会主义革命与知识分子》《论中国的特殊性》《抗战以来的几种重要哲学思想评述》等多篇文章，深入、生动地阐释马克思主义中国化的必要性、路径和方向，起到了立竿见影的效果。

理论传播与学人思考的良性互动，也是改革开放40年来《解放日报》理论报道的成功经验之一。对于不少学者来说，有了“新论”版，他们就多了块用武之地、多了个实践舞台。众多学人在这里发表成果、交流思想、获取信息、切磋学术。这对上海理论工作者的成长、成熟乃至社会科学界的发展繁荣，无疑是有独特促进作用的。

特别是，一些在“新论”版上多次发表文章的学子，不少后来成为术业有专攻的资深专家。“新论”版可以说是他们成长的一个起点、成熟的一个台阶。1983年以来，“新论”版刊登了《生活中的时间学》《家庭学断想》《“领导科学”初探》《哲学漫笔》《生活方式散议》《新科学观随笔》等系列文章。由这些“连载”扩充成书并公开出版的就有8本。而邓伟志、沈铭贤、赵鑫珊、金哲与陈燮君、王健刚等当年的中青年学者，由此显露头角，收获了相当高的知名度。

通过梳理，可以发现学人成长、成熟的三个关键要素，即接受马克思主义是基础、运用马克思主义是关键、在学术乃至公共领域丰富和发展当代中国马克思主义是成熟标志。这些学人的思维演进过程，就是这样一个螺旋式上升、波浪式前进的过程。

首先是必须真心接受马克思主义，全面把握和准确理解当代中国马克思主义的精神。这不是靠看几本大书就可以解决的。攻读经典是起点、是基础要求，更重要的是在此基础上学会融会贯通、抓住精髓，并掌握分析问题的立场和方法。从这个意义上说，真心接受马克思主义不是简单地复制或者克隆马克思主义，不把马克思主义当作“教条”，而要视为“指南针”“方向盘”，重在消化掌握“老祖宗”认识、改造世界的科学方法。

其次是主动运用马克思主义。只接受而不知道如何使用马克思主义来解析、解决学理争议与现实问题，充其量只是“书呆子”。在党报理论报道中，这种“经院哲学”的错误性更容易显现。马克思主义的性质决定了，它既要肩负解释世界的任务，更要承担改造世界的使命。马克思主义的信仰者理应“做理论的主人”，而不是在研究后就将其束之高阁。在改革开放40年来的党报理论报道中，一些优秀学人积极将自己的所思所想通过文字等表达出来，既传播了马克思主义基本原理，增进了受众知识，又锻炼了自己的思维能力、学术见识，起到了互促的效果。

再次是丰富、发展马克思主义。对于普通的学人来说，能够有效运用马克思主义的基本原理来解决学术问题，在教学和传播过程中不“照本宣科”，也算够资格了。但马克思主义不是封闭的“绝对真理”，而是基于实践运动的、开放的、不断生长的力量。从优秀学人的情况来看，他们作为真正的马克思主义者、勤奋的当代中国马克思主义传播者，非常注重根据新情况、新问题来不断发展乃至创新马克思主义的具体观点、内涵。这既是老一辈马克思主义理论大家的肺腑之言，也是新一批优秀学人身体力行的真实写照。

这三个环节相互依赖、相互作用，既依次递进，又互相包容。前者是后者的基础，后者又是前者的深化和推力，共同构成相互衔接、相互助力的认知链条，最终勾勒出学人成长为理论家的轨迹。

再造传播机制

2016年3月1日起，按照“深度融合、整体转型”的要求，解放日报内部采编架构、流程进行了改革开放31年来一次大规模的改革，实施“一支队伍同时向上观新闻APP和《解放日报》两个平台供稿”的一体化运作，迈出了从“相加”到“相融”、从“起步跑”到“加速跑”的关键步伐。

基于组织架构、队伍建设、栏目设置等探索完善，报社在上观新闻APP推出“理论工作室”，推动理论报道反应更快、视野更宽、观点更深。同时，围绕“精品党报”目标，每周精心推出一期四个版的《思想周刊》，提供知识、拓宽主题、陶冶情操，突出思想性和可读性。

拆分的目的，是为了优化采编流程，进而在分工的基础上形成更强的合力，是一种信息化、平台化、专业化背景下的升级融合，为的是“入得其内”“出得其外”。

一是要把“问题和主义”结合起来。坦率地讲，当代中国马克思主义依然不同程度地存在“失语”“失踪”“失声”现象。在舆论传播中，时常表现为马克思主义过时论、意识形态淡化论、马克思主义无用论。在学术研究中，往往面临以学术中立名义规避和淡化意识形态、以貌似政治正确的方式空泛化和标签化马克思主义、以教条化方式对待马克思主义创新及其成果等问题。

面对这些挑战，需要进一步增强当代中国马克思主义的解释力、说服力。为此，要用好中国特色社会主义理论体系研究中心、报刊网络理论宣传阵地等“四大平台”；要主动介入热点话题、敏感话题，增强对现实世界的关照和呼应，增强学术研究成果的转化力、社会化。

在处理“一元与多样”的关系中，要进一步发挥马克思主义的引领、整合功能。在批判、整合、吸纳的基础上，尊重差异、包容多样，最大限度地形成思想共识。

在构建当代中国马克思主义的话语体系中，要把“问题和主义”结合起来。一方面，坚持问题导向。要切忌简单地就事论事地研究问题，而要看到背后的思维方式和价值导向。另一方面，要防止流于抽象和空洞。脱离改革发展实践的重大问题来谈主义，难免会陷于抽象和空洞。

二是要警惕对主流话语的各种消解。改革开放 40 年来，社会思想领域的“暗战”一直存在。一些势力故意曲解马克思主义的一些核心话语，试图消解相关话语的历史内涵和现实意义，试图根除相关价值存在的必要性和必然性，从而妄图否定马克思主义的指导地位。例如，把一些马克思主义话语放到所谓人性论的框架内进行分析。由此，革命、阶级斗争和专政都是有违人性的。同时，对马克思主义的另一些话语，如共享财富（共同富裕）、人的自由全面发展等，则故意很少谈及。

总的来看，新时代的党报理论传播，必须坚决批判错误思潮，抓住立论依据，揭露背后的政治目的。要“有破有立”，把相关概念、话语的真实内涵、现实意义等讲透彻。

三是要让人“听得到”“听得懂”“听得进”。这里需要处理好几对关系：理论和实践的关系，即我们所传播的应该是有说服力的理论。这种说服力不仅以现实实践作为基础，而且还能因下一步的发展变革得到加强。既要以小见大、以实见虚，善于运用生活贴近性较强的案例，又要立足于充分说理，善于从理论高度，特别是运用马克思主义的立场、观点来观察和思考问题。

经典与现代的关系，即在阐述解答基本理论问题的同时，注重抓群众关心的热点问题。具体来说，就是要深入研究宣传诸如资本与劳动的关系、个人与集体的关系、物质生活与精神生活的关系等，也要深入研究宣传人与自然的关系、现实世界与虚拟世界的关系等。

说理与叙事的关系，即“讲道理”不排斥“讲故事”。在浅阅读、快阅读的年代，有必要尝试推出更多随笔类、时评类理论文章。倡导大学者写“小文章”，“小文章”有大道理、深内涵。

在此基础上，还要有更宽广的思考和行动。一方面，要以马克思主义学科建设为契机，围绕经典强化系统性、整体性研究和传播，围绕当代中国马克思主义开展精细化、针对性研究和传播，围绕21世纪的马克思主义深化前瞻性、战略性研究和传播；另一方面，要聚焦原创性思考，不断把新时代中国特色社会主义的新实践、新经验提炼学术思考、理论概括，真正增强“中国话语”的现实批判性和指导性。

这里面至少有两个路径：一是提升“中国话语”的公共性、专业性、科学性，让人“听得懂”“听得进”；二是推动“中西马”深入对话，形成集成创新。

总而言之，《解放日报》理论报道伴随改革开放40年所走过的不平凡历程，是党的宣传思想工作不断探索和创新的一个侧影。其中所形成的一些带有规律性的认识和经验，对于我们在新时代进一步做好党的创新理论，尤其是习近平新时代中国特色社会主义思想武装工作，推进马克思主义中国化、时代化、大众化，具有不可多得的启示，应该倍加珍惜，并在新的实践中开拓新空间、形成新实效。

（《传媒》2018年11月上）

申报资料实录

作品简介：

加强理论宣传，重视办好理论版，是党报的一大传统。《解放日报》自创刊以来，在主流意识形态的传播上独树一帜、坚强有力，有力推动了“中国话语”的理论构建及大众传播。

本文基于改革开放40年来《解放日报》理论专刊“新论”的数据样本，系统梳理党报理论报道所走过的历程，深入提炼传播特性与成功经验，包括“紧跟时代热点，引领思想交锋”“紧扣时代主题，深化理论普及”与“呵护学人成长，催生思想互动”。

在此基础上，聚焦“深度融合、整体转型”，对推动理论报道反应更快、视野更宽、观点更深以及理论版面进一步突出思想性、可读性，提出了“入得其内”“出得其外”的思考。

推荐理由：

《解放日报》理论报道伴随改革开放40年所走过的不平凡历程，是党的宣传思想工作不断探索和创新的一个侧影。本文梳理、提炼的规律性认识和改进思考，对于新时代进一步做好党的创新理论，尤其是习近平新时代中国特色社会主义思想的武装工作，推进马克思主义中国化、时代化、大众化，具有不可多得的启示。

阿基米德：探索传统广播的新媒体路径

作者：王海滨
编辑：刘　鹏

本文提要：上线阿基米德FM的初衷是帮助上海广播电台向移动传播转型，实现融合发展。在实践中，阿基米德拓宽了发展空间，与兄弟省市区传统电台密切合作，打造独立节目社区，开发“播菜直播”，创新广播商业模式，构建内容阵地，初步形成了跨平台、跨地域、跨介质的广播生态圈，为传统广播提供了转型平台。

关键词：阿基米德　媒体融合　传统广播转型　广播新媒体

移动互联改变了信息传播的渠道及受众接收的习惯，相对于其他传统媒体的下滑态势与重重压力，广播借助汽车以及互联网的发展止住颓势，但在移动互联网时代，随着社会大众信息消费习惯的改变，传统媒体原有的内容生产方式已经不再适应用户的需求。因此，推进传统内容生产方式的变革，已经成为传统媒体实质性推进融合发展的迫切要求。

在此背景下，经过上海广播电视台、上海文化广播影视集团有限公司批准，由东方广播中心根据“深度融合、整体转型”指导思想成立了音频网络平台阿基米德，项目从东方广播内部孵化经集团批准做公司化运作，于2015年8月成立阿基米德(上海)传媒有限公司。

三年来阿基米德在新媒体广播领域已经有了较快发展，市场份额颇具规模，除中国以外，阿基米德用户还覆盖163个国家和地区。阿基米德FM可以有效地扩展单一的音频传输方式，通过图文音及多样化H5形式传递信息，让内容不仅好听，而且好玩，同时可以有效聚集听众，增强互动性。

目前，阿基米德平台上已有超过16000档节目，内容涵盖音乐、新闻、公开课、生活等16种类型，已有上海、湖北、辽宁、贵州、江西、广西等地的全国百余个省市电台签约入驻阿基米德与听众互动，迄今吸引下载用户达4000万，用户年发帖量超1亿条，在全国形成了一定的影响力，成为音频市场形态独特的一个产品，细分市场排名进入前十。部分节目保持很高的活跃度，粉丝破万的社区70余个，粉丝数最高的社区为上海的《东方风云榜》，超102万人。

但阿基米德要做的不仅仅是一款可以听广播的APP，从产品设计之初，阿基米德就把自己定位为一款可以提供服务的音频社交平台，一直在努力把传统的垄断频点转换成开放的竞争平台，让每一家广播电台从时间运营转变成用户运营，在信息中心的基础上再构建一个互联网信息节点，通过技术创新、服务创新、模式创新等，探索传统广播的新媒体路径。

重视传统媒体优势，充分提升内容生产力

传统媒体尝试融合传播，很多时候把注意力集中在“器”的层面，即工具的层面，而缺少对“道”的层面，即内容层面的关注。到目前为止，当我们讨论媒体强弱的时候，生产力都是无法忽视的部分，传统广播每天都在面对海量增长的内容宝藏，但却很少进行深入挖掘，在移动互联网时代，用户对内容的消费表现出了非常明显的碎片化特征，而传统广播节目仍旧按少则半小时、多则三小时的方式在制作节目，与用户的消费习惯背道而驰，那么，如何让生产完成的具有爆点的节目内容更迅速让听众接收到，是阿基米德希望帮助广播解决的问题。除了将已有内容深度加工，如何提供工具打破传统广播的频点限制，提升内容生产力也是阿基米德探索的方向。

1. “前刀”提升音频生产效率

多屏时代，信息的供给已大大超出了人们的需求，受众的耐心正在减少，如何让互联网听众在短时间内爱上你的节目，“长节目短音频”的模式或许是移动收听时代对碎片化传播的一种最佳尝试。传统广播繁琐的剪辑、导出、上传方式，使音频的生产漫长而繁琐，2017年7月阿基米德上线“前刀”功能，让广播适应新媒体变得更为轻松。

“前刀”是一套专业、便捷的制作工具和传播工具，它能帮助传统广播专业音频内容制作人员和普通用户对传统广播节目的回听内容进行剪辑和分发，通过已有音频素材的基础上快速进行二次加工，制作出新的音频内容并进行传播。

阿基米德希望利用新的技术手段，降低音频制作门槛，推动用户基于现有音频素材库的音频内容制作，培养一群对音频形式感兴趣，有表达意愿，有兴趣持续稳定制作音频内容的用户，以这些用户和内容作为传统广播内容生产的重要补充，充实和丰富传统广播行业，帮助传统广播从单向信息传递转型为交互式信息传递，在传播主流舆论的同时，以更接地气的方式深入普通用户。

2. “播菜直播”增强主播内容生产力

传统广播的频点及制作空间、设备的限制，让主播的生产力无法充分发挥，阿基米德平台推出的“播菜直播”不仅突破了传统广播的时间空间限制，更为主播提供了便捷的生产条件。“播菜直播”是只通过一部手机就可以在任何时间、任何地点发起的互动直播形态，主播在自己的节目社区发起播菜直播后，所有关注这个节目社区的用户都会收到一条手机消息推送，提醒用户参与到直播当中，极大地提高了精准传播力。在直播过程中，主播实时与听众互动，反馈、信源、交互、送花、打赏等互动方式让直播好听更好“玩”，提升了用户体验，增强了用户黏性。

直播样态原本就是传统广播的常态，这种“交互 + 信息”传播在形态上与互联网有着天然的匹配度。但只有用户深度参与其中的媒体，才是真正的新媒体。用户直接参与到内容的生产、制作、播出环节，能够影响甚至改变节目的进程与结果，才能真正拉动用户的黏性，用户也会主动对他参与的节目进行社会化的传播。

“播菜直播”帮助传统广播脱离直播室特定环境以及场外直播的高昂转播成本窘境，无需复杂的后期制作，强交互、多功能的音频直播使得节目可以提供超乎想象的用户体验。播菜直播上线 4 个月内，平台上就有 305 个节目的 440 个主持人发起过 3306 场播菜直播。

拓展技术，以大数据指导广播生产传播

互联网的高速发展让媒体生态圈发生了颠覆性的变化，网络媒体、自媒体飞速发展，大多传统媒体因为失去了渠道优势而出现大幅衰退。但媒体的颠覆实质是介质颠覆，报纸不行，不是报社不行；电视机不行，不是电视台不行；收音机不行，不是广播电台不行。传统媒体想要打赢这场融媒体之战，不能迷信技术，

但必须敬畏技术。基于此，必须有建立在技术层面的变革方案。阿基米德就正在做这样的尝试。

1. 用数据提高节目质量

我们认为，此轮媒体变革的诱因有两个：介质的改变和评价标准的改变，其中，评价标准已经从过去的生产能力转化为传播效率。阿基米德建立专门的数据实验室，收集平台上所有节目及用户使用行为数据，发布广播节目的收听、互动、分享等内容，分析社区表现趋势等情况，帮助电台节目提高内容质量。目前，入驻阿基米德的节目可以拿到每天的数据报告，包括在社区前20位排名、社区活跃度、收听时长、收听人数、直播互动的热度、粉丝数等。每个节目组都能看到自己节目的实时数据分析，很清楚地了解节目播出的时间内，哪个时间点用户增加了，哪个时间点用户减少了，哪个节点用户发帖量最高，哪个小时用户收听节目量最高。很多节目组都发现，收听最高的时间段并非是节目直播时间。

另外，通过阿基米德提供的用户画像数据，广播电台编排全天节目更有依据，安排节目重播变得相对容易，因为可以知道在哪个时间点安排什么样的节目效果更好。东方广播中心旗下第一财经广播的《股市大家谈》是一个上海本地化的财经节目，周一到周五的16点至18点播出两个小时，原来收听率表现一般。利用阿基米德平台数据，该节目重新优化节目编排，打破频点空间限制，实现强互动，在用户黏性、节目互动、收听热度等方面数据表现优异。

2. 让内容匹配用户兴趣

在传统被动的“受众”概念被拥有主动选择权的“用户”概念所取代的情况下，广播必须适应移动互联网时代去中心化的发展趋势，让每个用户都成为信息网络中的一个节点，阿基米德平台打破广播节目按频率划分的方式，把广播频率细化为一档档的节目，聚焦核心用户，并让节目组快速、便捷关注到这些忠实用户的想法和声音，帮助节目组更加了解自己的受众。此外，互联网音频有一个非常清晰的指标，即内容的分类和标签，就是移动互联网内容运营的基本功能：可检索、可推送。从一个小时的广播节目中清晰节选出一个完整的音频爆点，做好精准的标签和分类后，让用户快速找到自己想要的节目，也才能向需要的用户推送针对性的内容。

2017年初，阿基米德运用大数据上线了“千人千面”，即首页内容个性化推荐功能，利用数据模型根据用户的地理位置、兴趣爱好、使用痕迹等进行分析，为用户提供个性化的内容。不同的用户打开阿基米德客户端，将会看到不一样的内容。精准的大数据算法，让用户偏爱的内容自动找到用户，阿基米德在数据驱动产品优化的同时，重点投入智能音频研究和应用，希望以数据分析+算法应用+应用开发构建人工智能能力，推动音频智能平台建设，从而使优质的内容精准推送至喜爱它的用户面前，将内容传播的效率最大化。

创新广播商业模式，精准服务用户

过往的商业模式实际上就是注意力经济，节目制作方打造注意力，然后由广告部门来进行销售，这样一个模式虽然经历了近百年的验证，但是移动互联网的时代，在以用户交互为核心的时代，传统的单向硬性的广告传播已经过时了，在互联网时代粉丝经济的价值应该得到充分的挖掘。那么，如何让广播的商业发展在新媒体中大有作为，阿基米德通过“M店”“社群广告”等方式，为其提供了思路与尝试。

1. M店打造全新广播广告模式

阿基米德于2017年5月上线了M店平台，为单一品牌打开市场知名度提供销售转化，打破了频点限制，向广播提供7×24小时互为营销的广告模式，全面对接电台广告资源的融媒体推广，拓展电台当地新品牌和新渠道资源，主播可以在阿基米德后台挑选商品放入自己节目社区的M店，通过内容导流的方式进行销售，所得的收益电台和主播都参与分成，突破频点广告的时间限制，24小时进账。

M店将消费者、电台及品牌三方紧密相连，为消费者升级购物体验，对于广播节目的听众来说，可以在“阿基米德”中自己平时喜欢的节目社区，发现由主播推荐的品质好货。主播会在自己节目社区的“M店”中，对推荐的物品进行全方位展示，让习惯了只能收听电台广告的听众，对这些商品一目了然，迅速能判断出对自己是否有用，还可在社区中和其他“买家”交流心得。在不改变消费者消费习惯以及商家经营方式的前提下，“M店”创造了一种全新的消费观念，对接消费升级和生活品质的提升，以“精品优选”为广大听众创造更加愉快的“边听边买”网上购物体验。

2. 细分人群，集合广告目标受众

媒体融合时代，面对纷繁复杂的信息，定向、精准的传播更容易激发目标受众的关注与忠诚度，阿基米德解决了传统广播在移动互联时代的用户数据短板。不同的节目时间、不同的节目定位、不同的节目主持人催生出更为细分的节目类型。听养生节目和听新闻节目的人群不一样，听体育节目和听音乐节目的人群不一样。针对用户精准聚焦后，每个节目服务模式更突出，阿基米德为此创建了与之相适应的商业模式。

阿基米德的社区可以让广告商针对不同收听人群的精准广告投放，大大提高广告的效果，进而提高转化率。另外，阿基米德还能够以用户画像、内容画像AI技术为核心提供广告的精准推送、字图音视全方位展现，我们正在尝试将传统的广播传播方式与互联网的裂变式传播相嫁接，从而成就一种新的广告营销模式，进而形成广播行业新的增长点。

坚守主流价值观，构建红色内容阵地

如今网络信息纷繁复杂，内容质量参差不齐，人们的注意力被大量分散，主流媒体必须担负起自身的社会责任，为此，阿基米德采取互联网环境下人们更容易接受的内容与途径，帮助主流媒体引导舆论，传递正能量。阿基米德精心布局红色内容体系，将主旋律题材与互联网传播相结合，以基层党组织这个支点为“圆心”，推出党员在线学习平台《学习同心圆》，成为党员学习教育常态化便利有效的新平台。我们策划的“十九大精神十九人讲”共吸引了超过1000万人次的听众；“给90后讲讲马克思”通过更符合新媒体收听和传播特点的短音频，也吸引了大量关注，据不完全统计，总有效点击量超过3200万，共72家主流网络媒体和关键媒体发布16万条消息。另外，有24家不同省、市或地区的合作电台，每天在广播线上固定时段播出该内容的短音频，总收听量累计2.7亿人次。

《学习同心圆》首创的网络音频直播形式，打破了时间与空间的限制、党员与群众的限制，听众在听课过程中，还可以通过直播间看到老师的PPT与课堂现场照片，更能发布评论讲述自己的理解，充分使用新媒体传播优势，让广大听众随时随地都能参与学习。此外，多个政府机关党组织、街镇党组织等基层党组织将《学习同心圆》社区作为党员线上教育基地，组织党员反复收听社区中的党课、党章、广播剧等优质内容，在线党课成为了落实党员学习教育常态化便利有效的新方式。

阿基米德让主旋律教育与广播、新媒体相结合，充分发挥各自优势，是主流价值观传播的一大成功案例。目前，几乎所有传统媒体都在积极尝试新媒体报道，但常常呈现各自为政的现象：业务部门独立制作新媒体产品时，专业性把握的好，对新媒体产品制作和传播规律熟悉不够；新媒体部门则存在对重大题材把握不准、知识盲区较多等问题。而阿基米德所构建的红色内容阵地，不仅让经验丰富的广播采编人才充分发挥专业技能，更是为优质的内容提供了更便捷、更有效、更有趣的传播与互动平台。

结语：

阿基米德的上线初衷是帮助上海广播电台实现多媒体融合，为传统广播向移动互联网转型提供系统化解决方案。但在发展过程中，阿基米德发现新的扩展空间，正致力于打造一个跨平台、跨地域、跨介质的广播生态圈。这一生态圈的建设，一方面需要新媒体平台用更好的服务吸引传统媒体和新媒体中的优秀人才为其提供更加丰富的内容资源，另一方面要通过多元化的资源和多渠道的收听方式抓住终端用户，从而达成与商业及媒体的合作，搭建完整的广播新媒体生态环境。在未来的日子里，希望有更多广播电台、商业机构、研究单位加入生态圈，共同携手，用声音改变生活。

申报资料实录

作品简介：

本文主要介绍了阿基米德为传统广播的新媒体路径提供了怎样的探索，以及为此所做的多方面创新尝试，上线阿基米德 FM 的初衷是帮助上海广播电台向移动传播转型，实现融合发展。在实践中，阿基米德拓宽了发展空间，与兄弟省市区传统电台密切合作，打造独立节目社区，开发“播菜直播”，创新广播商业模式，构建内容阵地，初步形成了跨平台、跨地域、跨介质的广播生态圈，为传统广播提供了转型平台。

全文通过“前刀”提升音频生产效率；“播菜直播”增强主播内容生产力；用数据提高节目质量；让内容匹配用户兴趣；M 店打造全新广播广告模式、；细分人群，集合广告目标受众等多个切入点，介绍了阿基米德在内容、技术、商业模式、主流价值观导向方面进行的探索，阐述了阿基米德在打造广播新媒体路径中所做的努力，为传统广播转型提供了新思路：一方面需要新媒体平台用更好的服务吸引传统媒体和新媒体中的优秀人才为其提供更加丰富的内容资源，另一方面要通过多元化的资源和多渠道的收听方式抓住终端用户，从而达成与商业及媒体的合作，搭建完整的广播新媒体生态。

推荐理由：

《阿基米德：探索传统广播的新媒体路径》一文，详细阐述了阿基米德在媒体融合报道以及应用新媒体传播方面，所做的理论探索和规律总结。

阿基米德是由东方广播中心根据“深度融合、整体转型”指导思想成立的音频网络平台，并于 2015 年 8 月成立公司，目前阿基米德在新媒体广播领域已经有了较快发展，市场份额颇具规模，除中国以外，阿基米德用户还覆盖 163 个国家和地区。经过市场的考验，这一产品的案例分享对媒体转型具有指导意义。

本文充分结合阿基米德在实践中总结的经验，并根据广播发展现状提出具有针对性的建议，探索广播思维如何适应移动互联网环境所带来的转变。文中表示阿基米德计划以内容生产、终端用户、广告主为节点，通过多维度的融合，让自身成为三者的核心枢纽，这也是传统广播转型的一项值得期待的尝试。

网络作品

进博 60 秒

主创人员：集体（裘正义、沈敏岚、裘颖琼、任天宝、张钰芸、杨硕、钱文婷、陆梓华、范洁、毛丽君、陈梦泽、贺信、刘力源）

编　　辑：集体（萧君玮、李若楠、孔明哲、徐易飞、李永生、张剑）

代表作一	标题	5000 余名进博会志愿者“小叶子”熟记每条路
	网址	http://newsxmwb.xinmin.cn/chengsh/2018/11/07/31451400.html
代表作二	标题	扮靓进博会主场馆工人巧手制作八个“迎宾花瓶”
	网址	http://newsxmwb.xinmin.cn/chengsh/2018/10/02/31437605.html
代表作三	标题	捂脸！当进博会的机器人尬舞起来……
	网址	http://newsxmwb.xinmin.cn/chengsh/2018/11/08/31452012.html

（新民网、新民 APP 2018 年 9 月 26 日至 11 月 8 日）

申报资料实录

作品简介：

进博 60″（进博 60 秒）视频专题栏目，以 1—2 分钟的短视频，配上字幕、配音，全方位介绍首届中国国际进口博览会的台前幕后、看点亮点，以及给老百姓生活带来的切实变化，用镜头聚焦“民心”项目。从 9 月 26 日开始推出，共推出 38 期。

产品推出后，在新民网、新民 APP 等渠道播出，活泼又不拘一格的短视频形式得到网友好评，不少稿件还被新浪、腾讯等网站转载。

推荐理由：

随着手机移动端的使用率大幅提升，短平快的短视频成为许多网友青睐、分享的内容。此次在进博会报道中，新民晚报别出心裁地采用短视频形式，记录进博会前期准备、举办中精彩的点点滴滴，让网友不出家门，也可以在网上看到我们为他们提炼的进博会亮点。

网络作品

同"嫦娥四号"共赴人类首次月球背面之旅

主创人员：陈　怡　姚　乐　臧　熹　季诗荃　袁依婷　孙美业
编　　辑：臧　熹　季诗荃　冯家琳

见 http://www.kankanews.com/list/kkzt/cesh/index

（看看新闻 Knews2018 年 12 月 8 日）

申报资料实录

作品简介：

该作品是由 Knews 网端产品板块与上视编播部共同策划推出的网络新闻专题，以"全屏视频"震撼开场，回顾了中国探月工程关键节点，最后将画面落到月球表面，引导网友"转动月球"，开启探月之旅。月球表面的关键互动点包括"人类首次登月点""嫦娥三号落月点""风暴洋""莫斯科海""嫦娥四号落月点"和"万户环形山"六大板块，精心制作了近四十条短视频，将"嫦娥奔月"的知识点全面铺开。

推荐理由：

伴随嫦娥四号月球探测器的成功发射，实现了人类首次月球背面着陆和巡视勘察，专题除了网罗相关知识点，更以 3D 月球为主体，引入趣味互动的探究手法，为网友营造了一个寓教于乐的科学化专题，页面设计强化科技氛围，力求将嫦娥工程载人登月之任重道远清晰展现。

"纾困民企进行时"特别报道

主创人员：集体（刘素楠、辛圆、徐秋雨、李胤烽、
初彦墨、何苗、孟令稀、陈鹏、张晓云）
编　　辑：崔　宇　陈　臣　余　蔚

网络新闻专题参评作品代表作网址

作品标题	纾困民企进行时特别报道	
作品网址	https://www.jiemian.com/special/922.html	
代表作一	标题	【特写】23 天拆 VIE 架构："上海速度"助推科创企业转型
	网址	https://www.jiemian.com/article/2636222.html
代表作二	标题	减税降费破解融资贵国家花大力气给民企降成本
	网址	https://www.jiemian.com/article/2681357.html
代表作三	标题	解决民企融资困境，上海过去两个月采取了哪些行动？
	网址	https://www.jiemian.com/article/2751082.html

申报资料实录

作品简介：

习近平总书记 11 月 1 日在民营企业座谈会上发表重要讲话后，界面新闻通过图解、特写和评论等多种形式进行了融合报道。其中，特写报道《23 天拆 VIE 架构："上海速度"助推科创企业转型》，通过典型的案例呈现了上海在改善营商环境方面的成果和努力。"纾困民企进行时"三篇图解报道，通过短期资金输血、中期降成本和长期创造公平竞争环境三个维度，对纾困民企措施进行了全面梳

理和解读。《解决民企融资困境,上海过去两个月采取了哪些行动?》一文,通过阶段性回顾和观察,呈现了民企纾困措施在上海的落地情况。

推荐理由:

本专题兼具专业性和可看性,利用了新媒体的全新表现形式,通过政策梳理、政策解读和微观案例,对纾困民企这类宏观问题进行了全景式解析,特别是通过典型个案和阶段观察,还原了政策落地的过程,以微观视角回应宏大叙事,让报道更具信服力。

北漂港人

主创人员：集体（钟伟杰、郭容非、陈炜森、王梦尧、郭屹、温嘉峻、冯喆信）
编　　辑：龙雪晴

见 https://www.jiemian.com/article/2267070.html

（界面箭厂视频 2018 年 6 月 28 日 10 时 58 分）

申报资料实录

作品简介：

自箭厂成立以来，箭厂团队就开始尝试拍一些香港的草根人物或具有地域特色的故事，希望可以让两地人民之间多一些交流、理解。

香港回归祖国 20 周年纪念日前夕，箭厂策划拍摄了到内地学习、就业和生活的香港人群体，以平实的镜头讲述了 70 后、80 后、90 后等四组人物的北漂故事和心路历程。独特视角和优质内容带来良好的传播效果，视频全网播放量累计超过 450 万，不仅被评选为当周腾讯短视频榜单创意类第一名，更收获了诸多网友的由衷感怀与热评。许多内地和香港的网友都表示“视频很平实，也很用心，希望可以多一些这样的片子，希望两地人民能互相包容，多一些交流，我们是一家人。”

推荐理由：

个人命运与宏大历史交汇的故事极富张力，叙述方式颇多巧妙的对比与隐喻，通过港人的身份认同、民族记忆、家国情怀等兼具温度和深度的话题，促进两地人民沟通、理解，鼓励认同与包容。

我家那件进口货

主创人员：卞英豪　宋祖礼　蔡黄浩　王　玲　单　珊　董怡虹　许　明　冯茵伦
编　　辑：卞英豪

见 https://c.eqxiu.com/s/2MwqGRl8

（东方网 2018 年 11 年 6 日）

申报资料实录

作品简介：

为迎接第一届中国国际进口博览会的召开，东方网·纵相新闻在进博会召开前，开展“我家那件进口货”线上活动。向全国网友征集家里那件有故事的进口货。

通过与网友互动，以及线下采访与线下投票等多个环节，从 100 件投稿作品中，选出 14 件优秀作品进行深度采访并展示。同时在最终环节由网友票选出 18 件获奖作品集中展示。活动中的进口货广泛运用于生活的每个角落，每一件物品都在诉说着一个又一个别样的故事。活动与网友深度互动的同时更为进博会预热。

推荐理由：

线上线下联动，网友充分互动

本次活动始于进博会开始前，从一篇简单的征集文开始，与网友进行广泛的互动，活动持续 3 周，在征集期间共收到 100 位网友的优质投稿，皆为不同时代，不同风格的进口货。与此同时，东方网记者通过选取其中优质的内容与网友深度交流，进行线下实地采访。挖掘进口货背后的故事，同时持续吸引网友投稿。

最终的投票环节，吸引了16000名网友进行投票，展示页的观看人数也突破10000人。该系列活动属于进博会前期十分成功的网友互动内容，为进博会造势的同时，也通过线上线下联动的方式与网友互动。

优质UGC内容，故事性强

本次互动的亮点当属内容的呈现。历史悠久如历经80年的Channel 5号，抗日战争时期的缝纫机，时尚有趣的如一双90后的芭蕾舞鞋和海员的一款相机。进口物件或怀旧或前卫，引起网友共鸣的同时，也收获了大量优质的内容。14篇展示的内容，每一篇都极具特色，堪称优质的UGC内容。

为进博会预热，一流的传播效果

本次互动活动在传播效果方面也取得了不错的成绩。在11月1日的互动活动中，活动微信阅读量近7000，为当日上海地区进博会相关内容中微信传播力排名前三的内容。与此同时，本次活动的所有稿件在今日头条等渠道内阅读量达到220万，视频播放量超过30万。在为进博会预热的同时，也取得了很好的传播效果。

浦东VS这些地方，结果太震惊

主创人员：尤莼洁　肖书瑶　王志彦
编　　辑：徐　敏

见 https://www.shobserver.com/news/detail?id=105458

（上观新闻2018年9月15日06时37分）

申报资料实录

作品简介：

围绕浦东开发开放28年，用3D动画+数据的形式形象地将浦东新区在进出口、航运、绿化、科研等方面取得的成就和世界各国相比较。数据来源于世界银行、世界贸易组织、国际机场协会、世界知识产权组织、欧洲统计局等权威机构。1分21秒动画短小精悍，把单调的“大数据”具体化、形象化成知名国家与城市，使大众更容易地感知、衡量浦东取得的成就。作品被全国各媒体转载72次，在全市关于浦东开发开放的原创内容中传播力及总影响力均排名居前。

推荐理由：

形式新颖，有一定的技术创新，画面简洁大气，同时内容丰富，信息量大。音乐配合好，表达有趣、吸引人。该作品传播效果好，社会影响大。

China speed！安装“金牛座”的德国经理服了

主创人员：燕晓英　金　翔　楚　华　李　响　陈　瑞
编　　辑：朱佳明

见 http://www.kankanews.com/a/2018-10-25/0038632958.shtml

（看看新闻网，看看新闻 APP2018 年 10 月 26 日 08 时 00 分）

申报资料实录

作品简介：

要出精品，必须早策划。主创团队盯牢了“金牛座”龙门加工中心——这是本届中国国际进口博览会最大展品。早在这一展品在德国母公司分解、装箱之初，团队就与德方保持密切联系，同时与展品保障方——中国机床总公司也保持高效沟通。“金牛座”从德国汉堡港一启运，主创团队就拿到了行船安排，着手安排拍摄计划。在进博局协助下，提前在预装的馆内安装 GOPRO，解决供电问题。从作品来看，以三个生动的小故事展现了中国安装团队给予德方的帮助：开箱方式创新使得这一环节缩短了 5 天，吊装环节创新保证了安全性，场地保障更是重中之重，直接关系到“金牛座”如期亮相。拍摄期间，主创多次与中德参展团队交流心得，获得信任，更重要的是中方的智慧和展会服务征服了德方，这才有了德方工程师在镜头前竖起大拇指，大声喊出“China Speed is good”来表达对于中方团队的认可与感谢。再好的策划都比不上实实在在的“中国速度”和“中国服务”，摄制组工作的意义在于把握住了这个主题并将之生动呈现给全世界。

推荐理由：

本作品发布之后获在腾讯新闻、网易新闻、新浪新闻转载，全网播放量超五千万，影响力强。

由这一展品所展现的通关、运输、安装、布展多条便利措施，不但体现了主办方对于每一件展品与每一位展商的支持，更是宣告了中国坚定支持贸易自由化和经济全球化、主动向世界开放市场的决心。以小见大，出色诠释融合传播领域该如何做好主题报道。

进博会张大公子系列三篇

主创人员：赵冠群　赵丽颖　白　浪　蔺　涛
编　　辑：杨　洁　管　卓　徐晓阳

见
https://image.thepaper.cn/html/interactive/2018/ciie1105/index.html
https://image.thepaper.cn/html/interactive/2018/ciie30/index.html
http://image.thepaper.cn/html/interactive/2018/ciie-opening/index.html

（澎湃新闻 2018 年 9 月 16 日、10 月 6 日、11 月 4 日）

申报资料实录

作品简介：

11 月 5 日，第一届中国国际进口博览会即将开幕。我们设计了三段故事：

第一篇：一位张公子，沿着中国古老的丝绸之路（汉武帝派张骞出使西域开辟的以首都长安为起点，经甘肃、新疆，到中亚、西亚，并连接地中海各国的陆上通道）一路西行至罗马，为朋友代购国外奇珍异宝，路途艰辛漫长，千辛万苦代购成功后却发现各国都携带奇珍异宝在中国参加进口博览会；

第二篇：代购回国之后，通过交货给别人时发生的故事，引发了张公子对进博会开幕的好奇心，决心开幕之后前去参观；

第三篇：慕名前去进博会参观，见到了很多现代知名的产品，以此来展示进博会的具体内容。三段故事，我们将中国古代丝绸之路的历史故事和现代对外贸易进行了故事线上的融合和重构，通过创意出发代购，归来交货，和去展会探营三篇相互联系的有趣故事，用互联网式的文案，中国画的视觉风格，且融入动画使国画运动起来，使故事有历史根源同时又现代并有趣，是对此新闻的新颖的报道方式。

推荐理由：

在共建“一带一路”和上海进博会的背景之下，将古代丝绸之路和现代对外贸易进行了故事线上的融合和重构，以出发、归来、和探营三篇相互联系的故事方式，无厘头创意和文案以及设计风格，以及第一次技术上新的挑战(动画交互，分屏展示)，诞生了张大公子这个进博会大 IP，上线后用户积极转发分享，社交传播刷屏，众多公众号转发，形成全网传播覆盖，是首届进博会开幕的宣传传播亮点。

别眨眼！大片视角直击上海武警“魔鬼”训练现场

主创人员：赵　铁　许　超　庞　元　李宪明　杨宇晨　虞礼锋
编　　辑：集体（郑翔、胡书豪、虞礼锋、陈佳、李露莹）

见 http://v.021east.com/yizhan/node3/n12/u1ai30956_t23.html

（东方网1站视频12月31日13点34分）

申报资料实录

作品简介：

此片结合武警的“魔鬼训练周”，多角度展示一支政治可靠、纪律严明、素质过硬、反应灵敏、保障有力，具有较强威慑力和震慑力的精锐部队。随着视频与海报的同时推出，在开发完成不到半年的东方网1站视频APP上，累积获得158余万阅读量，同时还得到了东方网全媒体、微博大V们的协同发布，得到了武警各支队以及微信公众号的转载。

推荐理由：

闻令而动练为战，只争朝夕踏征程。报道组通过直击在上海东部某岛屿开展的“魔鬼训练周”，全面展示了“千锤百炼铸利剑，金戈铁马论英雄”的新气象新作为。

进博会系列短视频

主创人员：王　蔚　祁　骏　陈　龙　张伊辰　王　卓　张　挺　周俊超
编　　辑：王　蔚　陈云峰

作品标题	进博会系列短视频
作品网址	部分网址： 1.《动漫：进宝带你看进博会！|进口博览会一分钟(24)》 http://wenhui.whb.cn/zhuzhanapp/sjzggjjkblh/20181104/221806.html 2.《视频直击！揭开神秘面纱的中国馆|进口博览会一分钟(30)》 http://wenhui.whb.cn/zhuzhanapp/sjzggjjkblh/20181105/222285.html 3.《延时摄影：人流如织的国家会展中心|进口博览会一分钟(38)》 http://wenhui.whb.cn/zhuzhanapp/sjzggjjkblh/20181106/222550.html 4.《百人眼中的进博会(1)|"期待、开放、青春奋进!"他们这样形容进博会》 http://wenhui.whb.cn/zhuzhanapp/sjzggjjkblh/20181017/218441.html 5.《视频|我心飞扬，梦想起航！一份来自上海机场的进博会报告【进博会之服务篇】》 http://wenhui.whb.cn/zhuzhanapp/sjzggjjkblh/20181029/220628.html 6.《视频|舞动申城：每一帧都是完美壁纸【进博会之城市篇】》 http://wenhui.whb.cn/zhuzhanapp/sjzggjjkblh/20181030/220783.html 7.《视频|陪你的365天【进博会之创意篇】》 http://wenhui.whb.cn/zhuzhanapp/sjzggjjkblh/20181110/223603.html 8.《视频|奋战500多个日夜，就为这一刻！【进博会之企业篇】》 http://wenhui.whb.cn/zhuzhanapp/sjzggjjkblh/20181104/221795.html 9.《视频|大饱眼福！这里的每一件都是精品！【进博会之艺术篇】》 http://wenhui.whb.cn/zhuzhanapp/sjzggjjkblh/20181109/223577.html 10.《弹幕视频|【进博会高端访谈①】储祥银：开创展览会促进进口的先河，提供打造服务环境的典范》 http://wenhui.whb.cn/zhuzhanapp/sjzggjjkblh/20181101/221161.html

（文汇APP、文汇报微信、文汇网、文汇报微博、抖音等2018年10月9日起）

申报资料实录

作品简介：

围绕首届中国国际进口博览会这一重大报道战役要求，文汇新媒体精心策划、全力以赴，通过内容创新、形式创新、传播渠道创新，推出多层次、多样化的系列短视频融合创新报道，打造两个100——原创百部短视频、采访百位参与者。在文汇新媒体全平台发布相关融合报道400篇左右，形成高效的传播矩阵，数量上铺天盖地、质量上着力精品，聚焦共同主题的同时，凸显了文汇特色，使传播力影响力大幅提升。

进博会期间创作原创短视频108部，这也是文汇报在重大报道战役中，推出视频融合报道最密集的一次。包括“进口博览会一分钟”67部、“百人眼中的进博会”15部、“进博会高端访谈”6部、“进博会主题宣传片”5部、进博会抖音短视频15部。从几十秒到几分钟，从短平快的新闻纪实、走心的人物采访、脑洞大开的创意短片到竖屏微动漫、广告级城市宣传片，形式多样，精彩纷呈，每篇报道均配合图文，更显丰满。

“进口博览会一分钟”系列短视频10月9日起推出，用1分钟左右短视频浓缩进博会精华，用生机勃勃的画面带受众了解盛会，内容包含了展会亮点展品、展商观众采访、进博会保障、筹备工作、志愿者服务等，采用了纪实拍摄、延时摄影、动漫等多种形式，如《动漫：进宝带你看进博会！丨进口博览会一分钟(24)》，让吉祥物“进宝”动了起来，采用竖屏视频更适应手机观看；《视频直击！揭开神秘面纱的中国馆丨进口博览会一分钟(30)》《延时摄影：人流如织的国家会展中心丨进口博览会一分钟(38)》等，从不同视角展现这场盛会的方方面面。

“百人眼中的进博会”系列短视频10月18日起推出，采访了一百位进博会相关人员，带大家走近进博会的台前幕后，聆听进博会的建设者、服务者、志愿者、参展者、观众们的心声，并用一个词形容进博会，如《百人眼中的进博会(1)|“期待、开放、青春奋进！”他们这样形容进博会》等，揭示了每个人眼中的“不一般的盛会”。

“进博会主题宣传片”10月29日起推出，聚焦进口博览会主题，包括进博会之服务篇、城市篇、企业篇、艺术篇、创意篇。每部视频3—5分钟，用微电影、广告片手法拍摄，精心剪辑调色，努力呈现完美画质。如《视频|舞动申城：每一帧

都是完美壁纸【进博会之城市篇】》《视频|我心飞扬，梦想起航！一份来自上海机场的进博会报告【进博会之服务篇】》用精致优雅的镜头呈现开放的上海城市形象，诠释“上海服务”品牌；《视频丨陪你的365天【进博会之创意篇】》用创意剧情展示进博会的溢出效应。

“进博会高端访谈”系列短视频11月1日起推出，专访机构、高校相关领域专家学者等。采用新颖的“弹幕视频”方式，将音频内容转化成五彩缤纷的字幕，生动呈现各界专家的真知灼见，为观点解读增强了可看性。进博会抖音短视频10月4日起发布，直击进博会现场和亮点，这也是文汇报开设抖音号后发布内容最集中的一次新闻报道。

截至进博会闭幕，这些融合报道在文汇新媒体自有平台总点击量超过450万，仅腾讯视频平台的视频播放量近30万，诸多稿件被各媒体和网站平台转发。

推荐理由：

这是一次颇为成功的媒体融合创新实践，对传统媒体在重大新闻战役中如何有效策划、组织融合报道，提升传播效果，具有一定示范意义。

100多部作品聚焦主题，特色鲜明，创意迭出，现场感强，信息丰富，画质精良，“有思想、有温度、有品质”；100位人物采访，原汁原味、真切感人，体现了扎实的采访作风。这些作品经过组合、系列化后，形成了立体化的创新表达，形成全方位、多层级、多声部的主流舆论矩阵，全面展现了这场盛会的精彩，也满足不同受众不同层面的内容需求。

融合传播下的视频组合矩阵，也凸显了主创团队在策划、创意、采访、摄影、剪辑、编辑等专业能力方面的功底，以及在融媒思维方面的能力。在策划短视频组合时，以“进口博览会一分钟”为主力作品，适应了互联网视频传播越来越短的特性，于开幕前1个月强势推出，先声夺人。而多部充满质感的主题宣传片，又为整个视频表达锦上添花。

突破和创新，离不开积极奋进的精神状态。进博会期间，主创团队在增强“脚力、眼力、脑力、笔力”这“四力”上下功夫，以最快速度、最高标准制作发布报道，提升新闻时效性、现场感、品质度。

媒体融合

康庄大道 40 年

主创人员：朱国顺　沈月明　朱晓昆　薛慧卿　徐　咏

编　　辑：集体（任湘怡，吴迎欢，李晖，钱滢砾，王文佳，戚黎明）

见 http://3.u.h5mc.com/c/ppoj/xsoo/index.html

（新民 APP2018 年 12 月）

申报资料实录

作品简介：

2018 年 12 月 18 日，新民晚报特别策划了融媒体大型报道“康庄大道 40 年——庆祝中国改革开放四十周年”特刊。318 国道起点在上海，终点为日喀则市聂拉木县，全程 5476 千米。中国改革开放几乎每一个重要时刻、每一处深刻变革，都在大道两旁有十分生动地展现。报道组深入采访上海、浙江长兴、安徽安庆、武汉、宜昌、重庆、四川成都、四川泸定、西藏拉萨、西藏日喀则等沿途 10 个市县，亲身感受城市新颜、山乡巨变，感受中国改革之艰难坎坷、波澜壮阔，由此深刻认识改革开放是中国走向伟大复兴的康庄大道和必由之路。

媒体融合是此次重大主题报道的鲜明特色和亮点。新民晚报发挥新组建的视频摄影部的体制机制优势，从策划的最初，就做了全媒体呈现的设计和安排。

包括在新民APP突出展示，在官微和部门其他微信公众号多侧面呈现，制作H5、微信朋友圈海报等。特别在短视频方面做了充分的考虑和准备。最初就提出每个采访点配备一名视频摄影记者，要求拍摄本采访点的“短视频”，并为制作一个涵盖10个采访点的长视频提供素材。在报纸版面上通过醒目标题和二维码引导读者关注视频内容。在新民APP全面呈现11个精心制作的视频，与文字图片内容互为补充，相得益彰，同时通过官微、H5作品推送视频或者视频二维码链接。各端口受众在18日纷纷刷屏朋友圈，积极推荐“康庄大道40年”各类新媒体产品，打出了主题报道的传播力和影响力。

推荐理由：

“康庄大道40年”特别报道是新民晚报一次非常成功的大型媒体融合报道。报纸、APP、公众微信号、视频全面发力，堪称新民晚报媒体融合报道的一个高峰。此次大型报道成为新民晚报改革开放40周年报道的一大亮点。市委宣传部阅评组以4页篇幅点评新民晚报的融合创新做法并给予高度肯定，社会反响热烈。

我国无痛分娩率不足10%,无痛分娩推广难障碍何在?

主创人员：李泓冰　姜泓冰
编　　辑：刘士安

作品标题	我国无痛分娩率不足10%,无痛分娩推广难障碍何在?
作品网址	1. https://app.peopleapp.com/Api/600/DetailApi/shareArticle?type=0&article_id=1740667&from=timeline&isappinstalled=0 2. http://paper.people.com.cn/rmrb/html/2018-05/17/nw.D110000renmrb_20180517_1-13.htm 3 https://www.hubpd.com/c/2018-05-28/742912.shtml?from=timeline&isappinstalled=0 4. https://www.hubpd.com/c/2018-06-01/743702.shtml?from=timeline

（人民日报客户端2018年5月14日11时05分）

申报资料实录

作品简介：

分娩镇痛早已是成熟技术，却推广缓慢。记者由引发广泛关注的陕西榆林产妇跳楼事件开始调查采访，2018年5月14日通过人民日报中央厨房推出融媒体报道《母亲节，送啥也不如送“无痛分娩”》（人民日报客户端采用时，标题为《我国无痛分娩率不足10%，无痛分娩推广难障碍何在?》）。5月17日，稿件《无痛分娩为什么推广难》在本报社会新闻版头条“民生调查”栏目刊出。6月1日，大江东工作室携手市妇联、一妇婴及多家媒体组织线下活动，请专家讲解无痛分娩真相，再推出《快乐产房：集结“爱妻勇士”》《“痛”过你的痛，他们都成了“无痛分娩“拥趸》两篇报道予以持续跟进，形成一波报道热潮。

搜狐、新浪、今日头条、澎湃等众多新闻网站或平台均对该报道予以转发，仅人民日报客户端阅读量就达 100 万 + 。上海和多省市媒体或转载或跟进采访，在全国范围内迅速形成热点话题，带动起一场无痛分娩的“辟谣式科普”，对改变社会偏见、让更多育龄妇女减少生育痛苦，作用显著。国家卫健委于 2018 年 11 月出台新政策，在全国试点推广无痛分娩。

推荐理由：

锲而不舍，从新媒体到报纸用稿，多渠道综合作用，线上线下呼应，实现社会群体广覆盖，直接促成国家政策变革，传播科学知识，也宣传了上海经验，推动社会进步，成效显著，展现了媒体融合时代的“小身材，大能量”。

“上马赛道，永恒的经典”H5 手绘长图

主创人员：姚勤毅　章迪思　王美杰　曹　俊　叶田媛　狄　斐

编　　辑：集体（徐蓓蓓、王仁维、姚勤毅、张迪思）

见 https://file2033a3aab26a.aiwall.com/v3/idea/FPXknuMy?from=singlemessage&isappinstalled=0&suid=577781A6-3B36-41AD-9CD6-857DE233E2EF&sl=1

（上观新闻 2018 年 11 月 15 日 05 时 05 分）

申报资料实录

作品简介：

上马的赛道是最能体现上海城市特色的一张名片。如用传统的文字报道形式，效果有限。解放日报创新地用长图互动 H5 的形式，将上马 42.195 公里赛道中最靓丽的风景、最有内涵的地标、最引人入胜的故事，通过小小的手绘长图展现给跑者。

推荐理由：

解放日报提前两个月策划，跨部门合作，设计团队与条线记者强强联合、无缝合作。这张 H5 手绘长图在画风上偏扁平、简洁化，加上适当的音乐与动效，

达到了让人耳目一新的效果。

该产品上线后立刻被“上海发布”等新媒体转发，解放日报旗下微信公众号、微博同步发布，总点击量超过“10 万 +”。

媒体融合

后街小店(第一季 12 期)

主创人员：李若楠　萧君玮　陈炅玮　龚　莲
编　　辑：龚　莲　姜　维

见新民 APP 端 https://tag.xinmin.cn/21256/index.html

新媒体移动端 http://t.cn/EMOLFyO

（新民 APP2018 年 7 月 7 日—10 月 3 日）

申报资料实录

作品简介：

新民晚报“后街小店”系列从 2018 年 7 月 7 日推出，第一季共计推出 12 期内容。采访团队通过前期精选选题、现场走访，后期内容的精打细磨，力求打造出一档内容精致、“上接天气，下接地气”的视频原创系列。

在内容上，该系列聚焦上海的匠人匠心、海派传统技艺、上海人“家”的味道、国货崛起、创业潮店等方面，从一店一人的视角切入，讲述小店的故事，讲述人的故事。写的是店，切口是人，归根结底是上海这个城市的底蕴和情怀。

在报道形式上，《后街小店》系列更是新民晚报融合创新作品的代表。每一期《后街小店》，都是一次视觉大餐。例如，点开微信首先映入眼帘的，是效仿杂志类媒体的“封面硬照”。照片既可作为海报二次传播，也力求抓住读者的“第一眼”。

《后街小店》的每期内容：包括3分钟左右的专题视频，着重小店的现场呈现，让网友有机会“走进”小店，感觉小店不一样的文化氛围；其次，每期内容都有1000字左右的文字报道，着重讲述小店主人公的故事，创业的故事，坚守的故事，匠人匠心，都能在阅读文字的过程中慢慢品味；再次，在内容的制作过程中，运用“全景看店”等新技术手段（如百年愚园路上的“新”书店、“远东第一公寓”里的花店），让传统内容“做”出新意，“看”出新意，力求在传播方式、表现形式等方面，走出新路。

《后街小店》第一季12期内容推出后，微信、微博、今日头条、腾讯等平台的阅读数总计已过100万。其中，对长乐路上瀚艺旗袍店的报道——《“一针一线”中的海派韵味》，在新民晚报新民网官方微博上的视频播放量达26万次。

2018上海书展期间，《后街小店》紧扣这一本城文化盛事，挖掘深藏于后街的书店，推出小店的“书香上海”系列：《百年愚园路上的“新”书店》《典藏老故事的书坊》《故纸堆里淘惊喜》。有网友感叹，“生活在上海真是幸福，有这么多书店可以看”，该系列更是在各端口收获10万多的阅读数。

新民晚报《后街小店》系列推出后，网友留言不断。有网友说“喜欢后街小店系列，期待更多报道。我喜欢走在梧桐树下丈量这个城市，体会这个城市独有的韵味”；也有网友看到那些坚守的小店，不仅感叹，“做自己擅长的事，并且做到好，真是一件幸福的事”；更多的网友为能发现上海这样一个国际大都市的后街文化而惊喜，“作为上海人，对南京路淮海路都太熟悉了，倒是依附于这些大马路的街巷小路别有洞天耐人寻味。”

推荐理由：

2018年，新民晚报推出《后街小店》系列原创视频，关注背靠繁华商业街的后街小巷上生存着的特色小店。不仅是对视频原创内容的又一次推陈出新，更是对全力打响上海“四大品牌”的积极响应，精心策划。

2019年初,“上海小店”成为社会关注、上海两会上热议的话题。媒体报道的意义就在于带领市民,尤其是年轻人,发现小店背后所蕴含的上海韵味和文化,探寻城市之美。

一夜无眠，原来这才是真正的魔都结界！赞@上海的守夜人们

主创人员：李　斌　顾隽婺　汪　宁　俞承璋
赵颖文　马尊伊　俞　倩　王迪杰
编　　辑：顾隽婺

见 https://mp.weixin.qq.com/s/49Lc7Y2iPnlNKJxbTrN9yg

（上海广播电视台东方广播中心“话匣子”
微信公众号 2018 年 7 月 22 日 7 点 45 分）

申报资料实录

作品简介：

去年 7 月台风“安比”来袭，据登陆前夕的预报，“安比”台风极有可能成为近年来首个正面袭击上海的台风。因此，申城各行各业都严阵以待，全力保障城市安全运行。上海广播记者兵分多路，奔赴一线采访。有的赶赴预测的台风登陆点，了解当地群众安置情况；有的跟随交警、路政等部门采访应对台风来袭的情况……台风运动轨迹诡异多变，为了在第二天一早抢发这篇来自一线的报道，当天“微信小编”通宵达旦。一方面，不断与前方记者及时沟通，了解最新抗台风的动态；另一方面，与相关保障单位密切联系，收集相关信息，及时更新动态内容。这篇报道以“魔都结界”这一互联网传播属性的词汇为主题，集中反映了那些为城市安全运行坚守岗位的人群，用记者现场采访的生动故事串起了整篇文章，采写了《一夜无眠，原来这才是真正的魔都结界！赞@上海的守夜人们》这篇极具新媒体传播特色的稿件。

稿件采制及时，编发迅速，内容丰富。版式设计上抓住了互联网传播的特点，注重视觉呈现，大量运用了极富现场感的照片，形成了视觉冲击力。紧扣台风来袭这一新闻事件，展现申城各平凡岗位上的普通人，彻夜坚守岗位的感人场景，传递了正能量。这篇稿件的切入点巧妙，脉络清晰，使之在网络上有更强的传播力，引发广泛共鸣。

推荐理由：

该微信推文引起了强烈的社会反响，当天早晨8点前发送，数小时内阅读量就突破10万。网友评论和点赞的总量将近3000条。“听觉秒变视觉，话匣子秒变照相机，全方位记者编辑！赞！”“早上回家洗了个澡，三岁儿子说，爸爸为什么一直班班去，我说爸爸班班攒钱买玩具，他说宝宝不要玩具了……只能在这里留下这段感受，一线的兄弟姐妹们，一起坚守岗位，安全第一。”“上海的结界是这样铸就的，致敬！”网友的评论中，既有对传统广播融合转型的认可，也有许多“守护者”们的亲身感受，还有许多网友对于这些“守护者”们的敬意与感激，使这篇新媒体稿件的传播效果，超出了稿件本身，借助互联网平台辐射力，发挥了倍增的效应。

2018 年 8 月 27 日《新闻晨报》A1 版

作者：张　勇　黄　欣
编辑：张　勇

新闻晨报
SHANGHAI MORNING POST

中共中央印发
《中国共产党纪律处分条例》

血，不能一滴再滴

相关报道 >>>A2

（《新闻晨报》2018 年 8 月 27 日）

申报资料实录

作品简介：

2018年8月24日，浙江乐清发生一起年轻女乘客搭乘滴滴顺风车遇害的恶性案件。这一次的悲剧，距离5月空姐搭乘滴滴顺风车遇害案，仅仅过去三个多月。对于一家连客户的生命都无法充分保障的企业，对于一个已经出过恶性事件但仍未引起足够重视、短时间内又出现了第二桩血案的平台，必须给与严厉的谴责。

推荐理由：

版面按照“绝不能一错再错，血不能一滴再滴”的思路来设计，整体版面简洁干练，视觉效果强烈，标题充分表明了态度。制图巧妙地将血滴融入了标题中，增加了视觉冲击力。

报纸版面

2018年12月10日《上海日报》A2－3版

作者：张飞羽

编辑：徐 卿

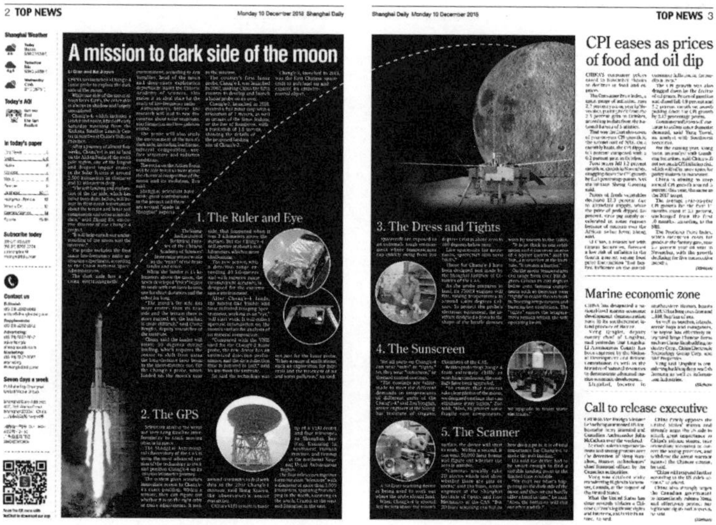
2 TOP NEWS

Monday 10 December 2018 Shanghai Daily

A mission to dark side of the moon

1. The Ruler and Eye

2. The GPS

Shanghai Daily Monday 10 December 2018

TOP NEWS 3

3. The Dress and Tights

4. The Sunscreen

5. The Scanner

CPI eases as prices of food and oil dip

Marine economic zone

Call to release executive

（《上海日报》2018年12月10日）

申报资料实录

作品简介：

版面主要报道上海在嫦娥4号火箭探测月球背面工程中做出的几个主要技术贡献，是一个很优秀的重大新闻事件本地化的报道。

推荐理由：

版面设计活泼合理，突出了报道主题，图片虚实结合，互相呼应。设计师有机地将五块报道内容组合在一起，使一篇长篇报道，能让读者愉快阅读。

2018 年 5 月 11 日《劳动报》劳动观察 01 版

作者：李　蓓　包璐影

编辑：陈　烺　傅　檪

劳动报记者重访汶川　用心记录那一片家园

劳动观察

劳动报

记者走一线

走基层|转作风|改文风

VIEWPOINT

本报特别呈现

十年·重生

2008 年

5 月 12 日

14 时 28 分 04 秒

一声山崩地裂

家园破碎举天同悲

2008 年，劳动报"5·12"报道团队，是震后最早进入重灾区的媒体之一，我们用心报道灾难救援，记录苦难中平凡人的坚守和抗争。

2009 年和 2011 年，我们再度派出记者回访地震灾区采访报道，向人们展示灾区人民坚韧不拔的力量。

如今，汶川地震已经十周年了。

十年间，废墟上拔地而起了新楼房，生于地震前后的婴孩初长成懵懂少年，离散的家庭不少也重拾幸福。汶川十年，是一个个城镇乡村重生、成长、蜕变的十年，是民族精神不断丰富与发扬的十年。

2018 年，劳动报再度组建报道团队，又一次重返这片土地。我们的记者在震源地映秀镇，和当年的消防、医疗救援队一起重走抗震救灾路，回访那些废墟下的幸存者；在上海市对口援建的都江堰，探访新生活，感受新气象。我们的记者饱含真情，用心记录了一个崭新的汶川。

（《劳动报》2018 年 5 月 11 日）

申报资料实录

作品简介：

2008年5月12日，汶川地震，举天同悲。当年，劳动报是震后最早进入重灾区的媒体之一。记录苦难中平凡人的坚守和抗争。

2018年，正逢汶川地震十周年。劳动报再度组建报道团队，又一次重返这片土地。记者在震源地映秀镇，和当年的消防、医疗救援队一起重走抗震救灾路，回访那些废墟下的幸存者；在上海市对口援建的都江堰，探访新生活，感受新气象。十年间，废墟上拔地而起了新楼房，生于地震棚的婴孩初长成懵懂少年，离散的家庭不少也重拾幸福。记者饱含真情，记录了一个崭新的汶川；编辑制作用心，呈现了一个重生的汶川。

推荐理由：

《劳动观察》是劳动报社的新闻品牌，以此为平台并派出特派记者赴汶川故地重访，旨在通过汶川十年中一个个城镇乡村的重生、成长和转型，一个个人物故事的情感展现，反映中华民族不屈精神的传承与发扬。

版面编排以残缺的5·12纪念碑图片为主线，贯穿全部8个版面，透过当年历史图片和今天汶川新貌的对比反差，透过当年震区人物的成长变迁，透过当年参与救灾勇士的回忆和重访，着于细节，重于人性，无论是版面整体的视觉效果还是采访文字的编排裁剪，都给人以耐读、思索和震撼的感受。

养心殿百年大修(组照)

作者：袁　婧
编辑：王柏玲　刘　栋

养心殿正脊顶部，工匠小心翼翼打开玻璃瓦，取出内部砖块，故宫博物院院长单霁翔(左二)与老院长郑欣淼(右二)共同“请”出具有镇殿意义的彩绘宝匣。

历经风雨的养心殿如同一位古稀老者，随处可见斑驳的岁月痕迹，时间仿佛在这里凝滞。修缮工程将根据区域现状和保护计划，严格遵循传统古建筑营造则例。

养心殿内搭建起脚手架，工匠们已准备就绪。

历经风雨的养心殿如同一位古稀老者，随处可见斑驳的岁月痕迹，时间仿佛在这里凝滞。修缮工程将根据区域现状和保护计划，严格遵循传统古建筑营造则例。

历经风雨的养心殿如同一位古稀老者，随处可见斑驳的岁月痕迹，时间仿佛在这里凝滞。修缮工程将根据区域现状和保护计划，严格遵循传统古建筑营造则例。

历经风雨的养心殿如同一位古稀老者，随处可见斑驳的岁月痕迹，时间仿佛在这里凝滞。修缮工程将根据区域现状和保护计划，严格遵循传统古建筑营造则例。

紫禁城中主要建筑都有宝匣，它们被安放在正脊正中的脊筒内作为“镇殿之物”。养心殿宝匣外部绘有清晰的祥龙图案，比其他宫殿的宝匣更为精致。

殿内随处可见各种标记的测量、施工点位,修缮工程正科学有序地进行。

(《文汇报》2018 年 9 月 7 日)

申报资料实录

作品简介:

故宫在即将迎来 600 岁生日之际,做出了一个历史性的决定,准备重新修缮养心殿。此次维修保护被确定为“研究性保护项目”,这在故宫古建筑维修保护历史上是第一次。修缮这类重要的古建筑必须追根溯源。大修当日,记者有幸踏上养心殿屋顶,见证了宝匣从屋顶正脊取出的历史性时刻,也标志着大修正式开工。养心殿历史底蕴深厚,本次拍摄运用了多种拍摄设备,多角度全方位表现这一著名历史古建筑的风貌、建筑细节、修缮状态等,并加入采访文字细节,阐述养心殿对故宫的重要意义。

推荐理由:

故宫养心殿修缮是一项为社会关注的工程,在得到这一消息后,记者第一时间与故宫相关部门联系,并前往北京采访拍摄。在拍摄手法上,记者也采取了多种方式,直观、全景展示了这项工程开工时的场景。这组报道也成为上海地区唯一一家全景记录这项工程开工的独家图片报道,凸显出了报纸的人文定位。报道刊发后,被多家网站及媒体转载,取得了良好的传播效果。

新闻摄影

无人码头背后的人

作品：王陆杰　邵未来
编辑：郁中华　周　芸

远程操控

鸟俯码头

“洋四期”第一箱

师徒交流

拆卸自动导引车轮胎

检修自动导引车线路

（《劳动报》2018 年 12 月 15 日）

申报资料实录

作品简介：

2018 年 12 月 10 日，洋山深水港 4 期迎来开港一周年。这个全世界最大的自动化码头，人力相比传统码头减少了 70％，在码头作业区域，几乎看不到工人的身影。技术进步解放了繁重的劳力，也极大地提升了效率。上海在这一领域已经走在世界前列。

推荐理由：

虽然是“无人码头”，但这组新闻照片特意避开了宏伟的码头现场画面，而是聚焦于“人”——在幕后运营的一线职工，展现他们的胆量、技术以及责任心。

流动的上海

作品：董　俊
编辑：陈　洁

Nanjing Road E.（南京东路）

Nanjing Road E.(南京东路)

The Bund(外滩)

Yan'an Road(延安路)

Nanpu Bridge(南浦大桥)

Nanjing Road E.(南京东路)

The Bund

申报资料实录

作品简介：

11 月全世界瞩目的进口博览会将在上海举行。10 月的上海秋高气爽，城市景观焕然一新。国庆假期的大客流成为进博会前上海的一场“盛大演练”。组照的 12 张作品全部利用慢速快门拍摄，记录下车流滚滚的延安路高架、布置一新的南浦大桥、多重曝光下虹桥机场起降的飞机，南京路步行街面对人流纹丝不动的武警战士，繁忙疏导交通的执勤民警，以及粉黛乱子草丛中温馨嬉戏的母子等充满动感的场面。摄影师用慢速快门记录下国庆假期“流动”的上海，盛会前严阵以待的上海，充分展示出上海海纳百川的城市魅力。

推荐理由：

进博会前的国庆上海盛装迎客，摄影记者利用 7 天长假，带上三脚架、减光镜，无人机，穿梭于南浦大桥、南京路步行街，外滩、七宝、陆家嘴，地铁站、机场、浦东滨江等地拍摄近 20 组图片(最后选用 12 张)。用慢速快门全方位的展现了一个海纳百川、高速发展、融合“流动”的上海。展示出进博会前上海应对大客流的井然有序。得益于新媒体的报道篇幅可以使用多达 12 张图片，更完整更全方位得展现这座城市。

新闻图示

世界最大集装箱船，上海研发制造

作者：集体（章迪思、叶田媛、崔宁慈、王美杰、狄斐）
编辑：章迪思

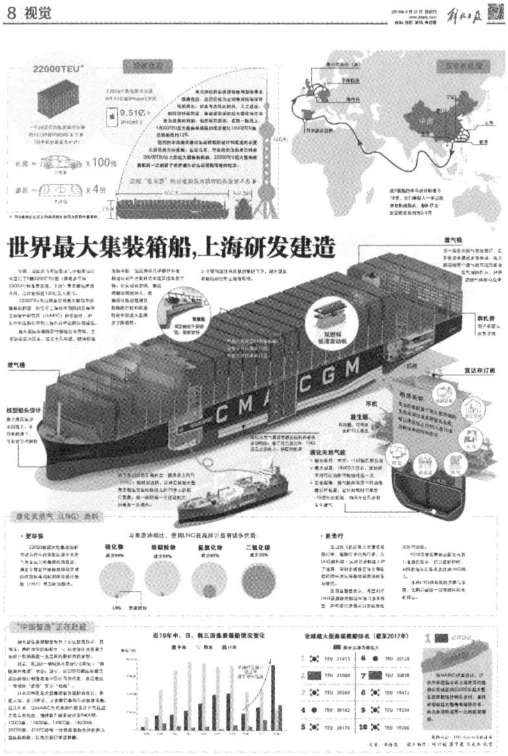
8 视觉

22000TEU

世界最大集装箱船，上海研发建造

CMA CGM

液化天然气（LNG）燃料

"中国智造"正在赶超

近10年中、日、韩三国集装箱船情况变化

全球超大型集装箱船排名（截至2017年）

（《解放日报》2018 年 5 月 27 日）

申报资料实录

作品简介:

在采访中国船舶及海洋工程设计研究院过程中,我们意外了解到他们正在设计目前在建的世界上最大的集装箱货船。这是上海高端制造业引领世界前沿的一个重要标志。经过前后近一个月的采访、绘制,最终以整版图示的方式刊登于5月27日视觉版。

推荐理由:

整个版面恢弘大气,同时信息量丰富。不仅图解了集装箱船上的各个重要部件,还有相当丰富的背景信息,包括船的体量、造船业的现状等等。把相对专业的知识用形象化的方式进行了科普。

新闻图示

关于进博会你所不知道的这些，一位妈妈的生活手帐来告诉你

作者：顾隽婺　孟诚洁　黄于悦（实习生）
编辑：孟诚洁

妈妈的一天
7:00
孩子和爸爸还在梦乡
我可得起来准备全家一天
的活力早餐
这些食材在进博会上都能看到。
香喷喷的面包用了法国顶级酵母，配上澳大利亚正当季的车厘子，除了美国、智利，爱吃车厘子的娃又多了新选择。
TIPS:
进博会的食品及农产品展区最懂"吃货"的心。跨境电商在进博会上"买全球"，让各国美食登上中国消费者的餐桌。

8:00 早餐间隙 替爸爸熨一熨西服

智能交互熨烫系统会根据衣型自动调整温度和喷水量。即熨即穿，省了不少时间！

TIPS:

进博会的消费电子及家电展区里有不少这样的智能家电产品。

9:30

运动时间

进博会上展出的这套智能穿戴设备可实时监测我的心率、呼吸速率，通过手机就能看数据。科学健身才能让我一直做个美美的辣妈！

13:00

画一个精致的妆出门

这些瓶瓶罐罐可是女人的“好朋友”。而进博会的服装服饰及日用消费品展区也堪称“最受女性青睐展馆”，各品牌展出的当季新货都有机会出现在中国商场。

TIPS:

去看极光？还是去热带雨林探险？或者找一座僻静小岛？在进博会的服务贸易展区，越来越多新的旅游目的地向中国游客敞开怀抱。

20:00

全家合力打扫完餐桌
终于到了属于我自己的时间

这款透明电视在进博会上完成中国首秀，关闭状态下就是一块完全透明的玻璃，通过玻璃可以看见里面的全家照片和儿子的小汽车。

再打印一张进博会上展出的3D面膜，小酌几口美酒，倚靠在床上看看电视……

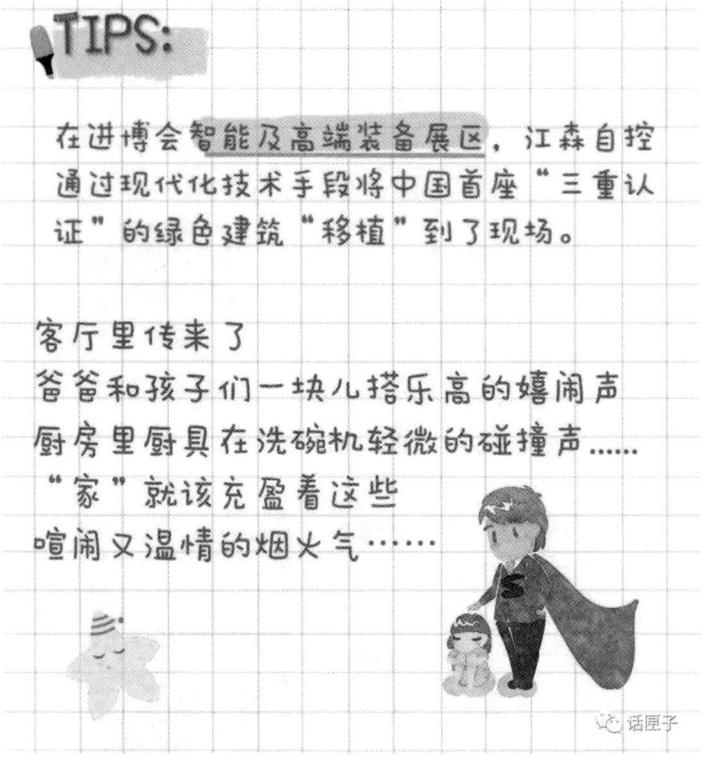

TIPS:
在进博会智能及高端装备展区，江森自控通过现代化技术手段将中国首座“三重认证”的绿色建筑“移植”到了现场。
客厅里传来了
爸爸和孩子们一块儿搭乐高的嬉闹声
厨房里厨具在洗碗机轻微的碰撞声……
“家”就该充盈着这些
喧闹又温情的烟火气……
话匣子

（上海人民广播电台微信公众号“话匣子”2018 年 11 月 4 日）

申报资料实录

作品简介：

首届中国国际进口博览会是一场专业展会，具有十分重要的意义。如何既做到对亮点的全面梳理呈现，又让老百姓真切感受到进博会的成果触手可及？记者进行了这次新闻图示在新媒体平台上的策划。

记者通过前期大量采访、收集、积累，将本届展会的展品亮点分门别类、详细梳理，并寻找其中的内在联系，以及与老百姓生活最贴切的切入口，以一位妈妈的手帐为主线，设计了一篇微信长图。这一策划令受众感到亲切，并巧妙地将首届进博会七大企业展区的亮点内容融入其中，结合日常生活中的场景，直观地说明进博会与普通老百姓之间的关系，展现了进博会将会给普通老百姓的日常生活带来的改变。

这篇微信推文以生活化的语言，并配以温馨的图示，形成亲切、轻松的整体效果。这一宣传方式更容易触达普通市民，产生“共情”。此外，在呈现方式上，微信小编精心设计了一幅微信长图，将展品特点、展会亮点更加直观。微信推文因此收获大量留言点赞，在阅读量上也有较好的表现。这一稿件不仅在微信公众号上进行了推送，还通过新浪微博、头条号、百家号、第一点资讯等多平台转载分发，更好地发挥了上海广播在互联网平台上的引领力、传播力和影响力。

推荐理由：

首届中国国际进口博览会在上海隆重举行。为了在媒体融合时代下，更好地报道这次家门口的盛会，上海人民广播电台融媒体内容品牌话匣子策划了一系列融媒体新闻报道，对进博会进行全方位多角度地立体宣传。其中，《关于进博会你所不知道的这些，一位妈妈的生活手帐来告诉你》这篇使用新闻图示方式发表的微信推文，角度独特，构思巧妙，特色鲜明，引人入胜。

在版面设计上，这篇稿件也突破了传统图文微信的固有板式，用时间轴增加流畅度，用动图等方式增加美观度和画面的丰富性，提升整体阅读感受。

新闻图示

我们去了相亲角 6 次,收集了这 874 份征婚启事

作者：集体（邹熳云、刘畅、王亚赛、王基炜、王亦赟）
编辑：吕妍

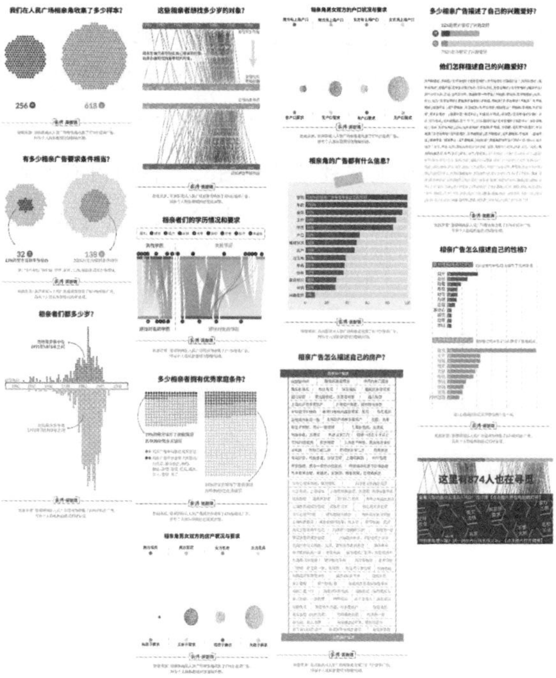

我们去了相亲角6次，
收集了这874份征婚启事

（澎湃新闻 2018 年 8 月 17 日）

图书在版编目(CIP)数据

第二十八届上海新闻奖获奖作品选/上海新闻奖评委会办公室编. —上海:上海三联书店,2020. 11
ISBN 978-7-5426-6952-0

Ⅰ.①第… Ⅱ.①上… Ⅲ.①新闻—作品集—中国—当代
Ⅳ.①I253

中国版本图书馆 CIP 数据核字(2020)第 118924 号

第二十八届上海新闻奖获奖作品选

编　　者 / 上海新闻奖评委会办公室

责任编辑 / 殷亚平
执行编辑 / 余玉辉　龙渊渊
装帧设计 / 一本好书
责任印制 / 姚　军
责任校对 / 张大伟

出版发行 / 上海三联书店
(200030)中国上海市漕溪北路 331 号 A 座 6 楼
邮购电话 / 021-22895540
印　　刷 / 上海惠敦印务科技有限公司

版　　次 / 2020 年 11 月第 1 版
印　　次 / 2020 年 11 月第 1 次印刷
开　　本 / 710×1000　1/16
字　　数 / 500 千字
印　　张 / 33.75
书　　号 / ISBN 978-7-5426-6952-0/I・1598
定　　价 / 108.00 元

申报资料实录

作品简介：

作品通过现场采集的方式，收集上海人民公园相亲角近千份相亲广告。接着，将广告信息编码录入数据库；然后，进行信息脱敏，去除其中的私人信息。

在信息采集及数据编码完成之后，对数据进行分析，形成稿件思路。作品从相亲广告上的个人条件、择偶条件、文本特征等方面展开，讲述了相亲市场可观见的性别关系、择偶观念等现象。

作品还搭配发布了 H5 版的相亲角小游戏，让读者根据自己的条件或期待，来亲身体验自己在相亲角的“热门度”。作品除了通过澎湃新闻相关平台发布，还通过英文版媒体 Sixth Tone(第六声)发布了英文版，扩大了作品的影响力。

推荐理由：

创造性地以数据可视化的方式报道热门的相亲角话题，客观、全面地剖析相亲角样本，以透视现代婚恋问题。

在采编过程中，获取全面数据，独家处理数据，找出其他途径无法发现和阐释的相亲角故事。

在设计上，使用简洁、清晰的图表样式，化繁为简，以服务读者为第一目的。

在作品发布上，还结合游戏 H5、数据交互等方式，以中英文双语发布，扩大传播。